M

spanish
Fiction
Falco. E

La familia Corleone

La familia Corleone

Basada en un guion cinematográfico de Mario Puzo

Ed Falco

Traducción de Ana Herrera

Rocaeditorial

© 2012 by Mario Puzo

Primera edición: octubre de 2012

© de la traducción: Ana Herrera
© de esta edición: Roca Editorial de Libros, S. L.
Av. Marquès de l'Argentera, 17, pral.
08003 Barcelona
info@rocaeditorial.com
www.rocaeditorial.com

Impreso por Rodesa
Villatuerta (Navarra)

ISBN: 978-84-9918-524-8
Depósito legal: B. 22.635-2012
Código IBIC: FA; JKVM

Para mi padre y su familia, sus seis hermanos y sus dos hermanas, los Falco de la calle Ainslie, Brooklyn, Nueva York, y para mi madre y su familia, los Catapano y Esposito del mismo barrio, todos los cuales, hijos de inmigrantes italianos, llevaron vidas buenas y decentes, tanto ellos como sus familias y sus hijos y los hijos de sus hijos, entre los que hay médicos, abogados, profesores, atletas, artistas y de todo. Y para el médico de cabecera de nuestro barrio en los años cuarenta y cincuenta, Pat Franzese, que vino a nuestra casa cuando estábamos enfermos y nos cuidó, a menudo gratis, o por lo poco que le pudiéramos ofrecer.

Con amor y los mejores deseos, y con gran respeto.

LIBRO PRIMERO

Mostro

1

Otoño de 1933

Giuseppe Mariposa esperaba junto a la ventana con las manos en las caderas y los ojos clavados en el Empire State Building. Para ver la parte superior del edificio y la antena que perforaba el pálido cielo azul como una aguja se apoyó en el marco de la ventana, y apretó la cara contra el cristal. Había visto alzarse el edificio desde el suelo, y le gustaba decirles a los chicos que él fue uno de los últimos hombres que pudo cenar en el antiguo Waldorf-Astoria, el magnífico hotel que había donde ahora se alzaba el edificio más alto del mundo. Retrocedió desde la ventana y se limpió el polvo de la chaqueta del traje.

Por debajo de él, en la calle, un hombre gordo con ropa de trabajo estaba sentado encima de un carro de basura que se desplazaba perezosamente hacia la esquina. Llevaba un sombrero hongo negro en la rodilla y hacía resonar unas riendas de cuero muy gastadas en el flanco de un caballo con el lomo curvado. Giuseppe vio pasar el carro. Cuando dobló la esquina, cogió su sombrero del alféizar de la ventana, se lo llevó al corazón y miró su reflejo en el cristal. Tenía el pelo ya blanco, aunque todavía espeso y abundante, y se lo echó atrás con la palma de la mano. Se arregló el nudo y enderezó la corbata, que se había ahuecado ligeramente al desaparecer bajo el chaleco. En un rincón sombreado del apartamento vacío Jake La-Conti intentó hablar, pero lo único que oyó Giuseppe fue un murmullo gutural. Cuando se volvió, Tomasino atravesó la puerta del piso y entró pesadamente en la habitación con una bolsa de papel marrón. Llevaba el pelo tan descuidado como siempre, aunque Giuseppe le había dicho cien veces que se lo peinara... y también necesitaba un afeitado. Todo en Tomasino era desordenado. Giuseppe lo miró con un desdén que Tomasino, como de costumbre, no notó. Llevaba la corbata floja, el cuello de la camisa sin abrochar y la sangre salpicaba su chaqueta arrugada. Mechones de pelo negro y rizado sobresalían de su cuello abierto.

—¿Ha dicho algo? —Tomasino sacó una botella de whisky escocés de la bolsa de papel, desenroscó el tapón y dio un trago.

Giuseppe se miró el reloj de pulsera: eran las ocho y media de la mañana.

—¿Te parece que ha podido decir algo, Tommy?

La cara de Jake estaba tumefacta. La mandíbula le colgaba hacia el pecho.

—No quería romperle la mandíbula —dijo Tomasino.

—Dale un poco de beber —respondió Giuseppe—. A ver si le ayuda.

Jake estaba despatarrado, con el torso apoyado contra la pared y las piernas debajo del cuerpo. Tommy lo había sacado de la habitación de su hotel a las seis de la mañana, y todavía llevaba el pijama de seda de rayas blancas y negras con el que había dormido la noche anterior, solo que ahora los dos botones superiores estaban arrancados y se veía el pecho musculoso de un hombre de unos treinta años, más o menos la mitad de la edad de Giuseppe. Cuando Tommy se arrodilló hacia Jake y lo levantó un poco, colocándole bien la cabeza para poderle echar un poco de whisky en la garganta, Giuseppe lo miró con interés, esperando que el licor le aliviase. Había enviado a Tommy abajo al coche a por whisky cuando Jake se desmayó. El chico tosió, salpicando sangre en su pecho. Lo miró con sus ojos hinchados y dijo algo que habría sido imposible de entender, de no haber repetido las mismas palabras una y otra vez mientras le pegaban.

—Es mi padre —dijo, aunque sonó más bien como «*eh mi pade*».

—Sí, ya lo sabemos. —Tommy miró a Giuseppe—. Hay que reconocerlo, el chico es leal.

Giuseppe se arrodilló junto a Tomasino.

—Jake. Giacomo. Le encontraré de todos modos. —Sacó un pañuelo de su bolsillo y lo usó para evitar que se le mancharan las manos de sangre al volver la cara del chico para que le mirase—. A tu viejo, a Rosario, le ha llegado el momento. No puedes hacer nada. A Rosario le ha llegado la hora. ¿Me entiendes, Jake?

—*Si* —dijo Giuseppe, y esa única sílaba salió con claridad.

—Bien —replicó Giuseppe—. ¿Dónde está? ¿Dónde se esconde ese hijo de puta?

Giacomo intentó mover el brazo derecho, que tenía roto, y gimió por el dolor.

Tommy chilló:

—¡Dinos dónde está, Jake! ¿Qué coño te pasa?

Giacomo intentó abrir los ojos, como para ver quién le chillaba.

—*Eh mi pade* —dijo.

«*Che cazzo!*» Giuseppe apartó las manos. Miró a Jake y escuchó su aliento trabajoso. Los gritos de los niños que jugaban llegaron con fuerza desde la calle y luego se desvanecieron. Miró a Tomasino antes de salir del apartamento. En el vestíbulo esperó en la puerta hasta oír el ahogado sonido del silenciador, un ruido como el de un martillo golpeando la madera. Cuando Tommy se reunió con él, Giuseppe dijo:

—¿Estás seguro de que has terminado con él? —Se puso el sombrero y le dio forma como a él le gustaba, con el ala hacia abajo.

—¿A ti qué te parece, Joe? —preguntó Tommy—. ¿Crees que no sé lo que hago? —Como Giuseppe no contestó, levantó las cejas—. Le he reventado la cabeza. Sus sesos están repartidos por el suelo.

En la escalera, antes de bajar el único tramo de escalones que conducían a la calle, Giuseppe se detuvo y dijo:

—No ha traicionado a su padre. Debes respetarlo por eso.

—Era duro —apuntó Tommy—. Pero creo que tendrías que haber dejado que me metiera con sus dientes. No hay nadie que no hable después de un poquito de eso.

Giuseppe se encogió de hombros, accediendo. Quizá Tommy tuviese razón.

13

—Queda el otro hijo. ¿Hemos hecho algún progreso con ese asunto?

—Todavía no —respondió Tommy—. Podría estar escondido con Rosario.

Giuseppe pensó en el otro hijo de Rosario un instante antes de que sus pensamientos volviesen a Jake LaConti y al hecho de que no pudiesen conseguir, por mucho que le pegasen, que el hijo traicionase al padre.

—¿Sabes una cosa? —dijo a Tomasino—. Llama a su madre y dile dónde encontrarle. —Hizo una pausa y añadió—: Que consigan a un buen enterrador, lo arreglen bien y tengan un bonito funeral.

—No sé nada de arreglar muertos, Joe —dijo Tommy.

—¿Cómo se llama el de la funeraria que hizo un trabajo tan bueno con O'Banion? —preguntó Giuseppe.

—Ya sé a quién te refieres.

—Llámalo —dijo Giuseppe, y le dio unos golpecitos a Tommy en el pecho—. Me encargaré yo mismo, de mi propio bolsillo. La familia no tiene que saberlo. Dile que les ofrezca sus servicios gratis porque era amigo de Jake o algo así. Podemos conseguirlo, ¿verdad?

—Claro —asintió Tommy—. Es un detalle por tu parte, Joe. —Y dio unas palmaditas a Giuseppe en el brazo.

—Bien —dijo Giuseppe—. Ya está, pues.

Y bajó los escalones de dos en dos, como un niño.

2

Sonny se metió en el asiento delantero del camión e inclinó hacia abajo el ala de su sombrero flexible. El camión no era suyo pero no había nadie por allí que hiciera preguntas. A las dos de la mañana, en aquella zona de la Undécima Avenida, todo estaba tranquilo, excepto quizás algún borracho ocasional que iba dando tumbos por la amplia acera. Debía de haber algún policía patrullando por alguna parte, pero Sonny pensó que podía agacharse en el asiento, y aunque el agente le viese, cosa que era improbable, creería que era algún idiota que dormía la mona un sábado por la noche... lo cual no estaría demasiado lejos de la verdad, ya que había bebido bastante. Pero no estaba borracho. Era un chico muy alto, ya medía metro ochenta a los diecisiete años, era musculoso y ancho de hombros y no se emborrachaba fácilmente. Bajó la ventanilla de su lado y dejó que entrase la brisa fresca del Hudson para ayudarle a mantenerse despierto. Estaba cansado, y en cuanto se relajó detrás del amplio círculo del volante del camión el sueño empezó a atacarle.

Una hora antes estaba en Juke's Joint, en Harlem, con Cork y Nico. Y una hora antes de eso, se encontraba en un bar clandestino en algún lugar del centro, adonde le había llevado Cork después de perder casi cien pavos entre los dos jugando al póquer con un puñado de polacos allá en Greenpoint. Todos se habían reído cuando Cork dijo que él y

Sonny debían irse mientras todavía llevaran las camisetas puestas. Este también se echó a reír, aunque un segundo antes estuvo a punto de enfrentarse al polaco más grandote de la mesa y llamarle desgraciado tramposo hijo de puta.

Cork sabía cómo estaba Sonny en cada momento, y lo sacó de allí antes de que cometiese alguna estupidez. Cuando salió de Juke's, si no estaba borracho, le faltaba muy poco. Después de bailar un rato y beber algo más, ya tuvo bastante por una noche: se dirigía a su casa cuando un amigo de Cork lo detuvo en la puerta y le habló de Tom. Sonny casi le dio un puñetazo, pero se contuvo y por el contrario le dio unas cuantas monedas. El chico le dio la dirección y ahora estaba allí acurrucado en un camión viejo que parecía de la época de la Gran Guerra, viendo las sombras que se movían tras las cortinas de Kelly O'Rourke.

Dentro del apartamento, Tom estaba a punto de vestirse mientras Kelly iba y venía por la habitación con una sábana pegada al pecho. La sábana formaba una curva por debajo de un pecho y arrastraba por el suelo tras ella. Era una chica desgarbada, pero con un rostro de una belleza teatral: la piel inmaculada, los labios rojos, los ojos de un azul verdoso enmarcados por rizos pelirrojos y brillantes. También había algo teatral en la forma que tenía de moverse por la habitación, como si estuviese representando una escena para una película y se imaginase que Tom era Cary Grant o Randolph Scott.

—Pero ¿por qué tienes que irte? —le volvía a preguntar. Con la mano libre se apretaba la frente, como si estuviera tomándose la temperatura—. Estamos en mitad de la noche, Tom. ¿Por qué quieres salir corriendo y dejarme así?

Tom se puso la camiseta. La cama de la que acababa de salir era más bien un camastro, y el suelo a su alrededor estaba repleto de revistas, sobre todo ejemplares del *Saturday Evening Post*, *Grand* y *American Girl*. A sus pies, Gloria Swanson le miraba seductoramente desde la portada de un antiguo número de *The New Movie*.

—Muñeca... —dijo él.

—¡No me llames muñeca! —gritó Kelly—. ¡Todo el mundo me llama muñeca!

Se apoyó en la pared junto a la ventana y dejó caer la sábana. Posó para él, levantando ligeramente la cadera.

—¿Por qué no quieres quedarte conmigo, Tom? Eres un hombre, ¿no?

Tom se puso la camisa y empezó a abrochársela mientras miraba a Kelly. Había algo eléctrico y ansioso en los ojos de ella que casi bordeaban lo asustadizo, como si estuviera esperando que ocurriese en cualquier momento algo que la sobresaltara.

—Creo que eres la chica más guapa que he visto en mi vida —dijo él.

—¿Nunca has estado con una chica más guapa que yo?

—Nunca en mi vida he estado con una chica más guapa que tú —afirmó Tom—. Ni de lejos.

La ansiedad desapareció de los ojos de Kelly.

—Pasa la noche conmigo, Tom —le pidió—. No te vayas.

Tom se sentó en el borde de la cama, se quedó pensativo y luego se puso los zapatos.

Sonny veía la luz que arrojaba una farola de hierro fundido proyectarse en las líneas paralelas de las vías de ferrocarril que dividían la calle. Dejó que su mano descansara en la bola del ocho atornillada en la palanca de cambios del camión, y recordó que de niño, sentado en la acera, veía pasar los ruidosos trenes de carga por la calle Once, con un policía de Nueva York a caballo abriendo camino para evitar que atropellase a los borrachos y los niños pequeños. Una vez vio a un hombre con un traje muy elegante de pie encima de uno de los trenes de carga. Sonny saludó y el hombre frunció el ceño y escupió, como si verlo le diera asco. Cuando le preguntó a su madre por qué había hecho eso aquel hombre, ella levantó la mano y dijo:

—*Sta'zitt!* ¿Un *cafon'* escupe en la acera y tú me preguntas? *Madon'!* —Se dio la vuelta furiosa, que era su respuesta típica a la mayoría de las preguntas que le hacía Sonny de niño. A él le parecía que todas y cada una de sus frases empezaban con *Sta'zitt'!* o *Va' Napoli!* o *Madon'!* En su casa él era una peste, una molestia, o un *scucc'*, así que pasaba todo el tiempo que podía fuera, corriendo por las calles con los hijos de los vecinos.

17

Estar en Hell's Kitchen, ver al otro lado de la avenida una fila de tiendas a nivel de la calle y dos o tres niveles de pisos por encima, llevó a Sonny de vuelta a su niñez, a todos los años en que su padre se levantaba cada mañana y se iba al centro, a la calle Hester, a su despacho en el almacén, donde todavía trabajaba... aunque ahora, por supuesto, ahora que Sonny ya era mayor, todo era distinto, lo que pensaba de su padre y lo que hacía su padre para ganarse la vida. Pero entonces era un hombre de negocios, el propietario junto con Genco Abbadando de la empresa Aceite de Oliva Genco Pura. En aquellos tiempos, cuando Sonny veía a su padre por la calle, iba corriendo hacia él, le cogía la mano y le contaba lo que ocupaba en aquel momento su pequeña mente infantil. Sonny veía cómo miraban los demás hombres a su padre y estaba orgulloso de él, porque era un pez gordo, tenía su propio negocio y todo el mundo (¡todo el mundo!) lo trataba con respeto, de modo que Sonny, cuando era todavía un niño, llegó a pensar en sí mismo como en una especie de príncipe. El hijo del pez gordo. Tenía once años cuando todo cambió, o quizá se desplazó, es una palabra mejor para describirlo, porque todavía pensaba en sí mismo como un príncipe... Aunque a partir de entonces, por supuesto, de un tipo muy distinto.

Al otro lado de la avenida, en el apartamento de Kelly O'Rourke, encima de una barbería, detrás de la familiar celosía negra de las escaleras de incendio, una figura se acercaba a la cortina, separándola ligeramente de modo que Sonny podía ver una raya de luz brillante, un destello de carne de un blanco rosado y una mata de pelo rojo, y luego fue como si estuviera en dos lugares al mismo tiempo: el Sonny de diecisiete años que levantaba la vista hacia la cortina de la ventana del apartamento de Kelly O'Rourke, en el segundo piso, y simultáneamente el Sonny de once años en una escalera de incendios mirando hacia abajo a través de una ventana y hacia la habitación trasera del bar de Murphy. Su recuerdo de aquella noche en Murphy era vívido, en algunos puntos. No era tarde: las nueve y media, las diez como mucho. Acababa de meterse en la cama cuando oyó que su padre y su madre intercambiaban unas palabras. No en voz alta, porque mamá nunca levantaba la voz con papá, y Sonny no pudo entender qué decían, pero sí el tono inconfundible para un niño, un tono que decía que su madre estaba preocupada o agobiada. Luego se abrió y se cerró la puerta, y resonaron los pasos de su padre en las escaleras. Por aquel entonces no había nadie apostado en la puerta delantera, nadie esperando en el gran Packard o en el Essex negro de ocho cilindros para llevar a papá adonde quisiera ir. Aquella noche Sonny vio salir a su padre por la puerta delantera, desde su ventana, y bajar los escalones, y dirigirse hacia la Undécima. Sonny iba vestido y bajó corriendo por la escalera de incendios a la calle cuando su padre dobló la esquina y desapareció.

Estaba ya a varias manzanas de su casa antes de preguntarse a sí mismo qué estaba haciendo. Si su padre lo pillaba le daría una buena tunda, desde luego. Estaba en la calle cuando se suponía que tenía que estar en la cama. La preocupación fue aminorando sus pasos y casi se da la vuelta... pero la curiosidad pudo más, así que se metió el borde de la gorra de lana casi hasta la nariz y fue siguiendo a su padre, saltando entre las sombras y manteniendo una distancia de una manzana entre los dos. Cuando cruzaron hacia el barrio donde vivían los niños irlandeses, el nivel de preocupación de Sonny subió varios grados. No se le permitía jugar en aquel barrio, ni lo habría hecho aunque se lo hubiesen permitido, porque sabía que a los chicos italianos les pegaban allí, y había oído historias de niños que se perdieron en el barrio irlandés, estuvieron desaparecidos durante semanas enteras, y luego los encontraron flotando en el Hudson. Una manzana por delante de él, su padre caminaba con rapidez, con las manos en los bolsillos y el cuello de la chaqueta vuelto hacia arriba para protegerse de un frío viento que soplaba desde el río. Sonny lo siguió hasta que llegaron casi al muelle, y allí lo vio detenerse bajo un toldo a rayas, frente a un poste de señales del Murphy's Bar and Grill. El chico se escondió junto al escaparate de una tienda y esperó. Cuando su padre entró en el bar, el sonido de las risas y de los hombres que cantaban salió hasta la calle y luego se silenció al cerrarse la puerta, si bien Sonny todavía podía oírlo un poco amortiguado.

19

Cruzó la calle, moviéndose de sombra en sombra, de tienda en tienda, hasta que llegó justo enfrente del Murphy's, y pudo ver a través de una estrecha ventana las oscuras figuras de unos hombres encorvados sobre una barra.

Como su padre no estaba a la vista, Sonny se agachó en la sombra y esperó, pero al cabo de un segundo nada más se movió de nuevo, atravesó una calle empedrada y bajó por un callejón lleno de basura. No sabía exactamente qué pensaba, aparte de que podía haber una entrada trasera y quizá pudiese ver algo por allí... y efectivamente, cuando dio la vuelta por la parte posterior del Murphy's encontró una puerta cerrada y una ventana tapada con una cortina junto a ella, así como una luz amarillenta brillando en el callejón. No veía nada a través de la ventana, de modo que se subió a un cubo de basura metálico y pesado al otro lado del callejón y desde allí saltó al travesaño inferior de una escala de incendios. Un momento después estaba echado de cara y mirando a través de un espacio que quedaba entre la parte superior de la ventana y una cortina en el cuarto trasero del Murphy's Bar. La habitación estaba repleta de cajas de madera y de cartón, y su padre se encontraba de pie, con las manos en los bolsillos, hablando tranquilamente con un hombre que al parecer estaba atado a una silla de respaldo recto. Sonny conocía al hombre atado. Lo había visto por el barrio con su mujer y sus hijos. Las manos del sujeto estaban fuera de la vista, detrás de la silla, donde Sonny imaginaba que las tenía atadas. En torno a su cintura y su pecho, una cuerda de tela enrollada se clavaba en su arrugada chaqueta amarilla. Le sangraba el labio y su cabeza se balanceaba y le caía sobre el pecho, como si estuviese borracho o soñoliento. Frente a él, el tío de Sonny, Peter, estaba sentado en una pila de cajas de madera y fruncía el ceño mientras su tío Sal permanecía erguido, con los brazos cruzados, con aire solemne. Que el tío Sal tuviese aire solemne era normal, porque ese era el aspecto que solía tener, pero el tío Peter frunciendo el ceño era algo totalmente distinto. Sonny lo conocía de toda la vida como un hombre de sonrisa fácil, que contaba chistes. Miraba desde su escondite, ahora fascinado por haber encontrado a su padre y sus tíos en el cuarto de atrás de un bar con un hombre del barrio atado a una silla. No se podía imaginar qué era lo que estaba pasando. No tenía ni idea. Entonces su padre puso una mano en la rodilla del hombre y se arrodilló junto a él, y el tipo le escupió en la cara.

Vito Corleone se sacó un pañuelo del bolsillo y se secó la cara. Tras él, Peter Clemenza cogió una barra de hierro que tenía a sus pies y dijo:

—¡Ya está bien! ¡Ya está bien con este vago!

Vito levantó una mano hacia Clemenza, indicándole claramente que esperase. Este enrojeció.

—Vito —dijo—. *V'fancul!* No puedes hacer nada con un irlandés cabezón como este.

Vito miró al hombre ensangrentado y luego levantó la vista hacia la ventana de atrás, como si supiera que Sonny estaba agazapado en la escalera de incendios mirándole... pero no lo sabía. Ni siquiera veía la ventana y su astrosa cortina. Sus pensamientos estaban fijos en el hombre que acababa de escupirle a la cara, y en Clemenza, que le miraba, y en Tessio, junto a este. Los dos le miraban. La habitación estaba muy bien iluminada por una bombilla desnuda que colgaba del techo, con una cadenita de bolas de metal como interruptor colgando de ella. Más allá de la puerta que daba al bar, cerrada con cerrojo, ásperas voces masculinas cantaban y reían. Vito se volvió hacia el hombre y dijo:

—Tienes que ser razonable, Henry. He tenido que pedirle a Clemenza, como favor personal hacia mí, que no te rompiera las piernas.

Antes de que Vito pudiera decir nada más, Henry le interrumpió.

—No te debo nada, italiano —exclamó—. Espagueti gilipollas. —Aunque estaba borracho, sus palabras eran claras y tenían esa entonación musical común a todos los irlandeses—. Podéis volveros todos a vuestra puta Sicilia que tanto queréis, y que les den bien por el culo a vuestras putas madres sicilianas.

Clemenza retrocedió un paso. Parecía sorprendido, más que furioso.

Tessio dijo:

—Vito, este hijo de puta está acabado.

Clemenza cogió de nuevo la barra de hierro y de nuevo Vito levantó la mano. Esta vez Clemenza farfulló indignado, y luego, mirando al techo, soltó una larga retahíla de tacos en italiano. Vito esperó a que hubiese concluido y luego esperó más aún hasta que Clemenza finalmente lo miró. Sostuvo su mirada en silencio antes de volverse hacia Henry.

En la escalera de incendios, Sonny se llevó las manos al pecho y tensó su cuerpo para protegerse del frío. El viento había arreciado, y amenazaba lluvia. El largo y ronco gemido de la sirena de un barco flotó sobre el río y por encima de las calles. El padre de Sonny era un hombre de estatura mediana pero muy robusto, con los brazos y hombros musculosos por los tiempos en que trabajó en el ferrocarril. A veces se sentaba en el borde de la cama de Sonny, por la noche, y le contaba historias de cuando cargaba y descargaba vagones de ferrocarril. Solo un loco escupiría a la cara a su padre. Eso fue lo único que se le ocurrió a Sonny para aceptar algo tan vergonzoso: el hombre de la silla debía de estar loco. Pensando eso, Sonny se calmó. Por un momento se había asustado porque no sabía cómo interpretar lo que estaba viendo, pero luego vio que su padre se arrodillaba de nuevo para hablar con aquel hombre, y en esa postura reconoció el talento firme y razonable que empleaba cuando se ponía serio, cuando había algo importante que Sonny debía comprender. Se sintió mejor al pensar que el hombre estaba loco y su padre le estaba hablando, intentando razonar con él. Estaba seguro de que en cualquier momento el hombre asentiría, y su padre haría que le soltaran, y lo que fuera que estaba mal se solucionaría, ya que era obvio que por eso habían llamado a su padre: para arreglar algo, para solucionar un problema. Toda la gente del barrio sabía que Vito Corleone resolvía problemas. Todo el mundo lo sabía. Sonny miraba la escena que se desarrollaba debajo de él y esperaba que su padre arreglase las cosas. Por el contrario, el hombre empezó a debatirse en la silla, con el rostro lleno de rabia. Parecía un animal intentando romper sus ligaduras, y luego inclinó la cabeza y de nuevo escupió a Vito una saliva llena de sangre, de modo que parecía que de alguna manera había conseguido hacer daño, pero era su propia sangre. Sonny vio que la saliva sanguinolenta salía de la boca del hombre. Vio que salpicaba la cara de su padre.

Lo que ocurrió a continuación fue lo último que recordaba Sonny de aquella noche. Era uno de esos recuerdos, no inhabituales en la infancia, que son extraños y misteriosos en el momento, pero que luego se van aclarando con la experiencia. En aquel momento estaba perplejo. Su padre se incorporó y se secó la saliva de la cara, y luego miró al hombre, se volvió de espaldas a él y se alejó, pero solo unos metros, hasta la puerta de atrás, donde se quedó inmóvil mientras detrás de él el tío Sal sacaba una cosa extraña, una funda de almohada, del bolsillo de su chaqueta. El tío Sal era el más alto de todos los hombres, pero andaba encorvado, con los largos brazos colgando a los costados como si no supiera qué hacer con ellos. «Una funda de almohada.» Sonny dijo aquellas palabras en voz alta, en un susurro. El tío Sal pasó por detrás de la silla y puso la funda de almohada encima de la cabeza del hombre. El tío Peter levantó la barra de hierro y la movió, y lo que ocurrió después quedó todo borroso para él. Sonny solo recordaba con claridad algunas cosas: el tío Sal colocando una funda de almohada blanca encima de la cabeza del hombre, el tío Peter enarbolando la barra de hierro, la funda de almohada blanca que se teñía de rojo, de un rojo intenso, y sus dos tíos inclinados hacia el hombre de la silla haciendo cosas y desatando las cuerdas. Aparte de eso no podía recordar nada más. Debió de volver a casa y de meterse en la cama de nuevo. No recordaba nada de esto último, sin embargo, nada en absoluto. Todo hasta la funda de almohada estaba perfectamente claro, y luego, después de ella, se volvía borroso, y el recuerdo desaparecía por completo.

Durante muchísimo tiempo Sonny no supo lo que había presenciado. Le costó años conseguir que encajasen todas las piezas.

Al otro lado de la Undécima Avenida la cortina se agitó, encima de la barbería, y luego se abrió del todo y Kelly O'Rourke, enmarcada por la ventana, miró hacia abajo, como un milagro... un repentino relámpago de luz incidiendo en el cuerpo de una mujer joven, rodeada por negras escaleras de incendios, muros de ladrillo rojo sucio y oscuras ventanas.

23

Kelly miró hacia la oscuridad y se tocó el estómago, como llevaba haciendo de forma inconsciente una y otra vez desde hacía unas semanas, intentando notar algún aleteo de la vida que sabía que estaba enraizada allí. Se pasó los dedos por la piel y los músculos tensos, e intentó tranquilizar sus pensamientos, recoger las ideas sueltas que iban divagando aquí y allá. Su familia, sus hermanos, todos habían renegado de ella, excepto quizá Sean, así que, ¿por qué se preocupaba de lo que pudieran pensar? Se había tomado una de esas pastillas azules en el club, y se sentía ligera, flotando. Sus pensamientos se dispersaban. Frente a ella solo había oscuridad, y su propio reflejo en el cristal. Era tarde, y todo el mundo la dejaba sola siempre. Se puso la mano plana encima del estómago, tratando de notar algo. Por más que lo intentaba no podía aclarar sus pensamientos, conseguir que se quedaran quietos en un solo lugar.

Tom iba andando en torno a Kelly, y cerró las cortinas.

—Ven, cariño —dijo—. ¿Qué quieres conseguir con eso?

—¿Con qué? —preguntó Kelly.

—Poniéndote delante de la ventana de esa manera.

—¿Por qué? ¿Te preocupa que alguien pueda verte aquí conmigo, Tom? —Kelly se puso una mano en la cadera y la dejó caer con un gesto de resignación. Siguió andando por la habitación, con los ojos en el suelo en un momento dado, en las paredes después. Parecía que no se daba cuenta de que Tom estaba allí, sus pensamientos estaban en otro lugar.

—Kelly, escucha. Acabo de empezar a ir a la universidad hace solo unas semanas, y si no vuelvo... —dijo él.

—Bah, no lloriquees. Por el amor de Dios.

—No lloriqueo —exclamó Tom—. Intento explicártelo.

Kelly se detuvo.

—Ya lo sé... Eres un bebé. Ya lo sabía cuando te recogí. ¿Qué edad tienes, en realidad? ¿Dieciocho años? ¿Diecinueve?

—Dieciocho —dijo Tom—. Lo único que digo es que tengo que volver a la residencia. Si no estoy allí por la mañana se darán cuenta.

Kelly se tiró de la oreja y se quedó mirando a Tom. Ambos estaban quietos, mirándose el uno al otro. Tom se preguntó qué habría visto Kelly en él. Se lo preguntaba desde que se acercó despacio a su mesa en el Juke's Joint y le pidió que bailara con ella con una voz tan sexy que fue como si le pidiera que durmiesen juntos. Se lo preguntó otra vez cuando ella le invitó, después de bailar unas pocas veces y tomar una sola copa, a llevarla a su casa. No habían hablado mucho. Tom le dijo que iba a la Universidad de Nueva York. Ella le dijo que en aquel preciso momento no tenía trabajo, y que en su familia eran muchos, pero que no se llevaba bien con ellos. Quería hacer películas. Llevaba un vestido largo azul que se pegaba a su cuerpo desde las pantorrillas a los pechos, con un gran escote, y la blancura de su piel resplandecía en contraste con la tela satinada. Tom le dijo que él no tenía coche, que estaba allí con unos amigos. Ella le dijo que no era ningún problema, que ella sí tenía coche, y él no se molestó en preguntar cómo era posible que una chica sin empleo de una familia numerosa tuviese vehículo propio. Pensó que quizás el coche no fuese suyo, y luego, cuando ella condujo hasta Hell's Kitchen, él no le dijo que se había criado a media docena de manzanas del lugar donde aparcó, en la Undécima. Cuando vio su piso supo que el coche no era de ella, pero no tuvo tiempo de hacerle preguntas antes de que se metieran en la cama y sus pensamientos se desplazaran a otro lugar. Los acontecimientos de la noche se desarrollaron con rapidez, y de una forma desconocida para él, y ahora pensaba intensamente mientras la miraba. Ella parecía cambiar de actitud a cada momento: primero era seductora, luego la chica vulnerable que no quería que se fuese, y ahora se apoderaba de ella una dureza extraña, una cierta furia. Mientras él la miraba la mandíbula de ella se tensó y sus labios se apretaron. Algo también cambiaba en Tom: se estaba preparando para lo que ella pudiese decir o hacer, preparando una discusión, preparando una respuesta.

—Bueno, entonces, ¿tú qué eres? —preguntó Kelly. Retrocedió hasta una encimera junto al fregadero de porcelana blanca, se subió encima y cruzó las piernas—. ¿Una especie de mestizo irlandés-italiano?

Tom encontró su jersey donde lo había dejado colgado, en la barandilla de la cama. Se lo puso a la espalda y ató las mangas en torno al cuello.

25

—Soy germano-irlandés —dijo—. ¿Por qué dices que soy italiano?

Kelly encontró un paquete de Wing en un armario que tenía detrás, lo abrió y encendió uno.

—Porque sé quién eres. —Hizo una pausa teatral, como si estuviese actuando—. Tú eres Tom Hagen, el hijo adoptivo de Vito Corleone. —Dio una larga chupada a su cigarrillo. Detrás del velo de humo sus ojos brillaban con una mezcla difícil de captar de felicidad e ira.

Tom miró a su alrededor, observando cuidadosamente lo que se veía, que no era más que una habitación barata de una pensión, ni siquiera un apartamento, con fregadero y armarios junto a la puerta por un lado y una cama que parecía un catre en el otro. El suelo era un revoltijo de revistas y botellas de refrescos, ropa y envoltorios de caramelos, paquetes de Wing y de Chesterfield vacíos. La ropa era muy cara, demasiado para el entorno. En un rincón vio una blusa de seda que habría costado más que su alquiler.

—No soy adoptado —respondió—. Me he criado con los Corleone, pero nadie me ha adoptado.

—Qué más da —dijo Kelly—. Así pues, ¿qué eres? ¿Italiano, irlandés, o una mezcla rara de las dos cosas?

Tom se sentó en el borde de la cama. Ahora estaban teniendo una conversación por fin. Se puso serio.

—Así que me has elegido porque sabes algo de mi familia, ¿no?

—¿Qué pensabas, chico? ¿Que ha sido por tu cara bonita? —Kelly dejó caer la ceniza de su cigarrillo en el fregadero que tenía detrás. Dejó correr el agua para que se llevara las cenizas por el desagüe.

—¿Qué tiene que ver mi familia con todo esto?

—¿Con qué? —preguntó la joven con una auténtica sonrisa, como si finalmente estuviese disfrutando.

—Con traerme aquí a tu casa para que te follase —dijo Tom.

—No me has follado, chico. Te he follado yo a ti. —Hizo una pausa, todavía sonriendo y mirándole.

Tom dio una patada a un paquete de Chesterfield.

—¿Quién fuma eso?

—Yo.

—¿Tú fumas Wing y Chesterfield?

—Wing cuando compro yo. Si no, Chesterfield. —Como Tom no decía nada, añadió después—: Te estás calentando. Vamos, sigue.

—Vale —dijo Tom—. ¿De quién es el coche con el que hemos venido hasta aquí? No es tuyo. Nadie que tenga un coche vive en un sitio como este.

—Muy bien, chico. Ahora estás haciendo las preguntas adecuadas.

—¿Y quién te compra toda esa ropa fina?

—¡Bingo! —dijo Kelly—. Ya lo has adivinado. Mi novio me compra la ropa. Y el coche es suyo.

—Deberías decirle que te lleve a un sitio mejor que este.

Tom miró a su alrededor como si le asombrase lo fea que era la habitación.

—¡Pues claro! —Kelly también miró la habitación con él, como si compartiera su asombro—. ¿A que es una covacha? ¡Y tengo que vivir aquí!

—Deberías hablar con él —dijo Tom—. Con ese novio tuyo.

Kelly no parecía oírle. Estaba mirando la habitación como si la viera por primera vez.

—Me debe de odiar, ¿verdad? —preguntó—. Para hacerme vivir en un cuartucho como este...

—Tendrías que hablar con él —insistió Tom.

—Vete —dijo Kelly. Saltó del mostrador y se envolvió en la sábana—. Vete —repitió—. Me canso de jugar contigo.

Tom se dirigió hacia la puerta, donde había colgado su gorra en una percha.

—He oído decir que tu familia tiene millones —dijo Kelly, mientras Tom estaba todavía de espaldas a ella—. Vito Corleone y su banda.

Tom cogió la gorra y se la puso en la cabeza, enderezándola luego.

—¿De qué va todo esto, Kelly? ¿Por qué no me lo dices claramente?

La chica agitó el cigarrillo, haciendo señas hacia él.

—Vete ahora. Adiós, Tom Hagen.

27

Tom dijo adiós educadamente y salió, pero antes de que hubiese dado más de un par de pasos en el pasillo, la puerta se abrió de golpe y apareció Kelly de pie en la oscura entrada, habiendo dejado la sábana que la cubría en algún lugar de la habitación que quedaba tras ella. Dijo:

—No sois unos tipos tan duros, vosotros, los Corleone.

Tom se tocó la visera de la gorra, enderezándola. Se quedó mirando a Kelly, que permanecía de pie descaradamente justo ante su puerta.

—No estoy seguro de representar bien a toda mi familia —contestó.

—Ah —dijo Kelly. Se pasó los dedos por las ondas del pelo. Parecía confusa por la respuesta de Tom, y luego desapareció dentro de su apartamento, sin cerrar del todo la puerta tras ella.

Tom se metió bien la gorra por la frente y se dirigió hacia las escaleras y luego hacia la calle.

Sonny estaba fuera del camión y corrió atravesando la Undécima en cuanto Tom salió del edificio. Este buscó la puerta tras él, como si quisiera volver a meterse dentro en el vestíbulo, y Sonny le alcanzó, le puso un brazo en torno al hombro y tiró de él hacia la acera, llevándole hacia la esquina.

—¡Eh, idiota! —dijo Sonny—. Dime una cosa, ¿vale, tío? ¿Estás intentando hacer que te maten, o es que simplemente eres un *stronz*? ¿Sabes de quién es la chica con la que acabas de hacer tu numerito? ¿Sabes dónde te has metido?

Sonny chillaba más a cada pregunta que hacía, y luego empujó a Tom de vuelta hacia el callejón. Levantó el puño y rechinó los dientes para no darle un golpe a Tom y aplastarle contra la pared.

—No tienes ni idea del problema en el que te has metido, ¿verdad? —Se inclinó hacia Tom como si pudiera echarse encima de él en cualquier momento—. ¿Qué estás haciendo con una puta irlandesa, además? —Levantó las manos y formó un pequeño círculo apretado, levantando los ojos al cielo, como si llamara a los dioses—. *Cazzo!* —gritó—. ¡Te voy a meter en la alcantarilla a patadas en el culo!

—Sonny. Por favor, cálmate… —Se estiró la camisa y se arregló el jersey arrugado en la espalda.

—¿Que me calme? —exclamó Sonny—. Déjame que te lo pregunte otra vez: ¿conoces a esa chica a la que te acabas de tirar?

—Pues no —dijo Tom—. ¿Quién es esa chica a la que me acabo de tirar?

—No lo sabes...

—No tengo ni idea, Sonny. ¿Por qué no me lo dices?

Sonny miró a Tom maravillado, y luego, como le ocurría a menudo, su ira desapareció. Se echó a reír.

—Es la chica de Luca Brasi, idiota. ¡Y tú no lo sabías!

—No tenía ni idea. ¿Y quién es Luca Brasi?

—Quién es Luca Brasi... —repitió Sonny—. Preferirías no saberlo. Luca es un tío que te arrancará el brazo y te matará a golpes con él si lo miras de una manera que no le gusta. Conozco a muchos tíos duros que le tienen miedo a Luca Brasi. Y tú vas y te tiras a su chica.

Tom se tomó con calma esa información, como si estuviera pensando en sus posibles implicaciones.

—Vale —dijo—, y ahora eres tú quien tiene que contestarme una pregunta: ¿qué demonios estás haciendo aquí?

Sonny respondió:

—¡Ven aquí! —Envolvió a Tom en un abrazo asfixiante y retrocedió para echarle un buen vistazo a su hermano—. ¿Cómo estaba ella? —Agitó la mano—. *Madon'!* ¡Vaya pieza!

Rodeó a Sonny. En la calle, un pulcro caballo ruano tiraba de un coche de Pechter Bakery junto a las vías del ferrocarril, y uno de los radios de la parte trasera del coche crujió y se rompió. El hombre gordo que iba a las riendas lanzó una mirada aburrida a Tom, y este se tocó la gorra haciéndole una seña antes de volverse de nuevo a Sonny.

—¿Y por qué vas vestido como si acabaras de pasar la noche con Dutch Schultz? —Toqueteó las solapas del traje cruzado de Sonny y acarició la rica tela del chaleco—. ¿Cómo puede ser que un chico que trabaja en un garaje posea un traje como este?

—Eh —replicó Sonny—. El que pregunta soy yo. —Pasó el brazo de nuevo en torno a los hombros de Tom y lo condujo hacia la calle—. En serio, Tommy, ¿tienes idea de los problemas en los que te podrías meter?

—No sabía que era la novia de Luca Brasi. Ella no me lo ha dicho. —Hizo un gesto hacia la calle—. ¿Adónde vamos? ¿Volvemos a la Décima Avenida?

—¿Qué haces tú yendo al Juke's Joint? —preguntó Sonny.

—¿Y cómo sabes que estaba en el Juke's Joint?

—Porque te iba siguiendo.

—¿Y qué hacías tú en el Juke's Joint?

—¡Calla antes de que te dé un sopapo! —Sonny apretó el hombro de Tom como para hacerle saber que en realidad no estaba enfadado—. Yo no soy el que está en la universidad y se supone que tiene que meterse de cabeza en los libros.

—Es sábado por la noche —dijo Tom.

—No, ya no —replicó Sonny—. Es domingo por la mañana. Dios mío —añadió, como acordándose de pronto de lo tarde que era—. Estoy cansado.

Tom se desprendió del brazo de Sonny. Se quitó la gorra, se arregló el pelo y se la volvió a poner, bajando mucho el borde por la frente. Sus pensamientos volvieron a Kelly, caminando por el diminuto espacio de su habitación, arrastrando la sábana tras ella como si supiera que tenía que taparse pero no acabara de importarle. Llevaba un perfume que él no era capaz de describir. Se apretó el labio superior, que era algo que hacía cuando pensaba mucho, y notó el olor de ella en sus dedos. Era un olor complejo, corporal, crudo. Estaba asombrado por todo lo que había pasado. Era como vivir la vida de otra persona: de una persona como Sonny. En la Undécima, un coche pasó traqueteando detrás de un carro tirado por un caballo. Aminoró brevemente mientras el conductor echaba una rápida mirada hacia la acera y luego adelantó al carro y se alejó.

—¿Adónde vamos? —preguntó Tom—. Es tarde para ir a pasear.

—Tengo coche —contestó Sonny.

—¿Tienes coche?

—Es del garaje. Me dejan usarlo.

—¿Y dónde demonios lo tienes aparcado?

—A unas manzanas de aquí.

—¿Por qué has aparcado lejos, si sabías que yo estaba...?

—*Che cazzo!* —Sonny abrió los brazos con un gesto de asombro ante la ingnorancia de Tom—. Porque este es el territorio de Luca Brasi. Luca Brasi, los O'Rourke y un montón de irlandeses locos.

—¿Y tú qué coño sabes? —preguntó Tom. Dio un paso ante Sonny—. ¿Cómo coño sabe un crío que trabaja en un garaje de quién es este territorio?

Sonny empujó a Tom y lo apartó de su camino. No fue un empujón suave, pero sonreía.

—Esto es peligroso. Yo no soy tan imprudente como tú. —En cuanto esas palabras salieron de su boca se echó a reír, como si se hubiera sorprendido a sí mismo.

—Está bien, mira… —Se puso a andar subiendo la manzana otra vez—. He ido a Juke's Joint con unos tíos que conozco de la facultad. Se suponía que íbamos a bailar un poco, tomar un par de copas e irnos. Entonces esa muñeca me ha sacado a bailar, y al momento ya estaba en la cama con ella. No sabía que era la novia de Luca Brasi. Lo juro.

—*Madon!* —Sonny señaló un Packard negro aparcado bajo una farola—. Ese es el mío.

—Querrás decir del garaje.

—Vale —dijo Sonny—. Sube y calla.

Dentro del coche, Tom echó el brazo por encima del respaldo del asiento y vio que Sonny se quitaba el sombrero, lo colocaba en el asiento a su lado y sacaba una llave del bolsillo de su chaleco. El largo cambio de marchas que salía del suelo tembló ligeramente cuando el coche se puso en marcha. Sonny sacó un paquete de Lucky Strike del bolsillo de su chaqueta, encendió uno y puso el cigarrillo en un cenicero colocado en la madera pulida del salpicadero. Una nubecilla de humo se alzó hacia el parabrisas mientras Tom abría la guantera y encontraba en ella una caja de preservativos. Le dijo a Sonny:

—¿Y te dejan conducir este coche un sábado por la noche?

Sonny arrancó y se dirigió hacia la avenida sin responder.

Tom estaba cansado pero plenamente despierto, y suponía que pasaría un rato antes de que pudiera irse a dormir. Fuera, las calles iban pasando mientras Sonny se dirigía hacia el centro de la ciudad.

31

—¿Me estás llevando a mi residencia? —preguntó Tom.

—No, a mi casa —contestó Sonny—. Puedes quedarte a dormir esta noche. —Lo miró—. ¿Has pensado en todo esto? ¿Tienes alguna idea de lo que vas a hacer?

—¿Si ese Luca lo averigua, quieres decir?

—Sí, eso es lo que quiero decir.

Tom vio pasar las calles a toda velocidad. Iban junto a una hilera de bloques de casas, con casi todas las ventanas cerradas y oscuras por encima del brillo de las farolas

—¿Y cómo lo va a averiguar? —dijo al final—. Ella no se lo dirá. —Tom negó con la cabeza, como si quisiera con ello eliminar la posibilidad de que Luca lo averiguase—. Creo que está un poco loca. Toda la noche ha estado haciendo cosas raras.

—Ya sabes que la cosa no va contigo, Tom. Si Luca lo averigua y va a por ti, entonces papá tendrá que ir a por él. Y habrá guerra. Y todo porque no puedes tener la bragueta cerrada.

—¡Por favor! —exclamó Tom—. ¿Tú me vas a dar lecciones de cómo mantener la bragueta cerrada?

Sonny le quitó la gorra de un manotazo.

—Ella no se lo va a decir —dijo Tom—. No habrá cabos sueltos.

—Cabos sueltos —se burló Sonny—. ¿Y cómo lo sabes? ¿Cómo sabes que ella no quería ponerle celoso? ¿No se te ha ocurrido? A lo mejor intenta ponerle celoso.

—Es una locura, ¿no crees?

—Sí —afirmó Sonny—, pero acabas de decir que está loca. Y además es una mujer, y todas las mujeres están como una cabra. Especialmente las irlandesas. Todas son unas lunáticas.

Tom dudó y luego dijo, zanjando la cuestión:

—No creo que se lo diga. Si lo hace, no tendré otra alternativa que ir a ver a papá.

—¿Qué diferencia hay en que te mate Luca o te mate papá?

—¿Y qué puedo hacer si no? —Añadió algo que se le acababa de ocurrir—: Quizá deba buscar un arma.

—¿Y qué harías? ¿Volarte un pie con ella?

—¿Tienes alguna otra idea?

—No —dijo Sonny, sonriendo—. He tenido mucho gusto en conocerte, Tom. Has sido un buen hermano para mí. —Se inclinó hacia atrás y el coche se llenó con sus risotadas.

—Muy gracioso —exclamó Tom—. Mira. Apuesto a que ella no se lo dice.

—Vale —dijo Sonny, apiadándose de él. Dio unos golpecitos a la ceniza de su cigarrillo, aspiró y habló mientras exhalaba el humo—. Y si lo hace, papá ya encontrará una forma de arreglarlo. Estarás un tiempo en la perrera, pero no dejará que Luca te mate —y al cabo de un momento añadió—: Pero claro, sus hermanos... —y se echó a reír otra vez con grandes carcajadas.

—¿Te lo estás pasando bien? —dijo Tom—. ¿De puta madre?

—Lo siento pero es que es muy bueno. El señor Perfecto resulta que no es tan perfecto. El Buen Chico tiene algo de malo en su interior. Estoy disfrutando mucho. —Sonny levantó la mano para despeinar a Tom, que le apartó la mano.

—Tienes muy preocupada a mamá. Encontró un billete de cincuenta dólares en el bolsillo de unos pantalones tuyos que le diste para lavar.

Sonny golpeó con la mano en el volante.

—¡Ah, estaba ahí! ¿Le ha dicho algo a papá?

—No, todavía no. Pero está preocupada por ti.

—¿Y qué ha hecho con el dinero?

—Me lo ha dado a mí.

Sonny miró a Tom.

—No te preocupes —dijo Tom—. Lo he guardado.

—¿Así que mamá está preocupada? Yo trabajo. Dile que he ahorrado el dinero.

—Vamos, Sonny. Mamá no es tonta. Estamos hablando de un billete de cincuenta dólares.

—Pues si está preocupada, ¿por qué no me pregunta a mí?

Tom se apoyó hacia atrás en el asiento, cansado del simple hecho de tener que hablar con Sonny. Abrió su ventanilla del todo y dejó que el viento le diese en la cara.

—Mamá no te pregunta nada —dijo—, de la misma manera que no pregunta a papá por qué ahora tenemos un edificio entero en el Bronx, cuando antes, en la Décima Avenida, vivíamos seis en un apartamento de dos habitaciones. Por el mismo motivo por el que nunca le pregunta cómo es que todo el mundo que vive en el edificio trabaja para él, o por qué siempre hay dos tipos vigilando en la entrada a todo el que entra o sale.

Sonny bostezó y se pasó los dedos por la mata de pelo oscuro y ensortijado que se derramaba sobre su frente y le llegaba casi hasta los ojos.

—Bueno, el negocio del aceite de oliva siempre es peligroso —dijo.

—Sonny —exclamó Tom—. ¿Qué estabas haciendo con un billete de cincuenta dólares en el bolsillo? ¿Qué estás haciendo con un traje cruzado de rayas, como si fueras un gánster? ¿Y por qué —siguió preguntando, moviéndose con rapidez y metiendo la mano bajo el traje de Sonny, y luego subiéndola hasta sus hombros—, por qué llevas un arma?

—Mira, Tom —repuso Sonny apartándole la mano—. Dime una cosa: ¿crees que mamá cree realmente que papá se dedica al negocio del aceite de oliva?

Tom no respondió. Se quedó mirando a Sonny y esperó.

—Llevo la puta pistola encima —dijo Sonny—, porque mi hermano podía tener problemas y quizá necesitaba a alguien que le sacara de ellos.

—Pero ¿dónde has conseguido un arma? —preguntó Tom—. ¿Qué te está pasando, Sonny? Papá te matará si haces lo que parece que estás haciendo. ¿Qué narices te pasa?

—Responde mi pregunta —insistió Sonny—. Lo digo en serio. ¿Crees que mamá piensa que papá se dedica de verdad a vender aceite de oliva?

—Papá se dedica a vender aceite de oliva. ¿Por qué lo dices? ¿A qué negocios crees que se dedica?

Sonny miró a Tom como diciéndole: «No digas tonterías».

—No sé lo que cree o no cree mamá. Lo único que sé es que me pidió que hablase contigo por lo del dinero —dijo Tom.

—Pues dile que lo ahorré trabajando en el garaje.

—¿Y todavía trabajas en el garaje?

—Sí —dijo Sonny—. Trabajo allí.

—Por el amor de Dios, Sonny... —Tom se frotó los ojos con las manos. Estaban en la calle Canal, las aceras de ambos lados llenas de puestos de venta vacíos. Ahora todo estaba tranquilo, pero al cabo de unas pocas horas la calle se llenaría de gente vestida de domingo para dar un paseo en la tarde otoñal.

—Sonny, escúchame. Mamá ha pasado toda su vida preocupándose por papá, pero por sus hijos no debe preocuparse. ¿Me oyes, listillo? —Tom levantó la voz para recalcar lo que decía—. Yo voy a la universidad. Tú tienes un buen trabajo en el garaje. Fredo, Michael y Connie son pequeños todavía. Mamá puede dormir por las noches porque no tiene que preocuparse por sus niños como se preocupa cada momento que pasa despierta en esta vida por papá. Piénsalo, Sonny —Tom cogió una de las solapas del traje de Sonny entre sus dedos—, ¿quieres que mamá sufra? ¿Cuánto vale para ti este traje tan elegante?

Sonny aparcó en la acera frente al garaje. Parecía soñoliento y aburrido.

—Ya estamos. Ábreme la puerta, ¿quieres, compañero?

—¿Ya está? —dijo Tom—. ¿Eso es todo lo que me vas a decir?

Sonny apoyó la cabeza en la parte superior del respaldo del coche y cerró los ojos.

—Uf, estoy cansado.

—Estás cansado —repitió Tom.

—Pues sí. Llevo despierto una eternidad.

Tom miró a Sonny y esperó, hasta que se dio cuenta, al cabo de un minuto, de que se estaba durmiendo.

—*Mammalucc'!* —exclamó. Suavemente cogió un mechón del pelo de su hermano y lo sacudió.

—¿Eh, qué pasa? —preguntó Sonny, sin abrir los ojos—. ¿Has abierto el garaje ya?

—¿Tienes llave?

Sonny abrió la guantera, sacó una llave y se la tendió a Tom. Él señaló la portezuela del coche.

—De nada —dijo Tom. Salió a la calle. Estaban en Mott,

a una manzana del apartamento de Sonny. Pensó en preguntarle por qué guardaba el coche en un garaje que estaba a una manzana de su apartamento, cuando podía aparcar con toda facilidad en la calle, frente a la puerta de entrada. Lo pensó, desechó la idea y luego fue a abrir el garaje.

36

3

Sonny llamó una sola vez, abrió la puerta delantera y no consiguió dar siquiera dos pasos entre el caos antes de que Connie, chillando su nombre, saltara a sus brazos. El vestido de color amarillo intenso que llevaba estaba rozado y manchado porque al parecer se había caído de rodillas. Mechones de sedoso cabello oscuro, liberados de la constricción de dos pasadores de lazo color rojo chillón, le azotaban el rostro. Detrás de Sonny, Tom cerró la puerta delantera entre una brisa otoñal que levantaba las hojas y la basura de la avenida Arthur, y las arrastraba por Hughes pasando por delante de los escalones delanteros del hogar de los Corleone, donde Fat Bobby Altieri y Johnny LaSala, un par de antiguos boxeadores de Brooklyn, estaban de pie en la entrada fumando cigarrillos y hablando de los Giants. Connie pasó sus delgados bracitos infantiles en torno al cuello de Sonny y le dio un sonoro y húmedo beso en la mejilla. Michael se levantó de la partida de damas que estaba jugando con Paulie Gatto, y Fredo vino desde la cocina, y todos los que estaban en el piso (había muchísima gente aquel domingo por la tarde) al parecer celebraron la llegada de Sonny y Tom, y un saludo estentóreo resonó en todas las habitaciones.

Arriba, en un estudio que se encontraba al final de un tramo de escalones de madera, Genco Abbandando se levantó del sillón de cuero bien mullido y cerró la puerta.

—Parece que acaban de llegar Sonny y Tommy —dijo.

37

Como nadie que no estuviese sordo habría podido dejar de oír el nombre de los chicos pronunciado una docena de veces, aquel aviso era innecesario.

Vito, en una silla de respaldo recto junto a su escritorio, con el pelo muy negro peinado hacia atrás, tabaleó con los dedos en la rodilla y dijo:

—Bueno, arreglemos esto rápido. Quiero ir a ver a los chicos.

—Como decía —siguió Clemenza—, a Mariposa le va a estallar una vena. —Se sacó un pañuelo del bolsillo de la chaqueta y se sonó la nariz—. Me he resfriado un poco —dijo, agitando el pañuelo hacia Vito como si quisiera ofrecerle pruebas.

Clemenza era un hombre gordo, con la cara redonda y unas entradas en el pelo que se ampliaban muy rápido. Su cuerpo recio llenaba el sillón de cuero junto al de Genco. Entre ellos se encontraba una mesa con una botella de anís y dos vasitos.

Tessio, el cuarto hombre presente en la habitación, se encontraba de pie frente a un asiento de ventana que daba a la avenida Hughes.

—Emilio ha enviado a uno de sus chicos a verme —dijo.

—Y a mí también —añadió Clemenza.

Vito parecía sorprendido.

—¿Emilio Barzini cree que nos estamos apropiando de su whisky?

—No —repuso Genco—. Emilio es listo, sabe que no. Mariposa sí que cree que nos estamos «apropiando» de su whisky, y Emilio cree que quizá deberíamos averiguar quién es.

Vito se pasó el dorso de los dedos por la mandíbula.

—¿Y cómo es que un hombre tan idiota —refiriéndose a Mariposa—, ha llegado a una conclusión tan acertada?

—Emilio trabaja para él —dijo Tessio—. Eso ayuda.

Clemenza añadió:

—Tiene a los hermanos Barzini, a los hermanos Rosato, a Tomasino Cinquemani, a Frankie Pentangeli... *Madon!* Sus *capos*... —Agitó los dedos, como diciendo que los *capos* de Mariposa eran tipos duros.

Vito cogió el vaso lleno de Strega color amarillo que estaba encima de su escritorio. Dio un sorbo y volvió a dejar el vaso.

—Ese hombre es amigo de la Organización de Chicago.

Tiene a la familia Tattaglia en el bolsillo. Ha conseguido que políticos y hombres de negocios vayan tras él... —Vito abrió las manos hacia sus amigos—. ¿Por qué convertir en enemigo mío a un hombre como ese, robándole unos pocos dólares?

—Y es amigo personal de Capone. De hace mucho —añadió Tessio.

Clemenza intervino:

—Es Frank Nitti quien controla Chicago ahora.

—Eso cree Nitti —replicó Genco—. Ricca es el único al mando desde que Capone está a la sombra.

Vito suspiró audiblemente y los tres hombres que tenía delante se quedaron callados al momento. A los cuarenta y un años, Vito todavía conservaba un aspecto muy juvenil: el pelo oscuro, el pecho y los brazos musculosos, la piel olivácea aún sin mancillar por arrugas o imperfecciones. Aunque era más o menos de la misma edad que Clemenza y Greco, Vito parecía mucho más joven que ambos... y mucho más joven que Tessio, que había nacido ya con el aspecto de un viejo.

—Genco, *consigliere*. ¿Es posible que sea un *stupido*? ¿O es que está tramando algo? —inquirió, subrayando su pregunta con un encogimiento de hombros.

Genco se quedó pensativo. Era un hombre esbelto, con la nariz ganchuda, y siempre parecía un poco nervioso. Tenía perpetuamente algo de *agita*, y continuamente echaba dos tabletas de Alka-Seltzer en un vaso de agua, que bebía como si fuera un chupito de whisky. Respondió:

—Giuseppe no es tan estúpido como para no saber que tiene los días contados. Sabe que la ley de Prohibición se va a acabar, y creo que con esto de LaConti intenta situarse bien para ser el que lleve las riendas cuando se revoque la ley Volstead. Pero debemos tener en cuenta que el asunto con LaConti no ha terminado...

—LaConti ya está muerto —le interrumpió Clemenza—. Lo que pasa es que aún no lo sabe.

Genco dijo:

—No, no está muerto aún. Rosario LaConti no es un hombre a quien se pueda subestimar.

Tessio meneó la cabeza, como si sintiera mucho lo que iba a decir.

39

—Es como si estuviera muerto. —Sacó un paquete de cigarrillos del bolsillo interior de su chaqueta—. La mayoría de sus hombres ya se han pasado a Mariposa.

—¡LaConti no estará muerto hasta que esté muerto! —ladró Genco—. ¡Y si ocurre tal cosa, cuidado! Una vez acabada la Prohibición, Joe nos tendrá en un puño. Él será quien mande, y repartirá lo que quede del pastel para estar seguro de quedarse con la porción más grande. La de Mariposa será la familia más fuerte en todas partes... en Nueva York, en todas partes.

—Excepto en Sicilia —dijo Clemenza.

Genco le ignoró.

—Pero, como digo, LaConti no está muerto aún.. y hasta que Joe se encargue de él, esa será su principal preocupación. —Señaló hacia Tessio—. Él cree que tú te estás apropiando de sus envíos, o tú —dijo a Clemenza—, o nosotros —apuntó a Vito—. Pero no quiere empezar nada con nosotros. Al menos hasta que acabe con lo de LaConti. No obstante, quiere que cesen los robos.

Vito abrió un cajón del escritorio, sacó una caja de cigarros De Nobili y desenvolvió uno. Le dijo a Clemenza:

—¿Estás de acuerdo con Genco?

Clemenza cruzó las manos encima del vientre.

—Mariposa no nos tiene respeto.

—No respeta a nadie —dijo Tessio.

—Para Joe somos un puñado de *finocch's.* —Clemenza se retorció incómodo en su silla y su rostro se sonrojó ligeramente—. Somos como los matones irlandeses que está sacando del negocio... don nadies de poca monta. No creo que se preocupe de si empieza o no algo con nosotros. Tiene todos los sicarios y pistoleros que necesita.

—No estoy de acuerdo —afirmó Genco, y se acabó el anís—. Mariposa es un idiota que no tiene ningún respeto: con eso sí que estoy de acuerdo. Pero sus *capos* no lo son. Procurarán que se ocupe del asunto de LaConti antes que nada. Hasta que eso haya terminado, lo de los robos es un asunto de poca monta, nada más.

Vito encendió el cigarro y se volvió hacia Tessio. En el piso de abajo, una de las mujeres gritó algo en italiano y uno de los hombres le devolvió el grito, y luego la casa se llenó de risas.

Tessio apagó la colilla de su cigarrillo en un cenicero negro que tenía al lado, en el asiento de la ventana.

—Joe no sabe quién le está birlando sus envíos. Nos enseña el puño, pero luego tendrá que esperar y ver qué pasa.

Genco, que estaba a punto de gritar, dijo:

—Vito, nos está enviando un mensaje: si le robamos, será mejor que dejemos de hacerlo. Si no lo hacemos, será mejor que averigüemos quién es y acabemos con este asunto... por nuestra propia salud. Sus *capos* saben que no somos tan idiotas como para robar unos pocos dólares, pero les parece mejor concentrarse en el negocio con LaConti y conseguir que hagamos ese pequeño trabajo sucio para ellos y nos ocupemos de ese problema. De esa manera, no tienen que molestarse... y puedes apostar a que son los Barzini los que han pensado en jugar de esta manera. —Encontró un cigarro en el bolsillo de su abrigo y rasgó el envoltorio—. Vito, escucha a tu *consigliere*.

Vito estaba tranquilo, dando tiempo a Genco para que se calmase.

41

—Así que ahora trabajamos para Jumpin' Joe Mariposa. —Se encogió de hombros—. ¿Y cómo es posible que esos ladrones sean desconocidos? —les preguntó a los tres—. Tendrán que venderle ese whisky a alguien, ¿no?

—Se lo venden a Luca Brasi —dijo Clemenza—, y este a su vez a los bares clandestinos de Harlem.

—¿Y por qué no averigua Joe lo que quiere saber de ese Luca Brasi?

Clemenza y Tessio se miraron, como si esperasen cada uno que el otro hablase primero. Como ninguno de los dos lo hizo, el que habló fue Genco.

—Luca Brasi es un animal. Es grande, fuerte como diez hombres, y está loco. Mariposa le tiene miedo. Todo el mundo le teme.

—*Il diavolo!* —dijo Clemenza—. Vinnie Suits, de Brooklyn, jura que vio a Brasi recibir una bala a quemarropa en el corazón, levantarse y salir andando como si no hubiese ocurrido nada.

—Un demonio del infierno —exclamó Vito, que sonrió

como si aquello le divirtiera—. ¿Y cómo es posible que sea la primera vez que oigo hablar de un hombre semejante?

—Es una historia de poca monta —dijo Genco—. Tiene una banda de cuatro o cinco chicos. Dan golpes y llevan un local de apuestas que le quitaron a los irlandeses. Nunca han mostrado interés alguno por expandirse.

—¿Y dónde opera? —preguntó Vito.

—En los barrios irlandeses en torno a la Décima y la Undécima, y arriba en Harlem —explicó Tessio.

—Está bien. —Vito asintió de una manera que indicaba que la discusión había terminado—. Ya veremos lo de ese *demone*.

—Vito —dijo Genco—, Luca Brasi no es un hombre con el que se pueda razonar.

Lo miró como si viese a su través y Genco se echó atrás en su silla.

—¿Algo más? —Vito miró su reloj de pulsera—. Nos esperan para empezar a comer.

—Me muero de hambre —dijo Clemenza—, pero no puedo quedarme. Mi mujer ha traído a su familia. *Madre' Dio!* —Se dio una palmada en la frente.

Genco se rio al oír esto, y ni siquiera Vito pudo evitar una sonrisa. La mujer de Clemenza era grande como él, y más dura aún. Sus familiares eran un puñado de gritones a los que les gustaba pelearse por todo, desde el béisbol a la política.

—Una cosa más —dijo Tessio—, ya que hablamos de los irlandeses. Me ha llegado el rumor de que algunos de ellos podrían estar intentando formar una banda. Me han dicho que ha habido reuniones entre los hermanos O'Rourke, los Donnelly, Pete Murray y más. No están contentos porque les han expulsado de sus antiguos negocios.

Vito desestimó esa idea agitando la cabeza.

—Los únicos irlandeses de los que tenemos que preocuparnos ahora son policías y políticos. Esa gente de la que hablas no son más que matones callejeros. Intentan organizarse, pero acabarán emborrachándose y matándose unos a otros.

—Aun así —dijo Tessio—, podrían representar un problema.

Vito miró a Genco y este le dijo a Tessio:

—Vigílalos. Si oyes algo más...

Vito se levantó de su silla y dio una palmada, como queriendo decir que la reunión había terminado. Apagó su cigarrillo en un cenicero de cristal tallado, apuró el último sorbo de
Strega y siguió a Tessio, salieron por la puerta y bajaron las escaleras. Su hogar estaba lleno de familiares y amigos. En el salón, bajando la escalera, Richie Gatto, Jimmy Mancini y Al
Hats se encontraban en medio de una fuerte discusión sobre
los Yankees y Ruth.

—¡El Bambino! —chillaba Mancini, antes de ver a Vito bajando las escaleras. Se puso de pie, igual que los otros hombres.

Al, un tipo muy bajo y vestido elegantemente, de cincuenta
y tantos años, gritó a Tessio:

—¡Estos *cetriol's* me están diciendo que Bill Terry es un
manager mucho mejor que McCarthy!

—¡Memphis Bill! —exclamó Genco.

Clemenza gritó a su vez:

—¡Los Yanks van cinco juegos por detrás de los Senators!

—Los Giants ya tienen la victoria en el bote —dijo Tessio.
Su tono sugería que no le hacía demasiado feliz aquello, como
fanático de los Brooklyn Dodgers, pero así eran las cosas.

—Papá —dijo Sonny—, ¿cómo estás?

Pasó entre la multitud para darle un abrazo. Vito le propinó
unas palmaditas en la nuca.

—¿Qué tal las cosas en el trabajo?

—¡Bien! —Sonny señaló una puerta abierta entre el salón
y el comedor, de donde acababa de salir Tom llevando a Connie
en brazos, con Fredo y Michael a su lado—. Mira lo que he encontrado —añadió, refiriéndose a Tom.

—¡Eh, papá! —dijo Tom. Dejó a Connie en el sofá y se dirigió hacia Vito, que lo abrazó y lo sujetó por los hombros.

—¿Qué estás haciendo aquí, en lugar de estudiar, como deberías?

Carmella salió de la cocina con una enorme bandeja de
antipasto, las lonchas de *capicol'* enrolladas rodeando unos
tomates rojos y brillantes, aceitunas negras y trozos de
queso fresco.

—¡Necesita un poco de comida de verdad! —chilló—. ¡Se
le está encogiendo el cerebro con la basura que le dan para comer! *Mangia!* —le dijo a Tom. Llevó la bandeja a la mesa, que

43

en realidad eran dos mesas colocadas una junto a la otra, cubiertas con un par de manteles rojos y verdes.

Tessio y Clemenza se excusaron y se dedicaron a dar media docena de apretones de manos y abrazos antes de irse.

Vito puso su mano en la espalda de Tom y lo dirigió hacia el comedor, donde el resto de los hombres y los chicos estaban colocando sillas en torno a la mesa, y las mujeres iban ordenando los asientos y haciendo sitio a más bandejas de antipasto y pan junto con aceiteras y vinagreras. La esposa de Jimmy Mancini, que apenas tenía veinte años, estaba en la cocina con el resto de las mujeres. Estaban preparando la salsa de tomate con carne y especias que hervía a fuego lento, y cada pocos minutos su risa aguda y desenvuelta puntuaba la risa de las mujeres mayores, que contaban historias y hablaban de sus familias y vecinos. En la mesa de la cocina detrás de ellas, Carmella se unía a la conversación mientras cortaba y doblaba tiras de masa encima de unos trozos de ricotta, y luego sellaba los bordes con los pinchos de un tenedor. Se había levantado temprano para mezclar y batir la masa, y pronto dejaría caer los ravioli en una enorme olla de agua hirviendo. A su lado, en la mesa, una de las vecinas de Carmella, Anita Columbo, trabajaba silenciosamente preparando el *braciol'*, mientras la nieta de Anita, Sandra, una joven de dieciséis años con el pelo negro como el azabache que acababa de llegar hacía poco de Sicilia, colocaba unas croquetas de patata de un marrón dorado en una bandeja de servir de color azul intenso. Sandra, como su abuela, estaba callada, aunque llegaba del viejo país hablando un inglés intachable que había aprendido de sus padres, educados por Anita en el Bronx.

En la alfombra del salón, Connie jugaba con Lucy Mancini, que era de su misma edad pero ya le doblaba el peso, aunque solo era un par de centímetros más alta. Estaban sentadas en un rincón jugando tranquilamente con muñecas y tacitas de té. Michael Corleone, de trece años, que estaba en octavo curso, atraía la atención de todo el mundo en la mesa del comedor. Llevaba una camisa blanca sencilla con el cuello ribeteado, y estaba sentado a la mesa con las manos juntas ante sí. Acababa de informar a todos los presentes de que tenía un trabajo «enorme» que debía entregar a final de año en clase de historia americana, y que «se estaba planteando» escribir un informe sobre las cinco ramas de los cuerpos armados: el ejército, los marines, la marina, las fuerzas aéreas y los guardacostas. Fredo Corleone, que tenía dieciséis meses más que Michael e iba un curso por delante de él en el colegio, gritó:

—¡Eh, *stupido*! ¿Desde cuánto los guardacostas forman parte de los servicios armados?

Michael miró a su hermano.

—Desde siempre —dijo, y luego miró a Vito.

—¡Tarugo! —chilló Fredo. Hizo un gesto con una mano y con la otra cogió la hebilla de metal de uno de sus tirantes—. Los guardacostas no son militares de verdad.

—Es curioso, Fredo. —Michael se echó hacia atrás y luego volvió la mirada plenamente hacia su hermano—. Entonces supongo que el panfleto que recibí de la oficina de reclutamiento está equivocado.

La mesa entera soltó una carcajada y Fredo chilló a su padre:

—¡Eh, papá! Los guardacostas no forman parte de los servicios armados, ¿verdad?

Vito, a la cabecera de la mesa, se sirvió un vaso de vino tinto de una jarra sencilla colocada junto a su plato. El Acta Volstead todavía estaba en vigor, pero no había una sola familia italiana en el Bronx que no bebiese vino con la comida del domingo. Cuando se terminó el vaso le sirvió un poco a Sonny, que estaba sentado junto a él, a su izquierda. A su derecha estaba la silla vacía de Carmella.

Tom respondió por Vito, pasando el brazo alrededor a Fredo y diciendo:

—Mikey tiene razón. Lo que pasa es que los guardacostas no se mezclan en las grandes luchas, como las demás ramas.

—¿Ves...? —dijo Fredo a Michael.

—De todos modos —dijo Michael en la mesa—, probablemente haga el trabajo sobre el Congreso.

Vito hizo un gesto a Michael y le dijo:

—Quizá tú mismo estés algún día en el Congreso.

Michael sonrió al oír esto, mientras Fredo murmuraba algo en voz baja, y luego Carmella y las mujeres se unieron a la mesa, trayendo con ellas dos cuencos de servir llenos de ravioli

45

rociados con salsa de tomate, junto con bandejas de carne y de verduras. Surgieron comentarios emocionados en toda la mesa al ver la comida, que se convirtieron en ruidosas bromas cuando las mujeres empezaron a servir raciones en los platos. Cuando todos los platos estuvieron llenos de comida, Vito levantó su copa y dijo: «*Salute!*», ante lo cual todo el mundo respondió amablemente y empezaron a degustar aquella comida dominical.

Vito, como era típico en él, habló poco durante la comida. A su alrededor, su familia y amigos parloteaban mientras él comía despacio, tomándose su tiempo para saborear la salsa y la pasta, las albóndigas y el *braciol'*, y beber el delicioso vino tinto que había venido desde el viejo país a bendecir su mesa dominical. No le gustaba que los que estaban en la mesa, especialmente Sonny, devorasen la comida sin concentrarse en ella, o eso le parecía a Vito, más pendientes de la conversación que de la comida. Le molestaba, pero mantenía oculta esa molestia detrás de una máscara de tranquilo interés. Sabía que él era el raro. Le gustaba hacer solo una cosa cada vez, y prestar atención. Era distinto en muchos aspectos de los hombres y mujeres que le habían educado, y de aquellos entre los cuales vivía. Eso lo reconocía. Era muy remilgado en asuntos de sexo, mientras a su propia madre y la mayoría de las mujeres a las que conocía les gustaba ser groseras y deslenguadas. Carmella comprendía a Vito y tenía mucho cuidado con lo que decía cuando él podía oírla, pero una vez en la cocina, cuando se encontraba llena de mujeres, Vito oyó que Carmella hacía un comentario vulgar sobre los gustos sexuales de otra mujer, y eso le molestó después durante días. Vito era muy reservado, y vivía entre gente que era famosa por la crudeza de sus emociones, al menos entre ellos, entre la familia y los amigos. Él comía despacio, y entre bocado y bocado de comida, escuchaba. Y prestaba atención.

—Vito —dijo Carmella a la mitad de la comida. Estaba intentando mostrarse reservada, pero era incapaz de contener una sonrisa—. ¿No tienes algo que decirle a todo el mundo?

Vito tocó la mano de su mujer y miró al otro lado de la mesa. Los Gatto, los Mancini y los Abbandando le miraban atentamente, como su propia familia, sus chicos: Sonny y Tom,

Michael y Fredo. Incluso Connie, sentada en el extremo más alejado de la mesa, junto a su amiga Lucy... incluso Connie le miraba con anticipación.

—Ahora que estamos juntos, familia y amigos —dijo Vito, haciendo un gesto y levantando su copa hacia los Abbandando—, es un buen momento para deciros a todos que hemos comprado algo de tierra en Long Island, no demasiado lejos, en Long Beach, y que voy a hacer construir allí unas casas para mi propia familia y para algunos de mis amigos y socios de negocios más cercanos —señaló a los Abbandando—. Genco y su familia vendrán con nosotros a Long Island. Para el año que viene por esta época, espero que todos nos podamos trasladar ya a nuestras nuevas residencias.

Todo el mundo se quedó callado. Carmella y Allegra Abbandando eran las únicas que sonreían, ya que ambas habían visto ya la tierra y los planes para las casas. Los demás parecía que no estaban seguros de cómo reaccionar.

Tom dijo:

—Papá, ¿quieres decir que será como una urbanización? ¿Todas las casas juntas?

—Si! Esattamente! —dijo Allegra, y se calló cuando Genco le dirigió una mirada.

—Hay seis parcelas —dijo Vito—, y al final construiremos casas en todas ellas. Por ahora hay casas en construcción para nosotros, los Abbandando, Clemenza y Tessio, y otra para nuestros socios, para cuando necesitemos tenerlos cerca.

—Habrá una muralla alrededor —dijo Carmella—. Como un castillo.

—¿Como un fuerte? —preguntó Fredo.

—Si —dijo Carmella, y se echó a reír.

—¿Y el colegio? —preguntó Michael.

—No te preocupes. Acabarás el año aquí —le contestó su madre.

—¿Podemos ir a verlo? —gritó Connie—. ¿Cuándo podemos ir a verlo?

—Pronto —dijo Vito—. Haremos un picnic. Saldremos y pasaremos allí todo el día.

Anita Columbo dijo:

—Dios te ha bendecido con la buena fortuna. Pero te echaremos de menos. —Juntó las manos ante ella, como si rezara—. El barrio ya no será lo mismo sin los Corleone.

—Siempre estaremos cerca para nuestros amigos —dijo Vito—. Eso os lo prometo a todos.

Sonny, que había permanecido extrañamente callado, miró a Anita, ofreciéndole una sonrisa brillante.

—No se preocupe, señora Columbo —dijo—. No creerá que voy a dejar a esa hermosa nieta suya lejos de mí por mucho tiempo, ¿verdad?

El atrevimiento de Sonny hizo que todo el mundo en la mesa se echara a reír... excepto Sandra, la señora Columbo y Vito.

Cuando las risas se apagaron, Vito dijo a Anita:

—Perdone a mi hijo, *signora*. Nació con la bendición de un gran corazón y la maldición de una boca demasiado grande —subrayó su observación dando una ligera palmada a Sonny en la nuca.

Las palabras de Vito y el sopapo trajeron más risas a la mesa, y una ligera sonrisa a los labios de Sandra... pero nada consiguió aligerar la frialdad de la expresión de la señora Columbo.

Jimmy Mancini, un chico musculoso y grandote, de treinta y pocos años, levantó su copa de vino.

—Por los Corleone —dijo—. Que Dios los bendiga y los guarde. Que su familia prospere y florezca. —Y levantó más la copa, diciendo—: *Salute!* —Luego bebió con ganas, mientras todos en la mesa después de él gritaban *Salute!* y bebían.

4

Sonny se echó en la cama, con las manos bajo la nuca y los pies cruzados por los tobillos. A través de la puerta abierta de su dormitorio, veía la cocina y un reloj en la pared encima de una bañera con patas de animal. Tom había dicho que el apartamento era «sobrio», y ahora esa palabra resonaba en la cabeza de Sonny, mientras esperaba que fueran pasando los minutos, hasta la medianoche. La esfera redonda del reloj tenía escritas las palabras «Smith & Day» en el centro, con la misma letra negra que los números. Una vez por minuto, la manecilla larga saltaba y la corta se acercaba un poco más a las doce. «Sobrio» significaba que no tenía muchos muebles y que no estaba demasiado decorado. Eso era verdad. Un tocador barato que ya estaba en el piso era el único mueble que adornaba el dormitorio. Los muebles de la cocina consistían en dos sillas blancas y una mesa con un solo cajón bajo un tablero de esmalte blanco. Este estaba bordeado de rojo, y el pomo del cajón era rojo. «Sobrio»... Él no necesitaba mucho más. Su madre se ocupaba de lavarle la ropa, se bañaba en casa (que era como pensaba todavía en el apartamento de sus padres) y nunca llevaba allí a ninguna chica, prefiriendo dormir con ellas en sus casas o echar un polvo rápido y sucio en el asiento de atrás del coche.

Tenía cinco minutos aún antes de irse. En el baño, se miró en el espejo que cubría el armario botiquín. Llevaba una camisa oscura, pantalones de pinzas negros y zapatillas deportivas negras Nat Holman. Era una especie de uniforme. Había decidido que todos los chicos deberían llevar la misma ropa para ir a trabajar. De esa manera, sería mucho más difícil distinguirlos a unos de otros. A él no le gustaban las zapatillas de deporte. Le parecía que les hacían parecer más niños, que era lo último que necesitaban, ya que el mayor de ellos tenía dieciocho años, pero Cork pensaba que correrían más rápido e irían más seguros con zapatillas deportivas, así que las llevaban. Cork medía metro setenta y quizá pesaba menos de sesenta kilos, pero no había nadie, incluido Sonny, que estuviera dispuesto a pelearse con él. Era muy inquieto y poseía una derecha potente; Sonny había presenciado personalmente cómo tumbaba a un tío en frío. El hombre era listo, además. Tenía cajas de libros repartidas por todo su apartamento. Siempre había sido así y leía mucho, desde que iban juntos al colegio, a primaria.

Sonny cogió una chaqueta azul oscuro de un colgador que había junto a la puerta principal. Se la puso, sacó un gorro de lana de uno de los bolsillos y metió en él su espesa mata de pelo. Echó un vistazo al reloj justo cuando este marcaba la medianoche, y luego bajó corriendo dos tramos de escalones hacia la calle Mott, donde una luna creciente asomaba entre un agujero entre las nubes e iluminaba la calle de guijarros e hileras de bloques de pisos con fachada de ladrillo y escaleras de incendio de hierro negro. Las ventanas estaban todas oscuras, y el cielo estaba tapado, amenazando lluvia. En la esquina de Mott y Grand, un charco de luz se acumulaba bajo una farola. Sonny fue andando hacia la luz, y cuando vio que estaba solo en la calle, se metió en un laberinto de callejones y los fue siguiendo, atravesando Mulberry hacia Baxter, donde Cork esperaba detrás del volante de un Nash negro con los faros muy saltones y amplios estribos.

Cork arrancó lentamente en cuanto Sonny se introdujo en el asiento delantero.

—Sonny Corleone —dijo, pronunciando el apellido de Sonny como si fuera un nativo italiano, en tono divertido—. Hace un día tan feo como un estropajo para fregar. ¿Qué tal tú?

Iba vestido igual que Sonny, pero su pelo era lacio y de un rubio ceniza. Los mechones sobresalían del borde de su gorra.

—Igual —respondió Sonny—. ¿Estás nervioso?

—Un poquito —concedió Cork—, pero no tenemos por qué anunciárselo a los demás, ¿verdad?

—¿El qué, cómo estoy?

Sonny empujó a su amigo y luego señaló hacia la calle, en la esquina, donde los Romero, Vinnie y Angelo, se encontraban en los escalones inferiores de una rústica escalinata de piedra.

Cork aparcó el coche y volvió a arrancar enseguida, en cuanto los chicos se subieron al asiento de atrás. Vinnie y Angelo eran gemelos, y Sonny tenía que mirarlos siempre con mucha atención para averiguar quién era cada cual. Vinnie llevaba el pelo cortado muy corto, y eso le daba un aspecto mucho más duro que Angelo, cuyo cabello estaba siempre cuidadosamente peinado con una raya muy pulcra. Con las gorras puestas, lo único que distinguía Sonny entre ellos eran los pocos mechones de pelo suelto que sobresalían por la frente de Angelo.

51

—Madre de Dios —dijo Cork, mirando hacia el asiento de atrás—. Os conozco a los dos de toda la vida, pero que me condene si puedo distinguiros vestidos de esa manera.

—Yo soy el listo —dijo Vinnie.

—Y yo soy el guapo —replicó Angelo.

Ambos se echaron a reír.

—¿Ha traído Nico las metralletas?

—Sí. —Sonny se quitó la gorra, se aplastó bien el pelo y luego intentó volvérsela a poner en su sitio—. Nos va a costar un montón de pasta.

—Vale la pena —dijo Vinnie.

—¡Eh, te has pasado el callejón! —Sonny había estado mirando hacia el asiento de atrás. Se dio la vuelta y empujó a Cork.

—¿Dónde? —dijo este—. Y deja de empujarme, chulo de mierda.

—Antes de la lavandería. —Señaló hacia el ventanal del escaparate de la lavandería Chick's—. ¿Estás ciego o qué?

—¿Ciego? Una mierda —dijo Cork—. Estaba preocupado.

—*Stugots'...* —Sonny volvió a empujar a Cork, haciéndole reír.

El chico puso marcha atrás e hizo retroceder el Nash por el callejón. Apagó el motor y los faros.

—Pero ¿dónde están? —preguntó Angelo.

Justo entonces una puerta torcida del callejón se abrió y apareció Nico Angelopoulos en el pavimento lleno de basura, entre filas de cubos de basura muy llenos, seguido por Stevie Dwyer. Nico era un par de centímetros más bajo que Sonny, pero aun así más alto que los demás. Era delgado, con el cuerpo fibroso de un corredor atlético. Stevie era bajito y grueso. Ambos llevaban bolsas de deporte negras con correas de lona colgadas del hombro. Por sus movimientos, se veía que aquellas bolsas pesaban mucho.

Nico se subió en el asiento delantero, apretado entre Cork y Sonny.

—Espera y verás estas cosas.

Stevie tuvo que dejar su bolsa en el suelo, y estuvo a punto de abrirla.

—Será mejor que recemos para que esas metralletas no sean un montón de basura.

—¿Un montón de basura? —dijo Cork.

—No las hemos disparado para probarlas. Ya se lo he dicho a ese estúpido griego...

—Bah, cállate —dijo Nico a Stevie. Se dirigió a Sonny—: ¿Qué querías que hiciéramos, empezar a tirar con plomo en mi habitación mientras la gente estaba abajo escuchando a Arthur Godfrey?

—Habríais despertado a los vecinos —dijo Vinnie.

—Será mejor que no sean defectuosas —comentó Stevie—. Si no, lo mismo daría que nos las metiéramos por el culo.

Nico sacó una de las metralletas de su bolsa de deportes y se la tendió a Sonny, que la sujetó por la empuñadura y rodeó con los dedos la pulida superficie de madera unida al cañón del rifle. La empuñadura llevaba unas muescas para los dedos, y la madera era sólida y caliente. El cargador de metal redondo y negro en el centro del arma, a un par de centímetros del guardamonte, le recordaba a una lata de película. Sonny le dijo a Nico:

—¿Las habéis conseguido en Vinnie Suits, en Brooklyn?

—Sí, claro. Como tú dijiste. —Nico parecía sorprendido ante la pregunta.

Sonny se enfrentó a Little Stevie.

—Entonces seguro que no son defectuosas. Mi nombre no se ha pronunciado en ningún momento, ¿verdad? —preguntó a Nico.

—Por el amor de Dios —dijo este—. ¿Es que me he convertido en un idiota de repente? Nadie ha mencionado tu nombre ni nada relacionado contigo.

—Si mi nombre se menciona alguna vez —dijo Sonny—, estaremos listos.

—Sí, sí, sí —dijo Cork. Puso en marcha el coche y avanzó por el callejón—. Aparta esas cosas de ahí o algún torpe nos causará problemas.

Sonny puso el arma de nuevo en la bolsa de deportes.

—¿Cuántos cargadores tenemos?

—Los que ves y uno extra para cada uno.

Sonny les dijo a los gemelos:

—Vosotros dos, atontados, ¿creéis que sabréis manejar esto?

—Yo sé apretar un gatillo —contestó Angelo.

—Claro. ¿Por qué no? —añadió Vinnie.

—Pues vamos. —Sonny hizo una señal a Cork. El Nash avanzó por la calle y él se echó atrás—. Lo más importante es hacerlo como antes, rápido y firme, para que todo el mundo se quede confundido excepto nosotros. Esperamos hasta que carguen el camión. Hay un coche que va delante y un remolque. En cuanto pase el primer coche, Cork aparcará justo delante. Vinnie y Angelo salís disparando plomo. Disparad alto, no queremos matar a nadie. Nico y yo iremos directos a la cabina, cogeremos al conductor y a quien lleve escopeta. Stevie irá por detrás del camión, por si hay alguien allí.

—Pero no habrá nadie —dijo Steve—, ¿no? No has visto a nadie montado detrás, ¿no?

—Lo único que hay detrás es licor —afirmó Sonny—. Pero nunca se sabe, así que hay que estar preparados.

Stevie cogió una metralleta de la bolsa de deportes y la tomó entre sus manos, sopesándola.

—Estoy listo —dijo—. La verdad es que espero que haya alguien allá atrás.

—Ni se te ocurra —exclamó Cork—. Y no vayas por ahí envenenando con plomo a nadie sin necesidad.

—No te preocupes. Dispararé alto —le contestó Stevie, sonriente.

—Escucha a Cork. —Sonny clavó la mirada en Stevie y luego siguió explicando el plan—. En cuanto consigamos el camión nos vamos callejón abajo. Cork nos seguirá, con Vinnie y Angelo todavía armando escándalo. —Se dirigió a los Romero—: Si intentan seguirnos, disparad a los neumáticos y el motor se parará. —Y a todos en general—: Todo el proceso debe durar como máximo un minuto. Entrar y salir, y mucho ruido. ¿De acuerdo?

—Bien —dijeron los hermanos Romero.

—Recordad —recalcó Sonny—: ellos no saben lo que está pasando. Nosotros sí. Los confundidos serán ellos.

Cork añadió:

—Confusos como un niño hambriento en una habitación llena de bailarinas de strip-tease. —Como nadie se reía, exclamó—: ¡Por Dios! ¿Dónde está vuestro sentido del humor?

—Tú conduce, Corcoran —dijo Steve.

—Por el amor de Dios... —exclamó otra vez Cork, y luego el coche se quedó en silencio.

Sonny cogió una metralleta de la bolsa. Llevaba un mes entero soñando con aquella noche, desde que había oído a Eddie Veltri y Fat Jimmy, dos de los chicos de Tessio, mencionar aquella operación de pasada. No habían dicho demasiado, solo lo justo para que Sonny se imaginara que los envíos eran de whisky de Canadá, y que se desembarcaban en el muelle Canarsie, y que la carga pertenecía a Giuseppe Mariposa. Después fue fácil. Anduvo merodeando por los muelles con Cork hasta que vieron un par de Hudson de ocho cilindros aparcados en los muelles junto a una camioneta Ford con la caja cubierta por una lona encerada azul. Unos minutos más tarde, un par de esbeltas lanchas motoras vinieron cortando el agua limpiamente. Las amarraron en el muelle y media docena de hombres empezaron a sacar cajas de las lanchas y cargarlas en el camión. Al cabo de veinte minutos las lanchas se aleja-

ban otra vez rápidamente y los camiones ya estaban carga-
dos. Los polis no eran problema; Mariposa los tenía en el bolsillo. Era martes por la noche, y al martes siguiente ocurrió
exactamente lo mismo. Él y Cork reconocieron el terreno una
vez más después de aquello, y ahora ya estaban listos. No era
previsible que hubiese sorpresa alguna. Lo más probable era que
nadie opusiera resistencia. ¿Quién quería hacerse matar por
una mierda de envío de priva?

Cuando llegaron a los muelles, Cork apagó los faros y fue
subiendo por el callejón, tal y como habían planeado. Fue desplazando poco a poco el coche hasta que tuvieron una buena
vista de los muelles. El camión y los Hudson estaban aparcados
en el mismo lugar que las últimas tres semanas. Sonny bajó su
ventanilla. Un par de tipos se apoyaban en el parachoques delantero del coche, fumando y hablando, con un neumático
de banda blanca y con el tapacubos de cromo entre ellos. Había
dos hombres más en la cabina del Ford, fumando cigarrillos
con las ventanillas abiertas. Llevaban cazadoras y gorras de
lana, y parecían un par de estibadores. El conductor tenía las
manos puestas en el volante y la cabeza echada hacia atrás, con
el gorro muy bajado sobre los ojos. El que llevaba una escopeta
fumaba un cigarrillo y miraba hacia afuera, al agua.

Sonny le dijo a Cork:

—Parecen un par de trabajadores de los muelles los que
llevan el camión.

—Mejor para nosotros.

—Blancos fáciles —dijo Nico con un toque de nerviosismo.

El pequeño Stevie fingió que disparaba la metralleta, su-
surrando «ratatatatá», y sonriendo.

—Soy Baby Face Nelson.

—Querrás decir Bonnie y Clyde —repuso Cork—. Y tú
eres Bonnie.

Los hermanos Romero se echaron a reír. Vinnie señaló a
Angelo y dijo:

—Él es Pretty Boy Floyd.

—¿Quién es el gánster más feo que hay por ahí? —replicó
Angelo.

—Machine Gun Kelly —respondió Nico.

55

—Pues ese eres tú —dijo Angelo a su hermano.

—Callaos —cortó Cork—. ¿Oís eso?

Un momento después, Sonny oía el zumbido de los motores de las lanchas fueraborda.

—Ya están aquí —dijo Cork—. Es hora de salir, chicos.

Sonny sujetó su metralleta por la culata, con el dedo colocado en la guarda del gatillo, y la movió a un lado y a otro, comprobando su manejo.

—*Che cazzo!*—exclamó, y la volvió a echar en la bolsa. Sacó una pistola de la pistolera que llevaba al hombro y señaló hacia el tejado.

—Buena idea —dijo Cork. Sacó una pistola del bolsillo de su chaqueta y la dejó en el asiento, a su lado.

—Yo también —añadió Nico. Arrojó su metralleta al asiento y sacó una 38 de una sobaquera. Hizo un gesto hacia el arma—. Eso es como llevar a un niño encima.

Sonny miró a los Romero y dijo:

—Que no se os ocurra ninguna idea rara. Necesitamos que llevéis la metralleta.

—Me gusta mi máquina de escribir de Chicago —dijo Stevie. Sacó el cañón por la ventanilla del coche y fingió que disparaba.

En el muelle, cuatro hombres saltaron de las fuerabordas. Dos que iban con traje, chaleco y sombreros se acercaron e intercambiaron unas pocas palabras con los otros, y luego uno de ellos tomó posiciones en el borde del muelle. Miró hacia las motoras que iban descargando, mientras el segundo supervisaba la carga del camión. Veinte minutos más tarde, los estibadores estaban cerrando ya la puerta trasera de la Ford, cerrándola con un gancho y una cadena, mientras las lanchas ponían en marcha sus motores y salían rugiendo a través de la bahía de Jamaica.

—Allá vamos —dijo Cork.

Sonny se inclinó hacia su portezuela, poniendo una mano en la manija. El corazón le bailoteaba en el pecho y sudaba, a pesar de que venía del agua un vientecillo helado.

Cuando el coche que iba en cabeza empezó a desplazarse, seguido por el Ford y el segundo Hudson, Cork puso en marcha el motor.

—Otro segundo —dijo Sonny a Cork. Y a los demás—: Recordad: rápido y fuerte.

En el muelle, los faros del coche que iba delante salpicaron en el agua negra mientras el vehículo maniobraba en torno al camión, hacia la parte delantera del convoy. Entonces ocurrió todo, como Sonny había dicho, rápido y con mucho ruido. Cork sacó la Nash rugiendo ante el camión mientras Vinnie, Angelo y Stevie saltaban del coche disparando las metralletas. Las cosas pasaron de la tranquilidad de un momento a un estruendo como si fuera el Cuatro de Julio. En un instante, Sonny estaba en el estribo del Ford, abría la puerta de par en par y arrojaba al conductor al suelo. Cuando se puso detrás del volante, Nico estaba ya a su lado, chillando:

—¡Vamos! ¡Vamos! ¡Vamos!

Si alguien les devolvía los disparos, Sonny no podía asegurarlo. El conductor al que había echado del coche corría como un galgo. Oyó el ruido de armas de fuego que procedía de atrás, y se imaginó que sería el pequeño Stevie. Por el rabillo del ojo vio que alguien se tiraba al agua. Frente a él, los neumáticos del Hudson estaban reventados, de modo que el largo capó del coche señalaba ligeramente hacia arriba, y sus faros brillaban entre las oscuras nubes. Angelo y Vinnie estaban a seis metros de distancia, disparando en cortas ráfagas. Cada vez que apretaban el gatillo parecía que las metralletas estuviesen vivas y luchasen por soltarse. Bailaban sin parar, y los gemelos con ellas. De alguna manera, el neumático de recambio del Hudson junto al asiento del conductor que iba en cabeza había reventado, y bailoteaba temblón en el muelle, dispuesto a morir. El conductor no estaba a la vista, y Sonny imaginó que estaba agachado detrás del salpicadero. Pensar en el conductor agachado en el suelo hizo que Sonny se echara a reír en voz alta, mientras iba conduciendo el camión por el callejón. Tras él, por el espejo retrovisor, vio a Vinnie y Angelo en los estribos del Nash, sujetándose al coche con una mano y disparando ráfagas por encima de los muelles y hacia afuera, a la bahía.

Sonny siguió la ruta que habían planeado, y al cabo de unos pocos minutos estaba conduciendo por Rockaway Parkway con un tráfico ligero, seguido por Cork... y nadie más.

57

La parte de los disparos había terminado. Sonny dijo a Nico:

—¿Has visto a Stevie coger el camión?

—Claro —respondió Nico—. Y le he visto disparando por encima del muelle.

—Parece que nadie se ha llevado ni un rasguño.

—Tal y como lo habíamos planeado —dijo Nico.

El corazón de Sonny todavía latía con fuerza, pero en su cabeza ya había cambiado de tarea y estaba contando el dinero. La larga caja del camión estaba llena de cajas con licor canadiense. Se imaginó que serían unos tres mil, más o menos. Más lo que pudieran conseguir por el camión.

Nico, como si le leyera el pensamiento, dijo:

—¿Cuánto crees que sacaremos?

—Espero que al menos quinientos por cabeza —dijo Sonny—. Depende.

Nico se echó a reír y dijo:

—Todavía me queda mi parte del atraco de las nóminas. Lo tengo dentro del colchón.

—¿Y qué pasa? —preguntó Sonny—. ¿No encuentras señoritas con las que gastarte el dinero?

—Necesito una de esas «buscadoras de oro» —dijo Nico. Se echó a reír solo, y luego se quedó callado de nuevo.

Muchas chicas decían que Nico se parecía a Tyrone Power. El último año del instituto tuvo un lío gordo con Gloria Sullivan, pero los padres de ella la obligaron a dejarlo porque pensaban que era italiano. Cuando les dijo que era griego, las cosas no cambiaron nada: siguió sin poder verle. Desde entonces, Nico se había mantenido apartado de las mujeres. Sonny dijo:

—Vamos todos a Juke's Joint mañana por la noche, y encontremos a unas chicas con las que gastarnos nuestro dinero.

Nico sonrió pero no dijo nada.

Sonny pensó en decirle que todavía tenía también casi toda su parte del atraco de la nómina metido en el colchón, que era la pura verdad. Ese trabajito les había producido más de siete de los grandes, un poco menos de mil doscientos por barba... Lo suficiente para coger un poco de miedo y mantenerlos quietos durante unos cuantos meses. Mientras tanto,

¿en qué demonios se suponía que iba a gastarlo Sonny? Ya se había comprado un coche y algo de ropa, y creía que todavía tenía unos cuantos miles en efectivo por ahí. No lo contaba, la verdad. Mirar el dinero no le producía ningún placer. Lo metió en su colchón, y cuando necesitaba pasta, cogía algo. Con un asunto importante como el de la nómina había pasado semanas muy emocionado haciendo planes, y la noche del trabajito fue como Navidad cuando era pequeño... Pero no le gustó el gran revuelo que siguió. Al día siguiente estaba en la portada del *New York American* y el *Mirror*, y todo el mundo habló de aquello durante semanas. Corrió la voz de que había sido la banda de Dutch Schultz, y él se sintió aliviado. A Sonny no le gustaba especular sobre lo que podría ocurrir si Vito averiguaba lo que él había estado haciendo. Pensaba en ello algunas veces, sin embargo... en lo que le diría a su padre. «Vamos, papá —empezaría—. Sé en qué negocios estás metido.» Había ensayado esas charlas con su padre constantemente en su cabeza. Diría: «¡Ya soy mayor, papá!». «¡Yo planeé el atraco a la nómina de Tidewater! ¡Reconóceme ese mérito!» Siempre se le ocurrían cosas que diría él... pero no se le ocurría nunca lo que podía decir su padre como respuesta. Por el contrario, veía a Vito mirándolo como solía hacerlo cuando estaba decepcionado.

—Ha estado muy bien —dijo Nico. Iba muy callado, dejando que Sonny condujese el camión por el Bronx—. ¿Has visto a ese tipo que se ha salido del muelle? ¡Dios mío! —rio—. ¡Nadaba como Johnny Weissmuller!

—¿Cuál? —preguntó Sonny. Estaban en la avenida Park, en el Bronx, a unas pocas manzanas del lugar adonde se dirigían.

—El tío que llevaba la escopeta —explicó Nico—. ¿No lo has visto? Ha oído los tiros y, ¡bang... derecho hacia el muelle y al agua! —Se doblaba de risa.

—¿Has visto a los Romero? —preguntó Sonny—. Parecía que no podían sujetar esas condenadas metralletas, que bailaban con ellas.

Nico asintió y luego suspiró, dejando de reír.

—Apuesto a que están todos magullados por el retroceso.

Sonny dio la vuelta en Park y se metió por una calle más

tranquila. Aparcó en la acera frente a un almacén con una persiana metálica, y Cork estacionó detrás.

—Que hable Cork —dijo a Nico, y salió del coche. Entró en el Nash y se alejó.

Angelo y Vinnie estaban en la acera, esperando. Cork se subió al estribo del camión y dijo a Nico:

—Hay un timbre en la puerta lateral. Llama tres veces, espera un segundo, y luego otros tres timbrazos cortos. Luego vuelve al camión.

—¿Cuál es la contraseña secreta? —preguntó Nico.

Cork dijo, poniendo acento irlandés:

—Vamos, por el amor de Dios, simplemente toca el puto timbre, Nico. Estoy cansado.

Llamó al timbre y luego volvió hacia el camión, donde Cork se había metido en el asiento del conductor. La lluvia que amenazaba había empezado a caer como una llovizna ligera, y se subió el cuello de la chaqueta al dar la vuelta por delante del coche. Detrás de él se abrió la puerta de acero del garaje, dejando escapar la luz interior hacia la calle. Luca Brasi estaba de pie en el centro con las manos en las caderas. Parecía que iba vestido para una cena especial, aunque probablemente ya era la una de la mañana. Medía más de metro noventa de alto, quizá metro noventa y cuatro o noventa y cinco, y tenía unos muslos como postes de teléfonos. Su pecho y hombros parecían llegarle hasta la barbilla, y la enorme cabeza estaba dominada por un ceño sobresaliente sobre unos ojos muy hundidos. Parecía un hombre de Neanderthal vestido con traje gris a rayas y chaleco, con un sombrero gris inclinado hacia un lado. Detrás de él, apostados por el garaje, estaban Vinnie Vacarelli, Paulie Attardi, Hooks Battaglia, Tony Coli y JoJo DiGiorgio. Cork conocía a Hooks y a JoJo del barrio, y a los demás por su reputación. Eran los chicos mayores de la calle cuando él era pequeño. Todos debían de tener veintitantos años por aquel entonces, pero llevaba oyendo hablar de ellos desde el jardín de infancia. Luca Brasi era un poco mayor, quizá treinta y tantos o por ahí. Todos parecían tipos muy duros. Estaban de pie con las manos en los bolsillos, apoyados contra la pared o contra una pila de cajas, o bien con una mano en el bolsillo de la chaqueta, o tenían los brazos cruzados ante el pecho. Todos llevaban sombreros de fieltro o flexibles excepto Hooks, que desentonaba con un sombrero de copa baja de paja.

—Hijo de puta —dijo Nico, mirando hacia el garaje—. Ojalá Sonny estuviera con nosotros.

Cork bajó la ventanilla e hizo señas a Vinnie y Angelo para que se pusieran en el estribo.

—Dejad que hable yo —les dijo en cuanto estuvieron en el camión. Puso en marcha la camioneta y entró en el garaje.

Dos de los chicos de Luca cerraron la puerta del garaje mientras Cork salía y se unía a Vinnie y a Angelo. Nico dio la vuelta al camión y se quedó de pie junto a ellos. El garaje estaba muy bien iluminado por una fila de lámparas colgantes que arrojaban una brillante claridad sobre un suelo de cemento manchado de aceite y lleno de grietas. Había pilas de cajas repartidas por aquí y por allá, pero en su mayor parte, el lugar estaba vacío. El sonido gorgoteante del agua que corría por las tuberías venía de algún lugar por encima de ellos. En la parte de atrás del garaje, una partición con una puerta junto a una ventana grande parecía un despacho. La luz rebotaba en las persianas venecianas blancas de la ventana. Luca Brasi fue a la parte de atrás del camión mientras sus hombres le rodeaban. Dejó caer la portezuela de atrás, quitó la lona y encontró a Stevie Dwyer metido entre las cajas de licor y apuntándole con su metralleta.

Luca no parpadeó, pero sus hombres fueron todos a buscar sus armas. Cork chilló:

—¡Por el amor de Dios, Stevie! ¡Baja eso!

—Demonios —dijo el aludido—. No hay sitio para bajarla aquí atrás.

Hooks Battaglia gritó:

—¡Bueno, pues apunta al suelo, maldito gilipollas!

Stevie dudó un segundo, hizo una pequeña mueca y luego señaló hacia sus pies.

—Sal del camión —dijo Luca.

Stevie saltó de la caja del camión, aún sonriendo y empuñando la metralleta, y un segundo después de que sus pies tocasen el suelo, Luca lo cogió por la camisa con una carnosa mano y le arrebató la metralleta con la otra. Mientras Stevie

61

todavía estaba desequilibrado, Luca se cambió la metralleta de la mano derecha a la izquierda, se la arrojó a JoJo y le propinó un rápido gancho de derecha que mandó a Stevie en brazos de Cork. La cabeza de Stevie se sacudió mientras intentaba ponerse de pie, pero las piernas se le doblaron y Cork acabó cogiéndole de nuevo.

Luca y su banda estaban tranquilos, contemplando toda la escena.

Cork empujó a Stevie hacia Nico, que se había acercado a él por detrás con el resto de los chicos. A Luca le dijo:

—Pensaba que teníamos un acuerdo. ¿Hay algún problema ahora?

—No habrá ningún problema —dijo Luca— mientras no hagáis que algún irlandés medio lelo me apunte con un arma.

—No lo ha pensado, eso es todo —dijo Cork—. No quería causar ningún problema.

Desde detrás de él, Stevie chilló:

—¡Ese puto moreno me ha aflojado un diente!

Cork se inclinó hacia Stevie. Dijo bajito, pero lo bastante alto para que lo oyera todo el mundo:

—Cierra la puta boca. O si no te la cierro yo.

El labio de Stevie estaba partido y ya hinchado, gordo y feo. Tenía la barbilla embadurnada de sangre y el cuello de la camisa manchado de sangre también.

—No dudo de que lo harías —dijo a Cork, y en su tono se leía algo no dicho pero inconfundible: ambos eran irlandeses, y estaba poniéndose en contra de uno de los suyos.

—Que te jodan —susurró Cork—. Tú cállate y acabemos con este negocio.

Se dio la vuelta y se encontró con Luca mirándole fijamente.

—Queremos tres mil. Es whisky canadiense, del mejor.

Luca miró el camión y dijo:

—Te daré mil.

—Ese no es un buen trato, señor Brasi —replicó Cork.

—Deja la mierda esa de señor Brasi, chico, ¿vale? Estamos haciendo negocios. Yo soy Luca, tú eres Bobby, ¿de acuerdo?

—De acuerdo —accedió Cork.

—Tú tienes una hermana muy guapa, Eileen. Lleva una panadería en la Undécima.

Cork asintió.

—Veamos —dijo Luca—. Es la primera vez que hablamos, pero yo lo sé todo de ti. ¿Y sabes por qué? Porque mis chicos lo saben todo de ti. Hooks y los demás han respondido por ti. De otra manera no estaríamos haciendo negocios. ¿Lo entiendes?

—Claro —contestó Cork.

—¿Y tú qué sabes de mí, Bobby?

Cork estudió los ojos de Luca, intentando leerlos. Eran totalmente inexpresivos.

—No mucho —respondió—. No sé nada de ti, en realidad.

Luca miró a sus hombres, que se echaron a reír. Él se apoyó en la caja del camión.

—Mira, es que así me gustan a mí las cosas. Yo lo sé todo de ti, tú no sabes nada de mí.

—Uno de los grandes no es un trato justo.

—No. No lo es —dijo Luca—. Probablemente lo justo sean dos mil quinientos. Pero el problema es que has robado el licor a Giuseppe Mariposa.

—Eso ya lo sabías —apuntó Cork—. Le conté toda la historia a Hooks y a JoJo.

—Sí, lo hiciste —dijo Luca. Cruzó los brazos. Parecía estar divirtiéndose mucho—. Y JoJo y los chicos han hecho negocios contigo en otras ocasiones, cuando te has quedado con algo del alcohol de Mariposa. No tengo ningún problema con eso. No me gusta Giuseppe. —Miró a su banda—. No me gusta la mayoría de la gente. —Sus chicos parecieron divertidos—. Pero ahora me han llegado noticias de que Giuseppe está especialmente enfadado con esto. Quiere saber quién le está robando su whisky y quiere sus huevos en una bandeja.

—Los chicos me dijeron que si tratábamos contigo, tú no dejarías que apareciesen nuestros nombres en este asunto. Ese fue el trato.

—Lo entiendo. Y mantendré mi palabra. Pero tendré que enfrentarme a Mariposa tarde o temprano. Sabe que soy el que compra su whisky, así que al final tendré que hablar con él. Y para eso necesitaré sacar un provecho mayor. —Como

63

Cork no dijo nada de inmediato, Luca añadió—: Yo soy el que corre mayores riesgos.

Stevie gritó:

—¿Y los riesgos que hemos corrido nosotros? ¡Era a nosotros a quienes disparaban!

Sin mirar a Stevie, Cork dijo:

—Te he dicho que cerraras la boca.

Luca ofreció a Cork una generosa sonrisa, como si comprendiera lo difícil que es tratar con idiotas.

—Yo sigo en el filo de la navaja —dijo—, cosa que no resulta nada divertida y me produce auténticos problemas. —Señaló hacia el camión—. Te diré lo que vamos a hacer, sin embargo. ¿Qué planeáis hacer con el camión, chicos?

—Tenemos un comprador —contestó Cork.

—¿Cuánto te va a dar por esto? —Luca fue andando alrededor del camión, examinándolo. Era un último modelo, la madera de la caja todavía estaba muy pulida.

—No lo sé aún.

Cuando completó el círculo en torno al camión, Luca se quedó de pie frente a Stevie Dwyer.

—No tiene ni un agujero de bala —dijo—. Supongo que todos esos idiotas que te disparaban debían de ser unos tiradores muy malos.

Stevie apartó la vista. Luca dijo a Cork:

—Te daré mil quinientos por él. Con los mil del whisky, son los dos mil quinientos que tú querías.

—Nosotros queríamos tres mil solo por el whisky.

—Bueno, está bien. Tres mil. —Puso la mano en el hombro de Cork—. Eres un negociador muy duro.

Cork miró a sus chicos y luego volvió a mirar a Luca.

—Tres mil, pues —dijo, contento de haber acabado ya con aquello.

Luca señaló a Vinnie Vaccarelli.

—Dales su dinero. —Puso su brazo en torno a los hombros de Cork y lo llevó hacia el despacho. A los demás les dijo—: El señor Corcoran volverá enseguida con vosotros. Quiero tener unas palabras con él.

Cork dijo a Nico:

—Esperadme fuera, al final de la manzana.

Luca entró el primero en el despacho y luego cerró la puerta detrás de Cork. La habitación estaba alfombrada y amueblada con un escritorio de palisandro repleto de papeles. Dos sillas grandes tapizadas se encontraban frente al escritorio en rincones opuestos, y había también media docena de sillas negras de respaldo recto alineadas contra las paredes, que eran de cemento y sin adornos. No había ventanas. Luca señaló una de las sillas tapizadas y le dijo a Cork que se sentase. Él dio la vuelta en torno al escritorio, volvió con una caja de cigarros Medalist y le ofreció uno a Cork. Este dio las gracias y se metió el cigarro en el bolsillo de la camisa.

—Escucha —dijo Luca poniendo una silla frente al joven—. Me importáis una mierda tú o tus chicos. Simplemente quiero que sepas algunas cosas. Primero: el tipo al que estáis robando os matará a todos cuando averigüe que habéis sido vosotros.

—Por eso queríamos trabajar contigo —dijo Cork—. Mientras tú nos mantengas fuera de esto, él no lo averiguará.

—¿Y cómo sabes que no te va a reconocer alguien?

—Nadie nos conoce. El año pasado estábamos en el instituto.

Luca se quedó callado un largo rato, mirando a Cork.

—Eres listo —dijo—, pero también cabezón, y yo no soy tu madre. Te he dicho la pura verdad. Si sigues haciendo esto acabarás muerto. ¿Yo? A mí no me gusta Mariposa, y no le tengo miedo. Puedes seguir robándole y yo seguiré trabajando contigo. A partir de ahora, sin embargo, solo hablaré contigo. No quiero ver a ninguno de esos idiotas nunca más, especialmente al memo de la metralleta. ¿Nos entendemos bien?

—Claro —dijo Cork. Se levantó y ofreció la mano a Luca, que abrió la puerta para que saliera.

—Te daré otro consejo, Corcoran. Nada de zapatillas de deporte. No son profesionales.

—Vale —dijo Cork—. Lo haremos.

Luca señaló hacia una puerta lateral.

—Déjala un poco abierta —dijo, y luego desapareció de nuevo en el despacho.

Hooks estaba en la calle con los demás, escuchando a Paulie Attardi contando un chiste. Todos fumaban cigarrillos y

65

cigarros. Cork se quedó apartado del círculo que formaban y esperó. Sus chicos estaban fuera de la vista. La farola de la esquina estaba apagada, y la única luz de la calle procedía de la puerta lateral abierta. La lluvia se había convertido en una niebla fría. Cuando el chiste acabó y todos se rieron, Paulie dio un trago a una petaca plateada y la fue pasando.

Hooks rompió el círculo y estrechó la mano de Cork amistosamente, luego lo sujetó con fuerza y se lo llevó lejos de los demás.

—¿Cómo te ha tratado el jefe?

—No parece tan terrorífico —dijo Cork—. Pero es grande, eso sí que es cierto.

Hooks no dijo nada, de momento. Aunque probablemente estaba cerca de los treinta, todavía tenía cara de niño. Unos cuantos rizos pelirrojos sobresalían del círculo de su sombrero de copa baja.

—¿Qué te ha dicho?

—Me ha dado algunos consejos —dijo Cork.

—¿Ah, sí? —Hooks metió una mano a través del cinturón que ajustaba su chaqueta por la mitad—. ¿Era parte del consejo que vayas con cuidado, porque si Mariposa lo averigua te matará?

—Algo así.

—Algo así —repitió Hooks. Puso una mano en la espalda de Cork y lo llevó hacia las sombras—. Te voy a decir unas cuantas cosas, porque Jimmy era un buen amigo mío. Luca Brasi, primero de todo, es un puto psicópata. ¿Sabes lo que es eso?

Cork asintió.

—¿Seguro? —inquirió Hooks—. ¿Seguro que lo sabes?

—Sí —respondió Cork—. Sé lo que es un psicópata.

—Está bien. Bueno, pues Luca Brasi lo es. No me interpretes mal: llevo con él desde que tenía catorce años y dejaría que me metieran una bala por ese hombre... pero lo que es verdad, es verdad. Tienes que comprender que ha sido muy amable contigo porque odia a Mariposa. Le encanta que estés jodiendo a Joe, y le encanta que Joe vaya por toda la ciudad como una fiera por esto. Es su manera de hacer las cosas.

—Hooks levantó la vista un momento, como si intentase encontrar las palabras correctas—. Porque Luca es el intermediario, y todo el mundo lo sabe, y como Joe todavía no ha hecho nada al respecto, Luca acaba quedando como... no sé, como un tipo con el que nadie juega, ni siquiera Mariposa. ¿Lo ves? De modo que vosotros, chicos, según su modo de ver las cosas, le estáis haciendo un favor.

—¿Y qué problema hay, entonces? —inquirió Cork.

—El problema, Bobby, es que al final conseguiréis que nos maten, a algunos o a todos nosotros. —Hizo una pausa un momento para obtener un efecto más dramático—. A Luca, siendo como es, le importa una mierda. Pero a mí sí, Bobby. ¿Lo entiendes?

—No sé si lo entiendo, la verdad.

—Te lo pondré más sencillo: apártate de las propiedades de Mariposa. Y si vuelves a robarle otra vez, aléjate de nosotros. ¿Me entiendes ahora?

—Sí, claro —dijo Cork—. Pero ¿por qué este cambio? Antes tú estabas...

—Antes le estaba haciendo un favor al hermanito de la mujer de Jimmy. Mariposa está en guerra con LaConti, así que pensé que quién iba a darse cuenta de un par de envíos de alcohol perdidos. Y si alguien lo hubiese notado, se lo habrían atribuido a LaConti. Pero no ha sido así. Tal y como están ahora las cosas, Joe sabe que alguien le está robando, no le gusta, y alguien tiene que pagar. Ahora mismo nadie te conoce. Si eres tan listo como he oído decir, lo dejarás así. —Hooks se echó hacia atrás y abrió los brazos—. No puedo decírtelo más claro. Sé inteligente y aléjate de Mariposa. Y en cualquier caso, mantente alejado de nosotros.

—Vale —dijo Cork—. Está bien. Pero ¿y si es Luca el que viene a mí? ¿Y si él quiere que yo...?

—No será así —sentenció Hooks—. No te preocupes por eso.

Cogió un paquete de Lucky del bolsillo de su chaqueta y le ofreció uno a Cork. Este lo cogió y Hooks se lo encendió, y luego otro para sí. Detrás de ellos, el resto de la banda de Luca recorrió la calle y entró de nuevo en el garaje.

—¿Qué tal está Eileen? —preguntó—. Jimmy era buena gente. ¿Cómo está la pequeñina? ¿Cómo se llama?

67

—Caitlin —respondió Cork—. Está bien.

—¿Y Eileen? —preguntó Hooks.

—Bien también. Un poco más dura que antes.

—Quedarse viuda antes de los treinta es lo que tiene. Dile una cosa de mi parte: todavía estoy buscando al hijo de puta que mató a Jimmy.

—Fue en un disturbio.

—Una mierda —dijo Hooks—. Quiero decir que sí, claro, fue en un disturbio —añadió—, pero fue uno de los gilipollas de Mariposa quien lo mató. Simplemente díselo a tu hermana —insistió—. Dile que sus amigos no olvidan a Jimmy.

—Se lo diré.

—Está bien. —Hooks miró a su alrededor y preguntó—: ¿Adónde han ido tus chicos?

—Estarán esperándome en la esquina —dijo Cork—. No veo nada con la luz de la calle.

—¿Te vendrá a recoger un chófer?

Como Cork no contestó, Hooks se echó a reír y le dio unas palmaditas en el hombro antes de volver al garaje.

Bobby se movió lentamente por la acera, pasando por la oscuridad y dirigiéndose hacia el sonido de las voces. Cuando llegó a la esquina vio el resplandor rojo de dos cigarrillos que ardían, y al ir acercándose encontró a Sonny y a Nico sentados en los escalones inferiores de una destartalada entrada de madera. Tras ellos, varios pisos de un edificio de vecinos estaban a oscuras. La niebla se había convertido de nuevo en llovizna, y las gotas de agua salpicaban la gorra de Nico. Sonny iba con la cabeza descubierta, se pasaba la mano por el pelo y se quitaba el agua de la lluvia.

—¿Qué estáis haciendo aquí sentados bajo esta lluvia? —preguntó Cork.

—Nos estábamos cansando de escuchar a Stevie tocándose las encías —dijo Nico.

—Se ha quejado del trato. —Sonny se puso de pie y se volvió de espaldas al coche, que estaba aparcado junto a la acera, al otro lado de la calle—. Dice que nos han robado.

—Y es verdad —dijo Cork. Miró a Sonny, y luego al otro lado de la calle. En el coche, las puntas rojas de los cigarrillos se iban moviendo, formando círculos y remolinos. Las ventanillas estaban parcialmente abiertas y un temblor de humo se alzaba y pasaba más allá del tejado manchado por la lluvia—. El camión era casi nuevo. Podríamos haber conseguido dos de los grandes fácilmente.

—¿Y? —Sonny puso una cara como diciendo: «¿Y por qué no los hemos conseguido?».

—¿Qué quieres hacer? —dijo Cork—. ¿Llamar a la policía?

Sonny se echó a reír al oír aquello, y Nico dijo:

—Brasi tenía razón. Es el único que trata con Mariposa. Yo preferiría sacar menos dinero y seguir vivo más tiempo.

—No le dirá nada de nosotros a nadie, ¿no? —preguntó Sonny.

—Pues claro que no —dijo Cork—. Vamos a protegernos de la lluvia.

En cuanto Sonny cerró la portezuela del coche y puso en marcha el motor, Stevie Dwyer dijo:

—¿Has hablado con él del dinero?

El resto de los chicos estaban callados, como esperando a ver qué tenía que decir Sonny.

—¿De qué querías que hablásemos, Stevie? —dijo Cork, que estaba en el asiento delantero y se inclinó para mirar hacia atrás.

Sonny condujo el coche hacia la calle.

—¿Qué te pasa? —preguntó a Stevie.

—¿Que qué me pasa? —Stevie se quitó la gorra y se dio con ella en la rodilla—. ¡Que nos han robado, eso me pasa! ¡Solo el camión valía tres de los grandes!

—Sí, claro, si hubieras podido venderlo en la calle. Pero ¿quién compra un camión que no tiene papeles? —razonó Bobby.

—Por no hablar de un camión que haría que te metieran una bala en la cabeza si la persona equivocada te ve conduciéndolo —añadió Nico.

—Eso también es verdad —dijo Sonny.

Cork encendió un cigarrillo y luego bajó la ventanilla de su lado para dejar salir un poco el humo.

—Lo hemos hecho bien —dijo a Stevie—, considerando que no teníamos nada con qué negociar. Luca tenía todos los triunfos. Nadie más nos compraría el whisky de Mariposa. Nadie, y él lo sabe perfectamente. Podría habernos ofrecido cincuenta pavos y habríamos tenido que cogerlos.

—Ah, mierda —dijo Stevie. Se colocó de nuevo la gorra y se echó hacia atrás en el asiento.

—Estás enfadado porque Luca te dio un puñetazo en la boca —dijo Cork.

—¡Sí! —ladró Stevie, y su grito salió como una explosión—. ¿Y dónde demonios estaban todos mis colegas? —chilló, mirando en el interior del coche, enloquecido—. ¿Dónde demonios estabais todos vosotros, chicos?

Angelo, que probablemente era el más tranquilo de toda la banda, se retorció hacia atrás para enfrentarse a Stevie.

—¿Qué esperabas que hiciésemos? —le preguntó—. ¿Matarlos a todos a tiros?

Cork se levantó un poco la gorra y se rascó la cabeza.

—Vamos, Stevie —dijo—. Piensa un poco.

—¡Piensa tú! —respondió Stevie—. ¡Tú eres un puto cabrón amante de los espaguetis de mierda!

Brevemente, el coche quedó en silencio. Luego, de repente, todos excepto Stevie se echaron a reír. Sonny daba palmadas en el volante y chillaba a Cork:

—¡Tú, puto cabrón, amante de los espaguetis de mierda! ¡Ven aquí!

Buscó en el asiento, cogió a Cork y lo sacudió. Vinnie Romero le dio palmadas en el hombro.

—¡Puto amante de los espaguetinis!

—Muy bien, venga, reíros —dijo Stevie, y se acurrucó contra la portezuela.

Los otros hicieron lo que les decían, y el coche se fue desplazando por las calles, balanceándose por la risa. Solo Stevie estaba callado. Y Nico, que de repente empezó a pensar en Gloria Sullivan y en sus padres. Nico tampoco se reía.

Vito fue hojeando un grueso fajo de planos de su propiedad de Long Island. Se soltó la corbata al inclinarse sobre los de la planta, viendo ya mentalmente todos los muebles que imaginaba para cada una de las habitaciones de su casa. Fuera planeaba poner un jardín en una parte del patio, y un huerto también cerca. En Hell's Kitchen, en el jardincito de tierra que era como un sello de correos, detrás de su antiguo edificio de apartamentos, en la época en la que empezaba con el negocio del aceite de oliva, cuidó una higuera durante varias estaciones hasta que al final una fuerte helada la mató. Durante años, sin embargo, los amigos se sentían complacidos cuando él les llevaba higos de aquel árbol... y se sorprendían cuando les contaba que crecía muy bien allí, en la ciudad, en su jardín. A menudo un amigo u otro iba con él a su edificio, y les enseñaba la higuera, con sus ramitas marrones y sus hojas verdes que brotaban junto al muro de ladrillos rojos del jardín. Sus raíces pasaban por debajo del edificio, metiéndose hasta el sótano, y aprovechaban el calor del horno durante el invierno. Había hecho colocar una mesita en el jardín, con unas pocas sillas plegables, y Carmella le bajaba una botella de grappa y algo de pan y aceite de oliva, y quizás un poco de queso y tomates también, lo que tuvieran, y preparaba un plato para él y sus invitados. Carmella se unía a ellos a menudo, con los niños a veces, y mientras estos jugaban en el jardín, ella escuchaba fascinada mientras Vito explicaba a sus vecinos cómo envolvía cuidadosamente el árbol en una tela de saco y lo cubría con una lona impermeable después de coger la cosecha de higos de septiembre, protegiéndolo para el invierno que se avecinaba.

A menudo, después de trabajar, aun en otoño e invierno, bajaba al jardín a mirar la higuera antes de subir al apartamento. El jardín estaba tranquilo, y aunque pertenecía a todo el edificio de apartamentos, los vecinos se lo habían cedido sin hacer preguntas. Ni una sola vez en todos los años que vivió en Hell's Kitchen, con el traqueteo de los trenes de carga que atronaban por las calles y el ruido de los motores de los coches, y el trapero, y el hombre del hielo, y los vendedores y afiladores gritando al pasar junto a los edificios, ni una sola vez durante todos los años que había vivido en aquella ruidosa parte del mundo había encontrado a nadie más sentado a su mesa, junto a la higuera. En agosto, cuando la primera cosecha engordaba y colgaba bajo las hojas verdes, él colocaba un cuenco de madera lleno de jugosos higos en el rellano del primer piso por la mañana, y cuando todos se habían ido, a media mañana, Carmella se llevaba de nuevo el cuenco a su cocina. Los primeros higos de la estación se los guardaba para él. Con un cuchillito de cocina, pelaba la piel color caoba hasta llegar a la carne, de un rosa claro. En Sicilia llamaban tarantella a ese tipo de higos, en su memoria había un huerto lleno de higueras detrás de su casa, un bosque de higueras, y cuando llegaba la primera cosecha, él y su hermano mayor, Paolo, comían higos como si fueran caramelos, atiborrándose con esa fruta dulce y jugosa.

Aquellos eran algunos de los recuerdos de la infancia que atesoraba Vito. Cerraba los ojos y se veía de niño, siguiendo los pasos de su padre temprano por la mañana, con la primera luz del día, cuando salía a cazar con el cañón de la *lupara* colgando sobre el hombro. Recordaba las comidas en una mesa de madera rústica, su padre siempre a la cabecera, su madre en el otro extremo, y él y Paolo uno frente al otro. Detrás de Paolo estaba la puerta con los paneles de cristal, y detrás de este, el jardín y las higueras. Tenía que esforzarse mucho para recordar los rasgos de los rostros de sus padres; ni siquiera a Paolo lo recordaba bien, aunque lo había seguido como un cachorrillo todos los años de su vida en Sicilia. Esas imágenes se habían desvanecido a lo largo de los años, y aunque estaba seguro de que los reconocería al instante si volvieran de entre los muertos y aparecieran de pie ante él, aun así, en su recuerdo no podía verlos con total claridad. Pero sí que los oía. Oía a su madre apremiándole a hablar: «*Parla, Vito!*». Recordaba ahora que ella se preocupaba porque él hablaba muy poco, y meneaba la cabeza cuando se explicaba encogiendo los hombros y diciendo: «*Non so perché*». Ni siquiera sabía por qué hablaba tan poco. Oía la voz de su padre contándole historias por la noche, frente al fuego. Oía a Paolo riéndose de él una noche, cuando se quedó dormido a la mesa de la cena. Recordaba haber abierto los ojos, con la cabeza en la mesa junto a su plato, despierto por las risas de Paolo. Tenía muchos recuerdos así. A menudo, después de alguna fea brutalidad requerida por su trabajo, se sentaba solo en aquel jardín diminuto, en el frío Nueva York, en América, y recordaba a su familia en Sicilia.

También tenía recuerdos que le habría gustado poder desterrar. El peor de todos ellos era el de su madre retrocediendo de espaldas con los brazos abiertos, el eco de sus últimas palabras todavía viva en el aire: «¡Corre, Vito!». Recordaba el funeral de su padre. Recordaba haber caminado junto a su madre, con el brazo de ella en torno a su hombro, y las escopetas que disparaban en las colinas mientras los portadores del féretro dejaban caer el ataúd de su padre y salían corriendo. Recordaba a su madre arrodillada sobre el cuerpo muerto de Paolo. Paolo, que había intentado seguir la procesión funeral bajando desde las colinas, y después recordaba una serie de escenas que se mezclaban unas con otras, como si en un momento dado su madre se arrodillase junto a Paolo llorando y al momento siguiente él estuviera andando junto a ella por el camino de grava de la propiedad de Don Ciccio, con preciosas flores de colores a cada lado del camino, mientras su madre le cogía de la mano y tiraba de él. Don Ciccio estaba sentado a una mesa con un cuenco de naranjas y un decantador de cristal lleno de vino. La mesa era pequeña, redonda, de madera, con las patas gordas y redondas. El Don era un hombre recio, con bigote y una verruga en la mejilla derecha. Llevaba un chaleco y una camisa blanca de manga larga, que brillaba bajo el sol. Las rayas del chaleco se inclinaban hacia el centro, formando una V. La cadena de un reloj de oro colgaba entre los bolsillos del chaleco, formando un semicírculo sobre su vientre. Detrás de él se veían unas columnas grandes de piedra y una verja de hierro muy ornamentada donde uno de sus guardaespaldas estaba de pie apostado con una escopeta colgada del hombro. Recordaba todo aquello con gran claridad, con todo detalle: la forma en que su madre suplicó por la vida del único hijo que le quedaba, la forma que tuvo de negarse el Don, el movimiento con el que su madre sacó un cuchillo de debajo de su vestido negro, cómo lo sujetó junto al cuello de Don Ciccio, sus últimas palabras: «¡Corre, Vito!». Y el disparo de escopeta que la envió volando hacia atrás, con los brazos muy abiertos.

Esos eran los recuerdos que habría deseado desterrar. Catorce años atrás, cuando Vito eligió su actual forma de vida asesinando a Don Fanucci, otro cerdo robusto que intentó

73

arruinar su pequeño trocito de Nueva York como si fuera un pueblo de Sicilia, los amigos de Vito pensaron que era intrépido e implacable con sus enemigos. Él dejó que creyeran eso a partir de entonces. Se suponía que esa era la verdad. Pero también era verdad que quiso matar a Fanucci en el instante en que lo vio por primera vez, y que encontró la decisión para hacerlo cuando vio cómo se podía aprovechar de su muerte. No sintió miedo ni un solo momento. Esperó a Fanucci en el vestíbulo oscuro junto a su apartamento, con la música, los ruidos callejeros y los fuegos artificiales de la fiesta de San Gennaro ahogados por las paredes de ladrillo del edificio. Para silenciar la pistola envolvió en torno al cañón una toalla blanca, y la toalla se inflamó cuando disparó el primer tiro al corazón de Fanucci. Cuando este se abrió el chaleco para buscar la bala ofensora, Vito le volvió a disparar, esta vez en la cara, y la bala entró limpiamente, dejando solo un pequeño agujero rojo en la parte alta de la mejilla del hombretón. Cuando finalmente cayó, Vito desenvolvió la toalla en llamas de la pistola, colocó el cañón en la boca de Fanucci y le disparó por última vez al cerebro. Lo único que sintió al verlo derrumbado en su puerta, muriéndose, fue gratitud. Aunque el razonamiento de la mente no comprendía cómo era posible que matar a Fanucci vengase el asesinato de su familia, la lógica del corazón comprendía.

Ese fue el principio. El siguiente hombre al que mató Vito fue a Don Ciccio mismo. Volvió a Sicilia, al pueblo de Corleone, y lo destripó como a un cerdo.

Ahora Vito estaba en el estudio de su espacioso apartamento y él mismo era ya un Don, mirando los planos de una propiedad que era suya. Abajo, Fredo y Michael se peleaban otra vez. Vito se quitó la chaqueta y la colgó del respaldo de la silla de su escritorio. Cuando los chicos dejaron de gritar, volvió su atención de nuevo a los planos. Entonces Carmella empezó a chillar a los chavales, y estos se pusieron a gritar otra vez, cada uno de ellos argumentando sus motivos. Vito empujó a un lado los planos y se dirigió hacia la cocina. Antes de que hubiese llegado a la mitad de las escaleras, los bramidos cesaron. Cuando llegó a la cocina, Michael y Fredo estaban sentados tranquilamente a la mesa, Michael leyendo un libro del colegio, Fredo sin hacer nada, sentado con las manos juntas ante él.

Mientras Carmella lo miraba, preocupada, Vito cogió a cada uno de los chicos por una oreja y los llevó al salón. Se sentó al borde de una silla tapizada junto a la ventana delantera, todavía sujetando a sus hijos. Fredo había empezado a chillar: «¡papá! ¡papá!» en cuanto Vito le cogió, mientras que Michael, como de costumbre, callaba.

—¡Papá! —dijo Fredo—. ¡Michael ha cogido una moneda del bolsillo de mi abrigo!

Los ojos de Fredo ya estaban llenos de lágrimas.

Vito miró a Michael. Su hijo menor le recordaba a sí mismo de niño. Parecía más feliz jugando solo, y hablaba muy poco.

Michael miró a su padre a los ojos y meneó la cabeza.

Vito dio una bofetada a Fredo y luego le sujetó por la barbilla.

—¡Pero lo tenía en el bolsillo! —chilló Fredo, furioso—. ¡Y ahora no está!

—¿Y por eso acusas a tu hermano de ser un ladrón?

—Bueno —dijo Fredo—, la moneda no está, ¿verdad, papá?

Vito apretó más fuerte la barbilla de Fredo.

—Te lo vuelvo a preguntar —dijo—. ¿Acusas a tu hermano de ser un ladrón? —Como la única respuesta de Fredo fue apartar los ojos, Vito le soltó y dijo—: Discúlpate con Michael.

—Perdóname —dijo el chico de mala gana.

Detrás de ellos se abrió la puerta principal y entró Sonny en el vestíbulo. Iba vestido con un mono de trabajo del garaje, y llevaba la cara manchada de grasa, así como la mandíbula y la frente. Carmella, que había estado mirando desde la puerta de la cocina, observó a su marido.

Vito les dijo a los niños que subieran a su habitación y que no bajaran hasta la hora de la cena. Esto era un castigo para Fredo, mientras que Michael se habría ido a su habitación de todos modos y habría leído o se habría entretenido solo. Cuando Sonny entró en el salón, Vito dijo:

—¿Vienes hasta el Bronx para tomar un baño otra vez?

—No me importa probar algo que haya cocinado mamá mientras estoy aquí. Además, papá, si quiero tomar un baño en mi casa, tengo que hacerlo en la cocina —explicó Sonny.

Carmella entró en la habitación quitándose el delantal.

—Mira cómo vienes —dijo—. ¡Lleno de grasa por todas partes!

—Eso es lo que pasa cuando trabajas en un garaje, mamá. —Sonny se inclinó y envolvió a su madre en un gran abrazo—. Voy a lavarme —dijo, mirando a Vito.

—¿Te quedarás a cenar? —preguntó Carmella.

—Claro, mamá —dijo Sonny—. ¿Qué estás haciendo? —preguntó, ya en las escaleras, subiendo hacia su habitación.

—Ternera a la parmigiana.

—¿Quieres comprobar el menú, a ver si es de tu gusto? —preguntó Vito.

—Todo lo que hace mamá es de mi gusto. ¿Verdad, mamá? —Sin esperar una respuesta, subió corriendo las escaleras.

Carmella dirigió otra mirada a Vito cuando Sonny desapareció de la vista. Su marido dijo, bajito:

—Hablaré con él.

Se levantó de su asiento. Consultó el reloj que llevaba en el bolsillo del chaleco y vio que faltaban unos minutos para las seis. Mientras subía las escaleras, se volvió hacia la radio y fue girando el dial lentamente por los números de las emisoras. Cuando encontró un boletín de noticias, escuchó un minuto y luego siguió buscando, esperando encontrar ópera italiana. Las noticias hablaban de los acuerdos electorales, los reformistas y el nuevo candidato a la alcaldía, un pez gordo napolitano, un *pezzonovante* que se presentaba como reformista. Vito llegó a un anuncio de Pepsodent, seguido por el show de *Amos y Andy*, escuchó el rato suficiente para comprender que Kingfish una vez más había metido a Andy en algún aprieto, y luego apagó la radio y subió a la habitación de Sonny. Llamó una sola vez y Sonny abrió una rendija de la puerta y miró hacia afuera, y luego la abrió del todo y dijo:

—¡Papá! —Evidentemente estaba sorprendido por encontrar a su padre llamando a su puerta. Iba con el pecho desnudo, con una toalla colgada del hombro.

—Bueno, ¿puedo entrar?

—Claro. ¿Qué he hecho? —Abrió del todo la puerta y se apartó del camino de Vito.

La habitación de Sonny era pequeña y sencilla: una cama individual contra una pared, con un crucifijo sobre la cabecera de madera; un tocador con una vacía bombonera de cristal, tallado con pie en el centro, y unas cortinas de muselina blanca sencillas tapando las dos ventanas. Vito tomó asiento en la cama y le hizo señas a Sonny de que cerrase la puerta.

—Ponte una camisa —dijo—. Quiero hablar contigo.

—¿De qué se trata, papá? —Sonny cogió su camisa arrugada de encima del tocador y se la puso—. ¿Algo va mal? —preguntó, abrochándosela.

Vito dio unas palmaditas a la cama, a su lado.

—Siéntate aquí —dijo—. Tu madre está preocupada por ti.

—Está preocupada por el dinero —exclamó Sonny, como si de repente comprendiera de qué iba todo.

—Es cierto —dijo Vito—. Está preocupada por el dinero. ¿No echas en falta cincuenta dólares? ¿Te dejas un billete de cincuenta dólares en el bolsillo del pantalón y ni siquiera le preguntas por él?

—Mamá le dio el dinero a Tom, papá. —Sonny se sentó en la cama junto a Vito—. Tom me lo contó. Si hubiese pensado que había perdido cincuenta dólares, habría preguntado por toda la ciudad. Sé dónde está el dinero, así que, ¿por qué preguntar?

—¿Qué hacías tú con un billete de cincuenta dólares, Sonny? Es más del salario de dos semanas para ti.

—Pero ¿en qué me voy a gastar el dinero, papá? Como aquí la mayor parte del tiempo. Mi alquiler es barato.

Vito cruzó las manos en el regazo, y esperó.

—Por Dios... —dijo Sonny. Saltó y se volvió de espaldas a su padre, y luego de nuevo de cara a él—. Está bien. Jugué al póquer el sábado por la noche con unos polacos en Greenpoint. —Levantó la voz un poco, en su defensa—. Es un juego en plan de amigos, papá. Normalmente pierdo un par de dólares, gano un par de dólares... Esta vez me fue bien. —Sonny juntó las manos—. ¡Jugar al póquer un poquito el sábado por la noche, papá!

—¿Eso es lo que haces con el dinero que ganas? ¿Juegas al póquer con un puñado de polacos?

—Sé cuidarme bien.

—Sabes cuidarte bien —repitió Vito. Señaló de nuevo hacia la cama, indicándole que debía sentarse—. ¿Estás ahorrando algo de dinero? ¿Has abierto una cuenta bancaria, como te dije?

Sonny se dejó caer en la cama junto a su padre. Miró al suelo.

—No —dijo Vito. Pellizcó en la mejilla a Sonny, y este se apartó de él—. Escúchame, Santino: la gente hace su fortuna en la industria del automóvil. En los próximos veinte, treinta años... —Vito abrió las manos, como indicando que el cielo era el límite—. Si trabajas duro, y yo puedo darte un poquito de ayuda por aquí y por allá, cuando llegues a mi edad tendrás más dinero del que puedas soñar. —Puso la mano en la rodilla de Sonny—. Pero tienes que trabajar duro. Tienes que conocer la industria desde abajo. Y en el futuro podrás contratar a alguien para que se ocupe de mí, cuando yo no pueda ni ir al baño solo.

Sonny se echó hacia atrás apoyándose en el cabecero.

—Escucha, papá —dijo—. No sé si estoy hecho para esto.

—¿Para qué? —preguntó Vito, sorprendiéndose un poco con el ligero tono de fastidio de su voz.

—Para trabajar como un burro todos los días —contestó el chico—. Trabajo ocho, diez horas para ganarme los cincuenta pavos de Leo, y él me paga cincuenta céntimos. Es un trabajo de idiotas, papá.

—¿Quieres empezar siendo el jefe? —preguntó Vito—. ¿Has comprado las herramientas y el equipo, o lo hizo Leo? ¿Pagas tú el alquiler, o lo hace Leo? ¿El letrero que hay fuera dice Garaje de Leo o Garaje de Santino? —Como Sonny no respondía, Vito añadió—: Mira a Tom, Sonny. Ha abierto una cuenta bancaria con un par de cientos de dólares ahorrados. Además, ha trabajado todo el verano para ayudar a pagar la universidad. Tom sabe trabajar de verdad y hacer algo bueno para sí mismo. —Vito cogió a Sonny rudamente por la barbilla y lo acercó más a él—. ¡Nadie consigue nada en la vida sin trabajo duro! ¡Recuerda eso, Santino! —Cuando Vito se levantó del colchón, tenía la cara roja. Abrió la puerta del dormitorio y miró a su hijo—. No quiero oír nada más de que el trabajo es para idiotas, *capisc'*? Aprende de Tom, Santino.

Vito miró duramente a su hijo y salió de la habitación, dejando la puerta abierta tras él.

Sonny cayó en la cama. Dio un puñetazo al aire como si fuera la cara de Tom. ¿Qué pensaría papá si supiera que su precioso Tom Hagen se estaba follando a una puta irlandesa? A Sonny le gustaría mucho saberlo. Luego, de alguna manera, la simple idea, la idea de que Tom se metiera en un lío con la querida de Luca Brasi, le hizo sonreír y luego reír, y su furia desapareció. Se quedó echado de espaldas, con los brazos cruzados por detrás de la cabeza, con una enorme sonrisa en la cara. Papá siempre le ponía como ejemplo a Tom: Tom hace esto, Tom hace lo otro… Pero nunca se hablaba de lealtad o de amor. Sonny era el hijo mayor de Vito. Si eres italiano, es lo único que cuenta.

De todos modos, Sonny no podía enfadarse con Tom. En su corazón, Tom Hagen siempre sería el chico que encontró sentado en un taburete de tres patas en la calle, frente a su bloque de pisos, en el mismo lugar donde el propietario había sacado todos los muebles de lo que antes era su casa. La madre de Tom había muerto el año anterior por culpa de la bebida, y luego, unas pocas semanas antes, su padre había desaparecido. Poco después la Beneficencia Cristiana vino a buscarles a él y a su hermana, pero Tom salió corriendo antes de que pudieran cogerlo, y durante semanas anduvo pidiendo alrededor de las vías del tren, durmiendo en trenes de carga y recibiendo palizas de la policía del ferrocarril cuando lo cogían. Esto se sabía en todo el barrio, y la gente decía que su padre aparecería al final, que estaba por ahí de juerga, pero no apareció, y entonces una mañana el propietario vació el piso en el que vivía y arrojó todos los muebles a la calle. A media tarde, todo había desaparecido excepto un taburete de tres patas y unos cuantos trastos inútiles. Todo ello ocurrió cuando Sonny tenía once años. Tom era un año mayor, pero todo piel y huesos, y nadie que le mirase habría dicho que tenía más de diez. Sonny, por otra parte, parecía más bien tener catorce que once.

Michael lo siguió aquella tarde. Por aquel entonces tenía

siete u ocho años, y volvían de Nina, en la esquina, con una bolsa llena de comestibles. Michael fue el primero que vio a Tom, y tiró de los pantalones de Sonny.

—Sonny —dijo—. Mira.

Cuando Santino miró vio a un chico con una bolsa metida en la cabeza, sentado en un taburete de tres patas. Johnny Fontane y Nino Valenti, un par de chicos de los más fuertes del barrio, fumaban cigarrillos a unos pasos de distancia. Sonny cruzó la calle y Michael le tiró de los pantalones.

—¿Quién es? —preguntó—. ¿Por qué lleva una bolsa encima de la cabeza?

Sonny sabía que era Tom Hagen, pero no dijo nada. Se detuvo delante de Johnny y Nino y preguntó qué estaba pasando.

—Es Tom Hagen —dijo Johnny, un chico esbelto y guapo con una mata de espeso cabello oscuro bien peinado por encima de la frente—. Cree que se va a quedar ciego.

—¿Ciego? ¿Por qué?

—Su madre murió, y luego su padre... —explicó Nino.

—Eso ya lo sé —dijo Sonny. Y le preguntó a Johnny—: ¿Por qué cree que se va a quedar ciego?

—¿Cómo lo voy a saber yo, Sonny? Pregúntaselo tú. Su madre se quedó ciega antes de morir. Quizá piense que se lo ha pegado ella.

Nino se echó a reír y Sonny dijo:

—¿Crees que es divertido, Nino?

—No importa. Es un idiota —dijo Johnny.

Sonny dio un paso hacia Nino, y este levantó las manos.

—Bueno, Sonny. No quería decir eso.

Michael tiró de la camisa de su hermano y dijo:

—Vamos, Sonny. Vámonos.

Sonny dejó que su mirada reposara en Nino, y luego se alejó, con Michael detrás. Se detuvo ante Tom y dijo:

—¿Qué estás haciendo, atontado? ¿Por qué te has puesto una bolsa encima de la cabeza?

Como Tom no respondió, levantó la bolsa echándola hacia atrás y vio que se había tapado los ojos con una sucia venda de tela. El pus y la sangre seca se apreciaban en el borde de la venda, por encima de su ojo izquierdo.

—¿Qué demonios pasa, Tom?

—¡Me estoy quedando ciego, Sonny! —contestó el chico.

Apenas se conocían el uno al otro, por aquel entonces. Habían hablado una vez o dos, nada más… y sin embargo Sonny captó el ruego en la voz de Tom, como si hubiesen sido compañeros de toda la vida y apelase a él. Dijo: «¡me estoy quedando ciego, Sonny!» de tal forma que parecía haber abandonado toda esperanza, y al mismo tiempo suplicaba ayuda.

—V'fancul! —murmuró Sonny. Dio una vuelta pequeña en la acera, como si ese bailecito le pudiera dar los dos segundos que necesitaba para pensar. Tendió la bolsa a Michael, rodeó con sus brazos a Tommy, con taburete y todo, lo levantó y se lo llevó por la calle.

—¿Qué estás haciendo, Sonny? —exclamó Tom.

—Te llevo a que te vea mi padre.

Y eso fue lo que hizo. Con Michael detrás, siguiéndole con los ojos muy abiertos, llevó a Tom, con taburete y todo, a su casa, donde su padre y Clemenza estaban hablando en el salón. Dejó caer el taburete frente a su padre. Vito, un hombre cuya compostura era legendaria, pareció que se iba a desmayar.

Clemenza quitó la bolsa de la cabeza de Tom, y luego retrocedió al ver la sangre y el pus que rezumaban del vendaje.

—¿Quién es este? —preguntó a Sonny.

—Es Tom Hagen.

Carmella entró en la habitación y tocó a Tom suavemente en la frente. Inclinó la cabeza hacia atrás para mirarle mejor el ojo.

—Infezione —dijo a Vito.

Vito le susurró:

—Trae al doctor Molinari. —Parecía que tenía la garganta seca.

—¿Qué estás haciendo, Vito? —preguntó Clemenza.

Vito levantó la mano hacia Clemenza, silenciándolo. A Sonny le dijo:

—Cuidaremos de él. —Y preguntó—: ¿Es amigo tuyo?

Sonny pensó un segundo y luego dijo:

—Sí, papá. Es como un hermano para mí.

Ni entonces ni luego tenía ni idea de por qué dijo aquello.

81

La mirada de Vito reposó en Sonny durante lo que pareció largo rato, como si intentara atisbar en su corazón, y luego pasó un brazo en torno a los hombros de Tom y lo condujo a la cocina. Aquella noche, y durante los cinco años siguientes, hasta que se fue a la universidad, Tom compartió la habitación de Sonny. Se le curó el ojo. Ganó peso. Mientras iban al colegio, fue el tutor privado de Sonny, ayudándole a aprender cosas por sí mismo en lo posible, y dándole las respuestas cuando todo lo demás fallaba.

Tom lo hacía todo para complacer a Vito, pero nada de lo que hiciese podía convertirle jamás en su hijo. Y nada de lo que hiciera jamás podría devolverle a su auténtico padre para que lo criase. Por eso Sonny no podía enfadarse nunca con él, y el recuerdo del día que lo encontró con una bolsa encima de la cabeza, sentado en un taburete de tres patas, y la forma en que dijo: «¡me estoy quedando ciego, Sonny!», estaba alojado en el corazón de Sonny, tan vivo como si hubiese pasado ayer mismo.

De camino hacia la cocina, la voz de mamá vino subiendo por las escaleras, como una canción.

—¡Santino! —chillaba—. ¡La cena está casi lista! ¿Cómo es que no oigo correr el agua del baño?

—¡Bajaré dentro de diez minutos, mamá!

Saltó de la cama y se desabrochó la camisa. En el armario encontró una bata y se la puso. En la parte de atrás de un estante alto del armario rebuscó hasta encontrar una caja de sombreros que había guardado allí. La abrió, sacó un sombrero flexible nuevo, de un azul claro, y se lo puso. Frente al tocador, inclinó el espejo hacia arriba y se miró. Se bajó el ala del sombrero por la frente y luego inclinó un poco el sombrero a la derecha. Sonrió con su boca enorme y llena de dientes, metió de nuevo el sombrero en la caja y volvió a guardarla en el estante.

—¡Santino! —lo llamó Carmella.

—Ya voy, mamá —respondió Sonny, y salió corriendo por la puerta.

Un poco después de la medianoche, Juke's estaba repleto de dandys con sombreros de copa y esmoquin, y damas envueltas en sedas y pieles. En el escenario, el trompetista señalaba con su instrumento hacia el techo mientras deslizaba la vara con una mano y la sordina en la otra, y el resto de la banda tocaba con él una versión a ritmo de jazz de *She Done Him Wrong*. El batería se inclinaba hacia delante en su trono hasta que parecía que su rostro estaba tocando el mismísimo tambor, e iba marcando el ritmo envuelto en su propia burbuja de sonido. En la pista de baile, parejas apretadas entre sí y a su vez apretadas contra los desconocidos, risueñas y sudorosas, bebían de unas petacas de plata o envueltas en cuero. En toda la espaciosa sala, los camareros corrían de aquí para allá llevando bandejas cargadas de comida y bebida a unas mesas rodeadas por los bien vestidos y los ricachones.

Sonny y Cork llevaban horas bebiendo los dos, igual que Vinnie, Angelo y Nico. Stevie no había aparecido, aunque todos habían quedado para celebrarlo en Juke's. Vinnie y Angelo llevaban esmoquin los dos. Angelo había empezado la noche con el pelo bien peinado y apartado de la cara, pero a medida que avanzaba la noche y las bebidas se sucedían, unos pocos mechones de cabello empezaron a soltarse y a caerle por encima de la cara. Nico y Sonny iban vestidos con trajes de doble botonadura, con grandes solapas y corbatas de raso, la de Nico de un verde intenso y la de Sonny azul claro, a juego con su nuevo sombrero flexible. La mayor parte de las damas de Juke's tenían veinte años o más, pero eso no impedía que los chicos bailaran con ellas, y ahora, hacia la medianoche, estaban todos sudorosos y en diversas fases de borrachera. Se habían abierto el cuello de las camisas y aflojado las corbatas, y todos se reían de las bromas de los demás con gran facilidad. Cork, que era el que iba menos emperifollado de toda la banda, con un traje de tweed con chaleco y corbata de lazo, era el más borracho.

—¡Por Dios —decía, anunciando lo obvio—, estoy como una cuba, caballeros! —Y apoyó la cabeza en la mesa.

—Como una cuba... —repitió Sonny, divertido por la frase—. ¿Y si tomamos un poco de café?

Cork se levantó de un salto.

—¿Café? —Sacó una petaca de su bolsillo—. ¿Mientras todavía tenemos whisky canadiense de malta de primera?

83

—Eh, irlandés ladrón —dijo Nico—. ¿Cuántas botellas has birlado?

—¡Tú calla, puto cabrón amante de los espaguetis de mierda!

Desde la noche del robo, aquella frase se había repetido entre risas una y otra vez, y no falló tampoco en Juke's. La risa de Vinnie Romero terminó abruptamente cuando vio a Luca Brasi entrar en el club.

—Eh, chicos —dijo a los demás—. Mirad eso.

Luca entró en el club con Kelly O'Rourke del brazo. Llevaba frac y pantalones a rayas, y una flor blanca en el ojal de la solapa. Kelly se arrimaba a él con un traje de noche muy ajustado color crema, sin tirante en un hombro. Un broche de diamantes con forma de corazón en su cadera sujetaba la tela del vestido arrugada, formando una especie de fajín. Siguieron al maître hasta una mesa en la parte delantera del club, junto a la banda. Cuando Luca vio a Cork y a los chicos mirándole, les hizo una seña, dijo una palabra al maître y luego llevó a Kelly a la mesa.

—¿Qué te parece? —dijo—. ¡Si es la banda de las zapatillas deportivas!

Los chicos se pusieron todos de pie, y Luca estrechó la mano de Cork.

—¿Quién es ese bobo? —preguntó Luca, mirando a Sonny.

—¿Ese bobo? —dijo Cork, dando un empujón a Sonny—. Nada, un imbécil que nos gorrea unas bebidas.

—¡Eh! —dijo Sonny. Se rascó la cabeza e intentó parecer más borracho de lo que estaba—. ¿Qué es eso de la banda de las zapatillas?

—No importa —dijo Cork a Sonny—. No es nada. —Y a Luca—: ¿Quién es esa muñeca espectacular?

—¿A ti qué te importa? —dijo Luca, y lanzó un fingido puñetazo a la mandíbula de Cork.

Kelly se presentó y dijo:

—Soy la chica de Luca.

—Un tío con suerte —dijo Cork mirando a Luca.

La mujer pasó sus brazos en torno al brazo de Luca y se inclinó hacia él, mirando a Sonny.

—Eh —dijo—. ¿Tú no eres amigo de ese chico de la universidad, Tom no sé qué?

—¿Qué chico de la universidad? —preguntó Luca a Kelly, sin darle a Sonny la oportunidad de responder.

—Nada, un chico de la universidad —dijo Kelly—. ¿Por qué, Luca? No estarás celoso de un estudiante, ¿verdad? Ya sabes que yo soy tu chica. —Y apoyó la cabeza en su hombro.

—No estoy celoso de nadie, Kelly. Me conoces bien y lo sabes.

—Claro, te conozco muy bien —dijo Kelly, apretándole más el brazo—. Bueno —le preguntó a Sonny—, ¿le conoces o no?

—¿Tom no sé qué? —dijo Sonny. Se metió una mano en el bolsillo de la chaqueta, y notó que los ojos de Luca seguían aquel movimiento—. Sí, conozco a un chico de la universidad llamado Tom.

—Dile que me llame —dijo Kelly—. Dile que quiero tener noticias suyas.

—¿Ah, sí? —Miró a los chicos—. Mujeres… —dijo, como compartiendo un conocimiento común sobre ellas—. Vamos, muñeca —Pasó el brazo en torno a la cintura de Kelly y la apartó de la mesa.

En cuanto se hubieron alejado lo suficiente, Nico dijo a Sonny:

—¿De qué demonios iba todo eso?

—Sí, Sonny —exclamó Cork—, ¿cómo demonios conoce esa a Tom?

Sonny miró al otro lado de la sala y vio que Luca le miraba.

—Vámonos de aquí cagando leches —dijo.

—Ay madre… —Miró hacia la salida—. Ve tú primero. Recuerda que no te conocemos.

Angelo dijo:

—Echaremos un vistazo a Luca.

Sonny se puso de pie, todo sonrisas, y Cork le estrechó la mano, como si se estuviera despidiendo de un conocido. Sonny dijo:

—Os esperaré en mi coche.

Salió despacio hacia el guardarropa. Fue tomándose su

tiempo. No quería dar la impresión a Luca de que salía corriendo. Una vendedora de tabaco con un sombrero sin ala y medias de red, que llevaba una bandeja de cigarrillos, se cruzó en su camino y él se detuvo a comprar un paquete de Camel.

—Deberías probar los Luckies —dijo ella, aleteando las pestañas hacia él—. Están tostados —añadió con aire afectado—, para la protección de la garganta y un mejor sabor.

—Muy bien —dijo Sonny, siguiéndole el juego—. Dame un paquete, muñeca.

—Tómalo tú mismo —dijo ella, y sacó el pecho, empujando la bandeja hacia él—. Son tan redondos, tan firmes y tan bien empaquetados...

Sonny arrojó una moneda a la bandeja.

—Quédate el cambio.

Ella le guiñó un ojo y se apartó. Sonny la siguió con la vista. Al otro lado de la sala, vio que Luca se inclinaba por encima de la mesa juntando su cabeza con la de Kelly. No parecía demasiado contento.

—Tom —susurró Sonny para sí mismo—, te voy a matar.

Cogió el abrigo y el sombrero y salió a la calle. La puerta principal de Juke's se abría a la 126 Oeste, junto a la avenida Lenox. Sonny se detuvo junto al rótulo de una tienda, abrió el paquete de Luckies y encendió uno. El rótulo anunciaba a Cab Calloway y su orquesta interpretando *Minnie the Moocher*. Sonny dijo: «*hi-de-hi-de-hi*», y se subió el cuello de la chaqueta para protegerse del invierno frío. Todavía era otoño, pero aquel aire traía promesas de invierno. Detrás de él se abrió la puerta del club, dejando escapar la música hacia la calle. Un hombre con sombrero gris, que llevaba un abrigo negro con cuello de piel, salió y encendió un cigarrillo.

—¿Qué es ese jaleo? —dijo a Sonny. Este le hizo una seña, pero no replicó. Al cabo de un momento salió por la puerta un chico delgaducho con un jersey de rombos. Le echó un vistazo al tío del abrigo negro, y luego se alejaron los dos por la calle, juntos.

Sonny los siguió hasta que llegó a su coche. Se sentó detrás del volante, bajó la ventanilla y se estiró todo lo que pudo. La cabeza le daba vueltas un poco aún pero se había sentido bastante sobrio de repente cuando Kelly le había preguntado por Tom. Mentalmente veía de nuevo a Kelly apartando la cortina y mirando hacia la calle. Ella estuvo en la ventana solo un segundo antes de que apareciese Tom detrás de ella y cerrase la cortina, pero en ese segundo Sonny captó todo su cuerpo, que era de ensueño, todo blanco y rosa, y sus mechones de pelo rojo. Su rostro era redondo, con los labios rojos y las cejas en ángulo, e incluso a distancia, al otro lado de la Undécima Avenida, mirando hacia arriba y a través de un cristal, le pareció ver en ella mucha furia.

Sonny se preguntaba si aquella Kelly O'Rourke podía ser peligrosa. Se echó atrás el sombrero y se rascó la cabeza. Se preguntó qué juego se llevaría entre manos, y lo único que se le ocurrió eran los celos: quería poner celoso a Luca. Pero ¿por qué Tom? ¿Y cómo había sabido que Sonny conocía a Tom? Ahí se quedaba sin pistas. Las mujeres eran siempre difíciles de interpretar pero esta lo era demasiado. Si papá averiguaba todo aquello, *Madon'!* No querría estar en el lugar de Tom. Papá tenía planes para todos sus hijos. Tom iba a ser abogado y a meterse en política. Sonny iba a ser capitán de la industria. Michael, Fredo y Connie todavía no eran lo bastante mayores para que su futuro estuviese decidido… pero ya llegaría el momento. Todo tenía que ser como papá dijese, excepto que Sonny no pensaba ser esclavo de Leo mucho tiempo más. Tendría que encontrar una forma de hablar con su padre. Sabía lo que quería hacer, y lo que se le daba bien. Había pasado menos de un año desde que creó su banda, y ya tenía un coche y un guardarropa nuevo y unos pocos miles metidos en su colchón.

—¡Eh! —Cork dio unos golpecitos en la ventanilla del asiento del acompañante, y saltó al asiento de delante junto a Sonny.

—*Minchia!* —Sonny se puso el sombrero recto, porque se le había torcido a un lado cuando Cork le sobresaltó.

Las puertas de atrás se abrieron y entraron los hermanos Romero y Nico.

—¿De qué demonios iba todo eso? —preguntó Nico.

Sonny se volvió en su asiento para poder ver la parte de atrás del coche.

—No os lo vais a creer —dijo, y luego siguió explicándoles lo que había ocurrido con Tom y Kelly.

—¡Dios mío! —exclamó Vinnie—. ¡Tom se ha follado a esa mujer!

—Si Luca lo averigua... —dijo Cork.

—Ni siquiera tu padre sería capaz de salvarle —dijo Nico.

—¿Y a qué juega ella? —le preguntó Sonny a Cork—. Si se lo dice a Luca, él podría matarla, también.

—¿Podría? —dijo Angelo—. Apuesto a que lo hace.

—¿Y entonces? —inquirió Sonny, mirando a Cork.

—Y yo qué coño sé —dijo Cork. Se echó atrás en su asiento e inclinó el sombrero encima de los ojos—. Es un lío fenomenal. —Se quedó quieto, y todo el mundo en el coche también se quedó callado con él, esperando a que dijese algo—. Estoy demasiado borracho para pensar —soltó al final—. Sonny Boy, haz un favor a tu amigo Cork y llévale a casa, ¿quieres?

—Vale, caballeros...

Sonny se irguió detrás del volante. Pensaba en advertirles que no fueran por ahí cotorreando acerca de Tom y Kelly, pero decidió que no era necesario. De los tres, Nico era el más hablador, y apenas decía dos palabras seguidas a nadie fuera de la banda. En gran medida por eso les había elegido él, precisamente. Los gemelos eran famosos por no hablar más que entre ellos, y aun así no demasiado tampoco. Cork tenía labia, pero era listo también, y se podía confiar en él.

—Llevaré a la princesita a su casa —dijo.

—¿Vamos a quedarnos quietos durante un tiempo? —preguntó Nico.

—Sí, claro —contestó Sonny—, como hacemos siempre después de un trabajo. No tenemos prisa.

Vinnie dio unas palmaditas a Sonny en el hombro y salió por la puerta. Angelo dijo:

—Nos vemos luego, Cork. —Y siguió a su hermano.

Con un pie ya fuera de la puerta, Nico hizo una seña hacia Cork y dijo a Sonny:

—Lleva a este puto cabrón amante de los espaguetis de mierda a su casa.

—Por el amor de Dios —dijo Cork a Sonny—, que dejen eso ya.

Sonny salió hacia la 126.

—Mierda —dijo—. Tengo que trabajar mañana.

Cork se apoyó en la portezuela y arrojó su sombrero al asiento que tenía al lado. Parecía un niño que se ha quedado dormido en un viaje en coche, con el pelo todo chafado por el sombrero.

—¿Has visto las tetas de la chica del guardarropa? —preguntó—. Me gustaría meterme ahí y nadar hasta ahogarme.

—Ya estamos.

Cork le tiró su sombrero a Sonny.

—¿Qué pasa? —preguntó—. No todos podemos hacer que todas las chicas caigan a nuestros pies... Algunos tenemos que confiar en nuestra imaginación.

Sonny le volvió a tirar el sombrero a Cork.

—Yo no tengo a las chicas cayendo a mis pies.

—Y un cuerno —afirmó Cork—. ¿A cuántas te has tirado esta semana? Venga, Sonny. Se lo puedes contar a tu colega Cork. —Como Sonny seguía callado, Cork dijo—: ¿Y la que estaba en la mesa de al lado de la nuestra? ¡Dios mío, qué culo tenía, parecía la trasera de un autobús!

Sonny se echó a reír, a pesar de sí mismo. No quería que Cork empezase aquella conversación sobre mujeres.

—¿Adónde me llevas? —preguntó Cork.

—A casa. Adonde me has dicho.

—No. —Cork arrojó su sombrero hacia arriba e intentó que le cayera en la cabeza. Como falló, lo cogió y lo volvió a intentar—. No quiero volver todavía a mi casa. No he lavado los putos platos desde hace una semana. Llévame a casa de Eileen.

—Es más de la una de la mañana, Cork. Despertarás a Caitlin.

—Caitlin duerme como un tronco. Eileen sí que estará despierta, y no le importará. Quiere a su hermanito pequeño.

—Claro —dijo Sonny—, porque eres lo único que le queda.

—Pero ¿qué tonterías dices? Tiene a Caitlin y a unos quinientos Corcoran más extendidos por toda la ciudad, con los que está emparentada de cerca o de lejos.

—Lo que tú digas.

Sonny se detuvo en un semáforo en rojo, se apoyó en el

volante, miró hacia las calles vacías y luego siguió adelante.

—¡Vamos! —dijo Cork—. Eso es mostrar el debido respeto.

—Eileen siempre dice que tú eres lo único que le queda —comentó Sonny.

—Tiene la típica afición de los irlandeses por el dramatismo —dijo Cork. Pensó un momento y añadió—: ¿Nunca has pensado en que puedan matarnos a alguno de nosotros, Sonny? Haciendo un trabajo, quiero decir.

—No. Todos nosotros somos a prueba de balas.

—Ya —afirmó Cork—, pero ¿lo has pensado?

A Sonny no le importaba que lo matasen, ni a él ni a sus chicos. Tal y como planeaba las cosas, si todo el mundo hacía lo que se suponía que tenía que hacer (y así era), entonces no habría ningún problema. Miró a Cork y dijo:

—Me preocupa más mi padre. He oído cosas por ahí, y parece que se ha metido en no sé qué lío con Mariposa.

—Bah —dijo Cork, sin tener que pensarlo siquiera—. Tu padre es demasiado listo, y tiene un maldito ejército entero protegiéndole. Por lo que he oído, la banda de Mariposa son un puñado de retrasados intentando follarse un picaporte.

—¿De dónde has sacado esa mierda?

—¡Tengo imaginación! —chilló Cork—. ¿Te acuerdas cuando estábamos en quinto? ¿De la señorita Hanley, la de la cara como una col pocha? Ella me cogía por la oreja y me decía: «¡Qué imaginación tienes, Bobby Corcoran!».

Sonny aparcó el coche en la acera frente a la panadería Corcoran. Miró encima de la tienda, a los pisos, donde, tal y como esperaba, todas las ventanas estaban oscuras. Habían parado en la esquina entre la Cuarenta y Tres y la Undécima, bajo una farola. Junto a la panadería, una verja de hierro forjado custodiaba un edificio de dos pisos de piedra roja. Las hierbas crecían en los espacios entre la verja, y el pequeño jardín que había a cada lado de unos escalones de piedra basta estaba lleno de basura. Las ventanas y el tejado del edificio estaban rematados con granito que en algún momento debió de añadir un toque bonito y decorativo, pero ahora la piedra estaba oscura, llena de agujeros y cubierta de suciedad. Cork no parecía tener prisa alguna por salir del coche, y a Sonny no le importaba permanecer allí con aquella tranquilidad.

—¿Te has enterado de que el padre de Nico ha perdido su trabajo? Si no fuera por Nico, todos estarían en la cola de la beneficencia —dijo Cork.

—¿Y de dónde les dice Nico que saca el dinero?

—No se lo preguntan —dijo Cork—. Escucha, he estado esperando el momento adecuado para decírtelo: Hooks no quiere que volvamos a meternos con Mariposa, y si lo hacemos, no podemos usar a Luca como intermediario.

—¿Y cómo es eso?

—Es demasiado peligroso. Mariposa tiene la mosca detrás de la oreja con nosotros. —Cork miró hacia la calle y luego de nuevo a Sonny—. Vamos a tener que hacer un atraco o un secuestro o algo.

—Nosotros no hacemos secuestros —dijo Sonny—. ¿Estás loco o qué? —Como Cork no respondió, añadió—: Déjame que lo planee. Ya pensaré qué hacer ahora.

—Bien —dijo Cork—. Pero no puede tardar demasiado. A mí me va bien, pero toda la familia Romero acabará en la calle si los gemelos no llevan algo de pasta.

—Caray —dijo Sonny—, ¿qué somos ahora, la Beneficencia Pública?

—Somos como parte de la Ley de Recuperación Nacional —apuntó Cork.

Sonny miró a su amigo y ambos se echaron a reír.

—Somos el *New Deal* —dijo Sonny, riéndose aún.

Cork se metió el sombrero sobre los ojos.

—Por Dios —dijo—, qué borracho estoy.

Sonny suspiró y añadió:

—He tenido una charla con papá. Esa mierda de trabajo me está matando.

—¿Y qué le vas a decir? —preguntó Cork a través del sombrero, que se le había caído encima de la cara—. ¿Que quieres ser un gánster?

—Ya soy un gánster —dijo Sonny—, y él también lo es. La única diferencia es que él finge ser un hombre de negocios legal.

—Es un hombre de negocios legal —dijo Cork—. Lleva el negocio Aceite de Oliva Genco Pura.

91

—Sí, claro —dijo Sonny—, y es mejor que todas las tiendas de ultramarinos de la ciudad compren aceite de oliva Genco Pura o si no tendrán que hacerse un seguro de incendios.

—Vale, sí, es un hombre de negocios duro —reconoció Cork. Se incorporó y se puso el sombrero de nuevo en la cabeza—. Pero, chico, qué éxito tiene, ¿no?

—Sí, es verdad —dijo Sonny—, pero los hombres de negocios legales no llevan salas de apuestas ni el juego ni los préstamos y los sindicatos y todas las cosas en las que está metido papá. ¿Por qué finge ser algo que no es?

Se echó atrás y miró a Cork en el asiento de al lado, como si realmente esperase una respuesta.

—Actúa como si la gente que le lleva la contraria no acabase muerta —añadió Sonny—. Para mí, eso le convierte en un gánster.

—No veo ninguna diferencia entre hombres de negocios y gánsters. —Sonrió a Sonny y sus ojos se iluminaron—. ¿Has visto a los Romero con las metralletas? ¡Por el amor de Dios! —Puso las manos como si sujetara una metralleta y gritó—: ¡Es tu última oportunidad, Rico! ¿Vas a salir o quieres que te saque yo?

Hizo gestos como si disparase y se puso a dar brincos en su asiento, golpeando el salpicadero, la portezuela y el asiento. Sonny salió del coche, riendo.

—Vamos —dijo—. Tengo que estar en el trabajo dentro de pocas horas.

Cork salió a la acera, miró hacia arriba y dijo:

—Ay, madre mía. —Se apoyó de nuevo en el coche—. ¡Mierda! —gritó, y corrió al solar que había junto a la panadería, se agarró a dos barrotes de la verja y vomitó entre la hierba.

Se abrió una ventana por encima de la panadería y Eileen sacó la cabeza.

—Ay, por el amor de Dios —dijo. Tenía el mismo cabello que su hermano, liso y color arena, enmarcando su rostro. Sus ojos se veían oscuros, a la luz de la calle.

Sonny abrió los brazos con un gesto que quería decir: ¿qué puedo hacer yo?

—Me ha pedido que le traiga aquí —dijo, intentando no gritar pero sí ser oído.

—Súbelo —dijo Eileen, y cerró la ventana.

—Estoy bien. —Cork se enderezó y cogió aliento con fuerza—. Así mejor. —Hizo señas a Sonny de que se fuera—. Puedes irte. Ya estoy bien.

—¿Seguro?

—Seguro. —Buscó en el bolsillo de su chaqueta y sacó unas llaves—. Vamos, vete —insistió, haciendo señas de nuevo.

Sonny se quedó mirando mientras Cork primero intentaba encontrar la llave adecuada y luego meterla en la cerradura.

—*Cazzo!* —exclamó—. ¿Por qué has tenido que beber tanto?

—Tú ábreme la puerta nada más, amigo, ¿vale? Estaré bien en cuanto se resuelva el horrible misterio de esta puerta.

Sonny cogió la llave y abrió la cerradura.

—La puerta de Eileen también estará cerrada —dijo.

—Sí, lo estará —dijo Cork, poniendo acento irlandés, cosa que le gustaba hacer de vez en cuando.

—Vamos. —Sonny pasó el brazo en torno a la cintura de Cork y lo guio escaleras arriba.

Cork dijo, demasiado alto:

—Ah, qué buen amigo eres, Sonny Corleone.

—¿Te quieres callar? Vas a despertar a toda la casa.

Eileen oyó a los chicos que subían por las escaleras mientras abría una rendija en la puerta de la habitación de Caitlin y miraba dentro. La niña dormía profundamente, con el brazo en torno a una jirafa marrón y amarilla medio desvencijada a la que llamaba *Boo* por motivos desconocidos para la humanidad. Caitlin se había aferrado al muñeco de peluche poco después de la muerte de James, y lo llevaba arrastrando a todas partes en los años transcurridos desde entonces. Ahora su peluche estaba todo deformado, y sus colores desvaídos, y apenas resultaba reconocible como jirafa... aunque, claro, ¿qué otra cosa podía ser un suave bulto de tela desgastada amarilla y marrón, agarrado por una niña y que parecía un animalito con el cuello muy largo, sino una jirafa?

Eileen subió el edredón hasta el cuello de Caitlin y le alisó el pelo.

En la cocina, aclaró un poco la cafetera y cogió una caja de café Maxwell House del aparador. Cuando se abrió la puerta principal tras ella, y Sonny entró en la cocina prácticamente arrastrando a Cork, se volvió y se puso las manos en las caderas.

—Vosotros dos —dijo—, ¿os dais cuenta de cómo venís?

—Ay, hermanita —dijo Cork. Se apartó de Sonny y se puso de pie, enderezándose—. Estoy bien.

Se quitó el sombrero y le dio forma a la copa.

—Sí, tienes muy buena pinta.

Sonny explicó:

—Es que estábamos celebrándolo un poco.

Eileen miró a Sonny con ojos fríos como el acero. A Cork le dijo:

—¿Lo ves? —Señaló un periódico que estaba encima de la mesa de la cocina—. Te lo he estado guardando —miró a Sonny y dijo—: Para los dos, chicos.

Cork dio un paso cuidadoso hacia la mesa, se inclinó hacia el periódico y guiñó los ojos para mirar la foto de primera plana, un joven bien vestido tirado en la calle con los sesos desparramados por la acera. Un canotier nuevo estaba en la acera a su lado.

—Ah, es el *Mirror*, vale —dijo Cork—. Siempre buscando el sensacionalismo.

—Claro —dijo Eileen—. No tiene nada que ver con vosotros, ¿verdad?

—Ay, hermanita. —Cork fue pasando las páginas.

—No me vengas con «ay, hermanita» —dijo Eileen—. Ya sé lo que estáis haciendo. —Cogió el periódico otra vez—. Este es el tipo de negocios en que andas metido. Así es como acabarás tú.

—Pero hermanita…

—Y no derramaré ni una sola lágrima por ti, Bobby Corcoran.

—Bueno, creo que tengo que irme —dijo Sonny. Estaba de pie junto a la puerta, con el sombrero en la mano.

Eileen lo miró y la dureza de sus ojos se ablandó un poco.

—Haré un poco de café. —Se volvió de espaldas a los chicos y fue trasteando en el fregadero, buscando la parte superior de la cafetera.

—No —dijo Cork—, no, para mí no. Estoy roto.

—Tengo que trabajar por la mañana —se excusó Sonny.

—Muy bien. Pues lo haré para mí sola. Ahora ya me habéis despertado. Estaré despierta toda la noche.

—Ay, hermanita —exclamó Cork—. Yo solo quería ver a Caitlin y desayunar con ella. —Se apartó de la mesa, que había estado sujetando con las dos manos, dio un paso alrededor de ella hacia el fregadero y tropezó. Sonny lo cogió antes de que cayera al suelo.

—Por el amor de Dios... —exclamó Eileen—. Ayúdale a echarse en la habitación de atrás, ¿quieres? —le dijo a Sonny. Y luego a Cork—: Está hecha la cama.

—Gracias, hermanita. Estoy bien, lo juro. —Se enderezó el sombrero, que había quedado algo torcido al tropezar.

—Bien. Pues entonces ve a dormir un poco, Bobby. Te prepararé el desayuno por la mañana.

—Vale. Buenas noches, Eileen. —Se dirigió a Sonny—: Estoy bien, vete. Ya hablaremos mañana.

Dio un paso con mucho cuidado hacia Eileen, le dio un beso en la mejilla que ella hizo como si no notara, se fue a la habitación de atrás y cerró la puerta tras él.

Sonny esperó a oír el ruido de Cork cayendo en la cama y luego se acercó a Eileen junto al fregadero y la rodeó con sus brazos.

Ella lo apartó.

—¿Estás loco? —susurró—. ¿Con mi hermano en una habitación y mi hija en la otra? ¿Estás completamente desquiciado, Sonny Corleone?

—Sí, estoy loco por ti, muñeca —murmuró él.

—Chist —dijo ella, aunque ambos hablaban muy bajito—. Vete ahora mismo. Vete a casa. —Le empujó hacia la puerta.

En el vestíbulo, Sonny dijo:

—¿El miércoles otra vez?

—Claro —asintió Eileen. Sacó la cabeza hacia el pasillo, miró a un lado y otro y luego le dio un ligero beso en los labios—. Ahora vete de una vez, y conduce con cuidado hasta casa.

95

—El miércoles —susurró Sonny.

Eileen miró a Sonny, que bajaba las escaleras. Él llevaba el sombrero en la mano al ir bajando los escalones de dos en dos. Era alto y ancho de hombros, con la cabeza grande y el pelo muy bonito, negro y rizado. Al llegar al final de las escaleras, se paró a ponerse el sombrero, y la luz de la farola que atravesaba los cristales dio en el suave azul de su copa al ponérselo. En ese momento parecía una estrella de cine: alto, moreno, guapo y misterioso. Lo que no parecía era un chico de diecisiete años, amigo de su hermano desde que ambos llevaban pañales.

—Ay, Dios mío —susurró ella para sí, mientras Sonny desaparecía en la calle. Lo dijo de nuevo una vez más, en el vestíbulo, y añadió—: Madre de Dios…

Cerró la puerta.

5

$\mathcal{K}$elly dio unos golpes en el marco inferior de la ventana con un martillo de bola, intentando desincrustar la pintura. Después de intentarlo durante un rato, dando golpes, dejó el martillo en el suelo a sus pies, apoyó las manos bajo la parte inferior del marco, a cada lado de la cerradura, y empujó. Como no se abría, soltó un taco, se dejó caer en un taburete de madera y contempló las posibilidades. El viento hacía vibrar los cristales de la ventana. Al otro lado, los árboles que se apiñaban en el patio trasero se inclinaban y se agitaban. Estaba en casa de Luca, a las afueras de West Shore Road, en Great Neck, justo en la frontera entre la ciudad y Long Island. Aquel sitio no se parecía en nada al asfixiante apartamento en Hell's Kitchen donde ella se había criado, como hija menor y única chica de tres hermanos, pero aun así le traía a la memoria su vida en aquel piso, su vida sirviendo a sus hermanos y a sus padres como si ella hubiese nacido esclava, solo por ser chica. Todo en aquel piso era destartalado y viejo gracias a su miserable padre, que siempre se meaba encima cuando caía al suelo desmayado, apestándolo todo. Y su madre no era mucho mejor. Vaya pareja, esos dos. Una chica no podía tener nada bonito en un sitio como aquel. ¿Y qué sacaba ella como recompensa, después de preparar a todo el mundo el desayuno, la comida y la cena? Un revés de su madre y malas palabras de todos los hombres excepto de Sean, que era como un niño grande. Pensaban que eran ellos los que le daban la espalda cuando empezó con Luca, después de que la echaran a la calle como si fuera basura, pero era ella la que los dejaba a ellos, a todos ellos. Podía irle mucho mejor en la vida de lo que ellos habrían consentido jamás. Era lo bastante guapa para salir en las películas; todo el mundo lo decía. Solo tenía que librarse de apestosas ratoneras como aquella, y con Luca podría hacerlo, porque no había nadie más duro que Luca Brasi... y ahora ella iba a tener un hijo suyo, aunque él todavía no lo sabía. Podía ir a muchos sitios y podía llevarla con él, solo que la volvía loca a veces porque no tenía auténticas ambiciones. Solo había que ver aquel sitio, por ejemplo, cómo se estaba cayendo a pedazos. Eso la ponía furiosa.

La granja era antigua, del siglo anterior. Las habitaciones eran todas grandes, con altos techos y altas ventanas, y el cristal de todas ellas era un poco ondulado, como si se hubiese fundido un poco. Cuando estaba allí, Kelly tenía que recordarse a sí misma que la ciudad se encontraba solo a media hora en coche. Parecía un mundo aparte, con bosques alrededor, carreteras de grava y un trozo vacío de playa que daba por encima de la bahía de Little Neck. A ella le gustaba dar paseos junto al agua, y luego volver y recorrer la granja, imaginando cómo podría llegar a ser con un poco de trabajo y atención. El camino de grava se podría pavimentar. Se podría quitar toda la pintura blanca, llena de desconchones, y darle una nueva capa, quizá de un azul claro, con lo que el descuidado exterior de listones se podría convertir en algo fresco y lleno de colorido. El interior también necesitaba desesperadamente una mano de pintura, y había que arreglar los suelos... pero con algo de trabajo aquella casa podría resultar encantadora, y a Kelly le gustaba quedarse un rato ante la puerta, imaginando cómo podría quedar.

Por el momento, sin embargo, lo único que quería era abrir una ventana y permitir que entrase algo de aire en la casa. En el sótano gruñía y gemía una antigua caldera de carbón que daba calor. Los radiadores gorgoteaban y siseaban, y cuando la caldera se ponía en funcionamiento, a veces toda la casa se sacudía con el esfuerzo monumental de mantenerla caliente. Era imposible regular la calefacción. O resultaba sofocante o se congelaban, y aquella mañana resultaba sofocante, aunque fuera el tiempo era ventoso y frío. Se subió bien la bata por el cuello y se fue a la cocina, donde encontró un cuchillo de carnicero en el fregadero. Pensó que con él podía cortar la pintura y así liberar la ventana. Tras ella, Luca bajaba las escaleras del dormitorio descalzo y sin camisa, solo con el pantalón del pijama de rayas. El cabello, que llevaba corto y oscuro, estaba aplastado por el lado derecho de la cabeza, chafado por la almohada. Una serie de marcas del sueño corrían por su mejilla, hasta su sien. Kelly dijo:

—Estás muy gracioso, Luca.

Él se dejó caer de golpe en una silla de la cocina.

—¿Qué demonios es todo ese escándalo? —dijo—. Pensaba que alguien intentaba echar la puerta abajo.

—No, era yo —dijo Kelly—. ¿Quieres que te prepare algo de desayuno?

Luca se cogió la cabeza entre las manos y se hizo un masaje en las sienes.

—¿Qué tenemos? —preguntó, mirando hacia la mesa.

Kelly abrió la nevera.

99

—Huevos y jamón. Te los puedo preparar.

Luca asintió.

—¿A qué venían todos esos martillazos? —le preguntó de nuevo.

—Estaba intentando abrir una ventana. Hace mucho calor. No podía dormir con tanto calor. Por eso me he levantado.

—Pero ¿qué hora es?

—Las diez más o menos —respondió Kelly.

—Vaya por Dios. Odio levantarme antes del mediodía.

—Sí —dijo Kelly—, pero es que hacía mucho calor.

Luca miró a Kelly, como intentando descifrar lo que pensaba.

—¿Vas a hacer café? —preguntó.

—Sí, claro, cariño. —Kelly abrió un armario encima del fregadero y sacó una bolsa de café Eight O'Clock.

—¿Por qué no abres la ventana del dormitorio, sencillamente? —preguntó Luca—. Esa se abre fácilmente.

—Porque entonces el viento nos da directamente. Pensé que si abría una abajo, se refrescaría un poco toda la casa.

Luca miró detrás de él, hacia la habitación vacía que se encontraba saliendo de la cocina, donde había un taburete de madera junto a la ventana y un martillo en el suelo, al lado. Salió a la habitación y dio unos martillazos a la ventana, empujando un par de veces con la mano. Luchó brevemente con la ventana hasta que acabó por abrirse, y un viento frío pasó junto a él y entró por la puerta de la cocina. Bajó un poco la ventana, dejando una abertura de un par de centímetros. Cuando volvió a la mesa, Kelly le sonreía.

—¿Qué pasa?

—Nada —dijo Kelly—. Es que eres muy fuerte, nada más.

—Sí —dijo Luca. El pelo de Kelly se veía especialmente rojo a la luz que entraba por la ventana de la cocina. Ella iba desnuda debajo de la bata, y él podía ver la parte lateral de sus pechos a través de la V de tela de felpa que caía desde sus hombros.

—Y tú eres una buena pieza, guapa.

Kelly sonrió y le dirigió una sonrisa muy coqueta, y luego cascó dos huevos en una sartén y los hizo revueltos con una loncha de jamón, como a él le gustaba. Cuando el desayuno estuvo preparado lo puso en un plato y se lo colocó a él delante, junto con un vaso de zumo de naranja recién exprimido.

—¿Tú no vas a tomar nada? —le preguntó Luca.

—No tengo hambre.

Preparó café, encendió el gas bajo la cafetera y se quedó de pie a un lado, esperando a que saliera.

—No comes suficiente —dijo Luca—. Si no comes más, te vas a quedar en los huesos.

—Luca —dijo Kelly—. Estaba pensando... —se volvió de cara hacia él, apoyándose en los fogones.

—Uf... —y empezó a comerse el desayuno.

—Pero escúchame. —Sacó un paquete de cigarrillos del bolsillo de su bata y se inclinó hacia el quemador de gas para encender el cigarrillo—. Es que he estado pensando... —Exhaló una nube de humo a la luz de la ventana—. Todo el mundo sabe que no hay nadie más duro que tú en toda la ciudad. Ni siquiera Mariposa, aunque él es muy grande, claro. Él lleva prácticamente toda la ciudad.

Luca dejó de comer. Parecía divertido.

—¿Y qué sabes tú de todo ese asunto? —preguntó—. ¿Has estado metiendo la nariz donde no te llaman?

—Sé muchas cosas —dijo Kelly—. Siempre oigo cosas por ahí.

—Bueno, ¿y qué?

—Lo único que digo es que eres tú el que deberías llevarlo todo, Luca. ¿Quién es más duro que tú?

El café hirvió y ella lo apartó del quemador, apagó el gas y lo dejó que fuera saliendo durante unos minutos más.

—Yo llevo muchas cosas —dijo Luca—. Llevo las cosas como quiero.

—Sí —asintió Kelly. Se desplazó detrás de Luca y le hizo un masaje en los hombros—. Claro. Robas por aquí y por allá, llevas algunas apuestas… Haces un poco lo que quieres para ti y tus chicos.

—Eso es, exactamente.

—Pero lo que yo digo, Luca, es que deberías organizarte. Debes de ser el único italiano en toda Nueva York que todavía trabajas solo. Todos los de tu gente trabajan juntos. Hacen una fortuna, comparado con lo que tú haces.

—Eso también es cierto —dijo Luca. Dejó de comer y puso una mano encima de la de Kelly, donde ella le masajeaba el hombro—. Pero lo que no tienes en cuenta, muñeca, es que todos esos tipos aceptan órdenes. —Se volvió en redondo en su silla, rodeó con los brazos la cintura de Kelly y le besó el vientre—. Esos chicos, incluso alguien como ese idiota de Mariposa: todos, todos reciben órdenes. Si su amigo Al Capone le dice que se cague en su sombrero, él se caga en su sombrero. Y todos los demás tienen que hacer lo que les dicen. Y en cambio yo —sujetó a Kelly a la distancia del brazo— hago lo que me da la gana. Y nadie, ni Giuseppe Mariposa ni Al Capone ni ningún otro ser vivo… nadie me dice lo que debo hacer.

—Sí —dijo Kelly, y pasó los dedos por el pelo de Luca—. Pero estás lejos del dinero de verdad, cariño. Estás fuera de las cosas importantes.

—¿Y qué más da? —dijo Luca—. ¿Acaso no cuido de ti? ¿No te compro ropa bonita, joyas modernas, no te pago el alquiler, no te doy dinero para tus gastos? —Siguió comiéndose el desayuno sin esperar respuesta.

—Ah, sí, eres estupendo. —Le besó en el hombro—. Eso ya lo sabes. Sabes que te quiero, cielo.

—Te he dicho que no me llames cielo. No me gusta. —Bajó el tenedor y ofreció una sonrisa a Kelly—. Mis chicos se ríen a mis espaldas si oyen que me llamas «cielo». ¿Vale?

—Claro —dijo Kelly—. Me había olvidado, Luca.

Se sirvió una taza de café y se sentó frente a Luca en la mesa, viéndole comer. Al cabo de un minuto cogió un cenicero de plástico de encima de la nevera, apagó el cigarrillo y se lo llevó con ella a la mesa, donde lo dejó junto a su taza de café. Se levantó de nuevo, prendió el quemador de gas para encender otro cigarrillo y volvió a sentarse a la mesa.

—Luca —dijo entonces—, ¿recuerdas que hablamos de comprar algunos muebles bonitos para esta casa? De verdad, cariño —insistió—. El dormitorio es prácticamente la única habitación que está amueblada. Casi lo único que tienes en toda la casa es una cama grande.

Luca se acabó el desayuno. Miró a Kelly, pero no dijo nada.

—Podríamos arreglar muy bien esta casa —insistió ella, suavemente pero presionando—. He visto un conjunto para el salón precioso en el catálogo de Sears. Sería perfecto para nosotros. Y, ¿sabes? —hizo un gesto hacia la casa en general—, podríamos poner cortinas en las ventanas...

—Me gusta esta casa como está —dijo Luca—. Ya te lo he dicho.

Cogió uno de los cigarrillos de Kelly y lo encendió con una cerilla de madera que rascó en la pared de la cocina.

—No empieces con eso —dijo—. Dale un respiro a tu hombre, Kelly. Aun no hemos salido de la cama, como quien dice, y ya empiezas.

—No empiezo —replicó ella. Cuando Luca oyó que su voz se volvía quejosa, se puso furioso—. No empiezo —repitió, más fuerte—. Las cosas cambian, es lo único que intento decirte. Luca. Las cosas no pueden seguir siempre igual.

—¿Ah, no? —Luca dio unos golpecitos para sacudir la ceniza de su cigarrillo—. ¿De qué me estás hablando, muñeca?

Kelly se levantó y se alejó de la mesa. Se apoyó en los fogones.

—Tú no quieres arreglar esta casa, Luca, porque prácticamente vives con tu madre. Duermes allí más que aquí. Comes allí todos los días. Es como si quisieras seguir viviendo con ella.

—¿Y a ti qué te importa eso, Kelly? —Luca se pellizcó el puente de la nariz—. ¿Qué te importa a ti dónde duerma y coma yo?

—Bueno, las cosas no pueden seguir así.

—¿Por qué no? ¿Por qué no pueden seguir así?

Kelly notaba que acudían las lágrimas, de modo que se volvió de espaldas y se dirigió a la ventana, y allí se puso a mirar hacia el exterior, al camino de grava y la carretera que había más allá, y los bosques a ambos lados de la carretera.

—Lo único que tienes en esta casa es una cama grande —repitió, mirando todavía hacia afuera por la ventana. Parecía que estuviese hablando para sí misma. Detrás de ella, oyó que Luca apartaba la silla de la ventana. Cuando se volvió él estaba apagando el cigarrillo en el cenicero—. A veces pienso que solo tienes esta casa como escondite, y para dormir alguna vez con tus putas. ¿Tengo razón en eso, Luca?

—Tú eres quien lo ha dicho —Luca empujó el cenicero al otro lado de la mesa—. Yo me vuelvo a dormir. Quizá cuando me despierte estés de mejor humor.

—No estoy de mal humor —dijo Kelly. Lo siguió y lo vio alejarse de ella, y subir las escaleras. Desde la parte inferior, lo llamó—: ¿Cuántas putas tienes, de todos modos? Solo es por curiosidad, Luca. Solo por curiosidad, nada más —como él no respondía, ella esperó.

Oyó crujir y gemir el colchón con el peso de él. En el sótano, la caldera volvió a la vida con una serie de quejidos, y los radiadores sisearon y gorgotearon. Ella subió al dormitorio y se quedó en la puerta. Luca estaba otra vez en la cama, con las manos debajo de la cabeza. En la mesilla de noche a su lado descansaba un vaso de agua junto a un teléfono negro, con el receptor colocado encima del disco que tenía en su base. Luca miraba hacia afuera, donde el viento azotaba los árboles y silbaba en la ventana.

—No empieces, Kelly. Lo juro por Dios. Es demasiado temprano.

—No voy a empezar. —Lo miró allí donde estaba echado, con sus largos y musculosos brazos blancos contra la oscura madera del cabecero, los pies debajo de las mantas al otro extremo del colchón, tocando los pies de la cama—. Lo único que quiero saber, Luca, es: ¿a cuántas putas traes aquí?

—Kelly... —Cerró los ojos como si necesitara desaparecer durante un segundo. Cuando los abrió de nuevo dijo—: Sabes que eres la única a la que he traído aquí, muñeca. Lo sabes perfectamente.

—Eso es muy bonito. —Kelly se cogió el cuello de la bata con ambas manos. Tomó las solapas de felpa como si estuviera agarrándose para estabilizarse—. Entonces, ¿dónde te juntas con el resto de tus putas? ¿En uno de esos burdeles de la parte norte?

Luca se echó a reír y se apretó los ojos con las palmas de las manos.

—Me gusta el local de Madam Crystal, en Riverside Drive. ¿Sabes?

—¿Cómo iba a saberlo? —gritó Kelly—. ¿Qué quieres decir con eso?

Luca dio unas palmaditas al colchón a su lado.

—Ven aquí.

—¿Por qué?

—He dicho que vengas aquí.

Kelly miró tras ella, a las escaleras, y hacia afuera por la ventana del descansillo, donde se podía ver el final del camino principal y la carretera vacía y los árboles que había más allá.

—No me hagas repetirlo.

Ella suspiró y dijo:

—Por el amor de Dios, Luca... —Subió al colchón y se sentó junto a él, agarrándose las solapas de la bata.

—Te lo voy a preguntar una vez más, y quiero una respuesta. ¿Quién era ese universitario del que hablabas en Juke's?

—Ah, no, otra vez no. Ya te lo he dicho. No es nadie. Un chico.

Luca cogió a Kelly por el pelo con una mano, la levantó como una marioneta y la obligó a dar la vuelta ante él.

—Ya te conozco y sé que hay algo más... y ahora me lo vas a contar.

—Luca —dijo Kelly. Agarró la mano de él y se soltó—. Tú

eres mi hombre, Luca, lo juro. El único. —Él tensó más su presa y echó atrás la mano libre como si fuera a abofetearla, y Kelly chilló—: ¡No, Luca! ¡Por favor! Estoy preñada, Luca. Es tuyo. ¡Estoy preñada!

—¿Cómo? —Acercó más a Kelly.

—Estoy embarazada —dijo ella, soltando entonces las lágrimas que había estado reteniendo—. El niño es tuyo, Luca.

Soltó a la mujer y sacó las piernas por el borde de la cama. Se quedó sentado, quieto, mirando hacia la pared. Inclinó la cabeza.

—Luca —dijo Kelly, bajito. Le tocó la espalda y él se apartó de ella—. Luca —repitió ella.

Él fue al armario y volvió hojeando las páginas de una libretita negra. Cuando encontró lo que buscaba, se sentó en el borde de la cama, frente a Kelly.

—Cógelo —señaló el teléfono—. Quiero que llames a este número.

—¿Por qué, Luca? ¿Para qué quieres que llame a alguien?

—Te vas a librar del niño. —Puso el libro negro en el colchón, delante de ella. La miró, esperando a ver lo que hacía.

Kelly retrocedió, apartándose del libro.

—No. No puedo hacer eso, Luca. Iremos los dos al infierno. No puedo.

—Estúpida perra, los dos iremos al infierno, de todos modos. —Cogió el teléfono de la mesilla de noche y lo dejó caer en el colchón, en las rodillas de Kelly. El receptor se descolgó y él lo volvió a poner en su sitio. Cogió el teléfono y se lo puso delante—. Marca el número —dijo.

Kelly negó con la cabeza y él le tiró el aparato. Ella chilló, más de miedo que de dolor. Retrocedió.

—¡No pienso hacerlo! —gritó, al borde del colchón.

Luca volvió a colocar el teléfono en la mesilla de noche.

—Te lo vas a quitar de encima —le dijo tranquilo, al otro lado del colchón.

—¡No! —chilló Kelly, arrodillada, arrojándose hacia él.

—¿Cómo que no?

Saltó a la cama y golpeó a Kelly, tirándola del colchón al suelo. Se escabulló rápidamente hacia un rincón y gritó:

—¡No, Luca, no lo haré! ¡Jódete! ¡No pienso hacerlo!

105

La levantó, cogiéndola con una mano por debajo de las piernas y la otra por debajo de los hombros. Ignorándola, aunque ella le daba puñetazos en el pecho y la cara, la llevó hasta las escaleras y la tiró por ellas.

Desde la parte de abajo del rellano, Kelly chilló una retahíla de maldiciones. No se había hecho daño. Se había golpeado la cabeza en un poste y tenía ambas rodillas rozadas, pero sabía que no se había hecho daño en realidad. Gritó subiendo las escaleras:

—¡Eres un miserable italiano hijo de puta, Luca!

Luca asintió al verla en el rellano, con la ventana detrás. Su rostro estaba tan oscurecido que parecía otra persona completamente distinta. Abajo, la caldera rugía de nuevo y toda la casa temblaba.

—¿Quieres saber lo de ese universitario? —dijo Kelly. Se le había abierto la bata y ella se puso de pie, envolviéndose apretadamente, y se ató el cinturón con un lazo—. Es Tom Hagen. ¿Sabes quién es?

Luca no dijo nada. La miraba y esperaba.

—Es el hijo de Vito Corleone, y le he dejado que me follase, aun después de saber que llevaba a tu hijo. ¿Qué te parece eso, Luca?

Él se limitó a asentir.

—¿Qué vas a hacer ahora? —preguntó ella, y dio un paso hacia él, en las escaleras—. Sabes quiénes son los Corleone, ¿verdad, Luca? Todos vosotros los chulos italianos os conocéis unos a otros, ¿no? Así que, ¿qué vas a hacer ahora? —preguntó—. ¿Me vas a matar mientras estoy embarazada de tu hijo? ¿Y luego matarás al hijo de Vito Corleone? ¿Le vas a declarar la guerra a toda la familia?

—Ese no es hijo de Vito —dijo Luca, tranquilo—, pero sí, le voy a matar. —Empezó a bajar las escaleras y se detuvo—. ¿Y tú qué sabes de Vito Corleone y su familia? —Sonó como simple curiosidad, como si toda su ira de repente hubiese desaparecido.

Kelly dio un paso subiendo las escaleras. Tenía las manos cerradas y los puños apretados.

—Hooks me lo contó todo de los Corleone. —Subió otro escalón más—. Y yo hice una pequeña investigación por mi parte. —Tenía sangre en la mejilla y se la limpió. No sabía de dónde venía.

—¿Ah, sí, eso hiciste? —Luca de repente se divertía—. ¿Investigaste?

—Eso es —dijo Kelly—. Lo averigüé todo de ellos. ¿Y sabes de lo que me enteré? No son tan grandes como para no poder con ellos, Luca. ¿Quién es más duro que tú? Tú podrías quitarles su territorio y ganar millones.

—Quizá sea eso lo que pase, ahora que me has puesto en la situación de tener que matar a uno de los hijos de Vito.

—¿Y qué pasa conmigo? —preguntó Kelly. Su voz se suavizó un poco, pero quedaba un toque de miedo en ella—. ¿Me vas a matar a mí también?

—No —dijo Luca—. No te voy a matar. —Empezó a bajar las escaleras con movimientos lentos y pesados, como si el peso de su enorme cuerpo tirase de él hacia abajo—. Pero te voy a dar una paliza que no olvidarás.

—Venga, adelante —dijo Kelly—. ¿A mí qué me importa? ¿Qué me importa nada?

Levantó la barbilla hacia Luca. Subió otro escalón, esperándole.

Eileen levantó la sábana y miró debajo.

—Dios mío, Sonny, tendrían que hacer un monumento a una cosa semejante.

Sonny jugueteó con el pelo de Eileen, que caía encima de su hombro desnudo. Le gustaba el tacto de su cabello, tan fino entre sus dedos. Estaban en la cama una tempestuosa tarde de otoño. La luz del sol entraba por los postigos con listones de una ventana que quedaba encima del cabecero, en línea recta, y teñía la habitación de rojo. Caitlin estaba con su abuela, donde pasaba todos los miércoles hasta la hora de la cena. Eileen había cerrado la panadería una hora antes.

—Algunos de los chicos del colegio me llamaban el Látigo.

—¿Ah, sí, el Látigo?

—Sí —dijo Sonny—. Ya sabes, en el vestuario, después de hacer gimnasia, ellos...

—Ya, ya me lo imagino —dijo Eileen—. No tienes que explicármelo.

Sonny pasó el brazo en torno a la cintura de Eileen y la

atrajo hacia él. Hundió la cara en su pelo y le besó la coronilla.

Ella estaba echada encima de su pecho. Se quedó quieta un rato y luego volvió adonde lo había dejado.

—Realmente, Sonny, deberíamos hacerle una foto. Cuando se lo cuente a mis amigas pensarán que soy la mentirosa más grande de toda Nueva York.

—Eh, para —dijo Sonny—. Los dos sabemos que no le vas a contar nada a nadie.

—Eso es verdad —dijo Eileen. Y añadió, nostálgica—: Pero me gustaría.

Sonny le apartó el pelo de la cara para poder verle los ojos.

—No, no te gustaría. Te gustan los secretos.

Eileen se quedó pensativa un momento:

—Es verdad también. Supongo que no puedo contarle a nadie que me estoy acostando con el mejor amigo de mi hermano pequeño.

—¿Te preocupa tu reputación? —preguntó él.

Eileen cambió el peso de su cuerpo y volvió la cabeza para que su mejilla quedase apretada contra el pecho de Sonny y la línea de pelo rizado que se extendía entre ambas tetillas como alas. En su tocador había una foto enmarcada de Jimmy y Caitlin boca abajo. Siempre volvía la foto cuando estaba con Sonny... pero no ayudaba mucho. Al otro lado de la cartulina negra, Jimmy Gibson arrojaba a su hija por los aires. Sus brazos estaban extendidos mientras miraba hacia arriba, a la cara encantada de Caitlin, esperando eternamente a que ella volviera a sus brazos.

—Supongo que sí, que me preocupa mi reputación. El hecho de que tengas diecisiete años tampoco pinta bien, pero peor aún es que seas italiano.

—A ti no parece importarte.

—No me importa —dijo Eileen—, pero el resto de mi familia no es de mente tan abierta.

—¿Y cómo es que algunos de vosotros, los irlandeses, tenéis tanta manía a los italianos?

—Los italianos tampoco tenéis un gran amor por los irlandeses que digamos, ¿no?

—Es distinto —dijo Sonny. Rodeó con los brazos la cintura de ella y la atrajo más hacia sí—. Nos peleamos un poco con vosotros, pero no os odiamos como si fueseis escoria. Algunos de vosotros nos tratáis como si fuésemos basura.

—¿Qué? —preguntó Eileen—. ¿Nos vamos a poner serios ahora?

—Un poco —contestó Sonny.

Eileen dedicó un momento de reflexión a la pregunta. La puerta del dormitorio estaba cerrada y con pestillo, y de la percha de arriba estaban colgadas la chaqueta y la gorra de Sonny. Sus ropas de trabajo estaban en la de abajo. Ella miró la blusa y la falda sencillas, y a través de la puerta cerrada de la cocina, más allá, y más allá de la cocina, a las paredes de ladrillo rojo del apartamento, donde se podía oír a la señora Fallon en la escalera de incendios sacudiendo una alfombra o un colchón, el tap-tap de un objeto romo golpeando algo blando.

—Supongo que para muchos de los irlandeses vosotros no sois blancos. Piensan de vosotros lo mismo que de la gente de color, como si no fuerais de la misma raza que nosotros.

—¿Y tú piensas eso? —preguntó Sonny—. ¿Crees que no somos de la misma raza?

—¿Y a mí qué me importan esas cosas? —dijo Eileen—. Yo me acuesto contigo, ¿no? —Levantó la sábana y miró de nuevo debajo—. ¡Eres un monstruo, Sonny! —exclamó—. ¡Dios mío!

Sonny empujó a Eileen de espaldas y se colocó encima de ella. Le gustaba contemplar la blancura de su piel, lo aterciopelada y suave que era, con una pequeña mancha de nacimiento rojiza en la cadera, algo que nadie más podía contemplar.

—¿Qué estás pensando, Sonny Corleone? —Eileen bajó la vista y dijo—: No importa. Ya veo lo que estás pensando.

Sonny le apartó el pelo de la cara y la besó en los labios.

—No podemos —dijo ella.

—¿Por qué no?

—¡Porque serían ya tres veces esta tarde! —Eileen apretó las manos planas en el pecho de Sonny, manteniéndole apartado—. Soy una anciana, Sonny —dijo ella—. ¡No puedo soportarlo!

—Venga, vamos —dijo Sonny. La besó de nuevo y metió la cara entre sus pechos.

—No puedo —dijo Eileen—. Para. No podré andar durante

días, después de esto. ¡La gente se dará cuenta! —Como Sonny no paraba, ella suspiró, le dio un beso mecánico en la mejilla y escapó de debajo de él, retorciéndose—. Además, es demasiado tarde. —Se levantó, sacó una combinación de un cajón de la cómoda y se la arrojó—. Cork vendrá enseguida —añadió. Hizo un gesto a Sonny para que saliera de la cama.

—Cork nunca viene por la tarde. —Sonny ahuecó una almohada debajo de su cabeza y cruzó los brazos encima del estómago.

—Pero podría venir, y los dos tendríamos problemas.

—¿Estás segura de que Cork no tiene ni idea de lo nuestro?

—¡Pues claro que no tiene ni idea de lo nuestro! ¿Estás loco, Sonny? Bobby Corcoran es un irlandés, y yo soy su santa hermana. Él ni siquiera cree que yo practique sexo, en absoluto. —Golpeó el colchón—. ¡Venga, levántate y vístete! Tengo que bañarme e ir a recoger a Caitlin antes de las seis. —Miró el reloj de la cómoda—. Dios mío, ya son las cinco y media.

—Joder —dijo Sonny. Se levantó, encontró su ropa en un montón al lado de la cama y empezó a vestirse—. Qué rollo que seas una anciana. —Se subió la cremallera de los pantalones y se puso la camiseta—. Si no, podría tomarme lo tuyo muy en serio.

Eileen cogió la chaqueta y la gorra de Sonny de la puerta. Dobló la chaqueta en su brazo y sujetó el gorro en la mano.

—Es una aventura lo que tenemos. —Miró a Sonny abrocharse la camisa y el cinturón—. Cork nunca puede saberlo, ni nadie más, desde luego. Soy diez años mayor que tú, y eso es todo.

Sonny cogió la chaqueta que ella sostenía y se la puso, mientras intentaba meter sus rizos en la gorra y se la encasquetaba bien.

—Voy a comer con una chica muy guapa el domingo. Tiene dieciséis años y es italiana.

—Qué bien —dijo Eileen, y retrocedió un paso—. ¿Cómo se llama?

—Sandra. —Sonny fue a coger el picaporte, pero seguía con los ojos clavados en Eileen.

—Bueno, no la estropees, Sonny Corleone. —Eileen se

110

puso las manos en las caderas y miró a Sonny muy seria—. Con dieciséis años es demasiado joven para lo que estamos haciendo nosotros.

—¿Y qué estamos haciendo? —preguntó Sonny, sonriendo.

—Sabes perfectamente el qué —contestó ella. Le empujó fuera de la habitación, hacia la cocina, y lo siguió hasta la puerta principal—. Esto no es nada más que pasar un buen rato —dijo, poniéndose de puntillas para besarle rápidamente en los labios—. Eso y darnos un revolcón —añadió, abriendo la puerta para que él saliera.

Sonny miró hacia el vestíbulo para asegurarse de que estaban solos.

—¿El miércoles próximo?

—Claro —dijo Eileen. Le guiñó un ojo, cerró la puerta y se quedó con la mano en el picaporte, oyendo cómo Sonny bajaba corriendo los escalones—. Dios mío… —dijo, pensando en la hora que era. Corrió al baño y se metió en la bañera cuando el agua todavía corría.

6

*T*omasino Cinquemani se rascó las costillas con una mano y cogió un vasito de whisky con la otra. Era tarde, más de las tres de la mañana, y estaba en un reservado frente a Giuseppe Mariposa, Emilio Barzini y Tony Rosato. Los hermanos menores de Emilio y Tony, Ettore y Carmine, chicos de veintipocos años, se encontraban apretujados en el reservado junto a Tomasino. Frankie Pentangeli, de cuarenta y tantos años, estaba sentado a horcajadas en una silla frente a la mesa, con los brazos cruzados encima del respaldo. Estaban en Chez Hollywood, uno de los clubes de Phillip Tattaglia en la periferia de Manhattan. El local era grande, con palmeras y helechos en macetas repartidos por una enorme pista de baile. El reservado era uno de los situados junto a una pared, en ángulo recto al estrado de la banda, donde un grupo de músicos y una cantante hablaban mientras ellos iban guardando los instrumentos. La cantante llevaba un traje de lentejuelas rojas con un escote que le llegaba hasta el ombligo, el pelo rubio platino ondulado y los ojos oscuros y ahumados. Giuseppe estaba contando historias en la mesa, y de vez en cuando se callaba un momento y miraba a la chica, que parecía no tener ni veinte años.

Mariposa iba tan pulcro como siempre, con una camisa color rosa con cuello blanco y un alfiler de oro en lugar de corbata. Llevaba el pelo con raya en medio, blanco como la nieve, en contraste con su chaqueta y chaleco negros. Era esbelto y tenía poco más de sesenta años, aunque parecía más joven. Tomasino tenía cincuenta y cuatro, un hombretón peludo y torpe con el aspecto de un simio con traje. Junto a él, Ettore y Carmine parecían dos chicos muy delgados.

Frankie Pentangeli se inclinó por encima de la mesa. Calvo y con la cara redonda, las cejas pobladas y un bigote que le cubría el labio superior, tenía una voz que parecía surgida de una cantera.

—Eh, Tomasino —dijo. Abrió la boca y se señaló uno de los dientes posteriores—. Creo que tengo un agujero aquí.

Toda la mesa estalló en carcajadas.

—¿Quieres que te lo arregle? —dijo Tomasino—. Dime cuándo y voy.

—No, gracias —rechazó Frankie—. Ya tengo dentista.

Giuseppe cogió su bebida y señaló hacia la cantante en la tarima.

—¿Creéis que debería llevármela esta noche a mi casa? —preguntó, hablando a toda la mesa.

Frankie se volvió para echarle un vistazo.

—Creo que quizá necesite un masaje —dijo Giuseppe. Se masajeó uno de los hombros—. Lo tengo un poco dolorido —añadió, levantando más risas.

—A su novio no le gustaría —dijo Emilio. Con una mano jugueteó con un vasito de bourbon que sostenía desde hacía una hora, y con la otra se tiró del cuello y se colocó bien la corbata negra de lazo. Era un hombre guapo que llevaba el cabello negro apartado de la frente con un tupé.

—¿Quién es el novio? —preguntó Giuseppe.

—El pequeñajo —respondió Carmine Rosato—. El del clarinete.

—Ah... —Mariposa se quedó mirando al clarinetista y luego se volvió abruptamente enfrentándose a Emilio—. ¿Y qué hacemos con el asunto ese de Corleone? —preguntó.

—He enviado a un par de mis chicos a hablar con Clemenza y... —explicó Emilio.

—Y nos han robado otro envío más. —Mariposa cogió su vasito como si lo fuera a tirar encima de alguien.

—Juran que ellos no tienen nada que ver con eso —dijo

113

Emilio. Bebió un poco de bourbon, mirando a Mariposa a través de su vaso.

—O es Clemenza o el propio Vito. Tiene que ser uno de ellos —declaró Giuseppe—. ¿Quién iba a ser si no?

—Bueno, Joe. ¿No has oído a nuestro *paisan'* que se presenta para alcalde? El crimen en la ciudad va en aumento —comentó Frankie, provocando la risa de Tomasino.

Mariposa los miró a los dos. Sonrió y luego se echó a reír.

—Fiorello LaGuardia, ese gordo cerdo napolitano, me puede besar el culo siciliano —dijo, y apartó su bebida—. Cuando haya acabado con LaConti iré a por ese embaucador de mierda, Corleone. —Hizo una pausa y miró en torno a la mesa—. Me ocuparé de Corleone y Clemenza antes de que se vuelvan demasiado grandes y me causen graves problemas. —Mariposa parpadeó con rapidez, que era algo que hacía cuando estaba nervioso o enfurecido—. Están comprando polis y jueces como si fuera una venta de remate. Una organización así tiene planes. —Meneó la cabeza—. Y esos planes no van a tener éxito.

Ettore Barzini miró a su hermano mayor al otro lado de la mesa. Emilio le hizo una seña casi imperceptible, un gesto entre hermanos.

—Podría ser Tessio el que nos estuviera robando, Joe —señaló Ettore.

—Ya me ocuparé yo de Tessio —dijo Mariposa.

Tony Rosato, sentado junto a Emilio, se aclaró la garganta. Llevaba callado casi toda la noche, y los demás se volvieron todos a mirarle. Tenía una figura arrogante, atlética y musculosa, con el pelo negro y corto y los ojos azules.

—Perdóneme, Don Mariposa, pero no lo entiendo. ¿Por qué no hacemos que ese bicho de Brasi nos diga lo que sabe?

Frankie Pentangeli bufó y Mariposa respondió rápidamente:

—No quiero ir tocándole los cojones a Luca Brasi. He oído contar que le han disparado y ha salido andando como si tal cosa. —Se acabó la bebida, sus párpados aletearon un poco, y dijo—: No quiero tener nada que ver con él.

Giuseppe había levantado la voz lo suficiente para atraer la atención de los músicos. Estos dejaron lo que estaban haciendo para mirar hacia el reservado, pero enseguida volvieron rápidamente a su propia conversación.

Tomasino se desabrochó el cuello, se soltó la corbata y se rascó el cuello.

—Sé dónde podemos encontrar a Luca Brasi. —Se detuvo y se llevó la mano al corazón como si algo súbitamente le hubiese producido dolor—. *Agita* —dijo a los demás, que le miraban—. Conozco a algunos pájaros que hicieron negocios con él. Si queréis puedo hablar con él.

Mariposa miró a Tomasino un momento y luego se volvió a Emilio y Tony.

—Corleone y Clemenza... y Genco Abbandando. Voy a por todos esos ahora mismo, mientras todavía sea fácil cogerlos. Muchos de sus ingresos vienen de otras cosas que no son el alcohol... y eso será un problema para ellos después de la revocación. —Volvió a menear la cabeza, como queriendo decir que las cosas no iban a resultar así—. Quiero sus negocios, incluido el del aceite de oliva de Vito. Cuando esta mierda con LaConti haya terminado, iremos a por ellos. —Se volvió hacia Frankie Pentangeli—. Tú conoces a Vito. Trabajaste con él cuando empezaba, ¿no?

115

Frankie cerró los ojos y volvió ligeramente la cabeza, admitiendo con su gesto conocer a Vito, pero con evasivas.

—Claro que lo conozco —dijo.

—¿Tienes algún problema?

—Vito es un hijo de puta muy arrogante. Es muy creído, como si fuera mejor que todos nosotros. Ese cabrón cree que es un Vanderbilt italiano o una chorrada por el estilo. —Removió su bebida con el dedo—. No soporto a la gente como él.

—¡Bien! —Mariposa dio una palmada en la mesa, cerrando el tema. Se volvió a Tomasino—. Ve a visitar a ese demonio de hijo de puta, Luca Brasi, pero llévate a un par de chicos. No me gustan las historias que he oído por ahí de ese *bastardo*.

Tomasino se tiró del cuello de la camisa y metió la mano para rascarse bajo los tirantes de la camiseta.

—Yo me ocuparé de eso.

Giuseppe señaló a Carmine y Ettore.

—¿Ves eso? Vosotros, chicos, podéis aprender algo. —Se sirvió otra copa de una botella de whisky canadiense—. Emilio, hazme un favor: ve y charla un poco con ese clarinetista. —Hizo un gesto hacia el otro lado de la mesa—. Y tú, Carmine, ve a traer a esa tipa aquí. —Se dirigió a los demás—: Venga, chicos, buscad por ahí algo en que entreteneros.

Giuseppe apuró su bebida mientras se despejaba la mesa. Vio que el clarinetista desaparecía por una puerta con Emilio. Carmine habló con la cantante del vestido de lentejuelas rojas, y ella miró a su espalda, donde antes estaba su novio. Carmine le dijo unas pocas palabras más. Cuando ella miró hacia la mesa, Giuseppe levantó el vaso y sonrió. El joven puso la mano en la espalda de la chica y la guio por la sala.

Donnie O'Rourke esperaba bajo el toldo verde del bar de Paddy mientras un súbito chaparrón descargaba sobre la acera y un pequeño río de lluvia corría junto al bordillo, cayendo en cascada en una alcantarilla que rápidamente se fue quedando atascada con periódicos y basura. Se quitó el bombín y le limpió las gotas de agua. Al otro lado de la calle, dos ancianas con unas bolsas de papel en brazos charlaban ante una puerta abierta, mientras un niño subía y bajaba corriendo las escaleras tras ellas. Una de las mujeres miró en su dirección y luego apartó la vista rápidamente. El sol, que unos minutos antes todavía brillaba, parecía que haría su retorno triunfante en cuanto pasaran las nubes de tormenta. Cuando vio a su hermano menor dar la vuelta a la esquina y acercarse trotando bajo un paraguas negro, Donnie se puso las manos en las caderas y volvió la cara hacia él. En cuanto su hermano se hubo protegido de la lluvia bajo el toldo, le dijo:

—Llegarías tarde a tu propio funeral.

Willie O'Rourke cerró el paraguas y lo sacudió. Era un par de centímetros más bajo que su hermano, y tan delgado y frágil como Donnie era robusto y musculoso. Willie había sido un niño y un joven enfermizo, y solo ahora, a principios de la treintena, empezaba a tener una salud relativamente buena, aunque todavía era propenso a coger cualquier enfermedad que anduviera por ahí, y siempre había alguna. Donnie era siete años mayor que Willie, casi más un padre para él que un hermano, y lo mismo ocurría con su hermano menor, Sean, que todavía era veinteañero. Sus padres, siempre borrachos, habían amargado la vida de sus hijos hasta que Donnie puso fin a los golpes y los abusos cuando cumplió los quince años y dio una paliza a su viejo que lo envió a pasar la noche al hospital. Después ya no quedó duda alguna de quién llevaba las cosas en aquella casa. Ni Sean ni Kelly, la pequeña de la familia, se habían ido nunca a la cama con moretones y hambrientos... algo que había sido habitual para Donnie y Willie.

Este dijo:

—Tenía que volver a por el paraguas, ¿no? Ya sabes que cojo frío con facilidad. —Cerró el paraguas y se lo colgó del brazo.

Tras ellos, Sean salió de Paddy's con una amplia sonrisa en la cara. El chico siempre estaba sonriendo. Era el único guapo de los tres, ya que había heredado la belleza de su madre.

—Sería mejor que entraseis —dijo a Donnie—. Rick Donnelly y Corr Gibson están a punto de matarse por no sé qué historia que ocurrió hace veinte años. Dios mío, si no entráis enseguida se van a liar a tortazos.

—Ya vamos —replicó Donnie—. Ponle otra ronda a todo el mundo.

—Vale —dijo Sean—. Es justo lo que necesitan, otra ronda de bebidas.

Desapareció en el interior del bar. Los hermanos O'Rourke, Donnie y Willie, eran famosos por abstemios. Sean bebía algo de vez en cuando, pero nada más. Kelly, sin embargo, había heredado la debilidad de sus padres por el alcohol, y Donnie y sus hermanos nunca habían podido hacer nada para evitarlo. Ya no era posible controlarla desde que se convirtió en una belleza, a los dieciséis años.

—Hablaré yo —dijo Donnie.

—¿Y cuándo ha sido de otra manera?

—¿Vas armado?

—Claro —dijo Willie, tocándose el arma que llevaba escondida debajo de la chaqueta—. ¿Crees que la necesitaré?

—No —dijo Donnie—, es solo por seguridad.

—Creo que se te ha ido la cabeza. Estás decidido a que nos maten a todos, eso es lo que pienso.

—No me importa lo que tú creas —dijo Donnie.

Una vez en el interior de Paddy's, Donnie bajó los estores verdes ante las ventanas de cristal prensado y cerró la puerta, mientras Willie se unía a los demás en la barra. Rick Donnelly y Corr Gibson se reían y se daban palmaditas en la espalda el uno al otro. Donnie los vio entrechocar sus jarras de cerveza, salpicando espuma por el borde, y beberse las pintas de unos pocos tragos, y a continuación se oyeron sus risas y las de los demás. La discusión que habían mantenido al parecer se había resuelto felizmente, para alivio de todo el mundo, especialmente del hermano de Rick, Billy, que estaba sentado al otro lado del bar. Rick, de algo más de cuarenta años, era varios años mayor que Billy, pero se parecían tanto que los podían haber tomado por gemelos. El menor sacó la mano del bolsillo de su chaqueta y se bebió su cerveza. Pete Murray y el pequeño Stevie Dwyer estaban sentados frente a la barra, de cara a los espejos y los estantes con las botellas, y entonces Corr Gibson acabó de hablar con Rick Donnelly, se unió a ellos y se sentó junto a Murray. Pete era el más viejo de los tres, con sus cincuenta años. Había trabajado en los muelles intermitentemente toda su vida, y tenía los brazos como cañones. El pequeño Stevie Dwyer, sentado al otro lado, parecía un colegial en comparación. De los dos, era Corr Gibson quien interpretaba el papel de gánster irlandés, con su traje chulesco, sus polainas y su porra negra y lacada, que sujetaba por la empuñadura, como si fuera el bastón de un caballero.

—¡Chicos! —gritó Donnie mientras se dirigía hacia la barra. Dio una palmada a Billy Donnelly en el hombro y pasó junto a él. Cuando estuvo frente a todo el mundo, juntó las manos como si rezara y entonó, solemnemente—: Queridos hermanos, estamos reunidos en el día de hoy…

Al oír las carcajadas que esperaba, aprovechó el momento para ponerse una pinta de cerveza.

—Padre O'Rourke —dijo Corr Gibson, y dio unos golpecitos con su cachiporra en el mostrador—. ¿Nos va a dar ahora un sermón, padre?

—Ni hablar de sermones. —Donnie dio un sorbito a la cerveza. Todo el mundo sabía que no bebía, pero apreciaban el gesto de camaradería que ofrecía sujetando una jarra en la mano y fingiendo que lo hacía—. Escuchad, chicos, no os pediría a todos vosotros que sacarais tiempo de vuestras ajetreadas vidas y me hicierais una visita aquí, en Paddy's, para pediros dinero, así que quiero que sepáis eso para empezar.

—¿Entonces qué estamos haciendo aquí? —preguntó Corr—. No me digas que te presentas para concejal del ayuntamiento, Donnie.

—Nooo —dijo Donnie—. No me presento a nada, Corr... pero ¿no se trata precisamente de eso? —Miró las caras de los hombres que le rodeaban. Todos estaban callados, esperando a ver qué les decía. El sonido de la lluvia cayendo en el edificio y en la calle se mezclaba con el susurro de los ventiladores del techo—. ¿No se trata precisamente de eso? —repitió, y parecía que le gustaba cómo sonaba—. Estoy aquí precisamente porque no me presento, y lo que quiero es haceros saber a vosotros, mis apreciados colegas, cuáles son mis planes. Ya he hablado con Pete Murray y los Donnelly, y he tenido alguna palabrita aquí y allá con el resto de vosotros. —Hizo un gesto hacia cada uno de los hombres que estaban en la barra con su jarra—. Todos sabéis lo que pienso. —Levantó la voz—. Ya es hora de que les demostremos a esos morenos que sabemos quién nos ha estado quitando nuestros negocios, uno a uno, hasta que lo único que nos queda es el trabajo sucio que ellos no quieren, o los asuntos que todavía no han decidido quitarnos. Es hora de que les demostremos que sabemos quién es quién y que les demos una patada en sus culos italianos para que se vuelvan a sus barrios de morenos y salgan de los nuestros.

119

En todo el bar los hombres tenían un aspecto solemne. Con la vista baja, mirando sus cervezas, o devolviendo la mirada inexpresiva a Donnie.

—Escuchad. —Donnie ya había dejado a un lado el discurso que tenía preparado—. Hemos dejado que Luca Brasi, Pete Clemenza y los demás italianos viniesen a nuestros barrios y se hiciesen cargo de todo el asunto de la policía, el juego, las mujeres, el alcohol... todo. Lo han hecho rompiendo cabezas y cargándose a unos pocos chicos, como Terry O'Banion y Digger McLean. Y los demás nos hemos aguantado. No queríamos un baño de sangre, y nos imaginábamos que podríamos seguir ganándonos bien la vida... pero os aseguro que esos cerdos no se quedarán satisfechos hasta que controlen todos los putos negocios de la ciudad. Y lo que yo digo es que lo único que tenemos que hacer para seguir teniendo nuestra parte del pastel es mantenernos alerta y demostrarles que estamos dispuestos a luchar. —Hizo una pausa de nuevo, en silencio—. Mis hermanos y yo planeamos ir a por Luca Brasi y sus chicos. Estamos decididos.

Dejó la jarra de cerveza en la barra.

Corr Gibson dio dos golpecitos en el suelo con su porra, y cuando todo el mundo miró en su dirección, hizo una seña hacia Donnie.

—No se trata solo de Brasi y Clemenza —dijo Corr—, ni siquiera de Vito Corleone. Es Mariposa, y los Rosato, y los Barzini, todos ellos, hasta el cerdo de Al Capone en Chicago. Hay un verdadero ejército de italianos, Donnie. Ese es el auténtico problema.

—No digo que nos metamos con todo el sindicato —respondió Donnie. Se echó atrás y apoyó los codos en los estantes de cristal, como si se dispusiera a sostener una larga discusión—. Al menos todavía no, mientras no tengamos una auténtica organización. Lo que digo es que mis hermanos y yo queremos a Luca Brasi. Queremos sus negocios en concreto. Queremos que sus contrabandistas trabajen para nosotros, y nos vamos a hacer cargo de su sala de apuestas.

—Pero el problema —intervino Pete Murray, levantando la vista de su bebida— es que Luca Brasi tiene a Giuseppe Mariposa tras él. Si os metéis con Brasi, tendréis que véroslas con Mariposa… y si os metéis con Mariposa, entonces, como ha dicho Corr, tendréis que meteros también con los Rosato, los Barzini y Cinquemani y todos los demás.

—¡Brasi no tiene a Mariposa detrás! —gritó Willie, apoyándose en la barra e inclinándose hacia Murray—. Eso es lo mejor: no tiene absolutamente a nadie detrás.

Donnie no miró a Willie. Esperó hasta que su hermano hubo terminado y luego habló como si no hubiese dicho una sola palabra.

—Hemos oído que Brasi está solo —dijo—. No tiene a Mariposa ni a nadie que le respalde. —Hizo una seña a Pequeño Stevie, y los demás se volvieron a mirar también al chico, como si acabaran de notar su presencia.

—Iba con Sonny Corleone por ahí y me he enterado de algunas cosas. Por lo que me han dicho, Luca es independiente. No tiene a nadie detrás. De hecho, según lo que he oído decir, a Mariposa no le importaría liquidar a Brasi —explicó Pequeño Stevie.

—¿Y por qué? —preguntó Pete Murray, mirando su bebida.

—No conozco los detalles —murmuró Pequeño Stevie con ligereza.

—Eh, escuchad —dijo Rick Donnelly en el silencio que siguió—. Estoy con los O'Rourke, y también mi hermano. Esos morenos son unos cobardes. Le rompemos la crisma a un par de ellos, y se echarán atrás deprisa y corriendo.

—No son ningunos cobardes —dijo Pequeño Stevie—. Eso ni hablar. Pero estoy contigo. Es una verdadera vergüenza que hayamos dejado que esos morenos nos mangoneen. Creo que no debemos tolerarlo más.

Billy Donnelly, que estaba apoyado hacia atrás con los brazos cruzados, como si estuviera en el cine viendo una película, habló al final.

—Luca Brasi es un enemigo formidable por sí solo. El tío es un fenómeno de la naturaleza, y no seríamos los primeros que intentamos deshacernos de él.

121

—Preocupémonos por Luca Brasi —dijo Donnie—. Escuchad, chicos, vayamos al meollo del asunto, ¿qué decís? Si vamos a por Brasi, lo más probable es que las cosas se pongan calientes para todos nosotros. Si seguimos juntos, si les mostramos un poco de empuje irlandés, les daremos una buena patada en el culo y les enseñaremos quién manda. ¿Qué decís? ¿Estamos solos en esto mis hermanos y yo? ¿O podemos contar también con vosotros?

—Sí, yo os respaldo —dijo Pequeño Stevie, algo dubitativo.

—Nosotros estamos con vosotros —dijo Rick Donnelly, hablando por sí mismo y por su hermano. Hablaba con claridad y serenidad, aunque sin demasiado entusiasmo.

—Claro —añadió Corr Gibson—. ¿Cuándo me he echado atrás yo ante una pelea?

Pete Murray todavía miraba su jarra de cerveza, y los demás se volvieron hacia él y esperaron. El silencio era demasiado largo, y Donnie dijo:

—¿Y tú qué dices, Pete? ¿Con quién estás?

Pete levantó los ojos de la cerveza y miró primero a Sean, luego a Willie y finalmente a Donnie.

—¿Y qué pasa con tu hermana Kelly, Donnie O'Rourke? —preguntó—. ¿No has hablado con ella por ir en compañía de gente como Luca Brasi?

El único sonido que se oyó en la sala fue el fuerte golpeteo de la lluvia, que arreciaba de nuevo. Daba en el alero del tejado y corría por la calle.

—¿De qué hermana estamos hablando exactamente, Pete? No hay nadie que se llame Kelly y que viva en mi casa —dijo Donnie.

—Ah —dijo Pete, y pareció pensar entonces un segundo, antes de levantar su jarra hacia Donnie—. Prefiero caer luchando con los míos que besar el culo de un churretoso de esos. —Levantó más su jarra, proponiendo un brindis—. Que podamos recuperar nuestro barrio.

Todos los hombres levantaron sus jarras y bebieron con él, incluido Donnie. Después no hubo nada más en cuanto a celebraciones. Los hombres siguieron hablando y bebiendo y charlando tranquilamente.

7

Donnie atisbó por encima del borde de un tejado plano, cubierto con papel de alquitrán, en un estrecho callejón que separaba el edificio de Luca Brasi del almacén más pequeño que había detrás. Cajones de embalaje y cajas atestaban el tejado del almacén, y una docena de hombres emergían y desaparecían a través de una puerta con una cadena colgante, llevando cajas al hombro. Detrás de Donnie un tren pasó volando por el paso elevado de la Tercera Avenida, y su traqueteo, sus chirridos y el rugido de las vías, del motor y del metal rebotaron en los edificios que le rodeaban como un túnel.

—Por el amor de Dios —dijo Donnie, cuando Willie apareció tras él—, tenemos una maldita convención en la puerta de al lado. —Lo empujó hacia el centro del tejado y fuera de la vista de los trabajadores.

—¿Qué está pasando? —preguntó Willie.

—¿Y cómo quieres que yo lo sepa? —Donnie recogió la barra de hierro del lugar donde se encontraba, junto a una puerta cerrada. Se la echó al hombro—. ¿Dónde demonios está Sean?

—Vigilando —dijo Willie.

—¿Vigilando el qué? Joder, Willie. ¿Tengo que decírtelo todo? Ve a buscarle.

—¿No deberíamos mirar primero si podemos abrir la cerradura?

Donnie metió la barra de hierro entre la cerradura y el marco y abrió la puerta haciendo palanca.

—Ve a buscarle —dijo. Miró a Willie, que salió trotando hacia los arabescos negros de la escalerilla del tejado que subía desde la salida de incendios. Donnie nunca dejaba de sorprenderse, y quizás asustarse un poco, por la fragilidad de su hermano. Willie no era débil en absoluto, no en las cosas importantes; en estas quizás era el más duro de todos los hermanos. Había cosas que le asustaban. Tal vez, pensó Donnie, se asustaba incluso más fácilmente que Sean. Tenía un carácter muy irlandés, sin embargo: el fuego tardaba mucho en prender, pero cuando se encendía era el más exaltado. Willie no retrocedía ante nada ni nadie, y combatía en sus propias batallas. ¿Cuántas veces había llegado apaleado del colegio, haciendo lo posible para ocultarlo, para que Donnie no se enterase y le diera una patada en la boca a quienquiera que le hubiera pegado? Ahora, Donnie veía a su hermano arrodillarse en el tejado y mirar hacia abajo a la escala, y le preocupaba que un fuerte viento pudiera llevárselo volando.

Cuando apareció al fin la cabeza de Sean por encima del tejado, Donnie miró la hilera de nubes finas y muy altas que llenaban el cielo que se iba oscureciendo rápidamente. Echó un vistazo a su reloj de pulsera.

—Son más de las seis —dijo, mientras Sean y Willie se unían a él junto a la puerta del tejado.

—Nunca viene antes de las siete. Al menos, mientras le hemos estado siguiendo nosotros —apuntó Sean.

—Tenemos mucho tiempo —afirmó Willie.

—Dios mío —dijo Sean. Se abrazó a sí mismo y se dio unas palmaditas en los hombros.

—¿Tienes frío?

—Tengo miedo. Mucho miedo. ¿Tú no?

Willie frunció el ceño a Sean y le dirigió una mirada a Donnie, que le dio una palmada a Sean en la nuca.

—¿Cuándo vas a crecer?

—Ya he crecido —dijo el otro, frotándose la nuca—. Es que tengo un miedo de cojones.

Sean se puso un gorro de lana negro, bajando bien el borde por la frente, se levantó el cuello de una chaqueta de cuero llena de grietas y arrugas y se subió la cremallera. Enmarcado en la chaqueta de cuero y el gorro oscuro, su rostro tenía una piel tan rosada y lisa como el de una chica.

Donnie tocó la empuñadura de la pistola que sobresalía del cinturón de Sean.

—No dispares esto sin apuntar, ¿me has oído, Sean?

—Joder, claro, cien veces —dijo Sean—. Claro que te he oído.

Cogió a Sean por los hombros y lo sacudió.

—No cierres los ojos y aprietes el gatillo esperando darle a algo, porque igual me metes una bala a mí como se la metes a Luca.

Sean hizo un gesto de fastidio y pareció sorprendido cuando Willie lo cogió por el cuello.

—Escucha lo que te dice Donnie —dijo Willie—. Si le disparas por accidente, yo te dispararé a ti a propósito, y si me das a mí, pequeño gilipollas, te mato, hostias.

Sean miró a sus hermanos preocupado, y luego los tres se echaron a reír cuando Sean finalmente se dio cuenta de que Willie se estaba burlando de él.

—Vamos —dijo Donnie. Por encima de su hombro añadió, hacia Sean—: Haz lo que te hemos dicho.

Dentro del edificio, la escalera olía un poco a vinagre. La pintura amarilla de las paredes se estaba desconchando, y los escalones estaban alfombrados con linóleo agrietado y roto. La barandilla de madera era ancha y suave, y los barrotes redondos y espaciados irregularmente. Cuando cerraron la puerta del terrado tras ellos, se encontraron en una oscuridad turbia. La única luz venía de algún lugar debajo de ellos, en el rellano.

—¿A qué huele? —preguntó Sean.

—¿Y cómo quieres que lo sepamos? —dijo Willie.

—Huele como a alguna mierda de limpieza de esas —dijo Donnie. Bajó el primero por varios tramos de escaleras hasta un rellano con dos puertas, una a cada lado.

—Aquí es donde vive —afirmó Sean, y señaló la puerta de la izquierda del rellano—. Llega entre las siete y las siete y media. Va hacia la parte delantera, junto a la Tercera; luego, un minuto más tarde, veo las luces en las ventanas. Pasa un par de horas aquí solo y luego sus chicos empiezan a aparecer alrededor de las nueve y media o las diez.

—Tenemos cuarenta y cinco minutos —observó Donnie—. ¿Estás seguro de que nunca has visto a nadie en los demás apartamentos?

—Nunca he visto ni un alma entrar ni salir —respondió Sean—. Ni luces en ninguna de las demás ventanas.

Willie dio un paso atrás, como si algo sorprendente se le acabase de ocurrir. Le preguntó a Donnie:

—¿Crees que todo el edificio es suyo?

—¿Tiene el almacén junto a Park, una casa en Long Island, y este edificio en la Tercera? Madre mía —exclamó Donnie—. Debe de estar forrado de pasta.

—Es un edificio de mierda, el tren te sacude el cerebro cada quince minutos.

—Mejor para nosotros —intervino Sean—, si no vive aquí nadie más. Así no tenemos que preocuparnos de que algún entrometido vaya a llamar a la poli.

—A mí me parece que sus chicos aparecerán y encontrarán un cadáver en la puerta —dijo Donnie. Se dirigió a Willie—: Si tenemos tiempo, a lo mejor le corto la polla y se la meto en la boca.

—¡Por el amor de Dios! —Sean retrocedió un paso—. ¿Te estás convirtiendo en un animal ahora, Donnie?

—No hables como un gilipollas —dijo Willie—. Es lo que se merece ese hijo de puta. Los demás italianos se aplicarán el cuento, ¿no te parece?

Donnie dejó a sus hermanos al pie de las escaleras e investigó en el vestíbulo. La luz entraba por una ventana con el cristal esmerilado situada en la parte superior de las escaleras que conducían a los pisos inferiores. El otro extremo del vestíbulo era oscuro y sombreado. Volvió caminando pesadamente hacia sus hermanos, probando el sonido de sus pasos en el linóleo amarillento. Aquel sitio era un basurero. Luca Brasi no era ningún Al Capone que viviese entre lujos regios, pero de todos modos era probable que aquel edificio fuese suyo, además de la casa en la isla y el almacén junto a Park, y probablemente también pagaba el alquiler de Kelly, ya que la chica no había tenido un trabajo honrado ni un solo día de su vida, que Donnie supiera al menos, y ya tenía veinticinco años. De modo que el tío ganaba dinero, aunque no fuese ningún Al Capone.

—Vosotros dos —dijo, señalando la parte alta de las escaleras, hacia el tejado—, esperad aquí escondidos. Yo esperaré ahí. —Señaló la parte en sombra del vestíbulo—. Cuando llegue ante la puerta, lo llenaré de plomo. Aunque quizá debería tener unas palabras con él antes de mandarle al infierno.

—Me gustaría decirle un par de cosas a mí también —dijo Willie.

Donnie se negó.

—Seré yo quien hable. Vosotros dos estaréis aquí por si algo sale mal. Y luego quiero que bajéis esas escaleras para darle una sorpresa.

Sean se puso la palma de la mano en el estómago y dijo:

—Ay, Donnie, creo que estoy enfermo.

Donnie tocó la frente de Sean.

—Estás todo sudoroso.

Willie le dijo a Donnie:

—Lo que tiene es miedo.

—Pues claro que tengo miedo —dijo Sean—. Ya te lo he dicho. Estoy pensando también en Kelly: nunca nos perdonará si averigua que hemos sido nosotros los que hemos matado a Brasi. Él es un hijo de puta y un miserable, pero es su novio.

—Vamos, por el amor de Dios —exclamó Willie—. ¿Te preocupa Kelly? ¿Eres idiota, Sean? Estamos a punto de cargarnos a todos los hijos de puta italianos de la ciudad que quieren darnos una patada en nuestro culo irlandés, ¿y a ti te preocupa Kelly? Que el Señor me perdone, pero al demonio Kelly. También lo estamos haciendo por ella. Ese gilipollas italiano la ha desgraciado, ¿y nosotros tenemos que quedarnos a un lado y no hacer nada?

—Venga ya, no me digas que haces esto por Kelly —replicó Sean—. Dejaste de preocuparte por ella hace muchos años.

Willie miró a Sean y meneó la cabeza desesperado, como si su hermano pequeño fuese un idiota.

Sean se volvió a Donnie.

127

—Le diste patadas en la calle y le dijiste que estaba muerta para nosotros. ¿Qué iba a hacer ella, sino hacerse novia de algún tío?

—¿Buscarse un trabajo? —replicó Willie—. ¿Trabajar para ganarse la vida?

—Venga, por favor —dijo Sean, como respuesta a Willie, que todavía miraba a Donnie—. Tú le dijiste que estaba muerta para nosotros, y ahora nosotros estamos muertos para ella. Así es como han ido las cosas, Donnie.

Este estaba callado, mirando más allá de Sean, hacia la luz del día que pasaba por la ventana esmerilada, como si estuviera viendo algo terriblemente triste allí. Cuando finalmente se volvió y miró a los ojos a Sean, lo hizo con una pregunta.

—¿Acaso no os he cuidado a todos? —preguntó. Como Sean no contestó—. Ella se fue y se lio con el mismo hijo de puta que nos está echando de nuestros negocios. ¿Crees que ha sido por accidente, Sean? ¿Crees que ella no sabía lo que estaba haciendo ese tío? —Donnie negó con la cabeza, respondiendo su propia pregunta—. No. Ella está muerta para mí —miró a Willie, que dijo que sí, de acuerdo con él.

—Sí —dijo también Sean, imitando la voz de Willie. Y a Donnie le dijo—: Una hermana menos, eso es lo que has conseguido con tu orgullo irlandés.

Donnie miró su reloj de pulsera y luego echó un vistazo a las escaleras que subían al tejado. Fuera, otro tren pasó rugiendo y el vestíbulo se llenó de estruendo.

—De acuerdo —dijo a Sean cuando pasó el tren—. Vete. —Lo cogió por la nuca—. No estás convencido de esto. No tendría que haberte traído.

—¿Lo dices en serio? —preguntó Willie a Donnie.

—Sí. —Empujó a Sean escaleras arriba—. Vete. Nos veremos en casa.

Sean miró a Willie, que asintió, corrió escaleras arriba y desapareció en el tejado.

Cuando se hubo ido, Willie dijo:

—¿Qué demonios estás haciendo, Donnie? Ese chico nunca crecerá si sigues tratándole siempre como a un niño.

—No le trato como a un niño —dijo Donnie.

Sacó un par de cigarrillos de su paquete dando unos golpecitos y le ofreció uno a Willie. Este lo cogió y lo encendió. Miró a su hermano, esperando que dijera algo más.

—Me preocupaba más que el chico me metiera una bala en la cabeza por accidente que el propio Luca a propósito. —Fue andando hasta la entrada de la casa de Luca—. Me quedaré por aquí. —Señaló hacia las escaleras, donde tendría que haber estado Sean—. ¿Entiendes lo que digo?

—Había muchas posibilidades de que ni siquiera hubiese sacado el arma del bolsillo —dijo Willie.

—Las posibilidades son mucho mayores si no está por aquí —dijo Donnie—. Acábate el cigarrillo y luego pongámonos cada uno en su sitio.

—¿Crees que esto empeorará las cosas con Kelly?

—A Kelly nosotros le importamos una mierda, Willie. Sabes que esa es la verdad. Y a mí me importa una mierda ella. Al menos ahora mismo es así. Está demasiado jodida para que nos preocupemos por ella: entre la bebida, las pastillas que toma y no sé qué demonios más... Cuando se enderece (si es que se endereza, vamos), nos dará las gracias por haberla salvado de una vida con ese hijo de puta espagueti. Por Dios, ¿te imaginas tener como cuñado a Luca Brasi?

—Que Dios nos asista —dijo Willie.

—Nos vamos a asistir nosotros mismos —concluyó Donnie. Apagó el cigarrillo y dio una patada a la colilla hacia un rincón—. Vamos. —Señaló las escaleras y vio desaparecer a Willie en la oscuridad—. No tendremos que esperar demasiado —dijo, ocupando su lugar entre las sombras.

129

Sandra no había dicho una docena de palabras durante el transcurso de la comida, que duró una hora, y Sonny por tanto pudo parlotear sin parar, hablando de su familia, sus planes en la vida, sus ambiciones y todo lo que se le ocurrió mientras la señora Columbo le servía múltiples raciones de ternera a la parmigiana. Estaban en el piso de uno de los primos de la señora Columbo, en el antiguo barrio, donde se alojaban unos pocos días mientras el propietario hacía algunas obras en su apartamento de la avenida Arthur. La comida se servía en una mesa redonda pequeña cubierta con un mantel blanco y situada junto a una alta ventana que daba fuera, a la Undécima, y a uno de los destartalados puentecitos peatonales que cruzaban las vías del ferrocarril.

Cuando era niño, a Sonny le encantaba sentarse en aquel puente con los pies colgando en el aire mientras las máquinas de vapor pasaban por debajo. Pensó en contarle a Sandra la historia de su primer enamoramiento, cuando se sentó en aquel mismo puente con la preciosa Diana Ciaffone, de nueve años, y le confesó su amor por ella mientras el mundo desaparecía entre una nube de vapor y el traqueteo y el rugido del tren que pasaba. Todavía se acuerda del silencio de Diana y la forma que tuvo de evitar su mirada mientras pasaba el tren, antes de que el mundo volviese a emerger, cuando el vapor se disipó. Ella se levantó entonces sin decir una palabra y se alejó. Él sonrió al recordar aquello en la mesa del comedor, y Sandra dijo:

—¿Qué pasa, Santino?

Sonny, sobresaltado por el sonido de la voz de Sandra, señaló hacia el puentecito por encima de las vías y dijo:

—Me estaba acordando de que me gustaba mucho sentarme en ese puente cuando era pequeño y mirar los trenes.

Desde la cocina, la señora Columbo dijo:

—¡Ah! ¡Los trenes! ¡Siempre los trenes! ¡Que Dios me conceda la paz lejos de ellos!

Sandra miró a Sonny a los ojos y sonrió ante las habituales quejas de su abuela. La sonrisa parecía excusar a la señora Columbo, como diciendo: «es que mi abuela es así».

La mujer salió de la cocina con un plato de patatas salteadas que colocó delante de Sonny.

—Las ha hecho mi Sandra.

Sonny apartó su silla de la mesa y se puso las manos cruzadas encima del vientre. Acababa de engullir tres platos de ternera y un enorme plato de acompañamiento de lingüini con salsa marinara, más verduras variadas, incluyendo una alcachofa rellena.

—Señora Columbo, no digo esto muy a menudo, pero se lo juro, ¡no puedo comer ni un bocado más!

—*Mangia!* —dijo la mujer duramente, empujó el plato de

patatas acercándoselo y se sentó en su silla—. ¡Sandra las ha hecho para ti!

Iba vestida toda de negro, como era costumbre, aunque su marido había muerto hacía una docena de años.

Sandra dijo a su abuela:

—*Non forzare...*

—¡Nadie tiene que obligarme a comer! —Y la emprendió con las patatas, haciendo muchos aspavientos y exclamando lo deliciosas que estaban, mientras Sandra y su abuela le sonreían como si nada en el mundo les pudiera dar más placer que verle comer. Cuando hubo acabado su ración, levantó las manos y dijo—: *Non piú! Grazie!* —Y se echó a reír—. Si como otro bocado más, explotaré.

—Bien —dijo la señora Columbo, señalando hacia el diminuto salón que estaba junto a la cocina, donde los únicos muebles eran un sofá pegado a la pared, una mesita de centro y una silla tapizada. Un cuadro al óleo con el rostro de Cristo contorsionado por el sufrimiento colgaba sobre el sofá, junto a otro retrato de la Virgen María con los ojos levantados hacia el cielo y llenos de una profunda mezcla de dolor y esperanza—. Id a sentaros. Yo llevaré el café.

Sonny cogió la mano de la señora Columbo mientras ella se levantaba de la mesa.

—La ternera era magnífica —dijo llevándose los dedos a los labios y abriéndolos con un beso—. *Grazie mille!*

La señora Columbo miró suspicaz a Sonny y volvió a repetir:

—Id a sentaros. Llevaré el café.

En el salón, Sandra se sentó en el sofá. El vestido azul marino que llevaba le llegaba justo por debajo de las rodillas y se pasó la mano por la tela, alisándola encima de sus piernas.

Sonny, en medio de la habitación, miraba a Sandra, sin saber si tomar asiento junto a ella o sentarse enfrente, en la silla tapizada. Sandra le ofreció una sonrisa tímida, pero aparte de eso no le hizo ninguna señal. Él miró hacia atrás, al lugar donde estaba la señora Columbo fuera de la vista, en el fogón. Calculó rápidamente que tenía un minuto o dos a solas con Sandra, y se sentó al lado de ella en el sofá. Cuando lo hizo, la sonrisa de ella floreció. Al recibir tales ánimos, él le cogió la mano y la sujetó mientras la miraba. Mantuvo los ojos clavados en los de ella, sin mirarle los pechos, pero ya sabía que eran llenos y pesados bajo los botones apretados de su sencilla blusa blanca. Le gustaban su piel morena y sus ojos oscuros, y el cabello, que era tan negro que casi parecía azul a la última luz del día que entraba por la ventana del salón. Él sabía que Sandra tenía solo dieciséis años, pero todo en ella era feminidad. Pensó en besarla y se preguntó si le dejaría. Le apretó la mano, y cuando recibió un apretón a cambio, miró hacia la cocina para estar seguro de que la señora Columbo todavía se hallaba fuera de la vista. Superando el espacio que había entre los dos, la besó en la mejilla y se echó atrás para mirarla bien y calcular su reacción.

Sandra sacó el cuello y se enderezó un poco para ver mejor lo que pasaba en la cocina. Cuando se quedó aparentemente satisfecha sabiendo que su abuela no les interrumpiría, puso una mano en la nuca de Sonny y la otra en la parte de atrás de su cabeza, le metió los dedos en el pelo y le besó de lleno en los labios, un beso húmedo, pleno, delicioso. Cuando la lengua de ella tocó sus labios, el cuerpo de él reaccionó, y cada uno de sus miembros hormiguearon y se pusieron tensos.

Sandra se apartó de Sonny y se alisó el vestido de nuevo. Miró inexpresiva al frente y luego lo miró brevemente antes de dirigir de nuevo la vista hacia delante. Sonny se acercó a ella y la rodeó con sus brazos, buscando otro beso como el último, pero ella le puso las manos planas en el pecho y le apartó, y entonces llegó retumbante la voz de la señora Columbo desde la cocina:

—¡Eh! ¿Cómo es que no oigo hablar por ahí?

Cuando miró desde la cocina, un segundo después, Sonny y Sandra estaban sentados en los extremos opuestos del sofá, sonriéndole. La mujer gruñó, desapareció de nuevo en la cocina y volvió un momento después con una bandeja grande de plata en la que llevaba una cafetera llena de café, dos copitas diminutas, una para ella y otra para Sonny, y tres cannolis.

Sonny miró los cannolis codiciosamente, y enseguida se encontró parloteando de nuevo mientras la señora Columbo servía el café. Disfrutaba hablando de sí mismo, de cómo esperaba hacer algo importante a su debido tiempo, de que deseaba trabajar con su padre al final, de lo importante que era el negocio de este, la empresa Aceite de Oliva Genco Pura, y de que todas las tiendas de la ciudad vendían su aceite y quizás algún día llegasen a toda la nación. Sandra escuchaba con atención embelesada, atenta a cada una de sus palabras, mientras la señora Columbo asentía aprobadoramente. Sonny no tenía ningún problema en hablar y comer. Bebía café y hablaba. Dio un mordisco al cannoli, lo saboreó un segundo, y luego continuó. Y de vez en cuando se arriesgaba a echar una mirada a Sandra, aunque estuviera por allí la señora Columbo.

Luca se sentó en la mesa del comedor frente a su madre y se cogió la cabeza entre las manos. Un momento antes había estado comiendo, sumido en sus propios pensamientos e ignorándola, mientras ella hablaba de esto y de lo otro, pero entonces ella empezó a darle al rollo del suicidio y él notó que le venía un dolor de cabeza de los suyos. A veces tenía unos dolores de cabeza tan terribles que estaba tentado de meterse una bala en el cerebro solo para que parasen los latidos.

—No creas que no lo voy a hacer —dijo su madre, y Luca se masajeó las sienes. Tenía una aspirina en el botiquín del baño allí, y cosas más fuertes en su apartamento de la Tercera—. No creas que no lo haré. Lo tengo todo muy bien planeado. No sabes lo que es esto, o si no, no tratarías así a tu propia madre, siempre preocupada pensando que uno de los vecinos llamará a la puerta y me dirá que mi hijo ha muerto, o que va a la cárcel. No sabes cómo es esto, cada día igual. —Se secó las lágrimas de los ojos con la punta de un pañuelito de papel blanco—. Estaría mejor muerta.

—Ma —dijo Luca—. ¿Quieres dejarlo ya, por favor?

—No puedo dejarlo —insistió su madre.

Arrojó el cuchillo y el tenedor a la mesa y apartó su plato. Estaban comiendo pasta con albondiguillas para cenar. Se le había estropeado la comida porque un vecino le había contado que corría el rumor de que un gánster importante, un

133

pez gordo, iba a asesinar a su hijo, y ella se lo imaginaba como James Cagney en aquella película, cuando lo arrastran por las calles y le disparan y lo llevan a casa de su madre vendado como si fuera una momia, y lo dejan en la puerta para que ella lo encuentre. Ella no hacía más que imaginarse a Luca así, y por eso se le habían cocido demasiado los espagueti y se le había quemado la salsa, y ahora la comida estropeada se encontraba frente a ellos como un presagio de cosas malas que estaban por venir, y ella no hacía otra cosa que pensar que era mejor matarse que vivir para ver a su hijo asesinado o en la cárcel.

—No puedo dejarlo —repitió, y luego empezó a sollozar—. Tú no lo sabes.

—¿Qué es lo que no sé?

A Luca le pareció que su madre se había convertido en una anciana. Recordaba aquellos tiempos en que llevaba bonitos vestidos y usaba maquillaje. Era guapa, entonces. Él había visto las fotos antiguas. Tenía los ojos brillantes y en una foto llevaba un vestido largo rosa y una sombrilla a juego, y sonreía a su marido, el padre de Luca, que era también un hombre grandote, alto y de complexión robusta. Ella se casó joven, cuando aún no había cumplido los veinte, y tuvo a Luca antes de los veintiuno. Ahora tenía sesenta y era mayor, desde luego, pero no una anciana, y eso es lo que le parecía ahora de repente: anciana, toda piel y huesos; el dibujo de su calavera espantosamente visible por debajo de su rostro arrugado y apergaminado; el pelo gris greñudo y escaso, con una calva en la parte superior de la cabeza. Llevaba siempre vestidos oscuros y sin gracia, era como una vieja arpía vestida con harapos. Era su madre, pero aun así le resultaba duro mirarla.

—¿Qué es lo que no sé? —le preguntó de nuevo—. Luca —dijo ella, suplicante.

—Ma.. ¿Qué te ocurre? ¿Cuántas veces tengo que decírtelo? No me pasará nada. No tienes que preocuparte.

—Luca —repitió—. Me echo la culpa a mí misma, hijo. Me culpo a mí misma.

—Ma, no empieces, por favor. ¿Podemos comer en paz? —Bajó el tenedor y se frotó la sien—. De verdad, tengo un dolor de cabeza espantoso.

—No sabes cuánto sufro —dijo ella, secándose las lágrimas de la cara con su pañuelito—. Sé que te echas la culpa a ti mismo por aquella noche, hace tantos años, porque...

Luca apartó su plato de espagueti colocándolo junto al de su madre. Ella retrocedió de un salto, él cogió la mesa con ambas manos y pareció que iba a volcarla entera en el regazo de la mujer. Pero lo que hizo fue cruzar las manos.

—¿Vas a empezar con eso otra vez? ¿Cuántas veces tenemos que hablar de eso, Ma? ¿Cuántas malditas veces?

—No tenemos que hablar de aquello, Luca —dijo ella, las lágrimas corriendo libremente por sus mejillas. Ella sollozaba y enterró la cabeza entre las manos.

—Por el amor de Dios... —Luca se inclinó sobre la mesa y tocó el brazo de su madre—. Mi padre era un borracho y un bocazas, y ahora está ardiendo en el infierno.

Abrió las manos como diciendo: ¿de qué más hay que hablar? A través de sus sollozos, sin levantar la vista de sus manos, su madre dijo de nuevo:

—No tenemos que hablar de esto.

—Escucha, Ma. Eso es muy antiguo. No pienso en Rhode Island desde hace siglos. Ni siquiera me acuerdo de dónde vivíamos. Lo único que recuerdo es que era una casa muy alta, que tenía como nueve o diez pisos, y que teníamos que subir siempre andando porque el ascensor no funcionaba nunca.

—En la calle Warren —dijo su madre—. El décimo piso.

—Es muy antiguo todo eso —repitió Luca. Volvió a coger el plato y acercárselo—. Dejémoslo correr.

La madre de Luca se secó los ojos con la manga y se situó frente a su plato, como si quisiera intentar volver a comer, aunque todavía sollozaba y agitaba la cabeza con cada espasmo de la respiración.

Luca la veía llorar. Las venas sobresalían de su cuello y la cabeza le latía con un dolor ardiente, como si llevase algo muy caliente envuelto alrededor y apretándole mucho.

—Ma —dijo, suavemente—. El viejo estaba borracho, y te habría matado. Hice lo que había que hacer. Eso es lo que hay, ni más ni menos. No entiendo que sigas dándole vueltas a aquello. Dios mío, Ma, de verdad. Tendrías que intentar olvi-

135

darlo. Un par de veces cada año, sin falta, quieres volver a hablar de eso. Se acabó. Es algo del pasado. Déjalo ya.

—Pero solo tenías doce años —consiguió decir su madre, entre sollozos—. Solo tenías doce años y después de eso empezaste a cambiar en todo. Empezaste a meterte en problemas.

Luca suspiró y jugueteó con una de las albondiguillas que tenía en el plato.

—No querías hacerlo —dijo su madre, con la voz apenas más que un susurro—. Es lo único que digo. Me echo la culpa a mí misma de todo aquello. No fue culpa tuya.

Luca se levantó de la mesa y se dirigió al baño. Le latía la cabeza, y sabía que aquella era una de esas migrañas que duraría toda la noche a menos que se tomase algo. La aspirina no era muy probable que le ayudase, pero al menos valía la pena intentarlo. Antes de dirigirse al baño, sin embargo, se detuvo y volvió hacia su madre, que estaba sollozando de nuevo, con la cabeza apoyada en los brazos, el plato de pasta a un lado. Le tocó los hombros, como si fuera a hacerle un masaje.

—¿Recuerdas a nuestro vecino? —le preguntó él—. ¿Aquel que vivía al otro lado del descansillo?

Bajo sus manos notó que el cuerpo de su madre se tensaba.

—El señor Lowry —dijo ella—. Era un profesor de instituto.

—Eso es —asintió Luca—. ¿Cómo murió? —Esperó un momento y luego dijo—: Ah, sí, se cayó del tejado, es verdad. ¿No es así, Ma?

—Eso es —susurró su madre—. Yo apenas le conocía.

Luca acarició el cabello de su madre de nuevo, la dejó y se fue al baño, y en el botiquín encontró una botellita de la farmacia Squibb's. Sacó tres aspirinas, se las metió en la boca, cerró la puerta del botiquín y se miró en el espejo. Nunca le había gustado cómo era, cómo sobresalía su frente por encima de los ojos profundamente hundidos. Parecía un puto simio. Su madre estaba equivocada: no había sido un accidente, él quiso matar a su padre. El madero estaba fuera en el vestíbulo porque él lo había dejado allí. Ya había tomado la decisión de darle un golpe en el cráneo la siguiente vez que el viejo pegara a su madre o diera un puñetazo a Luca que lo mandara al otro lado de la habitación, o le pegara en los huevos, que era algo que le gustaba hacer, para reírse cuando Luca gemía y se quejaba. Hacía esas cosas, pero solo cuando estaba borracho. Cuando no era así era bueno con Luca y con su madre. Los llevaba a los muelles y les enseñaba dónde trabajaba. Una vez los sacó a dar una vuelta por el mar en el barco de alguien. Pasó el brazo por encima de los hombros de Luca y lo llamó su chico grande. Luca casi deseaba que aquellas cosas buenas no hubiesen ocurrido nunca, porque el viejo estaba borracho muchas veces, y nadie podía soportarlo así, y si no hubiese habido otro aspecto de él, quizá Luca no habría tenido sueños en los que su padre siempre volvía. Le cansaban mucho los sueños y los pequeños relámpagos de memoria que siempre aparecían: su madre desnuda de cintura para abajo y con la blusa desgarrada, exhibiendo la brillante y blanca piel del vientre, hinchado y redondo, mientras se alejaba de su padre reptando por el suelo, sangrando porque él la había apuñalado, el viejo a gatas detrás de ella con un cuchillo, chillando que la iba a abrir en canal y que la iba a dar de comer a los perros. Toda aquella sangre, y el vientre redondo, blanco e hinchado, y luego la cabeza ensangrentada del viejo cuando Luca lo tumbó con el madero. Su padre quedó inconsciente con el primer golpe en la parte de atrás de la cabeza, y luego Luca se echó encima de él y le aporreó hasta que no quedó nada en el aire más que sangre y gritos, y luego la policía, y días en el hospital, y un funeral por el hermanito varón que no llegó a salir vivo del vientre, el funeral mientras Luca todavía estaba en el hospital, antes de que pudiera volver a casa. No volvió al colegio después de aquello. Solo había llegado hasta quinto curso, luego empezó a trabajar en las fábricas y en los muelles antes de que se trasladaran a Nueva York, donde empezó a trabajar en el ferrocarril. Eso era algo que tampoco le gustaba de sí mismo: era feo y tonto.

Pero no, tan tonto no era. Se observaba en el espejo. Miró sus ojos oscuros. «Fíjate ahora», pensó, y quería decir con eso que tenía tanto dinero que no sabía cómo gastarlo, y que dirigía una pequeña banda muy buena a la que todo el mundo en la ciudad temía, incluso los peces más gordos.

137

Hasta Giuseppe Mariposa le tenía miedo a él, a Luca Brasi. Así que tan tonto no era. Cerró los ojos y el latido de la parte de atrás de la cabeza llenó toda la oscuridad, y en esa oscuridad latente recordó el tejado de Rhode Island adonde había hecho subir a su vecino, el señor Lowry, el profesor. Luca le había dicho que quería contarle un secreto, y en cuanto estuvieron arriba, lo tiró a la calle. Recordaba haberle visto caer, que sus brazos iban queriendo agarrarse todo el camino hacia abajo, como si alguien pudiera cogerle la mano y salvarle. Recordaba que aterrizó en la capota de un coche y que esta se hundió entera, y el cristal de las ventanillas reventó como si fuera una explosión.

En el baño, Luca cogió algo de agua en las manos y se lavó la cara. Estaba fría. Se pasó las manos húmedas por el pelo y luego volvió a la cocina, donde su madre ya había recogido la mesa y estaba de pie ante el fregadero, de espaldas a él, lavando los platos.

—Escucha, Ma —dijo Luca. Le acarició los hombros suavemente. Fuera, la tarde se estaba convirtiendo en noche. Él encendió las luces de la cocina—. Escucha, Ma —repitió—. Tengo que irme.

Su madre asintió sin levantar la vista de su trabajo. Luca se acercó a ella de nuevo y le acarició el pelo.

—No te preocupes por mí, Ma. Sé cuidarme, ¿verdad?

—Claro —dijo su madre, con una voz apenas audible, por encima del ruido del agua corriente—. Claro que sí, Luca.

—Muy bien. —La besó en la coronilla y luego recogió su chaqueta y su sombrero en el perchero que había junto a la puerta. Se los puso, inclinando un poco el ala por encima de la frente—. Bueno, Ma. Me voy.

De espaldas a él todavía, sin levantar la vista de los platos, su madre asintió.

En la calle, al pie de los escalones del edificio de su madre, Luca respiró profundamente y esperó a que el latido que sentía en la parte de atrás de la cabeza fuera remitiendo. Bajar los escalones había empeorado los latidos.

Olió el río en el viento y luego el ácido olor del estiércol en algún lugar cercano, y cuando miró hacia la avenida Washington vio un montón enorme de boñigas de caballo junto al bordillo. No había carros por allí alrededor, solo unos pocos coches y gente que iba andando a su casa, subiendo los escalones de los edificios de pisos y hablando con los vecinos. Un par de chiquillos escuálidos con chaquetas harapientas pasaron corriendo junto a él como si huyesen de algo, pero Luca no vio a nadie persiguiéndoles. En el edificio de su madre se abrió una ventana y una niña pequeña miró hacia fuera. Cuando vio que Luca la miraba, se metió de nuevo en el apartamento y cerró la ventana de golpe. Luca asintió ante la ventana cerrada. Encontró un paquete de Camel en el bolsillo de su chaqueta y encendió uno, tapando la cerilla con las manos huecas para protegerla del viento. El tiempo era tempestuoso y se estaba volviendo frío. Las calles iban oscureciendo, y las sombras de las casas de pisos se tragaban los espacios en torno a las entradas y en diminutos jardines delanteros y largos callejones. El latido que sentía Luca en la cabeza todavía seguía ahí, pero había mejorado un poco. Fue andando hasta la esquina de Washington, y luego giró a la derecha en la 165, dirigiéndose a su apartamento, que estaba entre la casa de su madre y el almacén.

Tocó la culata de su pistola, que sobresalía un poco de un bolsillo interior, solo para tranquilizarse al ver que seguía allí. Iba a matar a Tom Hagen, y eso enfurecería mucho a los Corleone. No había forma de evitarlo: se avecinaban problemas, y de los gordos. La reputación de Vito Corleone era más de hablar que de matar, pero Clemenza y sus chicos eran gente dura, especialmente Clemenza. Luca intentó analizar lo que sabía de los Corleone. Genco Abbandando era *consigliere*, y socio de Vito en el asunto del aceite de oliva. Peter Clemenza era el *capo* de Vito. Jimmy Mancini y Richie Gatto eran hombres de Clemenza… Eso lo sabía con toda seguridad, pero no era una organización de primera fila, no como Mariposa o incluso Tattaglia o las demás familias. A Luca le parecía que los Corleone estaban a medio camino entre una banda y una organización como la de Mariposa, Tattaglia o LaConti.. o lo que quedaba de la de LaConti, al menos. Sabía que Clemenza tenía más hombres que Mancini y Gatto, pero no sabía quiénes eran. Luca pensó que Al Hats puede que estuviese también con los Corleone, pero no lo sabía seguro.

139

Tendría que averiguar todo eso antes de ocuparse del chico. Le importaba una mierda si los Corleone tenían un ejército tras ellos, pero le gustaba saber contra quién iba. Luca pensó que a sus chicos no les gustaría nada todo aquello, y entonces, como si la simple idea les hubiese convocado, apareció el De Soto amarillo de JoJo y se acercó a él junto al bordillo. Hooks sacó la cabeza por la ventanilla.

—Eh, jefe —dijo. Salió del coche con un sombrero negro de copa baja que llevaba una pluma verde en la cinta.

—¿Qué pasa? —Luca vio salir a los demás chicos del coche junto a JoJo y cerrar las puertas. Formaron un círculo a su alrededor.

—Tenemos problemas —dijo Hooks—. Tommy Cinquemani quiere una reunión. Ha aparecido por el almacén con algunos de sus hombres. No estaba muy contento.

—¿Quiere reunirse conmigo? —dijo Luca. Todavía le latía la cabeza, pero la noticia de que Cinquemani venía al Bronx para arreglar una reunión con él le hacía sonreír—. ¿Con quién iba? —preguntó, y echó a andar de nuevo, dirigiéndose a su apartamento.

JoJo miró hacia atrás, al coche aparcado junto a la acera.

—Déjalo —dijo Luca—. Ya volverás a por él más tarde.

—Tenemos armas debajo de los asientos —explicó JoJo.

—¿Y alguien os las va a robar, en este barrio?

—Vale —dijo JoJo—; de acuerdo. —Se unió a los demás, que iban hacia Luca.

—Bueno, ¿quién iba con Cinquemani? —preguntó otra vez Luca. Todos ellos fueron recorriendo la acera. Los chicos llevaban traje y corbata y caminaban a ambos lados de Luca.

—Nicky Crea, Jimmy Grizzeo y Vic Piazza —dijo Paulie.

—Grizz —repitió Luca. Era el único de los tres al que conocía, y no le gustaba nada—. ¿Y qué tenía que decir Tommy?

—Quiere reunirse contigo.

—¿Ha dicho por qué?

Vinnie Vaccarelli se metió la mano en los pantalones para rascarse. Era un chico fibroso, de poco más de veinte años, el más joven de la banda. Siempre parecía que la ropa se le iba a caer.

—Que tenía que hablar de «algunas cosas» contigo.

—Así que el dentista quiere verme —dijo Luca.

—¿El dentista? —preguntó Vinnie.

—Deja de rascarte las pelotas, ¿quieres, chico? —Vinnie se sacó la mano de los pantalones—. Así llaman a Cinquemani: el dentista. Quizá quiera arreglarme los dientes. —Como los chicos se quedaron silenciosos, Luca explicó—: Le gusta arrancar los dientes de los tíos con unos alicates.

—Joder —dijo Hooks, dejando bien claro que no quería conocer a un tío que arrancaba los dientes de la gente.

Luca sonrió a Hooks. Todos sus chicos parecían un poco nerviosos.

—Vaya pandilla de *finocch's* —les dijo, y siguió andando como si estuviera decepcionado y divertido al mismo tiempo.

—Bueno, ¿qué es lo que quieres hacer entonces? —preguntó Hooks.

Estaban en la Tercera Avenida, junto al tren elevado, a unas pocas puertas de distancia de la casa de Luca.

Luca subió los tres escalones hasta la puerta de su edificio y la abrió mientras los chicos esperaban. Abrió y se volvió hacia Hooks.

—Que espere Cinquemani. No le digas nada. Haremos que vuelva y nos lo pida otra vez, más amablemente.

—Vamos, por el amor de Dios —dijo Hooks, y entró en el vestíbulo, colocándose frente a Luca—. No podemos jugar con esa gente, jefe. Mariposa envió a uno de sus *capos* a vernos. Si le ignoramos, todos acabaremos metidos en una caja.

Luca entró en el vestíbulo con Hooks, y el resto de los chicos se unieron a ellos. Cuando se cerró la puerta, todo quedó a oscuras. Luca dio al interruptor de la luz.

—¿No oléis a tabaco? —le preguntó a Hooks, y miró hacia arriba, a las escaleras del siguiente rellano.

Hooks se encogió de hombros.

—Yo siempre huelo a tabaco. ¿Por qué? —Sacó un Winston de su paquete y lo encendió.

—Por nada. —Luca empezó a subir las escaleras con los chicos detrás—. No me gusta Cinquemani, ni tampoco me gusta Grizz.

—¿Jimmy Grizzeo? —preguntó Paulie.

141

—Di un golpe con Grizz —explicó Luca—, antes de que fuera con Cinquemani. No me gustaba entonces y no me gusta ahora.

—Grizz no es nadie —apuntó Hooks—. El problema es Cinquemani. Le ha enviado Mariposa, y a este no podemos ignorarle.

—¿Por qué no? —preguntó Luca. Estaba disfrutando. Todavía le dolía la cabeza, pero el placer de ver retorcerse a Hooks casi hacía que se le olvidara el dolor.

—Porque algunos de nosotros no tenemos ningún interés en que nos maten —dijo Hooks.

—Entonces te has equivocado de trabajo —replicó Luca—. Muchos chicos mueren en este negocio. —Habían llegado a la puerta de su apartamento y se volvió de cara a Hooks mientras buscaba las llaves en el bolsillo de su chaqueta—. No puedes estar preocupado por la muerte, Hooks. Son los otros tíos los que se tienen que preocupar por eso. ¿Entiendes lo que te digo?

Hooks iba a responder, pero entonces una puerta se cerró de golpe y se oyeron pasos precipitados en algún lugar por encima de ellos, y todo el mundo se volvió y miró hacia las escaleras del terrado.

—Dame tu pipa —dijo Willie.

—¿Para qué quieres mi arma?

Donnie acababa de bajar por la escalerilla del tejado y estaba mirando a Willie. Al ver a Luca y a todos sus chicos con él, habían abandonado su plan para otra ocasión. El tejado que estaba al otro lado del callejón se encontraba lleno de gente y atestado de cajas. No quedaba demasiada luz en el cielo, y los terrados estaban todos en sombras.

—No importa —dijo Willie—, tú dámela.

—Tienes tu propia pistola —exclamó Donnie. Se incorporó para echar un vistazo a la puerta del terrado, cerrada—. No vienen detrás de nosotros. No saben nada.

—Que me des la puta pipa —insistió Willie.

Donnie buscó en la pistolera sobaquera que llevaba y le tendió el arma a su hermano.

—Aún no sé para qué coño quieres mi arma.

Willie hizo un gesto hacia abajo, al siguiente tejado.

—Ve. Yo iré detrás de ti.

Donnie se echó a reír y exclamó:

—¿Estás chalado o qué, Willie?

Miró hacia abajo para localizar el siguiente escalón de la escala, y cuando volvió a levantar la vista Willie se había ido corriendo. La confusión lo dejó inmóvil un momento, y luego saltó de la escalera de nuevo al papel alquitranado, mientras su hermano desaparecía por la puerta del terrado.

Luca pensó que era uno de los chicos del barrio. Estos siempre se estaban subiendo a los tejados. Pensó que quizá fuese algún chaval perseguido cuando la puerta se abrió de golpe y alguien bajó corriendo las escaleras, y luego, para confundir aún más las cosas, un tren elevado pasó rugiendo. Luca retrocedió entre las sombras y sacó su arma. Empezó a volar el plomo.

Un tío, dos armas disparando desde la oscuridad. Lo único que vio Luca fue una sombra que descargaba fuego. Solo oyó el chillido y el estrépito del tren que pasaba, puntuado por las detonaciones. Cuando todo acabó, cuando la sombra huyó tan rápido como un fantasma, él estaba apretando el gatillo sobre un tambor vacío, de modo que sabía que había respondido a los disparos y seguido disparando, pero no podía recordar nada después del primer tiro, de que la ventana saltase hecha añicos y luego él se agachase por encima de Paulie, al que habían dado y se quejaba, y esperase lo que pudiera ocurrir entre las sombras y el hedor de la pólvora y la tranquilidad que reinó cuando se fue el tren y acabó el tiroteo. Fue la sorpresa lo que le dejó paralizado, y cuando se la sacudió de encima y se dio cuenta de lo que acababa de ocurrir, de que un matón les había atacado con dos armas de fuego como un puto vaquero, subió las escaleras tras él, corriendo.

En el terrado no encontró nada. Había dos escalas de incendio, una a cada lado del edificio. Tomó nota mentalmente de ordenar que las quitaran. En el terrado que estaba al otro lado del callejón, media docena de trabajadores con sus mo-

143

nos se encontraban en torno a la cornisa, mirando. Detrás de ellos el tejado estaba lleno de cajas de embalaje. Luca chilló:

—¡Eh, tíos!, ¿habéis visto algo? —Nadie respondió, así que gritó—: ¡Eh!

—No hemos visto nada —dijo alguien con acento irlandés—. Solo hemos oído los tiros.

—No eran tiros —replicó Luca—. Eran unos chicos con unos petardos que quedaban del Cuatro de Julio.

—Ah —respondió entonces la voz—, era eso.

Se retiró con los demás.

Cuando Luca se dio la vuelta se encontró a Hooks y JoJo de pie uno a cada lado de la puerta del terrado como guardias, con las pistolas en la mano. Les dijo:

—Bajad las armas.

Hooks le informó:

—Han dado a Paulie y a Tony.

—¿Es grave? —Luca pasó entre ellos y bajó las escaleras. Estaba oscura y tuvo que sujetarse a la barandilla e ir tanteando los escalones.

—Vivirán —respondió JoJo.

Hooks dijo a JoJo:

—¿Qué pasa, que ahora eres un puto médico tú? —Y a Luca—. Parece que Tony tiene una bala en la pierna.

—¿En qué parte de la pierna?

—Un poco más a la izquierda y sería un eunuco.

—¿Y Paulie?

—Atravesándole la mano —dijo JoJo—. Parece Jesucristo en la cruz.

En el rellano de Luca, donde soplaba el viento a través de la ventana rota, Hooks exclamó:

—Luca, no podemos tontear con Cinquemani y Mariposa. Nos van a meter a todos bajo tierra.

—Hooks tiene razón, Luca. Es una locura. ¿Por qué? ¿Por unos pocos cargamentos de alcohol?

—Sabes que no es eso, jefe.

En la entrada al apartamento de Luca, Tony maldecía y gruñía, apretándose la mano encima de la pierna e intentando detener la hemorragia. Luca dio una patada a los trozos de cristal que formaban parte de los restos de la ventana del re-

144

llano. Estaba oscuro y la única luz procedía de la puerta abierta de su apartamento y de la calle. Imaginó que si venía la policía, a esas alturas ya estarían oyendo las sirenas. Se asomó a la ventana y miró hacia abajo, a la vía elevada del tren. La calle estaba vacía y no se veía a nadie, ni un niño corriendo, ni una anciana barriendo la entrada de su casa.

Detrás de Luca, Vinnie envolvió un pañuelo en torno a la pierna de Tony.

—Está sangrando como un cerdo. No puedo pararlo.

—Llévalos a él y a Paulie al hospital —ordenó Luca—. Invéntate alguna historia. Diles que ocurrió en los muelles.

—¿Al hospital? —preguntó Hooks—. No creerás que el doctor Gallagher se va a hacer cargo de ellos...

—Te preocupas demasiado, Hooks. —Hizo una seña a Vinnie.

Este volvió al apartamento a recoger a Paulie. De camino hacia la puerta, dijo a Hooks y a JoJo:

—Necesitaré que me echéis una mano para sacar a Tony.

Hooks se quitó el sombrero y jugueteó con la pluma.

—¿Y ahora qué? ¿Qué pasa con Cinquemani?

Luca fue quitando los trozos de cristal del marco de la ventana con la culata de su pistola. Levantó la vista hacia el cielo, hacia las pocas estrellas, débiles puntos de luz en la oscuridad. Un par de pequeños pájaros oscuros volaron hacia el alféizar de la ventana y luego se alejaron.

—Organicemos una reunión con Cinquemani —dijo. Se sentó en el alféizar—. Dile que hemos recibido el mensaje; que queremos que la reunión sea en un lugar público...

—¿Dónde? —preguntó Hooks—. ¿Un restaurante, algún sitio así?

—No importa —respondió Luca.

—¿Por qué no importa? —preguntó Hooks. Recogió su sombrero y se lo volvió a poner mientras Luca le miraba—. No lo entiendo. ¿No queremos elegir el sitio?

—Hooks, estás empezando a ponerme nervioso.

—Bueno, bueno, jefe. —Abrió las manos con un gesto como indicando que ya no haría más preguntas—. Les diré que no importa. Que elijan el sitio.

—Bien. Simplemente, insiste mucho en que tiene que ser

un sitio público, ¿vale? Para la seguridad de todo el mundo.

—Claro —accedió Hooks—. ¿Cuándo?

—Lo antes posible —dijo Luca—. Cuanto antes mejor. Si pareces un poco asustado irá mejor. —Señaló hacia su puerta, donde Tony parecía a punto de desmayarse—. Lleva a los chicos al hospital y luego vuelve, y ya te explicaré todo el plan.

Hooks miró a Luca, intentando leer sus ojos. Abrió la boca, a punto de hacerle otra pregunta... pero se lo pensó mejor.

—Vamos, ven, JoJo —dijo. Los dos desaparecieron en el apartamento.

El dolor de cabeza de Luca había desaparecido en cuanto empezó el tiroteo. En el vestíbulo, en la oscuridad, con Tony quejándose a su lado, se maravilló por ello.

Llegando a la panadería de Eileen, Sonny aparcó junto a la acera, apagó el motor y se arrellanó en el asiento del conductor. Se echó el sombrero encima de los ojos, como si fuera a echar una siestecita. El barrio estaba lleno del estruendo de los trenes que venían desde la estación de ferrocarril y de la fila de coches y carros que traqueteaban por la calle. Él acababa de salir de casa de Sandra y había ido caminando por la avenida Arthur un rato, sintiéndose frustrado y sin nada que hacer, cosa bastante habitual en él, y luego se metió en su coche sin tener conciencia de que iba a ver a Eileen. Todavía pensaba que probablemente se limitaría a irse a casa y dar por terminada la velada, pero no le gustaba pasar una noche solo en la calle Mott. No sabía qué hacer allí. Si hubiera tenido comida en la nevera, se la habría comido... pero no había ido a comprar. Se sentía como un *finocch'* comprando comestibles. Normalmente iba a casa a comer y su madre le daba algo para que se lo llevase, y así aparecía la comida en su nevera: restos de lasaña o manicotti y grandes tarros de salsa. Nunca volvía a casa sin llevarse bastante comida para unos pocos días, hasta volver a casa otra vez, y así sucesivamente. En su apartamento, se echaba de espaldas en la cama y miraba el techo, y si no se dormía, se levantaba y se iba a buscar a alguno de los chicos, o intentaba encontrar una partida de cartas en algún sitio, o un bar clandestino, y luego se arrastraba al trabajo a la mañana siguiente, medio muerto. Sandra lo ponía a cien. Mentalmente, él le desabrochaba la blusa y le quitaba la ropa hasta llegar a sus pechos, que seguramente eran deliciosos y estaban ya dispuestos para ser tocados... Pero ya podía olvidarse de todo aquello, porque le costaría un montón de comidas más, y quizás incluso un anillo de compromiso llegar remotamente cerca de aquellos pechos desnudos... y todavía no estaba preparado para todo eso. Pero le gustaba. Era una chica dulce y guapa. Lo tenía loco.

Sonny se echó atrás el sombrero, se inclinó encima del volante y levantó la vista hacia el apartamento de Eileen. Las luces estaban encendidas en las ventanas del comedor. Él no sabía cómo reaccionaría ella si aparecía así, sin llamar, por la noche. Miró su reloj de pulsera. Eran casi las nueve, de modo que era muy probable que Caitlin estuviese ya en la cama. Cuando se le ocurrió a Sonny que quizá las veladas de Eileen, sola en su apartamento, eran tan aburridas como las suyas, que quizá lo único que hiciera ella fuese escuchar la radio antes de irse a dormir, salió del coche y llamó al timbre de su apartamento, y luego retrocedió hacia la calle. Eileen abrió la ventana y sacó la cabeza, y él abrió los brazos y dijo:

—He pensado que igual querías algo de compañía.

Ella llevaba un vestido azul con el cuello muy grande y en el pelo un ondulado Marcel.

—Te has arreglado el pelo —dijo Sonny, y ella sonrió con una sonrisa que él no supo identificar. No decía que se alegrase de verle, pero tampoco que no. Cerró la ventana y desapareció, sin decir una sola palabra. Sonny dio un paso hacia la puerta y escuchó por si oía abrirse la puerta del piso, o pasos en las escaleras. Como no oyó nada, se quitó el sombrero y se rascó la cabeza. Retrocedió para mirar otra vez hacia su ventana... y entonces se abrió la puerta de par en par y Cork apareció en la calle.

—¡Eh, Sonny! —dijo Cork, sujetando la puerta abierta—. ¿Qué estás haciendo aquí? Me ha dicho Eileen que me estabas buscando...

—¿Qué demonios te ha pasado? —exclamó Sonny, con un tono un poco demasiado alto y demasiado bronco, esforzándose por ocultar su sorpresa por ver a Cork, aunque este no pareció darse cuenta. Llevaba la camisa manchada con huellas rojas encima del corazón.

—Caitlin —frunció el ceño y señaló las manchas—. Se ha cargado la camisa.

Sonny pasó un dedo por las manchas rojas y lo sacó limpio.

—Es pintura infantil —dijo Cork, mirando todavía las huellas—. Eileen dice que la camisa ya no vale.

—Esa niña es un terremoto.

—Bueno, no es para tanto. ¿Qué pasa?

—He ido por tu casa —mintió Sonny—. Y no estabas.

—Porque estoy aquí —dijo Cork mirando a Sonny con los ojos entrecerrados, como si pensara que de repente se había convertido en un idiota.

Sonny tosió tapándose la boca con la mano, mientras pensaba algo que decir. Luego pensó en el plan para el siguiente trabajo.

—Es que he tenido noticias de otro envío —comentó, bajando la voz.

—¿Cómo? ¿Esta noche?

—Nooo. —Pasó junto a Cork y se apoyó en el marco de la puerta—. Aún no sé seguro cuándo. Quería contártelo.

—¿Qué más hay? —Cork miró hacia las escaleras y luego hizo señas a Sonny de que entrase en el vestíbulo—. Hace frío. Parece invierno.

—El envío es pequeño —dijo Sonny. Tomó asiento en los escalones y se levantó el sombrero de la frente—. Viene en un coche amañado con un doble fondo. Además, habrá más botellas metidas entre los asientos.

—¿Y de quién es?

—¿Tú qué crees?

—¿Mariposa otra vez? ¿Qué vamos a hacer con eso? No podemos vendérselo a Luca.

—En su mayor parte —explicó Sonny—, Juke nos lo comprará directamente a nosotros. Sin intermediarios.

—¿Y si Mariposa averigua que Juke está vendiendo su alcohol?

—¿Y cómo se va a enterar? Juke no se lo dirá, desde luego. Y Mariposa no trabaja en Harlem.

Cork se sentó junto a Sonny y se echó en los escalones como si fueran una cama.

—¿Cuánto dinero ganaremos con un envío pequeño como este?

—Eso es lo mejor de todo —dijo Sonny—. Es champán de primera, y vino que viene directo de Europa. Un material muy fino: cincuenta, cien machacantes por botella.

—¿Y cuántas botellas?

—Creo que entre tres y cuatrocientas.

Cork apoyó la cabeza en el escalón y cerró los ojos, haciendo el cálculo.

—Madre mía. Pero Juke no paga demasiado, la verdad.

—Claro que no —dijo Sonny—, pero aun así sacaremos un buen fajo.

—¿Y de dónde has sacado el chivatazo?

—¿Te servirá de algo saber eso, Cork? ¿Qué pasa, que no confías en mí?

—Mierda —dijo Cork—. Sabes que estamos todos muertos si Mariposa nos pilla.

—No nos pillará —aseguró Sonny—. Además, estaremos muertos igualmente si lo averigua. Podríamos ser hombres ricos y muertos.

—Y cuántos hombres... —dijo Cork, y se abrió la puerta de Eileen, en la parte alta de las escaleras.

Se inclinó hacia ellos con las manos en las caderas y exclamó:

—¿Vas a invitar a subir a tu amigo, Bobby Corcoran, o os quedaréis ahí en la entrada tramando vuestros malvados planes?

—Vamos, sube —dijo Cork a Sonny—. Eileen te preparará un poco de café.

Sonny se alisó la chaqueta, enderezándose.

—¿Estás seguro de que no le importa? —preguntó.

—¿No te acaba de invitar a subir? —dijo Cork.

—No sé, ¿lo ha hecho?

La niña de Eileen salió del apartamento detrás de ella y le agarró una de las piernas.

—¡Tío Bobby! —gritó.

—Es un incordio —dijo Cork a Sonny. Subió a saltos los

escalones y cogió a la niña mientras ella huía hacia el interior, chillando.

—Vamos, sube —dijo Eileen—. No hay necesidad de que os quedéis ahí en la entrada. —Volvió a entrar en el piso y dejó la puerta abierta.

En la cocina, Sonny la encontró muy relajada y con una taza de café y un plato de bizcochos de chocolate en la mesa ante ella.

—Siéntate —le dijo, y empujó una taza de café por encima de la mesa hacia él. Su cabello parecía mucho más brillante con aquel nuevo peinado. Las ondas brillaban bajo la luz de la cocina con cada movimiento de su cabeza.

Cork entró en la habitación con Caitlin subida a sus hombros.

—Dile hola a Sonny —dijo. Él también se dejó caer junto a la mesa, se quitó a Caitlin de los hombros y la sentó en su regazo.

—Hola, señor Sonny —saludó la niña.

—Hola, Caitlin. —Sonny la miró. Luego a Eileen y dijo—: Vaya, eres casi tan guapa como tu mamá.

Eileen miró a Sonny de reojo, pero Cork se echó a reír y dijo:

—No le calientes la cabeza. —Bajó a Caitlin, le dio una palmada en el culo y dijo—: Ve a jugar solita un minuto.

—Tío Bobby... —dijo la niña, suplicante.

—Y deja ya lo de tío Bobby antes de que te dé una zurra.

—¿Me lo prometes?

—¿El qué? —dijo Cork—. ¿Que te daré una zurra?

—Que vendrás a jugar conmigo dentro de un minuto.

—Prometido —respondió él, y le hizo señas de que se fuera al salón.

Caitlin dudó y miró rápidamente a Sonny, y luego salió corriendo al salón. Tenía el mismo cabello fino y rubio que su tío, y los ojos color avellana de su madre.

—Tío Bobby... —bromeó Sonny, y se echó a reír.

—¿No es perfecto? —dijo Eileen—. Los niños dicen las verdades...

—No la animes ahora —riñó Cork a su hermana—. Solo lo dice para congraciarse conmigo.

Eileen jugueteó con su taza de café, pensativa, y luego le dijo a Sonny:

—¿Has oído decir que un tal señor Luigi *Hooks* Battaglia todavía anda persiguiendo al asesino de Jimmy?

Sonny se volvió hacia Cork.

—Sí —dijo Cork—. La última vez que me encontré con Hooks me dijo que le contara a Eileen que no se había olvidado de Jimmy.

—Hace casi dos años ya —dijo Eileen a Sonny—. Dos años y todavía sigue por ahí buscando al asesino de Jimmy. Menudo sabueso que está hecho el señor Hooks Battaglia, ¿verdad?

—Según Hooks, fue uno de los matones de Mariposa quien le mató —dijo Cork.

—¿Acaso no lo sé ya? —exclamó Eileen—. ¿No lo sabe todo el mundo? La cuestión es cuál de los matones de Mariposa fue, y si alguien va a hacer algo al respecto, ahora que ha pasado ya tanto tiempo.

—¿Y qué tiene que ver el tiempo? Si Hooks lo averigua, lo matará.

—¿Y qué tiene que ver el tiempo...? —repitió Eileen.

—Hooks es siciliano, Eileen —apuntó Sonny—. Dos años y medio para él no es nada. Si Hooks averigua dentro de veintidós años y medio quién mató a su amigo, te doy mi palabra de que ese hombre acabará muerto. Los sicilianos no olvidan y no perdonan.

—Los sicilianos y los irlandeses de Donegal —dijo Eileen—. Quiero que la ley condene al asesino de Jimmy. —Le dijo a su hermano—: Tú conocías a Jimmy. Sabes lo que él habría querido.

—Dios sabe que le quería como a un hermano —dijo Cork, y de repente parecía enfadado—, pero nunca estuvimos de acuerdo en esa clase de cosas, Eileen. Eso lo sabes. —Echó su silla hacia atrás y miró hacia el salón, buscando a Caitlin—. Jimmy era un idealista, y sabes que yo soy muy realista con esas cosas.

—Tú aprobarías que mataran al asesino, ¿no? —Eileen se inclinó por encima de la mesa hacia su hermano—. ¿Crees que eso demostraría algo? ¿Crees que eso cambiaría las cosas?

151

—¡Ah, ahora hablas igual que Jimmy! —dijo él, y se levantó de su asiento—. Me rompes el corazón. ¡Eh! —llamó a Caitlin—. ¿Qué estás haciendo ahí? —Y dirigiéndose a Eileen—: Si yo supiera quién se cargó a Jimmy, lo mataría yo mismo y acabaría con esto.

Miró de nuevo hacia el salón, levantó las manos por encima de su cabeza, rugió como un monstruo y se fue a perseguir a Caitlin, que chilló desde algún lugar fuera de la vista.

Eileen miró a Sonny, que estaba al otro lado de la mesa.

—Dios mío, cómo sois…

—Esto parece una pelea familiar. —Miró detrás de él buscando su sombrero, que colgaba detrás de la puerta—. Debería irme.

—Bobby y Jimmy —dijo ella, como si Sonny no hubiese dicho nada—. Ellos dos discutían también en esta mesa. Siempre la misma discusión, con diferentes detalles: Bobby decía que el mundo es corrupto y que hay que aceptarlo como es, y Jimmy que hay que creer en algo mejor. Una y otra vez. —Miró su café y luego levantó la vista hacia Sonny. No parecía demasiado disgustada—. Así era Jimmy. No estaba en desacuerdo con Cork en que el mundo está lleno de suciedad y de crímenes, y ni siquiera pensaba que eso pudiera cambiar nunca… pero le decía a Bobby, intentando enseñarle algo: «Tienes que creer que puede cambiar, por el bien de tu alma».

Entonces se quedó callada, mirando a Sonny, que dijo:

—Siento no haberle conocido.

Eileen asintió, como si la perspectiva de tal encuentro la divirtiese.

Cork llamó a Sonny desde el salón, y Eileen le hizo una seña de que se uniese a él.

—Después de todo has venido a verle, ¿no?

Encontró a Cork rodeando a Caitlin con los brazos. Ella se reía como loca y luchaba por soltarse.

—Échame una mano con ella, ¿quieres, Sonny? —dijo, y empezó a dar vueltas—. ¡Es demasiado para mí! —gritó. Mientras completaba una vuelta entera, la arrojó chillando por el aire a los brazos de Sonny.

—¡Eh! —dijo este, cogiéndola y sujetando su cuerpo, que se retorcía—. ¿Qué quieres que haga yo con ella?

Dio una vuelta a su vez y la arrojó chillando y dando alaridos de nuevo a Cork.

—¿Has tenido bastante? —preguntó Cork.

Caitlin dejó de retorcerse, miró a Sonny y luego a Bobby.

—¡Hacedlo otra vez! —chilló, y Bobby giró de nuevo, disponiéndose a tirarla de nuevo a Sonny, que se preparaba para cogerla, riendo.

Entre los dos, en la puerta que daba a la cocina, Eileen estaba apoyada contra la pared, meneando la cabeza con una sonrisa en el rostro que se convirtió en carcajada cuando Caitlin voló por el aire chillando y cayó en los brazos de Sonny.

153

8

*S*ean cogió un trocito de pintura amarilla descascarillada de la pared y esperó a que la estrepitosa máquina de vapor pasara traqueteando por las vías, antes de llamar de nuevo a la puerta de Kelly. Acababa de pasar las últimas horas yendo en tranvía de aquí para allá porque no quería volver a casa y enfrentarse a Willie y a Donnie. Pero no podía estar fuera toda la noche... y ellos le habían dicho que se fuera, ¿no? Aun así, no quería verlos aún.

—¡Kelly! —gritó, ante la puerta cerrada—. Sé que estás ahí. Te he visto pasar por delante de la ventana, desde la calle.

Apretó la oreja a la puerta y oyó chirriar el colchón y luego el tintineo de cristal con cristal. Imaginó el cuerpo de Luca Brasi desplomado ante la puerta de su apartamento, y se preguntó si Donnie realmente le acabaría cortando la polla a ese hijo de puta y se la metería en la boca. Se imaginó a Luca Brasi con su propia polla en la boca, e hizo una mueca al representarse la imagen. Se pasó las manos por el pelo y tocó el arma que llevaba en el bolsillo, y volvieron a él las palabras de Willie: «... A todos los hijos de puta italianos de la ciudad que quieren darnos una patada en nuestro culo irlandés».

—Kelly —dijo, suplicante—. Vamos, abre. Soy tu hermano, estoy aquí fuera.

Cuando la puerta se abrió al fin, él dio un paso atrás y se llevó las manos a la cara.

—Por Dios bendito —dijo, en la oscuridad.

—Bueno —dijo Kelly—, querías verme, Sean. Pues aquí estoy.

Sujetó la puerta medio abierta con una mano y se apoyó en el marco con la otra. Tenía los dos ojos morados, los pómulos hinchados y una brecha roja en la frente que desaparecía entre el cabello. Llevaba unos zapatos de color rojo intenso, y una camisa blanca de hombre con las mangas remangadas. Por el tamaño de aquella camisa tenía que ser de Luca. Los faldones le llegaban a las pantorrillas.

—Venga ya, Sean, no seas niño, ¿vale? No es tan terrible.

El chico se apartó las manos de la cara e hizo una mueca, mirándola.

—Madre mía... Kelly...

Ella bufó y luego hizo una mueca, como si el bufido le hubiese causado algún dolor.

—¿Qué quieres, Sean? Pensaba que la familia había terminado conmigo.

—Sabes que yo no formé parte de todo aquello —dijo él. Atisbó por detrás de ella hacia el apartamento—. ¿Puedo entrar?

Kelly miró su casa como si se pudiese transformar súbitamente en un sitio adonde alguien quisiera entrar.

—Claro —dijo—, bienvenido a mi palacio.

Dentro, Sean buscó un sitio donde sentarse. No había mesa de cocina ni sillas, solo un espacio vacío enfrente de un fregadero. Ni siquiera tenía cocina, en realidad. Había un espacio con un fregadero y unos cuantos armarios, y luego un amago de arco que separaba el espacio de la cocina del dormitorio, ocupado por una cama pequeña, una mesita de noche destartalada junto a la cama y una butaca grande tapizada, junto a una ventana que daba a la Undécima. Había revistas y ropa apilada en la butaca hasta encima de los brazos. Sean dio una patada a algunas de las revistas y enredos del suelo, desde donde lo miraban los rostros de las estrellas de Hollywood: Jean Harlow, Carol Lombard, Fay Wray. Se volvió y encontró a Kelly apoyada en la puerta cerrada, mirándole. Se le había abierto a medias la camisa, y le veía el pecho más de lo que le resultaba cómodo.

—Abróchate, Kelly, ¿quieres? —Hizo un gesto hacia sus pechos. Kelly se cerró más la camisa y toqueteó los botones, pero no hizo muchos progresos—. Venga, Kelly —dijo Sean—, ¿estás demasiado borracha para abrocharte la maldita camisa?

—No estoy borracha —respondió ella con voz amortiguada, como si estuviera hablándose a sí misma tanto como a Sean.

—No, claro, solo que no consigues que tus dedos abrochen los botones. —Le abrochó él mismo la camisa, como si fuera una niña pequeña otra vez y él la estuviese cuidando—. Mira cómo vas, Kelly. —Sus ojos se llenaron de lágrimas.

—¿Cuándo dejarás de ser un niño, Sean? —Le apartó y volvió a la cama. Se subió la manta roja hasta la cintura y se colocó una almohada debajo del cuello—. Bueno, pues aquí estás... —se inclinó hacia él, como para preguntarle qué quería.

Sean quitó la ropa y los objetos de la butaca y los llevó junto a la cama.

—Kelly —dijo inclinándose en su asiento, como si estuviera exhausto—. Querida. Esta vida que llevas no es buena.

—¿Ah, no? ¿Debería volver a cocinar y limpiar para todos vosotros? ¿Hacer todas las tareas de la casa, como si fuera una esclava? No, gracias, Sean. ¿Para eso has venido? ¿Para llevarme de vuelta a casa?

—No he venido para eso —replicó Sean—. He venido porque estoy preocupado por ti. Fíjate cómo estás... —Echó la butaca atrás, como para verla mejor—. Parece que tendrías que estar en el hospital, y estás aquí tumbada bebiendo hasta quedar inconsciente.

—No estoy borracha —dijo ella. En la mesilla de noche que tenía al lado, una botella casi llena de whisky esperaba junto a un vaso vacío. Se sirvió una copa y Sean le quitó el vaso de la mano antes de que se lo pudiera llevar a los labios—. ¿Qué quieres, Sean? Dime lo que quieres y déjame en paz.

—¿Por qué sigues con alguien que te pega como a un perro? —Sean dejó el vaso en la mesilla y vio por primera vez un pequeño tubito de pastillas negras. Lo cogió—: ¿Y esto qué es?

—Me lo merecía —dijo Kelly—. No sabes toda la historia.

—Me recuerdas a mamá —respondió Sean—, cada vez que

156

papá le daba una paliza. —Agitó las píldoras, pidiéndole de nuevo que se explicara.

—Luca me las trae. —Agarró el frasquito—. Son para el dolor. —Se echó dos pequeñas cápsulas negras en la mano, se las llevó a la boca y las tragó con un poco de whisky.

—Kelly. No estoy aquí para llevarte a casa. Donnie no lo consentiría, de todos modos.

Ella se incorporó en la cama y cerró los ojos.

—Entonces dime para qué estás aquí.

—Mírame. Estoy aquí para decirte que si necesitas ayuda, yo haré lo que pueda por ti.

Se echó a reír y su cabeza se apoyó en la almohada que tenía detrás.

—Eres como un niño grande —dijo—. Siempre lo has sido, Sean O'Rourke. —Tocó la mano de su hermano y cerró los ojos de nuevo—. Vete y déjame dormir. Estoy cansada. Necesito dormir para estar guapa.

Un momento después su cuerpo se relajó, y al cabo de un instante ya estaba durmiendo.

—Kelly —dijo Sean. Como no contestaba, le tocó el cuello y notó su pulso firme bajo los dedos—. Kelly —dijo de nuevo, sin hablar con nadie en concreto. Cogió una de las pastillas de la botellita de plástico, la examinó y la dejó a un lado. No había etiqueta alguna en la botella. Le echó atrás el pelo y vio que la brecha subía por la parte delantera casi hasta la parte superior de la cabeza. El corte tenía una costra gruesa y era feo, pero no parecía profundo. Le subió la manta hasta la barbilla, le quitó los zapatos y los colocó uno junto al otro, al lado de la cama. Cuando dejó el piso, se aseguró bien de que la puerta estuviese cerrada.

En la calle, un viento áspero soplaba atravesando la avenida, saliendo del Hudson. Se subió la chaqueta hasta el cuello y corrió hacia su edificio, donde abrió la puerta sujetándola con el codo y subió los escalones hasta las familiares habitaciones de su hogar. En la cocina, su madre estaba sentada a la mesa, con las historietas del *New York American* ante ella. Siempre había sido una mujer frágil, pero los años la habían vuelto algo escuálida y en particular dolía mirarle el cuello, todo piel y tendones y sin carne, como si fuera el de un pollo. En sus ojos, sin embargo, se notaba todavía un asomo de su antiguo brillo al sonreír por algo que había leído en las historietas. Su padre no estaba a la vista, andaría por allí, probablemente en la cama con una botella de whisky junto a él y un vasito en la mano.

—Mamá —dijo Sean—, ¿dónde están los chicos?

Ella levantó la vista del periódico.

—Krazy Kat —respondió, explicando la sonrisa que iluminaba su rostro—. Los chicos están arriba, en el tejado. Haciendo algo con esos estúpidos pájaros. ¿Estás bien, Sean? Pareces un poco preocupado.

—No me pasa nada, mamá. —Sean la cogió por los hombros y la besó en la mejilla—. Es que vengo de ver a Kelly.

—Ah —dijo su madre—. ¿Y qué tal está?

—Sigue bebiendo demasiado.

—Ya. —La mujer siguió leyendo las historietas, como si no hubiera nada más que decir sobre aquel tema.

En el tejado, Sean encontró a Willie y a Donnie sentados sobre una bala de paja junto al palomar. La parte superior del mismo, bajo una estructura parcheada de madera y tela metálica, estaba llena de paja fresca. Donnie y Willie estaban sentados uno junto al otro, fumando y mirando por encima de los tejados. El viento levantaba las solapas de sus chaquetas y les revolvía el pelo. Sean tomó asiento en el alero del tejado, frente a ellos.

—Bueno, ¿habéis hecho el trabajo? —preguntó.

—El hijo de puta ha tenido suerte —dijo Donnie—. Ha vuelto con toda su puta banda.

—He agujereado a unos cuantos —añadió Willie.

—¿Qué ha pasado? —preguntó Sean—. ¿Le habéis disparado?

Donnie señaló a Willie y dijo:

—Tu hermano es un maldito loco.

Willie dijo entonces, sonriendo:

—Supongo que he perdido un poco los nervios.

—Ya estábamos en el tejado largándonos de allí, y va el loco de tu hermano y me dice que le dé mi pistola. Así que se la doy, y lo siguiente que veo es que se va como si fuera un vaquero.

—Estaba decidido a matar a ese hijo de puta.

—¿Y lo has conseguido? —preguntó Sean.

Willie negó con la cabeza y dio una larga chupada de su cigarrillo.

—Le he visto salir al tejado buscándonos. Yo estaba ya en el otro tejado, en la escalera de incendios, fuera de la vista... pero a un tío tan grandote es difícil no verlo. —Se dirigió a Donnie—: Estoy seguro de que era él.

—Muy mal —dijo Sean.

—Les he dado al menos a dos de ellos —repuso Willie—. Los he oído aullar y caer al suelo.

—¿Crees que los has matado?

—Eso espero. —Willie tiró su cigarrillo y lo aplastó en el tejado alquitranado con el pie—. Odio a esos putos italianos, a todos y cada uno de ellos.

—¿Y ahora qué hacemos? —Sean sacó el arma de su chaqueta y la puso en la cornisa que tenía detrás—. ¿Luca viene detrás de nosotros?

—No. Todavía no, vamos —dijo Willie—. Yo estaba a oscuras, y tenía la gorra bien metida. Él no sabe todavía quién le ha dado.

—¿Todavía no? —exclamó Sean. Se inclinó sobre sus rodillas, ofreciendo así menos resistencia al viento.

Donnie se levantó y se sentó junto a Sean, enfrente de Willie.

—Qué lástima que no le hayamos dado —dijo—. Ahora todo será más difícil.

—Al demonio —refunfuñó Willie.

—¿Vamos a ir a por él otra vez? —preguntó Sean.

Y Donnie le contestó:

—O él o nosotros, Sean. —Se retorció y miró por encima de la cornisa hacia la calle que estaba debajo, donde un coche tocaba la bocina al carro de la basura de McMahon—. Pete Murray y los Donnelly están con nosotros —dijo, mirando aún a la calle—. Pequeño Stevie, Corr Gibson, todos con nosotros. —Cogió el arma de Sean y la examinó—. Los morenos esos se van a enterar de que no pueden tratarnos tan mal como han estado haciendo... empezando por Luca Brasi.

Le tendió su pistola a Sean y este se guardó el arma en el bolsillo de la chaqueta.

159

—Estoy contigo. Ese hijo de puta de Brasi se está buscando que le maten.

Donnie encendió otro cigarrillo. Se volvió de espaldas al viento y encendió la cerilla protegiéndola con la mano. Willie y Sean sacaron también unos pitillos y los encendieron con la cerilla de Donnnie, y luego cada uno de ellos se sumió en sus propios pensamientos, sentados juntos en el tejado, mientras el viento soplaba y gemía a su alrededor.

9

*T*omasino Cinquemani bajó en el ascensor desde su apartamento del centro con los brazos cruzados y los pies bien separados, como si intentara impedirle pasar a alguien, mientras Nicky Crea y Jimmy Grizzeo se colocaban el uno frente al otro, a su derecha y a su izquierda respectivamente. Era temprano y Nicky y Grizz parecían soñolientos. Grizz se había bajado el ala del sombrero encima de la frente y parecía estar echando una siestecita mientras el ascensor iba traqueteando y bajando lentamente hacia el vestíbulo. Nicky llevaba una bolsa de papel marrón en la mano izquierda y la mano derecha metida en el bolsillo de la chaqueta. Los ojos de Tomasino estaban fijos en la puerta del ascensor y las paredes y puertas que iban pasando. El cuarto hombre que iba con ellos, sentado en un taburete al lado de los controles, llevaba un uniforme con una hilera de botones en forma de V en la pechera. Su sombrero sin ala era de un tamaño demasiado pequeño, y colocado en su cabeza le hacía parecer el mono de un organillero. Era un chico con ojos de viejo cansado, y parecía esforzarse muchísimo por resultar invisible. Cuando el ascensor llegó al vestíbulo, lo niveló con el suelo y abrió la cancela y la puerta. Tomasino salió el primero, seguido por Grizz. Nicky puso una moneda de veinticinco centavos en la mano del chico, y este le dio las gracias.

En la calle, la ciudad estaba llena de bullicio. Coches y taxis corrían por la avenida, y multitud de ciudadanos se apresuraban por las aceras. Tomasino vivía en las afueras, en el piso veintiocho de un edificio de apartamentos muy alto. Se sentía mucho más seguro entre las multitudes, en un apartamento donde nadie podía trepar por una escalera de incendios para meterle una bala entre los ojos. Le gustaban las alturas y no le importaba el ruido, pero tenía que enviar siempre a alguien al centro a buscar buenas salchichas, o pasteles, y era un agobio. Grizz había desaparecido en un Automat cercano al salir del vestíbulo, y ahora volvía con unos cafés, que tendió a Nicky y a Tomasino.

—¿Has puesto tres terrones de azúcar en el mío? —preguntó Tomasino.

—Es lo que le he dicho a la tía —contestó Grizz.

Tomasino asintió y puso ambas manos en torno al vaso de café, que parecía un juguetito infantil entre sus garras carnosas. A Nicky le dijo:

—Dame uno de esos *sflogliatell*.

Nicky le tendió un pastelito en forma de cono procedente de una bolsa de papel marrón, y entonces los tres se pusieron de pie de espaldas a la pared bebiéndose el café y esperando al chófer, Vic Piazza, que les había llamado cuando ya iban hacia la puerta diciéndoles que había tenido algunos problemas con el coche y que llegaría unos minutos tarde.

—¿De dónde has sacado estos *sfogliatell'*? —preguntó Tomasino. Sosteniendo el pastelito ante sus ojos, examinó las diversas capas de pasta que se deshacían—. Están pasados.

—Los he comprado en Mott —dijo Grizz.

—¿Dónde de Mott?

Grizz levantó el ala de su sombrero y dijo:

—No sé dónde cojones los he comprado, Tommy. En una puta panadería de la calle Mott.

—Eh, Grizz —dijo Tomasino, volviéndose hacia el chico—. ¿A quién le hablas así?

Levantó las manos, como disculpándose.

—Es muy temprano, Tommy. No valgo para nada tan temprano por la mañana. Ya lo sé, lo siento.

Tomasino se echó a reír y le dio unas palmaditas a Grizz en el hombro.

—Me haces gracia —dijo—. Eres un buen chico. —Se dirigió a Nicky—: La próxima vez ve tú a por los *sfogliatell'*. Cómpralos en Patty, en la calle Ainslie, en Williamsburg. Los mejores *sfogliatell'* de la ciudad. —Hizo un gesto a la calle con su vaso de café—. ¿Dónde demonios está Vic? —Y preguntó a Grizz—: ¿Qué decía de los problemas del coche?

—El carburador. Decía que le costaría unos minutos.

—No me gusta nada esto. —Tomasino consultó su reloj de pulsera—. Estas cosas… —Pero acabó su frase. Tomasino era unos veinticinco años más viejo y un par de centímetros más alto que Nicky y Grizz—. Con estas cosas es cuando empiezas a mirar a tu alrededor. ¿Comprendes lo que te digo?

Nicky asintió y Grizz bebió un sorbo de café. Ambos parecían aburridos.

—¿Qué decía que le pasaba al coche, repítemelo? —insistió Tomasino.

—El carburador —contestó Grizz.

Se quedó un minuto pensándolo y miró de nuevo su reloj de pulsera. Le preguntó a Nicky:

—¿Cuántos chicos tenemos ahí?

—Cuatro en la cafetería: dos en el mostrador, dos en reservados. Carmine y Fio fuera, en sus coches, fuera de la vista pero cerca.

—Y no hay forma de que Luca sepa nada de ninguno de ellos.

—Imposible —dijo Nicky—. Carmine ha contratado a unos tíos de Jersey. Luca no los conoce.

—¿Y todo el mundo sabe qué hacer?

—Claro —dijo Nicky—. Lo haremos todo tal y como tú has dicho.

—Porque ese estúpido hijo de puta todavía piensa que somos nosotros los que hemos intentado engañarle. Le dije a su chico, Hooks, que si quisiera matar a Luca, ya estaría muerto.

—¿Y aún sigue pensando que hemos sido nosotros? —preguntó Grizz.

Tomasino se acabó el café.

—Estaría más convencido si yo hubiese podido decirle quién fue en realidad.

—¿Todavía no sabemos nada de eso?

—Ese hijo de puta tiene bastantes enemigos Podría ser cualquiera. Esos chicos de la cafetería tienen los cojones suficientes para disparar si lo necesitamos, ¿verdad? —Siguió sin esperar respuesta—. Porque si Brasi sigue creyendo que hemos sido nosotros los que hemos intentado cargárnoslo...

—Tommy, te quiero como si fueras mi padre, pero por el amor de Dios, te preocupas demasiado —dijo Grizz.

Tomasino frunció el ceño, luego sonrió y al final se echó a reír.

—¿Dónde está ese desgraciado de Vic? Si no aparece dentro de un minuto, lo anulamos todo.

—Aquí está —dijo Nicky señalando un sedán negro Buick que acababa de doblar la esquina.

Tomasino esperó con los brazos cruzados mientras Nicky y Grizz se metían en el asiento de atrás y Vic salía del asiento del conductor, daba la vuelta al coche y abría la portezuela.

—El puto carburador —dijo. Era un joven delgado y guapo, con el pelo rubio y echado hacia atrás. Ya había cumplido los veinte, pero todavía parecía un quinceañero—. He tenido que apagarlo, y luego he perdido uno de los malditos tornillos... —Dejó de hablar al ver que Tomasino no estaba interesado en sus excusas—. Mira, Tommy, lo siento. Tendría que haberme levantado más temprano y asegurarme de que no había problemas.

—Eso es —afirmó Tomasino, y luego se metió en el asiento del pasajero.

En cuanto Vic volvió al coche y se puso detrás del volante, el chico dijo de nuevo:

—Lo siento, Tommy.

—Eres un buen chico, Vic, pero que no vuelva a ocurrir nunca algo como esto. —Se dirigió a Nicky—: Dame otro *sfogliatell'*. ¿Quieres tú uno? —le ofreció a Vic.

—No. No como por la mañana. No me entra la comida hasta por la tarde.

—Bien —dijo Grizz desde el asiento de atrás—. A mí me pasa lo mismo.

Tomasino miró su reloj de pulsera.

—¿Sabes adónde vamos? —preguntó a Vic.

—Sí, claro —dijo el chico—. Tengo la ruta grabada en la cabeza. Estaremos allí dentro de diez minutos.

—Muy bien. —Tomasino se inclinó desde su asiento, acercándose tanto a Vic que el chico retrocedió, apartándose de él.

—¿Qué pasa?

—Estás sudando —dijo Tomasino—. ¿Por qué estás sudando, Vic? Nadie más está sudando aquí.

—Cree que le vas a empapelar por llegar tarde.

—Bueno, nunca había llegado tarde antes, ¿no? Soy profesional con mi trabajo. Si llego tarde, me pongo nervioso.

—Olvídalo —dijo Tomasino, y dio unas palmaditas a Vic en el hombro—. Eres un buen chico, me caes bien.

Grizz se inclinó en el asiento delantero. Era un hombre delgado, con la cara redonda y angelical, y llevaba un sombrero de fieltro gris con la cinta negra, algo ladeado.

—¿Por qué vas por aquí? —le preguntó a Vic. Este conducía despacio por una calle lateral muy tranquila—. ¿No sería más rápido…?

Antes de que Grizz pudiera acabar su pregunta, Vic paró el coche junto a la acera y saltó fuera, mientras Luca Brasi y sus hombres salían corriendo de una casa. Luca apuntó con un arma a la cabeza de Tomasino antes de que nadie en el coche supiera qué era lo que había pasado.

—No seáis idiotas —dijo Luca a todos. Y luego se dirigió a Tomasino—: No estoy aquí para matarte.

Tomasino sacó la mano de su chaqueta.

En cuanto Hooks y JoJo se metieron en el asiento trasero con los chicos de Tomasino y les hubieron quitado sus armas, Luca se metió en el asiento delantero, sacó una pistola de la sobaquera de Tomasino y se la tendió a JoJo. Vic, que estaba mirando desde la entrada, volvió a meterse en el coche y condujo de nuevo. Dio la vuelta al coche y se dirigió hacia el centro.

—¿Adónde vamos? —preguntó Tomasino.

—A los muelles de Chelsea —dijo Luca—. A algún sitio tranquilo donde podamos celebrar esa charla que queríamos tener.

—*V'fancul.* ¿No podemos hablar como personas civilizadas tomando una taza de café?

—¿Quién es civilizado aquí? —preguntó Luca—. Tú siempre me has parecido un mono grande y tonto con ropa, Tommy. ¿Todavía arrancas los dientes a la gente?

165

—Cuando la ocasión lo requiere. —Tomasino se movió en su asiento de modo que se quedó mirando hacia delante, con Luca entre él y Vic. Cruzó las manos delante del vientre—. Vic —dijo, mirando derecho hacia el frente—. Nunca imaginé que pudieras ser tan idiota.

—No le eches la culpa al chico —intervino Luca. Metió su arma en la sobaquera y pasó el brazo en torno a los hombros de Vic—. Hice que un par de chicos de los míos ataran a sus dos hermanos en casa de sus novias… y aun así él hizo que le diera mi palabra de que no te iba a liquidar.

Tomasino parecía indignado. Seguía mirando hacia afuera por el parabrisas. Las lágrimas corrían por las mejillas de Vic.

—Mira —dijo Luca—, el chico está llorando.

—Le ha pegado un tiro a mi hermano pequeño en la pierna —dijo Vic—. Ha dicho que el siguiente sería en la cabeza.

—Pero has cooperado, ¿verdad?

Tomasino recogió el *sfogliatell'* a medio comer que había caído en su regazo. Se lo enseñó a Luca.

—¿Te importa si como?

—Adelante.

—No hemos sido nosotros los que intentamos liquidarte —dijo Tomasino con la boca llena—. Si es eso lo que pensabas, estás equivocado.

—¿Alguien intentó liquidarme? ¿De qué hablas, Tommy? Pensaba que nos íbamos a reunir para hablar de si compro o vendo el alcohol de Joe.

—Luca —dijo Tomasino—. Todo el mundo sabe que alguien te disparó. Se lo dije a tu chico…

—¿Pero no fuiste tú?

—Ni fui yo, ni Joe, ni nadie que tenga que ver con esto.

—Pero sabes quién ha sido —dijo Luca.

—No. —Se acabó el pastelito y se sacudió las migas de la chaqueta—. No es eso lo que quería decir. No sabemos quién fue, ni hemos oído decir nada todavía.

Luca miró hacia el asiento de atrás.

—Eh, Grizz. ¿Qué tal estás? —como este no contestó, dijo—: Tú tampoco sabes quién intentó liquidarme, ¿verdad?

—No tengo ni idea —respondió Grizz—. Lo único que sé, como Tommy ha dicho, es que nosotros no hemos sido.

—Ya, claro —dijo Luca, como si no creyese a Grizz pero en el fondo diese igual. Estaban junto al agua en los muelles de Chelsea, y Luca señaló hacia un callejón entre un par de almacenes—. Da la vuelta aquí.

Vic siguió el callejón hasta el final, junto al agua y una fila de amarraderos vacíos. Detuvo el coche y miró a Luca esperando instrucciones.

—Muy bien —dijo Luca—. Todo el mundo fuera.

—¿Por qué no podemos hablar aquí mismo donde estamos? —preguntó Tomasino.

—Ahí fuera se está bien. Tomaremos un poco el aire. —Luca sacó la pistola que llevaba en la sobaquera y apuntó a Tomasino a la cara—. Creo que deberíamos hablar junto al agua.

Tomasino meneó la cabeza, enfadado, y salió del coche.

Hooks salió del asiento de atrás, seguido por JoJo, que llevaba una pistola en cada mano. Se pusieron en fila junto a Tomasino y sus chicos, de espaldas al agua. Luca se volvió hacia Vic, que se apoyaba en el guardabarros delantero del Buick.

—¿Qué estás haciendo? —le dijo—. Vete allí con todos los demás.

—Claro —replicó Vic, y fue a ponerse en fila junto a Nicky.

—*Sfaccim!* —dijo Tomasino—. Si me matas, Joe te enterrará. Os matará a todos y cada uno de vosotros, y tardará mucho rato además. ¿Y para qué, estúpido hijo de puta? ¡No fuimos nosotros! No hemos tenido nada que ver con tu intento de asesinato. Se lo dije a tu chico: si te hubiésemos querido muerto, ya estarías muerto.

—Dios mío, relájate, Tommy. No tengo ninguna intención de matarte.

—¿Entonces por qué has hecho que nos pusiéramos en fila así?

Luca se encogió de hombros.

—Querías hablar conmigo —dijo—. Pues habla.

Tomasino miró a sus hombres y luego de nuevo a Luca.

—Esta no es manera de hablar.

—Quizá —dijo Luca—, pero no tienes otras opciones. Así que venga.

Tomasino miró de nuevo a sus chicos, como si le preocupasen. Le dijo a Luca:

167

—No ha sido nada grave. Joe no va a volverse loco por unos pocos envíos. No está bien, sin embargo, y tú lo sabes. Queremos saber quién nos está atacando. No tenemos ningún problema contigo: eres un hombre de negocios, eso lo entendemos. Pero queremos a los hijos de puta que nos están atracando, y queremos que nos los entregues. En este momento ya no se trata del dinero. Es por el respeto.

Luca escuchó y pareció considerar la petición de Tommy. Luego dijo:

—Bueno, pues no, no te los voy a entregar. Hice un trato. Yo haría de intermediario con el alcohol y los mantendría fuera de todo esto.

—Luca —dijo Tommy, y de nuevo miró a sus chicos—. ¿Sabes con quién estás tratando? ¿Quieres meterte con Giuseppe Mariposa, con los Barzini, conmigo, con Frankie *Cinco Ángeles*, los Rosato y todos nuestros chicos? ¿No comprendes que estás hablando de una organización grande, y que está creciendo aún más…?

—Te refieres a LaConti —dijo Luca.

—Sí, LaConti. Tendremos toda su organización en cuestión de días, ¿lo comprendes? ¿Entiendes que estamos hablando de cientos de tíos? ¿Tú cuántos tienes? ¿Cuatro, cinco chavales? No seas loco, Luca. Simplemente entréganos a esos payasos que nos han estado mangando y habremos terminado. Incluso me olvidaré de esta locura de hoy. Te doy mi palabra, no iré contra ti ni contra tus chicos.

Luca retrocedió un paso y miró hacia el agua. Más allá de los muelles las gaviotas bajaban en picado y chillaban. El cielo estaba azul por encima del agua gris, y unas pocas nubes blancas y gruesas flotaban en él.

—Bien. ¿Ese es tu mensaje? ¿Eso es lo que querías decirme? —dijo Luca.

—Sí —respondió Tomasino—. Es eso.

—Este es mi mensaje, para que se lo lleves a Joe. —Miró hacia las nubes y el agua, como si estuviese pensando en otra cosa—. Si el dentista este se mueve —dijo a Hooks—, métele una bala en la cabeza. —A JoJo le dijo—: Y tú también. A cualquiera que se mueva, lo matas.

—Por el amor de Dios, Luca… —rogó Tomasino.

Antes de que Tomasino pudiera decir algo más, Luca disparó a Grizz a quemarropa entre los ojos. Los brazos del chico volaron mientras su cuerpo caía del muelle. Dio en el agua y se hundió instantáneamente, dejando solo el sombrero flotando en la superficie.

El rostro de Tomasino se puso blanco, y el otro chico, Vic, se tapó los ojos. Nicky estaba inexpresivo, pero resollaba fuerte con cada aliento.

Luca dijo a Tomasino:

—Dile a Giuseppe Mariposa que no soy hombre a quien se pueda tratar sin respeto. Dile que si averiguo que ha sido él quien estaba detrás del intento de asesinarme, iré y le mataré. ¿Crees que podrás entregar ese mensaje de mi parte, Tommy?

—Claro —dijo Tomasino, con voz áspera—. Claro que sí.

—Bien —dijo Luca, y luego volvió su arma hacia Vic.

El chico lo miró y sonrió. Se quitó el sombrero, sonriendo todavía, y se pasó los dedos por el pelo justo cuando Luca apretaba el gatillo. Le disparó tres veces más mientras caía, hasta que el chico desapareció bajo el agua.

En el silencio que hubo después, Tomasino dijo, con la voz repentinamente tan frágil y delicada como la de una chica:

—¿Por qué estás haciendo esto, Luca? ¿Qué demonios te pasa?

—Lo de Grizz era un mensaje para Joe —dijo Luca—, para que no tenga duda alguna de con quién está tratando. ¿Y Vic? Simplemente, te he ahorrado el problema. De todos modos le ibas a matar, ¿no?

—¿Has terminado? —dijo Tomasino—. Porque si vas a matarnos también a Nicky y a mí será mejor que lo hagas ya.

—No. Le dije al chico que no te mataría y voy a cumplir mi palabra.

La respiración de Nicky se hizo más fuerte. Luca le dijo:

—¿Tienes asma o algo, Nicky? —Este negó con la cabeza y luego se tapó la boca con las manos y cayó de rodillas dando arcadas.

—¿Has terminado? —preguntó Tomasino a Luca de nuevo.

—No, todavía no —negó Luca. Agarró a Tomasino por la garganta con una mano, lo hizo girar y le dio dos rápidos golpes en la cara con la culata de su pistola. Tomasino dio con la cabeza en el guardabarros del Buick al caer. Su nariz salpicó sangre y se hizo un corte debajo de un ojo. Levantó la vista hacia Luca mirándole sin entender nada, y luego sacó un pañuelo del bolsillo y se lo llevó a la nariz.

—Pensé en arrancarte un par de dientes —dijo Luca—, pero me imaginé que eso era más propio de ti. —Se desabrochó la cremallera y orinó en el agua mientras lo miraba. Después de subirse de nuevo la cremallera, hizo señas a JoJo y a Hooks de que se metieran en el coche—. No te olvides de entregar mi mensaje —dijo, y se dirigió hacia el Buick—. ¿Sabes qué?

Como si cambiase de opinión sobre algo se dirigió hacia Nicky, que todavía estaba de rodillas, le dio un golpe con saña en la cabeza con el arma y luego recogió su cuerpo inconsciente y lo metió en el maletero del Buick. Subió en el asiento del pasajero y se alejó lentamente con sus chicos.

10

Vito aminoró la velocidad del enorme Essex, su motor de ocho cilindros gruñó y luego volvió a su zumbido monótono de siempre. Estaba en Queens, saliendo del Francis Lewis Boulevard y de camino hacia la urbanización de Long Island para hacer un picnic con su familia. Carmella estaba sentada a su lado con Connie en su regazo y jugando a un juego de palmas con ella, que canturreaba todo el rato: «*pat-a-cake, pat-a-cake, baker's man*». Sonny iba sentado junto a Carmella y al lado de la ventanilla, con las manos en las rodillas y tabaleando con el dedo una melodía que solo él oía. Michael, Fredo y Tom iban detrás. Fredo había dejado de hacer preguntas por fin, por lo cual Vito estaba muy agradecido. El Essex era el coche que iba en medio de la caravana. Tessio y otros de sus hombres iban en un Packard negro en cabeza, y Genco venía detrás en su viejo Nash, con sus faros abultados. Al Hats iba con Genco en el asiento de atrás, y Eddie Veltri, otro de los hombres de Tessio, conducía. Vito iba vestido con unos pantalones caqui y un jersey amarillo sobre una camisa azul con el cuello ancho. Su ropa era adecuada para un picnic, pero aun así se sentía raro, como si estuviese representando una vida de ocio.

Era pronto aún, ni siquiera eran las diez de la mañana. El día era perfecto para pasarlo fuera, el cielo azul y sin nubes, y el tiempo bueno. Los pensamientos de Vito, sin embargo, volvían sin cesar al negocio. Luca Brasi se había cargado a dos de los chicos de Cinquemani, y un tercer hombre, Nicky Crea, llevaba varios días desaparecido. Vito no sabía cómo les afectaría aquello a él y a su familia, pero sospechaba que lo averiguaría muy pronto. Mariposa le había obligado a negociar con Brasi, cosa que él nunca habría hecho, y ahora este lío. No veía cómo podía Mariposa hacerle responsable a él, pero Giuseppe era un idiota, y por tanto cualquier cosa era posible. Vito comprendía que solo era cuestión de tiempo que tuviese que tratar con Mariposa. Tenía ideas, estaba trabajando en algunas posibilidades, y estas daban vueltas y más vueltas en su cabeza mientras iba siguiendo a Tessio. Esperaba sinceramente haberse trasladado a su complejo en Long Beach antes de que empezasen los problemas, pero la construcción iba mucho más lenta de lo que le habían prometido. Por ahora, tenía que esperar que Rosario LaConti al menos pudiera mantener a Mariposa y a sus *capos* ocupados un poco más.

—¿Es aquí? —preguntó Fredo.

Vito acababa de seguir a Tessio por la larga entrada hacia el complejo, donde las hojas doradas y rojas iban cayendo desde los árboles que enmarcaban el paseo.

—¡Mira esos árboles! —chilló Fredo.

—Eso es lo que hay en el campo, Fredo: árboles —dijo Michael.

—Bah, cállate, Mikey.

Sonny miró hacia atrás y dijo:

—Vosotros dos, parad ya.

—¿Es ese el muro? —preguntó Fredo, abriendo la ventanilla—. ¿Es como el castillo que tú dijiste, Ma?

—Así es —contestó Carmella. Y a Connie—: Mira, es como un castillo.

—Pero tiene unos cuantos agujeros... —dijo Michael.

—Es que no está terminado aún, listillo —explicó Tom.

Vito paró el coche detrás de Tessio, y Eddie paró también el Nash. Clemenza esperaba en la puerta... o más bien en el lugar donde se encontraría la puerta, en cuanto acabasen las obras. Estaba apoyado en el guardabarros de su coche junto a Richie Gatto, que llevaba un periódico debajo del brazo. Clemenza, con un aspecto más gordo de lo habitual por la ropa informal, y en contraste con el aspecto musculoso de Gatto, se estaba bebiendo una taza de café. Sonny y los chicos saltaron del Essex en cuanto este se detuvo, pero Vito se tomó un minuto para admirar la disposición del alto muro de piedra (de tres metros de alto en algunos sitios) que rodeaba todo el complejo. La obra la estaban haciendo los Giuliano, una familia de albañiles que llevaba siglos trabajando la piedra. El complicado alzado de aquel muro estaba rematado con una repisa de cemento, de la que surgían puntas de flecha de hierro fundido que proporcionaban el adecuado toque ornamental. Carmella, esperando junto a Vito con Connie, puso una mano encima de la de él y le besó, rápidamente, solo un besito en la mejilla. Vito le dio unas palmaditas en la mano y dijo:

—Vamos. Vamos a mirar.

—Déjame que coja la cesta de picnic —dijo Carmella, y dio la vuelta hacia el maletero.

Cuando Vito salió del coche, Tessio se acercó a él y le pasó el brazo por encima de los hombros.

—Esto va a ser espectacular —dijo, haciendo un gesto hacia la valla y el complejo.

—Amigo mío, quédate cerca de mi familia, *per favore.* —Hizo un gesto hacia los muros sin terminar—. Es nuestro negocio —dijo, como queriendo indicar que un hombre nunca puede sentirse enteramente a salvo.

—Ciertamente —aseveró Tessio, y se fue a vigilar a Sonny y a los pequeños.

Clemenza, con esfuerzo, salió del coche y se unió a Vito. Le seguía Richie.

—¿Qué expresión es esa que tienes en la cara, que no me gusta nada? —preguntó Vito a Clemenza.

—Bueno... —Hizo una seña a Richie de que le enseñase el periódico.

—Espera —dijo Vito, mientras Carmella se unía a ellos llevando a Connie de una mano y una pequeña cesta en la otra. Lucía un vestido largo y floreado con el cuello de volantes. La melena, que empezaba a ponerse algo gris, le caía sobre los hombros.

—¿Llevas la comida para todos nosotros ahí? —le preguntó su marido.

Carmella sonrió y le enseñó la cesta, en la que había metido al gato de casa, *Dolce*, para que fuera con ellos. Vito sacó el gato de la cesta, lo sujetó contra su pecho y le frotó la cabeza. Sonrió a su mujer y señaló hacia la mayor de las cinco casas que había en el complejo. Entre él y la casa, dos grupos de hombres de Tessio y Clemenza hablaban entre ellos. Los chicos no estaban a la vista.

—Busca a los chicos y enséñales sus habitaciones —dijo, mientras volvía a colocar el gato en la cesta.

—Hoy nada de negocios —dijo Carmella a Vito. Se dirigió a Clemenza—: Deja que se relaje un día, ¿de acuerdo?

—Ve —dijo Vito—. Te lo prometo. Iré dentro de pocos minutos.

Carmella dirigió a Clemenza una mirada grave, y luego fue a reunirse con su familia.

En cuanto Carmella estuvo lejos y no pudo oírles, Vito miró la cabecera del periódico y preguntó:

—¿Qué viene hoy en el *Daily News*? —Richie le tendió el periódico. Vito meneó la cabeza al ver la foto en la portada. Cuando leyó el pie de foto dijo—: *Mannagg*… «Víctima sin identificar»…

—Es Nicky Crea —dijo Clemenza—. Uno de los chicos de Tomasino.

En la portada del periódico se veía el cuerpo de un chico metido en un baúl. La cara estaba intacta, pero su torso estaba desgarrado por los agujeros de bala. Parecía que alguien lo había usado como blanco de tiro.

—Dicen que Tomasino está furioso —dijo Clemenza.

Vito examinó la foto un momento más. El cuerpo había sido introducido en un baúl de viaje con unas correas de cuero agrietadas y un cierre de latón muy ornamentado. Alguien con chaqueta y corbata que parecía un transeúnte pero que probablemente era un detective miraba dentro como si le inspirase curiosidad el cuerpo, la forma en que estaban dobladas las rodillas y los brazos de una manera extraña. Habían dejado el baúl bajo la fuente de Central Park, y el ángel situado encima parecía señalarlo.

—Brasi —dijo Vito, y devolvió el periódico a Gatto—. Está enviando un mensaje a Giuseppe.

—¿Cuál es el mensaje? —inquirió Clemenza—. ¿Ven corriendo a matarme? Tiene a cinco tíos contra la organización de Mariposa. Es un loco, Vito. Ya tenemos entre manos a otro Mad Dog Coll.

—¿Y por qué no está muerto aún?

Clemenza echó una mirada a Genco, que se acercaba a ellos con Eddie Veltri a su lado. Le dijo a Vito:

—Los hermanos Rosato me hicieron una visita personalmente anoche. Tarde.

Genco, uniéndose al círculo, preguntó:

—¿Te lo ha contado?

Vito se dirigió a Gatto.

—Richie, ¿por qué no vais Eddie y tú a comprobar todas las casas, por favor?

Cuando Gatto y Veltri estuvieron lejos del círculo, Vito hizo señas a Clemenza de que continuara.

—Vinieron a mi casa por la puerta delantera.

—¿A tu casa? —dijo Vito, notando que se iba poniendo rojo.

—Traían una bolsa de *cannolis* directamente de Nazorine —se echó a reír Clemneza—. «*V'fancul!*», les dije. «¿Queréis invitarme a tomar café? ¡Son más de las once!» Y empezaron que si bla bla bla, que si los viejos tiempos, que si el antiguo barrio. Yo les dije entonces: «Chicos, es tarde. Si no vais a matarme, ¿qué queréis?».

—¿Y?

—Luca Brasi —dijo Genco.

—Justo antes de irse, Tony Rosato dice: «Luca Brasi es un animal. Está estropeando todo el barrio con esas cosas que hace. Alguien tiene que ocuparse de él pronto o si no todo el barrio sufrirá» —añadió Clemenza—. Y eso es todo. Me dicen que disfrute de los *cannolis* y se van.

Vito se volvió a Genco.

—¿Así que tenemos que ocuparnos de Luca?

—LaConti está pendiente de un hilo —contestó este—, pero aún se agarra con fuerza. Tomasino, por lo que he oído, quiere a Luca muerto ya mismo... creo que quiere practicar

175

un poco sus habilidades dentales con él, pero los Barzini desean que todo el mundo se concentre en LaConti, y Cinquemani hará lo que se le diga. Además, entre tú y yo, creo que todos están asustados por Luca Brasi. Los tiene a todos temblando de miedo.

—¿Tiene LaConti alguna oportunidad?

Genco se encogió de hombros.

—Tengo mucho respeto por Rosario. Se ha metido antes en algún lío, ya le han dado por muerto antes, y siempre ha vuelto.

—No —dijo Clemenza—. No, esta vez no, Genco. Por favor. —Se dirigió a Vito—: Sus *caporegimes* se han pasado todos a Mariposa. Rosario se ha quedado solo. Su hijo mayor está muerto. Tiene a su otro hijo y a unos cuantos de sus chicos a su lado, pero eso es todo.

—Rosario todavía tiene sus contactos, y yo sigo diciendo que mientras no esté caído en el suelo no podemos contar con que desaparezca —apuntó Genco.

176 Clemenza levantó la vista al cielo, como si le desesperase intentar tratar con Genco.

—Escúchame —dijo Genco a Clemenza—. Quizá tengas razón y LaConti esté acabado, y quizá sea que simplemente yo no quiero creerlo, porque cuando eso ocurra, cuando Mariposa controle toda la organización de LaConti, todos los demás acabaremos tragados o enterrados. Lo que estamos haciendo a los irlandeses ahora, ellos nos lo harán a nosotros.

—Está bien —dijo Vito, poniendo fin a la discusión—. Ahora mismo nuestro problema es Luca Brasi. Genco, prepara una reunión conmigo y ese perro rabioso. —Levantó un dedo como para señalar algo—. Solo yo. Dile que iré solo. Dile que iré solo y desarmado.

—*Che cazzo!* —gritó Clemenza, y luego miró alrededor para asegurarse de que nadie podía oírle—. Vito —exclamó, conteniéndose—, no puedes ir a ver a Brasi desnudo. *Madon'!* ¿Cómo se te ocurre?

Vito levantó la mano silenciando a Clemenza.

—Quiero reunirme con ese *demone* que da miedo hasta al propio Mariposa.

—Estoy de acuerdo con Clemenza en esto. Es una mala idea, Vito. No vayas solo y desnudo a ver a un hombre como Luca Brasi —dijo Genco.

Vito sonrió y abrió las manos como si fuera a abrazar a ambos *capos*.

—¿Tenéis miedo de ese *diavolo* vosotros también?

—Vito... —dijo Clemenza, y levantó la vista hacia el cielo otra vez.

—¿Cómo se llama ese juez de Westchester que era policía antes?

—Dwyer.

—Pídele, como un favor para mí, que averigüe todo lo que pueda sobre ese Luca Brasi. Quiero saber todo lo que haya que saber antes de ir a verle.

—Si eso es lo que quieres...

—Bien —dijo Vito—. Y ahora disfrutemos del tiempo. —Puso los brazos en torno a los hombros de sus *capos* y fue andando con ellos a través de la cancela para entrar en el complejo—. Bonitas las casas, ¿eh? —Señaló hacia las casas de Genco y Clemenza, casi terminadas.

—*Si* —dijo Genco—. *Bella.*

Clemenza se echó a reír y dio unas palmaditas a Vito en la espalda.

—No como en los viejos tiempos, cuando robábamos vestidos de los camiones que llevaban ropa y la vendíamos de casa en casa.

Vito se encogió de hombros y dijo:

—Yo nunca he hecho eso.

—No —dijo Genco—. Tú nunca vendiste. Pero sí que robabas.

—Él conducía el camión —dijo Genco.

—Robaste una alfombra conmigo una vez, ¿te acuerdas?

Al oír eso Vito se echó a reír. Una vez había robado una alfombra a una familia rica con Clemenza... Este le había dicho que la alfombra era un regalo, como pago por un favor anterior de Vito, pero no le había mencionado que la familia rica no sabía que estaba haciendo aquel regalo.

—Vamos —dijo Vito a Clemenza—. Veamos primero tu casa.

Desde la cancela que tenían detrás, Richie Gatto llamó a Vito, que se volvió y lo encontró de pie junto a la ventanilla de una furgoneta blanca de media tonelada que llevaba el rótulo REPARACIÓN DE CALDERAS EVERYREADY en rojo a los lados y en las portezuelas. Dentro del camión, dos hombres robustos con monos grises miraban por la ventanilla a Vito y la media docena de hombres que estaban repartidos por el complejo. Gatto vino al trote hacia ellos y dijo:

—Un par de tíos dicen que vienen de la ciudad y que se supone que tienen que inspeccionar la caldera de su casa. Dicen que es una inspección gratuita.

—¿En mi casa? —dijo Vito.

—¿Sin cita? ¿Han aparecido por aquí, sin más? —preguntó Genco.

—Son un par de paletos. Los he registrado. No veo ningún problema.

Genco miró a Clemenza, y este dio unos golpecitos en la chaqueta de Richie buscando su arma.

—¿Tú qué crees? ¿Que me he olvidado de para qué me pagas? —dijo Richie riendo.

—Solo lo estaba comprobando. —Se volvió hacia Vito—. Qué demonios, dejemos que inspeccionen la caldera.

—Dile a Eddie que se quede con ellos —ordenó Vito. Levantó un dedo—. No les dejes solos en la casa ni por un segundo, *capisc'*?

—Claro —dijo Gatto—. No apartaré la vista de ellos.

—Bien. —Vito puso la mano en la espalda de Clemenza y le dirigió hacia su casa de nuevo.

Fuera de la vista, detrás de Vito y Clemenza, en el patio que había detrás de la casa de Vito, Michael y Fredo jugaban al béisbol. Tessio hablaba con Sonny muy cerca y de vez en cuando gritaba instrucciones a uno de los chicos, diciéndoles algo de arrojar o coger las pelotas. Connie jugaba con *Dolce* junto a la puerta de atrás de la casa, sujetando una ramita por encima de la cabeza del gato y haciendo que este lanzase la pata hacia las hojas. En la cocina, detrás de Connie, Tom se encontró a solas con Carmella, una ocasión rara. Era raro en general en casa de los Corleone encontrarse a solas con alguien, porque siempre había familia y amigos y niños por ahí. La cocina estaba aún vacía, pero Carmella ya le estaba enseñando a Tom dónde iría todo.

—Ahí —dijo levantando las cejas— vamos a tener un frigorífico. —Fijó los ojos en Tom, recalcando la importancia de lo que estaba diciendo—. Un frigorífico eléctrico —remachó.

—Qué bien, mamá —dijo Tom, y se sentó a horcajadas en una de las sillas destartaladas que habían dejado los trabajadores, que él había encontrado y llevado a la cocina.

Carmella juntó las manos y se quedó en silencio, mirando a Tom.

—Hay que ver —dijo al final—. Tom... ya eres mayor.

Él, sentado en la silla, se miró. Llevaba una camisa verde claro con un jersey blanco de ochos atado en torno al cuello. Había visto que los chicos de la Universidad de Nueva York llevaban los jerseys así, y hacía lo mismo a cada ocasión que se le presentaba.

—¿Yo? ¿Soy mayor? —dijo.

Carmella se inclinó hacia él y le pellizcó la mejilla.

—¡Universitario! —exclamó ella, y se dejó caer en la segunda silla, suspirando mientras miraba el espacio de la cocina—. Un frigorífico eléctrico —susurró, como si la simple idea resultase asombrosa.

179

Tom se volvió en su silla para mirar tras él, a través de una entrada en forma de arco que conducía al enorme comedor. Por un instante, sus pensamientos volvieron a las atestadas habitaciones del sórdido apartamento donde vivía con sus padres. La imagen de su hermana surgió de la nada. Ella era apenas un bebé, con el pelo desgreñado, las piernas veteadas de suciedad, eligiendo entre un montón de ropa que había en el suelo y buscando algo limpio que ponerse.

—¿Qué pasa? —preguntó Carmella, con aquel tono ligeramente enfadado que Tom sabía que era solo preocupación, como si la posibilidad de que alguno de sus hijos tuviese algún problema la pusiera furiosa.

—¿Qué?

—¿En qué estás pensando? ¡Pones una cara...! —Y sacudió la mano hacia él.

—Pensaba en mi familia —respondió Tom—. Mi familia

biológica —añadió rápidamente, para indicar que no hablaba de los Corleone, que ahora eran su familia auténtica.

Carmella dio unas palmaditas en la mano de Tom, como queriendo decir que sabía a qué se refería. No tenía que explicárselo.

—Os estoy muy agradecido a ti y a papá.

—*Sta'zitt!* —Carmella apartó la vista, como si se sintiera violenta por la gratitud de Tom.

—Mi hermana menor no quiere saber nada de mí —siguió Tom, sorprendiéndose al ver que estaban charlando él y mamá solos en la cocina de su nuevo hogar—. La localicé hace más de un año. Le escribí, le conté todo sobre mí... —Se estiró el jersey—. Ella me escribió también y me dijo que no quería saber nada de mí, nunca más.

—¿Por qué te dijo eso?

—Todos los años que pasaron antes de que vosotros me acogierais... Ella quiere olvidarlo todo, incluyéndome a mí.

—Pero no podrá hacerlo —dijo Carmella—. Sois familia. —Le tocó el brazo a Tom, animándole una vez más a que dejase aquel tema.

—Quizá no me olvide —aventuró Tom, y se echó a reír—. Pero la verdad es que lo intenta.

Lo que no le dijo a Carmella era que su hermana no quería saber nada de la familia Corleone. Era cierto que quería olvidar su pasado, pero también lo era que no quería tener ninguna relación con gánsteres, que fue como llamó a su familia en su única carta.

—Y mi padre... —dijo Tom, incapaz de estarse quieto—. El padre de mi padre, Dieter Hagan, era alemán, pero su madre, Cara Gallagher, era irlandesa. Mi padre odiaba a su padre. Yo nunca llegué a conocer a mi abuelo, pero oí a mi padre maldecirlo a menudo. En cambio adoraba a su madre, a quien tampoco conocí. Así que no me sorprende que cuando mi padre se casó lo hiciera con una mujer irlandesa. —Tom puso acento irlandés—. Y en cuanto lo consiguió empezó a hablar y actuar como si fuera irlandés desde la época de los druidas.

—¿De qué? —preguntó Carmella.

—De los druidas —explicó Tom—, una antigua tribu irlandesa.

—¡Demasiada universidad! —exclamó Carmella. Le dio una palmada en el brazo.

—Ese es mi padre —dijo Tom—. Henry Hagen. Estoy seguro de que dondequiera que esté, sigue siendo un borracho y un jugador degenerado... y temo mucho saber de él un día de estos, buscando una limosna, en cuanto descubra que he salido adelante.

—¿Y qué harás entonces, Tom —preguntó Carmella—, cuando venga a pedirte una limosna?

—¿Henry Hagen? Si aparece buscando una limosna, probablemente le daré veinte pavos y un abrazo. —Se echó a reír y acarició las mangas del jersey como si fuera un ser vivo y lo estuviese consolando—. Él me trajo a este mundo —dijo a Carmella—. Aunque no se quedó conmigo para cuidarme.

Connie llegó a través de la puerta trasera al oír reír a Tom. Llevaba a *Dolce* con ella, y el pobre gato iba caído, como una hogaza de pan empapada, en los delgados brazos de la niña.

—¡Connie! —exclamó Carmella—. ¿Qué estás haciendo?

Tom pensó que Carmella parecía aliviada por aquella interrupción.

—Ven aquí —dijo a Connie con una voz que daba miedo. Ella arrojó el gato a suelo y salió corriendo y chillando por la puerta, y Tom besó en la mejilla a Carmella y salió corriendo tras ella.

Donnie llevó el largo y negro capó de su Plymouth más cerca de la esquina y apagó el motor. Bajando por la manzana, al otro lado de la calle, dos hombres estaban de pie junto a una puerta blanqueada. Ambos llevaban desaliñadas chaquetas de cuero y gorros de lana. Fumaban y hablaban, sin desentonar para nada en una manzana que era toda de almacenes, tiendas de maquinaria y edificios industriales. En el siguiente cruce, más allá de donde ellos estaban, el capó del DeSoto de Corr Gibson asomó por la esquina. Sean y Willie iban en el Plymouth con Donnie. Pete Murray y los hermanos Donnelly iban con Corr. Donnie miró su reloj de pulsera mientras Pequeño Stevie pasaba a su lado en el momento justo, daba la vuelta y le dirigía un guiño antes de doblar la esquina tamba-

181

leándose y tarareando *Happy Days Are Here Again* con una botella de Schaefer metida en una bolsa de papel marrón que sobresalía del bolsillo de su chaqueta.

—Ese chico está un poco loco, ¿no crees? —dijo Willie.

—Se pone como una fiera con esos italianos —replicó Sean. Iba en el asiento de atrás, inclinado sobre su pistola, comprobando las balas y dando vueltas al tambor.

—Procura no disparar ese trasto si no es necesario.

—Y apunta —añadió Donnie—. Recuerda lo que te dije. Apunta bien antes de disparar, y aprieta el gatillo suavemente y sin parar.

—Venga ya, por el amor de Dios —dijo Sean, arrojando a un lado el arma.

En la calle, los chicos de la puerta habían visto a Pequeño Stevie y lo miraban mientras se acercaba a a ellos haciendo eses y tarareando. Detrás de ellos, Pete Murray salió del DeSoto seguido por Billy Donnelly. Cuando Stevie llegó junto a los dos matones con chaquetas de cuero buscó torpemente un cigarrillo y luego les pidió fuego, y ellos le empujaron y le dijeron que siguiera andando. Pequeño Stevie dio un paso atrás, se subió las mangas de la chaqueta y levantó los puños, borracho, mientras Pete y Billy salían de detrás de los dos tíos y les daban en la cabeza con unas cachiporras. Uno cayó en brazos de Stevie y el otro se dio un golpe en la acera con fuerza. Donnie dio la vuelta a la esquina con el coche y aparcó junto a la acera, mientras Stevie y Pete metían a los dos tíos de las chaquetas de cuero por la puerta para quitarlos de la vista. Un momento más tarde estaban todos acurrucados en el vestíbulo, al pie de un largo tramo de escaleras desgastadas y llenas de astillas. Examinaron sus armas, que incluían un par de metralletas y una escopeta. Corr Gibson empuñaba la escopeta, y los hermanos Donnelly las metralletas.

—Quédate aquí —dijo Donnie a Sean. Y a Billy—: Dale tu porra al chico. —Cuando hizo lo que le ordenaban, Donnie señaló los matones del suelo y dijo—: Si se levantan vuelve a darles. Lo mismo si entra alguien por la puerta. Abre la puerta y les das en la cabeza.

—Solo un golpe. Si les das demasiado fuerte matarás a esos pobres desgraciados —apuntó Willie.

Sean se metió la cachiporra en el bolsillo, aunque parecía que estaba a punto de golpear a Willie con ella.

—¿Estáis preparados? —preguntó Donnie.

—Sí, adelante —dijo Stevie.

Todos los hombres se sacaron un pañuelo de los bolsillos y se taparon las caras con ellos. En la parte superior de las escaleras, Donnie dio dos golpes en una puerta de acero, hizo una pausa, dio otros dos golpes más, hizo otra pausa y dio tres golpes. Cuando se abrió la puerta, apretó con el hombro y entró como una tromba en la habitación, seguido por el resto de los chicos.

—¡Que nadie se mueva, joder! —gritó. Llevaba un arma en cada mano, una apuntando indiscriminadamente hacia su izquierda, y la otra señalando hacia la cabeza de Hooks Battaglia. Este estaba de pie frente a una pizarra con un trozo de tiza sujeto delicadamente entre el pulgar y el índice. Además de Hooks había otros cuatro hombres en la habitación, tres de ellos sentados a sus escritorios, y uno detrás de un mostrador con una pila de billetes de dólar en la mano. El tipo que había detrás del mostrador llevaba el brazo vendado hasta los dedos, en cabestrillo. Hooks acababa de escribir el número del tercer ganador de la carrera de Jamaica en la pizarra.

—Mira —dijo, haciendo una mueca y señalando a Donnie con la tiza—, nos asaltan un puñado de bandidos irlandeses enmascarados.

Corr Gibson disparó la escopeta a la pizarra, destrozándola. La sonrisa desapareció de la cara de Hooks y se quedó callado.

—¿Qué, ya no te hace gracia, pedazo de mierda italiana? —dijo Donnie. Hizo señas a los demás y todos volaron entre furiosos movimientos, limpiando todo el dinero que había detrás del mostrador mientras rompían las ventanas y arrojaban las máquinas de calcular y los cajones del escritorio a la calle y al patio. Cuando hubieron terminado, en cuestión de minutos, el lugar era un caos total. Retrocedieron hacia la puerta y bajaron las escaleras corriendo, todos excepto Willie y Donnie, que esperaban en la puerta de la calle.

—¿Qué es esto? —dijo Hooks. Parecía preocupado.

183

Donnie y Willie se quitaron los pañuelos y este último dijo:

—No te pongas nervioso, Hooks. No queremos hacerle daño a nadie. Por ahora.

Hooks saludó como si se hubiera encontrado al otro por la calle:

—Hola, Willie. —Hizo una seña a Donnie—. ¿Qué demonios estáis haciendo aquí, chicos?

—Dile a Luca que sentí no haberle dado la otra noche.

—¿Así que fuiste tú? —Hooks retrocedió un paso y lo miró como si aquella noticia le hubiese dejado sin aire.

—Pero parece que no fallé con todo el mundo. —Willie señaló con su arma detrás del mostrador.

Paulie levantó el brazo.

—No es grave —dijo—. Me recuperaré.

—Pensaba que había dado a dos —dijo Willie.

—Le diste a mi colega Tony en la pierna. Aún está en el hospital.

—Tendrán que operarle —dijo Hooks.

—¡Bien! —exclamó Willie—. Decidle que espero que pierda la puta pierna.

—Eso haremos.

Donnie tocó el hombro de Willie y tiró de él hacia atrás, hacia la puerta. Se dirigió a Hooks:

—Dile a Luca que ya no será sano para él trabajar en ninguno de los barrios irlandeses. Que lo han dicho los hermanos O'Rourke. Dile que puede hacer lo que quiera en sus propios barrios, pero que deje los irlandeses a los irlandeses, o si no se armará una buena con los O'Rourke.

—Los irlandeses para los irlandeses —dijo Hooks—. Ya lo tengo.

—Bien —dijo Donnie.

—¿Y qué pasa con tu hermana? —preguntó Hooks—. ¿Qué le digo a ella?

—Yo no tengo ninguna hermana —respondió Donnie—, pero puedes decirle a esa chica de la que hablas que se recoge lo que se siembra.

Retrocedió hacia la puerta con Willie y bajó corriendo las escaleras, donde Sean les esperaba.

—Ahora ya está hecho —dijo Willie, y empujó a Sean saliendo por la puerta. Los tres trotaron por la acera, donde les esperaba su coche con el motor en marcha.

Desde la silla donde estaba atado, Rosario LaConti tenía una vista panorámica del río Hudson. En la distancia podía ver la Estatua de la Libertad de un azul verdoso resplandeciente a la brillante luz del sol. Estaba en un almacén casi vacío, con ventanas del suelo al techo. Le habían subido a aquel almacén en un montacargas, y luego lo habían sentado en aquella silla, frente a las altas ventanas, y lo habían atado. Habían dejado el cuchillo de trinchar clavado en su hombro porque no sangraba demasiado, y Frankie Pentangeli había dicho: «Si no está roto, no lo arregles». De modo que habían dejado sobresaliendo el mango del cuchillo justo por debajo de la clavícula, y para maravilla de Rosario, no le dolía demasiado. Sí que le dolía, especialmente cuando se movía, pero había imaginado que eso tenía que doler mucho más.

En general, Rosario estaba complacido por la forma en que estaba llevando todo aquello, encontrándose en aquella posición. Siempre había sabido, toda su vida, que era una posibilidad encontrarse en aquella posición o en una semejante; quizás incluso una probabilidad. Y ahora ahí estaba, y se dio cuenta de que no estaba asustado, de que no sufría mucho dolor y de que ni siquiera estaba especialmente triste por lo que iba a ocurrir pronto, inevitablemente. Era un hombre anciano. Al cabo de unos meses, si hubiese tenido esos meses, habría cumplido los setenta. Su mujer había muerto de cáncer cuando tenía cincuenta y tantos. Su hijo mayor había sido asesinado por el mismo hombre que estaba a punto de matarle a él. Su hijo menor acababa de traicionarle, le había vendido a cambio de conservar su propia vida... y Rosario se alegraba. Se alegraba por él. El trato era, como le había explicado Emilio Barzini, que el chico podía seguir vivo si abandonaba el estado y entregaba a su viejo. «Que le aproveche», pensó Rosario. Quizás así el chico pudiese llevar una vida mejor... aunque lo dudaba. Nunca había sido demasiado listo. «De todos modos, tal vez no acabe

185

así —pensó Rosario—, y eso al menos es algo.» En cuanto a sí mismo, Rosario LaConti, estaba cansado y dispuesto a acabar con todo. Lo único que le molestaba (aparte del ligero dolor del cuchillo en el hombro, que no era mucho, después de todo) era su desnudez. Eso no estaba bien. No se desnuda a un hombre en una situación como aquella, especialmente a un hombre como Rosario, que había sido un pez gordo. No estaba bien.

Detrás de Rosario, encima de una pila de cajas de embalaje, Giuseppe Mariposa hablaba tranquilamente con los hermanos Barzini y Tommy Cinquemani. Rosario los veía reflejados en las ventanas. Frankie Pentangeli estaba un poco apartado, junto al montacargas. Los hermanos Rosato discutían en voz baja sobre algo. Carmine Rosato levantó las manos y se apartó de Tony Rosato. Fue hacia la silla y dijo:

—Señor LaConti, ¿qué tal le va?

Rosario levantó el cuello para mirarle bien. Carmine era un chico, todavía un niño de veintipocos años, bien vestido, con un traje de raya diplomática, como si fuera a salir a cenar fuera.

—¿Está usted bien?

—Me duele un poco el hombro —contestó Rosario.

—Ya —dijo Carmine, y miró el mango del cuchillo y parte de la hoja empapada de sangre que sobresalía del hombro de Rosario como si fuera un problema que no tuviese solución.

Cuando al fin Giuseppe acabó su conferencia con los Barzini y Tommy y volvió junto a la silla, Rosario dijo:

—Joe, por el amor de Dios. Déjame vestido. No me humilles así.

Giuseppe se situó frente a la silla, unió las manos y las balanceó adelante y atrás como para dar énfasis. Él también iba vestido como si fuera a una fiesta, con una camisa azul inmaculada y una corbata de un amarillo intenso que desaparecía bajo su americana negra.

—Rosario —dijo—. ¿Sabes la cantidad de problemas que me has causado?

—Son solo negocios, Joe. Negocios. Y esto también. —Bajó la vista, mirándose—. Esto son negocios.

—No todo son negocios —repuso Giuseppe—. A veces se vuelve algo personal.

—Joe, eso no es cierto. —Señaló lo mejor que pudo hacia su cuerpo, que estaba fofo y lleno de manchas de vejez. La piel de su pecho era blancuzca y pálida, y su sexo colgaba cansadamente bajo la silla—. Sabes que eso no es cierto, Joe. Déjame que me vista.

—Mira esto —exclamó Giuseppe. Había visto una motita de sangre en el puño de su camisa—. Esta camisa me ha costado diez pavos. —Miró al anciano como si estuviera furioso con él por haberle manchado de sangre—. Nunca me ha gustado, Rosario. Siempre has sido muy altivo y poderoso, con tus trajes bien cortados. Siempre me has tratado con superioridad.

LaConti se encogió y luego hizo una mueca ante el dolor que le sobrevino en el hombro.

—O sea que ahora me estás bajando los humos —dijo—. No discutiré contigo, Joe. Estás haciendo lo que crees que tienes que hacer. Es la naturaleza de nuestro trabajo. He estado en tu situación más veces de las que puedo contar... pero nunca he despachado a un hombre desnudo, por el amor de Dios. —Miró a su alrededor, a los hermanos Barzini y a Tomy Cinquemani, como pidiendo su aprobación—. Ten un poco de decencia, Joe. Además es malo para los negocios. Hace que parezcamos un puñado de animales.

Giuseppe estaba callado, como si pensara los argumentos de Rosario. Le preguntó a Cinquemani:

—¿Qué opinas, Tommy?

Carmine Rosato dijo:

—Escucha, Joe...

—¡A ti no te he preguntado, chico! —ladró Giuseppe, y volvió a mirar a Cinquemani.

Tommy puso una mano en el respaldo de la silla de Rosario, y con la otra se tocó cautelosamente la piel todavía hinchada debajo del ojo.

—Creo que si sale tal y como está en los periódicos, en primera plana, todo el mundo sabrá quién está ahora al mando. Creo que el mensaje quedará muy claro. Incluso tu amigo el señor Capone en Chicago tomará nota.

187

Giuseppe se acercó mucho a Carmine Rosato y dijo:

—Me parece que Tommy tiene razón. —Y a Rosario—: Voy a ser sincero contigo, LaConti. Esto, en realidad, me encanta. —Mientras lo escrutaba, su mirada se volvió solemne—. ¿Quién trata a quién con superioridad, ahora? —preguntó.

E hizo una seña a Tomasino.

—¡No! ¡Así no! —Tomasino levantó la silla y arrojó a LaConti por la ventana.

Giuseppe corrió hacia la ventana con los demás a tiempo para ver la lluvia de cristales y astillas de madera que siguieron a Rosario hasta el pavimento, donde la silla quedó destrozada debido al impacto.

—*Madonna mia!* —exclamó Mariposa—. ¿Habéis visto eso?

Gruñó, miró hacia abajo, a la calle, la sangre que manaba de la cabeza de Rosario en la acera, y luego se volvió bruscamente y salió del almacén, como si el tema de Rosario ya estuviese cerrado y tuviese otros asuntos de los que preocuparse. Detrás de él, Carmine permaneció en la ventana hasta que su hermano le pasó el brazo alrededor de los hombros y se lo llevó.

Vito había apartado a Sonny de Tessio y Clemenza, y ahora ambos iban cruzando el complejo juntos, de camino hacia el sótano de la casa, para comprobar el progreso de la inspección de la caldera. Vito ya había hecho varias preguntas sobre el garaje de Leo y el trabajo de Sonny allí, y este le había respondido con pocas palabras. Era ya la última hora de la tarde, y el sol arrojaba largas sombras sobre la hierba que rodeaba los muros del complejo. En la entrada a la propiedad, el gran Essex estaba aparcado pegado al Packard de Tessio, y algunos hombres se encontraban en torno a los coches, fumando y charlando. Sonny señaló una parcela que se encontraba frente a la casa principal, donde no había más que cimientos.

—¿Para quién es eso? —preguntó.

—¿Eso? —dijo Vito—. Es para cuando se case alguno de mis hijos. Esa será su casa. Les dije a los constructores que hicieran los cimientos, y que ya les haría saber cuándo quería que se completase la vivienda.

—Papá —dijo Sonny—. Yo no tengo planes de casarme con Sandra.

Vito se puso ante Sonny y apoyó la mano en su hombro.

—De eso quería hablarte precisamente.

—Vamos, papá —dijo Sonny—. Sandra tiene dieciséis años.

—¿Y qué edad piensas que tenía tu madre cuando me casé con ella? Dieciséis.

—Sí, papá, pero yo tengo diecisiete. Tú eras mayor.

—Eso sí que es cierto —dijo Vito—, y no estoy sugiriendo tampoco que te cases de inmediato.

—Entonces, ¿de qué estamos hablando?

Vito miró fijamente a Sonny, haciéndole saber que no le gustaba su tono.

—La señora Columbo ha hablado con tu madre —dijo—. Sandra está enamorada de ti. ¿Lo sabías?

Sonny se encogió de hombros.

—Respóndeme. —Vito apretó con su mano el hombro de su hijo—. Sandra no es como esas chicas con las que vas tonteando por ahí, Sonny. No juegues con su afecto.

—No, papá. No es eso.

—Entonces, ¿de qué se trata, Santino?

Sonny apartó la vista de Vito, miró hacia los coches y a Ken Cuisimano y Fat Jimmy, dos de los hombres de Tessio, que estaban en el largo capó del Essex apoyados y fumando. Los dos hombres lo miraron hasta que sus ojos y los de Fat Jimmy se encontraron, y a continuación se volvieron el uno hacia el otro y empezaron a hablar. Sonny dijo a su padre:

—Sandra es una chica muy especial. Es que no planeo casarme con nadie. Ahora mismo, no.

—Pero ella es especial para ti —dijo Vito—. No como esas otras a las que vas detrás, según dicen.

—Bueno, papá...

—No me digas «bueno, papá» —exclamó Vito—. ¿Te crees que no lo sé?

—Soy joven, papá.

—Eso es verdad. Eres joven... pero un día de estos crece-

189

rás. —Hizo una pausa y levantó el dedo—. Sandra no es una chica con la que puedas jugar. Si crees que podría ser la mujer con la que quieras casarte, debes seguir viéndola. —Se acercó a Sonny para que quedase clara su intención—. Si en tu corazón no tienes claro que es la chica con la que te quieres casar, debes dejar de verla. *Capisc'?* No quiero que le rompas el corazón. Eso haría que... —Vito hizo una pausa y buscó las palabras adecuadas—. Es algo que haría que mi opinión de ti empeorase, Santino. Y tú no querrás que pase eso.

—No, papá. —Finalmente sus ojos se encontraron con los de su padre—. No. No quiero que pase eso.

—Bien —dijo Vito, y dio una palmada a Sonny en la espalda—. Vamos a ver qué tal va nuestra caldera.

En el sótano, después de un tramo de escalones de madera, Vito y Sonny encontraron la caldera desmontada en docenas de piezas repartidas por todo el suelo de cemento. La luz llegaba a aquel espacio cerrado y oscuro a través de una serie de estrechas ventanas al nivel del suelo. Una fila de postes redondos de metal corría a lo largo del centro de la habitación, desde el suelo de cemento hasta una viga de apoyo de madera que quedaba dos metros y medio por encima. Eddie Veltri estaba sentado en un taburete bajo una de las ventanas, con un periódico en las manos. Cuando vio a Sonny y Vito, hizo restallar el periódico.

—Eh, Vito —dijo—. ¿Has visto que Ruth ha pronosticado que los Senators derrotarán a los Giants en las series?

A Vito no le interesaba el béisbol ni ningún otro deporte, excepto en lo que afectaban a su negocio de apuestas.

—Bueno, ¿qué? —dijo a los dos trabajadores, que al parecer estaban ya guardando sus herramientas—. ¿Hemos pasado la inspección?

—Con sobresaliente —respondió el más grandote de los dos hombres. Eran un par de matones, unos tipos muy robustos que parecían más bien los guardaespaldas de alguien, y no reparadores de calderas.

—¿Y les debemos algo? —dijo Vito.

—Ni un céntimo —contestó el segundo hombre. Llevaba grasa en la cara y una mata de pelo rubio sobresalía debajo de la gorra que se acababa de poner en la cabeza.

Vito estaba a punto de darles una propina cuando el primero de los tipos se puso la gorra y recogió su caja de herramientas.

—¿Van a tomarse un descanso? —preguntó Vito.

Ambos parecieron sorprendidos.

—No —dijo el más grandote—, ya hemos acabado. Ya está todo arreglado.

—¿Qué demonios quieren decir con eso de que está «todo arreglado»? —preguntó Sonny. Dio un paso hacia los dos trabajadores y Vito le puso una mano en el pecho.

Eddie Veltri bajó el periódico.

—¿Quién va a montar de nuevo la caldera? —preguntó Vito.

—Ese no es nuestro trabajo —dijo el rubio.

El tipo más alto miró las diversas piezas de la caldera esparcidas por el suelo y dijo:

—Cualquiera de por aquí alrededor le cobraría doscientos dólares o más por volver a montarle la caldera. Pero viendo que usted no entiende los gastos que representa una inspección, mi compañero y yo se lo haremos por... —De nuevo miró las piezas de la caldera, como si hiciera un cálculo—. Podemos hacerlo por unos ciento cincuenta dólares.

—*V'fancul!* —exclamó Sonny, y miró a su padre.

Vito miró a Eddie, que tenía una gran sonrisa en la cara. Se echó a reír y dijo:

—¿Dice usted ciento cincuenta dólares?

—¿De qué se ríen? —dijo el tipo, mirando a Eddie y luego a Sonny, como si les estuviera calibrando—. Le estamos ofreciendo una ganga. Ese no es nuestro trabajo. Estamos intentando ser buenos chicos.

—Estos dos capullos se están buscando una paliza, papá —dijo Sonny.

El tipo más robusto se puso muy rojo.

—¿Tú me vas a dar una paliza a mí, puto italiano? —Abrió la caja de herramientas y sacó una larga y pesada llave inglesa.

Vito movió una mano ligeramente, un gesto que solo vio Eddie Veltri. Este sacó la mano de su chaqueta.

—Solo porque sois un puñado de morenos ignorantes no

tenemos que volver a montar vuestra caldera gratis. *Capisc'?*

Sonny se abalanzó hacia el tipo, y Vito le sujetó por el cuello y le echó hacia atrás.

—¡Papá! —chilló Sonny. Parecía furioso al ver que lo sujetaban y conmocionado por la fuerza de su padre.

Vito dijo, con voz tranquila.

—Cállate, Santino, y ponte al lado de la escalera.

—Hijo de puta —dijo Sonny, pero cuando Vito levantó el dedo, se apartó y se quedó junto a las escaleras.

El tipo rubio se rio y dijo:

—Santino —pronunció como si el nombre fuese una especie de broma—. Está bien que le haya puesto el bozal —dijo a Vito—. ¿Intentamos hacerle un favor y eso es lo que hace? —Al parecer luchaba con intensidad por controlarse—. Italianos de mierda... —masculló, perdiendo la batalla—. Deberían enviaros a todos de vuelta a la puta Italia con vuestro puto papa.

Eddie se protegió los ojos, como si estuviera divertido y asustado al ver lo que iba a ocurrir a continuación.

—No se preocupen, por favor —dijo—. Ya veo lo que está pasando. Ustedes intentan hacernos un favor y mi hijo Santino les insulta. Deben perdonarle —dijo, señalando hacia Sonny—. Tiene un mal genio terrible. Le impide usar bien la cabeza.

Sonny subió las escaleras y salió del sótano murmurando para sí.

Vito le vio desaparecer y luego se volvió hacia los trabajadores.

—Por favor, vuelvan a montar la caldera —dijo—. Enviaré a alguien con el dinero.

—Con gente como ustedes —dijo el tipo—, tenemos que cobrar el dinero por adelantado.

—Está bien —accedió Vito—. Relájese, fúmese un cigarrillo y le enviaré a alguien con el dinero dentro de un minuto.

—Vale —dijo el tío. Miró a Eddie, que estaba tras él—. Ahora están actuando como personas civilizadas.

Se dirigió hacia su caja de herramientas, arrojó allí la llave inglesa y buscó un paquete de Wings. Le ofreció uno a su colega.

Arriba, nada más salir de la puerta del sótano, Vito encontró a Sonny esperando. Le dio un suave golpecito en la mejilla.

—Ese mal genio tuyo, Sonny. ¿Cuándo vas a aprender?

Lo cogió por el brazo y lo sacó por la puerta, donde las sombras de la pared habían aumentado mucho y se extendían por los patios hacia las casas y más allá. También hacía más frío, y Vito se subió la cremallera del jersey.

—Papá, es una estafa. No irás a pagarles a esos *giamopes*, ¿verdad?

Vito rodeó a su hijo con el brazo y lo acompañó hacia el patio que había detrás de la casa principal. Allí vio a Clemenza hablando con Richie Gatto y Al Hats.

—Voy a enviar a Clemenza abajo, al sótano, y pedirle que tenga una charla con esos dos caballeros. Creo que después de que hable con ellos decidirán no cobrarnos nada por volver a montar la caldera.

Sonny se rascó el cogote y luego sonrió.

—¿No crees que quizá deban disculparse también por todas las palabrotas que han dicho sobre los italianos?

—¿Por qué, Sonny? —Vito parecía sorprendido—. ¿Acaso te importa lo que la gente diga de nosotros?

Sonny pensó un momento y luego dijo:

—No, en realidad no. Supongo que no.

—Bien —dijo Vito—. Cogió a Sonny por el pelo y lo sacudió—. Tienes que aprender. —Le dio unas palmadas en la espalda—. Digámoslo así: yo creo que nuestros dos reparadores de calderas que están abajo en el sótano van a lamentar haber hablado con rabia.

Sonny miró hacia la casa, como si pudiera ver a través de las paredes, en el sótano.

—Quizá tú también deberías aprender.

—¿El qué?

Vito hizo señas a Clemenza de que se acercase. Viendo al hombre gordo que se acercaba, Vito dio una palmada de nuevo a Sonny, afectuosamente, en la mejilla.

—Ay, Sonny, Sonny —dijo.

Hooks aparcó su coche junto a los árboles, donde JoJo estaba aparcado también casi fuera de la vista, detrás de un par de robles grandes, haciendo guardia en Shore Road. JoJo tenía un periódico en el regazo y una metralleta en el asiento que estaba a su lado. En torno a ellos, un viento inclemente soplaba entre los árboles y hacía caer una lluvia constante de hojas rojas, doradas y anaranjadas. Cuando Hooks bajó la ventanilla, el aire frío penetró en el coche. Luca, sentado junto a Hooks, se subió el cuello de la chaqueta. El viento levantaba olas en Little Neck Bay, y el sonido del agua lamiendo la costa se mezclaba con el del viento. Alguien estaba quemando hojas en alguna parte, y aunque no había humo visible, el olor era inconfundible. Era tarde y el sol relucía rojizo entre los árboles.

JoJo bajó su ventanilla e hizo una seña a Hooks y Luca.

—Enviaré a Paulie dentro de un rato —anunció Hooks.

—Bien —respondió JoJo—. Estoy tan aburrido aquí que estoy a punto de pegarme un tiro y ahorrarle problemas a los demás.

Hooks se echó a reír y miró a Luca, que seguía solemne.

—Le enviaré —dijo Hooks, y subió el cristal de la ventanilla.

En el camino de la granja, apagó el motor y se volvió a Luca antes de que este saliese del coche.

—Escucha, Luca, antes de que entremos…

—¿Sí? —Hizo una mueca y se pellizcó la nariz—. Otra vez me duele la cabeza.

—Creo que tengo alguna aspirina…

—La aspirina no me hace nada. ¿Qué pasa?

—Son los chicos. Están nerviosos.

—¿Por qué? ¿Por los O'Rourke? —Luca cogió su sombrero del asiento de al lado y se lo puso en la cabeza con cuidado.

—Los O'Rourke, claro. Pero más por Mariposa y Cinquemani.

—¿Qué pasa con ellos?

—¿Qué pasa con ellos? —repitió Hooks—. Pues que se dice por todas partes que LaConti salió por una ventana desnudo.

—Ya lo he oído. ¿Y qué? LaConti era hombre muerto desde hacía meses. La noticia no ha hecho más que confirmarlo.

—Sí, pero ahora que LaConti está fuera, los chicos andan preocupados. Cinquemani no se va a olvidar de nosotros, y Mariposa tampoco se va a olvidar del alcohol. Y ahora tenemos a los O'Rourke encima, por si fuera poco.

Luca sonrió, divertido por primera vez desde que se habían subido al coche, allá en el Bronx.

—Escucha. En primer lugar, Giuseppe y sus chicos van a tener las manos muy ocupadas haciéndose cargo de la organización de LaConti. Piénsalo, Hooks. —Se quitó el sombrero y le dio forma—. Tenemos una pequeña sala de apuestas y un puñado de contrabandistas. ¿Qué problema hay?

—Joder… —maldijo Hooks, como si no quisiera ni pensarlo.

—La organización de LaConti es grande. A la gente de LaConti no le hace especial ilusión ir a trabajar para Giuseppe, por lo que he oído decir, y ahora este tira a Rosario por una ventana desnudo… ¿Crees que alguno de los chicos de Rosario le va a causar algún problema? Escucha: Giuseppe y sus *capos* van a estar muy ocupados durante largo tiempo, intentando que todo funcione. Si quieres mi opinión, no se van a salir con la suya. Espera y verás. Giuseppe ha mordido más de lo que puede tragar. —Volvió a ponerse el sombrero—. Y además, qué demonios… Si Tomasino o Giuseppe o alguien más viene detrás de nosotros, los mato. Igual que voy a matar a Willie O'Rourke. ¿De acuerdo?

—Jefe —dijo Hooks, y apartó la vista, mirando por la ventana la lluvia de hojas que caían sobre el capó del coche—, no puedes matar a todo el mundo.

—Claro que puedo. —Se apartó de Hooks, mirándole—. ¿Te parece mal, Luigi?

—Ya nadie me llama Luigi.

—¿Te parece mal, Luigi?

—Eh —dijo Hooks mirando a Luca—. Sabes que estoy contigo.

Se miraron en silencio en el coche, y Luca suspiró como si estuviese cansado. Se pellizcó otra vez la nariz.

—Mira —dijo—, nos quedaremos aquí quietos hasta que averigüemos cómo quieren actuar Mariposa y Cinquemani. Mientras, yo iré a matar a Willie O'Rourke y a ver si les meto en la cabeza un poco de sensatez a base de golpes a los demás irlandeses esos. Ese es el plan —dijo, y miró por la ventanilla hacia los bosques, como si estuviera pensando en algo—. ¿No reconociste a ninguno de los demás? Los que atracaron la sala de apuestas.

—Llevaban las caras tapadas —contestó Hooks.

—No importa —dijo Luca, como si hablase consigo mismo.

—¿Y qué pasa con Kelly? ¿Qué le parecerá a ella que mates a su hermano?

Luca se encogió de hombros, como si aquello ni siquiera se le hubiese ocurrido.

—No queda ningún cariño entre ella y sus hermanos.

—Aun así… —dijo Hooks.

Luca se quedó pensativo.

—Ella no tiene por qué saberlo, por ahora —antes de salir del coche, meneó la cabeza como si tener que pensar en Kelly le agobiase.

Dentro de la granja, Vinnie y Paulie estaban jugando al blackjack en la mesa de la cocina, y Kelly estaba junto al fogón viendo cómo se hacía un café. Los chicos llevaban los cuellos de las camisas abiertos y las mangas remangadas. Kelly todavía iba en pijama. En el sótano, la caldera rugía y gruñía mientras los radiadores de toda la casa resonaban, repiqueteaban y expelían calor.

—Madre de Dios —exclamó Hooks en cuanto pasó por la puerta—, esto es como una sauna.

—O esto o nos helamos —dijo Kelly, dándose la vuelta desde el fogón—. ¡Luca! —exclamó en cuanto le vio aparecer por la puerta detrás de Hooks—. Tienes que sacarme de aquí. Me estoy volviendo loca.

Luca la ignoró y se sentó a la mesa junto a Paulie. Arrojó su sombrero a una percha que se encontraba en la entrada del salón, donde estaban también colgados el resto de los sombreros.

—¿A qué estáis jugando, chicos? —preguntó—. ¿Al blackjack?

Hooks se quedó de pie junto a Paulie.

—Ve a relevar a JoJo —dijo—. Amenaza con pegarse un tiro.

Paulie agrupó sus cartas y las puso encima del mazo, en el centro de la mesa. Luca cogió el mazo y Vinnie le lanzó sus cartas.

—Yo iré a sustituirte dentro de un par de horas —dijo Hooks a Paulie.

Kelly se sirvió una taza de café y se sentó a la mesa junto a Luca, que estaba barajando. Encontró una pastilla roja en su bolsillo y se la tragó con un sorbito de café. Hooks cogió el asiento de Paulie. Luca les dijo a los chicos:

—¿El stud de siete cartas? ¿Sin límites para las apuestas?

—Claro —dijo Hooks. Sacó su billetera y contó los billetes—. ¿Va bien doscientos? —Puso el dinero sobre la mesa.

—Lo tengo —dijo Vinnie, y contó una pila de billetes de veinte y los colocó frente a él.

—Bien.

—Luca... —Kelly hizo girar su silla hasta quedar frente a él. Tenía el pelo enmarañado y los ojos inyectados en sangre. Casi se le había curado la cara (había desaparecido la hinchazón) pero la piel bajo los ojos todavía estaba descolorida—. Hablo en serio, Luca. No he salido de este sitio dejado de la mano de Dios desde hace semanas. Tengo que salir de aquí. Tienes que llevarme a bailar, o a ver una película, o algo.

Luca vio que Paulie salía por la puerta de la cocina y volvió a dejar el mazo en el centro de la mesa. Dijo a los chicos:

—¿Queréis un poco de café? —Preguntó a Kelly—: ¿Has hecho suficiente para todo el mundo?

—Claro. He hecho una cafetera entera.

—Tomad un poco de café —dijo Luca a los chicos, y luego se levantó, cogió a Kelly por el brazo y la llevó escaleras arriba hasta el dormitorio, donde cerró la puerta tras él.

Kelly se arrojó en la cama.

—Luca —dijo—, no puedo soportar esto. —Miró hacia la ventana, donde una ráfaga de viento hizo temblar los cristales—. Me tienes aquí encerrada día y noche desde hace semanas. Me voy a volver loca. Al menos sácame de vez en cuando. No puedes tenerme encerrada así.

197

Luca se sentó al pie de la cama y sacó un botecito de pastillas de su bolsillo. Quitó la tapa y se metió dos en la boca.

Kelly se puso de rodillas.

—¿Cuáles son?

Él miró el botecito.

—Las verdes —respondió. Cerró los ojos y se tocó las sienes con las puntas de los dedos—. La cabeza me está matando otra vez.

Kelly pasó los dedos a través del cabello de Luca y le masajeó el cráneo.

—Luca, cariño —dijo—, tienes que ir al médico. Ahora tienes esos dolores de cabeza constantemnente.

—Tengo estos dolores de cabeza desde que era un niño —dijo Luca para disipar su preocupación.

—Aun así —Kelly le besó en la mejilla—. ¿Me das un par? —pidió.

—¿Un par de las verdes? —preguntó Luca.

—Sí —dijo Kelly—. Las verdes hacen que me encuentre fenomenal.

—Pensaba que querías salir.

—¡Y quiero! —dijo Kelly, meneando el hombro de Luca—. Salgamos a algún sitio de moda, como el Cotton Club.

—El Cotton Club... —Luca sacó un par de pastillas para ella y se tomó otra él mismo.

—¿Podemos, Luca? —Kelly se metió las pastillas en la boca y se las tragó, luego envolvió sus brazos en torno a uno de los de Luca—. ¿Podemos ir al Cotton Club?

—Claro —respondió él, y le dio una tercera pastilla.

Kelly miró la pastilla con desconfianza.

—¿Estás seguro de que puedo tormarme tres? —preguntó—. ¿Más la roja que ya me he tomado?

—¿Acaso te parezco un médico? Tómatela o no te la tomes. —Se levantó y se dirigió hacia la puerta.

—No vamos a ir al Cotton Club —dijo Kelly, arrodillándose y con la pastilla en la palma de su mano—. Vais a jugar al póquer toda la noche, ¿verdad?

—Iremos al Cotton Club —dijo Luca—. Vendré a buscarte más tarde.

—Claro —dijo Kelly. Se metió la tercera pastilla en la boca y la masticó—. Luca, me tienes aquí metida día y noche en esta ratonera...

—¿No te gusta estar aquí, Kelly?

—No, no me gusta. —Se tapó los ojos. En la oscuridad preguntó—: ¿Cuándo vas a matar a Tom Hagen, Luca?

Sus brazos, de repente demasiado pesados para mantenerlos levantados, cayeron a su costado. Intentó decir «no dejarás que se quede tan tranquilo después de lo que hizo, ¿no?», pero le pareció que no eran esas las palabras que salieron de su boca. No estaba segura de haber pronunciado nada más que una serie de sílabas balbucientes.

—Lo tengo en mi lista —dijo Luca, a mitad de camino de la puerta—. A su debido tiempo.

Kelly se cayó de lado y se acurrucó como un ovillo.

—Nadie es más duro que tú, Luca —intentó decir, pero no le salió nada. Cerró los ojos y se dejó llevar.

En la cocina, Luca encontró a los chicos bebiendo café y comiendo biscotti de chocolate. Los biscotti estaban en una bolsa de papel blanca en el centro de la mesa. Cogió uno y dijo:

—¿Dónde estábamos?

—Apuestas en mesa, límite doscientos —respondió Hooks, y fue a coger las cartas.

Vinnie, sentado junto a JoJo, tenía la mano metida en los pantalones, rascándose.

—¿Qué demonios te pasa que siempre te estás rascando las pelotas, Vinnie? —preguntó Luca.

Paulie se echó a reír. Ya no tenía el brazo en cabestrillo, pero todavía llevaba un vendaje desde la muñeca hasta la punta de los dedos de la mano izquierda.

—Ha cogido la gonorrea —dijo a Luca.

—Tiene miedo de las inyecciones —añadió JoJo.

Luca señaló hacia el fregadero.

—Lávate las manos —ordenó—, y quítalas de los pantalones mientras estés jugando a las cartas con nosotros.

—Claro, claro —dijo Vinnie. Se levantó de un salto y fue al fregadero.

—Dios bendito —exclamó Luca, sin dirigirse a nadie en particular.

—¿Un dólar de *ante*? —preguntó Hooks.

Luca asintió y Hooks repartió las cartas. En el sótano, la caldera se calló y la casa se quedó silenciosa de repente, con el viento silbando por encima del tejado y el traqueteo de las ventanas como únicos sonidos. Luca le pidió a Vinnie que pusiera la radio; este lo hizo y luego volvió a su asiento en la mesa. Luca vio que sus cartas iniciales eran un asco, y cerró el abanico cuando JoJo apostó un dólar. Sonaba Bing Crosby. Luca no conocía la canción, pero reconoció la voz. Las pastillas empezaban a hacerle efecto y el dolor de cabeza se iba amortiguando. Al cabo de un minuto más se encontraría mucho mejor. No le importaría el sonido del viento; había algo tranquilizador en él. Los chicos hablaban, pero no tenía que prestar atención. Podía limitarse a escuchar el suave canturreo de la radio y el silbido del viento en torno a la casa durante un minuto, hasta que Hooks se ocupase de la siguiente mano.

200   Vito fue a la puerta trasera de la cocina en busca de Carmella. Fuera, todo el mundo estaba recogiendo las cosas y preparándose para dirigirse de vuelta al Bronx. La luz del día se iba desvaneciendo, y al cabo de media hora estaría oscuro. Encontró a Carmella sola, en el otro lado de la casa, mirando hacia fuera desde la ventana del comedor.

—Vito —dijo ella cuando su marido se acercó—, ese camión circula con un neumático pinchado.

Vito miró por encima del hombro hacia el complejo, donde el camión de REPARACIÓN DE CALDERAS EVERYREADY iba rebotando, rodando con la llanta de la rueda trasera izquierda, y el neumático pinchado iba aleteando con cada torpe rotación. Las luces de freno estaban reventadas, y parecía que la ventanilla del asiento del conductor estaba hecha añicos.

—¿Qué ha ocurrido? —preguntó Carmella.

—No te preocupes —dijo Vito—. Se las arreglarán. Tienen tres neumáticos buenos.

—*Si*, pero ¿qué ha ocurrido?

Vito se encogió de hombros y le dio un beso en la mejilla.

—*Madon'*... —dijo Carmella, y siguió mirando el camión que se alejaba dando tumbos.

Vito acarició el pelo de Carmella por detrás y dejó que su mano descansara en el hombro de ella.

—¿Qué pasa? —preguntó—. ¿Por qué estás aquí tan sola?

—Antes me gustaba pasar algo de tiempo sola —dijo Carmella, todavía mirando por la ventana—. Pero con los niños... —dijo, como queriendo decir que en cuanto una tiene niños ya no puede estar sola nunca más.

—No, no es eso. —Vito la agarró suavemente por el brazo e hizo que se diera la vuelta hacia él—. ¿Qué ocurre? —preguntó de nuevo.

Carmella descansó la cabeza en el hombro de Vito.

—Me preocupo. Todo esto... —Dio un paso hacia atrás y señaló a su alrededor, la casa y el complejo—. Todo esto —repitió, y levantó la vista hacia Vito—. Me preocupo por ti, Vito. Miro todo esto y... me preocupo.

—Siempre te has preocupado —dijo Vito—, y sin embargo, aquí estamos. —Le tocó bajo los ojos, como si le secara unas lágrimas—. Mira, Tom ya está en la universidad: será un abogado famoso muy pronto. Todo el mundo está bien y sano.

—*Sí* —dijo Carmella—. Hemos tenido suerte. —Se alisó el vestido—. ¿Has hablado con Sonny de Sandrinella?

—Sí.

—Bien. Ese chico... me preocupa su alma.

—Es un buen chico. —Vito cogió la mano de su esposa, queriendo llevársela a la cocina y salir de la casa, pero ella se resistió.

—Vito, ¿crees de verdad que se está portando bien?

—Claro que sí. Carmella... —Vito le puso las manos en las mejillas—. A Sonny le irá bien, te lo prometo. Trabajará y se abrirá camino en el negocio de los automóviles. Yo le ayudaré. A su debido tiempo, Dios mediante, hará mucho más dinero del que yo pueda haber soñado jamás. Él, Tommy, Michael y Fredo, nuestros hijos serán como los Carnegie, los Vanderbilt y los Rockefeller. Yo les ayudaré y se harán enormemente ricos, y entonces se ocuparán de nosotros cuando seamos viejos.

Carmella cogió las manos de Vito por las muñecas, las apartó de su rostro y se las puso en la cintura.

—¿Lo crees de verdad? —preguntó, y apretó su mejilla contra el cuello de él.

—Si no creyera que es posible... —Vito retrocedió y la cogió por la mano—. Si no creyera que es posible todavía estaría trabajando como empleado en Genco. Vamos —añadió, dirigiéndola hacia la cocina y la puerta de atrás—, nos espera todo el mundo.

—Vale —dijo Carmella. Pasó su brazo en torno a la cintura de él y caminó a su lado a través de las habitaciones que se iban quedando oscuras.

11

Clemenza gruñó mientras iba conduciendo el gran Essex a lo largo de la avenida Park en el Bronx, de camino hacia el almacén de Luca. Junto a él, Vito estaba sentado con las manos en el regazo, con aspecto preocupado, con el sombrero en el asiento contiguo. Iba vestido cómodamente con una chaqueta de lana gastada y una camisa blanca con cuello rayado. Llevaba el pelo oscuro peinado hacia atrás, y sus ojos iban concentrados en el parabrisas, aunque Clemenza dudaba de que Vito viese u oyese otra cosa que sus propios pensamientos. Vito tenía cuarenta y un años, pero había veces, como entonces, en que todavía le parecía a Clemenza el mismo chico al que había conocido unos quince años antes. Tenía el mismo pecho y brazos musculosos, y los mismos ojos oscuros que parecían percatarse de todo. Con Vito, lo que alguien hacía, lo que aquello representaba y los designios que se encontraban detrás de un acto que podía parecer sin importancia a otra persona… él lo veía todo. Podía confiar en que lo veía todo. Por eso Clemenza entró a trabajar para él hacía tantos años, y por eso, hasta el momento, nunca lo había lamentado.

—Vito —dijo Clemenza—, ya casi estamos. Tengo que pedirte una vez más que no lo hagas.

Vito se liberó de sus pensamientos.

—¿Te has contagiado de Tessio? —preguntó—. ¿Desde cuándo te preocupas como una ancianita, amigo mío?

—*Sfaccim!* —dijo Clemenza, sobre todo para sí mismo. Cogió un pastelito danés con arándanos de la caja que se encontraba en el asiento a su lado y mordió la mitad. Un pegote de relleno de crema fue a parar a su barriga. Lo recogió de la camisa, lo miró como intentando imaginar quién habría podido ponerlo allí y luego se lo metió en la boca—. Al menos déjame que vaya contigo —añadió, masticando todavía el pastelito—. ¡Por el amor de Dios, Vito!

—¿Es ahí?

Clemenza había doblado en Park por una calle lateral y aparcado frente a una boca de incendios. Subiendo la manzana, un pequeño local con una persiana de acero como puerta estaba situado entre un almacén de madera y lo que parecía un taller de maquinaria.

—Sí, es ahí —contestó. Se quitó las migas de encima y luego se limpió los labios—. Vito, déjame que vaya contigo. Les diremos que te lo has pensado mejor.

—Sigue hasta la acera y déjame ahí —dijo Vito. Recogió su sombrero del asiento—. Espera aquí hasta que salga.

—¿Y si oigo disparos —replicó Clemenza, enfadado—, qué quieres que haga?

—Si oyes disparos, ve a la Funeraria Bonasera y haz los arreglos necesarios.

—Vale —dijo Clemenza, y llevó a Vito hasta la acera frente al almacén—. Eso haré.

Vito salió del coche, se puso el sombrero y miró hacia atrás, a su amigo.

—No seas tacaño. Espero una gran corona de tu parte.

Clemenza se agarró al volante como si fuese a estrangular a alguien.

—Ten cuidado, Vito. No me gustan las cosas que he oído contar de ese tío.

En la calle, Vito se dirigió hacia el almacén, y cuando llegaba, se abrió una puerta lateral y aparecieron dos hombres. Ambos eran jóvenes, y uno de ellos llevaba un sombrero negro de copa baja con una pluma en el ala. Tenía cara de niño, bizqueaba un poco y tenía los labios muy apretados. En sus movimientos había algo de fatalidad, como si estuviera preparado para lo que pudiera sobrevenir sin estar demasiado ansioso de que llegara, pero tampoco asustado. El chico que iba a su lado se rascaba las pelotas y parecía un imbécil.

—Señor Corleone —dijo el del sombrero de copa baja, al ver acercarse a Vito—, es un honor verle. —Tendió la mano y Vito se la estrechó—. Me llamo Luigi Battaglia, pero todo el mundo me llama Hooks. —Hizo un gesto hacia el otro—. Este es Vinnie Vaccarelli.

Vito se sintió desconcertado por la deferencia del saludo.

—¿Podemos entrar? —preguntó.

Hooks abrió la puerta para que pasara Vito. Cuando Vinnie le interceptó el paso y empezó a registrarle, Hooks puso una mano en el hombro de su compañero.

—¿Qué pasa? —dijo Vinnie.

—Adentro —indicó Hooks como si estuviera indignado.

Una vez la puerta se cerró tras él, Vito se encontró en un espacio húmedo, como un garaje, con el suelo de cemento vacío, las paredes sin ventanas y lo que parecía un despacho en la parte de atrás. Se quitó la chaqueta y el sombrero y extendió los brazos y las piernas. Hooks lo miró y dijo:

—Luca está en su despacho —Señaló hacia la habitación del fondo.

Vinnie bufó porque Hooks no le había dejado cachear al recién llegado, y volvió a rascarse otra vez. Hooks acompañó a Vito al despacho, le abrió la puerta desde fuera y la cerró, dejándolo solo en una habitación con un hombre de aspecto brutal que se apoyaba en un escritorio de palisandro.

—¿Señor Brasi? —dijo Vito. Esperó junto a la puerta y cruzó las manos ante él.

—Señor Corleone —respondió Luca, y señaló una silla con un gesto. Vito tomó asiento y Luca se sentó encima del escritorio y cruzó las piernas—. ¿No le ha dicho nadie que yo era un monstruo? —preguntó y le señaló—. ¿Ha venido aquí solo? Debe de estar más loco que yo. —Sonrió y luego se echó a reír—. Eso me preocupa.

Vito ofreció a su vez una ligera sonrisa a Luca. El hombre era alto y musculoso, con una frente muy abultada que le daba un aspecto brutal. Llevaba un traje azul con raya diplomática, corbata y chaleco, pero no conseguía ocultar su corpulencia animal. En sus ojos Vito vio un atisbo de oscuridad

205

bajo su forzada hilaridad, la sugerencia de algo frenético y peligroso, e inmediatamente creyó todo lo que había oído decir de Luca Brasi.

—Quería conocerle. Quería conocer al hombre que hace que le tiemblen las piernas a Giuseppe Mariposa.

—Pero no a usted —arguyó Luca—. Usted no está temblando. —Su tono no era amistoso ni divertido. En el mejor de los casos era ominoso.

Vito se encogió de hombros.

—Sé algunas cosas de usted —dijo.

—¿Qué es lo que sabe, Vito?

Corleone ignoró la insolencia que representaba que el otro le llamase por su nombre de pila.

—Cuando usted era un niño, cuando tenía solo doce años, su madre fue atacada y usted le salvó la vida.

—O sea que sabe eso —dijo Luca.

El tono de Luca era indiferente, como si no le hubiera sorprendido ni preocupado aquello, pero en sus ojos Vito vio algo más.

—Un hombre así —continuó Vito—, un hombre que de niño tuvo el valor de luchar por la vida de su madre... un hombre semejante debe de tener un corazón valeroso.

—¿Y qué sabe usted del hombre que atacó a mi madre? —Luca descruzó las piernas. Se inclinó hacia delante y se pellizcó el puente de la nariz.

—Sé que era su padre.

—Entonces sabrá también que lo maté.

—Hizo lo que tenía que hacer para salvar la vida de su madre.

Luca miró a Vito en silencio. Entre tanto, el ruido del tráfico en la avenida Park llenó el espacio de la oficina. Finalmente dijo:

—Le di en la cabeza con un madero.

—Bien hecho —dijo Vito—. Ningún niño debe presenciar el asesinato de su madre. Espero que le machacara la cabeza.

De nuevo Luca se quedó callado mientras contemplaba a Vito.

—Si se está preguntando cómo sé todo esto, Luca, tengo

amigos entre la policía. Rhode Island no es otro universo. Está todo en los expedientes.

—Así que sabe lo que sabe la policía... —Luca parecía aliviado—. ¿Y por qué está aquí, Vito? —Estaba claro que quería avanzar—. ¿Hace recados para Joe Mariposa, ahora? Ha venido a amenazarme.

—En absoluto —dijo Vito—. No me gusta Giuseppe Mariposa. Creo que eso lo tenemos en común.

—¿Y qué? —Luca rodeó el escritorio y se dejó caer pesadamente en su silla—. ¿De qué va esto? ¿De los chicos de Tomasino?

—Eso no es asunto mío —dijo Vito—. Estoy aquí esperando averiguar por usted quién ha estado robando a Giuseppe. Está de muy mal humor, y me está causando problemas. Se le ha metido en la cabeza que yo soy responsable.

—¿Usted? ¿Por qué iba a pensar...?

—Quién sabe por qué Giuseppe piensa lo que piensa. Pero el caso es que me resultaría de gran ayuda saber quién está detrás de todos estos problemas. Si pudiera darme esa información, eso le calmaría, por ahora... y nos guste o no, por ahora Giuseppe Mariposa es un hombre poderoso.

—Ya veo —dijo Luca—. ¿Y por qué iba a ayudarle?

—Por pura amistad —respondió Vito—. Es mejor tener amigos, ¿no, Luca?

Brasi miró al techo, como si pensara en aquella proposición. Vaciló un momento y luego dijo:

—No, no lo creo. Me gusta el chico que ha estado robando el alcohol de Giuseppe. Pero tiene razón, Vito, tenemos algo en común: no me gusta Mariposa. En realidad odio a ese *stronz'*.

Entonces fue Vito quien se quedó callado, mirando a Luca. Brasi no tenía la menor intención de traicionar a los ladrones, y Vito no podía hacer otra cosa que respetar eso.

—Luca —le preguntó—, ¿no está preocupado? ¿No tiene miedo de Giuseppe Mariposa? ¿Comprende lo poderoso que es ahora? ¿Especialmente con LaConti desaparecido? ¿Con todos esos soldados que trabajan para él? ¿Con todos los policías y jueces en su bolsillo?

—Eso no significa nada para mí —dijo Luca, gozoso—.

207

Nunca ha significado nada. Los mataré a todos. Mataré a ese cerdo napolitano que se presenta para alcalde, si sigue molestándome. ¿Cree que pueden proteger de mí a LaGuardia?

—No, en absoluto —concedió Vito—. Ya sé que no pueden. —Su sombrero descansaba en sus rodillas y pellizcó el ala, dándole forma—. Así que no puede ayudarme —dijo.

—Lo siento, Vito. —Abrió las manos como si no pudiera hacer nada, dada la situación—. Pero escuche: tenemos otro problema del que todavía no sabe nada.

—¿Cuál es?

Luca echó atrás la silla y se apoyó en el escritorio.

—Ese cachorro germano-irlandés que forma parte de su familia, Tom Hagen. Me temo que tendré que matarle. Es una cuestión de honor.

—Debe de estar equivocado —dijo Vito. Toda la cordialidad había desaparecido de su voz—. Tom no tiene nada que ver con ninguno de nuestros negocios. Ni nuestros, ni de nadie a quien conozcamos.

—Esto no tiene nada que ver con nuestros negocios —afirmó Luca.

Brasi fingía sentirse consternado por tener que sacar el tema, pero Vito veía en sus ojos que en realidad estaba encantado.

—Entonces debe de haberse equivocado de Tom Hagen. Mi hijo está en la universidad y estudia para abogado. No tiene nada que ver con usted.

—Es él. Estudia en la Universidad de Nueva York y vive en el colegio mayor de Washington Square.

Vito notaba que la sangre desaparecía de su rostro y supo que Luca se estaba dando cuenta, cosa que le ponía furioso. Miró su sombrero y obligó a su corazón a latir más despacio.

—¿Qué puede haber hecho Tom para que usted quiera matarle? —preguntó.

—Follarse a mi novia. —Luca levantó de nuevo las manos—. ¿Qué piensa hacer? Es una puta, sí, y no sé por qué no la he tirado ya al río... pero aun así, ¿qué piensa hacer? Es un asunto de honor. Tengo que matarlo, Vito, lo siento.

Corleone se puso el sombrero y se echó atrás en la silla. Buscó los ojos de Luca y lo miró. Este le devolvió la mirada con una sonrisa en los labios, divertido. Junto a la puerta del despacho, Vinnie, el idiota, se reía como una chica, con una risa chillona, ahogada. Cuando cesó la risa, Vito le dijo a Luca:

—Si me permitiera tratar esto yo mismo con Tom, como padre suyo, lo consideraría un gran favor, de esos que podría intentar devolver intercediendo a su favor con Mariposa... y con Cinquemani.

Luca desdeñó la oferta.

—No necesito que nadie interceda por mí.

—¿Se da cuenta de que ellos intentan matarle... a usted y a sus hombres?

—Que lo intenten. Me encantan las buenas peleas.

—Entonces, quizá —dijo Vito, poniéndose de pie y sacudiéndose los pantalones—, quizá necesite más recursos... para ayudarle a salir adelante cuando Tomasino venga a por usted, y Mariposa, y sus asesinos. He oído decir que perdió un montón de dinero cuando los O'Rourke atracaron una sala de apuestas suya. Eso tuvo que costarle caro. Quizá cinco mil dólares le serían de buena ayuda, ahora mismo.

Luca dio la vuelta al escritorio y se acercó a Vito.

—No, en realidad no. —Frunció los labios, pensativo—. Pero quince mil podrían irme bien.

—De acuerdo —respondió Vito al instante—. Haré que alguien le entregue el dinero dentro de una hora.

Luca pareció sorprendido al principio, y luego divertido.

—Es una zorra —volvió al asunto de su novia—, pero es una belleza. —Cruzó los brazos y pareció reflexionar un momento, como reconsiderando su oferta. Finalmente dijo—: Le diré lo que vamos a hacer, Vito. Como favor para usted, me olvidaré de la estupidez de Tom Hagen. —Fue hasta la puerta del despacho y puso una mano en el picaporte—. Él no sabía quién era yo. Kelly lo encontró en un antro de Harlem. Es muy guapa pero, como digo, es una golfa y una puta, y estoy a punto de deshacerme de ella, de todos modos.

—Así que tenemos un trato —dijo Vito.

Luca asintió.

—Pero tengo curiosidad. —Y se apoyó en la puerta, bloqueándola—. Usted y Clemenza tienen a un montón de tíos trabajando para ustedes. Lo único que tengo yo es mi pequeña banda, unos pocos chicos y yo. Y además usted tiene a Mariposa yéndole detrás. ¿Por qué no me han liquidado, sencillamente?

—Sé cuando no hay que tomarse a la ligera a alguien cuando lo veo, señor Brasi. Dígame, ¿dónde conoció Tom a su novia?

—En un sitio llamado Juke's Joint. En Harlem.

Vito ofreció la mano a Luca. Este la miró, pareció pensar en su propuesta y luego se la estrechó y le abrió la puerta.

Fuera, en el coche, Clemenza se inclinó a través del asiento y abrió la portezuela para que entrase Vito.

—¿Qué tal ha ido? —le preguntó. La caja de pasteles que llevaba apretada contra el muslo estaba vacía, y llevaba una mancha amarilla en la camisa, en el mismo camino que la de arándano. Clemenza vio que Vito miraba la caja de pasteles vacía mientras entraba en el coche—. Como demasiado cuando me pongo nervioso. —Fue conduciendo el coche hacia Park y volvió a preguntar—: Bueno, ¿qué tal ha ido?

—Llévame a casa, manda a alguien a buscar a Tom y tráemelo.

—¿Tom? —dijo Clemenza, y miró a Vito, que tenía el rostro contraído por una mueca—. ¿Tom Hagen?

—Tom Hagen.

Clemenza palideció y se echó atrás en su asiento como si le acabaran de golpear.

—Y busca a Hats también —dijo Vito—. Que le traiga a Luca quince mil dólares. Ahora mismo. Le he dicho a Brasi que los tendría antes de una hora.

Clemenza estalló:

—¿Quince mil dólares? *Mannagg'!* ¿Por qué no nos lo cargamos sin más?

—Nada haría más feliz a ese hombre. Está intentando con todas sus fuerzas que alguien le mate.

Clemenza miró a Vito con preocupación, como si hubiese ocurrido algo en el almacén de Luca Brasi que le hubiera vuelto un poco loco.

—Tú ve a buscar a Tom —insistió Vito, y su voz se suavizó un poco—. Ya te lo explicaré todo más tarde. Ahora tengo que pensar.

—Vale —dijo Clemenza—. Claro, Vito.

Buscó en la caja de pasteles, la encontró vacía y la arrojó al asiento de atrás.

12

La imagen de Sonny en un espejo situado en la pared de la panadería le hizo reír. Estaba desnudo detrás del mostrador de cristal, junto a la caja registradora, comiéndose un donut relleno de crema de limón. La tía de Eileen se había llevado a Caitlin a pasar el día con ella, y Eileen había cerrado la tienda temprano y había invitado a Sonny. Ella estaba en la cama en aquel momento, durmiendo, y Sonny había bajado las escaleras que conducían directamente desde el salón a la parte trasera de la panadería, y había salido a la tienda a comer algo. El gran estor verde estaba bajado ante el escaparate principal, y estaba cerrada también la persiana de la puerta de cristal de la entrada. Se acercaba el atardecer, y la luz que pasaba en torno a los bordes del estor y las persianas entraba en la tienda y arrojaba un resplandor naranja en las paredes. Fuera, la gente iba andando por la calle y Sonny oía fragmentos de conversaciones. Dos hombres iban discutiendo de las World Series, hablando del equipo de Washington y de Goose Goslin y de si podrían derrotar o no a Hubbell. Sonny, como su padre, no sentía interés alguno por los deportes. Le hacía reír pensar que estaba de pie comiéndose un donut de aquella manera y que aquellos dos pájaros, a menos de cinco metros de distancia, hablaban de béisbol.

Fue deambulando por la panadería, con el donut en la mano, mirando las cosas. Desde el día del picnic, Sonny notaba que sus pensamientos iban derivando hacia el complejo y los dos tipos del chanchullo de la caldera. Había algo en el tío más grandote, el que cogió la llave inglesa, que le preocupaba. Sonny le dijo a Clemenza más tarde, después de que se hubiesen ido:

—¿Te puedes creer lo que han hecho esos payasos?

Y Clemenza le respondió:

—Bueno, Sonny, esto es América...

Sonny no le preguntó a qué se refería, pero se imaginó que quería decir que así es como van las cosas en América: todo el mundo se inventa algún chanchullo. Los tipos como Clemenza y su padre y todos los demás todavía hablaban de Estados Unidos como si fuera un país extranjero. El hombre más robusto... ni siquiera dijo nada, aunque todas esas burradas sobre el papa se le quedaron clavadas dentro a Sonny. No sabía por qué, ya que la religión no le interesaba nada, y su madre se había rendido y ya no intentaba arrastrarle a misa cada domingo desde hacía años. «Como tu padre», decía ella con ira, refiriéndose al hecho de que Vito tampoco iba a la iglesia los domingos... pero que le compararan de alguna manera con su padre ponía muy orgulloso a Sonny. El papa, para Sonny, era solo un hombre con un sombrero raro. Así que no era nada de lo que dijo el hombre grande con la llave inglesa lo que se le quedó clavado dentro a Sonny, sino más bien la forma que tenía de mirarles, y más el modo de mirar a Vito que de mirarle a él. Se le quedó atragantado, y seguía imaginando que le daba una paliza a aquel hombretón, que le quitaba a golpes aquella expresión de la cara para siempre.

En la parte de atrás, detrás de la panadería propiamente dicha, Sonny observó que había una puerta cerrada, más estrecha de lo normal, y cuando la abrió encontró una habitación pequeña con un camastro y un par de estanterías destartaladas. Los estantes de aquellas librerías estaban repletos de libros, y había más libros encima de los otros, con los títulos hacia afuera, en línea recta. Junto al camastro tres libros descansaban en una pequeña mesilla, bajo una antigua lámpara de latón. Los cogió e imaginó que Eileen se tomaba un descanso en aquella pequeña habitación con una ventana de pavés que daba al callejón. El libro que estaba debajo era grueso

213

y pesado, con los bordes de cada página dorados. Lo abrió por la portada y vio que eran las obras completas de Shakespeare. En medio se encontraba una novela llamada *Fiesta*. El tomo que estaba encima era delgado, y cuando Sonny lo abrió descubrió que era una recopilación de poemas. Se lo metió debajo del brazo y lo llevó arriba, donde encontró a Eileen vestida y de pie junto al horno en una cocina que olía deliciosamente a pan recién hecho.

Cuando vio a Sonny se echó a reír y dijo:

—¡Ponte algo de ropa, por el amor de Dios! ¡No tienes vergüenza!

Sonny se miró sonriente.

—Pensaba que te gustaba verme desnudo.

—Es una visión que no se olvida así como así —dijo Eileen—. Sonny Corleone de pie desnudo como el día que nació en mi cocina, con un libro bajo el brazo.

—Lo he encontrado en la habitación de atrás —explicó Sonny, y arrojó los poemas a la mesa de la cocina.

Eileen miró el libro y tomó asiento en la mesa.

—Es de tu amigo, Bobby Corcoran. A veces viene a pasar el día conmigo fingiendo que me ayuda con la panadería, y se queda ahí metido en la habitación de atrás, leyendo sus libros.

—¿Cork lee poemas? —dijo Sonny. Acercó una silla a Eileen.

—Tu amigo Cork lee toda clase de libros.

—Ya lo sé, pero… ¿poemas?

Eileen suspiró como si de repente se encontrase muy cansada.

—Nuestros padres nos hicieron leer todo lo que existe en el mundo. Sin embargo era nuestro padre el más lector. —Eileen calló, mirando afectuosamente a Sonny, y le pasó las manos por el pelo—. Bobby era muy pequeño cuando la gripe se los llevó a los dos, pero nos dejaron todos sus libros.

—¿Así que esos libros son de tus padres?

—Ahora son de Bobby —dijo Eileen—. Más algunos que Bobby o yo hemos ido añadiendo a la colección. Probablemente se los ha leído todos dos veces, ahora mismo. —Besó a Sonny en la frente—. Deberías irte. Se está haciendo tarde y yo tengo trabajo.

—Los italianos no leen libros. —Se dirigió al dormitorio para ponerse la ropa. Como Eileen se echó a reír, añadió—: Ninguno de los italianos que yo conozco lee libros.

—Eso no es lo mismo que decir que los italianos no leen libros.

Sonny, ya vestido, se unió a Eileen en la cocina de nuevo. Dijo:

—Quizá sean solo los sicilianos los que no leen.

—Sonny —dijo Eileen, y cogió el sombrero de él de la percha que había junto a la puerta de entrada—, nadie a quienes yo conozco en este barrio lee. Todos están demasiado ocupados intentando poner comida en la mesa.

Sonny cogió su sombrero de manos de Eileen y la besó.

—¿El miércoles otra vez?

—Bueno —Eileen se llevó la mano a la frente—, en cuanto a eso, Sonny... creo que no. Creo que quizá haya pasado el momento ya, ¿no crees?

—¿De qué estás hablando? ¿Qué quieres decir con eso de «pasar el momento»?

—Cork me dice que tienes una nueva amiguita que comparte contigo sus encantos. ¿La ves cuando sales del garaje y vas a almorzar? ¿Es así?

—*Mannagg'!* —Sonny miró al techo.

—¿Y esa tal Sandrinella con la que tu padre quiere que te cases? —preguntó Eileen.

—Cork habla demasiado.

—Bueno, Sonny —dijo Eileen—. Tú eres el ídolo de Bobby. ¿No lo sabías? Tú y todas tus mujeres. —Se dirigió hacia el horno, como si se acabara de acordar de algo. Abrió un poquito la puerta del horno, miró dentro y luego lo dejó así, con solo una rendija abierta.

—Eileen... —Sonny se puso el sombrero y luego se lo volvió a quitar—. Lo de la hora del almuerzo... No es nada. Es solo...

—No estoy enfadada. No es asunto mío con quién vayas por ahí.

—Si no estás enfadada, ¿qué pasa entonces?

Eileen suspiró, volvió a sentarse a la mesa de la cocina y le hizo señas a Sonny de que se uniera a ella.

—Cuéntame algo más de Sandra.

—¿Qué quieres saber? —Él acercó una silla.

—Háblame de ella —dijo Eileen—. Tengo curiosidad.

—Es muy guapa, como tú. —Sonny puso el sombrero a Eileen en la cabeza y se lo metió hasta los ojos—. Pero tiene la piel más morena, como los italianos, ya sabes... salvajes.

Eileen se quitó el sombrero y se lo acercó al pecho.

—Pelo oscuro, ojos oscuros, buenas tetas.

—Sí —dijo Sonny—. Eso es.

—¿Ya has hecho algo con ella?

—Nooo —respondió Sonny, como si estuviera conmocionado—. Es una buena chica italiana. No conseguiré entrar a la primera base hasta que ella vea el anillo de compromiso.

Eileen se echó a reír y le tiró el sombrero a Sonny al regazo.

—Qué bien que te hayas podido llevar a la cama a tu putita irlandesa, pues.

—Venga, vamos, Eileen. No es eso.

—Sí, claro que sí, Sonny. —Se levantó y fue a la puerta—. Escúchame —dijo, con la mano en el picaporte—. Deberías casarte con tu Sandrinella y follártela bien, y tener con ella una docena de niños mientras todavía sea joven. A vosotros los italianos os gustan las grandes familias.

—Mira quién habla —dijo Sonny. Se acercó a ella junto a la puerta—. Los irlandeses tenéis unas familias tan grandes que a veces creo que todos estáis emparentados.

Eileen sonrió, afirmando.

—Bueno, aun así. Creo que deberíamos dejar de vernos. —Se acercó a Sonny, le dio un abrazo y un beso—. Más tarde o más temprano alguien lo averiguaría, y entonces se armaría la gorda. Es mejor que acabemos tranquilamente ahora.

—No te creo. —Sonny, por encima del hombro de ella, cerró la puerta.

—Pues créeme —dijo Eileen, cortante e inflexible—. Siempre he dicho que esto no era más que una aventura.

Abrió la puerta, retrocedió y la mantuvo abierta para que saliera Sonny, esperando que él se fuese.

El chico se inclinó hacia Eileen como si fuera a pegarle y

en cambio le quitó el picaporte de la mano y cerró la puerta tras él. Bajando los escalones, de camino hacia la calle, lanzó un breve puñetazo a la pared y el yeso se hundió bajo el papel pintado. Todavía oía caer algunos trozos por la pared hasta el sótano mientras la puerta principal se cerraba tras él.

Carmella iba y venía entre el fogón y el fregadero trasteando con ollas y sartenes mientras preparaba unas berenjenas para cenar. Detrás de ella, Clemenza hacía saltar a Connie en sus rodillas en la mesa de la cocina, mientras Tessio y Genco estaban sentados a su lado en fila, escuchando a Michael que iba recitándoles, titubeante, la redacción escolar que estaba preparando sobre el Congreso. Fredo, casi llorando, acababa de salir de casa diciendo que iba a ver a un amigo. En el piso de arriba, Tom se encontraba en el estudio con Vito, y durante la última media hora había intentado no escuchar los repentinos gritos y golpes que traspasaban la puerta del estudio y bajaban hasta la cocina. Vito no era un hombre que perdiera la paciencia. Tampoco era un hombre que gritase a sus hijos, y ciertamente no solía decir palabrotas… y por tanto, toda la casa estaba tensa y nerviosa por los gritos y maldiciones que venían del estudio.

217

—Hay cuarenta y ocho estados —decía Michael—, y noventa y seis hombres representan a sus electores como senadores.

Clemenza le dijo a Connie:

—Quiere decir que representan a cualquiera que les unte lo suficiente.

Michael miró por la puerta de la cocina hacia arriba, al techo, donde había quietud desde hacía varios minutos. Se tiró del cuello de la camisa y se pasó la mano por el cuello como si le molestara.

—¿Qué quiere decir? —preguntó, volviéndose a Clemenza—. ¿Qué quiere decir con eso de que les «unte»?

Genco dijo:

—No le hagas caso, Michael.

Carmella, en el mostrador de la cocina, con el cuchillo en la mano, dijo:

—Clemenza —lo riñó sin apartar la vista de la gorda berenjena que estaba en el mostrador.

—No quiere decir nada —dijo Clemenza, haciendo cosquillas a Connie hasta que ella se rio y se retorció en su regazo. La niña se echó encima de la mesa hacia Michael.

—Yo también me sé los estados —dijo, y se puso a recitar—: Alabama Arizona, Arkansas…

—*Sta'zitt!* —dijo Carmella—. ¡Ahora no, Connie!

Empezó a rebanar las berenjenas como si fueran un trozo de carne cruda y el cuchillo de cocina fuese de carnicero.

Arriba se abrió la puerta del estudio. Todos los que estaban en la cocina primero se volvieron a mirar hacia las escaleras, y luego, conteniéndose, volvieron a lo que estaban haciendo: Carmella a cortar berenjenas, Clemenza a hacer cosquillas a Connie, y Michael miró a Genco y Tessio y empezó a recitar hechos sobre la Cámara de Representantes de los Estados Unidos.

Cuando Tom entró en la cocina tenía la cara pálida y los ojos hinchados. Hizo un gesto hacia Genco y dijo:

—Papá quiere verles.

Tessio dijo:

—¿A Genco o a todos?

—A todos —dijo Tom.

Connie, que normalmente habría saltado encima de Tom nada más verle, por el contrario dio la vuelta a la mesa y se quedó de pie junto a Michael cuando Clemenza la dejó en el suelo. Llevaba unos zapatos negros brillantes con calcetines blancos y un vestido rosa. Michael la cogió y se la puso en el regazo, y ambos miraron a Tom en silencio.

—Mamá, tengo que irme —dijo Tom.

Carmella señaló hacia la mesa con el cuchillo de cocina.

—Quédate a cenar. Voy a hacer berenjenas como a ti te gustan.

—No puedo, mamá.

Carmella dijo, levantando la voz:

—¿Que no puedes quedarte? ¿No puedes quedarte a cenar con tu familia?

—¡No puedo! —exclamó Tom, más fuerte de lo que había previsto. Primero pareció que quizá fuera a explicarse o a disculparse, pero luego salió de la cocina y se dirigió hacia la puerta delantera.

—Lleva a Connie a su habitación y léele un libro —ordenó Carmella a Michael. Su tono de voz dejaba bien claro que ni él ni Connie tenían elección posible en ese asunto.

En el salón, la mujer alcanzó a Tom en la puerta cuando ya se ponía la chaqueta.

—Lo siento, mamá —dijo él, y se secó los ojos húmedos de lágrimas.

—Tom, Vito me ha contado lo que pasó.

—¿Te lo ha contado?

—¿Qué dices? —exclamó Carmella—. ¿Crees que un hombre no habla con su mujer? ¿Crees que Vito no me cuenta nada?

—Te cuenta solo lo que quiere contarte —dijo Tom, y en cuanto lo dijo vio la ira en el rostro de Carmella y se disculpó—. Lo siento, mamá. Es que... estoy agobiado.

—¿Estás agobiado? —repitió Carmella.

—Estoy avergonzado.

—Deberías estarlo.

—Me he portado mal. No lo volveré a hacer.

—Una chica irlandesa... —dijo Carmella, meneando la cabeza.

—Mamá, yo soy medio irlandés.

—Eso no importa —dijo Carmella—. Tendrías que habértelo pensado mejor.

—*Si* —dijo Tom—. *Mi dispiace.* —Se subió la cremallera de la chaqueta—. Los chicos no saben nada... —dijo, como si supiera que era así pero lo estuviera preguntando de todos modos.

Carmella hizo una mueca como diciendo que la pregunta era tonta, y que los niños, claro está, no sabían nada. Se acercó a él y le cogió las mejillas con las manos.

—Tommy, ya eres un hombre. Tienes que luchar contra tu naturaleza. ¿Vas a la iglesia? ¿Rezas?

—Claro, mamá —dijo Tom.

—¿A qué iglesia? —le interrogó Carmella, y como a Tom no se le ocurrió ninguna respuesta, ella suspiró dramáticamente—. Hombres, todos sois iguales.

219

—Mamá, escucha. Papá dice que si vuelve a ocurrir algo semejante, me echa.

—Pues que no vuelva a ocurrir —dijo Carmella, duramente. Luego se suavizó un poco y añadió—: Reza, Tommy. Reza a Jesús. Créeme, ahora ya eres un hombre. Y necesitarás toda la ayuda que puedas.

Tom besó a su madre en la mejilla y dijo:

—Vendré el domingo a comer.

—Claro que vendrás a comer el domingo —dijo Carmella, como si eso se diera por supuesto—. Sé bueno. —Le abrió la puerta para que saliera y le dio una palmadita afectuosa en el brazo cuando se iba.

Cuando Vito, en la ventana de su estudio, vio a Tom salir andando por la calle y dirigirse hacia la avenida Arthur y el tranvía, se sirvió un poco más de Strega. Genco estaba apoyado en el escritorio con las manos en las caderas y revisando la situación con Giuseppe Mariposa y Rosario LaConti. Algunos de los de la organización de LaConti no aceptaban la situación fácilmente. No les gustaba la manera que había tenido Giuseppe de cargarse a Rosario, humillándole y dejándole desnudo en la calle. Giuseppe Mariposa era un animal, se quejaban. Algunos de ellos miraban a las familias Stracci y Cuneo, queriendo protegerse bajo su capa… cualquier cosa excepto trabajar para Mariposa.

Tessio, de pie junto a la puerta del estudio, con los brazos cruzados y con su habitual expresión y tono de voz agrios, dijo:

—Anthony Stracci y Ottilio Cuneo no han llegado adonde están por tontos. No se arriesgarán a una guerra con Mariposa.

—*Si* —dijo Genco. Se apartó del escritorio y se dejó caer pesadamente en una butaca tapizada que daba a la ventana y a Vito—. Con la organización de LaConti con él o bajo su mando, y Tattaglia en su bolsillo, Mariposa es demasiado fuerte. Stracci y Cuneo darán la espalda a cualquiera que vaya a ellos.

Clemenza, sentado junto a Genco con un vasito de anís en la mano, miró a Vito.

—Tengo que decirle algo a Mariposa sobre el asunto este

de Luca Brasi. Está esperando que nos hagamos cargo de eso.

Vito se sentó en el alféizar de la ventana apoyando el vaso de Strega en la rodilla.

—Dile a Giuseppe que nos haremos cargo de Brasi cuando llegue el momento oportuno.

—Vito —dijo Clemenza—, a Mariposa no le gustará oír eso. Tomasino quiere a Brasi fuera de todo esto ahora, y Mariposa quiere que Tomasino sea feliz. —Como Vito se limitó a encogerse de hombros, Clemenza miró a Genco en busca de su apoyo. Este apartó la vista y Clemenza se rio de una manera que indicaba que estaba sorprendido—. Primero Mariposa nos dice que averigüemos quién le está robando… y no se lo entregamos. Luego nos dice que nos hagamos cargo de Brasi… y le decimos que «cuando podamos». *Che minchia!* ¡Vito! ¡Nos estamos buscando problemas!

Vito dio otro sorbo a su bebida.

—¿Por qué iba a querer librarme de alguien que está inculcando un poco de temor de Dios en Mariposa? —preguntó a Clemenza, pausado.

—Y no solo en Mariposa —añadió Tessio.

Clemenza abrió las manos.

—¿Qué otra elección tenemos?

—Dile a Joe que nos haremos cargo de Luca Brasi —señaló Vito—. Dile que estamos en ello. Haz lo que te digo, por favor. No quiero que ni él ni Cinquemani vayan a por Brasi. Quiero que piensen que nos estamos ocupando nosotros.

Clemenza se arrellanó en la silla como si estuviera derrotado. Miró a Tessio.

—Vito —dijo este, y se desplazó desde la puerta hasta el escritorio—, perdóname, pero en esto tengo que ponerme de parte de Clemenza. Si Mariposa viene a por nosotros, no somos rivales para él. Puede destruirnos.

Vito suspiró y juntó las manos ante él. Miró a Genco y asintió.

—Escucha —dijo Genco. Dudó, buscando las mejores palabras—. Quería que esto quedase entre Vito y yo, porque no hay necesidad de dar ocasión para que nadie meta la pata y que le den pasaporte a Frankie Pentangeli.

Clemenza palmoteó, comprendiendo de inmediato.

—¡Frankie está con nosotros! ¡Siempre me ha encantado ese hijo de puta! Es demasiado bueno para estar con gentuza como Mariposa.

—Clemenza —dijo Vito—, que Dios te bendiga, te confiaría la vida de mis hijos, pero... —Hizo una pausa y levantó un dedo—. Te gusta mucho hablar, Clemenza, y si en esto cometes el menor desliz, nuestro amigo lo pasará mal.

—Vito —protestó Clemenza—, Dios es testigo. No tienes por qué preocuparte.

—Bien. —De nuevo hizo una seña a Genco.

—Mariposa viene a por nosotros —prosiguió Genco—. Lo sabemos por Frankie. Es solo cuestión de tiempo...

—Hijo de puta —le interrumpió Clemenza—. ¿Se ha tomado ya la decisión?

—*Si* —afirmó Genco—. Mientras Mariposa y sus chicos estén todavía ocupados con LaConti, tenemos tiempo... pero estamos en su punto de mira. Él quiere el negocio del aceite de oliva, quiere nuestras conexiones, lo quiere todo. Sabe que en cuanto se revoque la prohibición va a necesitar más negocios, y ha puesto los ojos en nosotros.

—*Bastardo!* —exclamó Tessio—. ¿Y Emilio y los demás? ¿Irán con él?

Genco asintió.

—Cree que sois una organización aparte —dijo a Tessio—, pero también va a por vosotros. Probablemente piensan: «Primero los Corleone, luego vosotros».

—¿Por qué no hacemos que Frankie le vuele los sesos a Mariposa, sencillamente? —preguntó Clemenza.

—¿Y qué conseguiríamos con eso? —dijo Vito—. Emilio Barzini estaría en mejor posición aún para venir a por nosotros, con las otras familias detrás.

Clemenza murmuró:

—De todos modos me gustaría volarle los sesos.

—Por ahora —dijo Genco—, Giuseppe está esperando el momento oportuno... pero Frankie dice que está planeando algo con los Barzini. A él lo mantienen al margen, así que no sabe exactamente lo que es, pero sí que algo está pasando, y cuando lo averigüe lo sabremos. Por ahora, con el follón de LaConti, no están dispuestos a hacer un solo movimiento.

—¿Y qué se supone que vamos a hacer nosotros? —preguntó Clemenza—. ¿Sentarnos y esperar a que decidan atacarnos?

—Tenemos una ventaja —dijo Vito. Se puso de pie con el Strega en la mano y fue hasta su asiento en el escritorio—. Con Frankie dentro, estamos en posición de saber lo que está planeando Joe. —Cogió un cigarro del cajón del escritorio y empezó a desenvolverlo—. Mariposa piensa en el futuro, pero yo también. La revocación se acerca y busco nuevas formas de negocio. Ahora mismo Dutch Schultz y Leg Diamond... —Vito parecía asqueado—. Toda esa gente que sale en los periódicos todos los días, esos famosos... tienen que desaparecer. Yo lo sé y Giuseppe también lo sabe. Todos lo sabemos. Hay demasiados payasos por ahí que piensan que pueden hacer cualquier cosa que les apetezca. Cada dos manzanas hay un gánster importante. Esto no tiene fin. Giuseppe cree que lo puede llevar todo, pero no nos equivoquemos —cortó la punta de su cigarro—: Joe es como ese *idiota*, Adolf Hitler, en Alemania. No parará hasta que se lo quede todo. —Hizo una pausa, encendió el cigarro y dio unas chupadas—. Tenemos planes, todavía no sé cómo, pero Luca Brasi puede sernos de ayuda. Cualquiera que asuste a Mariposa nos puede ayudar, así que será mejor que hagamos lo que podamos para mantenerlo vivo. ¿Y qué pasa con esos gamberros que están robando a Mariposa? Nos interesa mucho averiguar quiénes son y entregárselos a Joe... así que seguiremos intentándolo. Si podemos entregarle a los gamberros y entretenerle con Brasi, y mantenemos vivo a Frankie, trabajando con nosotros... —De nuevo Vito hizo una pausa. Miró a sus amigos reunidos en la habitación—. Con la ayuda de Dios, cuando llegue el momento, estaremos preparados. Y ahora —señaló la puerta del estudio— perdonadme, pero he tenido un día duro.

Clemenza dio un paso hacia Vito como si tuviera algo más que decir, pero Corleone levantó la mano y se dirigió hacia la ventana. Se volvió de espaldas a todos y miró hacia la calle mientras abandonaban la habitación. Cuando se cerró la puerta del estudio, se sentó ante la ventana y miró al otro lado de la avenida Hughes, las casas de ladrillo rojo, de dos pi-

223

sos, que se alzaban por encima de la acera. Miraba hacia las casas, pero sus ojos estaban vueltos hacia su interior. La noche anterior, la noche antes de ir a ver a Luca Brasi, soñó que estaba en Central Park, junto a la fuente, mirando en un baúl de viaje un cuerpo destrozado. No era capaz de averiguar la identidad del cuerpo, pero le latía muy fuerte el corazón porque temía ver quién era. Se inclinaba encima del baúl, cada vez más cerca, pero no podía ver la cara de aquel cuerpo que estaba horriblemente retorcido y apretujado en el pequeño espacio. Luego ocurrieron dos cosas con mucha rapidez en el sueño. Primero, él levantaba la vista y miraba el ángel de piedra que estaba encima de la fuente y que señalaba hacia él. Y luego miraba hacia abajo y el cuerpo embutido en el baúl de viaje se incorporaba y le cogía la mano, como implorándole algo… Se despertó con el corazón desbocado. Vito, que siempre dormía profundamente, estuvo despierto la mayor parte de aquella noche, con sus pensamientos corriendo en todas direcciones, y luego, por la mañana, mientras leía el periódico con el café, vio una foto del chico, Nicky Crea, en Central Park, metido en el baúl de viaje con el ángel encima de la fuente señalándole. La foto estaba enterrada tras varias páginas de papel, junto a un artículo que hacía un seguimiento del crimen. Ningún sospechoso. Ningún testigo. Ninguna pista. Solo el cuerpo de un chico metido en un baúl de viaje y un hombre no identificado con ropas de civil mirando hacia el baúl. La visión de la foto le recordó vivamente el sueño, y apartó a un lado el periódico… pero tuvo una sensación ominosa. Más tarde, cuando Luca Brasi le contó lo de Tom, sus pensamientos volvieron al sueño, como si pudiera haber alguna conexión… e incluso en aquel momento, mientras terminaba el día, no podía apartar de sí aquel sueño, que estaba tan vivo en él como un recuerdo reciente, y no podía librarse tampoco de aquella sensación de mal agüero, como si algo malo se cerniese sobre él.

Vito se quedó sentado junto a la ventana de su estudio, con su cigarro y su bebida, hasta que Carmella llamó a la puerta y luego la abrió. Cuando vio a Vito en el asiento de la ventana, se sentó a su lado. Ella no dijo nada. Lo miró a la cara y luego cogió su mano y le acarició los dedos como a él le gustaba, masajeándole las articulaciones y los nudillos uno por uno, mientras se desvanecía la última luz de aquel día.

Donnie O'Rourke dio la vuelta a la esquina de la Novena Avenida y se detuvo a atarse los cordones de los zapatos. Apoyó el pie en la base de una farola, y miró a un lado y a otro de la calle mientras se ataba los cordones con parsimonia. El barrio estaba tranquilo: un par de matones vestidos de punta en blanco iban caminando por la acera y riendo con una mujer muy guapa entre los dos; una anciana llevaba una bolsa de papel en brazos y un niño al lado. Fuera, en la calzada, los coches iban pasando regularmente, y un vendedor empujaba su carrito vacío mientras silbaba una tonada que seguramente solo él podía identificar. Era la última hora de la tarde y hacía un calor impropio de la estación. Acababa un día maravilloso, en el que todo el mundo había estado fuera, disfrutando del cielo azul y la radiante luz del sol. En cuanto comprobó que nadie le seguía ni le vigilaba, Donnie procedió a subir por la manzana hasta un edificio de pisos donde había alquilado un apartamento con Sean y Willie. Sus habitaciones estaban en el primer piso, tras subir un tramo de escaleras desde la entrada del edificio, y en cuanto Donnie entró en el pequeño vestíbulo con el suelo embaldosado en blanco y negro, la puerta del sótano que quedaba a la derecha de la escalera se abrió de golpe.

225

Uno de los chicos de Luca apuntó una pistola a su cabeza. Donnie pensó en buscar el arma, pero luego otro de la banda de Luca, el que llevaba la mano vendada, salió del sótano detrás del primer tío llevando una escopeta recortada a la altura de la cintura, apuntando a las pelotas de Donnie.

—No seas idiota —dijo—. Luca solo quiere hablar contigo.

Señaló hacia abajo, al sótano, con la recortada, mientras el primer tipo registraba a Donnie y encontraba tanto la pistola que llevaba en la sobaquera como el revólver de cañón corto atado con unas correas al tobillo.

En el sótano, Luca estaba sentado en una destartalada silla con patas tipo garra, junto a la caldera. El relleno del asiento y el respaldo de la silla sobresalían como nubes blancas en los sitios donde la tela, con estampado de piel de animal, se había desgarrado formando una Z sinuosa, y la pata derecha de la parte posterior estaba rota, de modo que la silla se inclinaba extrañamente hacia atrás. Luca se echó atrás en la silla con los brazos detrás de la cabeza y las piernas cruzadas. Llevaba unos pantalones de vestir negros y una camiseta, y su camisa, chaqueta y corbata colgaban de otra silla con patas de garra igualmente destrozada y situada a su derecha. Hooks Battaglia se encontraba de pie detrás de Luca, con las manos metidas en los bolsillos y con aire aburrido. De pie detrás de Hooks se encontraba otro tipo con la mano metida en los pantalones y rascándose sin parar. Donnie hizo una seña a Hooks.

—Vosotros, irlandeses —dijo Luca, mientras Paulie y JoJo empujaban a Donnie ante la silla—. Habéis empezado una guerra conmigo, y luego vais por ahí sin guardaespaldas como si no tuvieseis preocupación alguna en este mundo. ¿Qué coño os pasa? ¿Creíais que no encontraría este sitio?

—Que te den, Luca.

—Ya veo —dijo Luca, y miró hacia Hooks, que estaba tras él—. ¿Ves por qué me gusta este tío? —Señaló a Donnie—. No tiene miedo de mí. Y tampoco tiene miedo de morir. ¿Cómo podría no gustarme un tipo así?

Donnie le dijo a Hooks:

—Preferiría estar muerto que ser un lameculos de gente como él.

Hooks meneó la cabeza ligeramente, como para advertir a Donnie de que abandonase su beligerancia.

—¿Y de quién quieres ser lameculos, Donnie? Porque todos lo somos de alguien. —Se rio y añadió—: Excepto yo, claro está.

—¿Qué quieres, Luca? ¿Vas a matarme ahora? —preguntó Donnie.

—Preferiría no matarte. —Luca miró tras él, a la caldera, y luego por encima, al techo por el cual corrían un par de tuberías grandes—. Me caes bien. —Volvió de nuevo su atención a Donnie—. Soy comprensivo. Tenéis aquí una historia muy bonita en marcha, tú y los demás irlandeses, y luego llego yo y los demás comedores de *sconcigli* (porque así es como nos llamáis a veces, ¿verdad?) y os lo jodemos todo. Vosotros los irlandeses lo acaparabais todo antes. Entiendo que el hecho de que llegásemos nosotros, os pateásemos vuestros patéticos culos de borrachines y os echáramos a la alcantarilla... comprendo que eso quizás os resulte difícil de tragar. Soy comprensivo.

—Qué detalle por tu parte, ¿verdad? —dijo Donnie—. Luca, eres todo corazón.

—Eso es verdad —reconoció Luca, y se sentó erguido en la silla destartalada—. No quiero matarte... ni siquiera después de todo lo que habéis hecho para merecerlo. Y también tengo que pensar en Kelly. Ese es un factor más, que yo esté con vuestra hermana.

—Puedes quedártela. Es toda tuya.

—Es una puta —dijo Luca. Sonrió al ver que la cara de Donnie se oscurecía y parecía que quería arrancarle el corazón—. Pero aun así es mi puta.

—Púdrete en el infierno, Luca —exclamó Donnie—. Tú y todos los tuyos.

—Probablemente. —Luca se encogió de hombros ante la maldición—. ¿Sabes lo que me ha costado ese atraco a la sala de apuestas? —preguntó, notando que un toque de rabia invadía su voz por primera vez—. Pero aun así, realmente no quiero matarte, Donnie, porque, como digo, soy comprensivo. —Hizo una pausa dramática y luego levantó las manos—. Pero sí que voy a matar a Willie. Él intentó asesinarme, disparó a dos de mis chicos, ha armado mucho escándalo diciendo que viene a por mí... Willie tiene que morir.

—¿Y qué estás haciendo conmigo aquí, entonces? —preguntó Donnie.

Luca se dio la vuelta y se enfrentó a Hooks.

—¿Lo ves? Es listo. Él lo entiende: sabíamos dónde se escondían, podíamos haber cogido sencillamente a Willie y acabado con él. De hecho —se volvió de nuevo hacia Donnie—, sabemos exactamente dónde está Willie ahora mismo. Está en el piso de arriba, en vuestro apartamento del primero B. Le hemos visto subir hace una hora.

Donnie dio un paso hacia Luca.

—Vamos, ve al grano. Me estoy aburriendo.

—Claro —accedió Luca. Bostezó y se enderezó, como si estuviera relajándose al sol en lugar de encontrarse en un húmedo y oscuro sótano—. Lo único que te pido que hagas (y te doy mi palabra de que no te tocaré un solo pelo de tu cabezota irlandesa) es que salgas al vestíbulo y desde las escaleras le digas a Willie que baje al sótano. Eso es todo, Donnie. Es lo único que te pido.

Donnie se echó a reír.

—Quieres que traicione a mi hermano a cambio de mi vida.

—Eso es —dijo Luca, enderezándose otra vez—. Ese es el trato.

—Claro —asintió Donnie—. Te diré lo que vamos a hacer, en lugar de eso: ¿por qué no te vas a tu casa y te follas a tu puta madre, Luca?

Luca hizo una señal a Vinnie y JoJo, que estaban de pie uno junto al otro, inclinados hacia la caldera. JoJo se agachó hasta el suelo y cogió un trozo de cuerda. Paulie se unió a los otros y ataron las muñecas de Donnie y le colgaron de las tuberías, de modo que tenía que ponerse de puntillas para evitar quedar colgando en el aire. Donnie miró a Hooks, que permanecía quieto como una estatua junto a Luca.

—Esperaba poder evitar esto —dijo Luca. Y se levantó con un gemido de la silla estropeada.

—Desde luego que sí —accedió Donnie—. Es una verdadera lástima la de cosas feas que te obliga a hacer este mundo, ¿verdad, Luca?

Luca asintió como si estuviera impresionado por la sabiduría de Donnie. Bailoteó un poco, como un boxeador calentándose, arrojando ganchos de derecha y de izquierda al aire, antes de acercarse a Donnie y decir:

—¿Estás seguro?

Donnie bufó.

—Venga, acabemos con esto. Estoy aburrido.

El primer puñetazo de Luca fue un derechazo sencillo y malicioso en el estómago que dejó a Donnie colgando de las tuberías y jadeando para poder respirar. Luca le miró en silencio hasta que pudo volver a respirar con normalidad, dándole una oportunidad de pensar de nuevo en su decisión. Como Donnie no hablaba, le volvió a dar un solo golpe, esta vez en la cara, ensangrentándole la boca y la nariz. De nuevo Luca esperó, y como Donnie no hablaba, se ensañó con él, bailoteando a su alrededor y lanzando combinaciones de duros golpes a las costillas y el estómago de Donnie, a sus brazos y su espalda, como un boxeador que la emprendiese con un pesado saco. Cuando se detuvo por fin, mientras Donnie se atragantaba y escupía sangre, se sacudió las manos y rio.

—Cazzo! —dijo, mirando a Hooks—. No lo va a hacer. Hooks sacudió la cabeza, afirmando.

—No vas a llamar a tu hermano, ¿verdad?

Donnie intentó hablar, pero no pudo pronunciar una palabra coherente. Sus labios y su barbilla estaban teñidos de un rojo brillante por la sangre.

—¿Qué? —preguntó Luca, acercándose, y Donnie consiguió balbucir:

—Que te jodan, Luca Brasi.

—Eso es lo que pensaba. Vale. Entonces, ¿sabes qué?

Fue a la silla donde estaban colgadas sus ropas. Se secó la sangre de las manos con un trapo y se puso la camisa.

—Te dejaré colgando aquí hasta que alguien te encuentre. —Se puso la corbata por encima del cuello de la camisa y luego la chaqueta, y se acercó a Donnie de nuevo—. ¿Estás seguro de esto, Donnie? Porque quizá, solo para divertirnos, cogeremos a Willie y le pediremos que te entregue a ti... y a lo mejor él no es tan leal.

Donnie consiguió esbozar una ensangrentada sonrisa.

—Si es esto lo que quieres... —dijo Luca, arreglándose la corbata—. Te dejaremos aquí colgando, y dentro de unos días, o unas semanas, pronto, os encontraré a ti o a Willie y hablaremos otra vez. —Dio un par de golpecitos a Donnie en las costillas; este echó atrás la cabeza lleno de dolor por aquellos toques tan ligeros—. ¿Sabes por qué lo hago así? Porque me gusta. Esta es mi idea de la diversión. —Se dirigió a Hooks—: Vámonos. —Vio a Vinnie con las manos metidas en los pantalones, rascándose—. Vinnie, ¿todavía no has arreglado eso? —Le dijo a Donnie—: Este chico tiene gonorrea.

229

—Vámonos —dijo Hooks, haciendo señas al resto de los hombres.

—Espera. —Luca miró a Vinnie y le dijo a Paulie—: Dale tu pañuelo a Vinnie.

—Está sucio —dijo Paulie.

Luca lo miró como si fuera un idiota. Paulie sacó su pañuelo del bolsillo de sus pantalones y se lo tendió a Vinnie.

—Métetelo en los pantalones y frótatelo bien por esa porquería que te sale de la polla —ordenó a Vinnie.

—¿Qué?

Luca levantó las cejas como si estuviera harto de tener que tratar con semejante idiota. Le dijo a Donnie:

—Te daremos una cosita más para que te acuerdes de nosotros mientras estás ahí colgado. —Habló a Vinnie—: Cuando acabes de hacer lo que te he dicho le vendas los ojos con el pañuelo.

—Pero Luca, por el amor de Dios… —exclamó Hooks.

Luca se echó a reír y dijo:

—¿Qué pasa? Me parece muy divertido.

Se alejó entre las sombras y salió del sótano.

Sandra se rio en voz alta al oír la historia de Sonny, y luego se tapó los ojos como si le causara vergüenza su propia risa, que era sonora y desbordante, no el tipo de risa que se podría esperar de una niña. A Sonny le gustaba cómo sonaba, y se rio con ella hasta que levantó la vista y vio a la señora Columbo frunciendo el ceño en dirección a ellos, como si ambos se estuviesen comportando desvergonzadamente. Hizo una seña a Sandra, que se puso a mirar por la ventana y saludó a su abuela con un pequeño desafío en el gesto que hizo que Sonny sonriese ampliamente. La señora Columbo, como siempre, iba vestida de negro, su rostro redondo estaba lleno de arrugas y una visible hilera de pelos oscuros crecía encima de su labio superior. Qué diferencia entre ella y su nieta, que llevaba un vestido de un color amarillo chillón, como para celebrar la inusual calidez del día. Los ojos oscuros de Sandra tenían un brillo especial cuando reía, y Sonny decidió hacerla reír más a menudo.

Comprobó su reloj de pulsera y dijo:

—Cork me va a venir a recoger dentro de un minuto.

Miró por la ventana y vio que la señora Columbo no estaba a la vista. Tocó el pelo de Sandra, cosa que quería hacer desde que vino a conocerla y se sentó en los escalones delanteros de la casa con ella. Sandra le sonrió y volvió a mirar hacia la ventana nerviosamente, le tomó la mano, la apretó y la apartó luego.

—Habla con tu abuela —dijo Sonny—. Mira a ver si me deja llevarte a cenar fuera.

—No me va a dejar ir en coche contigo, Sonny. No me deja ir en coche con ningún chico. Además tú… —señaló juguetonamente a Sonny— tienes cierta reputación.

—¿Reputación de qué? —dijo Sonny—. Si soy un angelito, lo juro. ¡Pregúntaselo a mi madre!

—¡Fue tu madre la que me advirtió en tu contra!

—No —dijo Sonny—. ¿De verdad?

—¡De verdad!

—*Madon'!* ¡Mi propia madre!

Sandra se rio de nuevo y la señora Columbo volvió a aparecer en la ventana.

—¡Sandra! —gritó, en dirección a la calle—. *Basta!*

—¿Qué pasa?

Sonny, sorprendido al oír el toque de ira en la voz de Sandra, se puso de pie y dijo:

—Tengo que irme, de todos modos. —Miró hacia arriba, a la señora Columbo, y dijo—: Me voy, señora Columbo. Gracias por dejarme visitar a Sandra. *Grazie* —La señora Columbo le hizo una seña de asentimiento y Sonny le dijo a Sandra—: Ve convenciéndola. Dile que iremos con otra pareja y que te traeré de vuelta a las diez.

—Sonny: le está dando un ataque solo porque hablo contigo aquí fuera en las escaleras. No me dejará ir contigo en un coche, ni ir a cenar.

—Tú intenta convencerla —repitió Sonny.

Sandra señaló hacia un comercio que había en la misma manzana, en la esquina, con un escaparate que daba a la calle. Era una tienda de caramelos y que vendía refrescos, con una mesita junto al ventanal donde la gente se podía sentar a beber un refresco.

231

—Quizá pueda convencerla de que te deje llevarme ahí, donde pueda vernos desde la ventana.

—¿Ahí? —dijo Sonny mirando la tienda de la esquina.

—Ya veremos. —Sandra gritó a su abuela educadamente, en italiano—: Subo ahora mismo.

Dedicó a Sonny una sonrisa de despedida antes de desaparecer en el edificio.

Sonny se despidió por señas de la señora Columbo, fue bajando por la acera y se sentó en las escaleras de entrada de otro edificio, esperando a Cork. Por encima de él, una niñita estaba apoyada en el alféizar de una ventana cantando *Body and Soul*, como si fuera veinte años mayor y actuase en el Morocco. Al otro lado de la calle, una mujer atractiva, mucho mayor que Sonny, tendía la ropa de la colada en una cuerda atada a la parte superior de la escalera de incendios. Sonny intentó atraer su mirada (sabía que lo había visto) pero ella siguió dedicada a su tarea sin mirar a la calle ni una sola vez, y luego desapareció detrás de la ventana. Él se estiró la chaqueta, apoyó los codos en las rodillas y se encontró pensando de nuevo en la noche anterior, cuando su padre le preguntó por Tom. Vito quería saber si Sonny sabía que Tom iba por ahí de juerga a clubes de Harlem y se liaba con golfas. Sonny mintió, dijo que no sabía nada de aquello, y Vito lo miró con una mezcla de preocupación y de rabia, una mirada que se le quedó muy grabada a Sonny y que volvía a él ahora, mientras esperaba a Cork para que le llevase a su siguiente trabajo. Había visto preocupación y rabia en su padre antes de aquel momento, pero había algo más en su expresión, algo que parecía miedo… y que le preocupaba más que nada. Se preguntaba qué pasaría si Vito averiguaba lo que estaba haciendo. El propio Sonny sintió algo parecido al miedo ante aquella perspectiva… y luego, furioso, desechó esa sensación. ¡Su padre era un gánster! Eso era algo que todo el mundo sabía, ¿y qué? ¿Tenía que romperse el culo Sonny cada día con todos los demás *giamopes* por un par de asquerosos pavos? ¿Durante cuánto tiempo? ¿Años?

—*Che cazzo!* —dijo en voz alta, y luego levantó la vista y vio a Cork aparcado junto a la acera y sonriéndole.

—*Che cazzo* tú —dijo Cork, mientras se inclinaba sobre el asiento y le abría la portezuela a su amigo.

Sonny entró en el coche riendo al oír una palabrota italiana en labios de Cork.

—¿Repites todo lo que oyes?

Cork abrió la guantera y aparecieron un par de revólveres de cañón corto nuevos y brillantes del 38. Cogió uno, se lo metió en el bolsillo de la chaqueta y puso en marcha el coche.

Sonny cogió el otro y lo miró.

—¿Nico ha sacado estas de Vinnie?

—Como dijiste —respondió Cork—. ¿No confías en Nico?

—Claro, solo quería asegurarme.

—¡Dios mío! —chilló Cork, y se echó atrás en su asiento como si le acabase de caer un rayo—. ¡Me alegro tanto de sacar el culo de esa puta panadería! Eileen está que muerde desde hace días.

—¿Ah, sí? —dijo Sonny—. ¿Y por qué?

—¿Quién sabe? —respondió Cork—. Por esto, por lo otro y por lo de más allá. Me comí una madalena sin preguntarle, una cosa que llevo haciendo toda la puta vida, y ella se pone a gritarme como si con eso fuera a volverse pobre…¡Madre mía, Sonny! Me voy a guardar una de esas botellas de vino caro para mí solo. La necesito.

—Y una mierda —dijo Sonny—. Vale más de cien pavos cada botella.

Cork sonrió y dijo:

—¿Qué sería la vida sin esas cosas? Decías que ese coche pasa por el túnel solo y desamparado, ¿no? ¿Estás seguro de eso?

—Eso es lo que me han dicho —afirmó Sonny—. Un Essex-Terraplane de dos puertas nuevecito, negro, con las llantas blancas.

—¿Qué sería la vida sin esas cosas? —repitió Cork. Sacó un gorro de lana del bolsillo de su chaqueta y lo dejó en el asiento, a su lado.

—Déjame preguntarte una cosa, Cork. ¿Crees que debería ir a ver a mi padre y contarle lo que estamos haciendo?

Cork había sacado un paquete de cigarrillos del bolsillo de su camisa y lo agitó cómicamente con una sorpresa exagerada.

233

—¿Estás mal de la cabeza, Sonny? ¡Te arrancará el corazón!

—Hablo en serio —dijo Sonny—. Escucha, o bien dejo esto, o tendré que acudir a él al final. Especialmente si queremos ir a por algo más gordo que birlar alcohol o algún atraco. Si queremos hacer dinero de verdad.

—Ah, hablas en serio… te diré lo que pienso —dijo en un tono y con unos modales que cambiaron rápidamente—. Creo que tu padre no quiere que te acerques ni remotamente a este negocio, y creo que podrías poner en peligro todo el resto de nuestra vida si se lo dices.

Sonny miró a Cork como si estuviese loco.

—¿Crees eso de verdad? —preguntó—. ¿Qué clase de hombre crees que es mi padre?

—Un tipo muy duro —dijo Cork.

Sonny se rascó la cabeza, miró por la ventanilla lateral el río Hudson y un remolcador que iba avanzando a resoplidos, y luego se volvió de nuevo hacia su amigo.

—¿Crees que mi padre es el tipo de hombre que mataría a mis amigos? ¿De verdad piensas eso?

—Tú me has preguntado, Sonny.

—Bueno, pues te equivocas. —Sonny se inclinó hacia Cork como si fuera a darle un porrazo, pero al final acabó derrumbándose en su asiento—. Estoy cansado. —Echó un vistazo a su reloj—. Llegaremos temprano para estar más seguros. Tendremos que esperar. —Miró por la ventanilla y pensó que todavía tenían un rato antes de meterse en el túnel—. Aparca donde tengas buena vista de todos los que vengan. El resto de los chicos se reunirá con nosotros dentro de media hora.

—Bien. Escucha, Sonny…

—Olvídalo. Pero te aseguro que estás equivocado con mi viejo.

Sonny estiró las piernas, echó la cabeza hacia atrás y cerró los ojos… y diez minutos más tarde, cuando el coche fue aminorando la marcha y se detuvo, se incorporó de nuevo y miró a su alrededor. Lo primero que vio fue un Essex negro con llantas blancas saliendo del túnel

—¡Hijo de puta! —dijo, señalando el coche a Cork—. Es ese.

234

—Los chicos todavía no han llegado.

Cork giró en su asiento, mirando a ambos lados de la calle para ver si había alguna señal de los otros.

—Tardarán un rato. —Sonny se rascó la cabeza y se pasó los dedos por el pelo—. Qué demonios, lo haremos nosotros mismos.

—¿Nosotros? —preguntó Cork—. Se suponía que a ti no tenían que verte.

Sonny sacó un gorro de lana de su bolsillo y se lo metió bien por la frente.

—Ah, sí, muy bien —dijo Cork, sarcástico—, así no te reconocerá nadie.

Sonny se ajustó el gorro, intentando meter todo el pelo en su interior.

—Probaremos nosotros. ¿Estás preparado?

Cork avanzó con el coche por la calzada, dirigiéndose hacia el túnel y el Essex.

—Síguelo —dijo Sonny.

—Buen plan —exclamó Cork, y se echó a reír. No se podía hacer otra cosa que seguirlo.

Sonny le empujó y dijo:

—No seas tan listillo.

En cuanto salieron del túnel, el coche se dispuso a atravesar la ciudad por Canal. Cork lo siguió, manteniendo un coche o dos entre ambos. El Essex lo conducía un tío fornido, con el pelo gris, que parecía un banquero. La mujer que iba a su lado parecía la esposa de un banquero. Llevaba el pelo recogido y un chal blanco encima de un soso vestido gris.

—¿Estás seguro de que es ese el coche?

—Un Essex-Terraplane negro nuevo, dos puertas, llantas blancas… —Sonny se metió la mano debajo del gorro y se rascó la cabeza otra vez—. No se ve un Essex nuevecito cada manzana.

—Joder —dijo Cork—. ¿Tienes un plan o qué, genio?

Sonny sacó la pistola de su bolsillo y comprobó el tambor. Pasó un dedo por la inscripción «Smith & Wesson» que llevaba grabada en el corto cañón.

—Espera a que giren por una calle lateral, córtales el paso y cogeremos el coche.

—¿Y si hay gente por allí?

—Entonces hazlo discretamente.

—Discretamente —repitió Cork. Unos segundos más tarde, con una reacción retardada, se rio.

Cuando el Essex giró por Wooster, Sonny dijo:

—¿Adónde va? ¿Sube por Greenwich Village?

—Joder, mira esos dos. Parece que van a cenar al club Rotario.

—Pues sí —dijo Sonny, con una sonrisa cada vez más amplia—. Quién pararía a esos dos, ¿no?

—Sí. Bien pensado. A menos que estés equivocado, claro.

Cork fue lentamente por una zona empedrada de Wooster, directamente detrás del Essex. La calle estaba tranquila, aparte de un puñado de personas que andaban por la acera y unos pocos coches que iban en la dirección opuesta. Sonny miró detrás de ellos y como no vio a nadie, dijo:

—¿Sabes qué? Adelanta. Córtales el paso.

Cork hizo una mueca como para indicar que no estaba demasiado seguro del plan, y luego aceleró el coche, pasó por delante del Essex y lo interceptó.

Sonny saltó del coche antes de que se hubiese parado del todo, dio la vuelta en torno a la puerta del conductor del Essex y la abrió completamente.

—¿Qué es esto? —preguntó el conductor—. ¿Qué pasa?

Mantuvo una mano en la pistola corta de su bolsillo y puso la otra en el volante. Cork, delante del coche, abrió el capó.

—¿Qué está haciendo? —preguntó la mujer.

—No tengo ni puta idea —dijo Sonny.

—Joven —dijo el conductor—, ¿qué está pasando aquí?

La mujer intervino:

—Albert, creo que nos están robando el coche.

Sonny miró a Cork, que venía a situarse tras él.

—Creo que quizá sea el coche equivocado.

Cork sacó una navaja de su bolsillo, la abrió y cortó el panel lateral del asiento del conductor. Buscó en el interior y sacó una botella de vino.

—Château Lafite Rothschild —dijo, leyendo la etiqueta.

Sonny dio un ligero sopapo al tipo en la cabeza.

—Casi me la juegan. Salgan del coche.

—Ya me imaginaba que sabían lo que hacían, pero...

—Solo por curiosidad —dijo la mujer, que parecía una señora normal y corriente, con toda la altivez de su voz ya desaparecida—, ¿saben que están robando bienes propiedad de Giuseppe Mariposa?

Sonny cogió al hombre por el brazo, le registró rápidamente y luego lo sacó del coche.

—Como ha dicho el caballero —hizo un guiño a la mujer, se metió detrás del volante y le hizo señas a ella de que saliera también del coche—, sabemos lo que hacemos.

—Vuestro funeral —dijo la señora, y salió del coche.

Sonny vio que el hombre se unía a la mujer en la acera. En cuanto Cork cerró la capota, les hizo una seña y tocó la bocina dos veces antes de irse.

Sean O'Rourke sujetaba a su madre entre sus brazos y le daba palmaditas en la espalda mientras ella sollozaba con la cara enterrada en su pecho. Estaban ante la puerta del dormitorio de Donnie, y alrededor de ellos otros hablaban en voz baja. El apartamento, lleno de amigos y familia, olía a pan recién hecho que los Donnelly, Rick y Billy, habían traído y dejado en la mesa de la cocina, atestada de comida regalada y flores. Se había corrido la voz rápidamente del asesinato de Donnie O'Rourke en Hell's Kitchen... aunque Donnie no estaba muerto. Le habían dado una paliza horrible, tenía las costillas astilladas y una hemorragia interna, pero no estaba muerto. Estaba en la cama en aquel momento, atendido por Doc Flaherty, que había informado ya de que ninguno de los padecimientos de Donnie amenazaba su vida. La vista, sin embargo, no se le pudo salvar. Estaba ciego y se quedaría ciego. Flaherty le había dicho a Willie:

—Ha sido la infección bacteriana. Si le hubieseis encontrado antes podría haberle salvado la vista, pero ahora... no se puede hacer nada.

Willie había ido a buscar a Donnie al ver que no aparecía aquella noche. Lo había buscado en todos los sitios que se le habían ocurrido, en todas partes excepto en el sótano, donde

Donnie pasó aquella noche y la mañana siguiente medio inconsciente con los ojos tapados por un trapo infectado. Willie no lo encontró hasta que el superintendente llamó a su puerta.

Por encima del atestado apartamento, Willie estaba sentado en el saliente del tejado, frente a sus pichones, y sus pájaros arrullaban y picoteaban una mezcla de semillas y granos que les había puesto para comer. Pete Murray estaba sentado a un lado y Corr Gibson al otro. Por debajo de ellos, en la calle, los últimos vagones de un tren de carga iban traqueteando hacia las vías muertas. El sol brillaba, y los hombres se habían quitado todos la chaqueta. La llevaban doblada en el regazo mientras hablaban. Willie acababa de jurar matar a Luca Brasi y a toda su banda, a todos y cada uno de ellos. Corr y Pete intercambiaron una mirada.

Corr dio unos golpecitos con su *shillelagh* en el tejado de papel alquitranado, de una forma que indicaba tristeza y rabia al mismo tiempo.

—¿Y qué pasa con Kelly? —preguntó—. ¿Por qué no está aquí?

—Nadie ha visto a Kelly desde hace semanas —dijo el otro, y escupió en el tejado, cerrando el tema—. Ahora lo único que me interesa es ver muerto a Luca Brasi.

—Bueno, Willie... —dijo Pete Murray finalmente. Se agarró al saliente con ambas manos, como para estabilizarse. Llevaba las mangas de la camisa muy tirantes en torno a los músculos, abultados por años en los muelles y en los almacenes descargando cosas. Su rostro curtido estaba rojo y lleno de manchas, y barbilla, mejilla y cuello estaban cubiertos por cabellos grises y negros—. Will O'Rourke —hizo una pausa buscando las palabras adecuadas—: los cogeremos, te lo prometo... pero lo haremos de la manera correcta.

—¿Hay una manera correcta y otra incorrecta de matar a alguien? —preguntó Will, y miró primero a Corr y luego de nuevo a Pete—. Los encontraremos y los acribillaremos.

—Piénsalo bien, Willie. ¿Qué tal fue la última vez que lo intentaste? —dijo Corr.

—La próxima vez no fallaré —dijo Will poniéndose de pie.

—Siéntate. —Pete cogió a Willie por la muñeca y le obligó a sentarse de nuevo en el saliente—. Escúchame, Will O'Rourke: fuimos a por Brasi a medio cocer, como irlandeses que somos, y ya ves cómo nos ha ido.

Corr se inclinó sobre su porra y dijo, casi como si hablase para sí mismo:

—Tenemos que aprender una lección de los italianos.

—¿Qué quiere decir eso? —inquirió Willie.

—Que tenemos que ser pacientes y planearlo todo, y cuando hagamos nuestro movimiento, hacerlo correctamente.

—Joder. —Willie soltó su brazo de la presa de Murray—. Tenemos que hacerlo ahora, mientras todavía estamos todos juntos... antes de que nos vayamos cada uno por su camino y nos olvidemos de esto, como siempre.

—No vamos a olvidar lo que Luca le ha hecho a Donnie —dijo Pete. Cogió de nuevo la muñeca de Will con la mano, pero esta vez con suavidad—. Es asqueroso, y le haremos pagar por ello. Por eso y por cincuenta cosas más. Pero tendremos paciencia. Esperaremos a que llegue el momento adecuado.

—¿Y cuándo será eso? ¿Cuándo imaginas que será el momento adecuado de atacar a Luca Brasi y los demás morenos?

—Los italianos están aquí para quedarse —dijo Corr—. Eso tenemos que aceptarlo. Hay demasiados.

—¿Y qué entonces? —preguntó Willie—. ¿Cuándo llegará el momento adecuado?

—He tenido contacto con gente de la mafia, Willie. Ahora mismo, Mariposa y Cinquemani están cabreados con Luca Brasi. Y también hay problemas entre Mariposa y los Corleone, y con lo que queda de la familia LaConti...

—¿Y qué tiene que ver eso con nosotros, y con matar a ese hijo de puta de Luca Brasi?

—Verás —dijo Pete—, ahí es donde interviene lo de la paciencia. Esperaremos a ver quién queda encima antes de movernos nosotros. Tenemos que aguardar. —Sacudió a Willie por el brazo—. Debemos esperar y escuchar y cuando llegue el momento oportuno, jugar nuestra baza. Cuando llegue el momento.

239

—Vaya —dijo Willie. Miró sus pichones, y luego hacia el cielo, el sol brillante que iluminaba la ciudad—. No sé, Pete.

—Sí, claro que sí, Willie —dijo Corr—. ¿No estamos aquí Pete y yo para dar nuestra palabra solemne sobre este asunto? Y hablamos también por los demás. Por los Donnelly y por ese pequeño gamberro de Stevie Dwyer.

—Luca es hombre muerto —aseguró Pete—, pero por ahora, esperaremos.

13

Invierno de 1934

*L*a nieve acumulada a lo largo de la orilla del agua medía casi un metro, formando como dunas, y seguía nevando a través de la luz de la luna sobre la arena y encima de la superficie negra y picada de la bahía de Little Neck. Los pensamientos de Luca lo llevaban muy lejos, y se imaginó que sería la mezcla de coca y pastillas. En un momento dado pensaba en su madre, y al siguiente en Kelly. Su madre seguía amenazando con matarse y Kelly estaba embarazada de casi siete meses. Él no solía mezclar coca y pastillas, y ahora se sentía como si estuviese andando en sueños. Se imaginó que sobre todo serían las pastillas, pero que también debía de influir la coca, y supuso que allá afuera, entre el frío y la nieve, a lo largo de aquel trecho de arena que daba a la bahía, igual podía pasear un poco, pero hacía muchísimo frío y él no podía controlar bien sus pensamientos. Un par de versos de la canción *Minnie the Moocher* aparecieron en su cabeza: «*She messed around with a bloke named Smoky / She loved him, though he was cokey*». («Por un tal Smoky se volvía loca / pero él no quería más que tomar coca»). Se rio, pero dejó de reírse enseguida al oír un cacareo agudo y demente, como si hubiese algún loco cerca. Se envolvió los brazos en torno al pecho como si quisiera impedir que su cuerpo saltase en mil pedazos, y se acercó un poco más al agua, que estaba oscura y revuelta y algo en ella le pareció inquietante, esa negra extensión de agua que se acercaba a la costa.

Detrás de él, en la granja, Kelly estaba manchando. Quería que la llevase al hospital. Llevaban todo el día tomando pastillas y coca, y ahora quería ir al hospital en medio de una tormenta porque manchaba. Luca miró hacia el agua. Iba envuelto en un abrigo de piel y llevaba chanclos encima de los zapatos de vestir. La luna llena asomaba desde un desgarrón entre las nubes. Tenía el sombrero de fieltro empapado, y se detuvo a sacudirse la nieve del ala. Los Giants habían ganado las series, la ciudad se había vuelto loca y se acababa de aposentar un invierno brutal. La temperatura era bajo cero; lo sabía por la sensación del aire al entrarle por la nariz. Había hecho un gran negocio en las World Series, apostando por los Giants muy pronto, cuando los Senators todavía eran los grandes favoritos. Tenía mucho dinero. Más dinero del que sospechaban los chicos o cualquier otra persona, e intentaba decírselo a su madre, pero ella no callaba y decía que todo era culpa suya. Kelly nunca dejaba de quejarse. Se quejaba y él le daba pastillas. No la había echado aún al mar, y ahora estaba de siete meses.

242

Luca veía el vientre blanco y redondo de su madre mentalmente. Su padre estaba emocionado al principio. Llegó a casa con flores una vez, incluso, antes de que las cosas cambiaran. Luca no podía saber con seguridad que el niño que llevaba dentro Kelly era suyo, así que, ¿por qué preocuparse? Era una puta, ella y toda su raza, una raza de putas. Había algo en su cara y en su cuerpo que hacía que él quisiera estar cerca de ella, tenerla muy cerca. Al cabo de un momento sin embargo ya quería pegarle, y a continuación abrazarla. Cuando estaba con Kelly se ponían ciegos de pastillas y últimamente de coca: algo que se hacían el uno al otro, o que hacían el uno con el otro…

Luca levantó la vista al cielo y notó que la nieve le caía en la cara y en la boca. Se masajeó las sienes mientras el agua murmuraba sobre la arena; la nieve caía en la bahía en copos que iban bajando de la oscuridad e iban a ella, y solo eran blancos, gruesos y flotantes entre una y otra, mientras caían, antes de que el agua picada se los tragase. La luna llena era como un rastro dorado sobre la superficie de la bahía. Respiró, se quedó inmóvil y el sonido del agua y el viento le tranquilizaron un poco, le devolvieron a la tierra. La bahía que tenía ante él dejó de resultar inquietante y por el contrario se volvió invitadora. Estaba cansado. Cansado de todo. No había arrojado a Kelly al mar porque no quería dejar de abrazarla por la noche, cuando ella estaba quieta y dormida a su lado. No sabía por qué, solo que la deseaba, y si ella pudiera estar callada, si no estuviera de siete meses, las cosas serían mucho mejor, aunque todavía siguiera allí su madre con sus constantes lamentos y los dolores de cabeza que no se le pasaban y toda la mierda inacabable que seguía y seguía y seguía. Se quitó el sombrero, se limpió la nieve del ala, le dio forma y se lo volvió a poner, y como no había nada más que hacer allí, empezó a dirigirse hacia la carretera y la granja.

El dolor de cabeza de Luca volvió mientras iba andando dificultosamente por el camino hacia su casa de madera blanca, con largos carámbanos de hielo colgando de los canalones; una lámina de hielo de más de un metro de largo en algunos sitios. Algunos de los carámbanos llegaban hasta el suelo. A través de las ventanas del sótano se filtraba un resplandor rojo hasta la nieve, y cuando Luca se agachó para mirar a través de las estrechas ventanas vio a Vinnie en camiseta echando paladas de carbón en la caldera. Incluso con el viento que soplaba bajo los aleros y a través de las ramas desnudas de un árbol antiguo y macizo que se alzaba junto a la casa, como si hiciera guardia, oía los gruñidos y quejidos de la caldera cuando Vinnie echaba paladas de carbón en su interior. En la cocina, los chicos que estaban a la mesa saludaron a Luca gritando su nombre cuando entró por la puerta sacudiéndose la nieve de los pies y quitándose capas y capas de ropa, que arrojó al perchero ya sobrecargado. La casa olía a café y a bacon. Un desconocido alto estaba haciendo unos huevos revueltos en el fogón, y tenía una cafetera preparada en el quemador de atrás. El tipo era mayor, quizá tuviera más de cincuenta años, y llevaba un traje con chaleco de color verde oliva con su corbata también verde oliva y un clavel rojo sujeto a la solapa. Luca se lo quedó mirando y Hooks dijo:

—Este es Gorski. Es amigo de Eddie.

Eddie Jaworski, sentado entre JoJo y Paulie a la mesa de la cocina, gruñó afirmativamente en dirección a Luca. Una pila de billetes y monedas formaba una pequeña colina en el centro

243

de la mesa, mientras Eddie examinaba las cinco cartas que mantenía en abanico en la mano izquierda. En la mano derecha tenía un billete de diez dólares levantado por encima del bote.

—Subo diez —dijo finalmente. Arrojó los diez dólares en la pila y dio un trago de una petaca de plata que tenía a su lado, junto a un ordenado montón de dinero.

Vinnie salió del sótano abrochándose la camisa.

—Hola, jefe —dijo como saludo. Se sentó junto a Hooks.

Gorski, con un plato de bacon y huevos en una mano y un tenedor en la otra, se acercó desde el fogón y se sentó detrás de Eddie.

Hooks y Eddie jugaban mano a mano. Hooks vio los diez y subió a veinte, y Eddie murmuró algo en polaco.

Luca dio un largo trago de una botella de whisky frente a Hooks.

—Un frío de muerte —dijo, sin dirigirse a nadie en particular.

Dejó a Eddie mirando nerviosamente sus cartas y se fue al dormitorio, en el piso de arriba. Echó un vistazo a su reloj de pulsera. Eran un poco más de las diez de la noche. De camino hacia el piso de arriba, se detuvo y miró por la ventana del salón, donde una fila de carámbanos bloqueaba parcialmente la vista de la entrada y de los árboles y los montones de nieve en la carretera. Era como mirar hacia afuera entre unos enormes dientes a un mundo helado, y Luca se sintió como si estuviera viendo una película. Era una sensación extraña, y no le gustaba lo que estaba ocurriendo, pero seguía ocurriendo. Parecía que todo en el exterior de su cuerpo se estuviese proyectando en una pantalla de cine y él se encontrase fuera, en la oscuridad, en algún sitio donde se hallaba sentado el público, mirándolo todo. Esperó frente a la ventana notando los latidos de su cabeza, e intentó parpadear y despejar esa sensación de que estaba viendo una película; como no pudo, subió el resto de las escaleras hacia el dormitorio. Encontró a Kelly pálida y despeinada, las sábanas húmedas y manchadas de sangre, arrugadas a los pies de la cama.

—Luca —gimió Kelly—. He roto aguas. Viene el niño.

Luca apenas podía entenderla. Ella emitió unas pocas palabras, hizo una pausa, respiró, emitió unas cuantas más. Luca la tapó con una sábana, cubriendo el blanco montículo de su vientre.

—¿Estás segura? —le preguntó él—. Es demasiado pronto.

Kelly asintió.

—Tengo que ir al hospital.

En la mesilla de noche el botecito de pastillas que le había dejado estaba vacío.

—¿Cuántas te has tomado? —le preguntó, enseñándole el bote.

—No lo sé —dijo ella, y apartó la vista.

Luca cogió otro bote de pastillas que tenía en el bolsillo de la chaqueta y se puso dos en la mano.

—Toma —le dijo, enseñándoselas—. Toma dos más.

Kelly le apartó la mano.

—Luca —dijo, luchando por formar las palabras—. El niño viene ya. Tienes que llevarme al hospital.

Él se sentó junto a ella en la cama. Le tocó el hombro.

—Luca —repitió Kelly.

Bajito, como si hablara para sí mismo, Luca dijo:

—Cállate, Kelly. Eres una puta, pero me ocuparé de ti.

245

Los labios de Kelly se movieron, pero no salió ningún sonido. Sus ojos se cerraron y pareció quedarse dormida.

Luca empezó a levantarse de la cama, pero en cuanto hubo levantado su peso del colchón, Kelly saltó hacia él y le cogió el brazo, tirando de él.

—¡Tienes que llevarme al hospital! —chilló—. ¡Viene el niño!

Luca, sobresaltado, soltó su brazo de la presa de Kelly y la empujó hacia el colchón.

—Me cago en la puta. Acabo de decirte que me ocuparé de ti.

Cogió el teléfono de la mesilla de noche, queriendo tirárselo a la cara... pero lo volvió a dejar y salió de la habitación oyendo que ella le llamaba de nuevo, débilmente, diciendo su nombre una y otra vez.

En la cocina, una voz negra y aterciopelada salía de la radio cantando *Goodnight, Irene*. Los chicos en torno a la mesa (los suyos y los dos polacos) estaban todos callados, examinando sus cartas o mirando el tablero. En el sótano rugía la caldera, y en toda la casa gorgoteaban y siseaban los radiadores. Luca cogió su abrigo de piel del perchero del vestíbulo.

—Vinnie, vamos a dar una vuelta.

Vinnie levantó la vista de sus cartas. Como siempre, la ropa que llevaba el chico parecía demasiado grande para él.

—Jefe —dijo—, las carreteras son un desastre ahora mismo.

Luca se puso el sombrero, salió al camino de entrada y esperó. Las nubes se habían tragado la luna, y a su alrededor todo era oscuridad, viento y la nieve atrapada en la luz de la cocina. Se pellizcó el puente de la nariz y se quitó el sombrero. Dio unos pasos hacia afuera en el viento y dejó que este soplara sobre su frente y le alborotase el cabello. Esperaba que el frío amortiguase las palpitaciones. Se imaginó el vientre blanco de Kelly encima de las sábanas manchadas de sangre. Una oleada de calor le invadió, y pensó que tendría que arrodillarse y vomitar, pero se quedó quieto frente al viento y la sensación pasó. Detrás de él se abrió la puerta de la cocina y salió Vinnie de la granja frotándose las manos entre sí y volviéndose de lado para ofrecer un menor blanco al viento. Preguntó:

—¿Adónde vamos, jefe?

—Hay una comadrona que vive en la Décima Avenida. ¿Sabes a quién me refiero?

—Sí —contestó Vinnie—. Claro, Filomena. Trae al mundo a la mitad de los niños italianos de la ciudad.

—Allí es adonde vamos —y se alejó en la oscuridad, dirigiéndose hacia los coches.

La luz se filtraba por el borde superior de la manta de Michael, con la que se había tapado la cabeza. Él estaba acurrucado debajo, leyendo con una linterna. Al otro lado de la habitación de Michael, en una cama pequeña igual que la suya, Fredo estaba de lado, con la cabeza apoyada en la mano y viendo caer la nieve a la luz de las farolas que había al otro lado de la ventana de su dormitorio. Un anuncio de Jell-O que sonaba en el piso de abajo en la radio acababa de dar paso a Jack Benny chillando a Rochester. Fredo se esforzó por oír la radio, pero no podía distinguir más que algunas palabras aquí y allá.

—Eh, Michael —dijo Fredo, muy bajito, ya que se suponía que los dos tenían que estar durmiendo—. ¿Qué estás haciendo?

Michael, al cabo de un momento, respondió:

—Leyendo.

—*Cetriol* —dijo Fredo—, ¿por qué estás leyendo siempre? Te vas a volver un empollón.

—Duérmete, Fredo.

—Duérmete tú —dijo Fredo—. Igual no tenemos colegio mañana, con toda esta nieve.

Michael apagó la linterna y bajó las mantas. Se puso de lado frente a Fredo.

—¿Por qué no te gusta el colegio? —preguntó—. ¿No quieres hacer algo el día de mañana?

—Bah, cállate —dijo Fredo—. Eres un empollón.

Michael dejó su libro de historia en el suelo junto a la cama y puso la linterna encima.

—Papá me va a llevar al ayuntamiento a conocer al concejal Fischer —dijo. Se volvió de espaldas y se acomodó en la cama—. El concejal me enseñará todo el ayuntamiento —añadió, hablando al techo.

—Ya lo sé todo eso —dijo Fredo—. Papá me preguntó si quería ir también.

—¿Ah, sí? —preguntó Michael. Se volvió de nuevo hacia Fredo—. ¿Y no quieres ir?

—¿Para qué quiero ver el ayuntamiento? Yo no soy un empollón.

—No tienes que ser un empollón para que te interese ver cómo funciona tu propio gobierno.

—Sí, tú sí. Yo voy a trabajar para papá cuando salga del colegio. Seré vendedor o algo para empezar, supongo. Entonces papá me meterá en el negocio, y haré mucha pasta.

Abajo salían unas carcajadas de la radio. Fredo y Michael se volvieron a la vez a mirar hacia la puerta, como si allí se pudiera ver qué era aquello tan divertido.

—¿Cómo es que quieres trabajar para papá, Fredo? ¿No quieres hacer algo por tu cuenta? —preguntó Michael.

—Haré algo por mi cuenta, pero trabajando para papá también. ¿Por qué? ¿Y qué quieres hacer tú, listo?

Michael se puso las manos detrás de la cabeza mientras una gran ráfaga de viento golpeaba la casa, haciendo repiquetear los cristales de la ventana.

—Pues no lo sé —contestó Michael, como respuesta a la pregunta de Fredo—. Me interesa la política. Creo que podría ser congresista. Quizás incluso senador.

—*V'fancul* —susurró Fredo—. ¿Y por qué no presidente?

—Sí —respondió Michael—, ¿por qué no?

—Porque eres italiano. ¿Eres tonto o qué?

—¿Y qué tiene que ver ser italiano?

—Escucha, compañero, nunca ha habido un italiano que fuese presidente, y nunca lo habrá. Nunca.

—¿Por qué no? ¿Por qué no habrá nunca un italiano presidente, Fredo?

—*Madon!* ¡Eh, Michael! ¡Tengo una noticia para ti! ¡Somos italianos, somos comeespaguetis, *capisc'*? Nunca habrá ningún presidente comeespaguetis.

—¿Por qué no? —repitió Michael—. Tenemos un alcalde comeespaguetis. A la gente le encanta.

—Primero —dijo Fredo, inclinándose hacia Michael fuera de la cama—, LaGuardia es napolitano. No es siciliano, como nosotros. Y segundo, nunca llegará a presidente.

Michael se quedó callado entonces. Al cabo de un rato calló la radio de abajo, y sus padres apagaron las luces de la casa y subieron las escaleras para irse a dormir. Mamá, como siempre, miró un momento su habitación, murmuró algo muy bajito, que Michael creyó que era una breve oración, y luego cerró la puerta de nuevo. Después pasó un tiempo más mientras Michael escuchaba el viento que soplaba a ráfagas y hacía temblar las ventanas. Pensaba que Fredo ya se habría dormido, pero de todos modos dijo:

—Quizá tengas razón, Fredo. A lo mejor un italiano no puede ser nunca presidente.

Como Fredo no contestó, Michael cerró los ojos e intentó dormir.

Un momento después, la voz de Fredo llegó hasta él, muy baja, amodorrada, en la oscuridad.

—Eh, Michael. Tú eres el listo. Si quieres soñar con ser presidente, ¿por qué no? —Se quedó callado y al cabo de un

248

rato añadió—: Y si no te eligen, siempre puedes ir a trabajar para papá.

—Gracias —dijo Michael. Se volvió de cara, cerró los ojos y esperó el sueño.

Hooks se lavaba las manos en una palangana con agua caliente mientras Filomena, sentada a los pies de la cama de Kelly, envolvía al hijo recién nacido de Luca con largas tiras de tela fina y blanca. Los chicos todavía jugaban al póquer en la cocina, abajo, y sus risas ocasionales, emocionadas, o sus gritos furiosos eran el fondo sobre el cual sonaban los largos quejidos de Kelly y el silbido del vapor que susurraba en los radiadores, mientras la vieja caldera de hierro del sótano rugía y luchaba por mantener caliente la casa. Fuera, el viento seguía aullando como venía haciendo toda la noche, aunque la nieve había dejado de caer hacía rato. A Vinnie y Luca les había costado horas localizar a Filomena en la ciudad y traerla a Long Island, y luego pasaron más horas mientras Filomena atendía a Kelly, antes de que naciera el niño, y ahora ya estaban en lo más profundo de la noche. Filomena se enfadó mucho cuando vio a Kelly echada en la enorme cama de Luca, medio muerta, con los ojos nublados y el cuerpo frágil y debilitado en torno al montículo que era su vientre. Después de mirarla lanzó una furiosa mirada a Luca, que apenas pareció notarlo. Él dejó a Hooks con ella para que ayudara y luego bajó a jugar al póquer, y en cuanto hubo cerrado la puerta tras él, Filomena le maldijo en italiano. Cuando acabó de maldecir la puerta cerrada, se volvió a Hooks y empezó a dar órdenes con rapidez. Era una mujer recia, probablemente de poco más de treinta años, pero su aspecto denotaba antigüedad, como si hubiese estado en la tierra desde el principio de los tiempos.

Cuando Filomena acabó de fajar al recién nacido, lo sujetó contra su pecho y tapó a Kelly con una sábana hasta la barbilla.

—Deben ir los dos al hospital o morirán —dijo con tranquilidad. Se acercó a Hooks y se plantó allí, casi tocándole, y lo repitió.

Hooks le tocó el brazo y le dijo que esperase. Bajó a la co-

249

cina, donde encontró a Luca sentado a la mesa con una botella de whisky en el regazo, viendo a los demás jugar una mano. Todo el mundo estaba borracho. Frente a Luca, una pila de billetes empapados estaban colocados junto a un vaso de whisky roto. Vinnie y Paulie se reían por algo, mientras los dos polacos y JoJo, todavía enfrascados en el juego, miraban sus cartas.

—Luca —dijo Hooks, y su tono hizo que Luca se apartase de la mesa para poder tener unas palabras con él.

—¿Qué? —respondió Luca, con los ojos en el vaso roto y la pila de billetes húmedos. Como Hooks no hablaba, Luca se volvió a mirarle.

—El niño ha nacido. Filomena quiere verte.

—Dile que baje aquí.

—No, escucha, Luca… —dijo Hooks.

Luca chilló hacia las escaleras:

—¡Filomena! ¡Trae esa puta cosa aquí abajo!

Cogió la botella de whisky por el cuello y la rompió en el borde de la mesa, enviando un chorro de whisky y cristal encima de todos los jugadores. Los dos polacos dieron un salto, lanzando tacos, mientras JoJo, Vinnie y Paulie se apartaban de la mesa pero seguían en sus asientos. Los polacos parecían estupefactos. Sus ojos iban de Luca a su dinero, ahora empapado en whisky.

Detrás de ellos apareció Filomena al pie de las escaleras, llevando al niño pegado al pecho.

Luca dijo a los polacos que cogieran su dinero y se largasen. Y a Filomena le dijo:

—Lleva esa cosa abajo al sótano y échalo a la caldera, o si no tráelo aquí —sujetó en alto la botella rota—, y déjame que le corte el cuello.

Gorski, el polaco más alto y de mayor edad, dijo:

—Eh, espera un momento… —Dio un solo paso en torno a la mesa hacia Luca antes de detenerse.

Este, mirando a Gorski, dijo a todos y a nadie:

—Cobardes.

Gorski se rio como si hubiese captado la broma al fin y dijo:

—No vas a hacerle daño a ese niño…

—Coge tu dinero y vete.

Eddie Jaworski, el otro polaco, dijo:

—Claro. —Rápidamente se empezó a meter los billetes en el bolsillo. Gorski, al cabo de un segundo, se unió a él.

—No va a hacerle daño a un niño recién nacido, ¿no? —le dijo a Eddie.

—Vosotros también —dijo Luca a sus chicos—. Todos fuera.

Filomena, agarrando al niño, de pie y con la espalda contra la pared, vio que todo el mundo excepto Hooks y Luca recogían su dinero, se enfundaban sus gruesas ropas y abandonaban la granja. Cada vez que se abría la puerta, una ráfaga de aire helado entraba en la cocina. Filomena tapó al niño con su chal y lo apretó contra sí, intentando protegerlo del frío.

Cuando los demás jugadores de cartas se hubieron ido, Hooks dijo a Luca:

—Jefe. Déjame que los lleve al hospital.

Luca se quedó sentado, sujetando la botella de whisky rota por el cuello. Miró a Hooks como si estuviera intentando averiguar quién era. Parpadeaba y se secó unas gotas de sudor de la frente. Le dijo a Filomena:

—¿No me has oído? Lleva a esa cosa abajo, al sótano, y tíralo a la caldera, o si no ven aquí y deja que le corte el cuello.

—El niño ha nacido demasiado pronto. Tienes que llevarlo al hospital. —Habló como si no hubiese oído nada de lo que decía Luca. Y añadió—: Y a la madre también. A los dos.

Cuando Luca se levantó de su asiento con la botella rota en la mano, Filomena dijo, dejando escapar las palabras como un torrente:

—Este es tu hijo, ha nacido demasiado pronto, llévalos al hospital a él y a la madre. —Sujetó estrechamente al niño, con la espalda apretada contra la pared.

Luca se acercó a Filomena. Cuando ya se inclinaba hacia ella, miró por primera vez el bulto de ropa envuelta que llevaba en brazos. Levantó la botella de whisky hasta su barbilla. Hooks se adelantó y se interpuso entre él y Filomena, poniendo la mano en el pecho de Luca.

—Jefe...

Con la izquierda lanzó un puñetazo rápido que dejó conmocionado a Hooks e hizo que sus brazos cayeran a los lados del cuerpo como un par de pesos muertos. Luca se cambió la botella a la mano izquierda, se echó atrás y lanzó la derecha con todo su peso a la cabeza de Hooks, que cayó como muerto, aterrizando de espaldas con los brazos abiertos en cruz.

—*Madre di Dio* —dijo Filomena.

—Te lo voy a decir una vez más, y si no haces lo que te digo te cortaré el cuello de oreja a oreja. Lleva esa cosa al sótano y tírala a la caldera.

Filomena, temblando, desenvolvió una capa de la ropa que envolvía el niño dejando al descubierto su carita diminuta y arrugada y un trozo de pecho. Se lo enseñó a Luca.

—Toma —dijo, tendiendo el niño a Luca—. Si tú eres el padre, llévalo tú. Es tu hijo.

Luca miró al bebé con la cara inexpresiva.

—Podría ser el padre, pero no importa. No quiero que viva ninguno de esa raza.

Filomena parecía confusa.

—Toma —dijo de nuevo, ofreciéndole el recién nacido a Luca—, cógelo tú.

Brasi empezó a levantar la botella rota y luego se detuvo.

—No quiero cogerlo.

Agarró a Filomena por la nuca, la empujó rudamente a través de la cocina y bajó con ella las escaleras hasta el sótano, donde la caldera rugía y arrojaba un círculo de calor. El sótano estaba oscuro, arrastró a la mujer hasta que estuvo a poca distancia de la caldera y luego la soltó mientras abría la puerta. Una vaharada de calor y de luz roja se proyectó desde los carbones encendidos.

—Tíralo —dijo Luca.

—No —contestó Filomena—. *Mostro!* —Luca le puso la botella rota en el cuello y ella apretó al niño contra su cuerpo—. Es tu hijo. Haz tú lo que quieras con él.

Luca miró la caldera y luego de nuevo a Filomena. Parpadeó y retrocedió un paso. A la luz roja de los carbones encendidos ella no parecía la comadrona. No parecía la mujer que había recogido en la Décima avenida unas pocas horas antes. No la reconoció.

—Tienes que hacerlo tú —dijo.

Filomena negó con la cabeza, y luego, por primera vez, las lágrimas asomaron a sus ojos.

—Tíralo a la caldera y me olvidaré de ti. Si no lo haces te corto el cuello y os tiro dentro a los dos.

—Pero ¿qué dices? Estás loco —Filomena empezó a sollozar, y pareció darse cuenta de algo horrible—. Oh, *Madre di Dio*, estás loco.

—No estoy loco —dijo Luca. Levantó el borde roto de la botella de whisky hasta el cuello de Filomena y repitió lo que había dicho antes—. No quiero que viva ninguno de esa raza. No estoy loco. Sé lo que estoy haciendo.

—No lo haré.

Entonces Luca la cogió por el pelo y la arrastró hasta el calor que salía de la puerta de la caldera abierta.

—¡No! —gritó Filomena. Se retorció en sus garras, intentando protegerse del calor, y notó el borde cortante de la botella de whisky en el cuello.

Un instante después el niño ya no estaba en sus manos. El recién nacido había desaparecido y solo quedaban ella y Luca, y la luz roja de la caldera, y la oscuridad alrededor.

253

Hooks se inclinó encima del fregadero de la cocina y se salpicó agua en la piel sensible de la mandíbula y la mejilla. Había vuelto en sí unos segundos antes y fue tambaleándose hasta el fregadero, oyó pasos en las escaleras del sótano y los sollozos de una mujer que supuso que era Filomena. Se echó agua en la cara y se pasó los dedos mojados por el pelo, y cuando se volvió Luca estaba tras él, sujetando a Filomena por la nuca como si fuera una marioneta que pudiera caer al suelo si él la soltaba.

—Por el amor de Dios —dijo Hooks—. Luca…

Brasi soltó a Filomena en una silla, donde ella dejó caer la cabeza y se dobló por la cintura, agarrándose la frente y sollozando.

—Llévala a casa —dijo a Hooks, y empezó a subir las escaleras. Antes de desaparecer, se volvió y añadió—: Luigi… —Dudó y se apartó el pelo de la cara. Parecía que quería decirle algo a Hooks, pero no podía encontrar las palabras. Hizo un gesto hacia Filomena y dijo—: Págale cinco de los grandes, ya sabes dónde está el dinero.

Luca encontró a Kelly echada en la cama, inmóvil, con los ojos cerrados y los brazos a los costados.

—Kelly —la llamó y se sentó en el colchón junto a ella. Abajo, la puerta de la cocina se abrió y se cerró, y un rato después se oyó el motor de un coche que se ponía en marcha—. Kelly —repitió, más fuerte. Como ella no se despertaba, se echó en la cama a su lado y le tocó la cara. Supo que estaba muerta en cuanto sus dedos la tocaron, pero aun así puso el oído en su pecho y escuchó un rato, buscando algún latido. No oyó nada, y en ese silencio surgió en él un extraño sentimiento, y pensó por un segundo que igual lloraba. Luca no había llorado desde que era niño. Lloraba siempre antes de que su padre le pegase, y luego un día no lo hizo, y ya no volvió a llorar nunca más… y por eso aquel brote de sentimientos era perturbador, y fue tragándoselo, con el cuerpo rígido y dolorosamente tenso hasta que el sentimiento fue pasando. Del bolsillo sacó un botecito lleno de pastillas, cogió un puñado y se las metió en la boca. Las tragó con un poco de whisky de una petaca que estaba en la mesilla, junto a la cama. Se incorporó y se metió todas las pastillas que quedaban en la boca, y de nuevo las tragó con más whisky. Pensó que quizás hubiese más pastillas en el armario. Encontró otro botecito en el bolsillo de una chaqueta con un rollo de billetes. Solo quedaban diez o doce pastillas, pero se las tragó de todos modos, y luego se echó al lado de Kelly. Pasó su brazo por debajo de ella y la levantó para que la cabeza reposara en su pecho. Dijo:

—Vamos a dormir, muñeca. Aquí no hay nada más que mierda hasta los topes. —Cerró los ojos.

14

*R*ichie Gatto iba conduciendo lentamente el Essex de Vito por la calle Chambers, de camino hacia el Ayuntamiento. Fuera, el tiempo era claro y frío. Montículos de nieve que habían quedado desde la última nevada iban recogiendo suciedad al endurecerse y formar una barrera no muy alta entre la calle y la acera. En el asiento trasero del Essex, entre Vito y Genco, Michael parloteaba muy emocionado hablando del Ayuntamiento.

—Papá —dijo—, ¿sabías que Abraham Lincoln y Ulysses S. Grant tuvieron su capilla ardiente en el Ayuntamiento?

—¿Quién era Ulysses S. Grant? —preguntó Genco. Iba muy tieso sentado junto a la ventanilla, con una mano en el estómago, como si le doliera, y la otra en el ala del sombrero hongo que llevaba descansando en las rodillas.

—El decimoctavo presidente de los Estados Unidos —contestó Michael—. De 1869 a 1877. Lee se rindió ante Grant en Appomattox al acabar la Guerra Civil.

—Ah —dijo Genco, y miró a Michael como si el chico fuese un marciano.

Vito apoyó una mano en la rodilla de su hijo.

—Aquí estamos. —Señaló hacia la ventana de la brillante fachada de mármol del Ayuntamiento.

—Oh —exclamó Michael—, mira cuántos escalones...

—Ahí está el concejal Fischer —dijo Vito.

Richie, que ya había visto al concejal, aparcó el enorme Essex junto a la acera, frente a la puerta central.

Michael iba vestido con un traje azul marino, camisa blanca y una corbata roja, y Vito se inclinó hacia él para arreglarle la corbata, tirando del nudo hacia el cuello.

—Después de la visita con el concejal uno de sus ayudantes te llevará a casa. —Vito sacó una pinza para billetes que llevaba en el bolsillo interior de la chaqueta, soltó un billete de cinco dólares y se lo tendió a Michael—. No los necesitarás, pero siempre tienes que llevar cinco dólares encima cuando estés fuera de casa. *Capisc'?*

—*Si* —contestó Michael—. Gracias, papá.

Delante de la escalinata del Ayuntamiento, el concejal Fischer esperaba con las manos en las caderas y una amplia sonrisa en el rostro. Iba vestido con un elegante traje marrón a cuadros, una camisa de cuello muy alto, corbata de un amarillo intenso y un clavel amarillo en la solapa. Aunque hacía frío, a pesar de la intensa luz del sol, llevaba el abrigo en el brazo. Era un hombre robusto, de mediana edad, con el pelo claro y rubio asomando por los bordes del sombrero de fieltro.

256

Michael salió del coche, se puso el abrigo y atravesó la amplia acera, y el concejal se acercó a ellos con el brazo extendido para darles la mano.

—Es mi hijo menor, Michael —dijo Vito después de estrechar la mano del concejal e intercambiar un saludo. Pasó el brazo sobre el hombro del chico—. Le está muy agradecido por su generosidad, concejal.

Fischer puso ambas manos en los hombros de Michael y lo miró. Le dijo a Vito:

—Qué jovencito más guapo tiene usted, señor Corleone. —Se dirigió a Michael—: Tu padre me dice que te interesas por el gobierno. ¿Es así, joven?

—Sí, señor —respondió Michael.

El concejal se echó a reír y dio unas palmaditas en la espalda a Michael.

—Nos haremos cargo de él —dijo—. Bueno, Vito. Usted y su familia deberían unirse al gran desfile por la responsabilidad cívica que estamos planeando para la primavera. Estarán el alcalde, todos los concejales de la ciudad, importantes familias de Nueva York... —Habló a Michael—: ¿Te gustaría participar en un desfile así, chico?

—Claro. —Levantó la vista hacia su padre, esperando su permiso.

Vito le puso la mano en la nuca.

—Nos encantará participar en ese desfile.

—Ya haré que les envíen las invitaciones —dijo Fischer—. Mis chicas están atareadas como abejas, organizándolo todo.

—¿Puede participar todo el mundo en el desfile? ¿Toda la familia?

—Por supuesto —exclamó el concejal—. Esa es la idea. Vamos a demostrar a esos elementos subversivos, a esos anarquistas y no sé qué más, que somos una buena ciudad americana y que apoyamos a nuestro gobierno.

Vito sonrió, como si algo que hubiese dicho el concejal le divirtiese especialmente.

—Ahora tengo que irme. —Ofreció su mano a Fischer y le dijo a Michael—: Esta noche puedes contárnoslo todo a la hora de cenar.

—Sí, papá —dijo el chico, y empezó a subir la escalera del Ayuntamiento con el concejal mientras su padre se unía de nuevo a Genco en el asiento de atrás del Essex.

—Mikey se está convirtiendo en un chico muy guapo. Está muy elegante con su traje —comentó Genco.

—Es muy listo —dijo Vito.

Vio subir a su hijo los escalones del Ayuntamiento, mientras Richie salía con el Essex de nuevo a la calzada. Cuando el chico estuvo fuera de la vista, se inclinó hacia atrás en el asiento y se aflojó ligeramente la corbata. Le preguntó a Genco:

—¿Sabemos algo más de Frankie Pentangeli?

—Nada —dijo Genco. Se metió los dedos por debajo del chaleco y se frotó la barriga—. Alguien atracó uno de los clubes de Mariposa. Le quitó un montón de dinero, dicen.

—¿Y no sabemos quién ha sido?

—Nadie los ha reconocido todavía. No se juegan el dinero ni se lo gastan en mujeres. Probablemente sean irlandeses.

—¿Por qué dices eso?

—Uno de ellos tenía acento irlandés, y todo encaja. Si fueran italianos, los conoceríamos.

—¿Crees que es la misma banda que les está robando el whisky?

—Es lo que se imagina Mariposa. —Genco hizo girar el sombrero hongo en su regazo. Dio una palmada en el asiento que tenía al lado y se echó a reír—. Me encantan esos *bastardi*. Están volviendo loco a Joe.

Vito bajó un par de centímetros su ventanilla.

—¿Y qué pasa con Luca Brasi? —preguntó—. ¿Hemos tenido alguna noticia más?

—*Si* —dijo Genco—. El médico dice que hay daños cerebrales. Todavía puede hablar y todo eso, pero más lento, como si fuera tonto.

—¿Ah sí? —intervino Richie desde detrás del volante—. ¿Es que antes era un genio?

—No era tonto —dijo Vito.

—Se tomó pastillas como para matar a un gorila —explicó Genco.

—Pero no las suficientes para matar a Luca Brasi —replicó Vito.

—El médico dice que quizás empeore con el tiempo —dijo Genco—. He olvidado la palabra que usó. Que se puede de... algo.

—Deteriorar —dijo Vito.

—Eso —afirmó Genco—. Que se puede deteriorar con el tiempo.

—¿Y ha dicho hasta qué punto puede pasar eso?

—Es el cerebro. Dice que nunca se sabe con el cerebro.

—Ahora mismo va lento, pero ¿habla, se mueve?

—Sí, eso me han dicho —dijo Genco—. Simplemente parece un poco idiota.

—Vaya —exclamó Richie—, así es la mitad de la gente con la que tratamos.

Vito miró al techo del coche y se acarició el cuello. Pareció sumirse en un mundo de cálculos.

—¿Y qué dicen nuestros abogados sobre el caso contra Brasi? —preguntó.

258

Genco suspiró como si se sintiera molesto por la pregunta.

—Encontraron los huesos del bebé en la caldera.

Vito se puso la mano en el estómago y miró hacia afuera al mencionar los huesos del bebé. Cogió aliento con fuerza antes de seguir.

—Pueden decir que fue la chica quien tiró al bebé a la caldera antes de morir, y que Brasi intentó matarse cuando se dio cuenta de lo que ella había hecho.

—Su propio hombre fue quien llamó a la policía —dijo Genco, en voz más alta—. Se trata de Luigi Battaglia, que había estado con Luca, me dicen, desde que era un niño. Y está dispuesto a testificar que vio a Luca arrastrar a Filomena y al recién nacido al sótano, después de decir a todo el mundo que iba a quemar a su propio hijo... y luego lo vio volver a subir del sótano sin el bebé, y con Filomena histérica. ¡Vito! —gritó Genco—. ¿Por qué perdemos el tiempo con ese *bastardo*? *Che cazzo!* ¡Deberíamos matar nosotros mismos a ese hijo de puta!

Vito puso una mano en la rodilla de Genco y lo contuvo hasta que su amigo se calmó. Estaban en la calle Canal. El clamor y estrépito de la gran ciudad se hicieron más intensos, en contraste con el silencio que reinaba dentro del coche. Vito bajó la ventanilla.

—¿Podemos encontrar a Luigi Battaglia? —le preguntó a Genco.

Este se encogió de hombros, como queriendo decir que no sabía si se podría encontrar o no a Luigi.

—Buscadle. Creo que es alguien con quien se puede razonar. ¿Y Filomena?

—Ella no dirá nada a la policía. —Genco apartó la vista de Vito y miró por la ventana a las multitudes que había en la acera—. Tiene un miedo mortal.

Se volvió hacia Vito, como si al fin se hubiese recuperado y volviese a situarse en su papel de *consigliere*.

—Quizá sea el momento de que ella y su familia vuelvan a Sicilia.

—Vito... Sabes que no te cuestiono nunca... —Genco se movió en su asiento de modo que quedó frente a Vito—.

259

Pero ¿por qué te preocupas tanto por ese *animale*? Dicen que es el demonio, y tienen razón. Debería arder en el infierno, Vito. Su madre, cuando se enteró de lo que había hecho, se quitó la vida. Madre e hijo, *suicidi*. Es una familia que… —Genco se agarró la frente, como si la palabra que buscase estuviese dentro de su cabeza, en algún sitio, e intentase buscarla—. *Pazzo.*

Vito habló en un susurro, como si estuviese frustrado por verse obligado a pronunciar aquellas palabras, y no sin un toque de ira.

—Hacemos lo que debemos, Genco. Y lo sabes.

—Pero Luca Brasi… ¿Vale la pena todo esto? ¿Porque asusta a Mariposa? Si te digo la verdad, Vito, a mí también me asusta. Ese hombre me desagrada. Es una bestia y se merece pudrirse en el infierno.

Vito se acercó más a Genco y habló muy bajo para que Richie Gatto, que iba en el asiento delantero, no pudiese oírle.

—No pienso discutir contigo, Genco, pero un hombre como Luca Brasi, con una reputación tan espantosa que incluso los más fuertes le temen… si se puede controlar a un hombre como ese, se convierte en un arma poderosa. —Vito sujetó por el brazo a Genco—. Y vamos a necesitar armas muy poderosas si queremos tener una oportunidad contra Mariposa.

Genco se agarró el estómago con ambas manos, como si le atacase un súbito dolor.

—*Agita* —dijo, y suspiró como si el peso entero del mundo estuviese contenido en esa única palabra—. ¿Y tú crees que podrás controlarle?

—Ya veremos —repuso Vito. Se desplazó de nuevo hacia su sitio en el coche—. Busca a Luigi y tráeme a Filomena. —Y luego, como pensándolo mejor, añadió—: Dale a Fischer un poco de dinero más este mes.

Bajó de nuevo la ventanilla y buscó un cigarro en el bolsillo interior de su chaqueta. Fuera la ciudad bullía de actividad, y ahora, mientras se acercaban a la calle Hester y al almacén de Genco Pura y su oficina, Vito reconoció algunos de los rostros que iban por la acera, hablando junto a las tiendas

260

y de pie en las escaleras o las entradas de las casas. Cuando se acercaban a la panadería Nazorine, le dijo a Richie que aparcase.

—Genco, compremos unos *cannoli* —propuso saliendo del coche.

Genco se tocó el estómago, dudó un momento y luego se encogió de hombros y dijo:

—Claro. *Cannoli*.

15

Cork iba haciendo el ganso, dando vueltas a su sombrero en la punta de un dedo, poniendo el salero de pie en un ángulo imposible y, en general, sirviendo como entretenimiento para Sonny, Sandra y la prima pequeña de esta, Lucille, una niña de doce años que había sucumbido a un instantáneo enamoramiento de Cork nada más verle, el cual se manifestaba en irreprimibles risitas y bobos pestañeos y miradas. Los cuatro estaban sentados a la mesa de la esquina en la heladería y confitería Nicola, frente a un ventanal que daba a la avenida Arthur, a media manzana de donde vivía Sandra con su abuela. Mientras hablaban y bebían sus refrescos y Cork actuaba para ellos, todos sabían que la señora Columbo estaba sentada junto a la ventana, mirándoles con una vista que Sandra aseguraba que podría avergonzar a un águila.

—¿Es ella? —preguntó Cork. Se levantó y se inclinó por encima de la mesa hacia el ventanal, y saludó en dirección al edificio de Sandra.

Lucille chilló y se tapó la boca, y Sonny, riendo, hizo sentar de nuevo a su amigo. Sonny y Sandra estaban sentados a un lado de la mesa, frente a Cork y Lucille. Fuera de la vista, debajo del mantel, Sonny tenía agarrada la mano de Sandra, con los dedos entrelazados.

—Para ya —dijo Sonny—. La vas a meter en líos.

—¿Por qué? —gritó Cork, su cara una pura máscara de incredulidad—. ¡Solo me porto como un buen chico y saludo educadamente!

Sandra, que había estado callada durante toda aquella reunión tan cuidadosamente preparada, desde el momento en que Cork y Sonny se reunieron con ella y con Lucille ante su puerta, las acompañaron a Nicola's y les compraron un refresco a cada una, abrió el monedero, consultó un reloj de plata que llevaba y dijo, bajito:

—Tenemos que irnos, Sonny. Le he prometido a mi abuela que la ayudaría con la colada.

—Ay —dijo Lucille—, ¿ya?

—¡Eh! ¡Johnny, Nino! —Sonny llamó a Johnny Fontane y Nino Valenti, que acababan de entrar por la puerta—. Venid aquí.

Ambos eran dos chicos muy guapos, unos pocos años mayores que Cork y Sonny. Johnny era delgado y etéreo en comparación con Nino, el más musculoso de los dos. Lucille unió las manos encima de la mesa y sonrió a los dos.

—Quiero que conozcáis a Sandra y a su prima pequeña Lucille —dijo Sonny cuando se acercaron a la mesa.

Al oír la palabra «pequeña», Lucille arrojó una rápida mirada de furia a Sonny.

—Encantados de conoceros —dijo Johnny, hablando también por Nino.

—Desde luego que sí —añadió este, cuadrándose enfadado ante Cork, a quien conocía desde hacía tanto tiempo como a Sonny y su familia—: ¿Quién es este pájaro?

Cork le dio un empujón juguetonamente. Las chicas, aliviadas al ver que Nino en realidad no estaba enfadado, se rieron con la broma.

—Hola, Sandra —saludó Johnny—. Eres demasiado guapa para dedicar parte de tu tiempo a un don nadie como Sonny.

—Bla, bla, bla —dijo Sonny.

—No hagas caso a Johnny. Cree que será el próximo Rudy Valentino, pero yo le digo que está demasiado delgado —bromeó Nino. Pinchó a Johnny en las costillas y este lo apartó de un manotazo.

—Sonny, deberías traer a Sandra a vernos en el Breslin. Es un club muy bonito. Te gustará.

263

—Es un antro —apostilló Nino—, pero bueno, nos van a pagar con dinero de verdad.

—No le escuches. Es tonto, pero sabe tocar la mandolina bastante bien.

—Cuando este tío no lo estropea todo intentando cantar. Pasó el brazo por el hombro de Johnny.

—Conozco el Breslin —dijo Cork—. Es un hotel en Broadway y la Veintinueve.

—Ahí, precisamente —asintió Nino—. Tocamos en el bar.

—Es un club —corrigió Johnny con aire de enfado—. No escuches ni una palabra de lo que te diga este tipo.

Bajo la mesa, Sandra apretó la mano de Sonny.

—Tengo que irme, de verdad. No quiero que mi abuela se enfade.

—Vale, vale, *cafon'*... —Sonny se levantó del asiento. En cuanto estuvo de pie, cogió a Johnny por el cuello con una llave juguetona—. Eh, si mi padre es tu padrino, ¿yo qué soy tuyo? ¿Tu «hermanino»?

—Un loco, eso es lo que eres —dijo Johnny, soltándose.

Nino, que había ido al mostrador de la heladería, llamó a Sonny.

—Dile a tu padre que quizá quiera venir a vernos en el Breslin. La pasta primavera es bastante buena.

—Mi padre solo va a los restaurantes por negocios —respondió Sonny—. Si no —añadió, mirando a Sandra—, prefiere comer en casa.

Cork se dirigió a la puerta y puso la mano en el picaporte.

—Vamos, Sonny, yo también tengo que irme.

En la calle, con las chicas, Cork flirteó con Lucille, para deleite de la niña, mientras Sonny y Sandra iban andando uno junto al otro, silenciosos. En torno a ellos, la gente corría o pasaba a su lado por la acera, moviéndose rápidamente para evitar el frío. Unos carámbanos que podían ser mortales colgaban de los tejados y las escaleras de incendios de varios edificios de pisos, y las aceras aquí y allá se encontraban enjoyadas por los restos hechos añicos de alguno que se había soltado. Sonny llevaba las manos desnudas hundidas en los bolsillos de su abrigo. Mientras andaba se inclinó hacia Sandra para que su brazo rozase el de ella.

—¿Crees que podría hacer algo —preguntó, mientras se acercaban al edificio de Sandra—, para conseguir que tu abuela me dejara llevarte a cenar fuera?

—No me va a dejar, Sonny. Lo siento.

Ella se acercó más, como si fuera a levantar la cabeza para besarle... y entonces cogió a Lucille de la mano y ambas subieron los escalones. Las chicas les dijeron adiós con la mano y desaparecieron, tragadas por los muros de ladrillo rojo del edificio.

—Qué guapa es —dijo Cork, volviendo al coche con Sonny—. Bueno, ¿te vas a casar con ella o qué?

—Haría feliz a mi familia. ¡Madre mía! —chilló, subiéndose el cuello y bajándose la gorra—. Hoy hace un día frío del demonio, ¿no?

—Tan frío como la teta de una bruja con sujetador de latón —dijo Cork.

—¿Quieres venir a casa conmigo? Mi madre se alegrará mucho de verte.

—No. Han pasado años desde la última vez que fui. Deberías venir tú a ver a Eileen y Caitlin. La cría me pregunta mucho por ti.

—Eileen debe de estar muy ocupada con la panadería... —dijo Sonny.

—Uf, está furiosa conmigo ahora... Me da miedo ir solo.

—¿Por qué? ¿Qué le has hecho?

Cork suspiró y se abrazó a sí mismo, como si finalmente empezara a resentirse del frío.

—Leyó algo del atraco en el periódico, que decía que uno de los tíos tenía acento irlandés. Yo aparecí ese mismo día con dinero para ella y Caitlin. Eileen me lo tiró a la cara y empezó a gritarme. Joder, está convencida de que voy a acabar muerto y tirado en el arroyo.

—Pero tú no le has dicho nada, ¿no?

—Pero no es tonta, Sonny. No tengo ningún trabajo que ella sepa, y aparezco de pronto con unos cuantos cientos de pavos para ella. Ya conoce el percal.

—Pero no sabe nada de mí ni nada, ¿no?

—Claro que no. Sabe que eres un maldito ladrón, claro, pero no conoce ningún detalle.

El Nash de Cork estaba aparcado frente a una boca de incendios en la esquina de la Ciento Ochenta y Nueve, con el neumático delantero pegado al bordillo. Sonny señaló la boca de incendios y dijo:

—¿Es que no tienes ningún respeto por la ley?

—Escucha, Sonny —dijo Cork, ignorando la broma—. He pensado algo que me dijiste hace tiempo, y tienes razón. Tenemos que decidirnos por una cosa o por otra.

—¿De qué estás hablando? —Sonny entró en el Nash y cerró la puerta tras él. Era como meterse en una nevera—. *V'fancul!* ¡Enciende la calefacción!

Cork puso en marcha el coche y aceleró el motor.

—No digo que no me parezca bien todo el dinero que estamos ganando —contempló el indicador de la temperatura—, pero es cosa de poca monta al lado de lo que está moviendo gente como tu padre.

—¿Y qué? Mi padre lleva levantando su organización desde antes que naciéramos ninguno de nosotros. No puedes comparar. —Sonny dirigió a Cork una mirada extrañada, como preguntándole qué se le había metido en la cabeza.

266

—Claro, pero lo que yo digo es que si, como dijiste, vas a él y le cuentas que quieres formar parte de su organización, entonces quizá podrías llevarnos a todos nosotros contigo.

—Dios mío, Cork… —exclamó Sonny—. Creo que si le digo a mi padre lo que he estado haciendo, seré el primero al que matará.

—Bueno —dijo Cork. Encendió la calefacción—. Puede que tengas razón. —Dio un empujón a Sonny—. Quiere que seas un magnate de los automóviles. Sonny Corleone, capitán de la industria.

—Sí, pero llevo dos días sin ir al trabajo esta semana.

—No te preocupes por eso. —Cork sacó el Nash a la calzada—. Te lo prometo, Sonny, Leo no te despedirá.

Sonny pensó un momento y luego sonrió.

—No, claro, no lo creo.

El rollo de película temblaba en el proyector mientras la máquina ronroneaba, zumbaba y arrojaba al otro lado de la habitación del hotel una imagen rayada en blanco y negro de una joven baja y regordeta, con el pelo largo y negro, chupándole la polla a un hombre sin cabeza. El tipo de la película estaba de pie con las piernas separadas y las manos en las caderas, y aunque el encuadre le cortaba la cabeza, estaba claro que era joven, por su piel blanca y tensa, muy musculosa. En un sofá junto al proyector, una de las chicas que trabajaban en Chez Hollywood estaba sentada en el regazo de Giuseppe Mariposa. Con una mano Giuseppe jugaba con los pechos de la chica, mientras con la otra sujetaba un grueso cigarro y su humo subía flotando ante el chorro de luz del proyector. Junto a Giuseppe y la chica, Phillip Tattaglia tenía la mano metida bajo las bragas de una de sus putas, mientras otra muchacha estaba arrodillada en el suelo ante sus piernas, con la cabeza enterrada en su regazo. Todos iban en ropa interior, todos excepto la cantante de Chez Hollywood, que tenía el cabello de un deslumbrante color platino, y los dos jóvenes sentados junto a la puerta de la habitación del hotel, ambos vestidos con trajes azules con raya diplomática, un par de sicarios que hacían juego. Giuseppe había salido con la cantante y la había llevado al hotel, y ahora ella esperaba completamente vestida y sentada en una silla al otro lado del sofá, con aspecto tenso e inquieto, mirando hacia la puerta con sus ojos oscuros cada pocos minutos como si estuviese pensando en salir huyendo.

—Mira eso —dijo Tattaglia cuando la escena de la película porno estaba a punto de culminar—. ¡Todo por encima de ella! —gritó, y sacudió el hombre de Giuseppe—. ¿Qué te parece? —preguntó a la chica que tenía la cabeza en su regazo. La apartó y se enderezó, y luego hizo la misma pregunta a la chica que tenía bajo el brazo—. ¿Qué te parece? ¿Lo hace bien? —preguntaba por la mujer de la película porno.

—Pues no lo sé —contestó la muchacha que tenía a su lado con una voz ronca—. Tendrías que preguntárselo al tío, en mi opinión.

Giuseppe se echó a reír y le pellizcó la mejilla.

—Esta chica es lista —dijo a Tattaglia. En la pantalla, dos tipos más entraban en escena y empezaban a desnudar a la mujer, cuya cara de repente aparecía limpia y recién maquillada.

—Joe —prosiguió Tattaglia—, estas películas serán algo

grande. Puedo hacerlas casi por nada, y vendérselas a todos los clubes Rotarios del país por un montón de pasta.

—¿Crees que los pueblerinos comprarán estas cosas? —preguntó Mariposa, con los ojos clavados en la pantalla y la mano bajo el sujetador de la chica de la película.

—La gente compra este tipo de cosas desde el principio de los tiempos —repuso Tattaglia—. Ya hemos hecho buen dinero vendiendo fotos. Las películas como esta, te lo aseguro, Joe, serán algo grande.

—Bueno, ¿y dónde entro yo en este asunto?

—Financiación, distribución. Ese tipo de cosas —dijo Tattaglia.

Giuseppe daba una chupada a su cigarro y pensaba en la propuesta cuando alguien llamó a la puerta de la habitación del hotel y los dos sicarios, sobresaltados, se pusieron en pie de un salto, al unísono.

—Ve y abre —dijo Giuseppe.

Apartó a la chica de su regazo.

El chico abrió la puerta un par de centímetros y luego del todo. Un rayo de luz intensa llenó media habitación mientras Emilio Barzini entraba desde el vestíbulo con el sombrero en la mano.

—Cierra ya —ladró Joe, y el chico rápidamente cerró la puerta.

—Joe —dijo Emilio. Dio unos pocos pasos en la habitación oscura, echó una mirada a la película porno y luego miró hacia el sofá de nuevo—. ¿Querías verme?

Giuseppe se subió los pantalones y se abrochó el cinturón. Apagó el cigarro en un cenicero de cristal tallado que tenía frente a él en la mesa. Les dijo a los demás:

—Ahora vuelvo.

Dio la vuelta en torno al sofá y pasó por una puerta entornada a una habitación anexa.

Emilio se protegió los ojos de la luz parpadeante del proyector al cruzar la habitación para unirse a Giuseppe, que encendió la luz de la segunda habitación y luego cerró la puerta. Emilio vio una cama doble enmarcada por unas mesillas de caoba brillante, ambas decoradas con enormes jarrones rebosantes de flores de colores vivos. Al otro lado de la cama, un tocador haciendo juego con un espejo basculante y una banqueta tapizada de flores se encontraba en diagonal junto a una cómoda grande. Giuseppe sacó el banquito con el pie, tomó asiento y cruzó los brazos. Llevaba una camiseta de tirantes que acentuaba los músculos de sus hombros y brazos. Resultaba casi juvenil, a pesar del pelo blanco y las arrugas que cubrían su rostro.

—Escucha, Emilio —dijo con tranquilidad, aunque era evidente que se estaba imponiendo la calma—. Hemos perdido más de seis de los grandes con el último atraco. —Abrió las manos con una gran incredulidad pintada en el rostro—. ¡Y todavía no sabemos quiénes son esos hijos de puta! Me roban, desaparecen durante meses enteros y luego me vuelven a robar... *Basta!* —exclamó—. No aguanto más. Quiero a esos tíos y los quiero muertos.

—Joe —dijo Emilio. Arrojó su sombrero a la cómoda y tomó asiento al borde de la cama—. Creemos que son los irlandeses. Estamos presionando a todo el mundo.

—¿Y los irlandeses no saben nada? —dijo Giuseppe—. ¿Nadie sabe nada?

—Joe...

—¡No me vengas con «Joe, Joe»! —chilló Giuseppe—. ¡Nadie sabe una mierda! —gritó, poniendo énfasis en «mierda». Volcó el tocador y lo arrojó contra la pared, provocando que el espejo se hiciera añicos sobre la moqueta.

—Joe —dijo Emilio, tranquilo—, no es la familia Corleone, ni tampoco es Tessio. Hemos estado vigilándoles. Y uno de los tíos del atraco tenía acento irlandés.

—No me importa esa mierda. —Giuseppe levantó el tocador—. Mira qué desastre. —Hizo un gesto hacia los trozos de cristal esparcidos por la moqueta, fulminando a Emilio con la mirada, como si él hubiese roto el espejo—. Te he llamado porque tengo un trabajo para ti. Quiero que vayas a ver a ese puto vendedor de aceite de oliva, ese charlatán, ese fanfarrón, y le digas que o se hace cargo de quienquiera que me está dando tantos dolores de cabeza o le voy a hacer responsable a él personalmente. ¿Entendido? Estoy harto de que ese hijo de puta me mire por encima del hombro. —Giuseppe se agachó a recoger un trozo de cristal. Lo levantó y miró su propio reflejo, el pelo canoso y las arrugas en torno a los ojos—. Dile a Vito Corleone que a partir de hoy, a partir de este preciso momento, cada céntimo que pierda con esos cabrones me lo deberá él. Saldrá de su bolsillo. Eso tienes que dejárselo muy claro. ¿Lo has entendido, Emilio? O pone fin a esto, o lo pagará él. Ese es el trato. Le pedí educadamente que se hiciera cargo de esto y me ha tratado con un desprecio total. Ahora, el trato es este: de una forma u otra tendrá que hacerse cargo. ¿Entiendes lo que te digo, Emilio?

Este recogió el sombrero de la cómoda.

—Tú eres el jefe, Giuseppe. Si es eso lo que quieres que haga, voy ahora mismo.

—Muy bien —respondió Giuseppe—. Sí, yo soy el jefe. Tú transmite mi mensaje.

Emilio se puso el sombrero y se dirigió hacia la puerta.

—Eh. —Giuseppe se relajó un poco, como si después de haber comunicado su voluntad se sintiera mejor—. No tienes que ir corriendo. ¿Quieres a la cantante esa de ahí fuera? Me he cansado de ella. Parece que tenga una escoba metida por el culo.

—Mejor voy a ocuparme de tus asuntos —dijo Emilio. Levantó el sombrero para saludar a Giuseppe y se fue.

Giuseppe frunció el ceño ante el desastre de los cristales rotos y el reflejo propio que le devolvían, fragmentado. Se miró en la imagen rota, como un rompecabezas, como si algo en aquella imagen confusa le molestara pero no fuera capaz de identificar el qué. Apagó la luz y se unió a los demás en la oscuridad, donde la chica del pelo largo de la pantalla ahora estaba en la cama con tres tíos. Se quedó de pie mirando, arrojó una sola mirada rápida a la cantante, que estaba sentada muy tiesa y quieta con las manos en el regazo, y luego se unió a Tattaglia y a las chicas del sofá.

16

Vito cruzó el puente peatonal que conectaba el edificio de los Juzgados Penales con la prisión Tombs. Fuera, más allá de la línea de altas ventanas que daban a la calle Franklin, las aceras estaban atestadas de neoyorquinos con pesados abrigos, muchos de los cuales, supuso Vito, tenían asuntos en los tribunales o iban a visitar a amigos o familiares encerrados en los calabozos de las Tombs. Vito nunca había visto el interior de una celda, ni tampoco había sido acusado en un juicio criminal… aunque era muy consciente de la posibilidad de que ocurriesen ambas cosas. De camino hacia el puente había atravesado los altos pasillos del edificio de los Juzgados Penales, mirando a los ojos a policías y abogados, a los *pezzonovante* con sus trajes de raya diplomática y elegantes maletines de piel, mientras el policía al que seguía, al que había pagado generosamente, mantenía los ojos sobre todo en el suelo. Condujo a Vito rápidamente a través de las puertas de vaivén de la gran sala, donde vio fugazmente a un juez con su toga negra sentado en su resplandeciente trono de madera. El tribunal le recordó a una iglesia, y el juez, al sacerdote. Algo despertó la ira de Vito al ver al magistrado, quizás algo más que ira, tal vez furia… como si el juez fuese el responsable de toda la crueldad e inhumanidad del mundo, del asesinato de mujeres y niños en todas partes, desde Sicilia a Manhattan. Vito no habría sido capaz de poner en palabras por qué sentía aquel relámpago de ira, aquel deseo

de abrir a patadas las puertas batientes de la sala y arrastrar al
juez desde su puesto de privilegio, pero lo único que hubiera
podido notar alguien que le observara era que cerraba y abría
los ojos lentamente, como si se hubiese tomado un momento
para descansar mientras iba andando por la sala y se dirigía a
las dos amplias puertas que se abrían hacia el puente peatonal.

El policía al que seguía Vito pareció relajarse en cuanto salieron del juzgado y se dirigieron a la prisión. Se arregló la casaca, se quitó la gorra de plato, limpió la insignia que llevaba y
se la volvió a poner. Esa serie de gestos recordaron a Vito a alguien que había conseguido escapar por los pelos y que se arreglaba antes de volver a sus asuntos.

—Un día frío, hoy —dijo el policía, señalando hacia la calle.

—Bajo cero —respondió Vito, y esperó que ese fuera el fin
de toda conversación. Las calles sufrían la viruela de unos
montículos tiznados de hielo y nieve, aunque no había nevado
recientemente. En la esquina de Franklin esperaba una joven
con la cabeza agachada y la cara cubierta por sus manos enguantadas, mientras los peatones pasaban a su lado. Vito se
percató de su presencia en cuanto pisó el puente. La vio aparecer y desaparecer mientras él iba desplazándose de ventana en
ventana. Cuando pasó ante la última todavía seguía allí, de pie,
sin moverse, con la cara entre las manos… luego Vito cruzó
desde el puente hacia las Tombs y la perdió de vista.

—Lo tenemos en el sótano —le indicó el policía cuando accedieron a un largo pasillo con puertas cerradas—. Lo trajeron
aquí desde la sala del hospital.

Vito no se molestó en responder. En algún lugar fuera de
la vista, en el extremo más alejado del pasillo, alguien chillaba furioso, reprendiendo a alguien, y ese sonido flotaba por
el vestíbulo.

—Soy Walter. —El policía de repente decidió presentarse.
Acababa de abrir con el hombro una puerta que daba a una escalera—. Mi compañero Sasha le está vigilando. —Miró su reloj—. Podemos darle media hora como máximo.

—No necesitaré más.

—Y comprenderá —dijo el policía, mirando con atención
a Vito, desplazando los ojos arriba y abajo por la chaqueta de
su traje y examinando los pliegues del abrigo que llevaba do

blado al brazo— que no puede pasarle nada mientras esté bajo nuestra custodia.

Walter era de la altura de Vito, aunque pesaría veinte kilos más y tenía varios años menos. Su barriga forzaba los botones de latón de la casaca y sus muslos tensaban la tela azul de los pantalones.

—No le ocurrirá nada —dijo Vito.

El policía asintió. Bajaron dos tramos de escaleras y llegaron a otro pasillo sin ventanas que olía a algo desagradable. Vito se tapó la cara con el sombrero para mitigar el mal olor.

—¿Qué es eso?

—Cuando algún idiota se gana una buena paliza lo traemos aquí. —Walter miró a su alrededor mientras andaba, como intentando localizar la fuente de aquel hedor—. Parece que alguien ha echado el almuerzo.

Al final del pasillo y doblando una esquina, Sasha esperaba con la espalda apoyada en la puerta verde y los brazos cruzados. Al acercarse Vito, abrió la puerta y se quedó a un lado.

—Media hora. ¿Se lo ha explicado Walt?

A través de la puerta abierta Vito vio a Luca sentado en una camilla. Estaba tan cambiado que a primera vista pensó que le habían llevado a ver al hombre equivocado. El lado derecho de su cara caía ligeramente, como si estuviesen tirando de él tres milímetros hacia abajo. Tenía los labios hinchados y respiraba ruidosamente por la boca. Luca parpadeó a través de unos ojos apagados al mirar hacia la puerta abierta. Parecía luchar tanto por ver claramente como por entender lo que veía.

Sasha, al ver a Vito dudar en la puerta, dijo:

—Parece peor de lo que está.

—Déjennos un poco a solas —pidió Vito—. Pueden esperar en la esquina.

Sasha miró a Walter como si no estuviera demasiado seguro de que fuera muy inteligente dejar a Vito a solas con Luca.

—Está bien, señor Corleone —accedió Walter, y pasó por delante de su socio para cerrar la puerta.

—Luca —dijo Vito en cuanto los dos estuvieron solos. Su voz estaba tan llena de consternación y tristeza que le sorprendió. La habitación olía a desinfectante, y estaba desnuda

273

excepto la camilla y unas cuantas sillas sencillas de respaldo recto. No había ventanas, y la única luz procedía de una bombilla que colgaba del techo en el centro de la habitación. Vito cogió una silla que estaba junto a la pared y la acercó a la camilla.

—¿Qué estás haciendo aquí... Vito? —preguntó Luca. Llevaba un camisón de manga corta blanco de hospital que le quedaba demasiado pequeño: no le llegaba ni siquiera a las rodillas. Parecía tener que tragar o arreglar algo en la garganta después de pronunciar unas pocas palabras. Hablaba tartamudeando pero con claridad, esforzándose por articular cada palabra; solo al hablar Vito vio por primera vez un atisbo del antiguo Luca, como si el otro estuviese agazapado en algún lugar bajo el dañado rostro y los ojos turbios.

—¿Qué tal estás? —preguntó Vito.

Pasó un segundo antes de que Luca respondiese:

—¿Qué te parece? —Una expresión que podía ser un intento de sonrisa pasó por su rostro.

Vito observó el retraso momentáneo entre la pregunta y la respuesta, y por tanto habló despacio, dándole tiempo a Luca para procesar y responder a lo que le decía.

—Pues no tienes muy buen aspecto.

Luca se bajó de la camilla y cruzó la habitación, en busca de otra silla. Iba desnudo debajo del camisón, que era demasiado estrecho para quedar bien atado, de modo que se abría en su ancha espalda. Cogió una silla y la puso frente a Vito, para que pudieran verse el uno al otro.

—¿Sabes lo que... sigo pensando? —preguntó al tomar asiento.

De nuevo sus palabras se vieron interrumpidas por una pausa en la que pareció tener que recordar la serie de palabras hasta conseguir que algo llegase a su boca o a su garganta, si bien el sentido estaba claro, igual que las mismas palabras. Vito negó con la cabeza y Luca dijo:

—Will O'Rourke.

—¿Por qué?

—Le odio —dijo Luca—. Quiero... que muera.

Pasaron unos segundos y Luca emitió un sonido que Vito interpretó como una risa.

—Yo puedo ayudarte. Puedo sacarte de aquí.

Esa vez Luca sonrió claramente.

—¿Eres Dios?

—No soy Dios —replicó Vito. Cogió su sombrero, lo miró y lo dejó de nuevo en su regazo, encima de su abrigo—. Escúchame, Luca, quiero que confíes en mí. Yo lo sé todo. Sé todo lo que has pasado. Lo sé…

—¿Qué… qué es lo que sabes… Vito? —Se inclinó hacia delante en su silla, con un asomo de amenaza en su movimiento—. Yo sé que tú… has ido hablando por ahí. Sabes… que maté a mi padre. Así que crees… que lo sabes todo. Pero no… no sabes… nada.

—Sí, sí que lo sé —dijo Vito—. Sé lo de tu madre y lo de tu vecino, el profesor, ese tipo, Lowry.

—¿Qué sabes? —Luca se echó de nuevo hacia atrás y se puso las manos en las rodillas.

—La policía sabía que lo habías hecho tú, Luca, pero no tenían pruebas.

—¿Qué hice?

—Luca, las piezas de ese rompecabezas no son difíciles de encajar. ¿Por qué tu padre (¡un siciliano!) iba a intentar sacar a su propio hijo del vientre de su esposa? La respuesta es que no lo habría hecho. Nunca. ¿Y por qué tiraste del tejado a ese Lowry, el vecino de la puerta de al lado, en cuanto te soltaron del hospital? Es una tragedia, Luca, pero no un misterio. Mataste a tu padre para salvar a tu madre, y luego mataste al hombre que convirtió a tu padre en cornudo. En todo ese asunto tú te portaste honorablemente.

Luca pareció escuchar largo rato después de que Vito dejase de hablar. Se hundió en la silla y se pasó la mano por la frente, como si se secara el sudor, aunque en la habitación hacía frío. Preguntó:

—¿Quién más sabe… todo esto?

—La policía de Rhode Island que lo investigó. Se lo imaginaban, pero no tenían pruebas y no les importaba nada. Se olvidaron de ti hace mucho tiempo.

—¿Y cómo sabes tú… lo que sabe la policía… de Rhode Island?

Vito se encogió de hombros.

275

—¿Y tu... tu organización? —preguntó Luca—. ¿Quién lo sabe... de ellos?

El vestíbulo estaba silencioso. Vito no sabía si los policías se encontraban cerca.

—Nadie más que yo.

Luca miró hacia la puerta y luego de nuevo a Vito.

—Yo no quiero... que nadie... sepa nada de... los pecados de mi madre.

—Y nadie lo sabrá —aseguró Vito—. Siempre puedes confiar en mi palabra, y te doy mi palabra.

—No soy un hombre... que confíe.

—A veces debes hacerlo —dijo Vito—. Debes confiar en alguien.

Luca miró a Vito, y este sintió que a través de los ojos de Luca había otra persona que lo miraba.

—Confía en mí ahora. Escúchame cuando te digo que puedes salvarte. —Vito se inclinó más hacia delante—. Yo comprendo el sufrimiento. Mi padre y mi hermano fueron asesinados; vi a un hombre sacar una escopeta y disparar a mi madre como si fuera un haz de paja. Mi madre, a quien yo amaba, Luca. Cuando llegó el momento, cuando crecí y pude valerme por mí mismo, volví y maté a aquel hombre.

—Yo ya... intenté matar... al hombre que mató a mi padre... y a mi madre. —Se tapó los ojos con las manos y se los frotó suavemente. En la oscuridad, preguntó—: ¿Por qué... quieres ayudarme?

—Quiero que vengas a trabajar para mí —dijo Vito—. No soy hombre violento por naturaleza y no deseo cometer actos de violencia. Pero vivo en el mismo mundo que tú, Luca, y ambos sabemos que este mundo está lleno de maldad. Necesitamos hombres que aplasten el mal implacablemente. Brutalmente. Tú puedes serme de gran utilidad, alguien como tú, a quien todo el mundo teme.

—¿Quieres que yo... trabaje para ti?

—Me ocuparé de ti —aseguró Vito—. Me ocuparé de tus hombres. Se desestimarán todas las acusaciones contra ti.

—¿Y los... testigos? —preguntó Luca—. ¿Y Luigi... Battaglia?

—Se retractará o desaparecerá. Filomena, la comadrona, ya

276

está a mi cargo. Volverá a Sicilia con su familia. Todo este incidente quedará atrás.

—¿Y para eso... lo único que tengo que hacer... es ir a trabajar para ti... como soldado? —Luca miró a Vito con curiosidad, como si no pudiera comprender realmente por qué le hacía semejante oferta—. ¿Sabes... que soy el *diavolo?* He matado... a madres, padres... y niños. He matado... a mi propio padre... y a mi propio hijo. ¿Quién quiere asociarse... con el demonio? ¿Clemenza querrá? ¿Tessio querrá?

—Clemenza y Tessio harán lo que yo les diga. Pero no necesito otro soldado más. Ya tengo soldados suficientes, Luca. Tengo muchos.

—¿Entonces para qué... para qué me quieres?

—Necesito que seas algo mucho más importante que un soldado, Luca. Necesito que sigas siendo *il diavolo...* pero *il mio diavolo.*

La cara de Luca quedó vacía mientras miraba a Vito, y luego se volvió a mirar hacia el infinito, a distancia. Al final pareció comprender y asintió para sí.

—Tengo solo un negocio... pendiente... antes de ir a trabajar para ti. Tengo que matar... a Will O'Rourke.

—Eso puede esperar —dijo Vito.

Luca negó con la cabeza.

—No puedo... pensar en otra cosa. Quiero que muera.

Vito suspiró y dijo.

—Después de ese negocio pendiente trabajarás solo a mis órdenes.

—Está bien —dijo Luca—. Sí.

—Una cosa más. Ese asunto entre Tom Hagen y tú se acabó. Está olvidado.

Luca miró a una pared como si lo estuviera pensando. Cuando se volvió hacia Vito, asintió con la cabeza.

Ambos hombres se quedaron callados, pues había concluido ya lo esencial de sus negocios. Aun así, Vito estaba sorprendido por el tumulto de emociones que sentía al ver a Luca, su rostro destruido y sus ojos turbios. El hombre parecía haberse sumido en sí mismo, caído y enterrado dentro de un abultado marco de carne y huesos, como si quienquiera que fuese realmente Luca estuviese atrapado dentro de sí mismo,

277

como un niño perdido en un edificio oscuro. Para su sorpresa, Vito se encontró tocando la mano de Luca, al principio tímidamente, y luego cogiéndola entre las dos suyas. Quería hablar, explicarle que a veces un hombre debe simplemente quitarse cosas de la cabeza, que a veces ocurren cosas que nadie, ni siquiera Dios, puede perdonar, y que lo único que se puede hacer es no pensar en ellas. Pero no salió ni una sola palabra de la boca de Vito. Cogió la mano de Luca y no dijo nada.

Brasi emitió un sonido ante aquel contacto que fue casi un respingo, y de sus ojos desapareció el embotamiento, de modo que parecían en aquel instante los ojos de un niño pequeño.

—Mi madre ha muerto —dijo, como si acabase de enterarse de la noticia y fuese una conmoción—. Kelly ha muerto —añadió de nuevo, como si acabase de enterarse también.

—Sí —dijo Vito—, y debes soportarlo.

Los ojos de Luca se llenaron de lágrimas y se las secó rudamente con el antebrazo.

—No... No...

—No, no lo haré —aseguró, sabiendo lo que quería pedirle Luca: que sus lágrimas permanecieran en secreto—. Confía en mí.

Luca había estado mirándose el regazo, y levantó los ojos a Vito.

—Nunca dudes de mí, Don Corleone. Nunca dudes de mí, Don Corleone.

—Bien —dijo Vito, soltando la mano de Luca—. Ahora dime: necesito los nombres de los chicos que han estado causando todos esos problemas a Giuseppe.

—Sí —dijo Luca, y procedió a contarle a Vito todo lo que sabía.

17

*E*n Hester, junto al almacén de su padre, Sonny miró por la ventanilla lateral del Packard las calles que hormigueaban de hombres y mujeres que andaban deprisa, ocupados con sus asuntos. Clemenza iba al volante, conduciendo despacio por encima del empedrado, mientras Vito estaba tranquilamente sentado junto a él en el asiento del pasajero. Sonny estaba concentrado en mantener la boca cerrada y no saltar al asiento delantero y maldecir a Clemenza, que le había tratado como a un desecho humano desde que apareció en Leo y lo sacó del trabajo. Su padre no había dicho ni una sola palabra. Clemenza cogió rudamente a Sonny por el brazo y lo arrojó en el asiento trasero del Packard, y Sonny estaba demasiado sorprendido por la gordura y la fuerza del hombre y demasiado conmocionado por la forma de tratarle para reaccionar hasta que se encontró en el coche con su padre en el asiento delantero. Cuando preguntó furioso qué demonios estaba pasando, Clemenza le dijo que cerrara la boca, y al preguntar de nuevo, gritando, Clemenza le enseñó la culata de su pistola y le amenazó con abrirle la cabeza con ella… Mientras tanto, Vito había permanecido silencioso. Ahora, Sonny tenía las manos en el regazo y la boca cerrada, y Clemenza aparcó frente al almacén.

Abrió la puerta de atrás.

—Calla, chico. —Se acercó mucho a Sonny cuando este salió del coche—. Tienes problemas —añadió en un susurro, mientras Vito esperaba en la acera, apretándose bien el abrigo en torno al cuerpo.

—¿Qué he hecho? —preguntó Sonny. Lo único que llevaba era el mono grasiento que vestía en el trabajo, y el frío le mordisqueaba la nariz y las orejas.

—Sígueme. Tendrás oportunidad de hablar dentro de un minuto.

En la acera, junto a la puerta del almacén, Vito habló por primera vez. El tema no tenía nada que ver con Sonny.

—¿Ha salido Luca? —preguntó a Clemenza.

—Anoche. Está con un par de los nuestros.

Al mencionar a Luca Brasi, el corazón de Sonny se alborotó... pero antes de que tuviera tiempo de pensar en las implicaciones se encontró dentro del almacén mirando cinco sillas dispuestas en semicírculo frente a unas pilas de cajas de aceite de oliva. Aquel espacio era húmedo y frío, con el suelo de cemento gris y un techo muy alto en el que se veían las vigas de metal. Las cajas de aceite de oliva estaban acumuladas hasta una altura de tres metros en torno a las sillas, de modo que parecía que había una habitación dentro del espacio mayor del almacén. Los chicos de Sonny estaban atados y amordazados en las sillas, Cork en medio, Nico y Pequeño Stevie a un lado y los gemelos Romero al otro. Richie Gatto y Jimmy Mancini se encontraban de pie, con la espalda pegada a las cajas a un lado del semicírculo, y Eddie Veltri y Ken Cuisimano en el otro lado. Los hombres iban todos elegantemente vestidos con trajes con chaleco y zapatos muy lustrados, mientas los chicos en comparación parecían pilluelos callejeros, con sus abrigos de invierno en una pila en el suelo, detrás de ellos. Desde un pasillo entre las pilas de cajas apareció Tessio con la cabeza baja, intentando abrirse la cremallera que al parecer estaba atascada. Consiguió solucionarlo justo cuando entraba en la pequeña habitación. Cuando levantó la vista dijo:

—¡Eh, Sonny! ¡Mira lo que hemos encontrado! —Hizo un gesto hacia las sillas—. ¡Son los Chicos Hardy, que se han vuelto malos!

Aquella tontería hizo reír a todo el mundo excepto a Sonny, Vito y los chicos de Sonny que tenían los brazos atados a la espalda en las sillas.

—*Basta* —dijo Vito. Se dirigió hacia el semicírculo y miró a su hijo—. Estos *mortadell'* han estado robando a Giuseppe Mariposa, causándole problemas y costándole dinero... y como yo tengo negocios con el señor Mariposa, me causan problemas a mí, y amenazan con costarme dinero.

—Papá... —dijo Sonny, dando un paso hacia su padre.

—*Sta'zitt!* —La mano abierta de Vito se levantó como advertencia, y Sonny retrocedió—. He visto que está aquí el joven Corcoran —se aproximó a Bobby—, que ha estado muchas veces en nuestra casa a lo largo de los años. De hecho, lo recuerdo en pañales, jugando en tu habitación. —Vito quitó la mordaza a Bobby y lo miró, esperando a ver si hablaba o no. Como Cork se quedó silencioso, pasó a los hermanos Romero—. Estos dos —dijo, quitándoles la mordaza— viven en nuestro barrio. Nico —le sacó también la mordaza— vive en la otra esquina de nuestra casa. Su familia es amiga de la nuestra. —Pasó junto a Pequeño Stevie y lo miró con desdén—. A este en cambio —le arrancó la mordaza—, no lo conozco.

—Se lo he dicho —chilló Stevie en cuanto le quitaron la mordaza de la boca—. Yo ya no voy con estos niñatos.

Richie Gatto sacó la pistola de su sobaquera y la amartilló. Le dijo a Stevie:

—Sería mucho más saludable para ti que te callaras.

Vito se dirigió al centro del semicírculo.

—Cada uno de estos chicos, excepto ese —dijo señalando a Stevie—, me dice que tú no tienes nada que ver con los trabajitos que han hecho. —Miró de nuevo a Pequeño Stevie—. Este en cambio dice que la banda es tuya, que eres tú el que ha dirigido todo el asunto. —Se dirigía a Sonny—. Los otros te defienden, y dicen que ese te la tiene jurada. —Cuando se encontraba prácticamente encima de su hijo se detuvo, hizo una pausa y lo miró—. Estoy cansado de estas niñerías. Voy a preguntártelo solo una vez: ¿tienes algo que ver con todos esos atracos, robos y asaltos?

—Sí —respondió Sonny—. La banda es mía. Yo lo planeé todo. Lo he hecho yo, papá.

Vito retrocedió un paso. Miró el suelo de cemento y se pasó los dedos por el cabello... Entonces, su mano salió disparada y

281

abofeteó a Sonny en la cara, tirándolo hacia atrás y rompiéndole el labio. Maldijo a Sonny en italiano y le agarró por la garganta.

—¿Has puesto tu vida en peligro? ¿Has puesto las vidas de tus amigos en peligro? ¿Habéis ido por ahí como si fueseis vaqueros? ¿Mi propio hijo? ¿Es esto lo que yo te he enseñado? ¿Es esto lo que has aprendido de mí?

—Señor Corleone —dijo Cork—, Sonny no...

Cork se quedó callado cuando Sonny levantó la mano. El gesto era tan idéntico al de Vito, y el resultado tan igual también, que ninguno de los hombres de la habitación dejó de notarlo.

—Papá —dijo Sonny—. ¿Podemos hablar a solas, por favor?

Abruptamente, Vito soltó a Sonny como si estuviera arrojando basura, y el chico tuvo que dar unos cuantos pasos rápidos para evitar caer. Vito le pidió en italiano a Clemenza que le diera unos minutos.

Sonny siguió a su padre por el almacén. Pasaron junto a un camión con la caja plana, con el capó abierto y algunas piezas del motor extendidas por el suelo, junto a más cajas de aceite de oliva colocadas en el suelo de cemento manchado de grasa, y salieron por una puerta trasera hacia una amplia avenida empedrada donde una fila de camiones de reparto estaba aparcada bajo el enrejado negro de las escaleras de incendios. Un viento frío soplaba por el callejón, arremolinando motas de polvo y basura y haciendo ondular las lonas que cubrían los camiones de caja abierta. Vito se quedó de pie, de espaldas a Sonny, mirando hacia el final del callejón y la calle Baxter. Había dejado su abrigo en el almacén, se ajustó la chaqueta y encorvó los hombros, cruzando los brazos. Sonny se apoyó en la puerta del almacén mirando la espalda de su padre. De repente se sentía cansado, y dejó caer la cabeza hasta que tocó el metal de la puerta. En una de las escaleras de incendios que se encontraban frente a él vio un destrozado juguete infantil, un tigre de peluche con el cuello abierto por el que escapaban hilachas de relleno blanco que se llevaba el viento.

—Papá —dijo Sonny, pero no supo cómo continuar. Vio que el viento despeinaba a su padre y sintió la absurda urgencia de arreglarle el pelo, de peinárselo y colocarlo de nuevo bien con sus dedos.

Cuando Vito se volvió, su rostro era implacable. Miró a Sonny en silencio, se sacó un pañuelo del bolsillo y le limpió la sangre del labio y la barbilla.

Sonny no se había dado cuenta de que sangraba hasta que vio que el pañuelo se alejaba de su cara rojo de sangre. Se tocó el labio rudamente e hizo una mueca de dolor.

—Papá —dudó. No parecía encontrar más palabras, aparte de aquel fácil y familiar «papá».

—¿Cómo has podido hacernos esto a tu madre y a tu padre, tu familia? —preguntó Vito.

—Papá —dijo Sonny de nuevo. Y repitió—: Papá. Sé quién eres. Lo sé desde hace años. Demonios, papá, todo el mundo sabe quién eres.

—¿Y quién soy? —preguntó Vito—. ¿Quién crees tú que soy?

—No quiero ser un idiota currante, y llenarme las manos de grasa por unos pocos pavos al día. Quiero ser respetado como tú. Quiero ser temido, como tú.

—Te lo pregunto de nuevo —Vito dio un paso más hacia Sonny mientras el viento alborotaba su cabello, haciendo que pareciese un loco—: ¿Quién crees tú que soy?

—Eres un gánster —respondió Sonny—. Hasta la revocación, tus camiones llevaban alcohol. Estás metido también en el juego y la usura, y tienes buena mano en los sindicatos. —Sonny unió las manos y las sacudió para dar más énfasis—. Sé lo que sabe todo el mundo, papá.

—Sabes lo que sabe todo el mundo —repitió Vito. Volvió la cara hacia el cielo y se pasó los dedos por el pelo, luchando contra el viento para volver a ponerlo en su sitio.

—Papá —dijo Sonny. Vio el dolor en los ojos de su padre y deseó poder retirar lo que acababa de decir, o decir algo más para hacer comprender a su padre que le respetaba por lo que era… pero no se le ocurrió nada, y no supo qué hacer ni qué decir para que aquel momento fuese más fácil.

—Estás equivocado —dijo Vito, mirando todavía al cielo—, si crees que soy un gánster normal y corriente. —Se quedó callado otro segundo más antes de clavar finalmente sus ojos en

Sonny—. Soy un hombre de negocios. Admito, sí, que me he ensuciado las manos trabajando con gente como Giuseppe Mariposa… pero no soy como Giuseppe; si es eso lo que crees, estás equivocado…

—Ay, papá —dijo Sonny. Dio la vuelta para enfrentarse de nuevo a Vito—. Estoy cansado de esto, de que siempre estés fingiendo ser alguien que no eres. Yo sé que lo haces todo por nuestro bien, pero lo siento, sé lo que haces. Sé quién eres. Controlas la lotería clandestina y el juego en gran parte del Bronx. Estás en los sindicatos y en protección, y además tienes el negocio del aceite de oliva. —Cruzó las manos ante Vito, como si fuera a rezar—. Lo siento, papá, pero sé quién eres y lo que haces.

—Crees que lo sabes. —Vito se desplazó a un espacio entre dos camiones, protegido del viento, y esperó a que Sonny le siguiera—. Pero no sabes nada —continuó en cuanto Sonny se encontró de pie frente a él—. No es un secreto que mi negocio tiene partes sucias. Pero no soy un gánster como tú me estás pintando. No soy un Al Capone. No soy un Giuseppe Mariposa, con sus drogas, sus mujeres y sus asesinatos. Un hombre como yo no podría haber llegado adonde estoy sin ensuciarse las manos, Sonny. Así son las cosas, y acepto las consecuencias. Pero no tiene que ser así para ti. No será así para ti. —Puso una mano sobre la nuca de Sonny—. Quítate de la cabeza todo este asunto de los gánsteres. No he trabajado tan duro para eso, para que mi hijo sea uno de ellos. No lo permitiré, Sonny.

La barbilla de Sonny cayó hacia su pecho y cerró los ojos. Las lonas negras de los camiones que estaban a cada lado chasqueaban y se agitaban con el viento. En el pequeño espacio entre los camiones donde estaba con su padre el frío parecía colarse por debajo de los chasis, mordiéndole los pies y las pantorrillas. Por la calle iba pasando una corriente continua de coches y camiones, y los motores gruñían cuando los conductores cambiaban de marcha. Sonny puso la mano encima de la mano de Vito, en su propia nuca.

—Papá. Vi a Tessio y Clemenza matar al padre de Tom. Y te vi a ti con ellos.

Vito apartó su mano del cuello de Sonny, lo agarró rudamente por la barbilla y le obligó a levantar la vista.

—¿De qué estás hablando? —preguntó. Como Sonny no contestó al momento, le apretó tanto la mandíbula que el labio volvió a sangrar—. ¿De qué estás hablando? —repitió.

—Te vi —dijo sin poder mirar todavía a los ojos a su padre, mirando más allá de donde él estaba—. Te seguí. Me escondí en una escalera de incendios al otro lado del callejón y desde ahí vi el cuarto de atrás de Murphy's. Vi a Clemenza meterle una funda de almohada en la cabeza a Henry Hagen, y vi a Tessio pegarle con una palanca.

—Lo soñaste —dijo Vito, como si quisiera convencer de esa explicación a Sonny—. Lo soñaste, Sonny.

—No —aseguró el chico, y cuando finalmente miró a su padre, vio que su rostro estaba pálido—. No, no lo soñé, y tú no eres una figura cívica íntegra, papá. Eres un mafioso. Matas a gente cuando la tienes que matar, y te temen por eso. Escúchame: yo no soy ningún mecánico, ni tampoco seré un magnate de los automóviles. Yo quiero trabajar para ti. Quiero formar parte de tu organización.

Vito pareció quedarse helado mirando a su hijo. Lentamente, el color volvió a su rostro y su presa en la mandíbula de Sonny se aflojó. Cuando finalmente lo soltó, sus manos cayeron a sus costados y las metió hasta lo más hondo de los bolsillos de su pantalón.

—Ve adentro y dile a Clemenza que salga —dijo, como si no hubiera ocurrido nada fuera de lo habitual.

—Papá…

Vito levantó la mano hacia Sonny.

—Haz lo que te digo. Manda a Clemenza a verme.

Sonny contempló la cara de su padre y se dio cuenta de que no podía interpretar su expresión en absoluto.

—Está bien, papá. ¿Qué le digo a Clemenza?

Vito parecía sorprendido.

—¿Es un trabajo demasiado difícil para ti? —preguntó—. Ve dentro. Busca a Clemenza y mándamelo. Espera dentro con los otros.

—Vale —respondió Sonny.

Se metió por la puerta de metal y desapareció en el almacén.

Solo en el callejón, Vito fue hasta el primer camión de la

285

fila y se metió en la cabina. Puso en marcha el motor, comprobó la calefacción y volvió el espejo retrovisor hacia él pensando en arreglarse el cabello, pero se quedó contemplando los ojos que le devolvían la mirada. No había ni un solo pensamiento en su mente. Sus ojos le miraban como los de un anciano, acuosos e inyectados en sangre por el viento, con una red de arrugas que se alargaban hasta las sienes. Fue como si hubiera dos pares de ojos en aquella cabina, mirándose como si cada uno de ellos fuese un misterio para los otros. Cuando Clemenza golpeó la puerta, Vito se sobresaltó. Bajó la ventanilla.

—Manda a Tessio a casa —dijo—. Que se lleve con él a Eddie y a Ken.

—¿Qué ha pasado con Sonny? —preguntó Clemenza.

Vito ignoró la pregunta.

—Ata a Sonny con los demás y no seas amable con él, *capisc'*? Quiero que les asustes. Que les hagas pensar que no nos queda otra elección que matarlos, por Giuseppe. Dime quién se mea primero en los pantalones.

—¿Y quieres que le haga eso también a Sonny?

286

—No me obligues a repetirlo —dijo Vito. Vio moverse la aguja en el indicador de la calefacción. Encendió el ventilador y puso en marcha el camión.

—¿Adónde vas? —preguntó Clemenza.

—Volveré dentro de media hora —respondió Vito. Subió la ventanilla y salió con el camión hacia el tráfico de Baxter.

Willie O'Rourke sujetaba una paloma volteadora gris con la mano izquierda mientras inspeccionaba sus plumas, peinándolas suavemente. Estaba arrodillado justo al lado del palomar, con el alero del tejado a su espalda y la puerta de acceso a la derecha, frente a él. A través de la tela metálica del palomar veía la puerta y una tumbona de playa de madera y lona donde había permanecido sentado al fresco unos minutos antes, viendo un remolcador que tiraba de un carguero río arriba. La volteadora era una de sus palomas favoritas, gris con una máscara negro carbón. En vuelo podía apartarse de la bandada repentinamente y parecía que caía, y de repente remontaba y seguía volando con las demás. Cuando volaban las aves, él las contemplaba y esperaba esa caída en picado que daba nombre a la especie... y en cada ocasión, el corazón le daba un pequeño vuelco. Will acabó de examinar al pájaro y lo volvió a introducir en el palomar con las demás, luego extendió un poco de paja fresca para evitar que los animales se helaran con aquel frío tan intenso. Cuando hubo terminado se sentó en el alero del tejado bien arrebujado en su abrigo, encorvado para protegerse de un viento cortante que soplaba por la avenida y por encima de los tejados.

Con el viento silbando en sus oídos, se permitió un momento de reflexión. Donnie yacía ajeno al mundo en la habitación que estaba debajo, derrotado por su ceguera y por la muerte de Kelly. El doctor Flaherty decía que estaba deprimido, y que con el tiempo lo superaría, pero Willie lo dudaba. Donnie apenas hablaba ya, y se estaba debilitando mucho. Todo el mundo pensaba que era la ceguera lo que le había descorazonado por completo, pero Willie no lo creía. Donnie parecía furioso al principio por haber perdido la vista, y luego se sumió en la tristeza, pero fue la noticia de la muerte de Kelly y la forma que tuvo de morir lo que pareció quitarle por completo las ganas de vivir. No había dicho ni media docena de palabras en todo el tiempo transcurrido desde que ocurrió. Se quedaba echado día y noche, silencioso, en la oscuridad de su dormitorio. La única diferencia que apreciaba Will entre Donnie y un cadáver era que su hermano casualmente respiraba.

Cuando Willie se levantó por fin del alero y se dio la vuelta encontró a Luca Brasi sentado de espaldas a él en la tumbona, y a uno de sus chicos, con la pistola desenfundada, custodiando la puerta del tejado. Al principio Willie se quedó algo confuso por aquella visión, porque no había oído absolutamente nada, y luego se dio cuenta de que eso lo explicaba el rugido del viento. Lo único que veía de Luca era su espalda, la parte superior de su sombrero y un pañuelo blanco que llevaba envuelto en torno al cuello, pero sin duda se trataba de Brasi. La envergadura del hombre hacía que la tumbona pareciese un mueble de juguete... y luego estaba ese chico de la puerta, aquel a quien Willie disparó en el brazo. Le reconoció por el atraco a la sala de apuestas.

Miró una sola vez el encaje negro de la escalera de incendios que estaba al otro lado del tejado y volvió la vista hacia la figura de la puerta, de pie con las manos juntas delante y un revólver plateado brillante que parecía más propio de una película del oeste de Tom Mix, sujeto flojamente con la mano enguantada.

—¿Qué quieres? —gritó a la espalda de Luca, sobreponiéndose al viento.

Brasi se levantó de la tumbona y se volvió, sujetándose con una mano el cuello del abrigo y con la otra metida en el bolsillo del abrigo.

Willie no se dio cuenta de que estaba retrocediendo hasta que chocó contra el alero. La cara de Luca estaba gris, como la de un cadáver, con una mejilla más caída que la otra, como si hubiese tenido un ataque.

—Dios mío —dijo Willie, y se echó a reír—. Pareces el puto Boris Karloff en *Frankenstein*. —Se tocó las cejas—. Especialmente por la frente de gorila.

Luca se pasó los dedos por el lado caído de su cara, como si pensara lo que acababa de decirle Willie.

288

—¿Qué quieres? —preguntó Willie—. ¿No has hecho ya suficiente? Ya has dejado ciego a Donnie y has matado a Kelly, maldito hijo de puta.

—Pero tú eres... quien me disparó —dijo Luca, y metió de nuevo las manos en los bolsillos—. Eres el que... dijo que no fallaría la próxima vez. —Echó una rápida mirada a Paulie en la puerta, como si acabase de recordar que estaba allí—. No puedo dejar de observar —siguió, volviéndose hacia Willie—, que no ha habido... otra vez. ¿Qué ha ocurrido? ¿Se han puesto nerviosos... tus chicos?

—Que te jodan —dijo Willie, y se acercó a Luca hasta que quedó frente a él—. Que te jodan a ti y a tu madre muerta y a tu bebé quemado y a todos tus amigos degenerados comeespaguetis. Y que se joda Kelly también, por haber tenido alguna vez algo que ver contigo.

Las manos de Luca salieron de sus bolsillos y cogió a Willie por el cuello. Lo levantó como si fuera un muñeco y lo sujetó en el aire. Los brazos y las piernas del chico se agitaron débilmente, intentando dar patadas y puñetazos a Luca, y dando unos golpes tan impotentes y poco eficaces como los de un niño. Brasi apretó más el cuello de Willie hasta que este se encontró solo a unos pocos segundos de perder la conciencia, y entonces lo dejó caer al suelo, donde aterrizó a cuatro patas, atragantándose y jadeando para intentar respirar.

—Qué bonitas son —dijo Luca, mirando por encima de Willie al palomar— estas palomas. Cómo vuelan... Son bonitas. —Se arrodilló junto a Willie y susurró—: ¿Sabes por qué... voy a matarte... Willie? Porque eres un tirador muy malo.

Miró cómo intentaba desabrocharse el abrigo y quitárselo, como si eso le fuese a ayudar a respirar. Lo agarró por el cuello de la camisa y el fondillo de los pantalones, lo llevó hasta el alero y lo suspendió en el aire por encima de la Décima. En la parte superior del arco, durante un brevísimo momento, con los brazos extendidos y el abrigo negro ondeando a su alrededor ante el azul del cielo, pareció que Willie podía despegar y salir volando. Luego cayó y desapareció. Luca se tapó la cara con las manos, se volvió y encontró a Paulie sujetando la puerta del terrado abierta, esperándole.

Vito introdujo el camión en el callejón detrás del almacén, aparcó al final de la fila y apagó el motor. El día era frío y ventoso bajo un cielo azul marcado por la viruela de unas nubecillas blancas. Acababa de volver de un breve viaje al East River. Había aparcado en un lugar tranquilo bajo el puente de Williamsburg y pasado veinte minutos mirando la luz del sol reflejada en la superficie del agua, de un azul grisáceo. Recordaba la conversación con Sonny y se repetía algunas frases una y otra vez: «Eres un gánster, eres de la mafia, matas a gente». Notó que una ola de turbulencias le amenazaba, algo que surgía del fondo de su estómago, que hacía que sus dedos se retorcieran, parpadease y temblase. Esperó en el camión y contempló el agua hasta que una ira pacífica y lenta fue apisonando lo que se encontraba en su interior, amenazando con hacer erupción. Hubo un momento, mientras contemplaba el agua, en que notó las lágrimas que se agolpaban en sus ojos, pero no había derramado ni una sola lágrima de ira o de dolor desde que abandonó Sicilia, y no pensaba hacerlo en la cabina de un camión mirando al río. Había algo en el agua que le calmaba, algo que llegaba a través de miles de años de antepasados suyos que se habían vuelto hacia el agua buscando su sostén. En la bodega del transatlántico, de niño y entre extraños, había contemplado el mar día y noche durante su viaje a América. Al no haber podido enterrar como es debido a sus familiares, les había dado sepelio en su mente. Contemplaba el mar y esperaba, tranquilamente, lo que tuviera que hacer a continuación. En la cabina de su camión, bajo el tráfico del puente de Williamsburg, junto al río, esperaba de nuevo. Sonny era un niño. No sabía nada. De su sangre, sí, de la sangre de Vito, pero demasiado estúpido para comprender la elección que estaba haciendo, demasiado joven y no demasiado listo. «Bueno —tuvo que decirse Vito al final—. Cada hombre tiene su propio destino.» Luego pronunció esas palabras en voz alta, teñidas de una mezcla de ira y de aceptación, puso en marcha el motor y volvió a la calle Hester.

De camino hacia su oficina, dentro del almacén, llamó a gritos a Clemenza y el nombre rebotó en el alto techo mientras Vito cerraba la puerta de su despacho y tomaba asiento detrás de su escritorio. De uno de los cajones sacó una botella de Strega y un vasito, y se sirvió un trago. El despacho estaba desnudo: paredes finas de madera pintadas de un verde desvaído, un escritorio con unos cuantos papeles y lápices desordenados encima de un chapado de madera falsa, unas cuantas sillas alineadas en las paredes, un perchero metálico detrás del escritorio y un archivador barato junto al perchero. Vito hacía todo su trabajo en casa, en realidad, en su estudio, y apenas pasaba tiempo en aquel despacho. Miró a su alrededor aquel entorno de mal gusto y se sintió lleno de repugnancia. Cuando Clemenza entró por la puerta, Vito le preguntó, antes de que el otro tuviera oportunidad de sentarse:

—¿Quién se ha meado primero en los pantalones?

—Bueno… —dijo Clemenza, que cogió una silla y la acercó al escritorio.

—No te sientes —le advirtió Vito.

Clemenza apartó la silla.

—Nadie se ha meado en los pantalones, Vito. Son unos chicos duros.

—Bien, algo es algo.

Se llevó el vaso de Strega a los labios y lo sujetó en alto un momento, como si hubiese olvidado lo que estaba haciendo. Miró por encima del vaso y más allá de Clemenza, sin fijar la vista en ningún sitio.

—Vito —dijo Clemenza, y su tono de voz sugería que estaba a punto de consolarle hablándole de Sonny. Pero su jefe levantó una mano y le silenció.

—Encuentra algo para todos, excepto los irlandeses. Que Tessio se ocupe de los Romero, y tú coge a Nico y a Sonny.

—¿Y los irlandeses? —preguntó Clemenza.

—Que se vayan y que se hagan policías o políticos o sindicalistas, y entonces les sobornaremos —dijo Vito. Apartó su vaso de Strega lejos de él, salpicando el licor amarillo en una hoja de papel.

—Vale —dijo Clemenza—. Se lo haré entender.

—Bien. —Vito añadió, con un tono de voz que cambió súbitamente—: Vigila a Sonny muy de cerca, Peter. Enséñale todo lo que necesita saber. Enséñale todos los aspectos del negocio, para que pueda hacer bien lo que va a hacer... pero tenlo siempre muy cerca. En todo momento.

—Vito —dijo Clemenza, y de nuevo parecía que iba a intentar consolarle—. Sé que no es esto lo que habías planeado.

Corleone volvió a coger el Strega y esta vez recordó dar un sorbito. Dijo:

—Tiene demasiado genio. Eso no es bueno para él. —Dio dos golpecitos en el escritorio y añadió—: Tampoco para nosotros.

—Yo lo enderezaré —dijo Clemeneza—. Tiene buen corazón, es fuerte, y es de tu sangre.

Vito hizo una seña hacia la puerta y le dijo a Clemenza que le mandara a Sonny. Al salir, Peter se llevó la mano al corazón y dijo:

—Le mantendré siempre muy cerca. Le enseñaré cómo funciona todo.

—Su mal genio —repitió Vito, como recordatorio a Clemenza.

—Lo enderezaré —dijo de nuevo Clemenza, como haciendo una promesa.

Sonny entró en el despacho masajeándose la piel en carne viva de las muñecas en el lugar donde le habían atado las manos a la espalda. Miró brevemente a su padre y luego apartó la vista.

Vito dio la vuelta al escritorio, cogió dos sillas de la pared y las acercó a Sonny.

—Siéntate —le dijo. En cuanto el chico se hubo sentado él también se sentó enfrente—. Calla y escúchame. Tengo algunas cosas que decirte. —Cruzó las manos en el regazo y ordenó sus pensamientos—. Esto no es lo que quería para ti, pero ya veo que no puedo evitarlo. Lo mejor que puedo hacer es procurar que no actúes como un idiota y que consigas que a ti y a tus amigos os mate un bruto como Giuseppe Mariposa por un puñado de dólares.

—Nadie ha recibido ni un arañazo... —dijo Sonny, pero se calló de nuevo al ver la mirada que le dirigió su padre.

—Hablaremos de este tema una sola vez —levantó un dedo—, y no quiero que volvamos a mencionarlo nunca más. —Tiró del faldón de su chaqueta y luego cruzó las manos encima del vientre. Tosió y continuó—: Siento que presenciaras lo que viste. El padre de Tom era un jugador degenerado y un borracho. Por aquel entonces yo no era quien soy ahora. Henry Hagen nos insultó de tal forma que si yo hubiera impedido que Clemenza y Tessio hicieran lo que hicieron, habría perdido todo su respeto. En este negocio, igual que en la vida, el respeto lo es todo. En esta vida, Sonny, no puedes exigir respeto, solo puedes infundirlo. ¿Me estás escuchando? —Sonny asintió con un gesto y Vito añadió—: Pero no soy hombre que disfrute con ese tipo de cosas. Y no deseo que ocurran. Pero sí soy un hombre... y lo que hago, lo hago por mi familia. Por mi familia, Sonny.

Miró el vaso de Strega que tenía en el escritorio como si estuviera pensando si tomarse otro sorbo o no, y luego volvió a mirar a su hijo.

—Tengo que hacerte una pregunta —continuó—, y quiero que me des una respuesta sencilla. Cuando trajiste a Tom a nuestro hogar, hace tantos años, cuando lo sentaste en aquella silla ante mí, ¿sabías que yo era responsable de haberlo convertido en huérfano, y me estabas acusando?

292

—No, papá —exclamó Sonny. Tendió la mano hacia su padre, pero luego la retiró—. Yo era un niño. Y reconozco… —se tocó las sienes con los dedos temblorosos— que tenía muchas cosas en la cabeza después de lo que vi, pero… recuerdo que lo único que quería es que tú arreglases aquel problema. Quería que arreglases los problemas de Tom.

—¿Eso es todo? —preguntó Vito—. ¿Querías que yo arreglase sus problemas?

—Recuerdo que era eso lo que pensaba —dijo Sonny—. Hace mucho tiempo.

Vito contempló a su hijo, examinando su rostro. Luego le tocó la rodilla.

—Tom nunca debe saber lo que tú sabes. Nunca.

—Te doy mi palabra —dijo Sonny, y puso su mano encima de la de su padre—. Es un secreto que me llevaré a la tumba.

Dio unas palmaditas en la mano de Sonny y luego echó atrás su silla.

—Escúchame detenidamente, Sonny. En este negocio, si no aprendes a controlar el carácter, la tumba llegará mucho antes de lo que tú piensas.

—Lo entiendo, papá. Aprenderé. De verdad.

—Te lo vuelvo a repetir —insistió Vito—: yo no quería esto para ti. —Cruzó las manos ante él como si estuviera a punto de rezar una última oración—. Hay más dinero y más poder en el mundo de los negocios legítimos, y nadie que venga a intentar matarte, como me ha ocurrido siempre a mí. Cuando era pequeño, vinieron unos hombres y mataron a mi padre. Cuando mi hermano buscó venganza, lo mataron también. Cuando mi madre suplicó por mi vida, la mataron igualmente. Y luego vinieron a por mí. Yo huí y rehíce mi vida aquí en América. Pero siempre, en este negocio, hay hombres que quieren matarte. Así que de eso no conseguí escapar nunca. —Como Sonny parecía conmocionado, Vito dijo—: No, nunca te había contado esas cosas. ¿Por qué iba a hacerlo? Esperaba evitártelas.

Lo miró de nuevo y, como si alimentara una última esperanza de que Sonny pudiese cambiar de opinión, le dijo:

—Esta no es la vida que yo quería para ti, Sonny.

293

—Papá —respondió el chico, sordo a los deseos de Vito—, seré alguien en quien siempre puedas confiar. Tu mano derecha.

Vito miró un momento más a su hijo y meneó la cabeza casi imperceptiblemente, cediendo al fin, aunque de mala gana.

—Si tú fueras mi mano derecha —dijo, levantándose y echando a un lado la silla—, convertirías en viuda a tu madre y a ti mismo en huérfano.

Sonny se quedó pensando en las palabras de su padre, como si no comprendiera lo que querían decir. Antes de que pudiera responder, Vito volvió a su escritorio.

—Clemenza te enseñará el negocio. Empezarás por abajo, como todo el mundo.

—Está bien, papá. Claro —exclamó Sonny, y aunque era obvio que intentaba contener su emoción y sonar lo más profesional que pudo, no lo consiguió.

Vito se limitó a fruncir el ceño al notar la emoción de Sonny.

—¿Qué pasa con Michael, Fredo y Tom? —preguntó—. ¿Ellos también creen que soy un gánster?

—Tom sabe lo del juego y los sindicatos —dijo Sonny—. Pero como te he dicho, papá, no es un secreto.

—Pero no es eso lo que te he preguntado. —Le tiró de la oreja—. ¡Aprende a escuchar! Te he preguntado si creen que soy un gánster.

—Papá —dijo Sonny—, yo sé que tú no eres un hombre como Mariposa. No quería decir eso. Sé que no eres ningún loco como Al Capone.

Vito asintió, gratificado al final.

—¿Y Fredo y Michael? —preguntó.

—No. Tú eres como un dios para los niños. No saben nada.

—Pero lo sabrán, como tú y como Tom. —Vito tomó asiento detrás de su escritorio—. Clemenza y Tessio se ocuparán de tus chicos. Trabajarás para Clemenza.

Sonny sonrió y dijo:

—Pensaban que les ibas a envenenar con plomo.

—¿Y tú? —preguntó Vito—. ¿Creías que te iba a hacer matar?

—No, no pensaba eso, papá. —Se rio como si estuviera claro que esa idea no se le habría ocurrido jamás.

Vito no reía. Estaba ceñudo.

—Los chicos irlandeses que se vayan. No tienen sitio con nosotros.

—Pero Cork es bueno —dijo Sonny—. Es mucho más listo…

—*Sta'zitt!* —Vito golpeó su escritorio y envió un lápiz volando hasta el suelo—. No me discutas. Ahora soy tu padre y soy tu Don. Harás lo que te digamos Clemenza, Tessio y yo.

—Claro —dijo Sonny, aunque se mordió el labio—. Se lo diré a Cork. No se va a poner demasiado contento, pero se lo explicaré. Al pequeño Stevie ya casi tenía medio decidido meterle una bala en la cabeza yo mismo.

—¿Que casi tenías medio decidido meterle una bala en la cabeza? —se escandalizó Vito—. ¿Pero qué demonios te pasa, Sonny?

—¡*Madon'*, papá! —gritó Sonny, levantando las manos—. Es solo una forma de hablar.

Vito hizo un gesto hacia la puerta.

—Vete. Ve a hablar con tus chicos.

En cuanto Sonny se hubo ido, Vito observó por primera vez que su abrigo, bufanda y sombrero colgaban del perchero. Se puso el abrigo, se ató la bufanda bien apretada en el cuello y encontró un par de guantes en un bolsillo del abrigo. Cuando salió de su despacho con el sombrero en la mano, dio un par de pasos hacia la puerta delantera pero luego cambió de opinión y se dirigió a la puerta de atrás. El tiempo se había vuelto más frío aún. Una capa de nubes grises y bajas cubría toda la ciudad. Pensó en irse a casa, pero a esa idea la siguió inmediatamente una imagen de Carmella en la cocina, ante los fogones, haciendo la cena, y la conciencia de que en algún momento tendría que hablarle de Sonny. La idea le apenaba, así que decidió volver al río, donde pudiera tomarse algún tiempo para pensar cuándo y cómo decírselo. Temía la expresión que sabía con certeza que adoptaría la cara de su esposa, una mirada que incluiría en parte una acusación. No sabía qué era peor, si la sensación de aprensión que le había invadido al darse cuenta de que no podía mantener a Sonny alejado de sus negocios, o su temor a la expresión que inevitablemente vería en el rostro de su mujer.

Estaba en el Essex y había puesto ya en marcha el motor cuando Clemenza salió corriendo del almacén vestido solo con el traje.

—Vito —dijo, inclinándose hacia la ventanilla del coche mientras Vito la bajaba—, ¿qué quieres hacer con Giuseppe? No podemos decirle que ha sido Sonny.

Vito dio unos golpecitos en el volante.

—Haz que uno de tus chicos le lleve cinco caballas muertas envueltas en un periódico. Dile que diga: «Vito Corleone te garantiza que tus problemas de negocios se han enmendado».

—¿Qué? —preguntó Clemenza.

—Arreglado —dijo Vito, y salió hacia East River dejando a Clemenza en la acera, mirándolo.

LIBRO DOS

Guerra

18

Primavera de 1934

*E*n el sueño alguien, un hombre, se alejaba de Sonny flotando en una balsa. Este estaba en un túnel o una cueva, con una iluminación misteriosa y brillante, como ocurre después de una tormenta. Se hallaba en el lecho de un río, metido hasta las rodillas, chapoteando en el agua. Decididamente estaba en una cueva, el agua goteaba como la lluvia desde la oscuridad por encima de su cabeza, las rugosas paredes de piedra sudaban y emitían pequeñas cascadas que iban a parar al río. Solo podía discernir una silueta de hombre en la distancia, moviéndose con rapidez, inclinada encima de la balsa mientras una corriente muy rápida se la llevaba dando la vuelta a un recodo. La cueva estaba en una selva llena de parloteos de monos y chillidos de pájaros, bajo el rítmico canturreo y redoblar de tambores de unos nativos escondidos entre los árboles. En un momento dado Sonny estaba chapoteando en el agua con unos zapatos de charol y traje con chaleco, intentando atrapar la balsa, y al siguiente se miraba en los ojos de Eileen cuando ella se inclinaba sobre él y le tocaba la mejilla con la palma de la mano. Estaban en la cama de Eileen. Fuera gruñía el bajo retumbo de un trueno recorriendo las calles y aumentaba poco a poco hasta convertirse en una explosión que hacía temblar los cristales, seguida por una violenta ráfaga de viento que agitaba las persianas venecianas y hacía volar un par de visillos blancos en ángulo recto con la pared. Eileen cerraba la ventana y se sentaba en la cama junto a Sonny, apartándole el pelo de la frente.

—¿Qué estabas soñando? —preguntó—. Te quejabas y te movías.

Sonny se puso una segunda almohada bajo la cabeza y salió del sueño del todo. Se echó a reír un poco y dijo:

—*Tarzán de los monos*. La vi el sábado pasado en el Rialto.

Eileen se deslizó junto a él bajo la manta verde descolorida. Sujetaba un encendedor plateado y un paquete de Wings al sacar el cuello y mirar por la ventana. Un repentino chaparrón incidió en el cristal y llenó la habitación con el sonido de la lluvia y el viento.

—Qué bonito. —Sacó dos cigarrillos del paquete y le tendió uno a Sonny.

Sonny le cogió el encendedor de la mano y lo miró. Tuvo que trastear un poco con el encendedor hasta ver cómo funcionaba, lo apretó entre el pulgar y el índice, la parte superior saltó y brotó una llama azulada. Encendió el cigarrillo de Eileen y luego el suyo.

300

Ella buscó un cenicero en la mesilla de noche que había junto a la cama y lo puso en la manta, encima de sus rodillas.

—¿Y quién eras tú en ese sueño? —preguntó—. ¿Johnny Weissmuller?

El sueño ya se había desvanecido de la memoria de Sonny.

—Creo que estaba en la selva.

—Con Maureen O'Sullivan, no lo dudo. Es una belleza irlandesa, ¿no te parece?

Sonny aspiró una larga bocanada de humo y esperó un segundo antes de responder. Le gustaba la luz de un marrón dorado que se veía en los ojos de Eileen, y el aspecto que tenían estos, como si estuvieran iluminados en contraste con la blancura de la piel enmarcada por su pelo, alborotado de una forma que le hacía parecer una niña.

—Creo que tú eres una belleza irlandesa. —Buscó la mano de ella bajo las mantas y entrelazó sus dedos.

Eileen se echó a reír y dijo:

—Eres un auténtico Casanova, Sonny Corleone.

Sonny le soltó la mano y se incorporó.

—¿Qué pasa, he dicho algo malo? —preguntó ella.

—No —respondió Sonny—. Solo que no me ha gustado lo de Casanova.

—¿Y por qué? —Eileen le buscó de nuevo la mano y se la cogió—. No quería decir nada.

—Ya lo sé… —Tardó un momento en ordenar sus pensamientos—. Mi padre… eso piensa de mí. Que soy un *sciupafemmine*, un playboy. Y te lo aseguro, no es ningún cumplido.

—Ah, Sonny… —El tono de Eileen sugería que Vito no andaba desencaminado.

—Soy joven y esto es América, no un pueblecito de Sicilia.

—Eso es cierto —replicó Eileen—. De todos modos, yo creía que los italianos eran considerados grandes amantes.

—¿Por qué? ¿Por Rudy Valentino? —Sonny apagó su cigarrillo—. Perseguir mujeres no se considera nada varonil entre los italianos. Es una señal de debilidad de carácter.

—¿Y eso es lo que piensa tu padre de ti, que eres débil de carácter?

—Por Dios bendito. —Sonny levantó las manos, frustrado—. No sé lo que piensa de mí mi padre. No hago nada bien. Me trata como si fuera un *giamope*, y Clemenza también. Los dos.

—¿*Giamope*?

—Un idiota.

—¿Porque vas persiguiendo a las mujeres?

—Eso no me ayuda.

—¿Y acaso te importa, Sonny? —preguntó Eileen. Le puso una mano en el muslo—. ¿Es importante para ti lo que piense tu padre?

—Dios… —dijo Sonny—. Pues claro. Claro que es importante para mí.

Eileen se apartó de él. Encontró una combinación en el suelo junto a la cama y se la metió por la cabeza.

—Perdóname, Sonny —le dijo sin mirarle. Luego se quedó en silencio un segundo, y el ruido de la lluvia fue el único sonido en la habitación—. Bueno, tu padre es un gánster, ¿no?

Sonny respondió encogiéndose de hombros. Echó las piernas al suelo y buscó su ropa interior.

—¿Qué tienes que hacer para ganarte la aprobación de un

gánster? —preguntó Eileen con un súbito toque de ira en la voz—. ¿Matar a alguien?

—No iría mal si fuese la persona adecuada.

—Joder. —Eileen parecía furiosa. Un momento después se echó a reír, como si se acabara de acordar de que aquello no era asunto suyo—. Sonny Corleone —dijo, y le miró la espalda mientras él se ponía los pantalones—. Lo único que sacarás de todo esto es disgustos.

—¿Qué es «todo esto»?

Eileen fue a gatas por encima de la cama, lo envolvió con los brazos y le besó en el cuello.

—Eres un chico muy guapo.

Sonny apartó la pierna de ella con la mano.

—No soy ningún chico.

—Ah, sí, me olvidaba —dijo Eileen—. Ya tienes los dieciocho.

—No te rías de mí.

Empezó a ponerse los zapatos con Eileen colgando de su espalda.

—Si no quieres que tu padre piense que eres un *sciupafemmine* —dijo Eileen, imitando la pronunciación de Sonny de aquella palabra con toda exactitud—, cásate con tu bella de dieciséis años…

—Ya tiene diecisiete. —Sonny se ató los zapatos con un pulcro lazo.

—Pues cásate con ella —repitió Eileen—, o comprométete… y guarda tu salchichita dentro de los pantalones, o al menos sé discreto.

—¿Que sea qué?

—Que no te pillen.

Sonny dejó lo que estaba haciendo y dio la vuelta en los brazos de Eileen, de modo que quedó de cara a ella.

—¿Cómo sabes cuando te has enamorado de alguien?

—Si tienes que preguntarlo —lo besó en la frente—, es que no lo estás.

Le cogió las mejillas, lo besó de nuevo y salió de la cama y de la habitación.

Cuando Sonny acabó de vestirse la encontró delante del fregadero, lavando los platos. Con la luz de la ventana de la cocina tras ella, podía ver la silueta de su cuerpo debajo de la combinación de algodón blanco que colgaba suelta desde sus hombros. Quizá tuviese diez años más que Sonny, y quizá fuese la madre de Caitlin... pero no se notaba nada al mirarla. Después de observarla durante solo unos segundos, supo que lo que realmente quería era volver a llevarla al dormitorio.

—¿Qué miras? —preguntó Eileen, sin levantar la vista de la olla que estaba frotando. Como Sonny no respondió, ella se dio la vuelta, vio la cara que tenía él y luego miró hacia la ventana y su combinación—. Un espectáculo, ¿eh? —Aclaró la olla y la puso en la palangana junto al fregadero.

Sonny se acercó a ella por detrás y la besó en la nuca.

—¿Y si estuviera enamorado de ti? —preguntó.

—Tú no estás enamorado de mí —dijo Eileen. Se dio la vuelta, le pasó los brazos en torno a la cintura y lo besó—. Yo soy la fulana con la que te lo pasas bien mientras eres joven. Uno no se casa con una mujer como yo. Se divierte con ella, nada más.

—Tú no eres ninguna fulana. —Sonny cogió las manos de ella en las suyas.

—Si no soy una fulana, ¿qué hago acostándome con el mejor amigo de mi hermano pequeño... o ex mejor amigo? —añadió ella, como si fuera una pregunta que ya quisiera hacerle antes—. ¿Qué ha pasado entre vosotros dos?

—Llevabas mucho tiempo sin acostarte con el mejor amigo de tu hermano pequeño, que conste —dijo Sonny—, y Cork y yo... bueno, por eso había venido aquí, para intentar arreglar las cosas entre nosotros.

—No puedes venir aquí solo nunca más, Sonny. —Eileen se escurrió entre él y el fregadero y se fue a coger el sombrero de él del estante que se encontraba junto a la puerta delantera—. Ha sido muy agradable, pero a menos que vengas con Cork, no vuelvas por aquí, por favor.

—*Che cazzo!* —exclamó Sonny—. Solo he venido aquí después de ir a casa de Cork y ver que no estaba.

—Bueno, lo que sea —dijo Eileen, poniéndole el sombrero en el pecho—, no puedes venir aquí tú solo, Sonny Corleone. No puede ser.

303

—Muñeca —Sonny se acercó a ella—, tú eres la que me ha arrastrado a la cama. Yo solo venía para ver a Cork.

—No recuerdo haber tenido que arrastrarte demasiado —respondió Eileen. Le dio el sombrero.

—Vale, sí, lo admito —se puso el sombrero en la cabeza—, no me has arrastrado mucho que digamos. Pero yo venía aquí buscando a Cork. —La besó en la frente—. Me alegro de que las cosas hayan ido como han ido, de todos modos.

—Estoy segura de que sí. —Eileen, como si se acabase de acordar, volvió a su pregunta anterior—. ¿Qué ha pasado entre tú y Cork? No me ha dicho ni una palabra, pero va por ahí todo alicaído, como si no supiera qué hacer con su vida.

—Nos hemos separado por asuntos de negocios. Y se ha enfadado mucho conmigo por eso.

Eileen ladeó la cabeza.

—¿Quieres decir que ya no va contigo nunca?

—Ya no. Cada uno por su lado.

—¿Y cómo ha sido eso?

—Es una historia muy larga. —Sonny se ajustó el sombrero—. Dile a Cork que quiero verle, de todos modos. Esto de no hablar es… bueno, tenemos que hablar. Dile que he venido a decirle eso.

Eileen miró a Sonny.

—¿Me estás diciendo que Cork ya no está en el mismo negocio que tú?

—No sé en qué negocios anda Cork ahora. —Sonny se acercó a ella junto a la puerta—. Pero sea como sea, el caso es que no estamos juntos. Hemos seguido caminos separados.

—Una sorpresa después de otra, hoy. —Eileen sujetó a Sonny por la cintura, se puso de puntillas y le dio un beso de despedida—. Ha estado bien, pero no volverá a ocurrir, Sonny. Solo hoy, ya sabes.

—Qué lástima. —Sonny se inclinó hacia ella como para darle un beso de despedida. Eileen retrocedió un paso y él dijo—: Vale, no te olvides de decirle eso a Cork.

Se fue, cerrando la puerta con delicadeza tras él.

Fuera en la calle la tormenta había pasado ya, dejando las aceras recién lavadas de suciedad y polvo. Las vías del ferrocarril resplandecían. Sonny miró su reloj de pulsera, pensando qué hacer a continuación… y recordó, como si se encendiera una bombilla de dibujos animados en su cabeza vacía, que debía acudir a una reunión en el almacén de Hester al cabo de un par de minutos.

—*V'fancul!* —exclamó en voz alta, haciendo los rápidos cálculos de distancia y tráfico e imaginando que si tenía suerte llegaría unos diez minutos tarde. Se dio una palmada en la frente y corrió dando la vuelta a la esquina hacia su coche.

Vito se apartó del escritorio y dio la espalda a Sonny cuando este entró por la puerta del despacho murmurando excusas. Clavó sus ojos en el sombrero y en la chaqueta que colgaba del perchero y esperó a que Sonny se callara, cosa que no ocurrió hasta que Clemenza le dijo que se sentara. Cuando se volvió y miró de nuevo el despacho, Vito suspiró en dirección a su hijo, haciendo así obvio su disgusto. Sonny estaba a caballo en una silla junto a la puerta, con los brazos en torno al respaldo. Miró ansiosamente a Vito, por encima de las cabezas de Genco y Tessio. Clemenza estaba sentado en el archivador y se encogió de hombros cuando sus ojos se encontraron con los de Vito, como si ante el hecho de que Sonny hubiese llegado tarde a la reunión, le dijese: «¿Qué le vamos a hacer?». Fuera, un trueno siguió rápidamente a un relámpago de luz al pasar otra tormenta veraniega por encima de la ciudad. Vito habló mientras se desabrochaba los gemelos y se remangaba.

—Mariposa ha convocado a todas las familias de Nueva York y Nueva Jersey a una reunión —dijo mirando a Sonny, como para dejar claro que estaba repitiendo algo ya dicho—. Para demostrar sus buenas intenciones, celebrará esa reunión un domingo por la tarde en Saint Francis, en el centro. —Acabó de remangarse y se soltó la corbata—. Es un buen movimiento por su parte, llevarnos a Saint Francis un domingo. Está demostrando que no se propone hacer ninguna jugada sucia. Pero —añadió, mirando a Tessio y Clemenza—, ya han muerto hombres en una iglesia antes, de modo que quiero que nuestros chicos estén cerca, en todo el barrio, en las calles, en los restaurantes, en todas partes desde donde puedan venir rápidamente si los necesitamos.

305

—Claro —afirmó Tessio con un tono no más tétrico de lo habitual.

—Es fácil —dijo Clemenza—. Eso no será ningún problema.

—En esa reunión —continuó Vito, volviéndose hacia Sonny—, llevaré a Luca Brasi como guardaespaldas personal. Y quiero que tú vayas como guardaespaldas de Genco.

—Sí, papá —respondió Sonny, inclinando su silla hacia delante—. Está hecho.

La cara de Clemenza enrojeció ante la respuesta de Sonny.

—Lo único que harás es ponerte de pie detrás de Genco y no decir nada —dijo Vito, pronunciando cada palabra con claridad, como si Sonny fuese un poco idiota y hubiese que hablarle despacio para que se enterase—. ¿Lo entiendes? Saben que estás en el negocio, y ahora quiero que sepan que estás muy cerca de mí. Por eso asistirás a esta reunión.

—Lo entiendo, papá. Claro.

—*V'fancul!* —gritó Clemenza, levantando un puño hacia Sonny—. ¿Cuántas veces tengo que decirte que no le llames «papá» cuando estamos haciendo negocios? Cuando estamos hablando de negocios simplemente asientes con la cabeza, como te dije. *Capisc'?*

—Clemenza y Tessio —dijo Vito, sin darle a Sonny la oportunidad de abrir la boca— estaréis cerca, junto a la iglesia, por si os necesitamos. Estoy seguro de que estas precauciones no serán necesarias, pero soy un hombre cauto por naturaleza.

Se volvió de nuevo hacia Sonny, como si tuviera algo más que decirle, pero por el contrario miró a Genco.

—*Consigliere*, ¿tienes alguna otra idea sobre esta reunión, alguna suposición de lo que dirá Mariposa?

Genco movió las manos sobre su regazo, como si estuviera sopesando distintas ideas.

—Como sabes —dijo, volviéndose ligeramente en la silla para dirigirse a todos los que estaban en la habitación—, no teníamos noticia por anticipado de esta reunión, ni siquiera lo sabía nuestro amigo, a quien no se le dijo nada hasta que se nos comunicó a nosotros. Nuestro amigo no tiene conocimiento del objetivo de esta reunión. —Se detuvo y se tiró de la mejilla, meditando sus palabras—. Mariposa ha arreglado

los últimos problemas que tuvo con la organización de La-
Conti, y ahora todo lo que era de LaConti es suyo. Eso lo convierte hasta el momento en el jefe de la familia más poderosa.
—Genco abrió las manos como si sujetara una pelota de ba-
loncesto—. Creo que nos reúne para hacernos saber quién va
a mandar a partir de ahora. Dada la fuerza que tiene, es razonable. Si podemos aceptarlo o no, depende de cómo quiera
mandar.

—¿Y crees que lo averiguaremos en esa reunión? —preguntó Tessio.

—Yo diría que sí.

Vito apartó a un lado una pila de papeles y se echó atrás en
su escritorio.

—Giuseppe es codicioso. Ahora que el whisky es legal se
quejará mucho, diciendo lo pobre que es... y querrá sacarnos
dinero a todos de una manera u otra. Quizá con un impuesto,
no lo sé. Pero querrá una parte de nuestras ganancias. Eso es
lo que todos vimos venir cuando fue detrás de LaConti.
Ahora ha llegado el momento y de eso tratará precisamente
esta reunión.

—Ahora él es fuerte —dijo Tessio—. No tendremos otro
remedio que aceptar, aunque pida más de lo que nos gustaría.

—Papá —intervino Sonny, e inmediatamente se corrigió—.
Don —dijo, pero la palabra obviamente le resultaba extraña, y
se levantó, exasperado—. ¡Escuchad! Todo el mundo sabe que
Mariposa va a por nosotros. Lo que digo es que por qué no acabamos con él directamente, en la iglesia, cuando no se lo espere. ¡Bum, bum, bum! —chilló, dando palmadas—. Mariposa
queda fuera de combate y todo el mundo sabe lo que ocurre si
alguien se mete con los Corleone.

Vito miró a Sonny con una cara completamente inexpresiva, mientras el sonido de las voces en la habitación se vio
reemplazado por la lluvia que caía sobre el tejado del almacén
y el viento que soplaba en la ventana. Los *capos* de Vito miraban al suelo. Clemenza se apretó las sienes con las manos,
como para evitar que su cabeza saliera volando.

Vito dijo, con mucha calma:

—Caballeros, permítanme un momento a solas con mi
hijo, *per favore*. —La habitación se vació enseguida.

307

Cuando se quedaron solos, Vito esperó en silencio y miró a Sonny con aire de incredulidad.

—¿Quieres que matemos a Giuseppe Mariposa en la iglesia, un domingo, en medio de una reunión como esa, entre todas las familias?

Sonny, acobardado bajo la mirada de su padre, se sentó de nuevo. Dijo bajito:

—Me parece que...

—¿Te parece? —Vito le cortó en seco—. A ti te parece. Lo que a ti te parezca no me interesa nada, Sonny. Tú eres un *bambino*. En el futuro, no quiero oírte decir lo que te parecen las cosas, Santino. ¿Has comprendido?

—Sí, papá —respondió Sonny, acobardado por la ira de su padre.

—No somos animales, Sonny. Eso lo primero. Y además —levantó un dedo—, lo que tú propones pondría en nuestra contra a todas las familias, cosa que significaría nuestra condena.

—Pero papá...

—*Sta'zitt!* —Vito acercó una silla a su hijo—. Escúchame. —Le puso una mano en la rodilla—. Habrá problemas ahora. Problemas graves, no es ningún juego de niños. Se derramará sangre. ¿Lo entiendes, Sonny?

—Claro, papá. Lo entiendo.

—Creo que no lo entiendes. —Apartó la vista y se pasó los nudillos por la mandíbula—. Tengo que pensar en todo el mundo, Santino. En Tessio y Clemenza y sus hombres, y en todas sus familias. Soy responsable. —Hizo una pausa para buscar las palabras adecuadas—. Soy responsable de todo el mundo, de toda nuestra organización, de todos nosotros.

—Claro —aseguró Sonny, y se rascó la cabeza deseando que se le ocurriera algo para que su padre viese que le entendía.

—Lo que te digo —Vito le tiró de la oreja—, es que tienes que aprender a escuchar no lo que se dice, sino lo que significa. Te estoy diciendo que soy responsable de todo el mundo, Santino. De todo el mundo.

Sonny asintió y por primera vez se dio cuenta de que quizá no entendiese lo que su padre estaba tratando de explicarle.

—Tienes que hacer lo que se te diga —dijo Vito, articulando cada palabra como si estuviese hablando con un niño—. Quiero que hagas lo que se te ordene y solo aquello que se te ordene. No puedo estar preocupándome por si vas a decir o hacer algún despropósito, Sonny. Ahora estás aquí, formas parte de mi negocio... y te digo, Santino, que no hagas nada, ni digas nada, a menos que te lo diga yo, o Tessio, o Clemenza. ¿Comprendes lo que te estoy diciendo?

—Sí, creo que sí —dijo Sonny, y se concedió otro segundo para considerarlo—. No quieres que me meta. Me estás diciendo que tienes negocios importantes en los que debes concentrarte y que no puedes estar preocupándote de si hago alguna tontería.

—Bien. —Vito hizo como si aplaudiera.

—Pero papá —protestó Sonny, inclinándose hacia su padre—, yo podría...

Vito cogió rudamente a Sonny por la mandíbula y lo sujetó bien fuerte.

—Eres un *bambino*. No sabes nada. Y cuando comprendas lo poco que sabes, entonces quizás, a lo mejor, al final empieces a escuchar. —Lo soltó y se tiró de su propia oreja—. Escucha: eso es lo primero.

Sonny se levantó y se puso de espaldas a Vito. Tenía la cara roja, y si otro hombre hubiese sido tan desafortunado como para permanecer de pie frente a él, le habría roto la cara.

—Me voy ahora —dijo a su padre sin mirarle. Tras él, Vito asintió. Sonny, como si de alguna manera hubiese visto el gesto de su padre, asintió a su vez y salió de la habitación.

Bajo la farola de la esquina de Paddy's, Pete Murray llevaba a cabo una complicada reverencia, incluyendo un floreo con el brazo izquierdo extendido. Una mujer recia y anciana, con un vestido que le llegaba a los tobillos, se puso las manos en las caderas, inclinó la cabeza hacia atrás y se echó a reír. Luego se alejó con altivez, se volvió a echar una ojeada a Pete y dijo algo que a él le hizo soltar una carcajada. Cork veía desarrollarse aquella escena, aparcado al otro lado de la calle, detrás de la carreta de un afilador de cuchillos, con su gran rueda de afilar sujeta al fondo de la carreta. Era media mañana todavía, una ma-

309

ñana bañada en la brillante luz primaveral. En toda la ciudad la gente sacaba ya sus chaquetas ligeras de los armarios y guardaba la ropa de invierno. Cork salió del coche y llamó con un grito a Pete mientras corría hacia la esquina.

Pete lo saludó con una sonrisa.

—Me alegro de que decidas unirte a nosotros. —Le pasó un robusto brazo sobre el hombro.

—Claro —afirmó Cork—. Cuando Pete Murray me invita a tomar una cerveza, no me lo pienso dos veces.

—Buen chico. ¿Cómo están Eileen y la niña?

—Les va bien. La panadería funciona bien.

—La gente siempre tendrá unos pocos peniques para comprarse algo dulce —dijo Pete—, aunque haya depresión. —Se volvió a Cork con una expresión llena de simpatía—. Qué lástima lo de Jimmy. Era un buen chico, y muy listo también. —Como si no quisiera recrearse demasiado en un comentario tan triste, añadió—: Pero toda tu familia lo es, ¿verdad? —Lo sacudió por el hombro, bonachón—. Tú eres el más listo del vecindario.

—Eso no lo sé.

Estaban a un par de puertas de distancia de Paddy's, y Cork tocó el brazo de Pete para detenerle. En la calle, un coche de policía verde y blanco fue aminorando y un policía miró a Cork por la ventanilla, como tomando nota mentalmente de su cara. Pete levantó su sombrero saludándole, el policía también le saludó y el coche se alejó por la calle.

—Dime, Pete —preguntó Cork en cuanto hubo pasado el coche de policía—, ¿te importaría decirme de qué va todo esto? No me proponen todos los días tomar una cerveza con Pete Murray... ¡y a las once de la mañana! Admito que siento curiosidad.

—¿Ah, sí? —dijo Pete. Puso la mano en la espalda de Cork y le dirigió hacia Paddy's—. Digamos que me gustaría invitarte.

—¿Invitarme a qué?

—Ya lo verás dentro de un minuto. —Mientras se acercaban a la entrada a Paddy's, Pete se detuvo y dijo—: Ya no vas por ahí con Sonny Corleone y sus chicos, ¿verdad? —Cork asintió—. He oído que te han dejado tirado como un perro mientras los demás se están forrando con los Corleone.

—¿Y qué tiene que ver todo eso?

—Dentro de un momento —dijo Pete, y abrió la puerta de Paddy's.

Excepto cinco hombres sentados en la barra, el bar estaba vacío, las sillas todas vueltas del revés y colocadas encima de las mesas y el suelo bien barrido. La luz del día que penetraba por una ventana de pavés que daba a una calle lateral, y el sol que brillaba luminoso, filtrándose por los bordes de unas cortinas verdes, proporcionaban la única iluminación. El espacio todavía estaba helado por el frío nocturno. Como siempre, olía a cerveza. Todos los hombres de la barra se volvieron a mirar a Cork cuando entró en la sala, aunque nadie pronunció su nombre. Cork los identificó a todos con una mirada: los hermanos Donnelly, Rick y Billy, sentados uno junto al otro; Corr Gibson delante de la barra, junto a Sean O'Rourke, y Stevie Dwyer, solo en un rincón.

De espaldas a los hombres, en el proceso de cerrar la puerta, Pete dijo:

—Todos conocéis a Bobby Corcoran.

Puso el brazo en torno a los hombros de Cork, le condujo a un asiento en la barra y le acercó un taburete. Mientras los otros miraban y esperaban, cogió un par de jarras y sirvió un par de cervezas. Llevaba una camisa verde pálido, ablusada y suelta por la cintura pero apretada en torno al pecho y a los músculos abultados de sus brazos.

—¡Iré derecho al grano! —tronó en cuanto sirvió la cerveza a Cork. Dio una palmada en la barra para poner más énfasis y miró hacia todas las caras, asegurándose de que todos le prestaban total atención—. Los hermanos Rosato nos han hecho una propuesta...

—¡Los hermanos Rosato! —chilló Stevie Dwyer. Estaba sentado ante la barra con los brazos cruzados, irguiéndose en un esfuerzo por parecer un poco más alto—. Jesús bendito —murmuró, y se quedó callado cuando Pete y los demás le miraron.

—Los hermanos Rosato nos han hecho una propuesta —repitió Pete—. Quieren que trabajemos para ellos...

—Joder —murmuró Stevie.

—Stevie —dijo Pete—, ¿me dejas hablar, por lo que más quieras?

311

El joven se llevó una jarra de cerveza a los labios y se quedó callado.

Pete se desabrochó un botón del cuello y miró su cerveza, analizando sus pensamientos después de la interrupción.

—Volveremos a llevar todos los negocios que llevábamos en nuestros barrios, aunque por supuesto dándoles una parte de los beneficios, como es de esperar.

Antes de que Pete pudiese continuar, Billy Donnelly saltó:

—¿Y cómo piensan cumplir los hermanos Rosato esa estupidez, Pete, dado que son los Corleone los que están a cargo de todo por aquí?

—Ese es el objetivo de esta pequeña reunión.

—Ah, o sea que es eso —dijo Corr con una mano sujetando el nudo del *shillelagh*, su bastón tradicional—. Los Rosato van a echar a los Corleone.

—Los Rosato solos no van a hacer una mierda —dijo Rick Donnelly—. Si vienen a nosotros es que están hablando por Mariposa.

—Por supuesto —aseguró Pete, elevando la voz, molesto, y desdeñando la contribución de Rick a la conversación como si fuera una pérdida de tiempo, por repetir lo obvio.

—¡Vamos, por el amor de Dios! —Sean O'Rourke apartó la cerveza que se estaba bebiendo. Parecía indignado y contrariado. En el silencio que siguió a su exabrupto, Cork observó lo mucho que había cambiado Sean desde la última vez que lo vio. Gran parte de su juventud y su belleza habían desaparecido, y ahora parecía mucho más viejo y enfadado, con la cara tensa y arrugada con los ojos guiñados y una mandíbula apretada—. Mi hermano Willie muerto, en la tumba —dijo Sean a los hombres que estaban en el bar—. Mi hermana Kelly... —negó con la cabeza, como si fuera incapaz de encontrar las palabras—. Y Donnie ciego, como si estuviera muerto. —Miró a Pete directamente por primera vez—. Y tú ahora nos vienes con que vamos a trabajar para esos hijos de puta morenos.

—Sean... —dijo Pete.

—¡No cuentes conmigo, sea lo que sea! —chilló Stevie con la jarra de cerveza en la mano—. Odio a esos malditos italianos y no pienso trabajar para ellos.

—¿Y qué es lo que quieren de nosotros a cambio de su generosidad? —preguntó Corr Gibson.

—Caballeros —dijo Pete. Levantó la vista al techo como si rezara pidiendo paciencia—. Si me dierais la oportunidad de terminar, por todos los santos... —Hubo un momento de silencio y continuó—: Sean —levantó una mano hacia él—, Corr y yo prometimos a Willie que nos encargaríamos de Luca Brasi. Le pedimos que esperase el momento adecuado.

—Para Willie ya no hay momento adecuado —dijo Sean, y volvió a coger su cerveza.

—Y eso nos pesa en el corazón —apuntó Pete.

Corr dio unos golpecitos con su *shillelagh* en el suelo en señal de aprobación.

—Pero ahora —siguió Pete—, puede que haya llegado el momento.

—No estarás diciendo que quieren que nos enfrentemos a los Corleone, ¿verdad, Pete? —Dick Donnelly apartó su taburete de la barra y miró a Pete como si se hubiese vuelto loco—. Eso sería un suicidio seguro.

—No nos han pedido nada todavía, Rick. —Pete levantó su cerveza y se bebió la mitad, como si hubiese llegado a un punto en el que necesitara beber para evitar perder la sangre fría—. Nos han hecho una propuesta: que vayamos a trabajar para ellos y nos devolverán nuestros barrios. Se imaginan que somos lo bastante listos como para saber que eso significa que le quitarán el negocio a los Corleone y Brasi, y que nosotros formaremos parte de lo que haya que hacer para conseguir tal cosa.

—Eso significa una guerra sangrienta —dijo Rick.

—No sabemos lo que significa —replicó Pete—. Pero yo les dije a los Rosato que jamás trabajaríamos con gente como Luca Brasi. Les dejé bien claro, de hecho, que queríamos verlo muerto y ardiendo en el infierno.

—¿Y? —preguntó Sean con súbito interés.

—Y él dijo, y cito textualmente: «Si odiáis a Luca Brasi os conviene venir a trabajar para nosotros».

—¿Y qué demonios significa eso? —preguntó Cork, hablando por primera vez. Los hombres se volvieron a mirarle como si hubiesen olvidado que estaba allí—. Luca forma parte

313

de la familia Corleone ahora. No puedes ir contra Luca sin ir contra los Corleone, de modo que volvemos al punto de partida. Como ha dicho Rick, una guerra contra los Corleone sería un suicidio seguro.

—Si tiene que haber guerra —dijo Corr Gibson—, Rick y el joven Bobby tienen razón. No somos rivales para los Corleone. Y si los hombres de Mariposa entran en la lucha, ¿para qué nos quieren a nosotros? Tienen a todos los hombres que necesitan para hacer el trabajo ellos solos.

—Caballeros —dijo Pete, y se echó a reír de una manera que indicaba una fuerte mezcla de diversión y frustración—. Caballeros. —Levantó su jarra de cerveza proponiendo un brindis—. No conozco los pensamientos íntimos de los hermanos Rosato, ni de Jumpin' Joe Mariposa, ni de ninguna otra organización de italianos. Estoy aquí para hablaros de la propuesta tal y como me la transmitieron a mí. Si trabajamos para ellos nos devuelven nuestros barrios. Parte del trato es que todo esto se hará con total discreción; si necesitan algo de nosotros, ya nos lo harán saber. Eso es el trato: podemos tomarlo o dejarlo.

Se acabó la cerveza y dejó la jarra con fuerza sobre la barra.

—Desde luego que necesitan algo de nosotros —dijo Corr como si hablase consigo mismo, aunque sus ojos se iban moviendo de un rostro al otro—. Yo digo que si Luca Brasi acaba muerto y enterrado, y nosotros acabamos llevándolo todo en nuestros propios barrios, ese es un trato que no podemos rechazar.

—Yo estoy de acuerdo —intervino Pete—. No nos tienen que gustar esos hijos de puta italianos para trabajar con ellos.

Sean dijo, sin levantar la vista de su cerveza:

—Si me dejan a mí que sea quien le meta una bala en la cabeza a Luca Brasi estoy contigo.

—Por el amor de Dios… —dijo Cork—. No importa cómo lo pintéis, estáis hablando de ir contra los Corleone.

—¿Qué pasa, te molesta eso? —le preguntó Pete Murray.

—Pues sí —respondió Cork—. Conozco a Sonny y a su familia desde que iba con pañales.

Stevie Dwyer se inclinó por encima de la barra en dirección a Cork.

314

—¡Podrías ser tan italiano como ellos, Corcoran! —gritó. Y se dirigió a los demás—: Ya os dije que este no era de los nuestros. Lleva chupándole la polla a Sonny Corleone desde...

Dwyer no había dicho aún la última palabra cuando la jarra de cerveza de Cork, lanzada a través de la barra, le dio de lleno en la frente y se rompió por la mitad por una grieta del cristal. Stevie se vio medio arrojado de su taburete, saltó hacia atrás y se llevó la mano a la frente, de donde brotaba un chorro de sangre de una gran brecha. Antes de que pudiera recuperar el equilibrio, Cork ya se había lanzado encima de él dándole puñetazos, uno de los cuales, un gancho muy malintencionado, le dio en la mandíbula y lo dejó sin sentido. Cayó con las piernas flojas y quedó sentado contra la pared del bar, con la cabeza colgando encima del pecho y la sangre manchándole las perneras de los pantalones. El bar estaba silencioso cuando Cork se apartó de Stevie, y al mirar a su alrededor encontró a los demás indiferentes, cada uno en su sitio. Corr Gibson dijo:

—Ay, estos irlandeses. No tenemos remedio.

—Alguien tenía que abrirle la cabeza a ese imbécil en algún momento —dijo Pete, levantándose de su taburete. Fue hacia Bobby, le puso una mano en la espalda y lo acompañó fuera del bar. En la calle, de pie bajo la luz del sol y frente a Paddy's, con los estores de un verde intenso de las ventanas del bar como fondo, Pete sacó un cigarrillo de un paquete de Camel. Miró la imagen del camello en el desierto, y cuando levantó la vista, encendió el pitillo con los ojos clavados en Bobby. Dio una larga calada, exhaló el humo y dejó el brazo colgando al costado. Al final preguntó:

—¿Podemos confiar en que mantendrás la boca cerrada, Bobby?

—Claro —dijo Cork, y se miró los nudillos, que de repente le dolían horriblemente. Vio que estaban ensangrentados e hinchados—. No es asunto mío —añadió. Se sacó un pañuelo del bolsillo y se envolvió los nudillos de la mano derecha con él—. Sonny y yo hemos seguido cada uno su camino, pero no quiero formar parte de una guerra contra él y su familia.

—De acuerdo —dijo Pete, y puso una de sus enormes manazas en la nuca de Cork dándole una sacudida amistosa—. Vete de aquí, pues, y busca otra manera de ganarte la vida, algo que no tenga nada que ver con nuestro negocio. Mantente apartado de nuestro camino y de nuestros asuntos y todo irá bien. ¿Me comprendes, Bobby?

—Sí, claro. —Cork ofreció la mano a Pete Murray—. Lo entiendo muy bien.

Pete Murray sonrió, complacido con Bobby.

—Pues ahora voy a ver si me encargo de esos cabezas de chorlito —y volvió a entrar en Paddy's.

19

Vito esperaba en el asiento trasero del Essex, con un impermeable doblado en el regazo, el sombrero de fieltro encima del impermeable y las manos juntas delante del sombrero. Luca Brasi, sentado a su lado, miraba hacia fuera por el parabrisas delantero, más allá de donde se encontraba Sonny, en el asiento delantero, hacia la Sexta Avenida, donde dos muchachas jóvenes corrían bajo la lluvia, cada una con un niño de la mano y un paraguas abierto en la otra. Los paraguas eran de un rojo intenso, en contraste con el día gris y lluvioso. Los hombres del coche estaban en silencio; Sonny en el asiento delantero, con el sombrero echado hacia los ojos, y Luca detrás, con la cara deformada completamente indescifrable e inexpresiva. Vito había enviado fuera al chófer, Richie Gatto, a dar un paseo por el barrio. Genco, para tranquilizar sus nervios, había decidido acompañarle. Estaban en el distrito de la confección, aparcados en la esquina de la Sexta Avenida y la Decimotercera. Por encima de un quiosco de periódicos cerrado en la esquina, el lateral de un edificio se había convertido en una enorme valla publicitaria en la que se veía a dos niños ciegos levantando los ojos y las palabras SU DINERO HACE QUE LOS CIEGOS E INDEFENSOS PUEDAN SALIR ADELANTE. Por encima de los niños ciegos, sobre los tejados que la rodeaban, la torre de Saint Francis se alzaba hasta un techo de nubes bajas, con una cruz brillante en la cúspide.

Sonny miró su reloj, se echó atrás el sombrero, apartándolo

de la frente, y se movió ligeramente, como si quisiera decir algo a su padre sobre el tiempo. Pero volvió a arrellanarse en su asiento y a echarse el sombrero hacia los ojos.

—Está bien llegar un poco tarde para una cosa como esta.

Justamente Richie y Genco doblaban la esquina de la Séptima Avenida y se dirigían hacia el coche. Richie llevaba el sombrero muy metido y el cuello de su abrigo subido hacia arriba para protegerse de la lluvia, mientras que Genco caminaba bajo un paraguas negro. Ambos hombres miraron los edificios uno tras otro al ir caminando, examinando con la vista todas las entradas de las casas y los callejones. Genco, al lado del bulto que hacía Richie Gatto, parecía tan delgado como un muñeco hecho de palotes.

—No hay de qué preocuparse —confirmó Richie mientras se deslizaba en el asiento del conductor y ponía en marcha el coche.

—¿Clemenza y Tessio? —preguntó Vito.

—Están en sus puestos —dijo Genco. Se dirigió al asiento de atrás y Vito se hizo a un lado, acercándose a Luca—. Si hay algún tipo de jaleo…

Genco hizo una seña con la cabeza, sugiriendo que Clemenza y Tessio verían el alboroto, pero lo que él preguntaba es si aquello sería conveniente o no.

—Han traído a sus chicos —dijo Richie, desestimando la preocupación de Genco—. Si hay problemas, estamos bien preparados.

—No habrá ningún problema —dijo Vito—. Es solo por precaución.

Miró a Luca a su lado, que permanecía distante y remoto, perdido en los pensamientos que le quedaran. En el asiento delantero, Sonny se colocaba bien la corbata con una expresión en el rostro que estaba entre la rabia y el fastidio. No había dicho ni dos palabras en toda la mañana.

—Sonny, ve andando detrás de Genco y mantén los ojos bien abiertos. Todo el mundo estará analizando a todos los demás en esta reunión. Lo que digamos, lo que hagamos, lo que aparentemos… todo tiene su importancia. ¿Lo comprendes?

—Sí —dijo Sonny—. Quieres que mantenga la boca cerrada, papá. Lo entiendo.

Luca Brasi, sin hacer movimiento alguno ni demostrar cambio en su rostro carente de expresión, dijo:

—La boca cerrada... los ojos abiertos.

Sonny miró a Luca. Junto a ellos, en la calle, una fila de coches y camiones estaban detenidos ante un semáforo. La lluvia fue cesando y convirtiéndose en una llovizna neblinosa. En cuanto el semáforo se puso en verde y el tráfico empezó a moverse, Richie esperó a que hubiese un hueco y arrancó, dirigiéndose hacia la Sexta. Un minuto más tarde aparcaba detrás de un Buick negro, en la calle que salía del patio de Saint Francis. Un hombre alto, enfundado en un traje con chaleco de un azul intenso, esperaba al volante del Buick con el codo sobresaliendo por la ventanilla. En el jardín de la iglesia, Carmine Rosato y Ettore Barzini conversaban con un par de policías de barrio. Uno de estos dijo algo que hizo reír a los otros tres hombres, y luego Carmine los escoltó fuera del patio, caminando entre los dos, con una mano en el codo de cada uno de los policías. Richie, que había dado la vuelta para abrir la puerta trasera del Essex y que saliera Genco, saludó a Carmine y pronunció su nombre en voz alta. Los policías hicieron una pausa, vieron salir a Genco y Vito del coche hacia la acera y se fueron bajando la calle, aunque volvieron a pararse de repente cuando vieron salir a Luca Brasi del coche. Ettore, que había seguido a Carmine hacia el jardín, dio una palmada en el hombro de uno de los policías y se los llevó. Carmine se reunió con Richie, Genco y Vito en la acera. Dentro del jardín, un par de hombres de Emilio Barzini se acercaron a la puerta y observaron a Luca y Sonny, que se unieron a los demás hombres en un grupito apretado junto al Essex. Los hombres de Barzini se miraron entre sí y desaparecieron por el caminito que conducía a la iglesia.

Carmine se acercó a Richie.

—¿Vais a hacer entrar a Luca Brasi? —preguntó, como si este no se encontrase de pie justo a su lado.

—Sí —dijo Richie muy sonriente—. ¿Para qué crees que está aquí?

—V'fancul! —Carmine se llevó una mano a la frente y miró hacia la acera.

Sonny dio un paso hacia delante, furioso, como si estuviera

319

a punto de decir algo a Carmine, pero se contuvo y retrocedió. Se arregló el sombrero, colocándose bien el ala.

—Nos estamos mojando —dijo Vito. Genco corrió a abrir su paraguas y lo sujetó encima de la cabeza de Vito.

Carmine Rosato se volvió hacia Vito y dijo:

—¿En una iglesia? —Quería decir que Luca Brasi no tenía nada que hacer dentro de un lugar de culto.

Vito empezó a entrar en el jardín. Tras él, oyó que Carmine decía:

—Richie, mi' amico, Tomasino está ahí. Se va a poner como loco.

Junto a Vito, la expresión de Luca seguía sin cambiar, su rostro tan impasible como el cielo gris.

Una vez dentro del patio, Vito admiró el arreglo de los jardines que rodeaban el caminito de cemento que conducía hasta la iglesia. Hizo una pausa junto a una fuente con cuatro pisos de más de tres metros frente a una estatua de la Virgen María con las manos juntas, en su postura tradicional, como si diera la bienvenida a todos los que se aproximaban a ella; los ojos llenos de dolor pero, al mismo tiempo, también amorosos. Cuando Genco llegó junto a él, Vito se dirigió hacia la iglesia con su *consigliere* al lado y Luca y Sonny siguiéndoles.

Detrás de las puertas de cristales de la entrada, en un pequeño vestíbulo, Emilio Barzini esperaba con las manos juntas a la altura de la cintura. Estrechó la mano a Vito y a Genco e ignoró a Luca y Sonny.

—Por aquí —dijo, y los condujo a través de otras puertas de cristal que se abrían a un ancho pasillo—. Esta es la capilla de san Antonio —añadió, como si fuera a hacerles una visita comentada a la iglesia.

Vito y los demás miraron a través de un portal central hacia una sala larga, con el techo bajo y filas de bancos muy brillantes a ambos lados de un pasillo embaldosado que conducía a un altar de mármol. Vito se santiguó, igual que todos los demás, cuando pasaron ante el altar, y luego continuaron por el silencioso pasillo siguiendo a Emilio.

—Están esperándoles —dijo este.

Se quedó de pie a un lado y abrió una pesada puerta de madera detrás de la cual se encontraban cinco hombres sentados a una larga mesa de juntas. Vito los identificó a todos a primera vista. A la cabecera de la mesa, sentado en una silla muy ornamentada que se parecía cómicamente a un trono, con el respaldo y los apoyabrazos tapizados de terciopelo rojo, Giuseppe Mariposa miraba al frente, a la nada, mostrando su disgusto por la llegada tardía de Vito a la reunión. Iba vestido con elegancia inmaculada, con un traje con chaleco adaptado a su cuerpo, todavía atlético, y el pelo blanco con una pulcra raya en medio. Frente a Vito, en el extremo más alejado de la mesa, se encontraban Anthony Stracci, de Staten Island, y Ottilio Cuneo, que llevaba todo el norte. En la parte más cercana de la mesa, al lado de Giuseppe y junto a una silla vacía que obviamente estaba destinada a Vito, estaba Mike DiMeo, el calvo y robusto jefe de la familia DiMeo de Nueva Jersey, inquieto en su asiento, moviendo el torso hacia un lado y otro, como si no consiguiera ponerse cómodo. En el otro extremo de la mesa de Giuseppe, Phillip Tattaglia daba golpecitos a la ceniza de su cigarrillo mientras levantaba la vista hacia Vito y Genco. Un guardaespaldas estaba de pie contra la pared, detrás de cada uno de los hombres. El escolta de Giuseppe, Tomasino Cinquemani, con la cara roja y respirando fuerte, estaba medio apartado de la mesa, dándole la espalda a Vito.

321

—Perdónenme —dijo Vito. Miró de nuevo en torno, como para asegurarse de lo que estaba viendo. Retratos de santos y sacerdotes decoraban las paredes, y cinco sillas vacías se encontraban pegadas a los paneles de revestimiento de la pared. En la parte trasera de la habitación se abría una segunda puerta—. Tenía entendido que nuestros *consiglieri* iban a tomar parte en esta reunión.

—Se habrá confundido —dijo Giuseppe, volviéndose al fin a mirarle. Miró su reloj de pulsera—. Tampoco ha acertado con la hora.

—Vito —susurró Genco, bajito. Se acercó unos pasos a él y empezó a hablar rápidamente en italiano, intentando explicar que no había habido ningún error. Señaló las cinco sillas vacías y supuso que Mariposa había enviado fuera al resto de *consiglieri* con tal de que Genco y Luca no estuvieran en la habitación.

—¡Luca Brasi! —ladró Giuseppe, y pronunció el nombre

como un insulto—. Lleva a Genco a la habitación de atrás. —Hizo una seña hacia la segunda puerta—. Podéis esperarnos allí con los demás.

Luca, de pie justo detrás de Vito, no dio señal alguna de que hubiese oído a Giuseppe. Esperó cómodamente, con las manos colgando a sus costados y los ojos clavados en un cuenco con fruta que se encontraba en el centro de la larga mesa.

Detrás de Giuseppe, Tomasino se volvió y se encaró con Luca. Tenía la piel manchada formando dos rayas que corrían en zigzag por debajo de su ojo, en el lugar donde Luca le había golpeado con la pistola. Las cicatrices ardían con un color rojo que contrastaba con la curtida piel olivácea que las rodeaba.

Brasi levantó los ojos del cuenco de fruta y los clavó en los de Tomasino, y su rostro, por primera vez, se animó ligeramente con el asomo de una sonrisa.

Vito tocó a Luca y Genco en el codo.

—*Andate* —dijo, con un susurro que se pudo oír en toda la habitación—. Id. Tengo a Santino conmigo.

Sonny, que había permanecido de pie y de espaldas a la puerta, con la cara roja, pero sin expresión alguna, se acercó más aún a su padre.

Vito tomó asiento junto a Mike DiMeo.

Cuando se hubo cerrado la puerta detrás de Genco y Luca, Giuseppe se estiró las mangas de la camisa, tirándose de los puños, empujó la silla hacia atrás y se incorporó.

—Caballeros, les he pedido que vengan hoy para que podamos evitar problemas en el futuro. —Las palabras salían tiesas, impostadas. Tosió, y cuando continuó su voz sonó un poco más natural—: Escuchen, podemos hacer mucho dinero si mantenemos la cabeza fría y cooperamos unos con otros como hombres de negocios, no como animales. —Miró hacia la puerta de atrás, por la que acababa de salir Luca—. Todos tienen sus territorios y todos son jefes. Entre todos controlamos Nueva York y Nueva Jersey… excepto a determinados judíos y ciertos irlandeses, un puñado de idiotas locos como una cabra que piensan que pueden hacer lo que quieren e ir adonde les dé la gana. —Se inclinó más hacia los que le escuchaban—. Pero ya los pondremos en su lugar más adelante.

Entre los jefes y los guardaespaldas no se decía ni una palabra. Todos los que ocupaban la sala parecían aburridos, con la excepción de Phillip Tattaglia, pendiente de cada palabra de Giuseppe

—Hasta ahora —continuó Giuseppe—, ha habido demasiadas muertes. Algunas tenían que ocurrir. —Miró a Vito y añadió—: Pero otras en cambio no. Ese chico, Nicky Crea, en Central Park... —Meneó la cabeza—. Ha puesto furiosos a los policías y políticos, y eso nos causa problemas a todos. Desde luego, ustedes son los jefes de sus familias y toman las decisiones. Pero lo que digo es que cuando haya una sentencia de muerte para uno de los suyos... debería haber un tribunal de jefes para aprobar una cosa semejante. Ese es uno de los motivos por los cuales los he convocado a todos juntos aquí. Para ver si están de acuerdo con eso.

Giuseppe se apartó de la mesa y cruzó los brazos ante el pecho, como indicando que esperaba. Como no hubo respuesta inmediata y los hombres a la mesa siguieron mirándolo con los rostros inexpresivos, miró primero a Tomasino, que estaba de pie ante él, y luego de nuevo a los jefes.

—¿Saben qué? A decir verdad, en realidad no se lo estoy preguntando. Tengo previsto que esta sea una reunión muy corta, seguida por la buena comida que les espera en la habitación de al lado —continuó con el rostro iluminado—. ¡Eso si sus *consiglieri* no se lo comen todo antes de que lleguemos nosotros! —Tattaglia se echó a reír en voz alta, y Stracci y Cuneo le ofrecieron unas leves sonrisas—. En fin, lo que digo es que las cosas van a ir así. Antes de expulsar a alguien, todos los jefes tienen que aprobarlo. Si alguien está en desacuerdo y quiere opinar en sentido contrario, ahora es el momento de hablar.

Se sentó de nuevo, acercó su silla a la mesa y el sonido del roce de las patas rechinó en el suelo de baldosas.

Mike DiMeo, fornido e incómodo en su asiento, se pasó la mano por los escasos mechones de pelo que le quedaban en la parte superior de la cabeza. Cuando habló, su voz sonó amable y refinada, en fuerte contraste con el volumen de su cuerpo.

—Don Mariposa —dijo, poniéndose de pie en su sitio—, respeto su gran fuerza en Nueva York, especialmente ahora que los negocios de la familia LaConti se han convertido en suyos. Pero Nueva York —y posó los ojos en Giuseppe—, desde luego, no es Nueva Jersey. Aun así, cualquier iniciativa que ayude a que no nos vayamos matando los unos a los otros como un puñado de dementes, tiene mi apoyo. —Hizo una pausa y dio dos golpecitos con el dedo en la mesa—. Y si la apoyo, puede contar con que el resto de Nueva Jersey lo hará también.

DiMeo se sentó entre unos corteses aplausos por parte de todos los jefes excepto Vito, que sin embargo pareció complacido por el discurso del jefe de Nueva Jersey.

—Entonces está hecho —dijo Giuseppe, como si el aplauso fuese un voto oficial y el tema estuviese ya resuelto—. Ahora tengo un problema más que resolver, y luego podemos irnos a comer. —Se arrellanó en su asiento—. He perdido muchos ingresos con la revocación de la Prohibición. Mi familia ha perdido mucho dinero... y los hombres se quejan. —Miró en torno a la mesa—. Estoy aquí para hablarles con toda claridad y para decirles la verdad. Mis hombres quieren guerra. Quieren expandir nuestros negocios hacia sus territorios, todos sus territorios. Me dicen que nos hemos hecho muy fuertes y que ganaríamos en una guerra semejante; que sería solo cuestión de tiempo y podríamos dominar todo Nueva York, el sur y el norte del estado incluidos, e incluso —miró a Mike DiMeo—, Nueva Jersey. Y que así tendríamos más dinero para reemplazar el que hemos perdido con la revocación. —Hizo una pausa de nuevo y acercó su silla a la mesa—. Hay muchas voces en mi familia que están a favor de todo esto... pero yo les he dicho que no. No quiero esta guerra. Tendría la sangre de demasiadas personas en mis manos, sangre de amigos, de algunas personas a las que tengo mucho respeto y unas pocas personas a las que quiero. Lo repito: yo no quiero esta guerra... pero todos ustedes son jefes, y saben cómo es esto. Si intento ir en contra de la voluntad de tantos de los míos, no seré jefe durante mucho tiempo. Y por ese motivo también les he hecho venir. —Extendió las manos abiertas sobre la mesa—. Lo que estoy diciendo es que intentemos evitar el derramamiento de sangre y llegar a un acuerdo. Todos son sus propios jefes, pero con mi fuerza (que no deseo usar) creo que podría ser reconocido como jefe de todos. Por ese motivo, seré yo el que juzgue todas sus disputas y las resuelva, con la fuerza si es necesario. —Miró a Vito al otro lado de la mesa—. Y por ese motivo tengo que cobrar. Tomaré un poco de todas sus empresas —dijo como si se dirigiese solamente a Vito—, y espero un porcentaje de todas sus ganancias. —Miró a los demás—. Un porcentaje muy pequeño, pero de todos ustedes. Eso me ayudará a mantener contenta a mi gente, y así evitaremos el derramamiento de sangre.

Una vez pronunciado su discurso, Giuseppe se echó atrás en su silla, y una vez más cruzó los brazos encima del pecho. Pasaron unos momentos muy tensos sin que se dijera ni una palabra, y entonces hizo una señal a Tattaglia, como dándole la palabra.

—Phillip, ¿por qué no hablas tú el primero?

Tattaglia puso ambas manos encima de la mesa y se incorporó para hablar.

—Acepto de buen grado la protección de Don Mariposa. Es un negocio razonable. Pagamos un pequeño porcentaje y a cambio nos ahorramos el coste de una guerra... ¿Y quién podría ser mejor juez de nuestras disputas que Don Mariposa? —Vestido con un traje muy llamativo de color azul pálido, con la corbata amarillo chillón, Tattaglia se tiraba de la chaqueta para estirarla—. Me parece una oferta razonable —sentenció, y se sentó de nuevo—. Creo que deberíamos estar agradecidos por poder evitar esta guerra, un conflicto que podría costarnos, que Dios no lo permita, algunas de nuestras vidas.

En la mesa, los jefes se miraron unos a otros buscando reacciones. Ni un solo rostro de los congregados dejaba escapar nada, aunque Anthony Stracci de Staten Island no se podía decir que pareciese feliz, y Ottileo Cuneo parecía ligeramente dolorido, como si alguna incomodidad física le estuviera molestando.

Mariposa, en la cabecera de la mesa, señaló a Vito.

—Corleone —le interpeló—, ¿qué opina?

—¿Cuál es el porcentaje? —preguntó Corleone.

—No tengo demasiada sed —respondió Mariposa—. Solo pido un traguito.

—Perdóneme, *signor* Mariposa —dijo Vito—, pero me gustaría tener una idea más precisa. ¿Qué porcentaje exactamente nos está pidiendo a todos los jefes que nos encontramos a esta mesa?

—El quince por ciento —dijo Giuseppe. Y explicó—: Les pido como hombre de honor y hombre de negocios que me paguen el quince por ciento de todas sus operaciones. —Se volvió a Vito y añadió—: Me quedaré el quince por ciento de sus operaciones de juego, de su monopolio del negocio del aceite de oliva y de todos sus negocios con los sindicatos. Tattaglia ha accedido a pagar el quince por ciento de sus negocios de mujeres y sus lavanderías. ¿Le ha quedado claro ahora, Corleone?

—*Si* —dijo Vito. Cruzó las manos encima de la mesa y se inclinó hacia Giuseppe—. Sí —repitió—. Gracias, Don Mariposa. Está muy claro, y creo que es muy razonable. —Miró a los demás—. Sin guerra, sin derramamiento de sangre, todos nos beneficiaremos. Lo que ahorramos en dinero y vidas de nuestros hombres merecerá el quince por ciento que te ofrezcamos. —Se dirigió a todos—: Creo que debemos acceder a esto, y creo que debemos darle las gracias a Don Mariposa por resolver nuestros problemas a un precio tan pequeño.

Tras él, Vito oyó que Sonny tosía y se aclaraba la garganta. Los hombres sentados a la mesa se miraron entre sí y a Vito.

—Pues entonces está arreglado —dijo Giuseppe, que parecía más sorprendido que decidido. Pero abandonó al momento su tono de inseguridad y se recuperó ladrando una orden que planteó como pregunta al resto de los jefes—: A menos que alguien tenga alguna objeción.

Como nadie dijo nada, Vito se puso de pie y dijo:

—Perdonarán que no nos unamos al festín que nos ha prometido Don Mariposa, pero uno de mis hijos —añadió, poniéndose una mano en el corazón— tiene que acabar un trabajo escolar sobre nuestro gran alcalde napolitano, el hombre que va a limpiar Nueva York y librarla de todo pecado y corrupción. —Esto suscitó una carcajada general de todos los jefes excepto Mariposa—. Le he prometido ayudarle con ese trabajo.

Vito se volvió hacia Sonny e hizo una seña hacia la puerta posterior. Mientras el chico iba a abrirle la puerta, se acercó a Mariposa y le ofreció la mano.

Giuseppe miró la mano de Vito con suspicacia, pero luego la estrechó.

—Gracias, Don Mariposa —dijo Vito. Y añadió, mirando en torno a la mesa—: Juntos nos haremos muy ricos.

Mientras acababa de hablar, todos los jefes se levantaron de sus asientos y se unieron a Vito y Mariposa, estrechándose las manos. Vito miró a Sonny, que le sujetaba la puerta de atrás abierta, y pasó de la cara de su hijo a la de Genco, en la habitación de al lado. Este se encontraba de pie con una docena de personas más junto a una mesa de banquete con mucha comida y bebida. Pareció leer algo en la cara de Vito. Se volvió a Luca y le hizo una seña de que se iban. Con Sonny, los hombres formaron un pequeño círculo junto a la puerta y esperaron a Vito, que acababa de estrechar manos e intercambiaba algunas palabras amables con el resto de los jefes. De pie ante la pared, con las manos juntas ante él como los demás guardaespaldas, Tomasino Cinquemani miró a Luca. Su cara se fue poniendo cada vez más roja y las cicatrices que tenía debajo del ojo mucho más rojas aún, pero luego se volvió y se calmó un poco, mientras su mirada descansaba en uno de los retratos de santos que se alineaban en las paredes.

327

En el asiento trasero del Essex, mientras Richie Gatto les conducía a través de las calles de Manhattan bajo una lluvia insistente, Vito puso su sombrero en el estante de la ventanilla que tenía detrás y se desabrochó la parte superior de la camisa. El coche estaba cargado con el silencio de la anticipación, como si todos los hombres, Sonny delante con Richie y Vito detrás con Genco y Luca, estuviesen esperando a ver quién hablaba primero. Vito se acarició la garganta y cerró los ojos. Parecía preocupado. Cuando los abrió de nuevo se volvió a Luca, que en aquel momento se giraba también hacia él. Aunque Genco estaba sentado entre los dos, igual podría haber sido invisible cuando los dos hombres se miraron entre sí. Cada uno de ellos parecía leer algo en los ojos del otro.

Sonny, que había estado mirando la lluvia por la ventanilla, fue el primero que habló. Gritó:

—¡Por el amor de Dios! —Todo el mundo en el coche se

sobresaltó excepto Luca, que fue el único que no parpadeó siquiera—. ¡Papá! —Se retorció hacia atrás de modo que quedó
arrodillado, mirando hacia la parte trasera del coche—. No
puedo creer que hayas aceptado esa mierda de Mariposa... ¡El
muy *ciucc'*! ¿Le vamos a pagar el quince por ciento?

—Santino. —Vito rio ligeramente. Era como si el estallido
de Sonny hubiese disipado el semblante ominoso que se había
apoderado de todos—. Sonny, siéntate y quédate tranquilo. A
menos que alguien te pregunte, no tienes nada que decir aquí.

Sonny dejó caer la cabeza hacia el pecho dramáticamente.
Se agarró la nuca con ambas manos.

—No entiendes todavía estas cosas, Sonny —dijo Genco.
Como Sonny asintió sin levantar la vista, preguntó a Vito—:
¿Joe quiere el quince por ciento?

—Se va a llevar el quince por ciento de los negocios de todos, y a cambio nos promete que no habrá guerra.

Genco apretó las palmas de las manos una contra otra.

—¿Y qué cara han puesto cuando Joe les ha dicho lo que tenían que pagar?

—No les ha gustado —dijo Vito, como si esa fuese la respuesta obvia—, pero saben que es más barato que una guerra.

—Están asustados —dijo Luca, con evidente desprecio por
todos los jefes que se habían reunido en aquella sala.

—La cuestión es que no les gusta —añadió Genco—. Eso es
bueno para nosotros.

Vito dio un pequeño coscorrón a Sonny en la cabeza, diciéndole que se pusiera recto y prestase atención. El chico levantó la cabeza, miró hacia la parte de atrás del coche, cruzó los
brazos ante el pecho y se quedó en silencio, imitando a Luca.

—Mariposa es codicioso —dijo Vito a los demás—. Eso lo
saben todos los jefes. Si viene a por nosotros, todos sabrán que
es solo cuestión de tiempo que vaya a por ellos también.

—Estoy de acuerdo —asintió Genco—. Y eso también
juega a nuestro favor.

—Por ahora —dijo Vito—, pagaremos nuestro quince por
ciento. —Miró a través del parabrisas por encima de la cabeza
de Sonny—. Y mientras tanto seguiremos preparándonos. Nos
conviene tener a más políticos y policías en nómina.

—*Mannagg'*! —exclamó Genco—. Vito, ya pagamos a demasiada gente. Un senador del estado me pidió tres de los grandes la semana pasada. ¡Y le dije que no! ¡Tres de los grandes! *V'fancul!*

—Llámale otra vez —ordenó Vito en voz baja, como si de repente estuviese cansado—, y dile que sí. Dile que Vito Corleone ha insistido en que le demostráramos nuestra amistad.

—Pero Vito... —empezó Genco, pero se calló cuando Corleone levantó la mano, acabando así la discusión.

—Cuantos más policías y jueces tengamos en nómina, más fuertes seremos, y estoy dispuesto a dar la primera muestra de amistad.

—*Madon'!* —exclamó Genco, abandonando la discusión—. La mitad de lo que ganamos tendremos que gastarlo otra vez.

—A largo plazo esa será nuestra mayor fortaleza. Confía en mí, Genco. —Como este se limitó a suspirar y se quedó callado, Vito se volvió a Sonny—. Hemos accedido a pagar el quince por ciento porque eso no importa, Santino. Mariposa ha convocado esta reunión para que yo me enfrentase a él. Quería que me negase. Luego, después de machacarnos, el resto de las familias captarían el mensaje. —Vito habló como si fuese Mariposa, imitando una voz gimoteante—: «¡No tenía elección! ¡Los Corleone no han aceptado!».

Genco añadió, uniéndose a Vito y hablando como si fuera Mariposa dirigiéndose a otros jefes:

—«Pagad el quince por ciento u os liquidaremos como a la familia Corleone».

—Pero no lo entiendo —dijo Sonny—. ¿Por qué no importa si aceptamos o no?

—Porque tanto si pagamos como si no pagamos —explicó Genco—, Joe seguirá queriendo acabar con nosotros. Nuestra familia está ganando mucho dinero ahora. No dependíamos del dinero del licor. Mariposa mira hacia nosotros, Sonny, y ve ganancias fáciles.

Sonny abrió las manos y dijo:

—Sigo sin entenderlo.

Luca Brasi, sin mirar a Sonny, dijo:

—Don Corleone es un... hombre muy listo, Santino. Deberías... escucharle más.

Sonny pareció algo desconcertado por el tono de Luca, que

parecía ominoso. Intentó mirar a Brasi a los ojos, pero Luca al parecer se había sumido de nuevo en sus pensamientos.

—Estamos comprando tiempo, Santino. Necesitamos más tiempo para prepararnos.

—Y además —dijo Genco a Sonny—, ahora que tu padre ha accedido a pagar el porcentaje, cuando Mariposa se enfrente a nosotros después de sellar este acuerdo, le perderán el respeto. Lo verán como un hombre en cuya palabra no se puede confiar. Y esas cosas son importantes, Sonny. Ya lo aprenderás.

Sonny se dio la vuelta y se dejó caer en su asiento. Dijo, mirando la lluvia por el parabrisas:

—¿Puedo hacer una pregunta más, *consigliere?* —Como Genco no dijo que no, Sonny preguntó con evidente frustración—: ¿Cómo sabemos con toda seguridad que Mariposa viene a por nosotros tanto si pagamos como si no?

Detrás de él, fuera de la vista de Sonny, Genco miró a Vito y meneó la cabeza.

—Esto es una lección para ti, Sonny: no escribas si puedes hablar, no hables si puedes mover la cabeza, no muevas la cabeza si no es absolutamente necesario —sentenció Vito.

En el asiento de atrás, Genco miró a su jefe con una sonrisa.

Sonny, en el asiento delantero, se encogió de hombros y se quedó callado.

Cork yacía de espaldas a la luz desfalleciente de un lluvioso día de primavera, con Caitlin echada encima de él y dormida, la cabeza apretada contra su cuello y los pies apoyados en sus caderas. Él tenía un brazo doblado bajo la nuca de la niña y el otro descansando en el hombro, donde le había estado dando palmaditas para que se durmiera después de leerle, por centésima vez, la historia de Connla y la Doncella Mágica, un cuento de uno de los antiguos libros de su padre, encuadernado en piel y con los bordes dorados; una recopilación que yacía ahora a su lado en la estrecha camita de Caitlin. Cuidadosamente, se volvió de lado y metió a la niña entre las sábanas; la cabecita rodeada de un nimbo de pelo rubio descansando en una almohada llena de bultos. Fuera, una llave giró en la cerradura y se abrió la puerta de la cocina mientras él ponía un edredón a cuadros con animales de granja sobre Caitlin. Esperó junto a su sobrina dormida un minuto, en la habitación oscura, y oyó a Eileen moviéndose por la cocina.

Cork había vivido en aquel mismo piso de niño. Era muy pequeño aún cuando la gripe se llevó a sus padres y tenía pocos recuerdos de ellos, pero recordaba claramente la emoción de trasladarse a aquellas habitaciones con Eileen. Celebró su séptimo cumpleaños en aquella cocina. Su hermana, que por aquel entonces debía de tener la edad de él ahora, colgó unas banderitas de papel rojas y amarillas del techo, e invitó a todos los niños del edificio. Acababa de empezar a trabajar en la panadería con la señora McConaughey, que a él ya por aquel entonces le parecía muy anciana. Recordaba que Eileen gritó: «¡Tres habitaciones con salón y cocina!», y que él pensó que se trasladaban a un palacio... que es lo que era aquel piso comparado con las estrechas habitaciones que compartían en las casas de parientes lejanos mientras Eileen acababa el instituto, para disgusto de algunos de aquellos parientes. Él se había criado en este piso, que dejó solo cuando acabó el instituto y empezó a hacer algunos trabajos con Sonny. Ahora todo aquello había terminado, y Murray le había dicho que se mantuviera apartado de los irlandeses. Cork miró su antiguo dormitorio y le pareció que era un cuarto acogedor: los ruidos familiares de la calle que entraban por la ventana, el agradable ruido de Eileen trasteando por las otras habitaciones. Del suelo, junto a la cama de Caitlin, recogió a *Boo*, su pobre jirafa destrozada, y la puso entre los brazos de la niña.

Encontró a Eileen ante el fregadero, lavando unos platos.

—Estaba pensando en la vieja señora McConaughey —dijo, y se sentó a la mesa—. ¿Todavía anda por ahí?

—¿Que si todavía vive? —exclamó Eileen, sorprendida por la pregunta. Se volvió secándose las manos en un trapo de cocina de un verde intenso—. Pues claro, me manda una postal un par de veces al año, por Pascua y por Navidad. Es una santa esa mujer.

—Era muy divertida —dijo Cork—. Siempre me contaba algún acertijo. —Hizo una pausa, recordando a la anciana, y luego añadió—: ¿Crees que podría tomarme una taza de café como pago por mis servicios de niñera?

—Podrías —dijo Eileen, y fue a prepararlo.

—Recuerdo aquella fiesta tan grande que hicimos para ella —añadió Cork, volviendo al tema de la señora McConaughey.

—¿Tienes nostalgia o qué? —preguntó Eileen, de espaldas a él—. No recuerdo que hayas mencionado nunca antes a la señora McConaughey.

—Supongo que sí. Bueno, un poco. —Miró hacia el techo de la cocina, recordando las banderitas de papel de colores chillones de su séptimo cumpleaños. La fiesta para la señora McCounaghey fue para celebrar su jubilación y su consiguiente regreso al hogar, a Irlanda. Eileen y Jimmy acababan de comprarle la panadería—. He estado pensando que ya que estoy haciendo de niñera con Caitlin tantas veces, igual podría volver a vivir aquí.

—¿Quieres decir que no vives aquí? —dijo Eileen. Se enfrentó a él, con las manos en las caderas—. ¿Entonces por qué te veo siempre que me doy la vuelta, de día y de noche? Excepto cuando yo estoy en la tienda, claro, trabajando como una esclava para poder traer comida a la mesa. Entonces Dios sabe dónde estás y lo que andas haciendo.

—No gran cosa —suspiró Cork—. Al menos recientemente —apartó la vista de Eileen y se miró la mano que apoyaba encima de la mesa.

—Bobby —le preguntó Eileen—, ¿te pasa algo?

Acercó una silla y puso una mano sobre la de él.

Durante un rato el único sonido que se oyó fue el gorgoteo del café calentándose en la cafetera, y luego Cork dijo:

—Estaba pensando… ¿y si me vengo a vivir otra vez aquí y trabajo contigo en la panadería?

Cork sabía que eso era algo que Eileen deseaba ardientemente, que le había pedido desde mucho antes de que acabase el instituto, pero él proponía la sugerencia como si fuera una idea nueva, una posibilidad que se le acabase de ocurrir.

—¿Lo dices en serio? —preguntó Eileen, y apartó la mano de la de él, como si algo en la pregunta le hubiese asustado.

—En serio —afirmó Cork—. Tengo ahorrado un poco de dinero. Podría ayudar.

Eileen fue a por el café, que acababa de empezar a salir.

—Lo dices en serio —exclamó, como si le costara mucho creerle—. ¿Y cómo ha sido?

Cork no respondió. Se levantó y se colocó detrás de ella, junto al fogón.

—Entonces, ¿te parece bien? —le preguntó—. Puedo traer mis cosas mañana y ocupar la habitación de atrás. No tengo gran cosa.

—¿Y has dejado del todo lo otro? —dijo ella, y parecía tanto una pregunta como un requisito.

—Lo he dejado del todo. ¿Puedo volver a casa, entonces?

—Claro —aseguró Eileen, agachada encima de la cafetera, de espaldas a su hermano. Se pasó el brazo por los ojos y dijo—: Ay, Señor.

Era obvio que estaba llorando, y dejó de intentar ocultarlo.

—Para ya. —Cork le puso las manos en los hombros.

—No, para tú —dijo ella. Se volvió y lo abrazó, apretando la cara de él contra su pecho.

—Venga, déjalo ya —repitió Cork de nuevo, pero con mucha delicadeza, y sostuvo a Eileen en sus brazos dejándola que llorase.

333

20

Sonny paseaba junto a Sandra por delante de las panaderías y charcuterías de la avenida Arthur. En la calle, coches y camiones pasaban a toda velocidad alrededor de los carritos de los vendedores, mientras los chiquillos con bombachos y camisas de manga corta corrían por la acera y a través del tráfico, intrépidos, ya que el veraniego día de primavera había atraído a niños y adultos por igual al aire libre. Sonny había aparcado su coche frente al edificio de Sandra y la había acompañado a la carnicería Coluccio, de donde ahora volvían paseando con una ristra de salchichas envueltas en un papel recio y atadas con un cordón que colgaba de los dedos de Sonny. Sandra llevaba un sombrero blando verde con una cinta blanca encima del pelo oscuro, que le llegaba hasta los hombros. El sombrero era nuevo y demasiado elegante para su vestido blanco y sencillo, pero Sonny lo había alabado ya una docena de veces durante su corto paseo.

—¿Sabes a quién te pareces? —le dijo él, con una enorme sonrisa, volviéndose para andar de espaldas frente a ella—. Te pareces a Kay Francis en *Un ladrón en la alcoba*.

—No es verdad. —Sandra le dio un empujón y la palma de su mano dio en el hombro de él.

—Pero mucho más guapa —añadió Sonny—. Kay Francis no te llega ni a la suela del zapato.

Sandra cruzó los brazos y ladeó la cabeza mientras examinaba el aspecto de Sonny. Llevaba unos pantalones grises con rayas, una camisa oscura y una corbata rayada negra y gris.

—Tú no te pareces a nadie —dijo, y luego, sonrojándose, añadió—: Eres mucho más guapo que todos los chicos de las películas.

Sonny echó la cabeza atrás y se rio, y luego se dio la vuelta y siguió andando junto a ella. En la esquina que tenían delante, un organillero estaba preparándose para tocar, y ya había un pelotón de niños rodeándole. El hombre, que era muy recio y bajo, llevaba un bombín y un pañuelo de un rojo intenso al cuello, y parecía recién llegado a América, con su poblado bigote y unas alas de pelo negro sobresaliendo por debajo de su sombrero. Su organillo estaba viejo y destartalado, sujeto con cinturones viejos. Pavoneándose encima de una alfombrilla azul y haciendo sonar una diminuta campanita de plata se encontraba un monito vestido con pantalones y una chaqueta de piel, con una cadenita brillante y fina que iba desde su cuello a la cintura del organillero.

—¿Quieres parar un momento? —preguntó Sonny.

Sandra negó con la cabeza y se miró los pies.

—Estás preocupada por tu abuela. Escucha. —Dudó al ver una gran nube de gorriones que bajaban en picado, se acercaban juntos por encima de los tejados y luego bajaban hasta la avenida—. Escucha —repitió, y de pronto, su voz sonó como si estuviera un poco nervioso—. Johnny y Nino tocan en un club muy elegante esta noche. Me gustaría llevarte allí, y luego podríamos ir a bailar. ¿Y si consigo que tu abuela te deje ir?

—Sabes que no lo permitirá.

—¿Y si la convenzo?

—Sería un milagro. Además, no tengo ropa adecuada. Te avergonzarías de mí.

—Eso es imposible —respondió Sonny—, pero de todos modos, ya lo había pensado.

—¿Pensado el qué? —preguntó Sandra. Doblaron la esquina de la avenida Arthur, dirigiéndose hacia el edificio de ella.

—Que necesitarás algo de ropa elegante.

Sandra miró a Sonny, confusa.

—¡Eh! —exclamó Sonny—. ¡Mira eso!

335

Corrió junto a Sandra y salió a la calle, donde un descapotable Cord de un azul intenso, con su largo capó y sus neumáticos con llantas blancas ya atraía a una multitud.

—Qué coche más moderno —dijo Sandra, caminando a su lado.

—Tiene tracción delantera.

—Ajá —afirmó Sandra, aunque estaba claro que no tenía ni idea de lo que quería decir Sonny.

—¿Te gustaría tener un coche como ese? —preguntó él.

—Hoy estás muy bromista. —Sandra tiró del brazo de Sonny, atrayéndolo de nuevo hacia la acera.

—No lo decía en broma, Sandra. —Estaban ya cerca de la casa de ella, donde estaba aparcado su Packard, en la calle—. Creo que podríamos cenar juntos esta noche, donde tocan Johnny y Nino, y luego ir a bailar.

La señora Columbo, asomada a la ventana, chilló a Sandra:

—¡Eh! ¿Por qué has tardado tanto?

Sonny saludó a la señora Columbo, le tendió las salchichas a Sandra y luego se apoyó en la ventanilla del pasajero de su coche, que estaba abierta, y sacó un abultado paquete envuelto en papel marrón y atado con una cinta blanca.

—¿Qué es esto? —preguntó Sandra.

—Un vestido elegante, con zapatos y demás cosas, para ti. —Le tendió el paquete.

Sandra levantó la vista hacia su abuela, que los miraba a Sonny y a ella apoyando la barbilla en las manos.

—Ábrelo —dijo Sonny.

Sandra tomó asiento en las escaleras de su casa. Colocó el paquete en su regazo, desató el cordón y abrió el papel marrón lo suficiente para ver la tela brillante de un traje de noche, y luego cerrarlo de golpe y levantar la vista hacia su abuela.

—¡Sandra! —la llamó la señora Columbo, preocupada—. ¡Ven aquí inmediatamente!

—Ya vamos —respondió Sandra. Y le susurró a Sonny—: ¿Es que te has vuelto loco, Santino? —Se puso de pie y le devolvió el paquete—. Parece demasiado caro. Mi abuela se desmayará si lo ve.

—No lo creo —dijo Sonny.

—¿Y por qué no lo crees?

—Ven. —Sonny puso la mano en la espalda de Sandra y la dirigió hacia el interior.

En la puerta, Sandra dijo de nuevo, preocupada:

—Pero parece muy caro, Sonny.

—Ahora tengo un buen salario.

—¿Trabajando en un garaje?

Ella abrió la puerta y esperó a que Sonny le contestara antes de entrar en el oscuro vestíbulo.

—Ya no trabajo en el garaje. Ahora trabajo con mi padre. Ventas. Voy a todas las tiendas y les convenzo de que el Genco Pura es el único aceite que necesitan.

—¿Y cómo lo consigues?

Sandra entró en el edificio y sujetó la puerta para que entrase Sonny.

—Les hago unas ofertas que cualquier hombre razonable aceptaría.

Sonny se unió a ella y cerró la puerta después de entrar.

—¿Y ahora ganas bastante dinero —susurró Sandra en el silencio del edificio—, para permitirte un vestido como este?

—Ven. —Sonny empezó a subir las escaleras—. Voy a demostrarte lo buen vendedor que soy. Voy a convencer a tu abuela de que me deje llevarte a bailar esta noche.

Primero Sandra pareció asombrada, y luego se echó a reír.

—Vale. Tendrás que ser el mejor vendedor del mundo.

Al pie de las escaleras, Sonny se detuvo.

—Dime una cosa. ¿Tú me quieres, Sandra?

Sandra, sin dudarlo, respondió:

—Sí, te quiero.

Sonny la acercó a su cuerpo y la besó.

Desde la parte superior de las escaleras, la voz de la señora Columbo bajó estentórea los escalones.

—¿Cuánto tiempo cuesta subir unos pocos tramos de escalones? —gritó—. ¡Eh, Sandra!

—Ya subimos, abuela —respondió Sandra, y empezó a subir de la mano de Sonny.

Giuseppe Mariposa miraba desde la ventana en la esquina de un apartamento situado en el piso más alto de un edificio, en la calle Veinticinco, en Manhattan. Con la luz de última hora de la tarde vio su propio reflejo y detrás de este, en la esquina de Broadway y la Quinta Avenida, el triángulo imponente del edificio Flatiron. Ante un cielo oscuro, la superficie blanca de piedra caliza de los pisos superiores del Flatiron parecía una flecha que señalaba por encima del tráfico, los tranvías y los autobuses de dos pisos que abarrotaban Madison Square. El tiempo de aquel día había sido errático, con rápidas y fuertes tormentas que relampagueaban por encima de la ciudad, dejando tras ellas la luz del sol y las calles resplandecientes. Ahora estaba otra vez nublado, con una nubosidad eléctrica y nerviosa que prometía otra tormenta. Detrás de Giuseppe, el espacioso apartamento de cinco dormitorios estaba desnudo, un laberinto de habitaciones con suelos de madera reluciente y paredes blancas recién pintadas por el cual vagaban los Rosato, los Barzini y Frankie Pentangeli y algunos de sus chicos, mirando por aquí y por allá, con el ruido de sus conversaciones y el crujido de sus pasos resonando por las salas y las habitaciones vacías.

338

Al ver el reflejo de Frankie en la ventana, Giuseppe se dio la vuelta.

—¿Frankie? ¿Dónde demonios están los malditos muebles? Esto no está nada bien, si tenemos que escondernos aquí. ¿Cómo se te ocurre?

Frankie guiñó los ojos a Giuseppe, como si no le viera con claridad.

—¿Qué? —dijo. Emilio Barzini apareció en la puerta, con su chico, Tits, a su lado, un joven guapo, que todavía no tenía los veintiún años pero ya estaba rechoncho, con la cara redonda y grande y el pecho fláccido que le había hecho acreedor de su apodo, Tetas. Iba vestido con los mismos trajes con chaleco que Emilio, para quien trabajaba en un puesto u otro desde que tenía doce años, pero los mismos trajes que parecían bonitos y elegantes en Emilio quedaban flojos y arrugados en Tits. Pero aunque el chico tenía un aspecto extraño, era serio e inteligente, y Emilio le mantenía siempre a su lado.

—Bueno, Giuseppe —repuso Frankie cuando Mariposa le miró sin decir nada, con las manos en las caderas—, tú dijiste que encontrara un sitio, que alquilase el piso de arriba. Y eso es lo que he hecho.

—¿Para qué creías que quería alquilar un sitio como este, Frankie?

—¿Y yo qué sé, Joe? Tú no dijiste que nos íbamos a esconder aquí. ¿Me estás diciendo que vamos a ir a la guerra?

—¿He dicho yo acaso que vayamos a ir a la guerra?

—Eh, Joe —dijo Frankie. Metió los pulgares en el cinturón y se puso muy tieso—. No me trates como si fuera un *stronz*.

Antes de que Giuseppe pudiera hablar, Emilio dio unos pocos pasos en la habitación.

—Frankie, no dejes que esto hiera tus sentimientos —dijo, colocándose entre Frankie y Giuseppe, que estaban uno frente al otro—. A veces, cuantas menos personas sepan algo, mejor. Es así, ¿verdad, Joe?

Mariposa asintió y Frankie dijo entonces:

—Bien. —Luego se dirigió a Emilio—: Eh, yo no necesito saberlo todo. —Y a Giuseppe—: ¿Quieres que arregle esto como si fuéramos a iniciar una guerra, consiga comida, algunos muebles, traiga unos colchones, todo eso? Pues dímelo. Haré que mis chicos se encarguen de todo. —Hizo una pausa y añadió—: Pero sé razonable. Tienes que decírmelo. No puedo leerte el pensamiento.

Giuseppe miró primero a Tits y a Emilio y luego a Frankie. Todas las demás habitaciones habían quedado silenciosas, y se imaginó a los Rosato y al resto de los chicos escuchando. Cuando se volvió a Frankie, le dijo:

—Haz que tus chicos arreglen este apartamento como si fuésemos a ir a la guerra.

—De acuerdo —dijo Frankie, elevando la voz—. Me ocuparé de inmediato.

—Bien. Que sea hoy mismo. Quiero los colchones al menos y algo de comida aquí esta noche.

Volvió a la ventana de la esquina, donde el cielo se había ido oscureciendo y convirtiendo el cristal en espejo. Detrás de él vio que Frankie salía de la habitación. Vio el gesto leve que le dedicó a Emilio, y vio que Tits apartaba la cabeza, como si tuviera miedo de encontrarse con la mirada de Frankie. En las otras habitaciones reemprendieron las conversaciones, y luego

339

Emilio y Tits salieron hacia el vestíbulo, dejándole solo mientras empezaba a llover y la flecha blanca del edificio Flatiron se cernía en el cielo gris.

La señora Columbo bebió un sorbo de su taza de café negro y contempló cansadamente a Sonny, que se estaba acabando otra de sus galletas de azúcar y hablaba sin parar de esos dos chicos del barrio, Johnny Fontane y Nino Valenti, sin parar de decir que Johnny era un gran cantante y que Nino tocaba la mandolina como los ángeles. Ocasionalmente ella asentía o gruñía, pero en general parecía aburrida o suspicaz mientras bebía sorbitos de café y miraba hacia afuera por la ventana veteada de lluvia de su apartamento, que era pequeño, lleno de cosas y del olor dulzón de las galletas recién horneadas. Sandra, que llevaba un vaso de agua entre las dos manos y estaba frente a Sonny en la mesa de la cocina, no había dicho ni una docena de palabras en la última media hora, mientras Sonny hablaba con su abuela, que de vez en cuando dejaba caer algunas frases.

340

—Señora Columbo —dijo Sonny, e hizo una pausa mientras colocaba su taza en la mesa y cruzaba los brazos, anunciando así que estaba a punto de decir algo importante—. ¿Cómo es que no confía en un buen chico italiano como yo?

—¿Cómo?

La señora Columbo pareció desconcertada por el abrupto cambio en la conversación. Miró el cuenco de galletas que se encontraba en el centro de la mesa como si algo en su elaboración pudiera ser la causa de aquella pregunta por parte de Sonny.

—Me gustaría llevar a su nieta a cenar esta noche al local donde actúan Johnny y Nino. Sandra cree que es imposible, que usted nunca me permitirá que la lleve a cenar fuera... y por tanto le pregunto, respetuosamente, por qué no confía en un buen chico italiano como yo, alguien a cuya familia conoce y puede considerar entre sus amigos.

—¡Ah! —La señora Columbo dejó su taza, salpicando una oleada de café por encima del borde, que cayó en la mesa. Lo miró como si estuviera más que dispuesta a mantener aquella conversación con Sonny—. ¿Me preguntas por qué no confío en un buen chico italiano como tú? —Agitó un dedo tieso ante la nariz de Sonny—. ¡Porque conozco muy bien a los hombres, Santino Corleone! Sé lo que queréis todos —escupió las palabras y se inclinó sobre la mesa—, especialmente los jóvenes. Todos sois iguales... ¡y Sandra y yo no tenemos a ningún buen hombre en nuestra familia que nos proteja!

—Señora Columbo... —Sonny inclinó la cabeza, como diciendo que entendía los motivos de ella y comprendía su preocupación. Cogió uno de los deliciosos lacitos de masa dorada que estaban en el centro de la mesa—. Lo único que yo quiero —dijo, colocando la galletita en un plato que tenía al lado de la taza, con una voz muy razonable— es sacar a Sandra a cenar en un club, para que pueda oír a Johnny y Nino. ¡Son chicos del barrio! Usted les conoce. Es un sitio muy elegante, señora Columbo.

—¿Por qué queréis ir a cenar fuera? —preguntó la señora Columbo—. ¿No es lo suficientemente buena nuestra casa? Comeréis mucho mejor aquí que en cualquier restaurante elegante... ¡y no te costará ese dinero que tanto te cuesta ganar!

—Eso no lo discuto. Ningún restaurante puede igualar a su cocina.

—¿Entonces? —La señora Columbo se volvió a mirar a Sandra por primera vez, como si recordara que ella estaba también en la mesa y pidiera su apoyo—. ¿Por qué quieres ir a gastar su dinero en un restaurante? —le preguntó a Sandra.

Sandra miró a Sonny.

—Escuche, señora Columbo... —El rostro de Sonny palideció al buscar en el bolsillo de su pantalón y sacar un paquetito pequeño que mantenía oculto en su puño cerrado—. Esto es para su Sandra —dijo, abriendo la mano y descubriendo una cajita pequeña y negra—. Planeaba sorprenderla esta noche en la cena, pero como no podemos ir a cenar hasta que tengamos su aprobación... —Acercó la cajita a la señora Columbo sin mirar a Sandra, que se había tapado la boca con las manos.

—¿Qué es esta locura? —La anciana cogió la cajita de la mano de Sonny y la abrió, y dentro apareció un anillo de diamantes.

—Es nuestro anillo de compromiso. —Sonny miró a San-

341

dra, que estaba al otro lado de la mesa—. Sandra y yo nos vamos a casar. —La joven asintió ansiosamente, y entonces apareció una sonrisa en el rostro de Sonny y añadió dramáticamente, mirando a la señora Columbo—, ¡pero solo si me deja llevarla a ver a Johnny y Nino, donde podré pedírselo como es debido!

—Si esto es un truco —dijo la señora Columbo, agitando el dedo de nuevo—, iré a ver a tu padre...

Sonny se puso la mano en el corazón.

—Cuando yo me case con su Sandrinella —se levantó de su silla—, tendrá usted un hombre en su familia para protegerla.

Cogió a la señora Columbo por los hombros y la besó en la mejilla. La anciana levantó una mano hasta la barbilla de Sonny y lo sujetó mientras lo miraba a los ojos. Luego dijo, como si estuviera enfadada:

—¡Eh! ¡Solo deberías besarla a ella! —Señaló con la cabeza hacia Sandra—. Tráela a casa antes de las diez —dijo, mientras salía de la habitación—, ¡o si no iré a ver a tu padre!

Se volvió antes de abandonar la habitación y levantó un dedo como si tuviera algo más que decir, pero se limitó a asentir y dejó solos a Sonny y a Sandra.

Ettore Barzini siguió a Giuseppe mientras este inspeccionaba el terrado, sujetando un paraguas encima de su cabeza, mientras Tits hacía lo propio con Emilio. El resto de los chicos estaban todavía en el piso de abajo, en el apartamento vacío, adonde alguien había llevado unos bocadillos y una caja de Coca-Colas. Giuseppe fue andando hasta el borde del terrado y miró hacia abajo, por encima del alero, hacia la calle. Multitud de peatones andaban apresuradamente por la avenida, escondidos bajo los círculos multicolores de sus paraguas. La lluvia era ligera pero insistente, y un ocasional relámpago pálido y distante aparecía entre las nubes, seguido por el bajo retumbar del trueno. Giuseppe señaló hacia las volutas negras de una escalera de incendios. Le dijo a Emilio:

—¿Han soltado los tornillos los chicos para asegurarse de que no sube nadie desde la calle?

—Desde luego —dijo Emilio. Una ráfaga de viento revolvió su pelo. Con la palma de la mano se echó atrás unos mechones sueltos que le caían sobre la frente—. La verdad, Joe, si nos hacemos cargo de Clemenza y Genco esta noche, creo que Vito vendrá mañana a vernos con el rabo entre las piernas.

Giuseppe se apretó más la chaqueta y se volvió de espaldas al viento. En cada una de las esquinas del terrado la forma agazapada de una gárgola atisbaba las calles de la ciudad. Se quedó un momento en silencio, pensando, y luego dijo:

—Me gustaría ver eso, Vito Corleone viniendo a verme con el rabo entre las piernas. ¿Sabes lo que haría yo? —preguntó, animándose otra vez—. Le mataría de todos modos... pero primero le dejaría que me soltara uno de sus grandes discursos. —Sonrió, con los ojos brillantes—. «¿Ah, sí?» —dijo, imitando la forma en que hablaría a Vito—. «¿De verdad? Qué interesante, Vito» —Levantó las manos como si sujetara un arma y apuntó a la cabeza de Emilio—. ¡Pum! Le volaría los sesos por toda la pared. Le diría: «Así es como hablo yo, Vito. ¿Qué te parece?».

Miró a Tits y Ettore, como si acabara de recordar que estaban allí y quisiera una respuesta por su parte. Ambos hombres sonreían como si hubiesen disfrutado enormemente de su historia.

Emilio no sonreía. Dijo:

—Es un tío listo, Vito Corleone. A mí tampoco me gusta, Joe, pero él no se limita a hablar sin más. Lo que digo es que si nos ocupamos de Clemenza y Genco, quedará cojo y será el primero en saberlo. —Hizo una pausa y se acercó más a Tits. Bajó la mano del chico unos centímetros, acercándose más el paraguas—. Será el primero en saber que se ha quedado cojo, y entonces creo que nos dará lo que queremos. La única alternativa que tendría sería una guerra, y él sabe que perdería... y no es ningún exaltado. No está loco. Podemos contar con que hará lo que sea mejor para él y su familia.

Otro relámpago, más intenso que los anteriores, iluminó las oscuras nubes durante un instante. Giuseppe esperó el trueno, que llegó unos segundos más tarde, como un estruendo distante y apagado.

—Entonces estás diciendo que no me lo cargue ahora mismo, ¿no?

343

—No creo que te dé la oportunidad. —Emilio pasó el brazo en torno a los hombros de Giuseppe y lo guio de vuelta hacia la puerta del terrado, mientras la lluvia empezaba a arreciar—. Vito no es ningún idiota, pero bien pronto... —Abrió una mano, un gesto que sugería que le enseñaba el futuro a Mariposa—. Nos aseguraremos de que se vaya debilitando, y entonces... podremos ocuparnos de él.

—Solo hay una cosa que me preocupa —dijo Giuseppe—. Y es Luca Brasi. No me gusta.

Tits abrió la puerta del terrado y se hizo a un lado.

—A mí tampoco me gusta —aseguró Emilio, esperando junto a Tits—, pero ¿qué puedes hacer? Si tenemos que ocuparnos de Luca, nos ocuparemos de él.

—Tommy quiere arrancarle el corazón a Brasi —dijo Giuseppe, y entró en una zona bien iluminada de la que partía un tramo de escaleras—. ¿Y qué hay del chico de Vito, Sonny? ¿Supone algún problema?

—¿Sonny? Es un *bambino*. Pero probablemente cuando nos ocupemos de Vito tendremos que ocuparnos también de él.

—Demasiados hijos en este negocio —dijo Joe, pensando en los LaConti. En la parte superior de las escaleras se detuvo y vio que Tits cerraba la puerta del terrado con una llave que Emilio le había entregado—. ¿Te has asegurado bien de los chicos del periódico? —preguntó a Emilio.

—Estarán en el club con los fotógrafos.

—Bien. Siempre es inteligente tener una buena coartada. —Giuseppe empezó a bajar las escaleras y luego se volvió de nuevo—. Nos has reservado una mesa junto al escenario, ¿verdad?

—Joe, nos hemos ocupado de todo. —Emilio se unió a Giuseppe en las escaleras, puso la mano en la parte trasera de su brazo y lo guio escaleras abajo—. ¿Y qué pasa con Frankie? —preguntó—. Debería estar con nosotros.

Giuseppe meneó la cabeza.

—No confío en él. No quiero que sepa nada más que lo que tiene que saber.

—Bueno, Joe —dijo Emilio—, ¿está Frankie con nosotros o no?

—Pues no lo sé —respondió Giuseppe—. A ver cómo salen

las cosas. —En el último tramo de las escaleras esperaba Carmine Rosato—. ¿Confías en esos chicos, los dos Anthonys?

—Son buenos —dijo Emilio—. Ya los he utilizado antes.

—No lo sé. —Giuseppe se detuvo en la parte inferior de las escaleras y se quedó de pie junto a Carmine—. Esos chicos de Cleveland son unos payasos, Forlenza y todos los demás.

—Ya han trabajado para mí —insistió Emilio—. Son buenos.

—¿Y estamos seguros de que Clemenza y Genco estarán allí? —preguntó Joe—. Nunca había oído hablar de ese Angelo's.

Emilio asintió a Carmine.

—Es un sitio pequeño, familiar —explicó Carmine—, un restaurante modesto en el East Side. Un chico que trabaja allí es hijo de uno de los nuestros. Resulta que Clemenza y Abbandando comen allí constantemente. Hacen la reserva con nombres falsos, pero ese tal Angelo los oye llamarse entre sí por sus nombres reales... de modo que cuando llega la reserva, le dice al chico: «Reserva para Pete y Genco». Y al chico se le enciende la bombillita: Pete Clemenza, Genco Abbandando. Y se lo cuenta a su padre...

—Suerte —dijo Emilio—. Hemos aprovechado la oportunidad.

Mariposa sonrió ante la idea de que la suerte pudiera estar de su lado.

—Procura que esos tipos de Cleveland tengan todo lo que necesitan. —Se dirigió a Tits—: ¿Tú sabes dónde se alojan? —El chico le dijo que sí; Giuseppe sacó un rollo de billetes de su bolsillo y sacó uno de veinte—. Ve y cómprales un par de claveles frescos. Diles que yo he dicho que deben ir bien guapos cuando se encarguen de esos dos capullos.

—Claro —dijo Tits, cogiendo los veinte—. ¿Cuándo? ¿Ahora mismo?

—No, ayer —exclamó Giuseppe, y dio una palmada juguetona a Tits en un lado de la cabeza. Se echó a reír y lo empujó hacia la escalera—. Sí, vete ya. Ve y haz lo que te he dicho.

—Coge mi coche. —Emilio le tendió las llaves a Tits—. Y vuelve enseguida.

—Vale —dijo el joven. Miró una sola vez rápidamente a

345

Emilio y corrió escaleras abajo, dejando a los otros atrás. Les oyó reemprender su conversación cuando ya estaba fuera de la vista.

Fuera del edificio, Tits examinó la calle buscando coches aparcados. Vio el de Emilio, fue hacia él y lo pasó, y se dirigió a la esquina de la Veinticuatro, donde de nuevo observó ambos lados de la calle. En medio de la manzana, hacia la Sexta Avenida, vio el De Soto negro de Frankie y se aproximó a él como al descuido, mirando hacia atrás de vez en cuando por encima del hombro. Cuando llegó al coche se inclinó hacia la ventanilla del lado de la calle, que estaba abierta.

—Entra —dijo Frankie—. Estoy vigilando la calle. Todo va bien.

El chico entró en el coche y se agachó para que sus rodillas se levantaran hacia el salpicadero y su cabeza quedase oculta por el asiento.

Frankie Pentangeli miró a Tits y se echó a reír.

—Te lo he dicho, no hay nadie por aquí.

—No quiero tener que explicarle a nadie qué estaba haciendo yo en tu coche.

—¿Y qué estás haciendo en mi coche? —preguntó Frankie, todavía divertido al ver a Tits agachado formando una bola—. ¿Qué tienes para mí?

—Es esta noche —dijo Tits—. Emilio ha traído a los dos Anthonys desde Cleveland.

—Anthony Bocatelli y Anthony Firenza —dijo Frankie, cuya hilaridad se esfumó al momento—. ¿Seguro que no hay nadie más?

—Solo Fio Inzana. Es el chófer. Todos los demás estarán en el Stork Club haciendo que les saquen fotos.

—Todos excepto yo —dijo Frankie. Sacó un sobre del bolsillo de su chaqueta y se lo tendió a Tits, que lo rechazó.

—No quiero dinero. Así me siento como un Judas…

—Pero chico… —insistió Frankie, para que se quedase el dinero.

—No me olvides, sencillamente —dijo Tits—, si de alguna manera consigues salirte con la tuya en todo esto. Odio a Jumpin' Joe, *il Bastardo*.

—Tú y todo el mundo —repuso Frankie, y se volvió a

guardar el sobre en el bolsillo—. No lo olvidaré. Mientras, mantén la boca cerrada, para que si no me salgo con la mía tú puedas librarte. ¿Comprendido? Ni una palabra a nadie.

—Claro, pero si me necesitas, dímelo. —Sacó la cabeza por encima del asiento y miró a ambos lados de la manzana—. Bueno, Frankie —dijo, mientras salía del coche—, adiós, que te vaya bien, que te coja un coche, que te pille un tren.

Frankie vio a Tits recorrer la manzana hacia Broadway. En cuanto el chico dio la vuelta a la esquina y desapareció, puso en marcha el coche. Se dijo a sí mismo: «*V'fancul*», y se internó entre el tráfico.

En el escenario, que era una plataforma situada al fondo de una estrecha sala que parecía un vagón de ferrocarril, Johnny se inclinaba por encima de un micrófono que sujetaba con la mano izquierda y cantaba una versión especialmente melosa de *I Cover the Waterfront*, con la mano derecha abierta en la cintura y la palma vuelta hacia la gente, como si les implorara que escuchasen. En su mayor parte los clientes le ignoraban, mientras iban comiendo en unas mesas tan apretujadas en el poco espacio disponible que los camareros tenían que volverse de lado al pasar por aquel laberinto con las bandejas de comida, levantadas por encima de la cabeza. Algunas de las mujeres, sin embargo, miraban y escuchaban, y todas parecían igualmente absortas, con una expresión anhelante, volviéndose de lado en sus asientos, con los ojos clavados en el cantante esbelto, con su corbata de lazo, mientras sus novios o maridos seguían comiendo y bebiendo su vino o su licor. No había sitio para bailar. Incluso un viaje a los servicios implicaba un delicado ballet lleno de giros y vueltas. Pero el local, como había prometido Johnny, era muy chic. Las mujeres llevaban traje de noche, perlas y joyas resplandecientes con diamantes, y los hombres parecían banqueros y políticos, con sus trajes bien cortados y sus zapatos de charol que reflejaban la luz y relucían cuando atravesaban la sala.

—Canta maravillosamente bien, ¿no te parece? —dijo Sandra. Sostenía su copa de vino por el pie con la mano derecha, mientras la izquierda descansaba algo incómoda en su rodilla.

347

Llevaba el vestido que Sonny le había comprado, un traje de noche largo color lavanda, estrecho por la cintura y los muslos y ancho por las pantorrillas, que iba barriendo el suelo cuando ella caminaba.

—Nada es tan maravilloso como tú esta noche —dijo Sonny, y sonrió al ver que ella se había sonrojado otra vez. Bebió un sorbo de whisky y sus ojos bajaron hasta los pechos de Sandra, cubiertos enteramente por el escote, pero aun así dibujados por la tela sedosa que se adhería a ellos.

—¿Qué miras? —preguntó Sandra, y entonces fue Sonny el que se sonrojó, violento. Se rehízo y rio ante el descaro de ella.

—Estás llena de sorpresas —dijo—. No sabía eso de ti.

—Bueno, pues eso está bien, ¿no? —repuso Sandra—. Una chica debe sorprender a su novio de vez en cuando.

Sonny apoyó la cabeza en las manos y sonrió, mirando apreciativamente a Sandra.

—La vendedora que me ayudó a elegir el vestido conocía bien su oficio.

Sandra dejó la copa de vino y buscó la mano de Sonny a través de la mesa.

—Qué feliz soy, Santino —dijo, y levantó la vista hacia él.

Cuando el silencio se hizo un poco incómodo, Sonny miró al otro lado de la sala.

—Está un poco loco, ese Johnny. Mi padre le consiguió un trabajo como remachador en los astilleros, pero él quiere ser cantante. —Hizo una mueca, como diciendo que no comprendía—. Tiene buena voz, ¿eh? —Sandra se limitó a asentir, y él añadió—: Su madre es un caso. *Madon'!*

—¿Qué le pasa a su madre? —preguntó Sandra. Se llevó de nuevo la copa a los labios y dio un buen trago.

—Nada, en realidad. Que está un poco loca, eso es todo. Supongo que de ahí le viene a Johnny. Su padre es jefe de bomberos. Buen amigo de la familia.

Sandra escuchaba mientras Johnny acababa la canción, acompañado por Nino.

—Parecen buenos chicos.

—Son fenomenales —dijo Sonny—. Cuéntame algo de Sicilia. ¿Qué tal es criarse allí?

—Muchos de mi familia murieron en el terremoto —aseguró ella.

—Oh —respondió Sonny—. No lo sabía. Lo siento mucho.

—Fue antes de que yo naciera. —Pareció excusarse por haber hecho que Sonny se sintiera mal—. Mis parientes, los que sobrevivieron, se fueron todos de Messina y vinieron a América, y luego algunos de ellos, más tarde, volvieron y empezaron de nuevo allí... Así que yo, aunque es verdad que soy de Sicilia, crecí oyendo hablar de las maravillas de América, y de que era un gran país.

—¿Y por qué volvieron entonces?

—No lo sé —dijo Sandra—. Sicilia es muy bonita —añadió, después de pensarlo un poco—. Echo de menos las playas y las montañas, especialmente Lipari, donde íbamos a pasar las vacaciones.

—¿Y por qué no te oigo nunca hablar en italiano? —preguntó Sonny—. Ni siquiera con tu abuela.

—Porque mis padres hablaban siempre en inglés, y mis parientes también. Me enviaron a un colegio para que mejorase mi inglés... ¡lo hablo mejor que el italiano!

349

Sonny se echó a reír al oírla, y un eco de su risa llegó desde el fondo de la sala, de las mesas que rodeaban el escenario, donde Nino estaba haciendo el ganso con Johnny.

—La comida... —susurró Sandra, como para advertirle a Sonny que se aproximaba el camarero. Un hombre de mediana edad, alto y guapo, que hablaba con acento francés, apareció junto a su mesa. Puso dos platos tapados frente a ellos y anunció la comida con dramatismo mientras quitaba las cubiertas chapadas de plata.

—Pollo cordon bleu —dijo a Sandra—. Y un bistec de costillar, poco hecho, para el caballero —añadió, aunque sonó a «bistec de costillagg» al oído de Sonny. Cuando acabó, el camarero se quedó dudando un poco, como si esperase a que los comensales le preguntaran alguna duda. Ninguno de los dos dijo nada, de modo que hizo una brusca reverencia doblándose por la cintura y se retiró.

—¿Creía que nos habíamos olvidado de lo que habíamos pedido? —preguntó Sonny, e imitó el acento del camarero—. «¡Bistec de costillagg!»

—Mira —dijo Sandra, y se volvió hacia el fondo de la sala, donde Johnny acababa de bajar del escenario tras los educados aplausos y se dirigía hacia su mesa.

Sonny se puso de pie para saludar a su amigo. Se abrazaron, dándose palmadas uno a otro en la espalda.

—¡Oh! —dijo Johnny, mirando el bistec sangrante en el plato de Sonny—. ¿Estás seguro de que eso está muerto?

—Johnny. —Ignoró la broma—. Quiero presentarte a mi futura esposa. —Hizo un gesto hacia Sandra.

Johnny dio un paso atrás y miró a Sonny, como si esperara que siguiera la broma.

—Pero ¿vais en serio? —preguntó, y luego miró la mesa mientras Sandra colocaba su mano en el mantel, junto a su plato, mostrando el diamante que llevaba en el dedo—. Bueno, mira eso… —Estrechó la mano de Sonny—. Felicidades, Santino.

Después tendió la mano a Sandra. Ella se la estrechó torpemente, sin levantarse de su asiento, y él se inclinó hacia ella, levantó la mano y se la besó.

—Ahora seremos familia. El padre de Sonny es mi padrino. Espero que pienses en mí como en un hermano.

—Sí, un *hermano* —replicó Sonny, y le dio un empujón a Johnny. Le dijo a Sandra—: Vigila a este tipo.

—Y por supuesto cantaré en vuestra boda. —Le habló a Sonny—: Y no te cobraré demasiado.

—¿Dónde está Nino?

—Ay, me está volviendo loco otra vez.

—¿Qué ha hecho ahora?

—¡Nada! Siempre me está volviendo loco por algo. —Johnny se encogió de hombros, como si no hubiese forma de entender a Nino—. Tengo que volver al trabajo. Aquí no hay más que carrozas. Hay algunos idiotas que siguen pidiéndome que cante *Inka Dinka Doo*. ¿Me parezco a Jimmy Durante o qué? ¡No me lo digas! —exclamó antes de que Sonny pudiese aprovechar.

Cuando Johnny ya se iba, Sandra dijo:

—Cantas muy bien, Johnny.

La expresión de Johnny cambió al oír el cumplido, se mostró vulnerable y casi inocente. Parecía no saber cómo responder, y al final dijo:

350

—Gracias. —Se volvió al escenario, donde Nino le esperaba—. Señoras y caballeros —dijo Johnny al público—, me gustaría dedicar la siguiente canción a mi querido amigo Santino, Sonny Corleone, y la bella joven del traje color lavanda —señaló al otro lado de la sala, y Sonny, a su vez, señaló a Sandra—, que obviamente es demasiado guapa para un palurdo como Sonny, pero por razones incomprensibles para los simples mortales acaba de acceder a casarse con él. —La multitud aplaudió educadamente. Nino casi deja caer la mandolina antes de ponerse en pie y abrir los brazos a Sonny y a Sandra—. Esta es una nueva canción de Harold Arlen, y creo que es exactamente lo que mi amigo Sonny está sintiendo en este preciso momento.

Se volvió y susurró algo a Nino, y luego se inclinó hacia el micrófono y empezó a cantar *I've Got the World on a String*.

Frente a Sonny, Sandra ignoró la comida y se quedó mirando fijamente hacia el escenario. Sonny le cogió la mano a través de la mesa, y luego ambos se quedaron en silencio, junto con todos los demás que estaban en la sala, oyendo cantar a Johnny.

En Angelo's, el camarero acababa de depositar una bandeja cubierta con una tapa en la mesa donde Clemenza y Genco hablaban tranquilamente, con una botella de chianti achaparrada y forrada de paja entre los dos, encima del mantel rojo. Los codos de Genco descansaban a cada lado de su plato, y tenía las manos juntas, unidas por las palmas, ante su rostro. Con los dos índices se apretaba la punta de la nariz. De vez en cuando asentía con la cabeza escuchando a Clemenza, que era quien más hablaba. Ambos parecían absortos en su conversación, y ninguno de los dos parecía interesado en la bandeja que acababan de servirles. El restaurante era diminuto, con solo seis mesas, todas ellas muy juntas. Clemenza estaba de espaldas a la cocina, junto a las puertas batientes forradas de piel con una ventanita en forma de ojo de buey, a través de la cual Genco veía a Angelo ante sus fogones, junto a un mostrador de acero inoxidable. Los otros cuatro comensales que había en la sala estaban sentados unos frente a otros en las mesas, en paredes opuestas, formando un pequeño triángulo, con sus dos mesas en la base y Clemenza y Genco en la cúspide. El local estaba tranquilo y solo se oían los sonidos amortiguados de las tres conversaciones y el ocasional ruido de las ollas y sartenes en la cocina.

Para entrar en Angelo's desde la calle, los dos Anthonys tuvieron que bajar tres escalones y abrir una pesada puerta con el nombre del restaurante escrito en una placa de latón, bajo una pequeña ventana rectangular. Dicha placa era la única indicación de que había un restaurante en un lugar que, por lo demás, parecía un piso en un sótano, sin ventanas que diesen a la calle, solo una pared de ladrillo y esos tres escalones que conducían a la pesada puerta de madera. Anthony Firenza echó la vista atrás, al Chrysler negro de cuatro puertas aparcado en la calle frente al restaurante. Iba al volante Fio Inzana, un chico con pelusa en la cara. No parecía tener más de dieciséis años. A Firenza no le gustaba tener un *bambino* al volante. Le ponía nervioso. Detrás de él, ante la puerta, Bocatelli, el otro Anthony, miraba hacia el restaurante a través de un cristal velado. Era el mayor de los dos Anthonys, aunque tanto en estatura como en edad eran ambos casi iguales, rozando los cincuenta años y apenas por encima del metro cincuenta y cinco de altos. Se conocían entre sí desde que eran pequeños, se criaron en el mismo edificio de Cleveland Heights. Habían empezado a meterse en líos juntos, de adolescentes, y cuando llegaron a los veinte ya los conocía todo el mundo como los dos Anthonys.

Bocatelli se encogió de hombros y dijo:

—No veo gran cosa. ¿Estás listo?

Firenza miró por la ventana. Se adivinaba la silueta de unas pocas mesas, a grandes rasgos.

—Parece que hay pocas personas —dijo—. No deberíamos tener ningún problema en localizarlos.

—Pero les conoces, ¿no? —preguntó Bocatelli.

—Han pasado unos años pero sí, conozco a Pete. ¿Preparado?

Los Anthonys llevaban gabardinas negras encima de sus elegantes trajes con chaleco, camisas blancas con trabilla en el cuello, pasadores de oro y claveles blancos iguales sujetos en la solapa. Bajo la gabardina Firenza llevaba una escopeta recortada de dos cañones sujeta a la cintura. Bocatelli iba poco armado, en comparación, con un Colt 45 en el bolsillo.

Firenza dijo:

—Me gusta Pete. Es un tío gracioso.

—Pues le mandaremos una bonita corona —replicó Bocatelli—. La familia lo agradecerá.

Firenza dio un paso atrás y Bocatelli le abrió la puerta.

Clemenza lo reconoció en el acto, y Firenza pareció sorprenderse al verle.

—Eh, Pete —dijo, y empezó a abrirse la gabardina.

Bocatelli entró a su lado y se aproximaron a la mesa de Clemenza. Genco se volvió en la silla justo en el momento en que Bocatelli buscaba con la mano en el bolsillo... y entonces las puertas de la cocina se abrieron de par en par y un hombre monstruoso las atravesó, con los brazos colgando a sus costados y la cara grotescamente retorcida. Era tan alto que tuvo que inclinarse para pasar por la puerta. Dio unos cuantos pasos en la sala y se quedó de pie tranquilamente detrás de Clemenza. Firenza ya se había abierto la gabardina y estaba a punto de sacar la escopeta de su funda, y Bocatelli, a su lado, tenía ya la mano metida en el bolsillo de su gabardina... pero ambos se quedaron congelados ante la visión de aquella *bestia* que aparecía por las puertas de la cocina. Luca y los dos Anthonys se miraron unos a otros por encima de las cabezas de Pete y Genco, todos congelados en su sitio, hasta que dos disparos de escopeta procedentes de la calle rompieron la imagen. Bocatelli volvió la cabeza un poco, como si quisiera mirar en dirección a los disparos, y luego saltó, imitando el movimiento de Firenza a su lado. Sacó el Colt de su bolsillo y Firenza la escopeta. Se habían quedado confundidos al ver aparecer al enorme hombretón desarmado en la mesa, detrás de Clemenza, antes de darse cuenta de lo que estaba pasando y buscar sus armas... y para entonces ya era demasiado tarde. Los cuatro hombres que estaban casi enfrente de ellos, en las mesas situadas junto a las paredes, ya tenían las armas en la mano. Las levantaron por debajo de las servilletas rojas y dispararon una docena de veces, casi a la vez.

Clemenza se llevó la copa de vino a los labios. Dos de sus

hombres salieron de la cocina en cuanto acabó el tiroteo, uno de ellos con un plástico, el otro con un cubo y una fregona, y pocos minutos después se llevaron a los dos Anthonys a través de la puerta de la cocina, fuera de la vista. Todo lo que quedó fueron las zonas húmedas allí donde se había limpiado la sangre. Richie Gatto y Eddie Veltri, dos de los cuatro que habían disparado, se acercaron a Clemenza mientras Luca Brasi, sin decir una sola palabra, seguía a los demás y desaparecía en la cocina.

—Meted los cuerpos en el coche con el chófer y llevadlos al río —ordenó Clemenza.

Richie miró a través del ojo de buey, como para asegurarse de que nadie escuchaba.

—Ese Brasi los tiene bien puestos —dijo a Clemenza—. Sin armas ni nada. Se ha quedado ahí de pie, sin más.

Genco dijo a Clemenza:

—¿Has visto que los Anthonys se han parado en seco en cuanto él ha salido por la puerta?

Clemenza no parecía muy impresionado. A Richie y Eddie les dijo:

—*Andate!* —Cuando empezaban a irse, se volvió en su asiento y llamó a la cocina—. ¡Frankie! ¿Qué estás haciendo ahí escondido?

Frankie Pentangeli salió de la cocina mientras las puertas todavía oscilaban después de la partida de Richie y Eddie.

—¡Ven aquí! —dijo Clemenza, con un humor repentinamente jovial—. ¡Siéntate! —Apartó una silla de la mesa—. ¡Mira esto!

Quitó la cubierta de la bandeja de plata en el centro de la mesa, revelando una cabeza de cordero asada, partida en dos, con los lechosos ojos todavía en sus cuencas.

—*Capozzell* —recordó Genco—. Angelo lo hace de maravilla.

—*Capozell d'agnell* —dijo Frankie con su voz áspera, como si hablase para sí mismo, riendo un poco—. Mi hermano en Catania lo hace también. Le encantan los sesos.

—¡Oh! ¡Eso es lo que más me gusta, los sesos! —se alegró Clemenza—. ¡Siéntate! —Dio una palmada en la mesa—. *Mangia!*

—Claro —dijo Frankie. Apretó un momento el hombro de Genco a guisa de saludo, y luego se sentó.

—¡Angelo! —llamó Clemenza a la cocina—. ¡Trae otro plato! —Y repitió a Frankie—: *Mangia!*

—Debemos hablar de negocios —dijo Frankie cuando Genco cogió una copa de otra mesa y le sirvió un poco de chianti.

—No, ahora no —repuso Clemenza—. Lo has hecho bien. Hablaremos después, con Vito. Ahora —agarró la muñeca de Frankie—, ahora comeremos.

—Si guiño los ojos —dijo Sandra—, es como si estuviéramos volando.

Se apoyó en la portezuela y miró hacia afuera por la ventanilla del coche, viendo pasar a toda velocidad los pisos superiores de los edificios de apartamentos, la mayoría de las ventanas muy iluminadas, y a veces con un borrón rápido de gente que se dedicaba a sus quehaceres privados, sin notar el tráfico que pasaba por debajo de ellos.

Sonny había cogido la carretera de West Side para salir de la ciudad, y estaba a punto de volver a la avenida Arthur y el Bronx.

—A esta la llamaban «avenida de la Muerte» —dijo—, antes de que hicieran el paso elevado. Cuando todo el tráfico pasaba por la calle, con los trenes, chocaban sin parar.

Sandra no parecía oírle. Luego dijo:

—No quiero pensar en accidentes esta noche, Sonny. Esta noche es como un sueño.

Guiñó los ojos y miró hacia afuera por la ventanilla, a los edificios y la silueta contra el cielo. Cuando Sonny cogió la rampa de salida y bajaron a la calle se incorporó, se deslizó por el asiento y apoyó la cabeza en el hombro de él.

—Te amo, Santino. Soy muy feliz.

Sonny cambió a segunda y pasó el brazo en torno a ella. Sandra se arrebujó un poco más contra él, y él aparcó el Packard junto a la acera, apagó el motor y la envolvió entre sus brazos, besándola y dejando que sus manos recorrieran el cuerpo de la chica por primera vez. Le tocó los pechos y ella no

355

se resistió, sino que emitió un sonido como el de un gato ron-roneando. Le pasó los dedos por el pelo, se apartó de ella y puso en marcha el coche.

—Pero ¿qué pasa? —preguntó Sandra—. Sonny...

Él no respondió. Por la cara que ponía parecía que luchaba por encontrar las palabras y giró hacia la avenida Tremont, donde casi se incrusta contra la parte trasera de un carro tirado por un caballo.

Sandra preguntó:

—¿He hecho algo malo? —Cruzó las manos en su regazo y miró hacia delante por el parabrisas, como si tuviera miedo de mirar a Sonny, asustada por lo que él pudiera decir.

—No, tú no has hecho nada —dijo Sonny—. Eres preciosa —añadió, mientras iba bajando la velocidad hasta ir a paso de tortuga, siguiendo a la carreta que recogía la basura—. Quiero hacerlo todo bien contigo. —Se volvió a mirarla—. Por eso es tan especial, como debe ser.

—Ah —dijo Sandra, y esa única exclamación estaba llena de decepción.

356

—Cuando nos casemos podremos tener una auténtica luna de miel. Podemos ir a algún sitio como las cataratas del Niá-gara. —Se volvió a mirarla de nuevo—. Haremos que sea como debe ser cuando te casas. —Se quedó callado y luego se echó a reír.

—¿De qué te ríes ahora?

—De mí —dijo Sonny—. Creo que me estoy volviendo loco.

Sandra se apretó contra él de nuevo y pasó sus brazos en torno a él.

—¿Se lo has dicho ya a tu familia?

—No, todavía no. —Le dio un beso rápido—. Quería estar seguro de que tú decías que sí.

—Sabías que diría que sí —respondió ella—. Estoy loca por ti.

—¿Qué es eso? —Sonny acababa de girar hacia la calle de Sandra y lo primero que vio fue el gran Essex de su padre apar-cado frente al edificio de ella.

—¿Qué? —Sandra miró hacia su casa y luego levantó la vista hacia la ventana de su abuela.

—Es el coche de mi padre —dijo Sonny. Aparcó en la acera, frente al Essex, y saltó a la calle justo cuando Clemenza aparecía en la acera, seguido por Tessio. En el asiento delantero, Richie Gatto levantó los dedos del volante saludando a Sonny. Al Hats estaba sentado a su lado, con los brazos cruzados, con un sombrero de fieltro negro en la cabeza.

—¿Qué ocurre? —preguntó Sonny con la cara roja.

—Tranquilo —dijo Clemenza, y dio una palmadita con su carnosa mano en el antebrazo de Sonny.

Tessio, de pie junto a Clemenza, dijo:

—Todo va bien, Sonny.

—¿Qué estáis haciendo aquí?

—Tú debes de ser Sandra. —Clemenza rodeó a Sonny y ofreció su mano a Sandra.

Ella dudó, miró a Sonny, y como este asintió tomó la mano de Clemenza.

—Vamos a robarte a Sonny ahora —dijo el hombre—. Te lo contará todo mañana.

—*Che cazzo!* —Empezó a decir Sonny mirando a Clemenza, pero se vio detenido abruptamente cuando Tessio le pasó el brazo por encima del hombro y lo atrajo suavemente hacia sí.

—Todo va bien, cariño —dijo Tessio a Sandra, con su típica voz monótona, que siempre sonaba como si se estuviera lamentando.

—¿Santino? —dijo Sandra, asustada, convirtiendo el nombre de Sonny en una pregunta.

El chico se soltó de Tessio.

—La acompañaré a la puerta —dijo a Clemenza. Y a Sandra le dijo, conduciéndola escaleras arriba—: Son amigos íntimos de mi familia. Debe de haber algún problema. Te lo contaré en cuanto lo sepa.

En la puerta, Sandra le preguntó:

—Pero ¿va todo bien, Sonny? —Las palabras parecían más una súplica que una pregunta.

—¡Claro, por supuesto! —Sonny la besó en la mejilla—. Es algo que tiene que ver con el negocio familiar. —Le abrió la puerta—. No tienes por qué preocuparte.

—¿Estás seguro? —Sandra miró hacia afuera, a Clemenza

y Tessio, que estaban de pie al lado del Essex, como centinelas.

—Por supuesto que estoy seguro —dijo Sonny. La empujó hacia el interior—. Hablaré contigo mañana, te lo prometo.

Cerró la puerta tras ella después de un rápido beso en los labios y bajó los escalones. Cuando estaba en el asiento trasero del coche, entre Clemenza y Tessio, miró a uno y a otro y preguntó, con calma:

—¿Qué está ocurriendo?

Richie puso en marcha el coche y Al tendió la mano abierta a Sonny. Tessio dijo:

—Dale las llaves de tu coche. Tú te vienes con nosotros.

Sonny miró a Tessio como si estuviera a punto de darle un puñetazo, pero entregó las llaves a Al.

—Nos vemos en las oficinas —dijo Hats, y salió del coche.

—Mariposa ha intentado matarnos a Genco y a mí esta noche —explicó Clemenza.

—¿Y Genco? —dijo Sonny, con la voz súbitamente presa de la preocupación.

—Genco está bien —aseguró Clemenza, y puso una mano en el hombro de Sonny como para tranquilizarle.

—¿Qué ha ocurrido?

Richie giró haciendo un cambio de sentido con mucho cuidado y se dirigió hacia la avenida Hughes con Al siguiéndoles en el Packard.

—Mariposa ha traído a un par de matones de Cleveland —explicó Clemenza—, para que acabaran conmigo y con Genco —Se encogió de hombros—. Lo hemos averiguado a tiempo. Ahora ya están en el río, a ver si pueden volver nadando a Cleveland por debajo del agua.

—Y estamos en guerra —añadió Tessio.

Sonny miró a Clemenza.

—¿Vamos a matar ya a ese hijo de puta?

—Tú te vuelves con nosotros a las oficinas, donde nos reuniremos con tu padre —explicó Tessio—. Si eres listo te callarás, escucharás y harás lo que se te diga.

—Ese cabrón —dijo Sonny, pensando en Mariposa—. Deberíamos volarle la tapa de los sesos. Así acabaríamos con todo bien rápido.

Clemenza suspiró.

—Deberías seguir el consejo de Tessio, Sonny, y mantener la boca cerrada.

—*Fancul* —dijo Sonny, sin dirigirse a nadie en particular—, y yo que acabo de pedirle a Sandra que se case conmigo...

El coche se quedó en silencio ante el anuncio de Sonny. Clemenza y Tessio le miraron; incluso Richie, detrás del volante, se volvió y arrojó una rápida mirada al asiento de atrás.

—¿Sabe esto tu padre? —preguntó Clemenza.

—No, todavía no.

—¿Y nos lo cuentas primero a nosotros? —chilló Clemenza. Dio un golpe a Sonny en la coronilla—. *Mammalucc'!* —exclamó—. Algo como eso se lo tienes que decir primero a tu padre. Ven aquí. —Se inclinó hacia Sonny, le pasó un brazo alrededor y le atrajo hacia él—. Felicidades. Quizás ahora crezcas de una vez.

Cuando Clemenza le soltó, Tessio le dio un abrazo a Sonny y le besó en la mejilla.

—Tienes dieciocho años, ¿verdad? A esa edad me casé yo con mi Lucille. Lo más inteligente que he hecho en mi vida.

—Hoy es un gran día —dijo Clemenza—. Amor y guerra.

Desde el asiento delantero, Richie dijo:

—Felicidades, Sonny. Es una belleza.

—Dios mío —exclamó Sonny—, una guerra... —Pareció que la magnitud de lo que le acababan de contar acabara de penetrar en él por primera vez.

En Hester, Richie Gatto aparcó junto al almacén, donde dos de los hombres de Tessio estaban de pie a cada lado de la entrada al callejón. El tiempo se había vuelto frío y húmedo, y la brisa que pasaba a través del callejón agitaba las lonas de una fila de camiones de reparto. Dos figuras oscuras estaban situadas a ambos lados de la puerta trasera del almacén, donde un gato maullaba a sus pies y luego se incorporó sobre las patas traseras. Una de las dos figuras se inclinó hacia él y lo cogió, silenciándolo al rascarle el cuello. En el cielo, una esquirla de luna como una hoz era visible por un desgarrón entre las nubes.

Sonny recorrió el callejón rápidamente. Cuando se acercaba a la entrada trasera, por donde Clemenza y Tessio acababan de entrar en el almacén, vio que las figuras sombrías ante la puerta eran los gemelos Romero. Ambos llevaban gabardinas, debajo de las cuales Sonny pudo ver la silueta de un par de metralletas.

—Chicos —dijo Sonny, y se detuvo a estrecharles las manos mientras Richie Gatto esperaba tras él—. Parece que al final va a haber algo de acción.

—No podríamos asegurarlo, por lo que se ve aquí.

Vinnie echó al gato que llevaba en brazos en la caja de uno de los camiones de reparto, y el animal rápidamente bajó de un salto y desapareció entre las sombras.

—Por aquí está todo muy tranquilo —dijo Angelo, haciendo eco a su hermano. Se colocó bien el sombrero, un bombín marrón con una pequeña pluma roja y blanca en el ala.

Sonny le quitó el sombrero a Angelo y se puso a mirarlo, y luego, sonriendo, señaló el sombrero flexible de fieltro negro de Vinnie.

—Hacen que llevéis sombreros diferentes ahora para distinguiros, ¿verdad?

Vinnie hizo un gesto hacia su hermano.

—Él tiene que llevar ese sombrero con la plumita.

—*Mannaggia la miseria* —maldijo Angelo—. Me hace parecer un irlandés.

—Bueno, chicos —dijo Richie, y puso una mano en el brazo de Sonny—. Tenemos asuntos de los que ocuparnos.

—Ya hablaré con vosotros luego. —Sonny fue a abrir la puerta, pero Angelo se situó delante de él y la abrió primero—. ¿Qué, chicos, haciendo buen dinero? —preguntó Sonny con un pie en la entrada y el otro en el callejón. Los gemelos asintieron y Vinnie dio una palmadita a Sonny en el hombro; luego este entró en el almacén.

—Quizás ahora mismo no pase nada —dijo Richie a los gemelos—, pero eso no significa que no pueda pasar dentro de cinco minutos. ¿Entendéis lo que estoy diciendo, chicos? —Los gemelos asintieron y Richie añadió—: Concentraos en el trabajo.

Sonny abrió la puerta del despacho de su padre mientras Frankie Pentangeli estaba en medio de una frase. Este se detuvo y la habitación se quedó en silencio, todo el mundo se volvió hacia Sonny y Richie Gatto, que apareció luego en la puerta. Vito estaba sentado detrás de su escritorio, echado hacia atrás en su silla de oficina. Tessio y Genco se encontraban sentados enfrente, Clemenza sentado encima del gran archivador y Luca Brasi de pie, de espaldas a la pared, con los brazos cruzados y los ojos ausentes, mirando sin ver hacia el espacio que tenía justo delante. Frankie estaba a horcajadas en una silla plegable detrás de Tessio y Genco, con los brazos cruzados por encima del respaldo. Vito hizo una señal a Sonny y Richie de que entrasen en el despacho. A Frankie le dijo:

—Ya conoces a mi hijo Santino.

—Claro —dijo Frankie. Sonrió a Vito—. ¡Qué rápido crecen!

Vito se encogió de hombros, como si no estuviera seguro.

—Sigue, por favor —pidió.

Richie y Sonny encontraron un par de sillas plegables al fondo de la habitación. Richie abrió la suya y se sentó junto a Clemenza. Sonny llevó la silla al otro lado del escritorio y se sentó cerca de su padre.

Los ojos de Frankie siguieron a Santino, como si estuviera un poco sorprendido al ver que el chico se situaba tan cerca del Don.

—*Per favore* —le dijo Vito, instando a Frankie a continuar.

—Sí —afirmó Frankie—. Como decía, Mariposa se está volviendo loco. Dice que quiere que sus chicos encuentren los cuerpos de los Anthonys y se los lleven, solo para poder mearse encima de ellos.

—Muy mal —dijo Clemenza—, porque con eso no va a tener suerte.

—*Buffóne* —exclamó Genco, refiriéndose a Giuseppe.

—Pero tiene amigos —dijo Frankie—. He oído decir que fue a ver a Capone, y que Al va a mandar a dos de sus matones para que se hagan cargo de usted, Vito. Todavía no sé quiénes son, pero esa gente de Chicago son unos bestias.

—¿A quién enviará el cerdo de Capone? —chilló Sonny, inclinándose hacia Frankie desde su silla. Lo señaló furioso, como si le acusara—. ¿Cómo se ha enterado? —exigió—. ¿Quién se lo ha dicho?

—Sonny —dijo Vito antes de que Frankie pudiera respon-

361

der—. Ve fuera y quédate junto a la puerta. Asegúrate de que no entra nadie.

—Pero papá…

Clemenza acalló a Sonny, saltando de su asiento en el archivador, con la cara roja.

—Calla y ve a hacer guardia fuera al lado de la puta puerta, como te ha dicho tu Don, Sonny, o juro por Dios que… —Levantó el puño, dando un paso hacia el escritorio.

—*Cazzo.* —Sonny parecía sorprendido por el exabrupto de Clemenza.

Vito dijo de nuevo, echándose atrás en su asiento:

—Sonny, ve fuera a hacer guardia al lado de la puerta, y que no entre absolutamente nadie.

—Papá —dijo Sonny, conteniéndose—, fuera no hay nadie.

Vito se limitó a mirarle y Sonny levantó las manos, frustrado, y salió de la habitación, cerrando la puerta tras él.

En voz alta, para que Sonny le oyera sin falta, Vito dijo:

—Frankie Pentangeli, por favor, perdona al cabeza dura de mi hijo. Tiene buen corazón, pero desgraciadamente también es idiota, y no sabe escuchar. Pero aun así es mi hijo, de modo que trato de enseñarle. Pero te pido de nuevo que le perdones. Estoy seguro de que se disculpará por hablarte como te ha hablado.

—Bah —dijo Frankie, desdeñando y perdonando la conducta de Sonny con una sola sílaba—. Es joven y está preocupado por su padre. —Se encogió de hombros, dejando a un lado todo aquel asunto.

Vito ofreció a Frankie un levísimo movimiento de cabeza, un gesto que decía «gracias» con silenciosa claridad.

—¿Sabe Mariposa que nos has dado el chivatazo? —preguntó, volviendo a los negocios.

—No sabe nada concreto, aún —respondió Frankie. Buscó un cigarrillo en el bolsillo de su chaqueta—. Lo único que sabe es que los Anthonys están muertos y Genco y Clemenza no.

—Pero ¿sospecha de ti? —preguntó Vito.

—No confía en mí —dijo Frankie, sujetando el cigarrillo sin encender ante él—. Sabe que nuestras familias se conocen desde hace mucho tiempo.

Vito miró a Clemenza y a Tessio, como si buscara confirmación para algo, y los tres hombres parecieron mantener una breve conversación sin palabras. Después de pensar un momento, Vito dijo a Frankie:

—No quiero que vuelvas con Mariposa. Es demasiado peligroso. Un *animale* como Giuseppe es capaz de matarte solo por sospechas.

—Pero Vito —dijo Genco, suplicante—, necesitamos a alguien dentro de la organización de Joe. Es demasiado valioso para nosotros.

—He conseguido a alguien cercano a Joe en quien puedo confiar —dijo Frankie—. Alguien que le odia casi tanto como yo. Estoy cansado de trabajar para ese payaso. Quiero formar parte de su familia, Don Corleone.

—Pero con Frankie dentro —razonó Genco a Vito—, podemos coger a Mariposa si queremos, si es lo que debemos hacer.

—No —dijo Vito, levantando una mano hacia Genco y acabando así el debate—. Frankie Pentangeli es un hombre que está muy cerca de nuestro corazón. No dejaremos que arriesgue su vida más de lo que ha hecho ya.

—Gracias, Don Corleone. —Añadió, dirigiéndose a Genco—: No te engañes a ti mismo diciendo «si es lo que tenemos que hacer». Ahora estáis en una guerra, que no acabará hasta que Giuseppe Mariposa esté muerto.

Luca Brasi, cuya mirada ausente conseguía casi hacerle desaparecer, habló, sobresaltando a todo el mundo excepto a Vito, que volvió la cara con tranquilidad hacia él, casi como si hubiese esperado que hablara.

—Don Corleone —dijo Luca, con una voz y una actitud que le hacía parecer especialmente lento de entendederas—, ¿puedo sugerir que... me deje a mí matar a Giuseppe Mariposa? Deme la orden... y le doy... mi palabra: Giuseppe Mariposa será... hombre muerto... muy pronto.

Todos los hombres que estaban en la habitación se quedaron contemplando a Luca mientras hablaba, y luego se volvieron a Vito, esperando su respuesta.

—Luca —dijo Vito—, eres demasiado valioso para mí ahora como para que arriesgues tu vida, como sé que harías, para matar a Giuseppe. No tengo duda alguna de que le matarías o acabarías tú mismo muerto intentándolo... y quizá lle-

363

gue el momento en que no tenga otra elección que pedirte tus servicios a ese respecto. —Buscó en el cajón superior de su escritorio y sacó un cigarro—. Por ahora, sin embargo, puedes servirme mucho mejor ocupándote de esos dos asesinos que me manda Capone.

—Eso lo haré… con mucho gusto para usted, Don Corleone.

Se apoyó contra la pared de nuevo y rápidamente se sumió en su estado ausente.

—Frankie —preguntó Vito—, ¿podrá ayudarnos tu hombre con el asunto de Capone?

—Si las cosas se le ponen demasiado difíciles tendremos que rescatarle. Es un buen chico, Vito. No quiero que le ocurra nada malo.

—Por supuesto —dijo Vito—. Podrás traerle a tu familia con nuestra bendición, cuando llegue el momento.

—Bien. En cuanto averigüe algo, lo sabré.

Frankie encontró unas cerillas en el bolsillo de su chaqueta, y encendió el cigarro con el que había estado jugando.

—Lo que ha ocurrido esta noche en Angelo's —dijo Genco—, no dejará bien a Mariposa ante el resto de las familias. Al echarse encima de nosotros tan pronto después de lo de Saint Francis ha demostrado a todo el mundo que su palabra no vale nada.

—Más aún —dijo Tessio, con una voz tan lúgubre como siempre—, le hemos ganado por la mano, cosa que no deja nada bien a Joe tampoco.

—Mis chicos —dijo Frankie, con el cigarro en la boca—. Aunque seamos pocos, sabrán que mis chicos están con vosotros.

—Todo eso está muy bien —dijo Genco, y levantó la mano como para parar un poco las cosas—. Hemos ganado la primera batalla, pero Mariposa sigue siendo mucho más fuerte que nosotros.

—Pero aun así —replicó Vito—, tenemos nuestras ventajas. —Miró el cigarro que tenía en la mano y lo colocó encima del escritorio—. Giuseppe es idiota…

—Pero sus *capo regimes* no lo son —interrumpió Clemenza.

—Si —dijo Vito—. Pero Giuseppe es quien manda. —Hizo

rodar el cigarro por el escritorio, descartando la objeción de Clemenza—. Con el régimen de Tessio en reserva somos más fuertes de lo que cree Giuseppe… y tenemos muchos más policías, jueces y políticos en nuestro bolsillo de lo que él se imagina. —Tocó el borde de un vaso vacío que tenía en el escritorio y le dio un par de golpecitos, como si pidiera atención a los que estaban en la sala—. Y lo más importante de todo, tenemos el respeto de las demás familias, cosa de la que carece Giuseppe. —Miró a los hombres reunidos a su alrededor—. Las familias saben que pueden tratar con nosotros —dio golpecitos al vaso de nuevo—, porque nuestra palabra es buena. Tomad nota de lo que digo: si demostramos la fuerza suficiente en esta guerra, las demás familias se pondrán de nuestra parte.

—Estoy de acuerdo con Vito —dijo Genco, mirando a su jefe pero hablando a los demás—. Creo que podemos ganar.

Vito se quedó callado mientras esperaba cualquier posible objeción de Tessio o Clemenza. Como ninguno de los hombres habló, fue como si se hubiese emitido un voto y se hubiese decidido proseguir agresivamente una guerra con Giuseppe Mariposa.

365

—Luca será mi guardaespaldas —dijo Vito, pasando a los detalles—. Cuando esté ocupado con otros asuntos, Santino ocupará su lugar. Tú, Genco —dijo, haciendo un gesto hacia su *capo regime*—, irás protegido por los hombres de Clemenza. Frankie, tú y tu régimen quiero que ataquéis las operaciones de Mariposa en juego y sindicatos. Le sacaremos de ellos completamente. Debe perder a algunos de sus hombres clave… pero no a los hermanos Rosato ni a los Barzini. Cuando ganemos esta guerra los necesitaremos.

—Conozco los asuntos de Joe con el juego —intervino Frankie—. Eso lo puedo llevar. Para lo de los sindicatos necesitaré algo de ayuda.

—Yo te contaré lo que necesites saber —dijo Tessio.

—La operación del juego… —Frankie ladeó la cabeza como si ya estuviese pensando en los detalles—. Algunos de nuestros amigos pueden poner objeciones.

—Eso es de esperar —dijo Vito—. Tú eres el que mejor conoces las operaciones de Giuseppe, y por tanto sabes quién puede salir y dejarnos con el mínimo de resentimiento posible.

Confírmalo todo con Genco, pero me siento inclinado a confiar en tu juicio en este asunto.

Genco dio unas palmaditas en la muñeca de Frankie, como para tranquilizarle y ofrecerle su ayuda y guía.

—Tessio —dijo Vito a continuación—, quiero que sondees a la familia Tattaglia. Mira a ver si hay algún eslabón débil. Joe no va a ninguna parte sin crearse enemigos. Y sondea también a Carmine Rosato. En Saint Francis me estrechó la mano con demasiada calidez para ser uno de los hombres de Giuseppe. —Vito se quedó silencioso de nuevo, como si estuviese recordando la reunión de Saint Francis—. Bueno —concluyó, desechando sus pensamientos—. Pensemos cómo terminar esta guerra lo más rápido que podamos para volver a nuestros negocios y nuestras familias.

—Primero —dijo Genco. Movió su silla acercándola al escritorio y se volvió para ir mirando a todo el mundo—, tenemos que hacernos cargo de los matones de Capone. Luego —continuó, tocándose la punta de la nariz antes de hablar, como si estuviera intentando tomar una decisión sobre algún asunto—, Frankie tiene razón en una cosa: debemos ocuparnos de Mariposa. —Se encogió de hombros, como si eliminar a Mariposa fuese un problema pero algo necesario también—. Si podemos hacer esas dos cosas lo más pronto posible quizás el resto de las familias vengan a unirse a nosotros.

—No les gustará mucho que Mariposa haya acudido a Capone —dijo Clemenza, cambiando de postura encima del archivador—. Llamar a un *Napolitan'* contra un siciliano… —Negó con el dedo—. No les va a gustar nada.

—Luca —dijo Genco—, te dejaremos a ti los hombres de Capone. Frankie, tú dile a Luca todo lo que sabes. —Cruzó los brazos y se echó atrás en su silla—. Dejadme que os diga otra vez que, aunque nos superan en número, creo que tenemos buenas oportunidades. Por el momento, sin embargo, y hasta que se tranquilicen las cosas, nos quedaremos fuera de la vista. Ya he hecho que algunos de nuestros muchachos preparen las habitaciones en el complejo de Long Island. Las casas no están terminadas y el muro no está completo, pero está cerrado. A partir de ahora todos, nosotros y nuestros hombres clave, viviremos en el complejo.

Richie Gatto, que normalmente sabía muy bien que no debía hablar en una reunión como aquella, dijo:

—Pero ¿ahora? Mi mujer necesita… —Parecía que estaba a punto de explicar la dificultad de tener que ir inmediatamente al complejo, pero se contuvo.

—¡Richie! —exclamó Clemenza—. Lo que no necesita tu mujer es ser viuda. ¿De acuerdo?

Vito se levantó de su silla y se acercó a Richie.

—Tengo una fe absoluta en Genco Abbandando —dijo a todo el mundo—. Es siciliano, ¿y quién mejor que un siciliano puede ser *consigliere* en tiempos de guerra? —Vito pasó un brazo en torno a los hombros de Richie—. Nos ocuparemos de vuestras mujeres y vuestros hijos —dijo, y le dio un afectuoso apretón a Richie, conduciéndole hasta la puerta—. Cuidaremos a tu mujer, Ursula, y a tu hijo Paulie como si fueran de nuestra propia sangre. En esto, Richie, tienes mi palabra.

—Gracias, Don Corleone. —Richie echó una mirada a Clemenza.

—Ve a buscar al resto de los chicos —dijo Clemenza a Richie, y luego se puso de pie y se unió a Luca y a los demás, que fueron saliendo del despacho. En la puerta, Clemenza abrazó a Vito, igual que habían hecho Tessio y Frankie antes que él.

Genco miró a Clemenza, que cerró la puerta.

—Vito —preguntó—, ¿qué vamos a hacer con el desfile?

—Ah —dijo Vito, y se dio en la frente con un dedo, como cavilando sobre los detalles del desfile—. El concejal Fischer.

—*Si* —respondió Genco—. Estará allí el alcalde y todos los *pezzonovante* de la ciudad marchando.

Vito se acarició la garganta y levantó la vista al techo, pensando.

—En un acontecimiento como este, en el que hasta nuestro gordo alcalde *Napolitan'* estará presente… además de congresistas, policías, jueces, los periódicos… No, Mariposa no se atreverá a hacer nada en un acontecimiento de esa magnitud. Se arriesgaría a unir a todas las familias en su contra en todo el país. La policía le cerraría todos sus negocios, y ni siquiera los jueces serían capaces de ayudarle. Es un idiota, pero no tanto… Podemos seguir adelante con el desfile.

—Estoy de acuerdo —afirmó Genco—. Pero para estar se-

367

guros deberíamos colocar a nuestros hombres a lo largo de la ruta del desfile, en las aceras. —Vito asintió, de acuerdo con él, y Genco lo besó y salió de la oficina.

Una vez Genco desapareció entre las cajas de embalaje y las sombras del almacén, Sonny entró en el despacho y cerró la puerta.

—Papá, tengo que hablar un minuto contigo.

Vito se echó hacia atrás en su silla de oficina y luego miró a Sonny.

—¿Qué demonios te pasa? —preguntó—. ¿Te diriges a un hombre de honor como Pentangeli como si fuera un don nadie? ¿Levantas la voz y señalas con el dedo a un hombre semejante?

—Lo siento, papá. He perdido los estribos.

—Has perdido los estribos… —repitió Vito.

Suspiró y se apartó de Sonny. Miró hacia la oficina, con sus sillas plegables vacías y sus paredes desnudas. En algún lugar del exterior se oyó el ruido de un camión, y el gruñido de su motor resultó audible por encima del fondo del murmullo del tráfico. En el almacén se abrieron y se cerraron puertas, y flotó en el aire el sonido de conversaciones rápidas, ahogadas y crípticas. Vito se tocó el nudo de la corbata y luego lo aflojó un poco. Cuando se volvió a Sonny dijo:

—¿No querías entrar en el negocio de tu padre? Pues ya estás dentro. —Levantó un dedo para hacer énfasis, pidiendo a Sonny que le prestara atención—. No vas a decir ni una sola palabra en ninguna reunión hasta que yo te diga lo contrario, o a menos que yo te pida que hables. ¿Me has entendido?

—Pero papá…

Vito saltó de su asiento y cogió del cuello de la camisa a Sonny.

—¡No discutas conmigo! Te lo he dicho bien claro, ¿me entiendes?

—Sí, sí, claro, lo entiendo. —Sonny retrocedió librándose de la presa de su padre y se estiró la camisa.

—Vete —dijo Vito, y le señaló la puerta—. Vete.

Sonny dudó, pero fue hacia la puerta y cogió el picaporte, y luego se volvió de nuevo y encontró a Vito mirándole fijamente.

—Papá —dijo como si nada hubiese ocurrido, como si en el

tiempo que le costó apartarse de Vito y luego volver a darle la cara se hubiese olvidado de la ira de su padre—. Quería decirte una cosa: le he pedido a Sandra que se case conmigo.

En el largo silencio que siguió tras el anuncio de Sonny, Vito siguió mirándole, y el ceño fruncido se fue disipando lentamente, viéndose reemplazado por una mirada que era más curiosa que enfadada. Al final dijo:

—Así que ahora tendrás que ocuparte de una esposa también, y pronto de unos hijos... —Aunque se dirigía a Sonny, parecía que Vito estaba hablando consigo mismo—. Quizás una esposa te ayude a escuchar. Quizá tener hijos te enseñe a tener paciencia.

—¿Quién sabe? —dijo Sonny, y se echó a reír—. Supongo que todo es posible.

Vito miró a Sonny.

—Ven aquí. —Le abrió los brazos.

Sonny abrazó a su padre y luego retrocedió.

—Todavía soy joven —dijo, como excusándose por todo lo que hacía y que enfurecía tanto a Vito—, pero puedo aprender, papá. Puedo aprender de ti. Y ahora que me voy a casar, y voy a tener mi propia familia...

Vito cogió a Sonny por la nuca, agarrando con la mano un puñado de su espeso cabello.

—De una guerra como esta, de esto precisamente quería protegerte... —Miró a Sonny a los ojos, lo atrajo hacia él y le besó la frente—. Pero no lo he conseguido, y debo aceptarlo. —Soltó a su hijo con un suave cachete en la mejilla—. Con estas buenas noticias, al menos tendré algo que decirle a tu madre que compense el miedo a la perspectiva de una guerra.

—¿Mamá tiene que saber lo de la guerra? —preguntó Sonny. Fue hasta el perchero y cogió el sombrero, el abrigo y la bufanda de Vito.

Este suspiró ante la estupidez de la pregunta de Sonny.

—Vamos a establecernos en Long Island con el resto de los hombres. Llévame a casa ahora mismo y haremos las maletas.

—Una cosa, papá —dijo Sonny, después de ayudar a su padre a ponerse el abrigo y abrirle la puerta—. ¿Aún quieres que siga callado como has dicho antes, cuando estemos en una reunión?

369

—No quiero oírte decir ni una sola palabra —aseguró Vito, y repitió su orden—, hasta que yo te diga lo contrario o si te pido que hables directamente.

—Vale, papá. —Sonny abrió las manos como diciendo que aceptaba la orden de su padre—. Si es lo que quieres...

Vito dudó y contempló a su hijo, intentando valorarle como si le viera por primera vez.

—Vamos —dijo. Pasó su brazo en torno al de Sonny y fueron los dos hasta la puerta.

21

*B*enny Amato dijo:

—El pequeño Carmine. Le conozco desde que era un niño. —Hablaba a Joey Daniello, uno de los chicos de Frank Nitti. Eran las nueve de la mañana y acababan de bajar del tren de Chicago. Iban andando por el andén, cada uno con una maleta, detrás de una docena de ciudadanos que se dirigían hacia la explanada principal de Grand Central.

—¿Estás seguro de que le reconocerás? —preguntó Joey. Había hecho ya una docena de veces la misma pregunta a Benny. Era un chico delgaducho, que parecía un saco de huesos. Él y Benny iban vestidos como si fueran obreros, con pantalones caqui y camisas baratas debajo de unas cazadoras raídas. Ambos llevaban las gorras de punto bien metidas tapándoles la frente.

—Pues claro que lo reconoceré. ¿No te he dicho que le conozco desde que era niño?

Benny se quitó la gorra, se pasó los dedos por el pelo y luego se la volvió a colocar bien. También era bastante delgado, pero nervudo y fuerte, con músculos bien marcados en los brazos que abultaban las mangas de su camisa. Joey, por otra parte, parecía que se iba a romper en un millón de pedacitos si alguien le daba un golpe con fuerza.

—¿Nadie te ha dicho que te preocupas demasiado, Joey? —preguntó Benny. Lo dijo de buen humor, pero Joey no se rio.

—Los dos Anthonys tendrían que haberse preocupado tanto como yo —respondió.

—¿Esos tipos de Cleveland? Allí son todos aficionados. Por Dios —dijo Benny—, que es el puto Cleveland.

Frente a los dos hombres, un pasadizo abovedado conducía a la enorme y abovedada sala principal de la estación Grand Central, donde grandes rayos de luz solar se filtraban por los inmensos ventanales y salpicaban el suelo. Puñados de viajeros se dirigían hacia las ventanillas donde vendían los billetes o a la cabina de información en la calle, pero en la enormidad del espacio todos parecían perdidos. En el centro de un rayo de luz solar, hacia la mitad del vestíbulo, un par de gruesas mujeres con cubos y fregonas iban trabajando y salpicando agua jabonosa en el suelo donde había vomitado una niñita. Una mujer joven llevaba a la cría en brazos mientras las mujeres limpiaban, y al pasar Joey y Benny sintieron un olor empalagoso y mentolado.

—¿Tienes niños? —preguntó Benny.

—Los niños no dan más que problemas.

372

—Ajá —dijo Benny—, pero me gustan.

Siguió junto a Joey, dirigiéndose hacia la salida de la calle Cuarenta y Dos, mientras fragmentos de conversación rebotaban en las paredes y subían flotando hacia las constelaciones de un techo exageradamente alto.

—No tengo nada contra los niños —dijo Joey—. Lo que pasa es que crean problemas, eso es todo. —Se rascó la nuca como si algún bicho le hubiese mordido allí—. Se va a reunir con nosotros ahora mismo, ¿verdad? ¿Estás seguro de que podrás reconocerle?

—Sí —dijo Benny—. Le conozco desde que era pequeño.

—¿Es uno de los chicos de Mariposa? Te diré una cosa: no me gusta que ese tipo nos haga venir desde Chicago nada menos para encargarnos de sus asuntos. Malditos sicilianos. Puñado de campesinos.

—¿Le dijiste eso a Nitti?

—¿El qué? ¿Que los sicilianos son un hatajo de campesinos?

—No. Que no te gustaba venir desde Chicago para hacerte cargo de sus asuntos en Nueva York.

—No —dijo Joey—. ¿Se lo dijiste tú a Al?

—Con Al no se puede contactar ahora mismo.

—Eso no debería suponer ningún problema —afirmó Benny—. Por lo que he oído, ese tal Corleone es todo cháchara y nada de músculo.

—Eso es lo que oyeron decir los Anthonys también, probablemente —repuso Joey, y se rascó de nuevo la nuca, como si estuviera intentando matar a algún bicho.

Fuera ya de Grand Central, en la acera frente a la salida de la calle Cuarenta y Dos, Carmine Loviero arrojó un cigarrillo al suelo y lo aplastó con el pie.

—Aquí —llamó a Benny—. ¡Hola!

Benny estaba a punto de levantar el brazo derecho para mirar su reloj de pulsera cuando se quedó inmóvil al oír que Carmine lo llamaba. Levantó la vista a la gruesa figura vestida con un traje azul claro y lo observó con obvia confusión antes de cruzar la acera.

—¡El pequeño Carmine! —dijo finalmente. Dejó la maleta en el suelo y le abrazó—. *Madre' Dio!* ¡No te había reconocido! ¡Debes de haber engordado diez kilos por lo menos!

—Más bien cuarenta, desde la última vez que nos vimos —dijo Carmine—. Dios mío, ¿qué edad tenía yo entonces, quince años?

—Sí, probablemente. Va a hacer diez años. —Benny miró por encima del hombro de Carmine al tipo que estaba de pie en la acera, detrás y a su izquierda—. ¿Quién es? —preguntó.

—Es mi colega JoJo. JoJo DiGiorgio. ¿No os conocíais?

—No —dijo JoJo—. No había tenido el placer. —Ofreció la mano a Benny.

Joey Daniello se había mantenido algo apartado de la reunión y estaba observando a los tres hombres al lado de la entrada a Grand Central. Al apoyarse en el muro exterior de la terminal, con el pie descansando en su maleta y la mano derecha en el bolsillo, se masajeó la frente con la mano libre. Parecía que sufría de dolor de cabeza.

Benny estrechó la mano de JoJo y luego se volvió e hizo señas a Joey de que se uniera a ellos.

—Joey el Gitano —dijo en voz baja a Carmine—. No parece gran cosa, pero *Madon'!* No le busques las cosquillas... Es

373

un lunático —Cuando Joey se unió a ellos, con la mano todavía en el bolsillo, Benny dijo—: Este es el pequeño Carmine del que te hablaba, y este es JoJo DiGiorgio.

Joey saludó a ambos hombres.

—¿Qué, hacemos una reunión —preguntó—, o tenemos negocios que atender?

—Negocios —dijo JoJo. Y a Carmine le dijo—: Coge sus maletas, ¿de acuerdo?

Carmine miró a JoJo como si no estuviera seguro de lo que le pedían. Luego se volvió a Benny y Joey y dijo:

—Sí, os llevaré las maletas.

En cuanto Carmine tuvo las dos maletas en las manos, JoJo salió a la calle e hizo una seña como si parase un taxi. Hizo señas con la mano izquierda; la derecha colgando y metida en el bolsillo de la chaqueta. Tenía localizado a Carmine por el rabillo del ojo, de pie, con las maletas en la mano.

—Aquí está —dijo JoJo mientras un Buick sedán negro paraba junto a ellos.

—¿Adónde vamos? —preguntó Daniello.

—Mariposa quiere veros —dijo JoJo, y les abrió la puerta trasera—. Carmine —indicó, mientras Benny y Joey se metían en el asiento de atrás, vacío—, pon las maletas en el portaequipajes

Carmine se dirigió a la parte de atrás del coche y abrió el portaequipajes, mientras se abría la portezuela lateral y Luca Brasi, envuelto en una gabardina negra, se metía en el coche empuñando una Super 38 que metió en las tripas a Benny. Vinnie Vaccarelli, en el asiento del conductor, se dio la vuelta y puso una pistola en la cara de Joey, y lo cacheó rápidamente. Sacó una pistola del bolsillo de Joey y otra de una funda que llevaba en un tobillo. Luca sacó un enorme Colt 45 de la chaqueta de Benny y la tiró al asiento delantero junto con las armas de Joey. Un segundo más tarde JoJo estaba en el asiento del pasajero junto a Vinnie, y empezaban a meterse entre el tráfico del centro.

Joey Daniello dijo a Benny:

—Eh, ¿dónde está tu buen amigo Carmine? Parece que lo hemos perdido.

Benny, que estaba sudando, preguntó a Luca con voz temblorosa si podía sacar un pañuelo de su bolsillo para secarse la frente, y Luca asintió.

Joey sonreía. Parecía que estaba disfrutando.

—Eh, JoJo —dijo, y se acercó al asiento delantero—, ¿cuánto habéis pagado al buen amigo de Benny, el pequeño Carmine, para que nos vendiera? Tengo curiosidad.

—No le hemos pagado nada —respondió JoJo. Se quitó el sombrero y lo dejó caer encima de las armas que estaban en el asiento entre él y Vinnie—. Le hemos convencido de que sería bueno para su salud hacer lo que le dijimos.

—Ah —exclamó Joey, y se echó atrás en el asiento de nuevo, con los ojos clavados en Luca. Le dijo a Benny—: Bueno, al menos tu amigo no nos ha vendido. Eso ya es algo.

El rostro de Benny estaba pálido, y parecía que le costaba respirar.

—Relájate —le dijo Luca—. No vamos a... matar a nadie.

Joey Daniello se rio. Era una risita amarga que no interrumpía la mirada que tenía clavada en Luca.

—Carmine va ahora de vuelta a ver a Jumpin' Joe —intervino Vinnie, mirando por el espejo retrovisor—. Quizás envíe a la caballería a buscarte.

Joey señaló con un dedo a Luca.

—¿Sabes a quién te pareces? De verdad, te pareces a ese puto Frankenstein que interpreta Boris Karloff en la película. ¿La has visto? —Se tocó las cejas—. Esa forma que tiene la frente, como un simio, ¿sabes? —Como Luca no contestaba, añadió—: ¿Qué te ha pasado en la cara? ¿Has tenido un ataque o algo? Mi abuela también estaba así después de tener un ataque.

JoJo señaló con su arma a Daniello y le preguntó a Luca:

—¿Quieres que le meta una bala en la cara ahora mismo, jefe?

—Aparta eso —dijo Luca.

—No quiere dispararme dentro del coche —dijo Joey—. ¿Por qué organizar todo ese follón? —Miró a Luca de nuevo y dijo—: Probablemente nos tienes preparado un sitio mucho más bonito a los dos.

—Relájate —dijo Luca a Daniello—. He dicho que no íbamos a matar a nadie.

Joey se echó a reír con la misma risa amarga. Meneó la cabeza, como si le disgustara que Luca le mintiera. Miró por la ventanilla.

—Toda esa gente en la calle —dijo, como si hablara consigo mismo—. Todos tienen cosas que hacer. Todos tienen que ir a algún sitio.

JoJo miró a Luca, que tenía la cara fruncida, como si Daniello pudiera estar un poco loco.

Benny dijo:

—Si no nos vas a matar, ¿qué vas a hacer?

JoJo miró a Luca de nuevo antes de responder.

—Vais a llevar un mensaje de vuelta a Capone y a la Organización de Chicago. Eso es todo. Hoy vamos a mandar mensajes, como si fuésemos la Western Union. El pequeño Carmine va a llevarle un mensaje a Mariposa, y vosotros llevaréis un mensaje a la Organización.

—¿Ah, sí? —dijo Joey, sonriendo—. Bueno, pues danos el mensaje y nos dejas en la esquina. Ya cogeremos un taxi.

—Como nadie respondió, dijo—: Vale. Un mensaje.

376   En la esquina de West Houston y Mercer, Vinnie aparcó en una callejuela de tierra entre una fila de almacenes y fábricas. Era una mañana soleada, y en la calle que tenían detrás se veía a hombres con chaquetas ligeras y mujeres con trajes veraniegos. Un rayo de luz solar penetraba unos pocos metros en el callejón y bañaba por completo una oscura pared de ladrillo. Más allá todo eran sombras. Nadie se movía, pero un camino de tierra en el suelo había sido reducido a polvo por el tráfico a pie.

—Bueno, pues aquí estamos —dijo Daniello, como si reconociera aquel lugar.

Luca hizo bajar a Benny del coche y luego todos siguieron por el callejón en sombras hasta que este desembocó en una calle más amplia, que cruzaba la primera como si fuera una T, con una fila de chozas apoyadas en un muro de ladrillos sin ventanas. Las chabolas estaban hechas de trozos de madera y desechos unidos entre sí, y tubos de estufa sobresalían de sus tejados. Un gato estaba echado en el suelo junto a la puerta de lona de una choza, junto a un cochecito infantil y un cubo de basura de metal ennegrecido por el hollín con una rejilla para cocinar situada encima. El callejón estaba desierto a aquella hora de la mañana, ya que todo el mundo estaba buscando trabajo.

—Es aquí —dijo Vinnie, y condujo al grupo a una puerta cerrada entre dos de las chozas. Se sacó una llave del bolsillo, luchó con la cerradura un minuto y luego metió el hombro en la puerta y la abrió hacia el espacio oscuro, húmedo y vacío de lo que en tiempos debió de ser una fábrica pero ahora era solo un cascarón lleno de ecos donde las palomas se posaban en las altas ventanas y salpicaban el suelo con sus excrementos. Todo aquel sitio olía a moho y a polvo, y Benny se tapó la nariz con el gorro antes de que Vinnie le empujara hacia una abertura rectangular en el suelo, donde quedaba solo un trozo de tubería de lo que en tiempos fue una barandilla.

—Por aquí. —Vinnie señaló hacia abajo, a la abertura, donde un tramo de escaleras desvencijadas desaparecían en la oscuridad.

—No se ve nada ahí abajo —dijo Benny.

—Aquí —dijo JoJo.

Se desplazó delante de Benny y empezó a bajar las escaleras con un encendedor plateado sujeto en alto. Al pie de las escaleras, donde estaba demasiado oscuro para ver, abrió el encendedor y el resplandor rojo de la llama iluminó un pasillo rojo parpadeante. Cada pocos metros, a lo largo de la sala, había unas aberturas hacia pequeñas habitaciones con suelo de tierra y paredes desnudas de ladrillo. Las paredes estaban húmedas y frías, y el agua goteaba de un techo bajo.

—Es perfecto —dijo Daniello—. Esto de aquí abajo son las putas catacumbas.

—¿Quééé? —preguntó Vinnie.

—Es esta. —JoJo condujo a los demás hacia uno de los espacios.

—Sí, ¿qué tiene esta de especial? —preguntó Daniello.

—Esto —dijo JoJo, y bajó el encendedor y lo puso en un ladrillo erguido junto a un rollo de cuerda y un paquete de plástico negro.

Daniello se echó a reír en voz alta.

—Eh, Boris —le dijo a Luca—. Pensaba que no nos ibais a matar.

Luca puso una mano en el hombro de Joey y dijo:

377

—Yo no… le voy a matar… señor Daniello.

Hizo un gesto a Vinnie y JoJo y, a la parpadeante luz rojiza del encendedor, ataron las manos y los pies de Benny y Joey con un trozo de cuerda que Luca cortó con un machete que había sacado de debajo de su gabardina.

—¿Un machete? —dijo Joey, que parecía enfadado por primera vez al ver aquella hoja tan larga—. ¿Qué sois, unos putos salvajes?

En cuanto estuvieron atados, Luca levantó primero a Benny y luego a Joey del suelo poniéndolos apoyados en paredes opuestas. Sujetó sus manos atadas a un par de ganchos ennegrecidos y los dejó colgando, con los pies a unos centímetros del suelo. Cuando Luca recogió de nuevo el machete, que había apoyado en una pared, Benny dijo:

—*Managgia la miseria* —habló quejumbrosamente, entre sollozos.

—Eh, Benny —preguntó Daniello—, ¿a cuántos hombres has matado?

—Unos cuantos —dijo Benny en voz alta, intentando hablar sin sollozar.

—Entonces cierra la puta boca. —Joey se dirigió a Luca—: Eh, Boris: «¡Está vivo! ¡Está vivo!» —imitaba la voz de Boris Karloff en la película. Se echó a reír como un loco e intentó repetir las palabras de nuevo, pero se ahogó con su propia risa.

Vinnie dijo:

—Dios mío, Daniello. Eres un cabrón loco.

Luca se abrochó la gabardina y se subió el cuello. Hizo una señal hacia Vinnie y JoJo de que se apartaran hacia la puerta. Empuñó brutalmente el machete y le cortó los pies a Benny, por encima de los tobillos. La sangre salpicó por toda la habitación y cayó al suelo. Luca retrocedió para contemplar su obra, y como los chillidos y aullidos de Benny parecían molestarle, sacó un pañuelo de su bolsillo y se lo metió en la boca al chico.

—¿Qué, entonces? —dijo Joey con calma, en cuanto los gritos de Benny quedaron ahogados—. ¿No nos vas a matar? ¿Solo nos vas a mutilar? ¿Es ese tu mensaje?

—No —respondió Luca—. Yo solo… voy a matar… a Benny. No me gusta. —Blandió de nuevo el machete y cortó las manos de Benny por las muñecas. Cuando el cuerpo del chico dio en el suelo e intentó reptar con los muñones, Luca le pisó la pantorrilla y lo apretó contra el suelo—. Parece que... serás tú quien tendrá que entregar nuestro mensaje... a la Organización —dijo a Joey.

Bajo los pies de Luca, el chico escupió el pañuelo y chilló pidiendo ayuda, como si hubiera alguna oportunidad de que alguien pudiera oírle en aquel sótano de una fábrica abandonada, detrás de un callejón desierto; como si fuera posible que alguien pudiera venir a rescatarle. Luca se inclinó hacia el chico y, con las dos manos en la empuñadura, le hundió el machete por la espalda hasta el corazón. Cuando sacó la hoja había sangre por todas partes, en las paredes y en el suelo de tierra, en la gabardina de Luca y en Joey Daniello, que todavía colgaba de la pared, en sus ropas y en su cara. Luca apartó de una patada el cuerpo del chico hasta un rincón y luego buscó en su bolsillo y sacó un trocito de papel limpio. Sus manos ensangrentadas amenazaban con dejar ilegible enseguida la nota escrita a mano. Se la pasó a JoJo.

—Léele esto... al señor Daniello. Es el... mensaje que tienes que... entregar —dijo a Joey—. Es de Don Corleone, y... está dirigido a... tus jefes en Chicago y... a Capone en Atlanta.

Hizo una seña a JoJo. Este se llevó la nota hasta el otro lado de la habitación y se inclinó acercándose a la llama del encendedor.

—Querido señor Capone —dijo JoJo, leyendo la nota—: Ahora ya sabe cómo trato a mis enemigos. —Tosió, aclarándose la garganta—. ¿Por qué interfiere un napolitano en una discusión entre dos sicilianos? Si desea considerarme amigo suyo, le debo un servicio que le pagaré cuando me lo pida. —Acercó más el papel a su cara, intentando leer bajo un manchurrón de sangre—. Un hombre como usted debería saber que es mucho más provechoso tener un amigo que, en lugar de pedirle ayuda, se hace cargo de sus propios asuntos y permanece siempre dispuesto a ayudarle en algún momento del futuro, cuando tenga un problema. —Hizo una pausa e intentó quitar otra mancha de sangre de la última frase—. Si no quiere mi amistad, sea. Pero entonces tengo que decirle que el clima de esta ciudad es húmedo y poco saludable para los napolitanos, y le aconsejo a usted que no la visite nunca.

Cuando terminó, se puso en pie y le devolvió la nota a Luca, que la dobló y se la metió en el bolsillo de la chaqueta a Joey Daniello.

—¿Y ya está? —dijo Joey—. ¿Solo esta nota?

—¿Puedo confiar... en que la entregues? —preguntó Luca.

—Claro —dijo Daniello—. Puedo entregar este mensaje suyo. Desde luego.

—Bien —dijo Luca. Recogió el machete y se dirigió hacia la puerta—. ¿Sabes qué? —dijo, haciendo una pausa en la puerta—. ¿Sabes qué? —repitió, acercándose a Joey—. No estoy seguro... de poder confiar en ti.

—Sí, sí, puede confiar en mí —dijo Daniello, con palabras rápidas y precipitadas—. ¿Por qué no iba a entregar el mensaje de su jefe? Puede confiar en mí, desde luego que sí.

Luca se quedó pensativo.

—¿Sabes aquel... monstruo de Frankenstein... del que hablabas? Yo vi esa película. —Frunció los labios, queriendo indicar que no entendía a qué venía tanto alboroto—. No era... un monstruo... si quieres que te diga la verdad.

—¿Pero qué demonios tiene que ver eso ahora?

Luca se volvió de espaldas a Daniello, dio un paso hacia la puerta y luego se volvió con el machete como Mel Ott empuñando un bate de béisbol y lo descabezó con una serie rápida de tres golpes. La cabeza de Daniello rodó por el suelo y llegó hasta la pared entre un chorro de sangre. Luca le dijo a JoJo, de camino hacia la puerta:

—Que se desangren... y envuelve los cuerpos... líbrate de ellos.

Se volvió, sacó la nota de Don Corleone del bolsillo de Daniello y se la tendió a Vinnie.

—Pon esto... en su maleta... con las manos... del chico... y asegúrate de que... se le entrega... a Frank Nitti.

Arrojó el machete al suelo enrojecido por la sangre y salió hacia la oscuridad del pasillo.

22

*U*no de los hombres de Tony Rosato se inclinaba sobre un fregadero lleno de agua jabonosa en el apartamento de la calle Veinticinco, y frotaba su camisa sobre un tablero de lavar. Era un joven bajito y achaparrado, de veintitantos años, que llevaba una camiseta sin mangas y unos pantalones de traje arrugados, y en la cabeza lucía una espesa mata de pelo desgreñado. Giuseppe llevaba levantado ya una hora. Por el aspecto de la luz del sol que penetraba por las ventanas de la cocina, eran más de las diez de la mañana. El chico estaba concentrado pasando la camisa por el tablero, una lámina de cristal opaco ondulado en un marco de madera, salpicando espuma de jabón en los lados del fregadero de porcelana y en el linóleo. Giuseppe miró hacia ambos lados de la entrada que se encontraba junto a la cocina, y no vio que nadie se moviese. Eran más de las diez y todos los idiotas que trabajaban para él estaban durmiendo, a excepción de aquel idiota que se lavaba la camisa en el fregadero de la cocina. Giuseppe miró la primera plana del *New York Times*, que acababa de comprar un momento antes junto a la puerta principal, donde había encontrado a ambos guardias de Tomasino dormidos en sus sillas. Había cogido el periódico, cerrado la puerta y vuelto a la entrada junto a la cocina, y no había despertado la atención de nadie, ni siquiera de aquel imbécil que se lavaba la camisa en el fregadero. ¡Qué cara más dura! Lavarse la camisa en la cocina donde comen todos los demás...

Albert Einstein estaba en la primera plana del *Times*, como un *ciucc* con un buen traje, camisa con cuello smoking y corbata de seda... pero no era capaz de peinarse el puto pelo.

—Eh, *stupido* —dijo Giuseppe.

El chico del fregadero dio un salto, salpicando agua al suelo.

—¡Don Mariposa! —Miró a Giuseppe, vio su expresión y levantó su camisa—. Me había salpicado vino en la camisa buena. Los chicos se quedaron anoche hasta tarde jugando...

—*Mezzofinocch!* —exclamó Giuseppe—. Si te vuelvo a pillar lavándote la ropa donde comemos los demás, te meto una bala en el culo. ¿Entendido?

—Sí, claro —dijo el chico como un idiota, que es lo que era. Buscó entre el agua jabonosa y sacó un tapón de goma—. No volverá a ocurrir, Don Mariposa —dijo, mientras el agua desaparecía rápidamente del fregadero y un remolino iba deshaciendo la espuma.

—Me voy al terrado. Llama a Emilio y dile que quiero verle, y que traiga con él a Tits.

—Bien —dijo el chico.

—Y limpia un poco todo esto, haz un poco de café y saca a todo el mundo de la cama. ¿Crees que podrás ocuparte de todo?

—Sí, claro. —El chico se apoyó en el fregadero, empapándose la parte de atrás de los pantalones.

Giuseppe le lanzó una mirada fulminante y luego se dirigió hacia el dormitorio principal, donde las sábanas y mantas de su cama estaban hechas una bola a los pies de la cama. Se movía y se agitaba la mayoría de las noches, luchando con la ropa de cama. Y también gemía, a veces tan alto que se podía oír en el piso de al lado. Al otro lado de la puerta del baño, que estaba abierta, un espejo que había encima del lavabo estaba todavía empañado por el vapor de la ducha. Siempre tomaba una ducha en cuanto salía de la cama, a diferencia del *stronz'* de su padre, muerto hacía mucho tiempo —de lo cual se alegraba mucho— o su madre, los dos unos borrachos inútiles, ellos y su puta y amada Sicilia. Ambos apestaban de una forma insoportable la mayor parte del tiempo. Giuseppe se levantaba, se duchaba y se vestía antes que nada, desde siempre, desde que era muy joven. Siempre llevaba traje completo; incluso cuando no tenía ni un céntimo encontraba la forma de llevar un traje decente. Salir de la cama, vestirse y al negocio. Por eso estaba donde estaba, y los demás don nadies trabajaban para él.

Miró el dormitorio, con todos los muebles, la cama estilo trineo de caoba, las mesitas de noche, el tocador y el espejo haciendo juego, todo completamente nuevo. Le gustaba aquel sitio, y pensó que quizá lo conservaría para una de sus chicas después de que aquella mierda con Corleone hubiese terminado. Su chaqueta colgaba en la parte trasera de la puerta del baño, y debajo de ella, su sobaquera para la pistola. Se puso la chaqueta y dejó la sobaquera. Abrió el cajón del tocador y sacó una diminuta pistola Derringer de entre un revoltijo de armas. Se la metió en el bolsillo de la chaqueta y subió al terrado, dando un coscorrón en la cabeza a cada uno de los guardias dormidos mientras pasaba junto a ellos, despertándoles y alejándose sin una sola palabra.

En el terrado se estaba de maravilla, el sol calentaba el papel alquitranado y daba calor a todo el alero de piedra. Suponía que la temperatura estaba por los veinte grados, una soleada mañana primaveral, casi veraniega. A Giuseppe le gustaba estar fuera, al aire libre. Hacía que se sintiera más limpio. Fue hasta el borde del tejado, puso una mano en la cabeza de una de las gárgolas y miró hacia la ciudad, que ya estaba llena de gente ajetreada y tráfico que corría por las avenidas. Cerca, la flecha blanca del edificio Flatiron resplandecía al sol. Cuando aún estaba progresando, trabajó un tiempo para Bill Dwyer en Chicago. Entonces fue cuando conoció a Capone. Cada vez que Bill le pedía que hiciese algo, ¿no iba él corriendo a obedecerle? Sí, lo hacía. Saltaba al momento, y empezaron a llamarle Jumpin' Joe, que él aseguraba con grandes aspavientos que no le gustaba pero en realidad no le parecía mal. Sí que saltaba, maldita sea. Saltó toda su vida. Si se tenía que hacer algo, él saltaba corriendo a hacerlo. Por eso había subido tanto.

Cuando se abrió la puerta del terrado tras él, Giuseppe se volvió de mala gana apartándose del calor del sol en su cara, y miró a Emilio, que iba vestido informalmente con unos pantalones oscuros y una camisa ordinaria de color amarillo pálido con dos botones abiertos en el cuello, mostrando una cadena de oro. Emilio vestía muy bien, y esa era una de las cosas que más le gustaban de él. Pero no le gustaba verle con ropa informal. No era profesional.

—Joe —dijo Emilio, acercándose a él—. ¿Querías hablar conmigo?

—Me he levantado esta mañana —dijo Giuseppe, volviéndose del todo— y he encontrado a tus chicos durmiendo junto a la puerta; todo el mundo estaba dormido excepto uno de los chicos de Tony, un idiota que se estaba lavando la ropa en el fregadero de la cocina.

Abrió las manos, preguntándole a Emilio cómo explicaba semejantes inconveniencias.

—Se están despertando ya —dijo Emilio—. Los chicos estuvieron despiertos jugando al póquer y bebiendo hasta el amanecer.

—¿Y qué? ¿Habrá alguna diferencia si Clemenza manda a algunos de sus hombres aquí? ¿No nos volarán la cabeza porque los chicos estuvieron despiertos hasta tarde jugando al póquer?

Emilio levantó las manos, sumiso.

—No volverá a ocurrir, Joe. Te doy mi palabra.

—Bien —dijo Giuseppe. Tomó asiento en la cornisa de piedra, apoyando el brazo en la gárgola, e hizo señas a Emilio de que se sentase junto a él—. Cuéntame de nuevo. ¿Estamos absolutamente seguros de que fueron los chicos de Frankie Pentangeli?

—Sí —aseguró Emilio. Se sentó junto a Giuseppe y sacó un cigarrillo del paquete—. Carmine Rosato estaba allí. Dice que fueron Fausto y Fat Larry y un par de chicos a quienes no conocía. Ametrallaron todo aquel lugar. Nos faltarán diez mil, fácilmente.

—¿Y las oficinas de los sindicatos? —Giuseppe hizo una señal a Emilio para que le diera un cigarrillo.

—Tuvo que ser Frankie. Ahora estamos en guerra, Joe. Frankie está con los Corleone.

Giuseppe cogió el cigarrillo que Emilio le ofrecía y le dio unos golpecitos contra la cornisa de piedra. Emilio le tendió un encendedor.

—¿Y nosotros? —dijo Giuseppe—. ¿Seguimos tocándonos los cojones?

—Han trasladado o cerrado sus bancos y la mayoría de sus lugares de juego, de modo que están perdiendo dinero. Eso por una parte. Los chicos, todos sus hombres importantes, están fuera, en aquel lugar de Long Island. Es como una fortaleza. Puedes arriesgar tu vida solo intentando echar un vistazo. ¿Entrar? Habría que hacer un asedio en toda regla, como en tiempos medievales.

—¿Qué tiempos? —preguntó Giuseppe. Le volvió a dar el encendedor a Emilio.

—De los castillos —dijo Emilio—. Con castillos, fosos y cosas de esas.

—Ah —dijo Giuseppe, y se quedó callado, mirando hacia un cielo azul y sin nubes—. Así que ahora lo sabemos seguro —dijo, sin mirar a Emilio—. Fue Frankie quien les avisó de lo de los Anthonys. —Volvió la cara adusta hacia Emilio—. ¿Ves? Yo no confié nunca en Frankie. No le gustaba. Él siempre sonreía, decía lo que había que decir... pero yo lo sabía: no le gustaba. Lo único que siento es no haberle metido una bala cuando pude. —Apagó su cigarrillo y arrojó la colilla al tejado—. Tú le avalaste, Emilio. Dijiste que le conservara, que no lo liquidara, que esperase a ver, que era un buen chico.

—Vamos, Joe —dijo Emilio—. ¿Y yo qué sabía?

Joe se dio unos golpecitos en el corazón con el dedo.

—Instinto. Yo no lo sabía, pero sospechaba. Tendría que haber hecho caso de mi corazonada y matarlo.

Cuando se abrió la puerta que comunicaba con el terrado y salió Ettore Barzini por la sombreada entrada, con Tits detrás de él, Giuseppe le dijo a Emilio, dejando caer una palabra final antes de que los otros se unieran a ellos:

—El asunto con los irlandeses será mejor que funcione, Emilio. ¿Me oyes?

—Sí, claro. Te oigo, Joe.

Ambos se incorporaron cuando Ettore y Tits se acercaron.

—Emilio y yo estábamos hablando de ese cerdo traidor de Frankie Pentangeli —dijo Giuseppe.

—Hijo de puta —exclamó Ettore. Llevaba un traje gris

humo con una corbata negra y sin camisa, con el cuello abierto—. No puedo creerlo, Joe.

—El caso es... —dijo Giuseppe mirando a Tits—. Lo que me confunde es que nosotros no le contamos a Frankie nada de los Anthonys, y Frankie no sabía lo de los hombres de Capone. Así que, ¿cómo lo averiguó? —Clavó los ojos en Tits—. ¿Cómo supo lo de Angelo's? ¿Cómo supo lo de los chicos que envió el Equipo? Alguien tuvo que chivárselo. Tits, ¿se te ocurre alguna idea?

—Don Mariposa —dijo Tits. La cara del chico, sus rollizas mejillas y su sonrisa fácil, que le daban un aspecto infantil, se volvieron inusualmente duras, casi furiosas—. ¿Cómo iba yo a chivarme a Frankie? Yo no soy uno de esos tipos. No tengo trato con él en absoluto. ¿Cuándo iba a verle, para chivarle nada? Por favor, Don Mariposa. No tengo nada que ver con todo esto.

—Joe —intervino Ettore—. Yo respondo por Tits. ¿Por qué iba a chivarse a Frankie? ¿Qué sacaría con eso?

—Calla, Ettore —dijo Joe mirando a Emilio—. ¿Tú también respondes por él? —le preguntó a Emilio.

—Claro que sí. El chico ha estado conmigo desde que era un niño. No me fallaría nunca. No es él, Joe.

—Por supuesto que no te fallaría. Eres como un padre para él. No se volvería nunca contra ti. —Giuseppe meneó la cabeza, contrariado con todo aquel asunto. Hizo señas a los otros de que le siguieran mientras se dirigía a la puerta del terrado—. ¿Sabes cómo he quedado ahora con todas las demás familias? ¿Con mi amigo Al Capone? ¿Con la Organización? ¿Sabes cómo me hace quedar todo esto?

Tits corrió delante de los demás para abrirle la puerta a Giuseppe, y este le preguntó:

—Yo no te gusto, ¿verdad?

—Sí, sí que me gusta usted, Don Mariposa —contestó el chico.

—Don Mariposa, Don Mariposa —dijo Giuseppe a Emilio mientras se introducía en las sombras de un espacio como un vestíbulo, por encima de un tramo de escaleras—. Ahora de repente tu chico me respeta mucho.

Tits cerró la puerta tras él y los cuatro hombres se quedaron en aquel pequeño espacio, en la parte superior de las escaleras.

Giuseppe meneó de nuevo la cabeza, como si respondiera a una discusión que los otros no podían oír.

—¿Sabes qué? —dijo a Tits—. No sé si te chivaste a Frankie o a los Corleone o a quién cojones. Pero aparte de mis capitanes, tú eras el único que sabía todos los detalles, así que...

—¡Eso no es cierto, Don! —gritó el chico—. Todos lo sabíamos todo.

—Yo no les oculto las cosas a mis hombres —dijo Emilio, acercándose un poco más a Giuseppe—. Tengo que confiar en ellos, y todos ellos sabían que a Frankie no se le contaba nada. Ninguno de mis hombres le dijo una sola palabra.

Giuseppe miró a los ojos a Emilio antes de volverse hacia el chico.

—Aun así no confío en ti, Tits. Eres un listillo y tengo sospechas, de modo que... —Dio un paso rápido, cubriendo el espacio que quedaba entre él y Tits. Con la mano izquierda sujetó al chico por la nuca y con la derecha le apretó el Derringer contra el corazón y disparó. Luego retrocedió y lo vio caer desmadejado al suelo. Ettore se volvió y apartó la vista. Emilio no se movió. Miró a Giuseppe en silencio.

—No vuelvas a cuestionarme nunca más —dijo Giuseppe a Emilio—. Si no te hubiera escuchado, Frankie habría caído y nada de esto habría ocurrido. Todo habría acabado enseguida, y ahora tengo que preocuparme por una maldita guerra de verdad.

Emilio no parecía haber oído a Giuseppe. Miró al suelo hacia Tits. Un pequeño riachuelo de sangre ya fluía de debajo del cuerpo.

—Era un buen chico.

—Bueno, pues ahora es un chico muerto —dijo Giuseppe, y empezó a bajar las escaleras—. Deshaceos de él. —Al final del tramo de escalones se volvió y miró hacia arriba—. Que alguien hable con los irlandeses. Procurad que mantengan la boca cerrada.

Y desapareció, bajando más escaleras.

Cuando los pasos de Giuseppe se hubieron esfumado y Ettore estuvo seguro de que no podía oírle, se volvió hacia su hermano.

387

—Ese hijo de puta probablemente tenía razón. Es probable que Tits se chivara a Frankie. Odiaba a Joe.

—Eso no lo sabemos —dijo Emilio. Empezó a bajar las escaleras, con Ettore detrás de él—. Coge a un par de los chicos y que lo lleven a aquella Funeraria de Greenpoint, cerca de su familia.

—Crees que Joe... —empezó Ettore.

—Que le den por el culo a Joe —dijo Emilio—. Haz lo que te he dicho.

23

Cork bajó a medias el estor verde de la ventana de la panadería para protegerse del resplandor del sol matutino que entraba desde la calle. Eileen acababa de sacar una bandeja humeante de bollos dulces y pegajosos y la tienda estaba invadida por el olor a canela y a pan recién hecho. La avalancha de clientes de primera hora de la mañana ya había llegado y se había ido, y Eileen había subido al piso de arriba con Caitlin y lo había dejado para que arreglara los expositores y pusiera un poco de orden en la tienda. A Cork no le importaba trabajar en la panadería. Le estaba empezando a gustar y todo, aunque no le convencían el delantal blanco y el gorro que le hacía llevar Eileen. Sí que le gustaba charlar con las clientas, que eran casi exclusivamente mujeres. Disfrutaba contando historias a las mujeres casadas y flirteando con las solteras. Eileen juraba que el negocio había mejorado muchísimo en cuanto él empezó a trabajar detrás del mostrador.

Nada más bajar el estor apareció un vestido largo y negro en la parte inferior de la ventana, y un momento después sonó la campanilla de la puerta y entró en la tienda la señora O'Rourke, cargada con una bolsa de papel marrón. Era una mujercilla delgada con el pelo grisáceo y la cara arrugada, que parecía que estaba haciendo gestos de dolor incluso cuando estaba tranquila.

—Hola, señora O'Rourke —saludó Cork con una nota de simpatía en la voz.

—Bobby Corcoran —dijo la mujer. Iba vestida con ropa de luto negra, y llevaba impreso en su cuerpo el olor a cerveza y cigarrillos. Se pasó los dedos de la mano libre por el pelo escaso, arreglándose un poco en presencia de un hombre—. A ti venía buscándote. He oído decir que estás trabajando detrás del mostrador.

—Sí, eso es —dijo Cork. Empezó a darle el pésame, pero no había hecho más que mencionar el nombre de Kelly cuando la anciana le interrumpió.

—Yo no tenía ninguna hija. Ninguna hija mía se acostaría con un italiano asesino como Luca Brasi, ese asqueroso come-espaguetis.

—Comprendo lo que debe de estar pasando, señora O'-Rourke.

—¿Ah, sí? —dijo ella, con la cara retorcida de asco, mientras se apretaba la bolsa marrón contra el pecho y daba un par de pasos inestables hacia el mostrador—. Sean me ha dicho que te has peleado con tu amigo Sonny Corleone. ¿Es eso cierto?

—Sí —dijo Cork, y contrarrestó su repugnancia a la aproximación de la anciana inclinándose sobre los expositores y ofreciéndole una ligera sonrisa—. Ya no coincidimos nunca.

—Eso está bien —dijo ella, y apretó la bolsa de papel marrón un poco más contra su pecho. Parecía que estaba indecisa y no sabía si hablar o guardar silencio.

—¿Puedo hacer algo por usted esta mañana? —preguntó Cork.

—Eso está bien —repitió la señora O'Rourke, como si Cork no hubiese dicho ni una palabra. Dio otro paso hacia los expositores y luego se inclinó hacia Cork. Aunque él todavía estaba a unos pasos de distancia, parecía que estaba hablándole cara a cara. Bajó la voz—. Ese Sonny se llevará lo suyo, él y Luca Brasi y todos esos miserables italianos. —Se echó el pelo hacia atrás, complacida consigo misma—. Se van a encontrar con una bonita sorpresa irlandesa.

—¿De qué está hablando, señora O'Rourke? —preguntó

Cork, soltando una risita junto con la pregunta—. No la entiendo.

—Pues lo entenderás —dijo la mujer, y añadió otra risita. En la puerta, antes de salir a la luz del sol, se volvió hacia Cork y dijo—: Al Señor le encantan los desfiles.

Se echó a reír otra vez, amargamente, y luego desapareció por la calle, dejando que la puerta se cerrase tras ella.

Cork contempló la puerta como si el sentido de las palabras de la señora de repente pudiera aparecer en los rayos de sol que pasaban por el montante. Había visto una noticia en el periódico matutino sobre un desfile. En la trastienda encontró el *New York American* abierto en las tiras cómicas, y fue pasando las páginas hasta que encontró la noticia, que era una solitaria columna en la página tres. Se preveía un desfile por Manhattan aquella tarde, a lo largo de Broadway, algo sobre la responsabilidad cívica. A Cork le pareció una estupidez política, y no se pudo imaginar qué tendrían que ver Sonny y su familia con aquello. Desechó el periódico y volvió a ordenar los expositores, pero sus pensamientos seguían fijos en la voz de la señora O'Rourke diciendo: «Al Señor le encantan los desfiles» y «Sonny se llevará lo suyo». Después de un par de minutos ordenando los pastelitos, dio la vuelta al cartel de CERRADO en la puerta principal, echó el cerrojo y corrió escaleras arriba.

Encontró a Eileen en el salón tumbada en el sofá, sujetando a una risueña Caitlin encima de su cabeza. La niña tenía los brazos extendidos como si fuesen alas y fingía que volaba.

—¿Quién cuida de la tienda? —dijo Eileen al verle.

—¡Tío Bobby! —chilló Caitlin—. ¡Mira! ¡Vuelo como un pájaro!

Bobby cogió a Caitlin, se la echó al hombro y la hizo girar antes de dejarla en el suelo y darle una palmadita en el trasero.

—Ve a jugar con tus juguetes un momentito, cariño. Tengo que hablar de cosas de mayores con tu mamá.

Caitlin miró a Eileen. Esta señaló hacia la puerta y la niña hizo un dramático puchero, y luego se puso las manos en las caderas y se fue a su habitación fingiendo indignación juguetonamente.

—Al menos habrás cerrado la puerta —dijo Eileen, levantándose del sofá.

—Y he puesto el cartel de CERRADO —respondió Bobby—. La cosa estará tranquila hasta la hora de comer, de todos modos.

Se sentó junto a Eileen en el sofá y le explicó lo que acababa de pasar con la señora O'Rourke.

—Probablemente estaba borracha y desvariando como una loca —opinó Eileen—. ¿A qué hora se supone que debe empezar el desfile?

Cork se miró el reloj de pulsera.

—Dentro de una hora.

—Bueno —dijo Eileen. Hizo una pausa y pensó un segundo más—. Ve a ver a Sonny y cuéntale lo que ha ocurrido. Probablemente él no sabrá ni una palabra de todo esto, y ahí acabará la cosa.

—Y yo me sentiré como un idiota.

—Sois un par de idiotas, los dos —dijo Eileen. Atrajo a Bobby hacia él y le besó en un lado de la cabeza—. Ve a ver a Sonny y habla con él. Es hora de que enterréis el hacha de guerra.

—¿Y qué pasa con Caitlin? ¿Podrás ocuparte de la tienda?

Eileen suspiró.

—¿Ahora eres indispensable? —Se puso de pie, apretando la rodilla de Bobby al mismo tiempo—. No tardes demasiado —dijo de camino hacia el dormitorio. En la puerta se volvió y le hizo señas de que fuera hacia la cocina y saliera por la puerta—. Vete, vete —dijo, y fue a ocuparse de Caitlin.

Vito le tendió un pañuelo a Fredo. Estaban en la Sexta Avenida, entre la calle Treinta y Dos y la Treinta y Tres, esperando con cientos de personas más el principio del desfile. Fredo se había levantado con tos, pero había insistido en unirse al resto de la familia para el desfile, y ahora Carmella estaba a su lado, poniéndole la palma de la mano en la frente y frunciendo el ceño a Vito. El día era intermitentemente nuboso y soleado, y prometía ser más cálido todavía, pero en aquel momento, a la sombra de los Almacenes Gimbels, hacía un frío terrible, y Fredo tiritaba. Vito llevaba a Connie de la mano y miraba a Fredo. Detrás de Carmella, Santino y Tom jugaban a boxear con Michael, que estaba muy emocionado con lo del desfile e iba jugando, lanzando ganchos bajo los brazos a Sonny y metiéndole un hombro a Tom en la garganta. En el otro lado de la calle, el concejal Fischer estaba rodeado por una docena de personas importantes, incluyendo el jefe de policía, todo envarado con su uniforme de gala almidonado con cintas y medallas en el pecho. Vito y su familia se habían acercado al grupo sin obtener apenas más que un gesto del concejal.

—Estás enfermo —dijo Vito a Fredo—. Estás temblando.

—No, no es verdad —replicó Fredo. Cogió la mano de su madre y se la quitó de la frente—. Es solo que tengo un poco de frío. Nada más, papá.

Vito levantó un dedo a Fredo y llamó a Al Hats, que miraba hacia la multitud con Richie Gatto y los gemelos Romero. Al otro lado de la manzana, Luca Brasi y sus hombres estaban mezclados con la multitud. Cuando Al se acercó a Vito con el cigarrillo colgando de los labios y el sombrero ladeado en la frente, Vito le quitó el cigarrillo de la boca y lo apagó con el talón. Le puso recto el sombrero.

—Lleva a Fredo a casa. Tiene fiebre.

—Lo siento —dijo Al a Vito, queriendo decir que sentía ir andando por ahí con un cigarrillo colgando de los labios, como si fuera la caricatura de un matón. Se ajustó la corbata, que era de un gris oscuro sobre un camisa granate y le dijo a Fredo—: Vamos, chico. Nos pararemos en una heladería y te compraré un batido.

—¿Sí? —preguntó Fredo, mirando a su madre.

—Claro —dijo Carmella—. Te irá bien para la fiebre.

—Eh, chicos —llamó Fredo a sus hermanos—, me tengo que ir porque estoy enfermo.

Los chicos dejaron de armar jaleo y se reunieron con Fredo y sus padres. Había mucha gente a su alrededor, muchos italianos, pero también polacos e irlandeses, y un grupo de hasídicos con sus ropajes y sus sombreros negros.

—Qué lástima que tengas que irte —dijo Michael a Fredo—. ¿Quieres que te pida el autógrafo del alcalde, si le veo?

—¿Por qué iba a querer el autógrafo de un bobo gordin-flón? —replicó Fredo, y le dio un empujón a su hermano.

—Basta ya —dijo Sonny, y cogió a Michael por el cuello de la camisa antes de que pudiera devolver el empujón a Fredo.

Vito miró a sus hijos y suspiró. Hizo una seña a Hats, que cogió a Fredo por el brazo y se lo llevó.

—Lo siento, papá —dijo Michael—. ¿Crees que veremos al alcalde? ¿Crees que conseguiré su autógrafo?

Vito levantó a Connie hasta su pecho, le bajó el vestido azul que llevaba por encima de las rodillas y se lo alisó.

—Tu hermana se está portando como un angelito —le dijo a Michael.

—Lo siento, papá, de verdad —dijo Michael—. Siento haberme peleado con Fredo.

Vito miró seriamente a Michael y luego le puso el brazo en torno a los hombros y lo atrajo hacia él.

—Si quieres el autógrafo del alcalde, veré si puedo conseguírtelo.

—¿De verdad, papá? —dijo Michael—. ¿Puedes hacerlo?

—Claro, Michael. Papá puede conseguirte el autógrafo que quieras —dijo Tom.

—Deberías pedir el autógrafo de papá —dijo Sonny, y le dio una palmada juguetonamente en la frente.

—¡Sonny! —dijo Carmella—. ¡Qué bruto eres! —Le pasó la mano por la frente a Michael, como para curar el escozor de la palmada de Sonny.

Desde algún lugar cercano, pero fuera de la vista, llegaba el rudo eructo de la tuba seguido por un discordante despliegue de instrumentos musicales que aullaban mientras la banda afinaba.

—Vamos allá —dijo Vito, y reunió a su familia a su alrededor. Un momento después apareció un miembro del servicio de orden del desfile y empezó a dirigir los grupos hacia la calle, gritando indicaciones. Al otro lado de la Sexta Avenida, Luca Brasi estaba tan inmóvil como si fuera un edificio, con los ojos clavados en Vito.

Este hizo una señal a Luca y condujo a su familia hacia la avenida.

Y

Cork aparcó su Nash en la acera, frente al edificio de Sonny, cuando vio a Hats acercándose a los escalones con una mano en el hombro de Fredo. Fat Bobby y Johnny LaSala, que estaban de pie como centinelas a cada lado de la puerta de Sonny, bajaron rápidamente los escalones, cada uno con una mano en el bolsillo de la chaqueta. Cork se movió por el asiento y sacó la cabeza por la ventanilla.

—¡Cork! —chilló Fredo, y fue trotando hasta el coche.

—¡Hola, Fredo! —dijo Cork, e hizo una seña a Hats. En la entrada, los dos centinelas volvieron a su puesto—. Busco a Sonny —dijo Cork a Fredo—. No está en su casa, y pensaba que quizás estuviera con vosotros.

—No, está en el desfile —explicó Fredo—. Estaba con él, pero estoy enfermo y he tenido que venir a casa.

—Ah, qué mala suerte. ¿Sonny está en el desfile?

—Sí, todo el mundo está allí —dijo Fredo—. Excepto yo ahora.

—¿Un desfile? —preguntó de nuevo Cork.

—¿Qué pasa, Cork? —dijo Hats—. ¿Ahora eres duro de oído?

—Todos los peces gordos están allí —le explicó Fredo—. Incluso el alcalde.

—¿De verdad? —Cork se quitó la gorra y se rascó la cabeza como si todavía le resultara difícil de creer que Sonny estuviese en un desfile—. ¿Y dónde es ese desfile? —preguntó a Fredo.

Hats sacó a Fredo del coche y dijo:

—¿Por qué haces tantas preguntas?

—Porque busco a Sonny —dijo Cork.

—Bueno, pues búscalo en otro momento —aconsejó Hats—. Hoy está ocupado.

—Están en Gimbels, en el centro —dijo Fredo—. Toda la familia: Sonny, Tom, todo el mundo. —Hats dirigió a Fredo una mirada asesina y este chilló—: ¡Es el mejor amigo de Sonny!

—Cuídate mucho, chico. Te pondrás bueno enseguida —dijo Cork. Hizo una seña a Hats de nuevo y luego volvió al asiento del conductor.

395

En Manhattan, la policía tenía bloqueada la plaza Herald con barricadas amarillas, aunque las calles no estaban demasiado ocupadas por las personas que asistían al desfile. El tráfico peatonal parecía el que se podía esperar un día cualquiera de la semana, quizás un poco más denso. Cork fue pasando en torno a las barreras y aparcó a la sombra del Empire State Building. Antes de salir del coche cogió una Smith & Wesson que llevaba en la guantera y se la metió en el bolsillo de la chaqueta. En la calle encontró una entrada al metro y, dejando la luz del sol, se internó en el aire helado de los túneles, entre el estruendo atronador de los trenes. Había ido a comprar algunas veces a Gimbels con Eileen y Caitlin, y pensó que podía pasar por los túneles que conducían directamente a los almacenes. Una vez bajo tierra, no tuvo dificultad alguna en encontrar su camino: siguió las señales y a la multitud hasta la sección de oportunidades de los enormes almacenes, donde las vendedoras trabajaban entre un laberinto de mostradores y vitrinas. Desde Gimbels siguió los rótulos hasta que se encontró de nuevo en la calle, y se dirigió hacia la Sexta Avenida y luego a Broadway, donde una fila de *majorettes* con uniformes blancos hacían girar y arrojaban unos bastones siguiendo la música de la banda que marchaba.

Los que miraban el desfile se situaban en las aceras en filas de dos o tres en fondo, dejando mucho espacio en la acera para el tráfico corriente de la ciudad. Cork consiguió pasar a la calle a tiempo para ver al alcalde LaGuardia saludando a la multitud desde un camión que iba avanzando lentamente. El alcalde iba rodeado de policías que iban vestidos como generales y una multitud de funcionarios con traje y uniforme, pero su figura corpulenta y la forma enérgica que tenía de agitar su sombrero le hacían inconfundible. Una nube de policías le rodeaban a él y a su séquito, y el desfile se extendía ante ellos hasta donde Cork podía ver, a lo largo de Broadway. Detrás del camión del alcalde, dos policías a caballo le seguían señalando las posiciones y moviéndose con lentitud, separando a los funcionarios de la ciudad de las *majorettes* y el estruendo de la banda con tambores, platillos y trompetas que tocaban *The Stars and Stripes Forever*.

Cork se fue desplazando por la acera en dirección contraria al desfile, más allá de la banda que marchaba, buscando a Sonny. Por encima de su cabeza, una fila de nubes grises iban pasando sobre los edificios, bloqueando el sol y creando un rompecabezas de luces y sombras que parecía moverse a lo largo de la avenida como si siguieran la procesión. Una vez hubo pasado la banda que marchaba, lo único que quedó del desfile fueron grupitos de gente que iba caminando por el centro de la calle. Un grupo de una docena de hombres, mujeres y niños llevaban una pancarta en la que ponía: WALTER'S STATIONARY, 1355 W. BROADWAY. Más allá, una pareja bien vestida iba andando de la mano, saludando a la gente. En el mismo momento en que Cork vio a Luca Brasi en el otro lado de la calle, Angelo Romero se plantó frente a él, cortándole el paso. Cork retrocedió y luego vio que su amigo le sonreía.

—¿Qué demonios estás haciendo aquí, Cork? —Angelo le cogió por los hombros y le dio una sacudida.

—Angelo —dijo Cork—, ¿qué está pasando?

Miró hacia la calle y luego a Cork.

—Es un desfile. ¿Qué pensabas?

—Gracias —dijo Cork. Le quitó el bombín a Angelo de la cabeza y jugueteó con la pluma roja y blanca—. Tenía un tío del viejo país que llevaba un sombrero como este.

Angelo le quitó el sombrero de nuevo.

—¿Y qué estás haciendo aquí? —le preguntó otra vez.

—Estaba comprando en Gimbels —le explicó Cork—. Me ha enviado Eileen. Y tú, ¿qué haces aquí? —Hizo un gesto señalando al otro lado de la calle—. ¿Y Luca?

—Los Corleone van en el desfile. Estamos vigilando, procurando que no haya problemas.

—Pero ¿dónde están? —exclamó Cork, examinando la calle de nuevo—. No los veo.

—Un par de manzanas más abajo —dijo Angelo—. Vamos, ¿quieres venir con nosotros?

—No —respondió Cork. Vio a dos chicos de Luca, Tony Coli y Paulie Attardi, mezclados entre la multitud. Tony cojeaba a causa de la bala que le había metido en la pierna Willie O'Rourke—. ¿Está toda la banda de Luca aquí?

—Sí. Luca y sus chicos, Vinnie y yo y Richie Gatto.

—¿Y Nico? ¿No están autorizados los griegos?

—¿No sabes lo de Nico? —dijo Angelo—. Los Corleone le encontraron trabajo en los muelles.

—Ah, claro. Me olvidaba. Los italianos solo con los suyos.

—No, no es eso —dijo Angelo, y luego al parecer se lo pensó mejor—. Bueno, sí, en realidad es un poco así. Pero Tom Hagen no es italiano.

—Siempre me he preguntado cómo es posible eso —dijo Cork—. No me cuadra.

—Olvídalo —respondió Angelo—. Ven conmigo otra vez. Sonny estará encantado de verte. Ya sabes que nunca le gustó lo que pasó, cómo fueron las cosas.

—No —negó Cork, y dio un paso apartándose de Angelo—. Tengo que acabar de hacer los recados de Eileen. Ahora soy un trabajador más. Además, parece que ya no necesitáis más hombres. —Hizo un gesto hacia Luca—. Madre mía, está mucho más feo que antes.

—Sí —dijo Angelo—. Tampoco huele demasiado bien.

Cork miró hacia ambos lados de Broadway una vez más. Lo único que vio fue gente contemplando el desfile, y Luca y sus chicos vigilando a esa gente.

—Vale —dio un empujón a Angelo—. Dile a Sonny que le veré muy pronto.

—Qué bien —dijo Angelo—. Se lo diré. Y Vinnie te saluda también. Dice que deberías empezar a pasarte otra vez. Creo que el muy tonto echa de menos verte. —Le tendió la mano, algo violento.

Cork estrechó la mano de Angelo, le dio una palmada en el hombro y retrocedió hacia Gimbels. Alguien había tirado un ejemplar del *Daily News* por la calle y él se agachó a recogerlo mientras la brisa desordenaba sus páginas. Levantó la vista hacia las nubes, pensando que la lluvia repentinamente parecía una posibilidad real, y luego volvió al periódico y a la foto de Gloria Vanderbilt, de diez años de edad, bajo el titular: «Pobre pequeña Gloria». Cuando vio un cubo de basura en la esquina de la Treinta y Dos se dirigió hacia él y luego se detuvo abruptamente al ver a Pete Murray tras el volante de un Chrysler negro de cuatro puertas, con Rick Donnelly a su lado y Billy Donnelly en el asiento de atrás. El coche estaba aparcado junto a la acera a mitad de camino de la manzana. En lugar de tirar el periódico, lo abrió y lo sujetó delante de su cara, mientras retrocedía hacia la entrada de una tienda de juguetes. Pete y los Donnelly llevaban gabardinas, y nada más verlos, la amenaza de la señora O'Rourke hacia Sonny y su familia volvió a él con tanta claridad como si alguien acabase de gritarle al oído: «¡Les espera una bonita sorpresa irlandesa!». Cork vigiló el coche desde la entrada de la tienda hasta que los hombres bajaron a la calle, cada uno de ellos con un brazo metido bajo la gabardina. Esperó hasta dar la vuelta a la esquina de la Treinta y Dos y que el Chrysler quedara fuera de la vista para echar a correr.

Dos manzanas después, vio a Sonny y a su familia en el centro de la avenida. Vito Corleone, con Connie en brazos, entre su esposa y su hijo Michael, iban andando delante de Sonny y Tom, que parloteaban entre ellos como si no vieran nada de lo que les rodeaba. Cuando Cork los vio, echó a correr hacia la calle pero no consiguió dar más que unos pocos pasos cuando se topó con Luca Brasi y rebotó contra él como si diera con una pared.

Luca miró a Cork a los ojos y movió la cabeza hacia la calle mientras Sean O'Rourke saltaba por encima de una barrera amarilla chillando su nombre.

—¡Luca Brasi! —Sean estaba en el aire, habiendo saltado la barrera como un atleta en una carrera de vallas, con una pistola negra del tamaño de un cañón pequeño en la mano extendida. Su rostro estaba retorcido y feo, y cayó al suelo disparando ferozmente. A su alrededor la gente se dispersó. Las mujeres cogieron a sus niños y echaron a correr, chillando. Los hombres de Luca se agacharon y sacaron las armas de debajo de sus chaquetas, mientras Sean se detenía abruptamente en el centro de la calle y apuntaba cuidadosamente a Luca. Brasi no podía estar a más de dos metros delante de Sean, sin embargo este se detuvo y sujetó su arma con las dos manos, y pareció tomar aliento y luego soltarlo a medias, como si le hubieran dado instrucciones de cómo apuntar y disparar. Cuando disparó, dio a Luca de pleno en el pecho, en el corazón, y su enorme corpachón voló hacia atrás y cayó como un árbol abatido. Su cabeza golpeó el centro de una barrera, derribándola, y luego dio en el

399

canto del bordillo. Se agitó una sola vez y luego quedó quieto.

Sean vio caer a Luca mientras avanzaba hacia él, con el arma en la mano, como si estuviera solo en una habitación con él y no en medio de un desfile. Cuando la primera bala le dio en el pecho, giró en redondo, sorprendido. Parecía que se estaba despertando de un sueño… pero entonces la segunda bala le dio en la cabeza y el sueño terminó. Cayó derrumbado al suelo, y el negro monstruo del arma se le escapó de las manos.

Cork estaba todavía en la calle, junto a la acera, cuando Sean cayó… y después empezaron a llover balas y cuerpos. Fue como un chaparrón repentino, quedó atrapado bajo una súbita catarata de disparos resonantes, gritos histéricos y cuerpos que caían al suelo como gotas de lluvia, una tormenta de movimiento y ruido. Los que miraban el desfile, chillando, corrían en todas direcciones, algunos de ellos a cuatro patas, otros reptando por el suelo como serpientes, todos ellos buscando la protección de los portales de las casas o de las tiendas.

Cork se apresuró a buscar cobijo, y en cuanto se hubo metido en un portal, el cristal que tenía detrás se rompió en mil pedazos, alcanzado por los fuegos artificiales del Cuatro de Julio de unas armas que disparaban en todos los sentidos y desde todas las direcciones. Sean O'Rourke yacía muerto en la calle, con media cabeza desaparecida. Los hombres de Luca se agachaban a su lado, con las armas empuñadas, disparando. Vito Corleone estaba echado encima de su mujer, que tenía a Connie y Michael entre sus brazos, apretándolos a los dos contra sí. Vito gritaba algo, protegiendo con el cuerpo a su familia y levantando la cabeza como una tortuga. Parecía que le gritaba a Sonny, que tenía una mano puesta en la nuca de Tom Hagen, obligándolo a agacharse, y empuñaba un arma con la otra mano, disparándole a alguien. Cork escrutó la acera en la dirección en la que disparaba Sonny y vio la entrada de una casa con los cristales de las ventanas rotos, y luego a Corr Gibson saliendo por allí con un arma en cada mano. Las pistolas se agitaban con cada disparo, escupiendo llamas blancas. Tony Coli lanzó un par de disparos a Gibson, cayó hacia delante y su pistola resbaló por la calle.

Todo quedó casi silencioso durante un segundo. El fuego se

400

detuvo y solo se oyó el ruido de los hombres que se gritaban unos a otros. Richie Gatto apareció en la calle con una pistola en cada mano. Le arrojó una a Vito, que la cogió en el mismo momento en que acababa la tranquilidad y empezaba de nuevo el tiroteo. Cork miró en dirección del fuego renovado, y vio a los Donnelly y a Pete Murray que cargaban por la calle, de tres en fondo; Pete Murray en medio de la avenida con una metralleta, los Donnelly a ambos lados con pistolas. Avanzaban agachados detrás de una descarga de fuego, y Richie Gatto se puso delante de Vito. Este lo cogió entre sus brazos, de modo que el cuerpo de Richie lo protegía y la familia de Vito quedaba detrás de ellos dos. Vito apuntó cuidadosamente y disparó, Pete Murray cayó, su metralleta salió volando desprendida de sus brazos musculosos y las balas perdidas fueron destrozando las ventanas. Vito cayó de rodillas frente a su mujer y continuó disparando, un disparo cada vez, de modo que parecía que solo él se movía con cuidado y precisión mientras todo a su alrededor explotaba y retumbaba.

Sonny arrastró a Tom hacia Carmella, que consiguió liberar una mano y hacerlo bajar hacia ella. Tom la envolvió con sus brazos a ella y a Michael, que sujetaba a su vez a Connie, sollozando. Sonny recogió el arma de Gatto y empezó a disparar por encima de su padre, pero a lo loco, en comparación con los disparos meditados de este.

401

Todo esto ocurrió en cuestión de segundos… y un ejército de policías inundó entonces la escena, y sus coches patrulla color verde y blanco con sirenas aullantes aparecieron por las calles laterales. Los Donnelly aún disparaban, así como Corr Gibson, protegido en su portal. Entre la banda de Luca, JoJo, Paulie y Vinnie devolvían el fuego a Gibson y los Donnelly. Entre los Corleone, los hermanos Romero, codo con codo, echados en la calle junto a la acera, disparaban a los Donnelly, que se habían puesto a cubierto en distintas tiendas. Los policías gritaron tras la protección de sus coches. En la acera, Luca Brasi se estremeció y se incorporó, frotándose la nuca como si tuviera un fuerte dolor de cabeza. A Cork le parecía que el tiroteo no podía durar mucho más, ya que aullaban las sirenas y llegaban aún más coches de policía que bloquearon las avenidas. Sonny y su familia parecían ilesos, y en el mismo momento que se le ocurría esa idea, Cork vio que Stevie Dwyer salía de un portal por detrás de Sonny y Vito. Como la atención de todos estaba fija en los Donnelly y Gibson, que se encontraban frente a ellos, Stevie pudo avanzar sin que nadie le molestara hasta la calle y hacia Vito con un arma en la mano.

Cork saltó a la acera y gritó a Sonny. Tendría que haber gritado: «¡Mira detrás de ti!» o «¡Stevie está detrás de ti!», pero por el contrario se limitó a gritar su nombre.

Sonny se volvió y vio a Cork, mientras en el mismo momento Stevie levantaba su arma y apuntaba a Vito.

Cork era muy consciente de su vulnerabilidad, ya que estaba de pie en campo abierto, en medio del tamborileo constante de las armas de fuego. Se agachó un poco, como si la constricción de sus músculos y la postura ligeramente agachada pudiera protegerle de alguna manera. En lo más profundo de su ser, algo muy poderoso le instaba a correr y esconderse... pero Stevie Dwyer estaba de pie detrás de Vito, a menos de dos coches de distancia detrás de él, con el arma levantada y apuntando, a punto de matar al padre de Sonny, de modo que Cork sacó el revólver que llevaba en el bolsillo, apuntó lo mejor que pudo y disparó a Stevie un instante antes de que este disparase a Vito.

El tiro de Cork no acertó a Stevie y le dio a Vito en el hombro. Cuando Cork se dio cuenta de lo que había hecho, el revólver se le cayó de la mano y se tambaleó hacia atrás, como si le hubiesen disparado a él mismo.

Vito cayó al suelo y el tiro de Stevie no le alcanzó.

Cork retrocedió tambaleante hacia la tienda.

Luca Brasi, resucitado de entre los muertos, disparó a Stevie, dándole en la cabeza... y de nuevo hubo una avalancha de movimientos y sonidos, disparos por todas partes, Cork apoyado contra una pared de ladrillo, los Donnelly y Corr Gibson y todo el mundo disparando a todo el mundo.

Entre el caos del momento, el único pensamiento de Cork era que tenía que explicárselo a Sonny, explicarle lo que acababa de pasar, que él apuntaba a Stevie y le había dado a Vito por accidente... pero Sonny estaba perdido entre un amasijo de cuerpos que atendían a Vito.

Cork gritó a Vinnie y a Angelo. Sacó la cabeza y les hizo señas de que vinieran hacia él. Los gemelos echaron rápidas miradas hacia él y se apartaron de los Donnelly. Parecían discutir entre ellos, y luego Vinnie saltó y se dirigió hacia la acera... En cuanto se hubo incorporado del todo, el tabaleteo de una metralleta le dio en el cuello y la cabeza, y trozos de su cara explotaron entre una neblina rosa a su alrededor. Vaciló sobre sus pies, con casi toda la cara desaparecida, y luego cayó a plomo como un edificio demolido. Cork miró a Vinnie y luego a Angelo, que miraba a su hermano con asombro. En la calle, tras él, Luca Brasi había recogido a Vito y se lo llevaba a un lugar seguro mientras él intentaba dirigirse hacia su familia, todos aún acurrucados en el suelo. Luego todo el mundo pareció darse cuenta a la vez de que el fuego que procedía de los Donnelly y de Gibson había cesado, y que las tiendas y puertas que les daban cobijo estaban vacías. Cuando comprendieron que habían escapado, Jojo, Vinnie y Paulie desaparecieron entre los edificios, dándoles caza, y de nuevo un momento de calma descendió sobre la calle, donde Richie Gatto, Tony Coli y Vinnie Romero yacían muertos junto a Pete Murray, Stevie Dwyer y Sean O'Rourke. Cuando Cork miró los muertos vio que había más cadáveres, y que tenían que pertenecer a la gente que miraba el desfile, gente que se había tomado un descanso en su trabajo o en sus compras y que nunca volverían a reemprenderlos. Entre ellos vio el cadáver de un niño, un chico de cabellos oscuros que parecía de la edad de Caitlin.

De alguna manera, la atención de todo el mundo pareció centrarse en aquel niño en el mismo instante. A Cork le dio la sensación de que todos miraban el mismo cuerpecito tirado en la acera, con un brazo diminuto colgando por encima del bordillo. Había todavía muchos disparos, ahora sobre todo de los policías, que estaban por todas partes, pero a Cork le pareció que la calle de repente se había quedado silenciosa. Se quedó de pie en el portal y miró tras él lo que parecía ser una tienda de ropa de mujer. Una docena de personas que se habían agachado en los rincones, ocultos detrás de puertas y mostradores, estaban ahora de pie y se dirigían hacia el escaparate roto, que-

403

riendo echar un vistazo al caos. Cuando Cork volvió a mirar hacia la calle vio oleadas de policías de uniforme gritando órdenes y arrestando a todo aquel que estuviese a la vista. Sonny, con las manos esposadas a la espalda, vio a Cork, igual que Angelo, en los brazos de dos robustos policías. Cuando otro par de uniformados se dirigieron hacia la tienda, Cork se escabulló entre la multitud y luego buscó la trastienda, donde encontró la salida a un callejón. Durante un momento se quedó de pie entre los cubos de basura y otros desechos. Como no se le ocurría qué hacer a continuación, se dirigió hacia Gimbels y los túneles subterráneos que le volverían a llevar de vuelta hasta el coche que le esperaba.

24

Vito miraba desde la ventana de su estudio a los últimos reporteros (un par de hombres gordos con trajes baratos y las credenciales de la prensa metidas en la cinta de su sombrero) que se introducían en un viejo Buick y salían lentamente por la avenida Hughes. Detrás de ellos, un trío de detectives bromeaba con Hubbel y Mitzner, dos abogados educados en universidades del este que trabajaban para él. Durante horas su casa había estado atestada de policías y abogados, mientras afuera en la calle una multitud de empleados de teletipos y reporteros de radio acosaban a todo aquel que se acercaba al edificio, incluidos sus vecinos. Ahora, solo en el estudio a oscuras, de pie, sin que nadie le viera, junto a la ventana a medida que se iba aproximando la noche, con el brazo en cabestrillo, Vito esperaba a que se fueran todos los desconocidos, hasta el último. En el piso de abajo sus hombres esperaban también. Estaban en la cocina con Clemenza, que había preparado la cena a base de espaguetis y albondiguillas para todos, mientras Carmella iba y venía por los dormitorios de los niños, consolándolos. Vito se pasaba los dedos de su mano buena por el pelo una y otra vez, mirando a veces la calle, a veces su propio reflejo en el cristal oscuro de la ventana, y sus pensamientos retrocedían hacia el desfile, la policía y el hospital, y sus hijos tirados en la calle con las balas volando a su alrededor, y Santino a su lado empuñando un arma, y una y otra vez, el momento en que vio por primera vez al niño muerto en la acera, con la sangre derramada en el bordillo y encharcándose en la calzada.

No podía hacer nada por aquel niño. Encontraría una forma de ayudar a su familia, pero sabía que eso no era nada, que solo deshacer lo que se había hecho tendría sentido, y como comprendía los límites de lo que era posible, sabía que tendría que apartar de su mente a ese crío... pero por ahora, dejó que la imagen se le volviera a aparecer. Se permitió a sí mismo ver a aquel niño muerto en la acera, sangrando hasta la calzada. Se permitió recordar a Richie Gatto cayendo entre sus brazos, y se permitió también recordar las indignidades que había sufrido a manos de la policía, esposado y conducido en un furgón policial cuando tendrían que haberle llevado directamente al hospital. Le habían disparado en el hombro. Le habían dicho que fue el amigo de Santino, Bobby Corcoran, quien le disparó, aunque él no había visto cómo ocurrió todo. Sin embargo, vio la mirada de los policías que se lo llevaban de allí. Notó su asco al cogerle, como si estuvieran ocupándose de un salvaje. Le dijo a uno de los policías: «yo estaba participando en el desfile con mi familia», como para explicarse, pero luego se ruborizó por la vergüenza que suponía tener que explicarse ante un *buffóne* y se quedó callado, soportando el dolor de su hombro hasta que apareció Mitzner e hizo que le llevasen al Columbia Presbyterian, donde le quitaron la bala, le envolvieron el pecho en vendas y le pusieron el brazo en cabestrillo. Desde allí lo mandaron a casa, donde los reporteros lo acosaron y asediaron hasta que pudo entrar y refugiarse en la quietud de su estudio.

Ante el cristal de la ventana, vio que tenía el pelo hecho un desastre y se imaginó lo extraña que resultaría su imagen si alguien le veía: un hombre de mediana edad con la camisa desabrochada, el pecho envuelto en vendas, el cabello todo alborotado y el brazo izquierdo en cabestrillo. Se arregló el pelo lo mejor que pudo y se abrochó la camisa. Sus propios hijos, pensó, sus propios hijos en la calle, en medio de un tiroteo. Su mujer tirada en el suelo, intentando proteger a sus hijos de hombres armados.

—*Infamitá* —susurró, y esa simple palabra pareció llenar todo su estudio—. *Infamitá* —volvió a decir, y solo cuando fue consciente de que el corazón le latía y la sangre invadía su cara cerró los ojos y vació la cabeza hasta volver a notar la habitual calma de siempre. No había que decirlo. No había que pensarlo siquiera. Pero lo notaba en sus huesos y su sangre: haría todo lo que fuera necesario. Haría todo lo necesario, lo mejor que pudiera. Y confiaba en que Dios comprendiera las cosas que los hombres a veces se ven obligados a hacer, por sí mismos y por sus familias, en el mundo que Él había creado.

Cuando Clemenza llamó dos veces y luego abrió la puerta de su estudio, Vito ya era otra vez él mismo. Encendió la lámpara y tomó asiento detrás del escritorio mientras Sonny, Tessio y Genco seguían a Clemenza, entraban en la habitación y colocaban unas sillas a su alrededor. A simple vista Vito se dio cuenta de que Genco y Tessio estaban muy alterados. Clemenza no parecía muy distinto, tras una matanza que había dejado a un niño y tres de sus hombres muertos, a como estaría tras una comida de domingo con unos amigos. Pero en los rostros de Tessio y Genco Vito vio la tirantez y la angustia, y algo más: una súbita profundización de sus rasgos. En Santino, Vito encontró una mezcla de solemnidad e ira que no pudo comprender, y se preguntó si podría ser más hijo de Clemenza que propio.

—¿Se han ido todos? —preguntó—. ¿Los detectives, los reporteros?

—Hatajo de chacales —dijo Clemenza—, todos ellos. —Se toqueteó una mancha roja de grasa en la corbata y se soltó el nudo—. Que se vayan todos al infierno.

—Es la noticia más importante desde el secuestro de Lindbergh. Ese niño muerto... —dijo Genco. Juntó las manos como si rezara—. Está en todos los periódicos y en la radio. Estará también en *La marcha del tiempo* del viernes, según he oído. *Madre 'Dio*.

Vito se puso de pie, colocó una mano en la espalda de Genco y le dio unas palmaditas en el hombro antes de cruzar la habitación y sentarse de nuevo en el asiento de la ventana.

—¿Cuántos han muerto —preguntó—, aparte de nuestros hombres y los irlandeses?

—LaGuardia ha salido en la radio con ese rollo suyo de «echar a los maleantes» otra vez.

Clemenza se limpió la mancha de grasa de la corbata, y luego, como si estuviera más frustrado por la corbata que por las noticias, deshizo el nudo, se la quitó y se la metió en el bolsillo de la chaqueta.

Vito le dijo a Genco:

—Para el niño y su familia quiero una forma discreta de proporcionarles toda la ayuda que puedan conseguir el dinero y las relaciones. Lo mismo para las familias de los muertos.

—*Si* —asintió Genco—. Ya se oye comentar que se recaudarán fondos para las familias. Podemos ser generosos ahí, y anónimamente.

—Bien —dijo Vito—. En cuanto a todo lo demás… —empezó, pero le interrumpió un suave golpecito en la puerta.

—Sí, ¿qué pasa? —gritó Sonny a la puerta, y Vito miró hacia fuera, por la ventana.

Jimmy Mancini entró en el estudio y dudó, como si no tuviera palabras. Era un hombre robusto, que aparentaba más edad de los treinta y tantos que tenía, con los brazos musculosos y una piel muy bronceada hasta en pleno invierno.

—Emilio Barzini —acabó por decir.

—¿Qué pasa con él? —ladró Clemenza. Jimmy era uno de sus hombres, y no le gustaban todas aquellas dudas.

—Que está aquí —dijo Jimmy—. Ante la puerta principal.

—¿Barzini? —Tessio se llevó la mano al corazón, como si algo le hubiese herido allí.

Sonny susurró a su padre:

—¡Deberíamos matar a ese hijo de puta ahora mismo!

—Está solo —dijo Jimmy—. Lo he registrado bien. Viene sin armas, con el sombrero en la mano. Me ha dicho: «Dile a Don Corleone que pido respetuosamente una audiencia con él».

Los hombres que estaban en la habitación miraron a Vito, que se tocó la barbilla dubitativamente y luego le dijo a Jimmy:

—Hazle subir. Trátale con respeto.

—*V'fancul!* —Sonny se incorporó a medias en su asiento, inclinándose hacia su padre—. ¡Intentó matar a Genco y a Clemenza!

—Son negocios —dijo Tessio a Sonny—. Siéntate y escucha.

Cuando Jimmy salió y cerró la puerta, Sonny dijo:

—Dejadme que le vuelva a registrar. Está en nuestra casa, papá.

—Por eso precisamente no tienes que registrarle —dijo Vito. Tomó asiento de nuevo tras el escritorio.

Clemenza acabó la explicación por Vito.

—Hay cosas que se dan por supuestas en nuestro negocio, Sonny. Un hombre como Emilio no vendría nunca a tu casa con el crimen en el corazón.

Al oír las palabras de Clemenza, Vito emitió un ruido que parecía algo entre un gruñido y un resoplido, un sonido tan inusual viniendo de él que todos se volvieron a mirarlo.

Como Vito no dijo nada, Tessio rompió el silencio dirigiéndose a Clemenza.

—Está bien confiar —dijo, repitiendo un viejo dicho siciliano—, pero está mejor aún no hacerlo.

Clemenza sonrió al oírlo.

—Está bien. Digamos que confío en que Jimmy le haya cacheado bien.

Cuando Mancini llamó de nuevo y abrió la puerta, todos los hombres que estaban en la habitación se quedaron sentados. Nadie se puso de pie cuando entró Emilio en el estudio. Este llevaba su sombrero en una mano, y la otra colgaba a su costado. Lucía el pelo oscuro cuidadosamente peinado y apartado de la frente. Una vaharada de agua de colonia entró en la habitación con él, un aroma casi floral.

—Don Corleone —dijo, y se acercó al escritorio de Vito. Los hombres se movieron en sus sillas, dos a cada lado de Corleone, de modo que formaban un pequeño auditorio: Vito en el escenario y Emilio dirigiéndose a él desde el pasillo frontal—. He venido a hablar de negocios, pero primero quiero ofrecerle mis condolencias por los hombres que ha perdido hoy, especialmente Richie Gatto, que sé que le era muy próximo, y a quien yo también he conocido y respetado durante muchos años.

—¿Ofrece condolencias? —exclamó Sonny—. ¿Qué se cree? ¿Piensa que ahora somos débiles?

Parecía que Sonny iba a decir algo más, pero Clemenza entonces le puso la mano en el hombro con fuerza y apretó.

Emilio ni siquiera miró a Sonny. Mirando a su padre, dijo:

—Apuesto a que Don Corleone sabe muy bien por qué estoy aquí.

Desde detrás de su escritorio, Vito lo contempló en silencio hasta que vio un atisbo de sudor en el labio superior de Emilio. Cogió el brazo de su butaca y se inclinó hacia atrás.

—Estás aquí porque Giuseppe Mariposa estaba detrás de la matanza de hoy —dijo—. Y ahora que ha fracasado de nuevo, ves por dónde va a ir esta guerra y quieres salvarte tú y tu familia.

Emilio asintió una sola vez, lentamente, una ligera inclinación de cabeza.

—Sabía que lo entendería.

—No hace falta ser un genio —dijo Vito—. Los irlandeses no habrían intentado nunca algo como esto sin el respaldo de Mariposa.

La cara de Sonny había pasado de sonrosada a un rojo intenso, y parecía a punto de saltar a la garganta de Emilio, de modo que Vito intercedió.

410 —Santino, hemos invitado al signor Barzini a entrar en nuestra casa, y ahora vamos a escuchar lo que tenga que decirnos.

Sonny murmuró algo en voz baja, se dejó caer en su asiento y Vito se volvió de nuevo a Emilio.

Este miró a su alrededor hasta que sus ojos se fijaron en una silla plegable que estaba apoyada en la pared. Como nadie respondió a su obvia petición de sentarse, siguió de pie.

—Yo estaba en contra de esto, Don Corleone. Le ruego que me crea. Estaba en contra de esto, y también los Rosato... pero ya sabe cómo es Giuseppe. Cuando se pone terco como una mula con una cosa, no hay quien lo pare.

—Pero tú estabas en contra de esto —dijo Vito—, de emplear a los irlandeses para hacer este trabajo sucio, esta matanza.

—Joe es un hombre poderoso ahora. —Emilio traicionaba su nerviosismo solo en la manera que tenía de dar golpecitos con su sombrero en la pierna de vez en cuando—. No pudimos detenerle, igual que uno de sus capitanes no puede desobedecer las órdenes que tiene.

—Pero tú te oponías —repitió Vito.

—Sí, discutimos en contra de esto —dijo Emilio, doblando el ala de su sombrero con la mano apretada—, pero no hubo manera. Y ahora este baño de sangre nos echará encima a la policía a todos como nunca antes… Ya están atacando nuestras salas de apuestas y también van detrás de las chicas de Tattaglia.

—Nuestras salas de apuestas —dijo Vito, casi con un susurro—. Las chicas de Tattaglia… —Hizo una pausa, y dejó que su mirada se aposentara pesadamente en Emilio—. Eso te preocupa, pero no que haya muerto un niño inocente, ni tampoco mi familia —dijo, elevando la voz con la palabra «familia»— tirada en la calle. Mi mujer, mi hija de seis años, mis chicos, en la calle… No estás aquí por eso, aquí, en mi casa.

—Don Corleone —dijo Emilio, con la cabeza inclinada y la voz llena de emoción—. Don Corleone, perdóneme por permitir que ocurriera todo eso. *Mi dispiace davvero. Mi vergogno.* Debería haber venido a advertirle. Debería haber arriesgado mi vida y mi fortuna. Le ruego que me perdone.

—*Si* —dijo Vito, y luego se quedó callado, con Emilio sujeto en su mirada implacable—. ¿Qué es lo que has venido a decirme, Emilio? —añadió finalmente—. ¿Cómo propones reparar el daño?

—Para sobrevivir a una desgracia como esta necesitamos un líder inteligente. Giuseppe es fuerte y despiadado, pero no se le puede llamar inteligente.

—¿Y entonces?

—Mi hermano Ettore, los hermanos Rosato, todos nuestros hombres, incluso Tomasino, creen que en un momento como este es necesario un líder inteligente, con conexiones políticas. —Emilio dudó y se golpeó en el muslo con el sombrero. Parecía estar buscando las palabras adecuadas—. Creemos que usted debería ser nuestro líder, Don Corleone. Giuseppe Mariposa, después de este error del desfile, este desastre… su tiempo ha pasado.

—*Si* —dijo Vito de nuevo, y finalmente apartó la vista de Emilio. Miró a sus hombres observando sus expresiones: Clemenza y Tessio, con las caras inexpresivas, como si fueran de piedra; Genco, con una mirada de interés y de preocupación, y Sonny, predeciblemente, furioso—. ¿Y todos están de acuerdo con esto, todos los *caporegimes* de Joe?

411

—Sí —contestó Emilio—, y si hay algún problema después de que Joe se haya ido... con sus negocios, o con los Tattaglia, o incluso con Al Capone y Frank Nitti, le doy mi palabra solemne de que los Barzini, los Rosato y Tomasino Cinquemani lucharemos de su lado.

—¿Y a cambio de todo eso? —preguntó Vito.

—Una división justa de todos los negocios de Joe entre su familia y las nuestras. —Como Vito no respondió de inmediato, Emilio continuó—: Lo que ha ocurrido hoy ha sido terrible. *Disgrazia*. Debemos limpiarnos y volver a actuar pacíficamente, sin todos esos derramamientos de sangre.

—En eso estamos de acuerdo —dijo Vito—, pero en cuanto a la división de los negocios de Giuseppe, tendremos que hablarlo.

—Sí, desde luego —accedió Emilio, con obvio alivio—. A usted se le conoce como un hombre que siempre es justo, Don Corleone. Estoy dispuesto a sellar este acuerdo aquí y ahora, en mi propio nombre y en el de los Rosato y Tomasino Cinquemani.

Se acercó más y le ofreció su mano a Vito. Este se puso de pie y se la estrechó.

—Genco irá a verte muy pronto y hará todos los arreglos necesarios. —Dio la vuelta al escritorio y puso la mano en la espalda de Emilio, guiándole fuera del estudio justo cuando se abría la puerta y entraba Luca Brasi en la habitación. Llevaba una nueva camisa y corbata, pero el mismo traje que había llevado en el desfile. La única prueba de la lucha con armas era un ligero desgarrón en los pantalones.

Emilio se puso blanco y miró a Vito, y luego a Luca.

—Me habían dicho que estabas entre los muertos. —Parecía más enfadado que asombrado.

—No me pueden matar —dijo Luca. Miró a Emilio y luego se apartó, como si la presencia de aquel hombre no tuviese ningún interés para él. Se apoyó en la pared junto al asiento de la ventana. Cuando vio que todo el mundo le miraba, añadió—: He hecho... un trato con el diablo. —Y sonrió con su boca torcida, sin mover apenas la parte izquierda de la cara.

Vito acompañó a Barzini a la puerta del estudio y luego hizo señas a los que estaban en la habitación de que se fueran también.

—Dejadme solo un momento con mi guardaespaldas, *per piacere*.

Cuando el último de los hombres había abandonado el estudio, fue hacia Luca y se quedó de pie junto a él, en la ventana.

—¿Cómo es que un hombre recibe de cerca una bala de un arma potente y ahora está de pie aquí en mi estudio?

Luca volvió a sonreír torcidamente.

—¿No cree... que he hecho un trato con el diablo?

Vito tocó el pecho de Luca y notó el chaleco antibalas que llevaba debajo de la camisa.

—No pensaba que uno de estos pudiese detener una bala de un calibre grande.

—La mayoría... no pueden —dijo Luca, y se desabrochó la camisa y enseñó el grueso chaleco—. La mayoría... son solo... un montón de algodón. —Cogió la mano de Vito y la apretó contra el cuero—. ¿Lo nota?

—¿De qué es? —preguntó Vito. Notaba capas de algo muy sólido bajo el cuero.

—Me lo he mandado hacer especial. Escamas de acero... envueltas en algodón... dentro del cuero. Pesa... una tonelada, pero nada... que yo no pueda llevar. Podría... parar una granada de mano.

Vito tocó el lado izquierdo de la cara de Luca con la palma de su mano.

—¿Qué dicen los médicos de esto? —preguntó—. ¿Te causa algún dolor?

—No —dijo Luca—. Dicen... que mejorará con el tiempo. —Se tocó la cara después de que Vito retirase la mano—. No me importa.

—¿Por qué? —preguntó Vito. Luca se limitó a encogerse de hombros, Corleone le dio unas palmaditas en el brazo y luego señaló la puerta del estudio—. Diles a los demás que hagan las maletas. Quiero que todo el mundo vuelva a Long Beach ahora mismo. Hablaremos más tarde.

Luca asintió obedientemente y salió.

Solo en su estudio, Vito apagó la lámpara y miró por la ventana. Las calles estaban oscuras y vacías. Detrás de él se abrió y se cerró la puerta de un dormitorio, y oyó llorar a Connie, y a Carmella consolándola. Cerró los ojos y los abrió otra

413

vez, mirando su reflejo en la ventana, superpuesto a las calles oscuras de la ciudad y el cielo negro. Cuando Connie dejó de llorar, se pasó los dedos por el pelo, dejó su estudio y se dirigió a su dormitorio, donde encontró que Carmella ya había hecho la maleta y la había dejado encima de su cama.

Cork esperaba abajo, en la pequeña habitación que se encontraba detrás de la panadería y que salía al callejón, mientras Eileen llevaba a dormir a Caitlin. Se echó en el camastro y se levantó de nuevo, volvió a tumbarse y se volvió a levantar y empezó a recorrer la habitación durante un rato; finalmente se sentó en el camastro y encendió la radio que tenía en la mesilla. Encontró un combate de boxeo y se puso a escucharlo unos minutos, y luego giró el botón grande del dial y vio deslizarse la banda negra por una serie de números hasta que llegó a *The Guy Lombardo Show*. Escuchó un minuto a Burns y Allen como Gracie hablando de su hermano perdido, pero apagó la radio, se levantó y fue a uno de los antiguos estantes a elegir un título para leer, pero no pudo unir ni tres palabras seguidas en su mente durante más de un segundo. Finalmente, se sentó de nuevo en el camastro y escondió la cabeza entre las manos.

Eileen había insistido en que permaneciera en aquella habitación detrás de la panadería hasta que ella consiguiera localizar a Sonny y hablase con él. Tenía razón, era una buena idea. Él no quería ponerlas a ella y a Caitlin en peligro. Probablemente tendría que haberse escondido en otro sitio, pero no sabía adónde ir. Siguió dándole vueltas a los hechos, pensándolo todo de nuevo y reviviéndolo. Había disparado a Vito Corleone, de eso no había duda alguna. Pero apuntaba a Dwyer, intentando evitar que Vito recibiese una bala en la cabeza. Y aunque había herido accidentalmente a Vito, probablemente también le había salvado la vida, ya que la bala de Dwyer había fallado en su objetivo y probablemente no lo habría hecho si Vito no hubiese recibido un balazo y hubiese caído al suelo. Probablemente Dwyer le habría disparado y le habría matado. De modo que por muy increíble que pareciese, era probable que le hubiese salvado la vida disparándole.

Aunque no esperaba que nadie más en el mundo creyese aquello, Cork tenía la sensación de que Sonny sí lo haría. Sonny le conocía muy bien. Eran casi más familia que amigos: Sonny tenía que saber que no era posible que él, que Bobby Corcoran, hubiese disparado a Vito. Tenía que saberlo, y lo único que tenía que hacer Cork era explicárselo todo: cómo había corrido al desfile después de ver a la señora O'Rourke; que lo había hecho simplemente porque estaba preocupado por él, por Sonny y su familia; que había visto a Dwyer escondiéndose detrás de Vito y había intentado salvarle. Los hechos eran lógicos cuando se reconstruían, y él sabía que Sonny comprendería todo lo que había pasado, y apostaba a que podría convencer al resto de su familia, y después de eso todo sería coser y cantar, y podría seguir su vida con Eileen, Caitlin y la panadería. Incluso esperaba que los Corleone le diesen las gracias por lo que había intentado hacer, por haber querido ayudarles. Todos sabían que él no era un gran tirador. Por el amor de Dios, había intentado ayudar, eso era todo.

En el piso de arriba oyó abrirse la puerta de atrás y luego cerrarse, y los pasos de Eileen en las escaleras. Su hermana abrió la puerta y lo encontró quieto, con la cabeza entre las manos, sentado al borde de su camastro.

—Mira qué pinta —dijo, haciendo una pausa en el umbral, con las manos en las caderas—. Estás hecho unos zorros, con el pelo todo desgreñado y como si te hubiera caído todo el peso del mundo sobre los hombros...

Cork se alisó el pelo.

—Estoy aquí sentado pensando: «Bobby Corcoran, ¿de verdad has podido disparar a Vito Corleone?». Y la respuesta viene una y otra vez: «Sí lo has hecho, señor Corcoran. Le has metido una bala en el hombro a plena vista de docenas de personas, incluyendo a Sonny».

Eileen se sentó junto a Cork y le puso una mano en la rodilla.

—Ay, Bobby... —Se quedó callada, y sus ojos se deslizaron por las hileras de títulos amontonados en las dos estanterías que tenía enfrente. Se estiró el vestido por encima de las rodillas y, buscando debajo del pelo, se pellizcó el lóbulo de la oreja entre el pulgar y el índice.

—Ay Bobby, ¿qué? —dijo Cork. Se quitó las manos de la cara y miró a su hermana—. ¿Qué es lo que quieres decirme, Eileen?

—¿Sabías que un niñito ha acabado muerto entre todo el tiroteo? ¿Un niño de la edad de Caitlin?

—Sí, lo sé. Lo he visto allí tirado en la calle. No le he disparado yo.

—No quería decir que hubieras sido tú el que ha matado a ese niño —protestó Eileen, pero en su voz seguía habiendo una nota de reprimenda.

—¡Por el amor de Dios, Eileen! ¡He ido allí a ayudar a Sonny! ¡Tú me has dicho que fuera!

—Yo no te he dicho que llevaras una pistola. Yo no te he dicho que fueras armado.

—Virgen santa —dijo Bobby, y de nuevo se cogió la cabeza entre las manos—. Eileen, a menos que pueda explicarle a Sonny lo que ha pasado, soy hombre muerto. He disparado a Vito Corleone. No quería hacerlo, pero el caso es que lo he hecho.

416 —Sonny atenderá a razones —dijo Eileen, y le puso una mano a su hermano en el cuello, dándole un apretón para tranquilizarle—. Esperaremos un día o dos hasta que se tranquilice todo este follón, y si Sonny no aparece ante mi puerta preguntando por ti, iré yo a verle. De una manera u otra hablaremos. En cuanto Sonny conozca toda la historia, verá que es verdad.

—Entonces solo tendrá que convencer al resto de su familia —dijo Bobby, y su tono sugería que no sería tan fácil.

—Sí —dijo Eileen—. Eso podría ser un problema. —Besó a su hermano en el hombro—. Sonny habla bien, eso hay que reconocerlo. Se ganará a su familia. Apuesto a que sí.

Como Bobby no respondió y se limitó a asentir, tapándose aún la cara con las manos y frotándose los ojos con los dedos, Eileen lo besó en un lado de la cabeza y le dijo que intentara dormir un poco.

—Dormir. Buena idea. —Se arrojó en el catre, cubriéndose la cabeza con la almohada—. Despiértame cuando pueda moverme por el mundo otra vez con seguridad —dijo con la voz ahogada.

—Ah, entonces tendrías que dormir eternamente —dijo Eileen mientras se iba, pero lo dijo muy bajito, para que Bobby no la oyera.

Clemenza cogió por las solapas a Sonny y lo atrajo hasta él, muy cerca.

—Cinco minutos —le dijo—, *capisc?* Si tardas más, iré a buscarte yo mismo.

Estaban en el asiento trasero del Buick de Clemenza, con Jimmy Manzini al volante y Al Hats al lado. Acababan de aparcar junto al edificio de Sandra, donde Sandra esperaba mirando por la ventana. En cuanto Jimmy hubo aparcado el enorme Buick junto al bordillo, Sandra desapareció de la ventana, saltó y se apartó de la vista.

—Cinco minutos —repitió Clemenza, mientras Sonny gruñía una afirmación y abría su portezuela—. Ve —dijo Clemenza a Jimmy, dándole un toquecito en el hombro.

Este apagó el motor y se unió a Hats, que ya estaba fuera del coche siguiendo a Sonny hacia la entrada de la casa de Sandra.

—*Che cazzo!* —Sonny dio la vuelta y levantó las manos—. ¡Esperad en el coche! ¡Solo tardaré dos minutos!

—No, imposible —dijo Jimmy, y señaló hacia la parte superior de los escalones, donde Sandra acababa de aparecer ante la puerta, llevándose una mano al corazón y mirando a Sonny como si estuviera en peligro mortal—. Esperaremos aquí.

Al y Jimmy se volvieron de espaldas a la puerta y tomaron posiciones uno junto al otro en la parte inferior de las escaleras.

Sonny miró una vez a Clemenza, que le fruncía el ceño desde el asiento de atrás con las manos cruzadas encima del vientre, luego murmuró una maldición muy bajito y corrió escaleras arriba. Sandra le echó los brazos al cuello y lo apretó con tanta violencia que casi le deja sin aliento.

—Muñequita —dijo Sonny cuando consiguió quitarse sus brazos del cuello—, tenemos que darnos prisa. Quiero decirte una cosa —retrocedió un poco y la cogió por los hombros—: quizá no pueda verte hasta que haya terminado todo este

417

asunto del desfile. —Le dio un breve y neutro beso en los labios—. Pero estoy bien. Todo irá bien.

—Sonny... —Sandra empezó a hablar y luego se detuvo. Parecía que se echaría a llorar si intentaba decir una sola palabra más.

—Muñequita —dijo de nuevo Sonny—. Te prometo que todo esto acabará muy pronto.

—¿Cuándo? —consiguió decir Sandra. Se limpió las lágrimas de los ojos—. ¿Qué está pasando, Sonny?

—No es nada. —Pero lo pensó mejor—: Fue una matanza lo que ocurrió, pero la policía lo arreglará. Cogerán a los cabrones que lo hicieron y luego todo volverá a la normalidad.

—No lo entiendo —dijo ella, desdeñando la explicación de Sonny—. Los periódicos dicen cosas terribles de tu familia.

—No creerás toda esa mierda, ¿verdad? —preguntó Sonny—. Es porque somos italianos, por eso dicen todas esas mentiras sobre nosotros.

418 Sandra miró hacia los escalones donde Jimmy y Al se mantenían en sus puestos, como centinelas. Cada uno tenía una mano metida en un bolsillo y observaban la calle. Detrás de ellos, un brillante Buick negro esperaba junto a la acera con un hombre gordo sentado en el asiento de atrás. En los ojos de la chica se leía una mezcla de comprensión y sorpresa, como si de repente lo entendiera todo pero lo encontrase difícil de creer.

—Somos hombres de negocios —explicó Sonny—, y a veces nuestro negocio es un poco duro. Pero esto —dijo refiriéndose al tiroteo del desfile—, la gente que lo ha hecho pagará por ello.

Sandra asintió, silenciosa.

—No tengo tiempo para explicártelo todo —murmuró Sonny con la voz urgente y dura, que luego suavizó. Añadió con un toque de exasperación—: ¿Tú me amas?

Sandra respondió sin dudar:

—Sí, te amo, Santino.

—Entonces confía en mí. No ocurrirá nada malo. —Se acercó y la besó de nuevo, esta vez con ternura—. Te lo prometo, ¿vale? No ocurrirá nada malo. —Ella asintió entonces y se secó más lágrimas, y él la besó de nuevo y le quitó la humedad de las mejillas.

—Ahora tengo que irme. —Miró por encima de su hombro hacia el Buick, donde casi podía ver a Clemenza a través del techo, con las manos encima de su gordo vientre, esperando—. Estaré en Long Island, en la propiedad de mi familia, hasta que todo esto se aclare. —Le sujetó las manos y dio un paso atrás—. Y no leas más periódicos, no dicen más que mentiras.

Le sonrió, esperó hasta que vio un asomo de sonrisa que ella le devolvía y luego se acercó para un último y rápido beso antes de bajar corriendo las escaleras.

Sandra esperó en la entrada y vio que los hombres que estaban al pie de las escaleras seguían a Sonny hasta el coche. Lo vio arrancar y enfilar la avenida Arthur. Se quedó en la puerta mirando la calle oscura, con la cabeza vacía de todo pensamiento excepto la imagen de Sonny saliendo hacia la noche. No fue capaz de cerrar la puerta y volver a su casa, junto a su abuela dormida, hasta repetirse las palabras de Sonny interiormente una y otra vez: «No ocurrirá nada malo». Finalmente cerró la puerta y subió a su habitación, donde lo único que podía hacer era esperar.

419

25

Sonny empujó la puerta y metió la cabeza en la habitación oscura. Estaba en su futuro nuevo hogar, en Long Island, en el complejo amurallado que ahora estaba lleno de actividad, a altas horas de la noche, con coches y hombres desplazándose de casa en casa. Entre los faros y las luces de cada habitación de cada casa, y los reflectores del jardín y de los muros exteriores, todo el lugar estaba tan iluminado como si fuera el Rockefeller Center. Clemenza le había dicho a Sonny que su padre quería verle, y Sonny fue de habitación en habitación hasta que acabó en la puerta de lo que parecía el único espacio oscuro en todo el complejo.

—¿Papá? —dijo, y dio un paso dubitativo entrando en la habitación oscura, donde vio la silueta de su padre centrada ante una ventana que daba al jardín—. ¿Debo encender la luz? —preguntó.

La silueta negó con la cabeza y se apartó de la ventana.

—Cierra la puerta —dijo con una voz que parecía venir de algún lugar muy lejano.

—Clemenza me ha dicho que querías verme. —Sonny cerró la puerta y se desplazó entre las sombras hacia su padre, que colocó un par de sillas una junto a la otra con su brazo bueno. El brazo izquierdo colgaba inutilizado en un cabestrillo que le cruzaba el pecho.

—Siéntate. —Vito tomó asiento e hizo un gesto hacia la silla que tenía enfrente—. Quiero hablar contigo a solas un momento.

—Claro, papá. —Sonny se sentó, cruzó las manos en el regazo y esperó.

—Dentro de un momento —dijo Vito, con la voz apenas como un susurro—, Clemenza se unirá a nosotros, pero yo quería hablar contigo antes. —Se inclinó hacia delante, ladeó la cabeza y se pasó los dedos de la mano derecha por el pelo. Luego apoyó la cabeza en las manos.

Sonny nunca había visto así a su padre, y sintió el impulso de tocarle, de ponerle la mano en la rodilla para consolarle. Fue un impulso al que no cedió, pero que recordaría a menudo en el futuro: aquel momento con su padre en el estudio aún sin amueblar, cuando quiso alargar la mano y consolarlo.

—Santino —dijo Vito, y se incorporó—. Déjame que te pregunte una cosa, y quiero que te tomes un momento para considerarlo: ¿por qué crees que Emilio ha venido a nosotros? ¿Por qué está traicionando a Giuseppe Mariposa?

En los ojos de su padre Sonny leyó una nota de esperanza, como si Vito quisiera de todo corazón que él respondiera bien. Por lo tanto, Sonny intentó pensar en aquella pregunta... pero no se le ocurrió nada, estaba en blanco, su mente se negaba a pensar en nada.

—No lo sé, papá. Supongo que hay que aceptar su palabra, lo que dijo: ve que tú serás mejor líder ahora que Mariposa.

Vito meneó la cabeza y la pequeña lucecita de esperanza que brillaba en sus ojos desapareció. Se vio reemplazada por la amabilidad.

—No —dijo, y apoyó su mano buena en la rodilla de Sonny, exactamente el mismo gesto que este había querido hacer un momento antes—. A un hombre como Emilio Barzini nunca se le puede aceptar la palabra. Para comprender la verdad de las cosas —siguió, apretando con más fuerza la rodilla de Sonny—, tienes que juzgar tanto al hombre como las circunstancias. Y tienes que usar el cerebro y el corazón. Así son las cosas en un mundo en el que los hombres mienten habitualmente... y no hay otro mundo, Santino, al menos aquí en esta tierra.

—Entonces, ¿por qué es? —preguntó Sonny, con un punto de frustración en la voz—. Si no es por lo que él dijo, ¿por qué es?

421

—Porque Emilio fue quien planeó el tiroteo del desfile. —Vito hizo una pausa y miró a Sonny, con el aspecto de lo que era exactamente: un padre que explica algo a su hijo—. No planeaba que se convirtiera en semejante matanza, y ese ha sido su error, pero puedes estar seguro de que ha sido un plan de Emilio. Mariposa nunca ha sido tan listo como para que se le ocurriera una cosa semejante. Si hubiese funcionado yo habría muerto, junto con Luca Brasi... y tú, Sonny, matarte a ti también formaba parte del plan. Si se podía echar la culpa de todo eso a los locos irlandeses (porque todo el mundo sabe que los italianos jamás pondrían en peligro a las mujeres y los niños, a la familia inocente de otro hombre, porque ese es nuestro código), si incluso las otras familias llegaban a creer que habían sido los irlandeses... entonces la guerra habría terminado, y Joe podría seguir dirigiéndolo todo, con Emilio como segundo suyo.

Vito se levantó y se dirigió a la ventana, donde observó la actividad en el jardín. Con la mano derecha se pasó el cabestrillo por encima de la cabeza y lo arrojó a un lado, haciendo un ligero gesto de dolor al abrir y cerrar el puño de la mano izquierda.

—Ya hemos visto en los periódicos —dijo, volviéndose a Sonny— que ha sido una *«vendetta* irlandesa», un puñado de irlandeses locos. Esos artículos los han colado algunos periodistas que están en la nómina de Mariposa. Pero ahora que todo se ha puesto tan mal, Emilio está asustado. —Vito tomó asiento frente a Sonny de nuevo y se inclinó hacia él—. Él era consciente de que si yo sobrevivía sabría que la familia de Mariposa tenía que estar detrás de la matanza. Ahora teme que las familias se vuelvan contra él y Giuseppe. Al no conseguir matar a Clemenza y Genco en Angelo's, al no conseguir que los hombres de Capone me matasen a mí, y ahora después de esto... muy poco después de que nosotros aceptásemos pagar las tasas... La palabra de Giuseppe ya no vale nada, y además ahora ha demostrado que se le puede derrotar. La gran oportunidad que tiene Emilio ahora es el trato que me ha ofrecido. Por eso ha arriesgado la vida viniendo a nosotros con esa propuesta. Y sobre todo, lo más importante, Sonny, por eso se puede confiar en él «ahora».

—Si planeaba matarnos a todos, no veo por qué le vamos a dejar que se vaya con vida.

Sonny sabía que debía contener su ira, que debía luchar para ser tan razonable como su padre, pero no podía controlarse. La ira le inflamaba al pensar que Emilio planeaba matarles a él y a su familia, y su única idea, si es que se le podía llamar idea, era devolverle el golpe.

—Piensa, Sonny. Por favor. Usa la cabeza. —Puso ambas manos en torno a la cara de Sonny, lo meneó un poco y lo soltó—. ¿De qué nos sirve a nosotros Emilio Barzini muerto? Tendríamos que luchar contra Carmine Barzini y los hermanos Rosato... y contra Mariposa. —Como Sonny no respondió, Vito continuó—: Con Emilio vivo y Mariposa muerto, cuando acabemos de repartir los territorios de Mariposa habrá cinco familias, y nosotros seremos la más fuerte de las cinco. Ese es nuestro objetivo. En eso tenemos que pensar, y no en matar a Emilio.

—Perdóname, papá —dijo Sonny—, pero si fuéramos a por todos ellos, podríamos ser la única familia.

—Piensa otra vez... Aunque pudiésemos ganar una guerra semejante, ¿qué ocurriría después? Los periódicos nos tratarían de monstruos. Nos convertimos siempre en enemigos acérrimos de los parientes de los hombres a los que matamos. —Vito se inclinó hacia Sonny y le puso las manos en los hombros—. Sonny, los sicilianos nunca olvidan y nunca perdonan. Esa es una verdad que siempre debes tener presente. Yo quiero ganar esta guerra para que podamos tener una paz larga después, y morir rodeados de nuestras familias, en la cama. Quiero que Michael, Fredo y Tom tengan negocios legítimos para que puedan hacerse ricos y prósperos... y a diferencia de mí, y de ti ahora, Sonny, que no tengan que preocuparse siempre de que alguien intente matarles a continuación. ¿Lo comprendes? ¿Comprendes que esto es lo que quiero para nuestra familia?

—Sí, papá, lo entiendo.

—Bien —dijo Vito, y apartó suavemente el pelo de Sonny de su frente. Al abrirse una puerta detrás de ellos, Vito tocó el hombro de su hijo y señaló hacia el interruptor de la luz, que estaba junto a la puerta.

423

Sonny encendió la luz y entró Clemenza en la habitación.

—Habrá mucho que hacer los próximos días —dijo Vito, y tocó de nuevo el brazo de Sonny—. Debemos estar en guardia ante cualquier posible traición. —Dudó y pareció quedarse indeciso un momento—. Ahora me voy a ir. —Miró una vez hacia Sonny y rápidamente apartó la vista, casi como si tuviera miedo de encontrarse con sus ojos—. *Traición* —dijo de nuevo, muy bajito, como advirtiéndose a sí mismo. Levantó un dedo y señaló hacia Clemenza y Sonny como para poner más énfasis en la advertencia—. Escucha a Clemenza.

Salió de la habitación.

—¿Qué está pasando? —preguntó Sonny.

—*Aspett* —dijo Clemenza, y cerró la puerta con suavidad detrás de Vito, como cuidando de no hacer demasiado ruido—. Siéntate.

Señaló las dos sillas donde Sonny había estado sentado hacía unos minutos con su padre.

—Claro. —Sonny tomó asiento y cruzó las piernas, poniéndose cómodo—. ¿De qué se trata?

Clemenza llevaba uno de sus típicos trajes holgados y arrugados con una corbata de un amarillo chillón tan tiesa y limpia que parecía completamente nueva. Se dejó caer en la silla frente a Sonny, gruñó complacido por haber quitado el peso que soportaban sus pies y sacó una pistola negra de un bolsillo de su chaqueta y un silenciador plateado del otro. Le tendió el silenciador.

—¿Sabes lo que es esto?

Sonny miró a Clemenza. Claro que sabía lo que era un silenciador.

—¿De qué va esto? —preguntó otra vez.

—Personalmente no me gustan los silenciadores —dijo Clemenza. Siguió uniendo el pesado tubo de metal al cañón de la pistola mientras hablaba—. Prefiero un arma grande y ruidosa, es mejor para evitar que a la gente se le ocurran ideas raras. Pum, pum, todo el mundo se aparta, tú te vas.

Sonny se echó a reír y unió las manos en la nuca. Se echó atrás y esperó a que Clemenza le explicara lo que tenía que decirle.

El hombre jugueteó con el silenciador. Le costaba unirlo.

—Se trata de Bobby Corcoran —dijo finalmente.

—Ah —exclamó Sonny, y miró por detrás de él, hacia la ventana, como si estuviera buscando algo que acabara de recordar que había perdido—. No me lo explico —dijo, cuando se volvió hacia Clemenza... y tal como lo dijo, parecía una pregunta.

—¿Qué es lo que no te explicas? —preguntó Clemenza.

—No sé que demonios pensar, tío Pete. —Inmediatamente se sintió violento por haber usado sin darse cuenta la forma infantil de dirigirse a Clemenza, y trató de acelerar el momento hablando con rapidez—. Ya sé que Bobby le disparó a papá, lo vi, como todo el mundo, pero...

—Pero no puedes creerlo —dijo Clemenza, como si supiera lo que estaba pensando Sonny.

—Sí —asintió el chico—. Es que... —Apartó la vista de nuevo, sin saber qué más decir.

—Escucha, Sonny —dijo Clemenza, y volvió a juguetear con el arma, soltando y apretando el silenciador, comprobando que estaba bien ajustado al cañón—. Comprendo que te has criado con ese chico, Bobby, y que le conoces de toda la vida... —Hizo una pausa y asintió, como si acabara de explicarse algo satisfactoriamente a sí mismo—. Pero Bobby Corcoran tiene que desaparecer. Le ha disparado a tu padre.

Enroscó el silenciador por última vez, hasta que se ajustó bien al cañón, y luego le tendió el arma a Sonny.

Sonny cogió la pistola y la dejó caer en su regazo, como si la dejara a un lado.

—Los padres de Bobby —dijo en voz baja— murieron de gripe cuando él era pequeño.

Clemenza asintió, silencioso.

—Su hermana y su sobrina son todo lo que tiene. Y Bobby es lo único que les queda a ellas también.

Clemenza seguía en silencio.

—La hermana de Bobby, Eileen... —siguió Sonny—. A su marido, Jimmy Gibson, lo mató uno de los hombres de Mariposa en un tumulto en la calle.

—¿Quién lo mató? —preguntó Clemenza.

—Uno de los hombres de Mariposa.

—¿Eso te habían dicho?

425

ED FALCO

—Sí, eso me habían dicho.

—Porque es lo que determinadas personas querían que creyeras.

—¿Tú tienes otra versión?

—Tiene algo que ver con los sindicatos —dijo Clemenza—, eso lo sabemos. —Suspiró y miró al techo, donde una raya de luz procedente de la ventana se movía lentamente de derecha a izquierda—. Fue Pete Murray quien mató a Jimmy Gibson. Le dio con una tubería de plomo. Había algo de mala sangre entre ellos, he olvidado cuál era la historia, pero Pete no quería que corriese por ahí que había matado a uno de los suyos, así que hizo un trato con Mariposa. Pete Murray está en la nómina de Mariposa desde siempre. Así fue como Giuseppe entró en contacto con los irlandeses.

—Joder —exclamó Sonny. Miró la pistola y el silenciador que tenía en el regazo.

—Escucha, Sonny —dijo Clemenza, y luego, igual que Vito había hecho antes, le puso una mano en la rodilla—. Este negocio es muy duro. Los policías, el ejército... —Parecía que le costaba encontrar las palabras—. Ponle un uniforme a alguien y dile: «Tienes que matar a ese tipo porque ese tipo es malo, tienes que ir y matarlo»... Cualquiera puede apretar el gatillo. Pero en este negocio, a veces, tienes que matar a personas que son amigos tuyos. —Se detuvo y se encogió de hombros, como si se tomara un momento para pensar en sí mismo—. Así es como funciona. A veces incluso es gente a la que quieres, pero tienes que hacerlo. Así son las cosas. —Cogió el arma del regazo de Sonny y se la tendió—. Ha llegado la hora de tu bautismo de fuego. Bobby Corcoran tiene que morir, y tú vas a ser quien lo mate. Él disparó a tu padre, Santino. Eso es lo único que importa. Tiene que morir, y debes hacerlo tú.

Sonny dejó caer de nuevo el arma en su regazo y miró hacia afuera, como si estuviera atisbando un misterio. Finalmente recogió el arma, negra y pesada entre sus manos, con el silenciador que añadía un peso extra. Todavía la estaba mirando cuando oyó la puerta cerrarse y se dio cuenta de que Clemenza había salido de la habitación. Meneó la cabeza, como negándose a creer lo que estaba ocurriendo, aunque el arma estaba allí, en su mano, sólida y pesada. Solo en la súbita quietud,

426

cerró la mano en torno a la empuñadura del arma. En una serie de movimientos que asombrosamente coincidían con los de Vito un momento antes, se inclinó hacia delante, dejó caer la cabeza, se pasó los dedos de la mano libre por el pelo y luego se agarró la cabeza con las manos, con la culata del arma fría contra su sien. Tocó con el dedo el gatillo y luego se quedó allí inmóvil, en silencio.

Fredo se despertó en la oscuridad, con la cabeza enterrada en las almohadas y las rodillas pegadas al pecho. Durante un minuto no supo dónde se encontraba, y luego las emociones del día anterior volvieron a él y supo que estaba en su propia cama, y recordó el desfile y que habían disparado a su padre, pero que estaba bien. Lo había visto. Mamá los había llevado a él y a Michael a echar un vistazo, y luego se los había llevado de nuevo y los había enviado al piso de arriba, a su habitación, lejos de toda la conmoción de la casa. Papá llevaba un brazo en cabestrillo, pero parecía que estaba bien... y nadie le había contado nada más de lo que había ocurrido. Intentó escuchar detrás de la puerta, pero mamá estaba en la habitación con ellos, procurando que los dos, Michael y él, hicieran los deberes, y evitando que oyesen nada. Ni siquiera podían poner la radio, y mamá no le dejó a Michael que hablara del asunto, y luego se quedó dormido. Aun así, él sabía que hubo un tiroteo en el desfile y que habían disparado a papá en el hombro. Echado en la cama, dejando que las sensaciones del día volvieran a él, Fredo se puso furioso, porque había tenido la mala suerte de perdérselo todo. Si hubiese estado allí, a lo mejor habría podido proteger a su padre. Quizás hubiese evitado que le disparasen. Se habría echado encima de su padre o le habría apartado del camino de la bala. Ojalá hubiese estado allí. Deseaba haber tenido la oportunidad de demostrarle a su padre y a todos los demás que no era solo un niño. Si hubiese tenido ocasión de salvar a su padre de ese disparo todo el mundo lo hubiese visto. Ya tenía quince años. Ya no era ningún niño.

Cuando finalmente Fredo se dio la vuelta, apartando la cabeza de las almohadas, estaba medio atontado por el sueño. Al

427

otro lado de la habitación, Michael tenía la ropa de cama ahuecada por las rodillas y se filtraba la luz por los bordes.

—Michael, ¿qué estás haciendo? —susurró Fredo—. ¿Estás leyendo ahí abajo?

—Sí —llegó la voz de Michael, ahogada. Luego echó abajo las mantas y sacó la cabeza—. He cogido un periódico de abajo —dijo, y le enseñó a Fredo un ejemplar del *Mirror*. En la primera plana había una foto de un niño pequeño caído en la acera, con el brazo colgando por encima del bordillo, y encima de la foto se podía leer el gran titular: «¡Matanza del hampa!».

—¡Hostia! —dijo Fredo, que saltó de su cama y se fue a la de Michael—. ¿Qué dicen?

Cogió el periódico y la linterna.

—Dicen que papá es un gánster. Dicen que es un pez gordo de la mafia.

Fredo volvió la página y vio una foto de su padre al que empujaban a un furgón policial.

—Papá dice que eso de la mafia no existe —susurró, y luego vio una foto de Richie Gatto de cara en la calle, con los brazos y las piernas torcidos y sangre a su alrededor—. Este es Richie —dijo, bajito.

—Sí —afirmó Michael—. Richie está muerto.

—¿Richie ha muerto? —exclamó Fredo—. ¿Viste cómo le disparaban? —preguntó, pero dejó caer el periódico al abrirse la puerta del dormitorio.

—¿Qué estáis haciendo vosotros dos? —preguntó Carmella. Entró en la habitación vestida con una bata azul encima de un camisón blanco, con el pelo suelto cayéndole sobre los hombros—. ¿De dónde habéis sacado eso? —Recogió el periódico de la cama, lo dobló por la mitad y se lo acercó al pecho, como intentando ocultarlo.

—Michael lo ha cogido de abajo —dijo Fredo.

Michael dirigió una mirada a su hermano y luego se volvió a su madre y asintió.

—¿Lo habéis leído? —preguntó ella.

—Michael sí. ¿Es verdad que Richie está muerto? —preguntó Fredo.

Carmella se santiguó y se quedó en silencio, aunque su expresión y las lágrimas que acudieron a sus ojos eran una respuesta suficiente.

—Pero papá está bien, ¿no?

—¿No lo has visto tú mismo? —Carmella se metió el periódico doblado en el bolsillo de la bata, cogió a Fredo por el brazo y lo llevó de vuelta a la cama. Le dijo a Michael—: No te puedes creer lo que leas en los periódicos.

—Dicen que papá es un pez gordo de la mafia. ¿Es verdad eso?

—La mafia —bufó Carmella, tirándose de la bata—. Todos los italianos son siempre de la mafia. ¿Acaso un mafioso conocería a congresistas, como conoce tu padre?

Michael se apartó el pelo de la frente y se quedó pensativo.

—No voy a hacer la redacción sobre el Congreso. He cambiado de opinión.

—Pero ¿qué estás diciendo, Michael? ¡Con todo el trabajo que has hecho ya!

—Ya encontraré otro tema. —Michael se metió en su cama y se tapó con las mantas.

Carmella retrocedió un paso. Meneó la cabeza, como si estuviera decepcionada, y se secó las lágrimas de los ojos.

429

—Si oigo otro ruido aquí, se lo contaré a vuestro padre —dijo, sin convicción alguna, y luego dudó, mirando a sus chicos.

Cuando salió de la habitación, cerrando la puerta tras ella, encontró a Tom esperando junto a las escaleras.

—*Madon!* —exclamó, acercándose a él—. ¿Es que nadie duerme esta noche?

Tom se sentó en el escalón de arriba y Carmella se unió a él.

—¿Están preocupados los chicos? —preguntó.

—Saben que Richie ha muerto —respondió ella, y sacó el *Mirror* del bolsillo de su bata, mirando la foto del niño muerto en primera plana.

Tom le cogió el periódico.

—Debería estar en Long Island, con el resto de los hombres. —Enrolló el periódico formando un tubo pequeño y dio unos golpecitos con él en el escalón—. Me han dejado aquí con los niños.

—*Per caritá!* —protestó Carmella—. Que Dios no permita que tú también andes por ahí fuera.

—Sonny está ahí fuera —dijo Tom, y al oír esto Carmella apartó la vista—. Pero no me dejaría luchar —siguió, bajando la voz hasta que se convirtió casi en un susurro. Parecía que hablaba para sí—. Ya me sujetaba cuando era niño.

—Sonny te cuidaba —dijo Carmella. Miró hacia la distancia—. Siempre ha cuidado de ti.

—Ya lo sé —repuso Tom—. Y me gustaría devolverle el favor, ahora que he crecido ya. Sonny debería cuidarse a sí mismo un poco también.

Carmella cogió la mano de Tom y la sujetó entre las suyas. Sus ojos se llenaron de lágrimas otra vez.

—Mamá. Yo quiero estar allí, ayudar. Quiero ayudar a la familia.

Carmella apretó la mano de Tom.

—Reza por ellos. Reza por Vito y por Sonny. Está todo en manos de Dios. Todo.

26

Luca aparcó en la Décima junto al río y pasó al lado de una hilera de casuchas con madera y desechos varios apilados en sus tejados improvisados.

La noche era helada, y un humo fino como una neblina flotaba por encima del retorcido tubo de una estufa, que sobresalía de la última barraca de la fila. Eran más de las dos de la mañana y Luca estaba solo en la calle. A un lado de donde estaba se encontraban las casuchas, y al otro el río. Se apretó bien la chaqueta y continuó subiendo por la manzana, y el roce de sus pies era el único sonido que se oía, aparte del viento por encima del agua. Cuando dio la vuelta a la esquina, JoJo y Paulie le esperaban junto a una puerta rota. Se apoyaban en una pared de ladrillo, JoJo con un cigarrillo colgando de los labios, Paulie dando golpecitos a un grueso cigarro para quitarle la ceniza.

—¿Estáis seguros... de que están ahí? —preguntó Luca cuando llegó hasta los chicos.

—Ya nos han disparado unos cuantos tiros —dijo Paulie, y se metió el cigarro en la boca.

—Será como cazar patos ahí dentro —añadió JoJo—. Echa un vistazo. —Señaló por la puerta.

—¿Qué sitio... es este?

—Un matadero.

Luca bufó.

—Típico de los irlandeses. Atrincherarse... en un matadero. ¿Son solo dos?

—Sí, son los Donnelly —dijo Paulie, con el cigarro todavía en la boca.

—Los hemos perseguido hasta aquí —añadió JoJo.

—Creen que solo tienen que resistir un par de horas más. —Paulie mordió su cigarro.

—Y que entonces empezarán a aparecer los trabajadores —dijo JoJo, acabando la idea de Paulie en su lugar.

Luca miró hacia el matadero. El suelo estaba casi vacío, con unos pocos ganchos colgando de unas cintas transportadoras. Unas pasarelas atravesaban todo el edificio, a media altura de las paredes.

—¿Dónde están? —preguntó.

—En algún lugar allá arriba —dijo JoJo—. Mete la cabeza y empezarán a dispararte.

—¿No tenéis... ni idea?

—Se van moviendo —explicó Paulie—. Tienen ventaja, allá arriba.

432

Luca miró de nuevo hacia el matadero y encontró una escala colocada junto a una pared cercana que llevaba a las pasarelas.

—¿Hay otro sitio... por donde entrar?

—En el otro lado del edificio —le informó JoJo—. Vinnie está allí.

Luca sacó un 38 de la sobaquera.

—Ve con Vinnie... Cuando estés preparado... dispara. No tienes que apuntar a nada... ni darle a nadie. —Luca comprobó su pistola—. Solo procura... disparar hacia arriba... no hacia adelante... para no darme.

—¿Quieres que les distraigamos —preguntó JoJo— y así tú puedes acercarte a ellos desde ese lado?

Luca cogió el cigarro que Paulie llevaba en la boca y lo chafó contra la pared.

—Id. —Les dijo a los dos—. Deprisa. Me estoy empezando a cansar.

Cuando los chicos estuvieron fuera de la vista, Luca sacó una segunda pistola del bolsillo de su chaqueta y la examinó. Era un arma nueva, una Magnum 357 con tambor negro y un cañón muy largo. Sacó una bala de una de las recámaras, la volvió a meter y luego miró de nuevo hacia el matadero. El interior del edificio apenas estaba iluminado por una serie de lámparas que colgaban del techo. Estas arrojaban un rompecabezas de sombras sobre las paredes y el suelo. Mientras vigilaba, una puerta del lado opuesto del edificio se abrió de par en par e iluminaron la oscuridad los relámpagos de una granizada de disparos. Arriba, en las pasarelas, Luca vio más relámpagos de las bocas de las armas que venían desde lados opuestos del edificio, y corrió hacia la escala. Ya estaba arriba, en la pasarela, y a mitad del camino del espacio que quedaba entre él y una pila de cajas de madera que formaban una barricada ante uno de los Donnelly, cuando Rick chilló desde el otro lado del edificio advirtiendo a Billy de que Luca se aproximaba. Billy consiguió hacer dos disparos, el segundo de los cuales dio a Luca en el pecho, por encima del corazón, y casi le deja sin aliento. Era como si un hombre robusto le hubiese dado un buen puñetazo, pero aquello no bastaba para derribarle, y un segundo después, Luca estaba encima de Billy, le quitaba el arma de la mano y le rodeaba el cuello con el brazo, de modo que no podía ni hablar ni emitir sonido alguno aparte de un gemido gutural lleno de pánico. Luca dejó que pasara un minuto para recuperarse, mientras sujetaba a Billy ante él como si fuera un escudo.

—¡Billy! —gritó Rick desde el otro lado del amplio espacio que quedaba entre ellos.

JoJo y los chicos habían vuelto a la calle. El matadero estaba tranquilo, y el aliento entrecortado de Billy era el único ruido que se oía, aparte de un zumbido bajo y constante procedente de algún lugar fuera de la vista.

—Tu hermano está bien —chilló Luca. Apartó las cajas de embalaje apiladas a un lado con su brazo libre, enviando unas cuantas al suelo que quedaba debajo, a unos seis metros o así.

—Vamos, sal… Rick.

Una vez desaparecidas del paso las cajas, empujó a Billy ante él hasta el borde de la pasarela, contra la barandilla. Tenía un brazo en torno al cuello del joven y el otro colgaba a su costado, con el revólver en la mano. Como Rick no contestó ni apareció, dijo:

433

—Jumpin' Joe quiere... verte. Quiere... hablar contigo y con Billy.

—Ah, no, eres un mentiroso de mierda —dijo Rick—, monstruo deforme. —Habló como si Luca estuviese sentado frente a él a una mesa. Si no hubiese sido por una nota de cansancio, habría parecido hasta divertido.

Luca empujó a Billy contra la barandilla, levantándole un poco. El chico se había relajado ligeramente y Luca soltó su presa, dejando que respirara mejor.

—Vamos, sal ahora —le dijo a Rick—. No hagas que... le meta una bala a tu hermanito pequeño. Giuseppe solo... quiere hablar.

—No, estás mintiendo —dijo Rick, todavía escondido detrás de una pila de cajas de madera—. Tú ahora trabajas para los Corleone, y todo el mundo lo sabe.

—Trabajo para mí mismo —dijo Luca—. Tú, que eres irlandés... deberías saberlo.

Billy se retorció en las garras de Luca y chilló:

—¡Está mintiendo, Rick! ¡Dispara a este hijo de puta!

—Vale, Billy —susurró Luca a su oído. Levantó al chico del suelo y lo pasó por encima de la barandilla, donde se puso a chillar y patalear. A Rick le dijo:

—Di adiós... a tu hermano pequeño.

En ese mismo instante Rick tiró unas cuantas cajas al suelo y apareció con las manos por encima de la cabeza, con las palmas hacia Luca.

—Bien —dijo Luca. Dejó caer a Billy mientras levantaba el revólver y vació el tambor en el pecho y las tripas de Rick. Este dio una sacudida hacia atrás y luego hacia delante, por encima de la barandilla, y aterrizó hecho un guiñapo en una cinta transportadora.

En el suelo, por debajo de Luca, Billy gemía e intentaba levantarse, pero tenía la pierna rota de mala manera, y parte del hueso le sobresalía a través del muslo. Vomitó y se desmayó.

—Ponedles unos zapatos de cemento —dijo Luca a JoJo, que entraba ya en el matadero seguido por Paulie y Vinnie—. Echadlos al río —añadió, de camino hacia la escala. Estaba cansado, y anhelaba ya una noche de sueño reparador.

ϒ

En la entrada de la casa de los Romero, media docena de hombres con trajes baratos hablaban a un par de mujeres jóvenes con sombreros *cloche* y unos vestidos ajustados bastante inadecuados para un funeral. Los trajes de las chicas, pensó Sonny, probablemente eran los únicos de vestir que tenían. Él había aparcado en la otra esquina, y estuvo mirando el edificio media hora antes de decidir si era seguro o no aparecer en el funeral de Vinnie. La familia Corleone había enviado una corona de flores a la funeraria, y Sonny llevaba cinco mil dólares en un sobre gordo en el bolsillo de la chaqueta que quería entregar personalmente, aunque se le había ordenado que se mantuviera alejado de los funerales, especialmente del de Vinnie. Mariposa, según Genco, podía cometer la bajeza de intentar atraparle en un funeral. Sonny respiró con fuerza y notó la consoladora sujeción de su sobaquera.

Antes de llegar a la entrada, las dos chicas lo vieron acercarse y corrieron a meterse en el edificio. Cuando Sonny subió los escalones delanteros y empezó a subir la escalera hasta el apartamento de los Romero en el segundo piso, Angelo Romero y Nico Angelopoulos esperaban en el rellano. A la escasa luz de la escalera, el rostro de Angelo parecía que hubiese envejecido una docena de años. Tenía los ojos inyectados en sangre, los párpados enrojecidos y los ojos rodeados por círculos oscuros, como si fueran moretones. Parecía que no hubiese dormido desde el desfile. Las voces de la gente, hablando en tonos apagados, flotaban por las escaleras.

435

—Angelo —dijo Sonny, y se sintió sorprendido por el nudo que se le hacía en la garganta, que le impidió decir nada más. No se había permitido pensar en Vinnie. El hecho de su muerte estaba en su mente, como una señal: «Mira, Vinnie está muerto». Pero no había nada más, no sentía nada y no se permitía pensar en nada. En cuanto pronunció el nombre de Angelo, sin embargo, algo se precipitó en su interior y se alojó en su garganta y no pudo decir nada más.

—No deberías estar aquí. —Angelo se frotó los ojos tan fuerte que parecía que intentara sacárselos, en lugar de conso-

larse—. Estoy cansado —dijo, y anunciando lo obvio, añadió—:
No he dormido mucho.

—Tiene pesadillas —observó Nico. Puso una mano en el
hombro de Angelo—. No puede dormir por las pesadillas.

Sonny consiguió decir:

—Lo siento, Angelo. —Tuvo que luchar para pronunciar
esas simples palabras.

—Sí —asintió Angelo—, pero no deberías estar aquí.

Sonny tragó con fuerza y miró hacia abajo por las escaleras, y a la calle, donde se veía el día lóbrego y nublado a través
de la ventana que había en la puerta principal. Le pareció mucho más fácil pensar en los negocios, en los detalles.

—Lo he comprobado todo muy bien antes de venir. No hay
nadie vigilando esta casa. Todo irá bien.

—No me refería a eso —repuso Angelo—. Quería decir
que mi familia no quiere que vengas aquí, mis padres. No puedes venir al funeral. No lo soportarían.

Sonny se quedó un momento pensativo, asimilando
aquello.

—He traído esto. —Sacó el sobre del bolsillo de su chaqueta—. Algo es algo —dijo, tendiendo el sobre a Angelo.

Este cruzó los brazos ante el pecho e ignoró su oferta.

—No pienso volver a trabajar con tu familia. ¿Tendré algún problema?

—No, qué va. —Sonny dejó que la mano con el sobre cayera a su costado—. ¿Por qué piensas eso? Mi padre lo entenderá.

—Bien —dijo Angelo, y luego se acercó más a Sonny. Parecía que iba a abrazarle, pero se contuvo—. ¿En qué estábamos pensando? —preguntó, y las palabras salieron de su
boca como una súplica—. ¿Que estábamos en un cómic, que
nada nos podía hacer daño? —Esperó, como si pretendiese de
verdad que Sonny le diera una respuesta. Como este seguía
en silencio, prosiguió—: Debía de estar soñando, eso es lo
que siento, como si todos nosotros hubiésemos estado soñando, soñando que nada podía hacernos daño. No nos podían matar, pero...

Se detuvo y suspiró, un largo aliento contenido en su interior que era tanto un quejido como un suspiro, y ese mismo sonido pareció reconocer la muerte de Vinnie, aceptarla. Se desplazó hacia las escaleras, con los ojos todavía clavados en Sonny.

—Maldigo el día que te conocí, a ti y a tu familia —dijo con un tono neutro, sin maldad ni ira. Bajó las escaleras y se perdió de vista.

—No quería decir eso —dijo Nico en cuanto Angelo se hubo ido—. Está muy afectado, Sonny. Ya sabes lo unidos que estaban los dos. Eran como la sombra el uno del otro. Joder, Sonny...

—Claro. —Sonny le tendió el sobre a Nico—. Dile que lo comprendo. Y dile que mi familia les proporcionará a él y a su familia todo lo que puedan necesitar, ahora y en el futuro. ¿Lo harás, Nico?

—Ya lo sabe —dijo Nico. Se metió el sobre en el bolsillo—. Me aseguraré de que les llega.

Sonny dio unas palmaditas a Nico en el hombro como gesto de despedida, y luego empezó a bajar las escaleras.

—Iré contigo andando hasta tu coche. —Nico fue siguiéndole. Cuando estuvieron en la calle le preguntó—: ¿Qué le ocurrirá ahora a Bobby? He oído decir que se está escondiendo.

—No lo sé. —Su tono de voz y su actitud dejaban ver bien claro que no deseaba hablar de Bobby.

—Escucha, quería decirte una cosa —dijo Nico. Cogió a Sonny por el brazo y lo detuvo en la calle—. Angelo y yo hemos estado hablando, y Angelo cree que Bobby disparaba en realidad a Stevie Dwyer, y no a tu padre. Lo de tu padre no tiene sentido, Sonny. Y tú lo sabes.

—¿Stevie Dwyer?

—Eso es lo que piensa Angelo. Eso era lo que pensaba Vinnie, también. Tuvieron ocasión de hablar antes de que le disparasen a Vinnie.

Sonny se rascó la cabeza y miró hacia la calle, como si de alguna forma así pudiera llegar a ver lo que pasó en el desfile.

—¿Steve Dwyer? —repitió.

—Es lo que dice Angelo. No lo vieron, pero Angelo dijo que Stevie estaba justo detrás de tu padre, y luego, después de que Bobby disparase, Luca acabó con Stevie. Yo no estaba allí —dijo, metiéndose las manos en los bolsillos—, pero Sonny, maldita sea, Bobby te quiere a ti y a tu familia, y odiaba a Stevie. Parece lógico, ¿no?

Sonny intentó recordar lo que había pasado en el desfile. Se acordaba de ver a Bobby disparar a su padre, y que Vito cayó. Todo el mundo disparaba en todas direcciones. Steve Dwyer acabó muerto. Intentó recordar, pero todo lo que había ocurrido durante el desfile y después estaba confuso. Se frotó la mandíbula con los nudillos.

—No sé. No sé qué demonios ocurrió. Tengo que hablar con Bobby. No pinta bien —añadió— que se esté escondiendo.

—Sí, pero ya sabes —dijo Nico. Estaban acercándose ya al coche de Sonny—. Sabes que Bobby no dispararía a tu padre. Eso no cuadra. Lo sabes perfectamente, Sonny.

—No sé lo que sé. —Sonny bajó a la calle, dirigiéndose hacia su coche—. ¿Y tú, qué tal? —preguntó, cambiando de tema—. ¿Cómo te va el trabajo?

—Es un trabajo. —Nico se quitó el sombrero y le dio forma mientras Sonny se metía en el coche—. Se trabaja duro en los muelles.

—Eso he oído decir. —Sonny cerró la puerta de su coche y se echó atrás en el asiento—. Pero el sueldo es decente en el sindicato, ¿no?

—Sí, desde luego —aseguró Nico—. Ya no tengo para comprarme ropa moderna o esas cosas, pero está bien. ¿Sabías que tengo novia?

—Noooo —exclamó Sonny—. ¿Quién es?

—No la conoces. Se llama Anastasia.

—Anastasia. Tienes una novia griega.

—Sí, claro —dijo Nico—. Ya estamos hablando de casarnos y tener hijos. Supongo que ahora que tengo un trabajo decente, puedo darles un buen futuro. —Nico sonrió y luego se sonrojó, como si se sintiera violento—. Dale las gracias a tu padre en mi nombre, Sonny. Dile que agradezco mucho que me consiguiera ese trabajo, ¿vale?

Sonny puso en marcha el coche y luego sacó la mano por la ventanilla para estrechar la de Nico.

—Cuídate mucho —dijo.

—Claro —respondió Nico, y luego dudó ante la portezuela del coche, contemplando a Sonny, como si quisiera decirle algo más. Se quedó en pie un segundo o dos más de lo que habría sido necesario sin resultar extraño, como si lo que fuera que quería decir le impidiera moverse... y luego se rindió, soltó una risita rara y se alejó.

Jimmy Mancini abrió la estrecha puerta con el hombro. Arrastró a Corr Gibson hacia una habitación sin ventanas donde Clemenza se encontraba de pie ante una mesa larga de acero inoxidable, sujetando una cuchilla de carnicero en la mano derecha como si estuviera calculando su peso y su equilibrio. Al Hats siguió a Jimmy hacia la habitación, con el *shillelagh* de Corr.

—¿Dónde demonios estamos? —preguntó Corr mientras Jimmy le obligaba a ponerse de pie.

El irlandés parecía borracho; en realidad había estado bebiendo gran parte de la noche antes de que Jimmy y Al lo encontraran durmiendo en su cama y le dieran una paliza que le dejó inconsciente. Mientras se recuperaba y perdía la conciencia a ratos, seguía preguntando dónde estaba y qué estaba pasando, como si no acabara de despertarse nunca.

—Pete —dijo, guiñando los ojos medio cerrados e hinchados—. Clemenza, ¿dónde estoy?

Este cogió un delantal que colgaba cerca y se lo puso.

—¿No sabes dónde estás, Corr? —Se ató el delantal a la espalda—. Este sitio es famoso. Es la carnicería de Mario, en Little Italy. Todo el mundo la conoce. El alcalde LaGuardia encarga aquí sus salchichas. —Clemenza volvió a la mesa y tocó la hoja de la cuchilla de carnicero—. Mario cuida muy bien sus utensilios. Mantiene los cuchillos bien afilados.

—¿Ah, sí? —dijo Corr. Se soltó del brazo de Jimmy e intentó ponerse de pie, inestable pero solo. Miró la mesa de acero inoxidable y la cuchilla de carnicero en la mano de Clemenza y se echó a reír—. Putos espaguetis. Sois todos unos bárbaros.

Clemenza dijo, hablando todavía de la carnicería de Mario:

—Por supuesto, los sicilianos no vienen aquí. Esta es una tienda de salchichas napolitanas, y no nos gustan. No saben hacerlas como es debido, ni siquiera con todos sus utensilios

439

modernos. —Miró a su alrededor, al despliegue de cuchillos, ollas y sartenes relucientes y diversos utensilios de cocina, incluyendo una sierra de cinta en el extremo más alejado de la mesa.

—¿Dónde está mi *shillelagh*? —preguntó Corr. Cuando vio que Al lo tenía y se apoyaba en él como Fred Astaire, dijo, con añoranza—: Ah, como me gustaría tener una última oportunidad de aplastarte la cabeza con el bastón, Pete.

—Sí, pero no la vas a tener. —Clemenza hizo un gesto a Jimmy—. Ocúpate de él en el congelador. Ahí la cosa está más tranquila. —Corr se fue sin luchar, y Clemenza lo llamó cuando ya se alejaba—: Te veo dentro de unos minutos, Corr.

Cuando el irlandés y los chicos estaban fuera de la vista, Clemenza se colocó frente a una selección de cuchillos y sierras de diversos tamaños, formas y diseños que colgaban de una pared.

—Fíjate cuántas cosas... —dijo, y silbó admirativamente.

440

Tessio, con Emilio Barzini ante él y Tattaglia detrás, se abrió paso entre el laberinto de mesas donde cincuenta comensales o más, con traje de noche, parloteaban y reían mientras iban comiendo. El club, que no era tan elegante como el Stork, pero era primo cercano suyo, estaba situado en un hotel del centro, y atestado de famosos cada noche de la semana... Pero no era un club que frecuentase ninguna de las familias. Tessio miró mesa por mesa mientras iba dirigiéndose hacia el fondo de la sala. Le había parecido ver a Joan Blondell a una de las mesas, sentada frente a un tipo con aspecto elegante que no reconoció. A un lado de la sala, donde una pequeña orquesta se encontraba colocada en una pequeña tarima que les servía de escenario, el director, con frac, se acercó a un micrófono grande, situado junto a un enorme piano blanco, y dio tres golpecitos en él con un bastón, y la orquesta empezó a interpretar una briosa versión de *My Blue Heaven*.

—Esa dama tiene una voz angelical —dijo Tattaglia cuando una joven con los ojos ahumados y el cabello largo y negro se acercó al micrófono y empezó a cantar.

—Sí —dijo Tessio, y esa única sílaba sonó como un gruñido dolorido.

Al fondo del local, Little Carmine, uno de los hombres de Tomasino, estaba de pie frente a unas puertas de cristal con las manos juntas a la altura de la cintura, contemplando a la cantante. Una cortina fina cubría todas las puertas de cristal, y a través de ellas Tessio pudo ver la silueta de dos figuras sentadas a una mesa. Cuando Emilio llegó a las puertas, Little Carmine abrió una de ellas y Tessio y Tattaglia siguieron a Emilio. Entraron en una pequeña habitación ocupada por una sola mesa redonda, lo bastante grande para acoger a una docena de comensales aunque se había preparado solo para cinco. Un camarero estaba de pie detrás de la mesa con una botella de vino en la mano junto a Mariposa, que llevaba un traje con chaleco gris, corbata azul intenso y un clavel blanco. Tomasino Cinquemani estaba sentado junto a Mariposa con una chaqueta arrugada, el botón superior de la camisa desabrochado y la corbata ligeramente suelta.

—¡Salvatore! —exclamó Mariposa al entrar Tessio en la habitación—. Cuánto me alegro de verte, viejo amigo. —Se levantó y le tendió la mano, que Tessio estrechó.

—Yo también, Joe. —Hizo una ligera seña con la cabeza hacia Tomasino, que no se había levantado pero parecía contento de verle.

—¡Siéntate! —Mariposa indicó el asiento que estaba junto al suyo y volvió su atención al camarero, mientras Barzini y Tattaglia se unían a Tessio y tomaban asiento a la mesa.

Giuseppe le dijo al camarero:

—Quiero lo mejor de lo mejor para mis amigos. Procura que el antipasto sea fresco. En cuanto a las salsas, de calamar en una pasta, bien negra y hermosa. Con los ravioli, de tomate fresco con el puntito justo de ajo: no demasiado porque seamos italianos, ¿eh? —Se echó a reír y miró la mesa. Dijo a Tessio—: He encargado un festín. Te va a encantar.

—Joe es un gourmet —explicó Tattaglia a toda la mesa. Y añadió dirigiéndose a Tessio—: Es un privilegio que encargue todo esto para nosotros.

—*Basta* —dijo Joe a Tattaglia, aunque quedaba bien claro que estaba halagado. Le dijo al camarero, para terminar—: Que

441

el cordero sea del más tierno que tengáis, y las patatas asadas
—dijo, haciendo un gesto con el pulgar y el índice juntos—,
deben estar crujientes. *Capisc?*

—Por supuesto —respondió el camarero. Salió de la sala,
y Little Carmine le abrió la puerta desde fuera cuando se
acercó.

Una vez retirado el camarero, Barzini se inclinó por encima
de la mesa hacia Tessio y sus modales y su tono sugirieron que
estaba a punto de hacer una broma:

—Joe siempre insiste en que el cocinero prepare sus comidas con aceite de oliva virgen —dijo, y luego levantó un dedo
y dijo—: ¡Pero nunca Genco Pura!

Mariposa se echó a reír con los demás, aunque no parecía
especialmente divertido. Cuando la mesa quedó en silencio él
se arrellanó en su sitio, unió las manos ante sí y se dirigió a
Tessio. La música procedente del club y las conversaciones de
los comensales quedaban suficientemente ahogadas por las
puertas cerradas para que la conversación fuese fácil, pero aun
así Joe tuvo que hablar más alto para superar el ruido de fondo.

—Salvatore —dijo—. No sabes cuánto me alegro de verte.
Me sentiré muy honrado de que seamos amigos leales en los
años venideros.

Tessio respondió:

—Siempre he deseado su amistad, Don Mariposa. Tu sabiduría, y tu fuerza, han inspirado mi admiración.

Como de costumbre, Tessio parecía estar pronunciando un
panegírico en un funeral. Sin embargo, Mariposa sonreía.

—Ah, Salvatore —exclamó, y de repente su humor cambió, y se puso muy serio. Se llevó la mano al corazón—. Creo
que lo comprenderás, Salvatore: nunca quisimos meternos en
esa cosa del desfile, pero los Corleone se atrincheraron allá
fuera, en Long Beach nada menos. *Madon'!* ¡Ni siquiera un
ejército podría sacarlos de allí! Barzini tuvo que deslizarse
como una serpiente solo para darte el aviso... —Mariposa parecía muy enfadado, furioso con los Corleone—. Nos obligaron a hacer lo del desfile, ¡y mira cómo ha resultado! —Dio
una palmada en la mesa—. ¡Una abominación!

—*Si* —aseguró Tessio, gravemente—. Una abominación.

—Y ahora se lo haremos pagar. —Mariposa se inclinó sobre la mesa—. Dime, Salvatore... —Llenó la copa de vino de Tessio con la botella de Montepulciano que había en el centro de la mesa—. ¿Qué puedo hacer para devolverte este favor que me has ofrecido?

Tessio miró la mesa, sorprendido por tener que hablar de negocios con tanta rapidez. Emilio le hizo una seña, animándole a responder.

—Quiero vivir pacíficamente. Las apuestas en Brooklyn y las concesiones en Coney Island. Es lo único que necesito.

Mariposa se arrellanó en su silla.

—Es una vida muy buena, y pacífica. —Hizo una pausa, como para pensarlo, y luego dijo—: Tienes mi palabra.

—Entonces tenemos un acuerdo —dijo Tessio—. Gracias, Don Mariposa.

Se levantó y le tendió la mano por encima de la mesa para estrechársela.

—*Splendido* —exclamó Emilio mientras Mariposa y Tessio se estrechaban las manos. Aplaudió educadamente, junto con Tattaglia, y luego se miró el reloj de pulsera. Le dijo a Giuseppe—: Ahora que los dos han llegado a un acuerdo, Tattaglia y yo tenemos que ocuparnos de un asunto con nuestros chicos. —Se puso de pie y Tattaglia se unió a él—. Dennos cinco minutos, volveremos enseguida.

—Pero ¿adónde vais? —objetó Giuseppe. Parecía sorprendido—. ¿Os tenéis que ir precisamente ahora?

—Tenemos que poner en marcha algunas cosas —dijo Tattaglia.

—No tardaremos ni cinco minutos —añadió Emilio. Puso una mano en el hombro de Tattaglia y lo condujo a la puerta, que de nuevo se abrió mágicamente ante ellos.

Giuseppe miró a Tomasino como para asegurarse. Le dijo a Tessio:

—Negocios. —Hizo una mueca—. Volverán enseguida.

En cuanto Tattaglia y Barzini hubieron salido de la habitación, Tomasino se volvió en su silla y rodeó el pecho de Giuseppe con sus gruesos brazos y lo sujetó en su asiento, mientras en el mismo momento Tessio se levantaba y le metía una servilleta de tela en la boca.

Giuseppe levantó la cabeza y retorció el cuello, intentando

443

mirar tras él al hombre que lo sujetaba tan fuerte en su asiento. A través de la servilleta dijo:

—¡Tomasino!

—Son solo negocios, Joe —dijo Tomasino mientras Tessio se sacaba un alambre del bolsillo de la chaqueta y soltaba la fina cuerda de piano frente a la cara de Giuseppe.

—Ya no suelo hacer yo mismo los trabajos sucios —dijo Tessio, mientras se desplazaba detrás de Mariposa—, pero este caso es especial. —Añadió, susurrándole al oído—: Insistí solo por ti.

Rodeó con la cuerda de piano el cuello de Mariposa, deján-dola suelta al principio y dándole así tiempo para notar el frío metal contra la piel. Luego Tomasino lo soltó mientras Tessio tensaba mucho el alambre y al mismo tiempo apretaba con la rodilla el respaldo de la silla de Giuseppe, para hacer fuerza. Mariposa luchó y consiguió dar una patada a la pata de la mesa del comedor, derribándola y tirando los cubiertos por el suelo, hasta que el alambre le cortó la yugular y surgió un chorro de sangre que cayó en el mantel blanco. Al cabo de un segundo más el cuerpo estaba fláccido y Tessio lo empujaba hacia de-lante. Mariposa se quedó en su asiento, derrumbado sobre su propio plato, y la sangre que brotaba de su cuello fue enchar-cándose rápidamente encima del plato, que se llenó hasta arriba y parecía un cuenco de sopa roja.

—No era tan malo como todo el mundo decía —comentó Tomasino. Se arregló la chaqueta y se alisó el pelo—. Espero que Don Corleone vea mi colaboración en este asunto como señal de mi lealtad hacia él.

—Ya verás que Vito es un buen hombre para quien traba-jar —dijo Tessio. Señaló hacia la puerta y Tomasino salió de la habitación.

Tessio echó un poco de agua en una servilleta e intentó fro-tar una pequeña mancha de sangre que tenía en el puño. No consiguió otra cosa que empeorarla, así que dobló el puño ha-cia arriba para que no se viera, y lo escondió bajo la manga de la chaqueta. En la puerta dedicó una última mirada a Mariposa, derrumbado y sangrando encima de la mesa. Con una rabia que no sabía de dónde venía, dijo:

—Y ahora a ver si saltas, Joe.

Escupió en el suelo y salió de la habitación. Eddie Veltri y Ken Cuisimano lo esperaban ya, estratégicamente situados frente a cada una de las puertas, bloqueando la visión desde el club. La orquesta tocaba *Smoke Gets in Your Eyes*.

—Me gusta esa canción —le dijo Tessio a Ken. Tocó a Eddie en el hombro y dijo—: *Andiamo.*

Los tres fueron recorriendo el laberinto de mesas y Tessio fue tarareando al compás con la joven cantante. Cantó una parte de la letra en voz alta («algo en mi interior no se puede negar») y Eddie le dio unos toquecitos en la espalda y le dijo:

—Sal, yo pararía una bala por ti, y lo sabes perfectamente, pero, *Madre Deo*, no cantes.

Tessio miró a Eddie de reojo y luego esbozó una amplia sonrisa que se convirtió en carcajada. Salió del club riendo hacia las calles llenas de gente de Manhattan.

Donnie O'Rourke bajó la radio. Toda la noche sus padres se habían estado peleando en la habitación contigua a la suya, ambos borrachos otra vez, y todavía estaban en ello aunque era tarde: más de medianoche, según el locutor. Bajó el volumen de la radio y se volvió hacia la ventana abierta que tenía junto a la cama, donde podía percibir las cortinas flotando con la ligera brisa. Estaba sentado en una mecedora frente a la cama y la ventana, con las manos en el regazo y un chal sobre las piernas. Rápidamente, se alisó el pelo y se puso bien las gafas de sol, equilibrándolas en el puente de la nariz. Tiró de la camisa por los hombros y se abrochó el cuello. Se incorporó y se arregló lo mejor que pudo.

Había perdido otra vez la noción del tiempo, no tenía ni idea del día que era, aunque sabía que era primavera y que se aproximaba el verano. Lo olía. Últimamente lo olía todo. Sabía al instante si era su madre o su padre quien entraba en la cocina por el sonido de sus movimientos y por su olor, que era a whisky y a cerveza, pero distinto para cada uno de ellos, un tufo ligeramente diferente que reconocía de inmediato, aunque era incapaz de expresar con palabras los olores, sus olores. Ahora sabía que era Luca Brasi el que estaba en la escalera de incendios. Lo sabía con seguridad. Cuando le oyó entrar en la

445

habitación a través de la ventana abierta, le sonrió y dijo su nombre, bajito:

—Luca. Luca Brasi.

—¿Cómo has sabido... que era yo? —Luca hablaba bajo, apenas más que un susurro.

—No tienes que preocuparte por mi familia —dijo Donnie—. Están demasiado borrachos para causarte problemas.

—Ellos... no me preocupan. —Luca cruzó la habitación hasta encontrarse de pie frente a la mecedora. Preguntó de nuevo—: ¿Cómo sabías... que era yo, Donnie?

—Por el olor —dijo Donnie. Se echó a reír y añadió—: Dios mío, qué mal hueles, Luca. Hueles como a alcantarilla.

—No me baño tanto como debería —respondió Luca—. No me gusta... estar húmedo. El agua... me molesta. —Se quedó un momento callado y preguntó—: ¿Tienes miedo?

—¿Miedo? —exclamó Donnie—. Pero Luca, si te estaba esperando.

—Vale. Pues aquí estoy, Donnie. —Le puso las manos en torno al cuello.

446

Donnie se echó atrás en su silla, se desabrochó el botón más alto de la camisa y volvió la cara hacia el techo.

—Vamos, sigue —dijo con un susurro—. Hazlo.

Luca apretó de repente, con brutalidad, y al cabo de un momento todo estaba oscuro y tranquilo, y todo había terminado, hasta el olor agrio a cerveza y whisky que procedía de la cocina, hasta el olor dulce de la primavera y del cambio de estación.

27

La lluvia ligera (más bien niebla pesada que lluvia) goteaba de las negras escaleras de incendios que se alineaban en el callejón por debajo de la panadería de Eileen. Era tarde para que Caitlin estuviese levantada, y Sonny se sorprendió al ver que ella se detenía ante la ventana del salón y bajaba el estor con Caitlin en brazos. Qué guapas eran las dos: Eileen con su pelo rubio como el oro formando ondas, Caitlin con la cascada de pelo rubio y fino cayendo sobre los hombros. Sonny se quitó el sombrero y secó la humedad del ala. Llevaba mucho tiempo esperando en el callejón. Había aparcado a unas manzanas de distancia cuando ya anochecía, esperó hasta que se puso oscuro, abrió una cancela de hierro que no tenía cerrojo y ocupó un sitio en el callejón desde el cual podía vigilar las ventanas de atrás del apartamento de su hermana. Por un lado pensaba que era imposible que Bobby estuviese allí, con Eileen y Caitlin, pero por otro no podía imaginar a qué otro lugar podría haber ido… y luego, quizá un segundo o dos más tarde de que Eileen bajase el estor, supo que Bobby estaba con ella. Sonny nunca había visto aquella cortina bajada en las muchas veces que había visitado el apartamento de ella. La ventana daba a una pared lisa en un callejón con su cancela, que no usaba nadie más que los basureros. Un minuto más tarde, la ventana de pavés de la trastienda de la panadería se iluminó con una luz de un color anaranjado, y Sonny comprendió que era Bobby. Casi podía verle echándose en aquel estrecho camastro y encendiendo la lámpara de la mesilla de noche donde se encontraba junto a una pila de libros.

El destornillador que se había llevado, sabiendo que si era necesario podría usarlo para forzar la puerta trasera de la panadería, estaba en el bolsillo de sus pantalones, y rodeó con los dedos su mango de madera con muescas. Contempló la puerta durante varios minutos. Le costaba que su mente se concentrase o sus pies se moviesen. Sudaba y sentía que estaba a punto de marearse. Cogió aire varias veces con intensidad, tocó el silenciador que llevaba en el bolsillo de la chaqueta y lo volvió a mirar: un cilindro pesado y plateado, con muescas en el sitio donde se enroscaba al cañón. Sujetó bien el arma en torno al cañón y le acopló el silenciador. Cuando hubo terminado lo volvió a dejar en el bolsillo de su chaqueta, pero siguió sin moverse de su sitio; solo esperó entre la niebla pesada, contemplando la puerta como si en cualquier momento se pudiera abrir y Bobby fuese a aparecer allí riendo e invitándole a entrar.

Se frotó los ojos con las manos. Cuando oyó que Eileen le chillaba a Caitlin con una áspera nota de frustración en la voz cruzó sin darse cuenta el callejón y metió el destornillador en el espacio entre el marco y la cerradura. La puerta de la panadería se abrió fácilmente, y entró en un espacio oscuro y silencioso lleno de olor a canela. Una pizca de luz se filtraba por debajo de la puerta del cuarto de Bobby. Arriba, justo por encima de él, oyó correr el agua y el ruido de los pasos de Caitlin yendo y viniendo por el baño. Sacó el arma de su bolsillo, la volvió a meter y la volvió a sacar de nuevo. Abrió la estrecha puerta y encontró a Bobby, tal y como imaginaba, echado en el camastro, con un libro en la mano y la lámpara junto a la cama, con una pantalla nueva de un color naranja intenso ocultando la bombilla. Bobby se sobresaltó, arrojó el libro al suelo y luego se quedó inmóvil, medio fuera de la cama. Se detuvo, recogió el libro y cayó hacia atrás con los brazos cruzados detrás de la cabeza. Sus ojos se clavaron en el arma que llevaba Sonny en la mano.

—¿Cómo has entrado? —preguntó.

Sonny apuntaba a Bobby con la pistola. La dejó caer hacia

el costado y se apoyó en la pared. Con la mano libre se frotó los ojos.

—Joder, Bobby...

Bobby guiñó los ojos y ladeó la cabeza.

—¿Qué estás haciendo aquí, Sonny?

—¿Qué crees que estoy haciendo aquí, Bobby? Tú disparaste a mi padre.

—Fue un accidente. —Cork vio que Sonny se apoyaba en la pared y examinó su cara—. ¿No te lo ha dicho Clemenza?

—¿Decirme el qué?

—Eileen se lo dijo a Clemenza y este tenía que decírtelo a ti. Él sabe lo que ocurrió en el desfile, Sonny.

—Yo sé lo que ocurrió en el desfile. Estaba allí, ¿te acuerdas?

Bobby se apartó el pelo de la cara y se rascó la cabeza. Llevaba unos pantalones color caqui y una camisa de trabajo azul desabrochada hasta la cintura. De nuevo miró el arma que colgaba de la mano de Sonny.

—Un silenciador. —Se echó a reír—. Sonny, el disparo a Vito fue un accidente. Vi que el imbécil de Dwyer iba a dispararle desde detrás. Apunté a Stevie, pero di a Vito por accidente. Eso fue lo que ocurrió, Sonny. Piénsalo. No creerás que yo le habría disparado a tu padre, ¿no?

—Te vi dispararle a mi padre.

—Sí, pero apuntaba a Dwyer.

—Tengo que admitir —Sonny se frotó de nuevo los ojos—, que nunca has sido muy buen tirador.

—Estaba nervioso —explicó Bobby, como si quisiera defenderse de la acusación de ser un mal tirador—. Había balas volando por todas partes. Gracias a Dios solo le di en el hombro. —De nuevo miró el arma en la mano de Sonny—. Vienes a matarme. Dios mío, Sonny...

Sonny se frotó el puente de la nariz. Miró al techo, como si las palabras que estaba buscando se encontraran escritas allí.

—Tengo que matarte, Bobby, aunque lo que digas sea verdad. Nadie lo va a creer, y si yo digo que te creo pareceré débil. Pareceré un imbécil.

—¿Que parecerás un imbécil? ¿Es eso lo que acabas de decir? ¿Quieres matarme para no parecer un imbécil? ¿Es eso?

449

—Me verían como una persona débil —afirmó Sonny—, y estúpida. Habría acabado todo para mí, con mi familia.

—¿Y por eso vas a matarme? —Bobby puso una cara de asombro exagerado—. Pero Sonny, por el amor de Dios. No puedes matarme, aunque creas que tienes que hacerlo, cosa que, por cierto, es ridícula.

—No es ridícula.

—Sí, sí que lo es —replicó Bobby con una nota de ira en la voz, aunque todavía estaba echado de espaldas en su camastro, con los brazos detrás de la cabeza—. No puedes matarme, Sonny. Nos conocemos desde que éramos más pequeños que Caitlin. ¿A quién quieres engañar? No puedes matarme por aparecer de una manera u otra ante tu familia. —Miró a Sonny, intentando leer su cara y sus ojos—. No me vas a matar. Sería como matarte tú mismo. No puedes hacerlo.

Sonny levantó el arma, apuntó con ella a Bobby y se dio cuenta de que tenía razón. No podía apretar el gatillo. Sabía que nunca podría apretar el gatillo. Bobby parecía saberlo también.

—Estoy muy decepcionado contigo. Me rompe el corazón que pensaras que podías hacer una cosa semejante. —Bobby miró a Sonny orgullosamente y luego añadió—: Tú no eres así, Sonny. No puedes pensar que eres capaz de hacer una cosa semejante.

Sonny mantenía el arma apuntando al corazón de Bobby.

—Tengo que hacerlo, Bobby. No me queda otra elección.

—No te intentes convencer de esa estupidez. Claro que tienes elección.

—No, no la tengo —aseguró Sonny.

Cork se tapó los ojos con las manos y suspiró, como si desesperase.

—No puedes hacerlo —dijo sin mirar a Sonny—. Aunque fueras tan estúpido como para creer que debes.

Sonny dejó que el arma cayera a su costado.

—A vosotros los irlandeses eso de hablar se os da muy bien.

—Te estoy diciendo la verdad, sencillamente —repuso Cork—. La verdad es la verdad, aunque seas tan idiota que no la veas.

—¿Crees que yo soy idiota?

—Eres tú quien lo ha dicho, Sonny.

Sonny sintió que estaba luchando con un problema irresoluble. Miró el arma que colgaba de su mano y luego a Cork, al otro lado de la habitación, y aunque sus ojos se movían, su cuerpo estaba congelado, inmóvil. A medida que pasaban los segundos, su rostro se fue oscureciendo. Finalmente dijo:

—Quizá sea un idiota, Bobby, pero al menos mi hermana no es una puta.

Cork levantó la vista hacia Sonny y se echó a reír.

—¿De qué estás hablando?

—Estoy hablando de Eileen —continuó Sonny—. Sí, tío, llevo años follándomela.

—Pero ¿qué dices? —preguntó Cork, y se incorporó en el camastro—. ¿Por qué me dices eso ahora?

—Porque es la verdad, estúpido irlandés. Llevo beneficiándome a Eileen tres veces por semana desde...

—¡Calla, hijo de puta mentiroso! —Cork miró al techo, hacia el sonido del agua que corría, preocupado de que Eileen o Caitlin pudieran oír lo que allí se decía—. No tiene gracia, por si te lo parece. Eileen no se rebajaría con gente como tú, y los dos lo sabemos muy bien.

—Pues estás equivocado —afirmó Sonny, y se apartó de la pared; sus piernas se acabaron moviendo al fin. Dio un paso hacia Cork—. A Eileen le gusta. Le gusta chupar...

Cork se levantó de la cama y casi se echó encima de Sonny, pero este levantó el arma, apuntó al corazón de Cork y disparó. El arma emitió un sonido sordo como el de un martillo contra el yeso. Uno de los paveses de cristal se hizo pedazos y los añicos de cristal golpearon la pantalla de la lámpara, tirándola al suelo. Sonny dejó caer la pistola de sus manos y cogió a Cork entre sus brazos. Vio la mancha de sangre horriblemente extensa, que se iba ampliando, en la espalda de la camisa de Cork, y supo con toda certeza que estaba muerto, que la bala le había traspasado el corazón y salido por la espalda y había quedado alojada en la ventana de pavés que daba al callejón. Se entretuvo levantando a Cork, dejándolo en la cama, y puso un libro abierto encima de la mancha de sangre que se extendía por su corazón, como para ocultarle la herida a Eileen, que ya corría escaleras abajo, llamando a Bobby y preguntando si estaba bien.

Sonny había salido del callejón y ya iba por la cancela cuando oyó el grito de ella. Chilló una sola vez, un grito alto y fuerte, seguido por el silencio. En su coche, puso en marcha el motor, abrió la portezuela del todo, se inclinó y vomitó en la calle. Se alejó secándose la boca rudamente con el brazo, con un extraño zumbido en la cabeza y el eco del chillido de Eileen y el golpe del arma al disparar desde su mano, un sonido que oía en la cabeza y notaba en los huesos, como si la bala le hubiese dado a él tanto como a Bobby. En un momento de locura se miró el corazón, pensando que de alguna manera también había recibido un disparo, y al ver sangre en su camisa le entró el pánico, hasta que se dio cuenta de que era sangre de Bobby, y no suya, pero aun así se palpó bajo la camisa con los dedos, notando la piel encima de su corazón, necesitando con locura tranquilizarse y decirse que estaba bien, que no le había ocurrido nada, que estaría bien… Se dio cuenta de que no estaba yendo hacia su apartamento, como había planeado, sino que se dirigía a los muelles y al río. No sabía por qué conducía hacia el río, pero no se resistió. Era como si algo le atrajese hasta allí… y no empezó a rehacerse, a conseguir que su corazón latiese más despacio y a enderezar sus pensamientos hasta que vio el agua, aparcó junto a ella y esperó allí, en la oscuridad de su coche, mirando hacia el río y las luces de la ciudad, y aquellos sonidos en su cabeza empezaron a desvanecerse: el zumbido, el chillido de Eileen y aquel golpe que ambos oyeron y que todavía notaba en sus huesos y en su corazón.

28

*V*ito se echó hacia atrás en el sofá del salón y sujetó a Connie en su regazo con un brazo en torno a la cintura de la niña, dejando que ella se acurrucase contra él, somnolienta, mientras miraba hacia el salón y escuchaba con lo que parecía auténtico interés a Jimmy Mancini y Al Hats discutir sobre béisbol. La hija de Jimmy, Lucy, estaba sentada junto a ellos muy concentrada, uniendo los puntos para hacer un dibujo en un libro de pasatiempos de colores vivos. De vez en cuando levantaba la vista hacia Connie, como para asegurarse de que su amiga no se había ido a ninguna parte mientras ella seguía absorta en su dibujo. Estaban en el salón de Vito en la avenida Hughes, a media tarde de un domingo que había sido maravilloso, con el cielo de un azul muy intenso y la temperatura sobre los veinte grados. Cuando Tessio entró en la habitación, Al y Jimmy dejaron su discusión, que sobre todo trataba de las oportunidades que tenían los Giants de repetir como campeones de las World Series. Al dijo:

—Sal, ¿crees que los Dodgers tienen alguna posibilidad de ganar?

Ambos hombres se echaron a reír en cuanto se planteó la pregunta, porque los Dodgers tendrían mucha suerte si conseguían no quedar en último lugar. Tessio, hincha de los Brooklyn Dodgers, los ignoró, se sentó junto a Lucy y se interesó mucho por su libro de pasatiempos.

453

Un estallido de risas llegó procedente de la cocina, y a continuación Sandra abandonó la estancia con la cara muy roja. Subió las escaleras, probablemente dirigiéndose al baño. Vito no había oído la conversación, pero sabía sin tener que preguntarlo que una de las mujeres había dicho algo grosero y de naturaleza sexual sobre Sandra y Santino. Tales conversaciones no cesaban desde el anuncio de su compromiso con Sonny, y continuarían a lo largo de la boda y la luna de miel y más allá todavía. Él se apartaba de la cocina cuando las mujeres estaban cocinando y charlando. Sandra, al subir las escaleras, tropezó con Tom, que bajaba. Este le estrechó la mano, la besó en la mejilla y los dos iniciaron una conversación con el suficiente interés para que ambos acabaran sentados en las escaleras, hablando animadamente. Esa conversación, Vito lo sabía muy bien, trataba de Santino. Llevaba más de una semana metido en su apartamento sin salir, y Sandra quería que visitase a un médico, igual que Carmella... pero por supuesto, él se negaba. «Es tozudo, como hombre que es», había oído que Carmella le decía a Sandra aquel mismo día. Ahora, Tom le cogía la mano a Sandra entre las suyas y la tranquilizaba. «Sonny se pondrá bien —oyó Vito decir a Tom, aun sin oírlo en realidad—. No te preocupes por él.» Carmella había pedido a Vito que hiciera que Sonny visitara a un médico, pero este se había negado. «Ya se le pasará —le había dicho—. Dale tiempo.»

En la cocina alguien puso la radio (probablemente Michael) y la voz del alcalde LaGuardia, deformada por la estática, invadió la casa, fastidiando de inmediato a Vito. Mientras el resto de la ciudad y del país se olvidaban rápidamente de la matanza del desfile, adjudicándola a un puñado de irlandeses locos que odiaban a los italianos por quitarles el trabajo (esa era la idea que estaban difundiendo algunos periodistas bien pagados), LaGuardia no quería olvidarlo. Hablaba como si él hubiese sido el único al que habían disparado. En los periódicos y en la radio seguía hablando de «los maleantes». Vito ya estaba cansado de aquello, y cuando le oyó empezar de nuevo, diciendo algo sobre la «arrogancia» y pronunciando de nuevo la palabra «maleantes», se levantó de debajo de Connie, dejándola al lado de Lucy, y fue a la cocina a apagar la radio. Se sorprendió al ver que era Fredo quien había encendido el aparato, pero no que en

454

realidad no estuviera escuchando. Cuando Vito la apagó, pasando la mano alrededor de Fredo, que estaba sentado a la mesa entre la mujer de Genco y la de Jimmy, nadie pareció darse cuenta siquiera.

—¿Dónde está Michael? —preguntó a Carmella, que se encontraba ante los fogones con la señora Columbo. Carmella estaba rellenando el *braciol'*, y la señora Columbo daba forma a unas albondiguillas entre las palmas de las manos, echándolas luego a una sartén que chisporroteaba.

—¡Arriba en su habitación! —dijo Carmella, como si estuviera enfadada—. Con la cara metida en un libro, como siempre. —Cuando Vito empezó a salir de la cocina para dirigirse a ver a Michael, Carmella le llamó—: ¡Dile que baje! —dijo—. ¡Eso no es sano!

Vito encontró a Michael en la cama, echado de cara con un libro apoyado en la almohada. El chico volvió la cabeza cuando su padre entró en la habitación.

—¿Papá? —preguntó—. ¿Por qué está enfadada mamá? ¿He hecho algo?

Vito se sentó junto a Michael y le dio unas palmaditas en la pierna de una forma que indicaba que no debía preocuparse, que nadie estaba enfadado con él.

—¿Qué estás leyendo? —preguntó.

Michael se volvió de espaldas y se puso el libro en el pecho.

—Es una historia de Nueva Orleans.

—¿Nueva Orleans? ¿Y por qué estás leyendo sobre Nueva Orleans?

—Porque... —dijo Michael. Cruzó las manos encima del libro—. Es el lugar donde hubo el linchamiento en masa más grande de toda la historia de Estados Unidos.

—Eso es terrible —dijo Vito—. ¿Y por qué lees sobre eso?

—Porque creo que voy a hacer el trabajo del colegio sobre eso.

—Pensaba que era sobre el Congreso.

—He cambiado de opinión —dijo Michael. Quitó el libro de encima de su pecho y se sentó apoyado en la cabecera—. Ya no quiero escribir sobre eso.

—¿Por qué no? —preguntó Vito. Puso una mano en la pierna de Michael y observó la expresión del chico, que se encogió de hombros y no respondió—. ¿Así que ahora vas a hacer un trabajo sobre gente de color que acabó linchada en el Sur?

Tiró de su corbata hacia arriba y sacó la lengua, intentando hacer reír al muchacho.

—No eran gente de color, papá. Eran italianos.

—¡Italianos! —Vito se echó atrás y le dirigió a Michael una mirada de incredulidad.

—Los irlandeses estaban a cargo de los muelles en Nueva Orleans, hasta que llegaron los sicilianos y les quitaron casi todo el trabajo.

—Los sicilianos llevan miles de años trabajando en el mar —dijo Vito.

—Todo iba bien —siguió Michael—, hasta que llegaron unos gánsteres italianos, probablemente de la mafia…

—¿La mafia? —le interrumpió Vito—. ¿Qué mafia? ¿Eso es lo que dice tu libro? No existe la mafia, al menos no en América.

456

—Bueno, pues gánsteres, papá —dijo Michael, y quedó claro que quería acabar su historia—. Unos gánsteres dispararon al jefe de policía y luego los absolvieron…

—Los absolvieron —repitió Vito, analizando la palabra—. O sea, que no fueron ellos los que lo hicieron, ¿no?

—Algunos de ellos fueron absueltos —explicó Michael—, pero probablemente sí que lo hicieron. De modo que una multitud de ciudadanos se amotinaron e irrumpieron en la cárcel, y lincharon a todos los italianos que encontraron. Once italianos linchados de una sola vez, y la mayoría de ellos probablemente inocentes.

—¿La mayoría de ellos?

—Sí —respondió Michael. Miró a su padre a los ojos y pareció examinarlo cuidadosamente—. Probablemente fueron solo unos pocos gánsteres los que causaron todo el alboroto.

—Ah. Ya lo entiendo. —Le devolvió la mirada a Michael hasta que finalmente el chico apartó la vista—. Y sobre esto quieres hacer el trabajo del colegio..

—A lo mejor —respondió Michael, mirándole de nuevo, con una nota de dureza en la voz—. O quizá de los veteranos italoamericanos de la Primera Guerra Mundial. Eso también lo

encuentro muy interesante. Hubo muchos héroes italoamericanos en esa guerra.

—No lo dudo —repuso Vito, y luego añadió—: Michael...
—Pareció que quería explicarle algo, pero hizo una pausa y se
limitó a mirar al chico en silencio, y luego a darle un cachetito
cariñoso en la mejilla—. Cada hombre tiene su propio destino.

Cogió la cara del niño entre sus manos y le atrajo para darle
un beso. Parecía que Michael luchaba consigo mismo. Luego se
inclinó hacia delante y abrazó a su padre.

—Ven abajo y reúnete con tu familia cuando hayas acabado de leer. —Vito se levantó de la cama—. Tu madre está haciendo *braciol'*... —Se besó las puntas de los dedos indicando
lo bueno que estaría—. ¡Ah! —añadió, como si se acabara de
acordar—, tengo esto para ti.

Sacó una tarjeta del bolsillo con una nota personal para Michael animando al chico en sus estudios, firmada por el alcalde
LaGuardia. Se la tendió a Michael, le pasó la mano por el pelo,
despeinándolo, y lo dejó solo.

457

29

Sonny acababa de servirse un vaso de agua de una jarra de cristal cuando un hombre robusto y bien vestido con la nariz ganchuda le puso una mano con levedad en el hombro.

—Eh, Sonny —dijo el hombre—, ¿cuánto tiempo más van a estar ahí?

—¿Quién es usted? —preguntó el chico. Clemenza y Tessio hablaban cerca, junto con un pequeño grupo de amigos y socios de los seis Dones que se estaban reuniendo en la sala de conferencias adjunta: los cinco de Nueva York y el de Nueva Jersey.

—Virgil Sollozzo —respondió el hombre, y le ofreció la mano a Sonny, que se la estrechó.

—Están acabando. —Levantó el vaso de agua—. Mi padre es quien habla, sobre todo, y se le está quedando la boca seca.

—¿Algún problema, Sonny? —preguntó Clemenza. Él y Tessio aparecieron detrás de Sollozzo y se quedaron uno a cada lado de él, de pie. Clemenza llevaba una bandeja de plata en la mano, llena de *prosciutto* y *capicol*, salami, anchoas y *bruschetta*.

—No, ninguno —respondió Sonny. Contempló el lujoso despliegue de comida y bebida expuesto en la larga mesa y a los hombres con sus trajes de chef y con cucharones y espátulas en la mano que servían a la multitud.

—Papá se ha superado. Es un verdadero festín.

—¿Esto es para tu padre? —preguntó Tessio, señalando con un gesto el vaso de agua en la mano de Sonny.

—Sí. Se le está quedando la boca seca —explicó Sonny.

—¡Eh! —dijo Clemenza, señalando hacia la sala de conferencias con la bandeja—. *Avanti!*

—¡Ya voy! —dijo Sonny—. *Madon'!*

En la sala de conferencias de Saint Francis, debajo de los retratos de santos que decoraban las paredes, Vito todavía seguía hablando. Estaba sentado a la cabecera de la mesa en una silla corriente (el trono que había pedido Mariposa no se veía por ninguna parte) frente a Stracci y Cuneo a un lado de la mesa, Tattaglia y DiMeo al otro y Barzini en el extremo opuesto. Vito hizo señas a Sonny de que le llevase el agua. Este colocó el vaso ante su padre y luego ocupó su lugar con los demás guardaespaldas que se encontraban de pie contra la pared.

Vito dio un sorbo de agua y cruzó las manos ante la mesa.

—Caballeros, creo que hemos conseguido grandes cosas aquí hoy. Antes de terminar nuestras discusiones, quiero decir de nuevo, por el honor de mi familia, que os doy mi palabra... (y amigos míos, sabéis que mi palabra vale como el oro). Os doy mi palabra ahora de que la lucha ha terminado. No tengo deseo alguno de interferir de ninguna manera en los negocios de ninguno de los hombres presentes. —Hizo una pausa y miró a los que estaban a la mesa, hombre a hombre—. Tal como hemos acordado, nos reuniremos una o dos veces al año para discutir cualquier dificultad que pueda tener nuestra gente unos con otros. Hemos establecido ciertas normas y hemos llegado a acuerdos, y espero que podamos atenernos a esas normas y esos acuerdos... y cuando haya problemas, podamos reunirnos y resolverlos como hombres de negocios. —Al decir la palabra «negocios» Vito dio un golpecito en la mesa con el dedo, para poner énfasis—. Hay cinco familias en Nueva York, ahora. Hay familias en Detroit, Cleveland y San Francisco, y por todo el país. Finalmente, todas esas familias (todas las que acatarán nuestras normas y acuerdos) deben quedar representadas en una comisión que tendrá como objetivo más importante mantener

459

la paz. —Hizo una nueva pausa, mirando otra vez hombre a hombre en torno a la mesa—. Todos sabemos que si hay más matanzas como la que ha estropeado nuestro reciente desfile, o como las brutalidades que han ocurrido en Chicago, nuestro futuro está condenado. Pero si podemos llevar nuestros negocios pacíficamente, entonces todos prosperaremos.

Cuando Vito se detuvo a beber un poco de agua, Emilio Barzini echó atrás su silla y se puso de pie, apoyando las manos planas encima de la mesa, en la brillante superficie de madera, como si fuera el teclado de un piano.

—Quiero decir aquí, en presencia de todos los grandes hombres reunidos en torno a esta mesa, que yo apoyo a Don Corleone y que juro acatar los acuerdos que se han hecho hoy... Y espero ahora que todos os unáis a mí jurando respetar lo que se ha acordado.

Los que estaban en torno a la mesa asintieron y murmuraron su aprobación, y pareció que Philip Tattaglia iba a levantarse y jurar, pero Vito habló primero, acallándole.

—Y juremos también ahora —dijo Vito, con los ojos clavados en Barzini— que si alguna vez alguien tiene algo que ver con una *infamitá* como la matanza en el desfile, un crimen en el que murieron inocentes, entre ellos un niño... si alguna vez uno de nosotros amenaza a inocentes y familiares con tales atrocidades, no habrá misericordia ni perdón.

Todos los hombres de la mesa aplaudieron a Vito, cuya voz sonaba mucho más apasionada que en cualquier otro momento de la larga reunión, y Barzini aplaudió también, aunque un segundo más tarde que los demás. Después de que todos hubieron aplaudido y cada uno de ellos se hubo levantado para hablar y hubo jurado respetar las decisiones que se adoptaran en su reunión, Vito continuó. Unió las manos como si fuese a rezar y entrelazó los dedos.

—Es mi mayor deseo que se piense en mí como en un padrino, un hombre cuyo deber es hacer favores a mis amigos, ayudarlos a salir de cualquier problema... con consejos, dinero, con mi propia fuerza en hombres e influencia. A todos los que estáis en esta mesa os digo que vuestros enemigos son mis enemigos, y vuestros amigos son mis amigos. Que esta reunión asegure la paz entre todos nosotros.

Antes de que Vito hubiese terminado, los hombres de la mesa se levantaron de sus asientos a aplaudirle. Vito levantó la mano, pidiendo silencio.

—Mantengamos nuestra palabra —dijo, con un tono que sugería que tenía poco más que decir, antes de terminar—. Procuremos ganarnos el pan sin derramar unos la sangre de los otros. Todos sabemos que el mundo exterior se está dirigiendo hacia la guerra, pero nosotros, en nuestro mundo, debemos ir en paz.

Vito levantó su vaso de agua, como si fuera a brindar, y dio un largo sorbo mientras los hombres de la mesa aplaudían de nuevo, y luego cada uno de ellos se acercó a estrecharle la mano y a compartir con él unas últimas palabras.

Desde su puesto contra la pared, Sonny miró a su padre estrechar manos y compartir abrazos con cada uno de los Dones. Cuando le tocó el turno a Barzini, Vito lo abrazó como si fuera un hermano a quien no veía desde hacía mucho tiempo, y cuando lo soltó de su abrazo, Barzini lo besó en la mejilla.

—Se podría pensar que son los mejores amigos del mundo —le dijo Sonny a Tomasino, que se había acercado a su lado y se unió a él, contemplando a Vito y Emilio.

—Y lo son —afirmó Tomasino dando una palmadita a Sonny en la espalda—. Ahora todo ha terminado. Todos vamos a llevarnos bien. —Le guiñó un ojo—. Voy a beber algo con mi nuevo colega Luca —añadió.

Se frotó la cicatriz que tenía debajo del ojo y se echó a reír, y luego se dirigió hacia la puerta y el festín.

Sonny miró una vez más a Barzini y Tattaglia, que estaban hablando con su padre, y luego siguió a Tomasino por la puerta.

Cuando el último de los hombres hubo dejado Saint Francis, el sol estaba ya bajo por encima de los tejados. Unas líneas rectas de luz atravesaban las ventanas e iluminaban los restos de los platos de antipasto y bandejas de carne y de pasta. Solo quedaba la familia Corleone, y también estaban a punto de irse. Vito había acercado una silla a la mesa, en el

461

centro, y Genco y Tessio estaban sentados a su izquierda, mientras Sonny y Clemenza se sentaban a su derecha. Jimmy Manzini, Al Hats y los demás estaban fuera, buscando los coches... y durante un minuto la habitación quedó en silencio, acallados incluso los habituales sonidos del tráfico de la ciudad.

—Mira esto —dijo Clemenza, rompiendo el silencio. Sacó una botella de champán sin abrir de una caja que se encontraba bajo la mesa—. Se han dejado una.

Envolvió una servilleta en torno al tapón y empezó a aflojarlo mientras los otros miraban. Cuando al final saltó, Tessio preparó cinco copas limpias en una bandeja, cogió una para sí y puso las demás frente a Vito.

—Ha sido un buen día. —Vito cogió una copa y dejó que Clemenza se la llenase—. Ahora somos la familia más fuerte de Nueva York. Dentro de diez años seremos la familia más fuerte de toda América.

Y al oír esto Tessio dijo:

—¡Eso, eso! —Todos los hombres levantaron sus copas y bebieron.

Cuando la habitación se quedó silenciosa otra vez, Clemenza se puso de pie y miró a Vito como si no estuviera seguro de algo. Con aire dubitativo dijo:

—Vito. —Su tono sugirió una gran seriedad que hizo que todos se fijaran en él, pues era un tono inusual en Clemenza—. Vito, todos sabemos que no es esto lo que tú querías para Sonny. Tenías unos sueños distintos —dijo, y asintió en dirección a su don—, pero ahora que las cosas han ido tal y como han ido, creo que todos debemos estar orgullosos de Santino, que tan recientemente ha pasado su bautismo de sangre y ha demostrado el amor que siente por su padre y por tanto se une a nosotros en nuestro mundo, en nuestro negocio. Ahora eres uno de los nuestros, Sonny. —Clemenza se lo dijo directamente a él. Levantó la copa y le ofreció a Sonny un brindis tradicional—: Cent'anni! —Los demás, incluyendo a Vito, repitieron tras él—: Cent'anni! —Y vaciaron sus copas.

Sonny, no sabiendo cómo responder, dijo:

—Gracias.

Y esto hizo reír a todo el mundo excepto a Vito. La cara de Sonny se puso roja. Miró su copa de champán y bebió también. Vito, viendo la vergüenza de Sonny, cogió la cara de su hijo rudamente entre sus manos y lo besó en la frente, y eso provocó el aplauso de los demás, seguido por las palmadas en la espalda y los abrazos, que Sonny devolvió agradecido.

463

30

Verano de 1935

*E*n el fregadero de la cocina, rascando el hollín del fondo de la sartén que se le había quemado la noche anterior, Eileen no sabía qué era lo que más le molestaba, si la mala ventilación del apartamento, que convertía aquel lugar en una sauna cuando la temperatura llegaba a los treinta grados, como ocurría aquella tarde de mediados de junio; el bamboleo y traqueteo de la mesa que tenía detrás debido a un ventilador Westinghouse barato, que no parecía hacer otra cosa que crear una leve alteración en el charco de aire caliente que se había aposentado sobre la cocina; o los gemidos de Caitlin, que llevaba todo el día protestando por una cosa y luego otra y luego otra más. Ahora eran las calcomanías de su libro de calcomanías, que no se pegaban debido al calor.

—Caitlin —dijo ella, sin levantar la vista de su trabajo—, te falta un pelo nada más para que te dé una buena zurra si no dejas de gimotear ahora mismo.

Había pretendido que su amenaza se viera amortiguada por un toque de afecto, pero no le había salido así en absoluto, sino desagradable y furiosa.

—¡No estoy gimoteando! —respondió Caitlin—. ¡Las pegatinas no se me pegan, y así no puedo jugar!

Eileen cubrió el fondo de la sartén con agua caliente y jabonosa y la dejó en remojo. Se quedó un segundo quieta para que se calmase la ira que la poseía, y luego se enfrentó a su hija.

—Caitlin —dijo, con tanta suavidad como pudo—, ¿por qué no te vas fuera un rato a jugar con tus amigos?

—No tengo amigos —protestó Caitlin. Su labio inferior temblaba y tenía los ojos llenos de lágrimas. El vestido amarillo de verano que se había puesto una hora antes ya estaba empapado de sudor.

—Seguro que sí tienes amigos —le dijo Eileen. Se secó las manos en un trapo de cocina rojo y le ofreció una sonrisa a Caitlin.

—No, no tengo —se quejó Caitlin, lastimera, y las lágrimas que había estado reprimiendo cayeron en cascada por sus mejillas entre grandes sollozos y temblores. Enterró la cara entre sus brazos, fuera de sí en su dolor.

Eileen vio llorar a Caitlin y sintió una curiosa falta de simpatía. Sabía que debía acudir a consolarla, pero por el contrario, la dejó llorando en la mesa y se fue a su dormitorio, donde se echó de espaldas en la cama sin hacer con los brazos abiertos y los ojos clavados en el techo. Hacía mucho más calor en el dormitorio que en la cocina, pero al menos el llanto de Caitlin se veía amortiguado por las paredes. Se quedó allí echada mucho rato más, como si estuviera sumida en una neblina, con los ojos vagando del techo a las paredes y a su tocador, donde la foto de Bobby estaba colocada de pie junto a la de Jimmy, los dos donde pudiera verlos cada noche antes de irse a dormir, y cada mañana cuando se levantaba.

Al final Caitlin entró en su habitación, sin llorar ya más, con *Boo* colgando de su mano. Se subió a la cama junto a Eileen y se quedó allí echada llena de tristeza.

Eileen acarició el pelo de su hija y la besó suavemente en la coronilla. Caitlin se acurrucó a su lado y le pasó un brazo por encima de la cintura. Las dos se quedaron allí echadas notando el calor del verano, amodorradas en la cama sin hacer de Eileen, en el silencio de su apartamento.

En el centro del jardín, rodeados por los magníficos muros de piedra del complejo, unos veinte hombres y mujeres, vecinos y amigos, se cogieron de los brazos, formaron un círculo y empezaron a bailar y levantar los pies mientras Johnny Fon-

465

tana cantaba *Luna Mezzo Mare* en un escenario de madera, acompañado por Nino Valenti a la mandolina y una pequeña orquesta de músicos con esmoquin blanco. Vito contemplaba a la multitud desde una plataforma situada en una pequeña elevación en el borde del patio, junto al muro del complejo. Cubría un trozo desnudo de terreno en el que había intentado cultivar unas higueras y había fracasado, y donde planeaba poner un huerto en primavera. Había llegado paseando hasta allí desde la mesa de los novios, junto al escenario, para apartarse de la fuerte música y para tener la visión de la fiesta que le permitía la plataforma, y también porque quería estar a solas un minuto con sus pensamientos... pero Tessio y Genco le habían encontrado casi de inmediato y habían empezado a parlotear de nuevo. Ahora estaban los dos dando palmadas y golpeando con los pies en el suelo al ritmo de la música, con una gran sonrisa en el rostro, incluso Tessio. La plataforma la habían puesto para colocar las sillas de alquiler y otros artículos de la boda. Vito encontró una silla apoyada contra la pared y se sentó a observar a los que bailaban.

466

Hacía calor, más de treinta grados, y todo el mundo sudaba, incluido Vito. Se abrió el botón superior de la camisa y se soltó la corbata. Todos sus socios de negocios estaban en la fiesta, todos los que tenían alguna importancia. Se encontraban sentados por todo el jardín, entre su familia, amigos y vecinos. La mayoría habían abandonado los asientos que tenían asignados hacía horas, y ahora los Barzini, Emilio y Ettore, estaban a la mesa con los hermanos Rosato y sus mujeres; junto a ellos, un par de hombres de Tessio, Eddie Veltri y Ken Cuisimano estaban sentados con Tomasino Cinquemani y JoJo DiGiorgio, uno de los chicos de Luca. Incluso los de Nueva Jersey estaban allí: el torpón Mikey DiMeo y su mujer e hijos. Todo el mundo se reía y daba palmadas siguiendo la música, hablando unos con otros o gritando para animar a los que bailaban. Entre los bailarines del círculo, Ottilio Cuneo llevaba del brazo a su hija por un lado y a su mujer por el otro. Phillip Tattaglia y Anthony Stracci estaban de pie justo al lado del círculo con sus mujeres a su lado, y un par de niños pegados tímidamente a su costado. Aquella era la boda de su hijo mayor, y a Vito le complacía ver que no faltaba nadie, y le complacía mucho más ver que las felicitaciones y los regalos eran sinceros. Todo el mundo ganaba dinero ahora. Todo el mundo estaba de humor para celebraciones.

Cuando acabó la canción, entre oleadas de aplausos y gritos, Genco se unió a Vito y los demás en la plataforma, con un cuenco de madera lleno de naranjas en la mano.

—¡Eh! —chilló Clemenza. Sacó un pañuelo húmedo de su arrugada chaqueta y se secó la frente—. ¿Para qué son todas estas naranjas? Adondequiera que miro lo veo todo lleno de cuencos de naranjas.

—Pregúntale a Sal —dijo Genco, y le tendió el cuenco a Tessio—. Ha aparecido esta mañana con cajas llenas de naranjas.

Tessio cogió una naranja del cuenco e ignoró la pregunta de Clemenza mientras sujetaba la fruta en la palma de la mano, comprobando el peso y el tacto que tenía.

Genco pasó el brazo en torno al hombro de Vito.

—Hermosa, Vito. Muy hermosa —dijo cumplimentándole por la boda.

—Gracias, amigo mío. —Genco susurró a su oído—: Alguien más se va a casar pronto.

—¿Y quién será? —preguntó Vito.

Genco apartó un poco a Vito de Clemenza y Tessio para poder hablar sin que les oyeran.

—Esta mañana he recibido noticias de Luigi Battaglia.

—¿Quién?

—Hooks. El hombre de Luca que le entregó a la policía y huyó con su dinero.

—Ah —dijo Vito—. ¿Y?

—Resulta que ha abierto un restaurante en West Virginia, en algún sitio en medio de la nada. Se va a casar con una chica de pueblo de por allí. —Genco hizo una mueca ante la locura que suponía tal cosa—. Así es como le hemos encontrado. Su nombre apareció en un anuncio de boda. El *imbecille* usó su nombre real.

—¿Lo sabe Luca? —preguntó Vito.

—No —dijo Genco.

—Bien. Procura que las cosas queden así. Luca no tiene que saber nada de esto.

467

—Vito, se llevó un montón de dinero de Luca.

Vito levantó un dedo hacia Genco y dijo:

—Luca no tiene que saberlo nunca. Ni una palabra.

Antes de que Genco pudiera decir nada más, Ursula Gatto subió a la plataforma con su hijo de diez años, Paulie, de la mano, seguida por Frankie Pentangeli. Mientras Frankie abrazaba a Tessio y a Clemenza, Ursula llevó a su hijo a Vito. El chico se quedó frente a él y repitió las palabras que estaba claro que su madre le había hecho ensayar.

—Gracias, señor Corleone, por haberme invitado a la boda de Santino y Sandra.

—Eres muy bienvenido. —Vito despeinó el cabello del chaval y abrió los brazos a Ursula, que se abrazó a él con los ojos llenos de lágrimas. Vito le dio unas palmaditas en la espalda y la besó en la frente.

—Eres parte de nuestra familia —dijo, secándole las lágrimas—. *La nostra famiglia!* —repitió.

—*Si* —respondió Ursula—. *Grazie.* —Intentó decir algo más, pero no podía hablar sin echarse a llorar. Cogió a Paulie de la mano, besó de nuevo a Vito en la mejilla y se volvió para apartarse justo cuando se aproximaba Tom Hagen.

Al otro lado del patio, justo enfrente de ellos, Luca Brasi se dirigió al muro de piedra y se volvió a mirar hacia la reunión. Su mirada parecía ausente, pero quizás estuviese mirando directamente a Vito. Genco lo vio y dijo:

—¿Has hablado con Luca recientemente, Vito? Se está volviendo más lerdo cada día.

—No tiene por qué ser listo —replicó Vito.

Tom Hagen se acercó y abrazó a Vito. Iba seguido por Tessio, Clemenza y Frankie Pentangeli, quienes quisieron unirse de inmediato a la conversación. Tom había oído el último comentario de Genco sobre Luca.

—Va por ahí andando como un zombi —le dijo a Genco—. Nadie le habla.

—¡Huele mal! —gritó Clemenza—. ¡Apesta como un cerdo! ¡Debería tomar un baño!

Como todos miraron a Vito esperando su respuesta, él se encogió de hombros y dijo:

—¿Y quién se lo va a decir?

Los hombres pensaron un momento y luego se echaron a reír.

—Quién se lo va a decir —repitió la broma Tessio, y luego siguió pelando su naranja.

Carmella estaba arrodillada ante el dobladillo del traje de Sandra con aguja e hilo que sujetaba delicadamente entre los labios. Una hilera, entre las numerosas hileras de cuentas que decoraban el traje de raso blanco de Sandra, se había soltado y Carmella acababa de asegurarlo cosiéndolo de nuevo. Alisó el vestido y levantó la vista hacia la bonita cara de su nueva hija, rodeada por el encaje y el tul del tocado. «*Bella!*», dijo, y luego se volvió hacia Santino, que estaba esperando cerca, con las manos en los bolsillos, mirando a media docena de mujeres que preparaban a Sandra para las fotografías de boda. Connie y su amiga Lucy estaban sentadas en el suelo junto a Sandra, jugando con el cojín de los anillos de la boda. Las mujeres habían tomado el nuevo estudio de Vito. Bandejas de cosméticos y lociones cubrían el escritorio de nogal, y se veían cajas de regalos extendidas por toda la moqueta. Dolce estaba sentado encima de una de las cajas y golpeaba un lazo de un amarillo intenso.

—¡Sonny! —dijo Carmella—. ¡Ve a traer a tu padre!

—¿Para qué? —preguntó Sonny.

—¿Para qué? —repitió Carmella, sonando, como de costumbre, muy agresiva, cuando en realidad no lo era—. Para las fotos, ¡para eso!

—*Madon!* —exclamó Sonny, como si aceptase de mala gana la carga de ir a buscar a su padre.

Durante semanas, Sonny había seguido diligentemente todos los rituales de la ceremonia de su matrimonio, desde la reunión con el sacerdote y las amonestaciones de la boda hasta los ensayos, las cenas y todo lo demás, y ahora ya veía que la cosa estaba a punto de terminar. Entre el estudio y la puerta delantera de la casa de su padre se detuvo tres veces a aceptar las felicitaciones de personas a las que apenas conocía, y cuando finalmente consiguió salir por la puerta y vio que estaba solo, esperó y cogió aliento con fuerza y disfrutó de unos pocos segundos sin hablar. Desde donde se encontraba de pie, bajo un pórtico a la entrada de la casa, veía muy bien la escena: Johnny cantaba una balada que atraía la atención de todo el mundo, y los invitados bailaban en el espacio libre entre hileras de mesas y el escenario.

—*Cazzo* —dijo en voz alta al ver al concejal Fischer hablando en un corro con Hubbell y Mitzner, un par de abogados de campanillas de su padre, y con Al Hats y Jimmy Mancini, dos de los hombres de Clemenza. Todos charlaban y se reían como si fueran amigos de toda la vida.

A un lado del jardín, junto a la pared exterior y cerca de la nueva casa de Sonny, donde viviría con Sandra cuando volviesen de su luna de miel, vio a su padre de pie en una plataforma donde se guardaban útiles, con las manos cruzadas delante y mirando a la multitud. Tenía una mirada de gran seriedad en su rostro. Frente a la plataforma, al otro lado del patio, Luca Brasi guiñaba los ojos y miraba a los invitados de la boda como si buscase algo o a alguien a quien hubiese perdido. Mientras Sonny los miraba, ambos se llevaron una naranja a la boca en el mismo momento. Vito mordió un gajo y se limpió la boca con un pañuelo, mientras que Luca mordió la naranja con piel y todo y no pareció darse cuenta de que el jugo le goteaba por las mejillas y la barbilla. Michael saltó a la plataforma con Vito, huyendo de Fredo, que le perseguía muy de cerca, agitando una especie de bastón. Cuando Michael cayó encima de su padre, casi tirándole al suelo, Sonny se echó a reír al verlo. Vito le quitó el palo a Fredo y le azotó el trasero con él, en broma, y de nuevo Sonny se rio, como Frankie Pentangeli y Tessio, de pie a ambos lados de Vito, y el pequeño Paulie Gatto, que iba detrás de Fredo y Michael y que había trepado también a la plataforma tras ellos.

Sonny miró toda la fiesta sin ser molestado durante un rato, y se le ocurrió, viendo al concejal y los abogados, y a los jueces, policías y detectives que se mezclaban con los jefes de las familias y todos sus hombres, que su familia era la más fuerte de todas, y que nada podía detenerles, ahora no. Lo tenían todo, absolutamente todo, y nada se interponía en su camino… ni en el suyo propio, ya que era el hijo mayor, y por tanto heredero del reino. «Todo», pensó, y aunque no habría

470

sabido decir qué incluía ese «todo» lo notó, lo notó en sus huesos, como un brote de calor. Le apetecía echarse atrás y rugir. Cuando Clemenza hizo señas a Sonny para que se uniese a él en la plataforma, Sonny abrió los brazos como si abrazase a Clemenza y a todos los demás invitados de la boda... y salió al jardín y se reunió con su familia.

471

Glosario de exclamaciones, tacos, palabras y frases italianas usadas en *La familia Corleone*

agita: indigestión, pronunciación en dialecto sureño de *aciditá.*
andate: vete.
andiamo: vámonos.
animale: animal.
aspett': espera.
attendere: esperar.
avanti: adelante.
bambino: niño.
basta: basta.
bastardo, bastardi: bastardo, bastardos.
bella: bella.
bestia: bestia.
braciole, braciol': finas lonchas de buey rellenas de queso rallado, perejil y tocino, enrolladas, atadas, rebozadas con pan rallado y fritas, y luego guisadas en salsa de tomate.
buffóne: bufón.
cafon': estúpido, persona brusca.
canolli: pastelitos italianos rellenos de queso ricotta con azúcar.
capicol': carne fría cortada fina, un intermedio entre el salami y el jamón.
Capisce?, capisc'?: ¿entiendes?
capo, capo regime: un miembro de alto rango de una familia criminal, que cuenta con sus propios soldados a sus órdenes.

capozzell' d'agnell': cabeza de cordero cortada por la mitad.

cazzo: palabra obscena, literalmente «pene» o «polla».

cent'anni: un brindis tradicional: «que vivas cien años».

cetriol': literalmente «pepino», usado para llamar a alguien bobo o estúpido.

che cazzo: palabra obscena que significa literalmente «vaya polla». Se podría traducir como «qué cojones...».

che minchia: más o menos lo mismo que *che cazzo*, en dialecto del sur.

ciuccio, ciucc': literalmente «burro» o «asno», usado para llamar a alguien estúpido.

consiglieri: consejeros.

demone: demonio.

diavolo: diablo.

disgrazia: vergüenza.

esattament': sí, exactamente.

finocchio, finocc': literalmente «hinojo», palabra despectiva en argot para un homosexual masculino.

474 *giamoke, giamope*: en dialecto del sur, «mamón» o «pringado».

grazie: gracias.

grazie mille: muchas gracias.

guerra: guerra.

idiota: idiota.

il mio diavolo: mi diablo.

infamitá: infamia.

imbecille: imbécil.

infezione: infección.

non so perché: no sé por qué.

la nostra famiglia: nuestra familia.

lupara: escopeta.

Madon': Madonna, madre.

Madonna mia: literalmente, «mi *madonna*», usado como exclamación.

Madre' Dio': Madre de Dios.

mammalucc': forma amistosa de decir «estúpido», a menudo seguido por un suave cachete.

mannaggia, mannag': exclamación en dialecto del sur, se podría traducir como «maldita sea».

mannaggia la miseria: maldita sea mi suerte.

mezzofinocch': medio homosexual, mariquita.

mi' amico: mi amigo.

mi dispiace: lo siento.

mi dispiace davvero: lo siento muchísimo.

minchia: obscenidad que significa literalmente «polla».

mi vergogno: estoy avergonzado.

mortadell': literalmente, un tipo de embutido. Se suele usar para definir a alguien como «pringado».

mostro: monstruo.

non forzare: no lo fuerces.

non píu: no más.

paisan': compañero campesino.

parli: hable.

pazzo: loco, mentalmente enfermo.

per caritá: por caridad.

per favore: por favor.

per piacere: por favor.

pezzonovante: pez gordo.

salute: «salud», un brindis.

475

sciupafemmine: mujeriego.

scucciameen, scucc': alguien que supone una molestia.

sfaccim: en dialecto del sur, vulgaridad que significa literalmente «esperma».

sfogliatella: pastelito italiano en forma triangular.

si: sí.

signora: señora.

splendido: espléndido.

sta'zitt': cállate la boca.

stronz', stronzo, pl. *stronzi*: idiota, estúpido.

stugots, sticazz': de las palabras literales italianas *(qu)esto cazzo* que significa «esta polla», y en dialecto del sur significa llamar idiota a alguien.

stupido: estúpido.

suicidi: suicidios.

v'a Napoli!: exclamación, literalmente «Vete a Nápoles», que significa maldita sea, mierda.

v'fancul', 'fancul': normalmente significa «vete a tomar por el culo» o «¿qué cojones?», dependiendo de cómo se diga.

Agradecimientos

Gracias a Neil Olson por proporcionarme la oportunidad de escribir esta novela. Los personajes y temas de Mario Puzo se iban volviendo cada vez más atractivos y seductores cuanto más profundizaba en ellos y los analizaba. Gracias a Tony Puzo y a la familia Puzo por aprobar la elección de Neil, y gracias sobre todo al propio Mario Puzo, que espero sinceramente que hubiese aprobado *La familia Corleone*. La saga de *El Padrino* ya se trasladó al reino de la mitología americana en vida de Mario. Me siento muy honrado por haber tenido la oportunidad de trabajar con un material tan rico como este.

Gracias también a Mitch Hoffman, por su inspirada corrección, sus ánimos y su buen humor, y a Jamie Raab, Jennifer Romanello, Lindsey Rose, Leah Tracosas y todos los profesionales de talento de Grand Central. Mi agradecimiento especial a Clorinda Gibson, que revisó mis frases en italiano y por tanto tuvo que trabajar con todas esas palabras que no se le permitía decir al haberse criado en una buena familia italiana.

Como siempre, me siento enormemente agradecido a mis amigos y mi familia, y a los muchos escritores y artistas que he tenido la buena suerte de conocer y con los que he trabajado a lo largo de los años. Gracias a todos.

ESTE LIBRO UTILIZA EL TIPO ALDUS, QUE TOMA SU NOMBRE
DEL VANGUARDISTA IMPRESOR DEL RENACIMIENTO
ITALIANO ALDUS MANUTIUS. HERMANN ZAPF
DISEÑÓ EL TIPO ALDUS PARA LA IMPRENTA
STEMPEL EN 1954, COMO UNA RÉPLICA
MÁS LIGERA Y ELEGANTE DEL
POPULAR TIPO
PALATINO

***
**
*

LA FAMILIA CORLEONE SE ACABÓ DE IMPRIMIR
EN UN DÍA DE OTOÑO DE 2012,
EN LOS TALLERES GRÁFICOS DE RODESA
VILLATUERTA
(NAVARRA)

***
**
*